二月河文集

乾隆皇帝

夕照空山

二月河 著

长江出版传媒
长江文艺出版社

图书在版编目（ＣＩＰ）数据

乾隆皇帝. 卷二，夕照空山 / 二月河著. -- 武汉 ：
长江文艺出版社， 2018.11（2019.1 重印）
（二月河文集）
ISBN 978-7-5354-8317-1

Ⅰ. ①乾… Ⅱ. ①二… Ⅲ. ①长篇历史小说－中国－
当代 Ⅳ. ①I247.5

中国版本图书馆 CIP 数据核字(2017)第 298822 号

责任编辑：张远林　　周　阳　　　　　责任校对：陈　琪
封面设计：翟跃飞　　　　　　　　　　责任印制：邱　莉　杨　帆

出版：
地址：武汉市雄楚大街 268 号　　　　邮编：430070
发行：长江文艺出版社
电话：027—87679360
http://www.cjlap.com
印刷：中印南方印刷有限公司

开本：700 毫米×1000 毫米　　1/16　印张：30.25　插页：8 页
版次：2018 年 11 月第 1 版　　　　2019 年 1 月第 2 次印刷
字数：379 千字

定价：350.00 元（全六册）

夕照空山

乾隆皇帝

蒋三哥……说

道：「……我们来

你这儿借粮，有人

冲我们山寨去「借

粮」，说是从江西

来的「大侠」，要

救人济世……三爷

叫我先来知会一

声，他要亲自下来

吃喜酒闹花堂，然

后带粮回山」……

夕照空山

「你是条汉子，我放你一马。」「一枝花」似乎有点神色黯然……黄天霸身上伤毒渐止……口中道："「异日相逢，我也放你一马！不过今日之辱，也必当有报！」

乾隆皇帝

「我刚喊一声「刀下留情！」，朵云从旁疾跃出来，冲着色勒奔心窝便刺了一匕首！这一匕首又准又狠，色勒奔一把推开了她……便倒了下去！

「大郎上回来多腼腆，现在越来越不老实了！」曹氏笑道，「这一年多你钻哪里去了？叫巧媚儿一想起来就伤心」……

乾隆一听就

笑了，说道：

「……这和擎天

保驾的功，相去

不远，朕要加封

他到正三

品……」

夕照空山

莎罗奔心里一阵凄楚。他知道，即使此刻发起进攻，把这三个人剁碎在阵中，乾隆必定再发大兵，重新征剿，为了一族存亡，只好委曲求全了……

乾隆皇帝

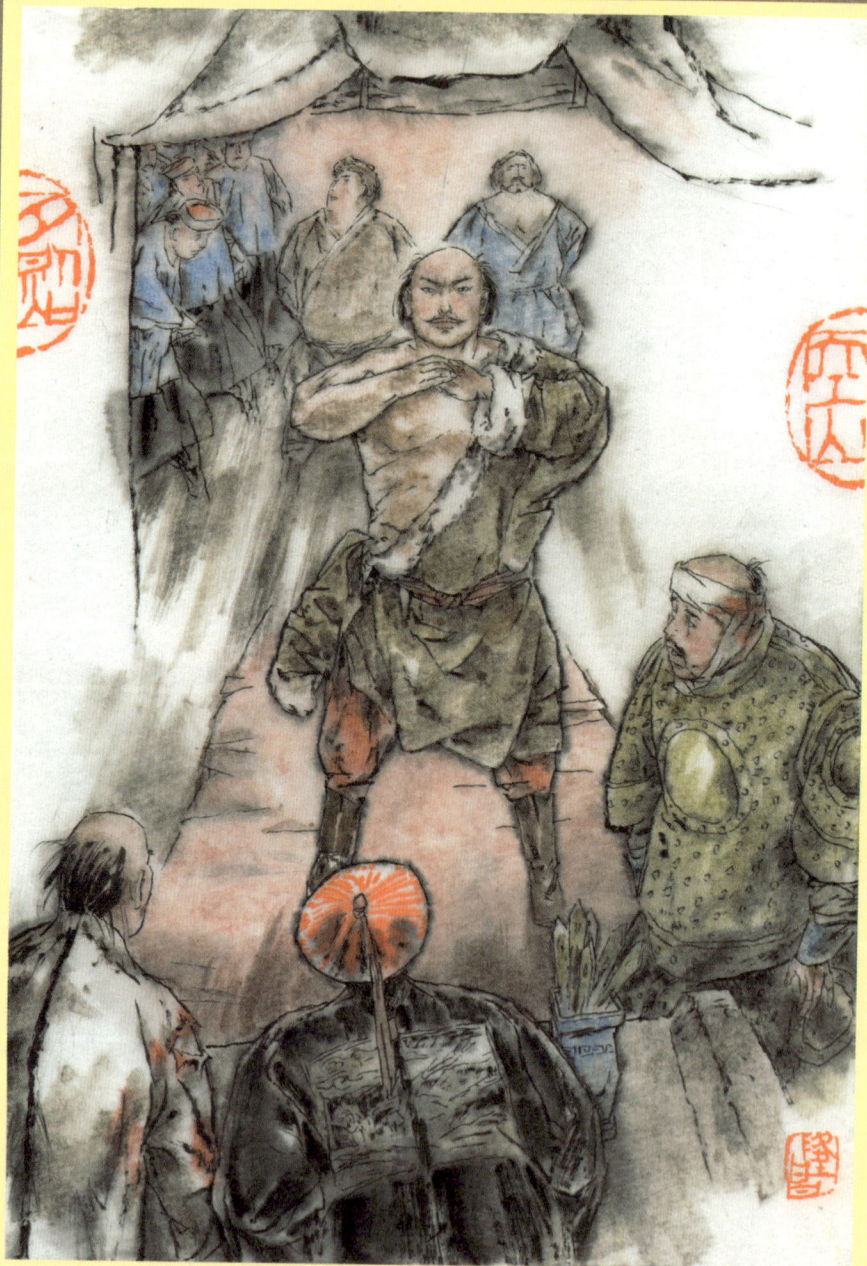

夕照空山

易瑛……

「唔」的双手向

前虚一推，问

道：「姚秦到底

见是不见？」顿

时殿中罡风大

作……

乾隆皇帝

几个剽悍勇猛的蒙古武士提着寒光闪闪的劈刀，威风凛凛进场，走近居中的大纛。喀巴儿却是十分眼尖，悄悄趋向乾隆御座，小声道：「主子，杀的是巴特尔！」

乾隆皇帝

只听巴特尔

在乾隆身后闷吼

一声，一个横身

从斜刺里冲出

来，竟是平平常

常一个『冲天

炮』打在狗熊肋

间……

……见佛堂

西殿传来隐隐的

哭声。傅恒心里

猛地一缩……果

然见七阿哥永琮

软软地躺在呆若

木鸡的奶妈子怀

里一动不动……

目　录

第一回　刘延清放赈下济南 高国舅争功赴婚宴

一群群的蝗虫黑鸦鸦地遮满了天空，像阴霾密布的乌云，像游走低空的沙雾，一团团一块块厮搅着卷过大地。这乌云沙雾所过之处，漫天遮日昏暗无光。四处传来哑叶啮桑的声音汇成一片，像夏日的骤雨，又像秋风中翻滚的松涛。起落扫荡间，成垧成顷的谷子霎时间就被吃得一棵不剩，连一根谷茎也没留下。村落里一经蝗虫，像遭到了兵燹，所有的树木，什么槐柳桑榆、什么椿楸桃李，只剩下光秃秃的树桠，在灰暗低空中呻吟。所有的田野都被吃得成了白地，漫山遍野都是亮晶晶黏糊糊的蝗虫口液和黑泥一样的粪便，河湖港汊都变得一片混浊。这蝗虫自七月末起，从鲁东的海阳、栖霞飞来，一路西进，吃得天地变色，日月无光，吃得场光地净寸草不留，吃得山秃树净野无稼禾，吃得庄户人家呼天抢地哭声遍野。吃，吃，吃……吃得乾隆六年的山东大地一片凄凉！

一乘绿呢大轿过晌时分筛着大锣进了济南城，前面卤簿仪仗举着半人高的蓝底镶黄虎头牌。一块牌上写着：

进士及第　钦命山东宣抚使刘

另一块写着：

文武百官军民人等齐回避

大轿在城西南小清河畔的驿馆前稳稳落下。轿身一倾，一个五短身材、面色黝黑的中年官员哈着身子钻出轿来。他穿着九蟒五爪官袍，外边罩着的锦鸡补子似乎有点绽线，右下角微微卷了起来，黑黢黢的四方脸上满是刀刻一样的皱纹，只两道稍稍剔起的浓眉和一双晶莹生光的三角眼，告诉人们他正当盛年。小清河驿馆是个十分冷清的去处，除了街对面一家生药铺子、两处饭馆，几乎没有什么店肆堂舍。几个抓药的人远远隔街看着这位二品大员，在窃窃私议：

"这位大人是谁？"

"刘统勋，刘大人，字延清！是咱们大清的包龙图。咱们山东如今遭灾，准是放粮来了——你瞧，那个迎上去参拜的就是藩台爷……"

"呀，他就是刘延清大人！就是杀刘藩台、杀喀尔钦学政大人的么？"

"不是他老人家，还有谁？将贺府的棺材放在大理寺前，当众开棺验尸，我就在北京。那场面真吓死人。延清大人要不当场擒拿顺天府尹，亲自验尸，贺露滢就冤到底儿了！"

"啧啧……人不可貌相，真瞧不出来。瞧他那模样儿，和我们家那个饿不死的老长工差不多……"

"别放屁了！先撒泡尿照照你自己吧，三尖葫芦头，两片招风耳，凭你那狗眼，能看出个高低？兵部刑部的大人们见了延清大老爷那双眼，都吓得腿肚子转筋呢！"

"啧啧……人家也是人，咱也是人。他妈的人跟人就不一样。看看人家那轿，那顶子，还插着根野鸡翎……"

"那叫孔雀翎子！你道那是唱戏么？岳中丞还戴不上这翎子呢！"

刘统勋由于坐轿时辰太久，两条微微罗圈的腿在地上沉重地挪了两步，神色有点迷惘地看着迎上来的山东布政使高恒，问道："岳中丞呢？他今儿不在衙中？"

"回中堂话，"高恒赔笑道，"济宁那边灾民斗殴，怕有人聚众闹事。岳中丞昨晚就骑快马，和叶臬台一道去了。我刚调省里不久，人事都还不熟，就留下坐纛儿了。"一边说，一边用手让着刘统勋进驿馆。"延清公有什么不知道的？山东这地方民风强悍难制，是个出响马的窝子，又遭这么大的灾，通省绝收，一个不小心准要捅出大乱子呢……"高恒滔滔不绝地说着，和刘统勋一同进了上房，行了庭参礼，这才献茶，入座。

刘统勋深邃的目光凝视着风度翩翩的高恒。他还不到三十岁，身材削瘦仿佛弱不禁风。容长脸，细眉毛，丹凤目，一副女相。他出身于名门大族，其父高斌为大学士、军机大臣兼直隶总督，现已经过世。其从兄高晋还在，任着礼部尚书，署着直隶总督印；更有一母同胞的姐姐，是当今乾隆皇帝的宠妃高佳氏皇贵妃。一门两相加娘娘，自然官场得意。乾隆元年以荫生授户部主事，不数年间由盐政改任总兵，又调至山东署理藩台衙门，俨然一个方面大员了。高恒被刘统勋的目光盯得有些不自在，偏过脸看了看院里被蝗虫吃得只剩了老干的槐树，淡然笑道："人都说延清公为当今包龙图，可惜我一向在山海关盐政上当差，在京见面机会不多。这番大人来山东，诸多事务要多请赐教。我年轻，又是国戚，稍不经心，人家就说我是纨绔子弟国舅爷。自己名声不好也还罢了，拖累了皇上，这罪过就大了。"刘统勋没想到他一眼就看穿了自己心思，怔了一下笑道："傅恒不是和你一样？他姐姐还是正宫皇后呢！原来在南京办差也有些闲话，黑查山一仗打下来，人们都另眼相看了。如今背后再也没人叫'国舅'。堂堂正正的三号军机大臣——功名事业是血汗挣的，人眼里都有一杆秤嘛！"刘统勋起身踱了几步，在窗前站住，隔着亮窗望望外面寂寥的秋空，问道："岳中丞你们会议过赈灾的事么？他的折子写得不细。临出京时，皇上至嘱再三，要紧的是看有什么难处。"

"粮食是第一要务。"高恒细细的眼睛闪烁着，沉吟道，"山东过蝗虫，秋粮是绝收了，但夏粮小麦却是丰收的，加上早玉米、早稻，还有红苕、山药……历年藩库的存粮还有一百二十万石，各地义仓存粮约有五十万石，按每人每日半斤粮计，通省渡荒还缺一百七十万石左右。省镇、各府的一些大户，家中也有存粮，不下四十万石。这样合计下来，我省缺粮在一百到一百三十万石。"他说着已是站起身来，皱着眉，一边踱步，一边自己设问自己作答："这一百三十万石粮食从哪里弄？当然，皇上一定还有恩诏的，但我们做臣子的得能体贴圣心，为皇上分忧，不能坐在那里等恩典。我盘算了一下，可以发文给两江总督尹继善，从他那里买七十万石糙米，江南明年疏浚清江漕运所用的民工，都由我们山东派出。以工还粮。我管着盐政，山东几处盐场今年厘金全部免收，仅此一项三十万两，又可购粮十万石。鲁北一带的水产如荷藕、菱角、芦苇、鲑虾之类，鲁东一带其实还有些州县并没有遭灾。通算下来，如果竭泽而渔，不要朝廷一文钱一两粮，山东也可以自救。但我皇上有如天之仁，断不许我们做臣子的搜刮民财弄得鸡飞狗跳，一定有漕粮拨过来的。我想，朝廷如能调拨七十万到一百万石粮来，连明年的种子粮，也都有了。"

刘统勋原打算等巡抚岳浚和臬台丁国栋一道商量这些事的，不料这位貌似风流公子哥的"国舅爷"已经胸有成竹，筹划得这样周详！他听得目光炯炯，竟回身改容一躬说道："高八爷，您这样肯用心，山东无饥馑矣！只是这样做，要开罪所有屯粮大户。还有，有些赤贫户无钱买粮，低价他也出不起，又如何料理？"高恒笑道："别说遭这样大灾，就是丰年，也免不了有冻饿死的。上面说的只是大略，其实还有些细务，比如每个镇子都要设粥场，由藩库发粮，除去吏员层层克扣，到灾民口中不能少于二十万石。仅这一项，库里要准备糟踏二十万石，一共要出四十万石呢！"刘统勋蹙额一叹，笑道："这是没办法的事，我放过多少次粮，有一半到百姓口里，就算很不错了。"

"任凭官清似水，无奈吏滑如油，确乎不能根绝贪污中饱。"高恒目光游移流动，望着院内昏黄的日影，徐徐吐着气似笑不笑地说道，"中堂这次来，可以坐镇济南看我杀人。冒领赈粮的，囤积居奇的，我非宰他几个不可！"刘统勋愈听心中愈是惊讶。高恒在山海关盐政上办差十年，户部从雍正八年到乾隆五年，三次暗地查账，银账物三项对照，清如水，明如镜。吏部考功司暗访，居官也十分清廉。但他背了个"国舅"名声，连刘统勋也认为，不过是个清廉自守谨慎自爱的外戚而已。今日初一交谈，胸中经纬竟不亚于李卫、尹继善这些名吏！思量着，刘统勋松弛地一笑，说道："八爷这样精心筹划，也真是无懈可击。统勋还有什么可说的？只是大灾之后两条可虑，一是瘟疫，二是盗贼，要未雨绸缪，不要出事，平安渡过，就是功劳。"

高恒格格一笑，说道："这两条皇上早已有密谕发下来了。已派人从两江、两广、云贵采办大黄、黄连，以防瘟疫。至于缉盗拿贼，不是我的长处。岳中丞是将门之子，丁世雄又是跟着傅六哥打过仗的。刘大人您又是统领天下缉盗事务的刑部尚书，如今又坐镇山东，还怕几个草寇不成！兄弟是万万放心的。"刘统勋笑道："其实赈灾赈得好，再没个盗贼蜂起的理。我这次来，带了黄天霸来就为这个。江西和山西匪寇虽已剿灭，飘高虽已落网，但'一枝花'却不知去向，还有山东齐二寡妇一路，虽然败了，人还没拿住。这都不是寻常打家劫舍的匪徒，是专和朝廷作对的巨贼，不可不防。他们若流窜到山东，乘机传道，聚众谋逆，便成了大事。我来这里前，皇上三次召见，一是说赈灾，二是说防变。不赈灾必定民变，治安乱又妨害赈灾。至于瘟疫，现在已是秋末，明春三月前断然不会传疫。等岳中丞回来，我们尽着大事紧事先办。先出个安民告示稳住人心。"正说着，二门上的驿丁匆匆进来禀道："刘大人，我们臬台大人来拜！"高恒听说丁世雄来了，便起身迎了上去，笑呵呵地执着丁世雄的手，寒暄道："我算着你们最快也要明日回来呢！岳中丞呢？——这位是？"高恒见丁世雄身后还跟着一位年轻的武官，随口问道。

"哦，这位是跟着延清大人同来山东的刑部巡检司黄观察，讳天霸的就是——刘大人在里边吧，我们见过再谈，还有要紧事呢！"丁世雄说着便拾级上阶。见了刘统勋便伏地跪请圣安。

"圣躬安！"刘统勋代天作答，笑容可掬地虚扶丁世雄起身，一边让座叫茶，一边笑道："济宁那边有事，何必这么匆忙赶回来。大家都是一个差使，闹起客气来就没趣了。"丁世雄斜签着身子坐在刘统勋对面，赔笑道："济宁的事已经料理了。岳大人昨天摘了济宁道十二名官员的顶子候参听勘，砸粥棚、冲衙门的头儿抓了二十多，事情已经平下去。今天济宁府大出红差，连同原来监候在押的劫盗和闹事的匪民，一共要杀四五十个。岳中丞亲自监斩，明儿就打道回省城。昨儿晚间有眼线密报，博山黑风崖上聚的土匪要下山劫粮，所以骑马赶回来，又遇到黄观察，这里见见钦差，立马要办这案子。如今人心不稳，如让土匪闹起来就不容易再按下去……"刘统勋听得目光炯炯，一按椅背站起身来，盯着丁世雄问道："黑风崖?！有多少土匪？"

"回中堂，那地方偏僻荒凉，历来就有强人出没。有些老百姓亦匪亦农，官军来了他们是'老百姓'；商队路过便一哄而去抢劫，又是土匪。山寨上头的匪头儿叫刘三秃子，平日在山上常住的土匪，大约一二百人。"

"前年不是报说已经剿平黑风崖的匪巢。这是谁报的？"

"是前任总兵穆彰阿，如今已经转任黑龙江都统。"

"你既然接了这省臬司衙门印，这么大匪情，又是讳盗冒功的大案，为什么不报刑部知道？"

丁世雄赶忙站起身来肃立回话。听刘统勋问得结实，胆怯地看了他一眼，嗫嚅着说道："中堂，讳盗的事，地方官都知道，哪个省都有的——"他没说完，高恒在旁冷冷插了一句："老兄是穆彰阿荐起来的，怕参了他，老兄的顶子也保不住，对吧！"丁世雄便不言声。

"现在且不理论这个了。"刘统勋从愤怒中清醒过来，"说说你的打算，先把差使办下来再说。"

原来这黑风崖地处莱芜境西北六十里的太平镇，离省城其实只有七十里，其地山势峻峭、林木茂密，狼蹲虎踞的黑色巨石满布峭壁之间，中间只有沿溪一条羊肠小道从山东北岔开，一条蜿蜒通向石门山，一条通向济南，是莱芜、泰安、博山和济南省城交界之地，号称"四不管地面"。康熙年间山东巨寇刘大疤啸聚绿林，这里是他过冬的暖寨。后来三藩乱起，为稳定中原，赵良栋几度率兵扫荡围剿都没有能铲除尽净。直到康熙二十三年刘大疤被招安，归服朝廷，才算清除匪患，倒也太平了几十年。雍正年间，河南的"模范总督"田文镜，逼着有家有业的老百姓背井离乡"垦荒"，加之旱灾，河南百姓逃到山东，渐渐地就闹起打家劫舍的匪患。田文镜是雍正皇帝的头号"模范"，当时的山东巡抚莫大兴是有名的"莫面糊"，剿不了土匪又不敢告田文镜的状。倒是岳浚到任，从南到北狠剿几阵，如抱犊崮、孟良崮、龟蒙顶、鲁山几处匪巢都被捣毁了，只这个"四不管"地面，风声一紧，就"没有"了土匪，风声过去依然如故，这刘三秃子主意拿得稳，大案不犯，小案不断，皇粮不劫，库银不抢，只是"搔痒痒"，过得去就成，府县里也就睁只眼闭只眼马马虎虎听之任之了。

但今年的蝗灾太重了，眼见普天漫地的蚱蜢吃得山东成了"秃子省"，寨里存粮吃到年底就支撑不下去，明年更是无处"借粮"，刘三秃子情急之下，发帖子给太平镇马大善人，要借粮七百石。

"这是马本善叫人飞递过来的帖子。"丁世雄说了大概情形，从靴页子里抽出一张马粪纸折页，递给刘统勋，一边说道，"看样子刘三秃子是想趁马本善娶媳妇这个日子劫票借粮……"高恒忙凑过来看时，那纸上大大小小横七竖八毫无章法地写着：

> 马大山（善）人，八月二十二你娶儿媳，咱们功（恭）喜功（恭）喜！咱们这些干白刀子进去红刀子出来勾当的，没啥玩艺功（恭）贺，送你山核桃一车，叫那婆娘给你生一堆孙子。山（善）有山（善）报，你老龟孙当得的。码头（山寨）现今缺粮，喜酒免了你孝敬。七百石粮，日翻你老祖宗，你也得给老子呕出来——一字不漏，就这么写给老狗日的！

高恒正发怔间，刘统勋笑了笑说道："这贼窝子里的师爷也是个浑人，叫他'一字不漏'，他就连背地里的话也照录不误——只是贵司打算怎么料理呢？"丁世雄抬头看看黄天霸，笑道："卑职和天霸兄已经有个计较。面见大人，就是想借用天霸几天。"

黄天霸脸上永是挂着一副不卑不亢的笑容，他本在刘统勋身后站着，闪出身来向刘、高二人一揖，从容说道："黑风崖这股强人虽然人数不多，但官兵几次进剿都没有见功，就为他们耳目太灵。省城这边发兵，那边的贼已经远走高飞。所以这次和丁兄计议，趁马本善家这场喜事智取了黑风岸的老巢。丁兄已经密点了二百官兵扮成粮贩子去了太平镇。我和丁兄连夜赶往马家，在婚筵上和刘三秃子大干一场！"

"好！"高恒听得精神一振，动着心思也要沾这功劳，合掌拍节笑道，"这是很热闹的一出戏。我生在北京，在绮罗丛里长大，不可不长这个见识。我从北京府里带着三十多个家生子儿奴才，也去马家凑个趣儿。"

刘统勋觉得新奇有趣，但他毕竟官场老吏，城府很深，立起身来踱了几步，仰脸看着天棚，慢慢地说道："这种事戏里虽然有，兵凶战危，决不能当戏来演。我很疑你臬司衙门里就有通敌的。两个方面大员、一个刑部堂官若在黑风崖这个小小的山头闹闪失了，朝廷颜面怎么维持？——我不是不赞成，是要你们思虑得周详，再周详一点。"丁世雄听了马上回道："这事我们一开头就计议过了。兵，都是岳中丞从四川带来的亲兵，我衙门里的一个不用。如今山上树木花草都被吃得精光，土匪们也不好遮掩。他们要过冬，要备荒，抢粮是势在必行的事。我们小心一些，还是有十足把握的。""这事你们不来禀我也就罢了。我既知道了，当然要负责。"刘统勋越想"失败"的后果，越觉得事关重大，淡然一笑道，"用我的令牌，密调博山绿营兵一棚，八月二十二日夜里亥时准时到太平镇接应。这样就万无一失了。你们看呢？"

"中堂妙算周详！"

"什么'妙算周详'，不过防患于未然罢了！你们放心一条，我绝不要'功劳'，"刘统勋笑道，"我和岳中丞坐守济南城，等着你们传来捷报！"

"是！"三个人一齐躬身说道。

目送三人出了驿馆，刘统勋心里谋划了一下，便坐下来写奏章，想把山东赈灾安排详细奏明皇上。写到高恒，又觉没法下笔。索性便合起折子，叫过随行的三个师爷，计议如何从直隶、安徽、河南、山西等省调拨芦席木料、采买舍粥用的大粥锅，还有全省所需柴草更是令人头疼，过冬用的饲料、草料，取暖做饭用的柴炭也都奇缺……一件一件从平常人家过日子上着想，十分琐细不堪，直到子夜时分才理出个眉目。

太平镇的首富马本善家此刻却陷在一片慌乱之中。土匪借粮原也是寻常事，这个"四不管镇子"地处沂山老山沟里。自己的佃户里也有不少人和寨上刘三秃子常来常往，寨里一句话传下来，借个三千两千斤粮，二话不说就叫长工送上去了。他自认是土匪的"窝边草"，既通匪，又通官府，兵来支兵，匪来资匪，四面通融，几十年来，与官匪相处平安无事，刘三秃子总不至于连这窝边草也不要吧。想不到这次竟这么不讲情面，一张口就是七百石！七百石粮他有，但也就腾空了他的库底，明年就得跟那些泥脚杆子一道去吃舍粥棚的饭——这面子扫得太大了，而且济南城粮价已经涨到三十两银子一石，一声"借"，两万多两银子凭空就没了，也实在叫人肉疼。所以才把刘三秃子那封借粮信偷偷递到了省城。但信寄出去，他立刻又后悔了，臬司衙门里就敢保没有通匪的？一旦露出馅儿，这一家人，这份家业可就万劫不存了。再说，万一省里不发兵，留这个"把柄"在人家手里，早晚也要大祸临头的……若要倾家荡产地去支应这个刘三秃子，将来官府知道了，办个"通匪"罪名儿，也免不了背上插起亡命牌挨一刀——心里正七上八下的没个安落处。信寄出三天，马本善像热锅上蚂蚁一般难熬。往张家湾亲家那边送婚书、聘礼等一切事务都由大儿子马骧遥往来奔走。二儿子马骧远是新郎，正兴兴头头要娶媳妇儿。请舅舅、迎姑姑；发请帖、请戏班子、布置喜堂、安置筵席、请吹鼓手的事由老三奔走。一大家子几十口人走马灯般忙成一团乱麻，谁也没留心老爷子急得心如火灼，只是叫管门的老马头到门外"瞭着点"。弄得不知内情的家人们莫名其妙。

　　熬到二十二日正日子，土匪官府两无消息。神经绷得很紧的马本善反而松弛下来，鸡不叫就起了床，看看二儿子的喜堂，又到搭好的芦棚里看着大师傅们宰鱼、杀鸡、煮肉、炸丸子，从溢着白雾的灶棚出来，站在院里嗅了嗅弥漫着的肉香，见老马头满身是霜从外头进来，忙招手道："你过来！"

　　"老爷！"老马头搓了搓冻得有点发木的脸，几步趋跑过来禀道，"老东家，起恁早？告您老人家一个讯儿——人来了！"

　　"谁?!"马本善浑身一颤，"哪边的？"

　　"官府的，来的还是大官儿呢！"老马头激动得声音发抖，"省里的丁臬台亲自带兵来了，现在门外等着见您呢！"

　　马本善两腿一软，几乎瘫坐在地上。老马头忙来扶时，他已倏地站起身来，一边说："快，快请！"三步两步便迎出了大门，却见大门口拴马石旁站着三个人，一个四十多岁的中年人，穿着两开气长袍，外套着黑拷绸马褂，脚下蹬着石头正和两个年轻人闲嗑牙儿。两个年轻人也都是生意人打扮，身着天青袍子、青缎套扣背心，辫子随随便便搭在肩上正说得热闹，见马本善出来，忙迎了上去。马本善见大院周匝并没有兵，心里又是一紧。老马头凑了上来，低着声气道："这三位都是长官，从张家湾那边过来的。"马本善嗳嗫了一下，看了看走过来的高恒和黄天霸，正不知该怎么称呼。黄天霸笑道："我们是从张太公庄上过来的，给我们姑娘下婚书、送聘礼的！"

"是送聘礼，"丁世雄一摆手，一个兵丁扮的长随牵着一头驴过来，丁世雄指着驴背上驮的两口大木箱，笑道，"都在这里头，您瞧了准高兴！"马本善至此才明白这三位是乔扮了的官兵，张着嘴"啊"了半晌，将手一让，说道："明白了！快请到里边用茶！"他突然打住了，瞪大了眼盯着街北，像一个正在走道的人猛然看见一条蛇，惊得语无伦次，"老马头，快请——请——几位进里头——请——请安置！"老马头也面如土色，颤声对丁世雄道："黑风崖上蒋三哥来了！"

丁世雄三个人也是一怔，偏转脸向北看时，果见一个中年胖子骑着头毛驴的笃的笃地过来，这人也是个秃子，顶上谢得一根毛发也没有，但沿耳根的一圈头发又黑又浓，总成一根辫子，加上他那络腮胡子蒜头酒糟鼻，怎么看怎么别扭，上身穿着一件短褂，下身穿着大裤衩子，敞开着怀，肚皮厚肉上缠着腰带，别着大小两把匕首，小毛驴也不知从哪里抢来的，被他压得一步一颤，呼呼地直喘白气。那蒋三哥见马本善四个人大清早站在大门口说话，偏身下驴，将缰绳一撂扔了，趔趔歪歪地过来，乜着眼斜了三人一眼，向马本善一揖说道："都预备好了？"

"预备好了，"也许有丁世雄他们在跟前，马本善只一惊怔，随即恢复了镇静，满脸堆下笑来，说道，"还劳烦三哥您亲自下山来！——后仓里都用麻袋装好了，共是六百八十九石，弟兄们只管来搬！"蒋三哥走近来，认真看了三个人一眼，突然一笑，说道："我是说你娶媳妇的事儿——谁说借粮的事呢？"也不等让，侧转身便往院里闯，马本善等四人也只好跟进来，上了堂房。蒋三哥一边走，一边说道："还有笑话儿呢，我们来你这儿借粮，有人冲我们山寨去'借粮'，说是从江西来的'大侠'，要救人济世！去他妈拉巴子的，绿林里如今也尽是怪事……荒年灾月的，到处缺粮啊！所以三爷叫我先来知会一声，他要亲自下来吃喜酒闹花堂，然后带粮回山，别叫哪个贼窝子狗日的抢了先儿。三爷说你这回爽快，帮了寨里大忙，明年加番还你这七百石粮，明年你再添个孙子，你这老狗可美炸了……"蒋三哥说着，已和众人一同进屋，因见丁世雄、高恒和黄天霸也跟进来，心中很不痛快。

第二回　假傧相淫乱马家宅
　　　　　　真土匪借粮太平镇

　　马本善一怔，正要答话，黄天霸在旁说道："我们是从张家湾张太公家来的，给马亲家下婚书送聘礼的。"说着，从怀中抽出一封全红大喜帖送上来。马本善接过看时，上面写着：

> 忝眷张右臣谨启：右告者凭丁三官人为媒，承蒙亲家马讳本善金诺，敝小女阿秋与贵二男公子马骥远缔姻，特遣高黄二先生前来谨奉聘礼，其情其意心领不宣。
>
> 　　　　　　　　　　　　　　　　乾隆六年八月二十二日

下面礼单上写着：

> 金十两　银五十两　彩缎六表里　杂用绢四十匹

马本善看了一眼，便知亲家那边和官军商议周详，将喜帖递给蒋三哥道："三哥你过目。"

　　"这式样倒精致啊？"蒋三哥颠来倒去看那喜帖，却连一个字也不认得。听见后院宰猪的嚎叫声，将喜帖向桌上一扔，说道："有什么好吃的，给弄点米，有酒没有？那副猪下水给我收拾干净了，回去时候放在驴搭包里，回山慢慢受用。我今儿就在你家坐地吃酒，等着和弟兄们闹洞房。"说着"咽"地咽了一口口水。

　　"有，有，三哥这会子要什么有什么。"马本善正愁这几个人没法相处，忙不迭答应着，一迭连声叫人，"快，在西厢屋里弄几个菜，新开的三河老醪给三哥弄一坛，叫两个庄上的人侍候着！"说着，便连推带拉夹着打诨说笑送出了这头毛神，回身来擦着额头上浸出的细汗，说道："我真怕他看出行藏，就在这里动起手来，可怎么好？"

"到现在你还有这份痴心？"黄天霸目光睨着院里往来如穿梭的人，冷冷说道，"想太太平平各自散场，没有那个可能。你只有帮着官军厮杀，斩草除根端掉这个黑风崖，你一家才能平安！"

说话间，院里突然乐声大作，大门口三班吹鼓手吃饱喝足，铆足了劲，比赛似的奏起了《庆岁余》——原来已到了新郎迎亲时辰。那马骥远身着喜服、头簪金花从西院祠堂兴冲冲迈步而出，直趋正房来拜马本善。马本善不等他到台阶前就趋步出来，站在滴水檐前，脸上青一块红一块地受了儿子的辞行礼。在震天聒耳的乐声中大声说道："骑马当心着点，道儿不甚好走。代我给你老泰山致意问候，就说三位送聘礼的客人我留住了。"说着，移步下阶将儿子送到二门口，又叫过马骥遥布置迎接客人，安排宴席座位的事，堂房里高恒因见黄天霸怔怔的，料是站累了，笑道："这会儿你还立什么规矩？坐着歇歇吧！"

"是！"黄天霸似乎心事重重，舒了一口气坐下，说道，"我是在想，万一真的还有另一股强人土匪也来劫粮，我们怎么应付？"丁世雄道："那不过是这个蒋三哥顺口一句话，哪里会那么巧呢？就真的来了也不打紧的，刘大人调了一千多绿营兵亥时准来策应，有多少我们拿多少！"高恒说道："小心没过逾的。待会我们的人送亲过来，要派人赶紧和刘中堂联络！——前日我见邸报，东平山匪众、紫薇峰的毛振祖都被官军击溃，匪首不知去向。江西'一枝花'去年潜入河南大别山，她到山东也许是有的，这可不是个寻常土匪，是扯旗放炮兴白莲教与朝廷对抗的叛逆！山东这么大的灾，万一借口什么事，啸聚一处，攻州夺县地闹起来，通省都乱了！"

丁世雄越听越觉得有道理，也觉得肩头担子非同小可，眼见院中耆绅故老、街坊邻居送礼的愈来愈多，便起身道："这里不是说话处，我们到后院，让马本善给我们准备一间房，商议事情、指挥行动也方便些。"说着出门，招手叫过马骥遥，耳语了几句。马骥遥边听边点头边眨巴眼睛，笑道："还是爷们想得周到。就在我房里，叫贱内和妹子侍候着，再不会有闪失的。"说着便带着他们三人出房进了后院。

　　这是一处很宽敞的四合内院，高高的五间北房住着马本善夫妇，大儿子马骥遥住了西厢，小儿子马骥远住在东厢北屋，马骥远的妹妹芳芳住在东厢南屋。坐南朝北的四间房原来是马骥远的，但马本善另有心思，在大院西边荷塘边给他盖了一处宅子，新房就设在那边。因马本善老两口都出去应酬客人，家人仆妇都张罗洞房里的事去了，马骥远年纪尚幼，也不知钻到哪里看热闹儿去了，偌大院子里鸦雀无声，几株大梧桐伸着光秃秃的枝桠，掠地风穿堂而过，发出沉闷单调的"呜呜"声。丁世雄眼见院子四角还设着瞭望平台，不禁说道："好，这里严谨！"便跟着马骥遥进了西厢。西厢里马骥遥的婆娘申氏和芳芳正在外间亮窗下做针线。猛地见丈夫带着三个陌生男人进来，又羞又慌，忙一把拉起小姑子便向里间躲。

　　"别他娘的这么认生了，今天土匪要来借粮，官军要来剿匪，老二要娶亲，眼见七荤八素凑在一处，还穷讲究什么！"马骥遥不耐烦地说道，"这几位老爷都是官府大员，外头办差人杂不方便，就在这屋里指挥，你们两个侍候着！"马申氏和芳芳两个人都只晓得骥远结亲的事，也隐隐约约听说过有土匪要来借粮，没想到这场婚筵竟有这么大的凶险，一时都吓得目瞪口呆。许久马申氏才喃喃说道："我的爷！咱们马家大院不成了战场了么？"芳芳水灵灵的大眼睛睁得圆圆的，问道："大哥，就凭这几个人挡土匪么？"马骥遥一边抽身往外走，急匆匆说道："女人家，操这些心做什么？汤水酒饭侍候着大人们，一切听这几位老爷吩咐就是了！"说话间，人已是去远了。

　　丁世雄见姑嫂两个人忙着涮壶洗杯、端凳子抹桌子张罗着，遂笑道："二位不要忙这些，我们也不是客。最要紧的先要画一张你们院落的图——"他顺手取过窗台上描花样子的纸和笔递给马申氏，"——就这样子，跟描绣花样子一样，赶紧把院落房屋、出入口、水塘山坳，周围道路都画出来，喏——这是北——这是南——这是东——这是西——明白了么？"

　　"明白了……"马申氏涨红了脸，嘤嘤咛咛地答应了一声，抖着手拈了那纸和笔，和芳芳挨挤在一条凳上画那庄院地形图，画了几张都歪扭得不成样子。丁世雄在旁又安慰又指点，马申氏那慌张的心情才渐渐平静下来，画笔也就听使唤了。黄天霸在一旁看着芳芳绯红的脸，突然想起父亲病重，只有这样大一个妹妹在旁侍候，此刻还寄宿在北京西下洼子，李卫制台赏的一处小院子里。这位芳芳，身条年纪都和妹妹差不多。父亲老病残喘的，她照应得来么？可怜黄九龄英雄一世打遍绿林，在直隶比武却败在江西"一枝花"麾下的生铁佛手中，朝廷还以"纵敌逃逸"的罪名，罢职待勘。白头弱女，相依为命，自己不能在身边尽孝，却奔波在千里之外，代父赎罪。此中苦情谁能忍受！想着，他的眼眶里已是噙了泪花。芳芳一抬头，见黄天霸痴痴地看着自己，腾地红了脸，掩饰着去挪动那砚时，一不小心溅得手上都是墨汁，又不好离身去洗擦，垂头看着嫂子，心头鹿撞似的扑扑直跳，再也没敢抬头。高恒却在欣赏马申氏的姿色，因为站得近，申氏身上的温热和香气阵阵袭来，弄得这位"国舅"爷有点意马心猿。他自己有着一正两侧三个娘子，几个通房丫头也都姿容绰约。但是，自从见了皇后富察氏的娘家弟媳棠儿之后他便感到"合家粉黛无颜色"了。偏那棠儿，起先见他还有个笑脸，说几句风话，还能挨她轻轻一啐，后来就愈来愈冷，宫里家里遇见，连正眼也不瞧他一眼。后来，高恒花了一千两银子，才打听出来，这雏儿原来与当今乾隆万岁爷勾搭上了！且不说女人势利心、眼眶子大，光说这"禁脔"高恒也没胆子尝！怪不得傅恒一升再升，不到三十岁就入军机处宣府拜相，怪不得棠儿一临盆宫里就有旨问是男是女，还赐名福康安！敢情傅恒是戴着绿头巾升官，福康安竟是"龙种"！这个马申氏容貌是没法和棠儿比的，侧身坐着，那影子，那动作，那体态，那光可鉴人的头发和巴巴髻儿，那细白如凝脂软玉的脖项，还真的有几分像棠儿呢！高恒长久在京外当差，刚回京又调任山东布政使，官是升得快了，可家庭生活，却久未获得温馨了，形如鳏夫，若不是斯地斯景潜着危机凶险，他就要……

丁世雄见她们画好了图，拿过来颦着眉只是审量，指点着几处不明白的地方问了问，便道："二位请便，倒点茶水，别的就不用管了。"只指着图对黄天霸道："土匪也不会不防马本善一手，你看这院子西北角的荷塘，一半在院子外边，如今正是清塘挖藕的季节，等于是没有院墙的一条路。刘三秃子一定会在这里设一批人马，没事警卫，有事接应。

所以咱们带的一百多人不能全都在厅里周旋，要分出去三十名专门挡住
这条通路，如果这群人要逃，就粘住他们不得脱身。总之，擒住了刘三
秃子，我们就怎么干怎么顺手了——八爷，您说呢？"

"啊？啊！"高恒光顾着欣赏马申氏的姿色，两眼看得直勾勾的，竟
忘了情，急回神答应着笑道，"墙角那只小花猫玩得真有趣——丁老兄
不愧带兵的老行伍，想得周到！天霸你们合计着就行了，我只坐纛儿观
战！"说着，见马申氏端着茶盘走来，便起身接过马申氏递来的茶盘，
仿佛无意间在她温润的手心里轻抚一指，抚得茶盘差点仄了。别的人都
在思考自己的心事，谁也没留神这位高国舅在这当口还动了春情。丁世
雄看看窗外日影，说道："咱们的兵都随张家湾送亲的来，这会儿也该
到了，太平镇送礼的合下来也不下四人，仗打得太烂不成，还要防着咱
们的兵趁火打劫，高爷您就留这里坐镇，我和天霸出去照应一下。"这
个主意正中高恒下怀，连连称是，说道："就是这样，我等马骥远拜花
堂时再出去。我是张家湾的'侯相郎'么！"

一时人都去了，偌大屋子里只剩下高恒和马家姑嫂二人。此时此地
颇有点尴尬，既没有闲话也没有忙话可唠。高恒只见马申氏那女人一头
黑发起明发亮，鬓角上的毛发虽然有点乱，却很妩媚可人。一双小脚掩
在裙下若吞若吐，时隐时现，一对黑漆漆的眼珠流盼顾盼，仿佛会说话
似的，不时地送来一瞥秋波把高恒撩得心痒难耐。他毕竟是情场老手，
转眼间已是得了主意，喝了一口茶，笑着叫过芳芳问道："你是马本善
的女儿？"

"嗯。"

"——叫什么名字啊？"

"芳芳。"

"有姐妹么？"

"没有。"芳芳瞟了这位年轻大官一眼，她有点不明白为什么巴巴地
叫过自己问这些没要紧的。

高恒瞟一眼马申氏，嘻地一笑，啧啧称羡道："深山出俊鸟，真真
一点不假！不但出落得鲜花似的，一手女工比宫里的针线上人还做得精
巧！——那副枕头套上的牡丹是你扎的么？"芳芳是一个不经世的闺房

少女，被他夸得红了脸，脚尖跐着地说道："跟我娘学的，绣得不好，叫老爷笑话了……"高恒笑着从腰间解下卧龙袋递过去，说道："你看，这就是内廷做出来的活计，比得上你绣的花儿么？——咦，这一处线绽开了，你看能重新缘一道金线不能？"

"我们屋里没有这样的明黄线。"芳芳仔细看那卧龙袋，"这绽线的地方儿，用金线先掐个片缘，再刺上藕荷色的一朵云，只怕也就掩过去了。"马申氏早已摸透了高恒心事，这么尊贵风流的人物儿，她心下也很喜爱，遂在旁怂恿道："用你屋那张织布机上的两张夹片绷紧了，使用银红、藕荷、月白三色线绣上去，这袋子就显得雅素了。""正是，正是！"高恒喜得眉开眼笑，"济南绣房的匠人也这么说，就只他们的绣工我不如意。"他说着，取出一把金瓜子，涎着脸笑道，"就劳姑娘费神给我整治一下，一会儿你二哥入洞房，我带着这绽了线的卧龙袋当傧相，也不好看，是不是？"芳芳被他奉迎得兴头起来，接了卧龙袋，却不接那钱，微笑道："我就试试看吧——您为这花钱，我成了什么了？"马申氏笑道："老爷赏钱，你就收下吧！留着做你嫁奁装箱用好了！还不快谢谢？"高恒做好做歹总算把金瓜子儿放在卧龙袋上，芳芳蹲身谢赏出去了。

高恒看着芳芳进了东厢房，听着摆弄织机的声音，这才回到座儿上，笑眯眯看着马申氏不言语。马申氏慌得心里突突直跳，搓弄着衣裳角，半晌才道："你渴了吧，我给您换杯茶——"说着泼了案上残茶，从茶吊子里又重倒一碗双手端过来。高恒却不去接，只怔怔盯着马申氏，仿佛在欣赏一盆花，半晌才道："我渴。渴极了，通身上下渴透了……"马申氏将碗一放回身便走，却被高恒抢先一步紧紧握住了双腕，抽出一只手一把将她揽在怀里，口中颤声说道："……好乖乖亲亲的，哪里要什么茶？你就能解我的渴……"

"你们当老爷的，也这么……不正经的？"马申氏既不能喊、又不能怒，挣了几下挣不脱，偎在高恒怀里，那温热的男子气息也荡得她心意不定，立时浑身软了下来，闭上眼一动不动，口中只是喃喃道："你放开我……这太不成话……给人瞧见了可怎么好？……"

高恒信手抽出一张银票甩在桌上，将马申氏抱起骑坐在自己腿上，腾出一只手伸进马申氏小衣，在她两乳间摩挲揉搓，口中一边咂嘴儿亲吻，一边乱嘈道："那是五百两银票——谁瞧见了是他的福……身上怎么这么香？呀……"那妇人大约从来没有和丈夫这样温存过，早已被他揉得一团软泥似的，一双纤手紧紧搂住高恒的腰，口中喃喃呢呢哼着。二人在凳子上死命搂着，偌大屋里一片牛喘的声音。高恒问道：

"嫂子……"

"唔……"

"比马大哥如何？"

"嗯！"

高恒见马申氏一脸娇羞，已是晕迷如醉，忽然，远处传来唢呐笙篁齐奏声，鞭炮开锅粥似的响成一片，马申氏才惊悟过来。二人起身整理衣装，高恒笑着替马申氏整整鬓角，说道："二哥没进洞房，大嫂先尝鱼水之乐——我只问你，比马大哥如何？"

马申氏小声道："他是个不中用的人，又急着要儿子，天天骂我不如一只猫，猫还懂得从别处叼野食儿呢！我家老爷子你别看正经，背地里也摸过我几次呢……他那一把年纪，胡子拉碴的，没的叫人恶心！——你要愿意，差使完了在这多住几天。"说着"哧"地一笑。说话间，芳芳在外轻咳一声，接着推门进来，说道："早已绣完了，又到二门上看了看，该来的客听说都来了……"她把卧龙袋双手捧过来，躲着高恒的目光，小声道："粗针大线的，难入国舅爷的眼……"

高恒接过细看，笑道："这个针线谁敢说不好？——你听谁说我是'国舅'？"马申氏想不到方才和自己如此这般的竟是一位皇亲国戚，心里甜润，脸上更觉生光，倍感身价不凡。芳芳扭怩地说道："就是跟着老爷的那位姓黄的后生。"正说着，黄天霸一撩帘子匆匆进来，向高恒一揖说道："藩台爷，桌台在前头等着呢，咱们的人都到齐了。您是侯相，要陪新娘子进了洞房才能完礼呢！"高恒听了，问道："来了多少人？"说着便拔脚就走。

"摆了一百桌，"黄天霸一边紧跟着，一边回道，"有千把人吧！"

"黑风寨那边呢？"

"还没有消息。已经派人打探去了。"

"也许已经有人潜进马家庄了?"

"肯定会混进来不少,不过刘三秃子还没有露脸……"

二人说话间,已来到马家大院正厅,高恒沿着石阶走了上来,穿过大厅,迎面便是一片两亩多大的空场,西边已搭起戏台,刚刚开戏,正唱跳加官等帽子戏。空场东边摆满了桌子,前一排十桌,坐满了人,都是一些穿长袍套马褂的缙绅,后面一排是一些教读先生、老秀才、医生、郎中之类,一个个嗑着瓜子儿、吃着茶聊天,漫不经心地看着戏文,显得矜持斯文。往后几排的人越来越穷,有蹲在凳子上喝茶、抽旱烟的,有敞着怀、斜披老羊袄的,还有些蓬头垢面的孩子在桌子腿间又钻又爬、叽叽嘎嘎又笑又叫捉迷藏的,满场的人声鼎沸。四班吹鼓手比赛似的一个比一个吹打响亮,和着噼噼啪啪的爆竹声,所有这些融会在一起,显示出主人的交际之广和他的气派为人。高恒抬头看看正厅两侧的楹联。只见门楣中央挂着一个门扇大的"囍"字,门槛上写着斗大的字:

仙娥缥缈下人寰　咫尺荣归洞府间

高恒看了不禁一笑,见黄天霸在门洞里指着新郎新娘直使眼色,他怔了一下才醒悟过来赶着紧走了几步,跟着新娘身后亦步亦趋地走向正堂,满地满院的都是核桃、红枣、栗子,爆竹声在头顶、耳边响着,火星儿迸到脖子上灼得他不住打颤儿——至此高恒才明白新娘子那块蒙头红巾的妙用,没那玩艺儿这滋味确实受不得——从门口到堂房不过三丈余地。那两名兴歌郎不知得了多少赏银,扯着又宽又亮又有弹性的嗓子唱得欢快:

绛绡银丝裹嫦娥,见说青蚨办得多。
锦绣铺陈千百贯,便同萧史上鸾坡。

另一位立即答应:

> 从来君子不怀金，此意追寻意转深。
> 欲望诸亲聊阔叙，毋烦介绍父老心。

高恒细忖量，黄天霸紧随新郎，显见他扮的是马家的傧相了，照此类推，兴歌郎必定也是一家一个——十里不同风，百里不同俗，北京就没这些规矩。正胡思乱想，上头司礼郎立在堂口手秉银烛高声道："傧相交职！"

"怎么还有这个仪节？"高恒见两个兴歌郎舞拜着近前来，不禁心里发慌，不知怎么个"交职"法，看黄天霸时，他也是一脸茫然。两个兴歌郎舞到他们面前略一照面，即返身面向司仪，齐声高唱：

> 佳期刘阮会真仙，多谢东君傧命专。
> 自愧才疏颂辞难，即当高阁侍华筵。

高恒听了肚里暗笑，这词编得有趣，代我谦逊了，又请我上筵吃酒！正自抿嘴儿高兴，两个兴歌郎却向黄天霸和高恒唱道：

> 星娥窈窕望仙郎，莫道迢迢玉漏长。
> 愿觅红绡并利市，便归洞府效鸾凰。

又唱：

> 青鸾衔信入秦楼，红叶题诗寄楚沟。
> 今夕佳期欣会遇，不妨略赐锦缠头。

二人这才明白"交职"也不是白代替，是要掏腰包儿的，不禁相视一笑。高恒带的一把金瓜子都给了芳芳，而且那种物件在民间也不合用，袖子里倒是还有几张银票，却都是当五百两的大银票。慌乱间马家两个总角小厮已是各提一串红绸包裹的制钱送了过来……接着迈火盆、跨马鞍、摆苹果、趋步登堂入室、给新人行插花礼、处处有诗有赞。新娘子这才算迈进了马家的门。赞礼司仪一声高唱："乐起!"几十挂爆竹同时燃起，四部吹鼓手都披红挂绿站在大门口使足了吃奶气力拼命吹打。霎时间堂里堂外紫雾弥漫，金花缤纷。司礼的扯足了嗓门请马本善上座，一对新人拜天地、拜高堂，夫妻对拜。高恒和黄天霸不知不觉已退到两边，只见芳芳穿戴齐楚，上前搀起新嫂嫂，马骥远随后跟着送入洞房。

此刻厅里厅外爆竹燃尽，鼓乐歇止，稍觉安静了一些。高恒这才从喜庆心绪中回过神来，用目光四处搜寻丁世雄。厅里院里挤满人，哪里寻得见。丁世雄见高恒盯着人群瞧，便从侧面沿墙挤了过来，在背后拍了拍他的肩头，小声道："八爷，我在这儿呢，这里太乱，借一步说话!"高恒一转脸，见丁世雄满脸都是乱蓬蓬的络腮胡子，不禁笑道："我说的呢，大睁着两眼就是寻不到你!"说着便随丁世雄，绕过西边专为女眷设的席幕，到了正堂后边。只听西边院里闹洞房的欢声笑语热火朝天，撒帐先生正在扯嗓门儿高唱《撒帐歌》：

> 撒帐东，宛如神女下巫峰。簇拥仙郎来凤帐，红云揭起一重重……

众人拍手相和："——重重呐!"

> 撒帐西，锦带流苏四角垂。揭开便见姮娥面，好与仙郎折一枝……

众人和道："——折一枝啊!"

> 撒帐南，好合情怀乐且耽。凉月好风庭户爽，双双绣带佩宜男呀……

众声齐唱："……佩宜男呀!"

高恒想起方才和马申氏那番风流，不禁一笑。丁世雄见他如此沉着，倒由衷地佩服，笑道："这时分爷还有心听这俚歌儿! 中庭里一半土匪一半官兵，一个不小心，点着了炮捻儿就不可收拾！"高恒看着庄丁们抱着一捆一捆的蜡烛往筵席上去，心里陡地也是一紧，望了望暮色愈来愈重的天穹，问道："刘三秃子来了么？怎么没看见？"

"申牌时分来的，在蒋三哥屋里。"

"不是说好的？先灌醉他？"

"他拿得很稳，滴酒不沾。"

高恒脸上露出一丝轻蔑的微笑，点点头说道："告诉黄天霸，死死看牢了他！筵席一散，先一刀砍死他，其余的群龙无首，就逃走几个也无所谓！"丁世雄抚着满脸假胡子，说道："八爷说的是。不过我觉得总有点不对，好像要出别的枝节似的……"

"唔？"

"我也说不大清……土匪一共才百把人，加上官兵，二百人上下，正厅里现有三百多人，还一个劲地再加桌子，哪来这么多不速之客？"丁世雄慢吞吞说着，似乎有些犹豫，"……再笨的土匪也晓得个策应，刘三秃子放心在这里，肯定外面有布置。那——人数就更不对了。哦，还有一桩事，临大门那张桌子坐了个年轻公子，就是手里拿着一把泥金大折扇的那位。十分显眼的，八爷留神了没有？"

高恒偏着头略一思忖，立刻想起来了，说道："看上去气韵很倜傥，我见了。怎么，他有什么异样处？"

"他是贺礼送得最重的，两千四百两白银！"

高恒吃了一惊：当朝一品宰相、三朝元老张廷玉的小儿子成婚，东亲王爷是送礼最重的，也不过一千六百两银子！——这人是什么来头？不及细思，这时，已见一群丫头老婆子从西边簇拥着新郎马骥远过来，便知洞房礼成，新郎招呼宾客来了。高恒眼见说不成事，低声道："派几个人盯住，格外留心他！"说着返身便回了大厅。

此时厅里厅外点了二三百支蜡烛，到处通明彻亮。酒席上，官军、土匪和一些不知身份的不速之客杂坐一处，揎臂划拳，猜谜行令一个个涨红了脸，吼得房梁上的浮土都簌簌下落。

"六六六啊！四季春呐！八抬轿，九长寿呀！——一定升，你他妈的给老子喝！"

"日出东方一点红啊，输家是个酒英雄啊！"

"倒报，杨宗保镇守三边！"

"四对四，南京城北京城红城两座！"

乱嘈嘈中，高恒趋步走向首席，丁世雄也跟了过来。马本善神色恍惚，一副听天由命的模样，被几个本家兄弟围着灌酒，见高恒、丁世雄气宇轩昂地进来，后头还跟着新郎，众人方停止了吵嚷。

第三回　胡印中仗义反大寨
　　　　　一枝花事败出山东

　　"来来来，高傧相，请这边上坐！"马骥遥见了高恒等三个人像孩子见了母亲，心里一宽，忙着迎了过来，"请这里坐！丁先生，您坐对面——骥远，先给二位傧相斟酒！"

　　高恒笑着接过酒，一仰脖子咽了，闪眼见那位年轻公子也坐在首桌，正和丁世雄挨着，不禁目光一跳，笑道："骥遥，我刚入座就灌我？大家先介绍相识一下好吗？"马骥遥笑着一拱手说道："这里有一些新朋友，兄弟还说不上名字。介绍到哪位，请自报台甫，兄弟感激不尽。"说着，从首席一位老者，挨次往下说：

　　"这位是家叔祖，是太平镇马家族长。这位是家伯父守斋先生。这位是家舅父康平先生。这位是丁寨村的丁员外。这位是——"他介绍到那位年轻公子跟前，突然停住，笑容满面地伸着手请他自我介绍。那青年公子手中折扇一抖展开，却不言语，只轻轻摇着。众人看时那扇上只画一枝红梅，淡染清雅，上面一行字写着：

　　　　写赠迎霜阁主易瑛吾兄先生

下面落款是"罗泊生"。众人便知他是易先生了。接着便是丁世雄，他只笑着报了个假名"敝姓丁，丁大山"。丁世雄和高恒中间还有一位，一直不言声，阴沉沉地吃酒，见轮到自己报名，将酒杯往桌上一蹾，说道："我是这里的绿林山大王，人都叫我刘三秃子，本名叫什么早忘了——大家随意儿叫就是。"

　　他这一句话像放下了一道闸，闸住了厅里厅外所有的说笑拇战声，所有的目光都转向了他。刘三秃子见众人诧异，"叭"地将帽子连假发辫一齐抓下来掼在桌上，似笑不笑地说道："他妈的，穿一件周正衣服，换一副斯文脸，再乔模乔样地装个阔公子——你们就认不得自己祖宗了！"说着睨了易瑛一眼，"嘿嘿"又一笑，说道："大家高兴，喝嘛，接着喝呀！方才谁报牌报出个'日出东方红一点'来，我想听听你接着怎么说？"

"方才是三爷的虎威吓住我了！"一个矮个子匪徒醉眼迷离笑嘻嘻站起身来，口中笑道："日出东方一点红，输者是个酒英雄。嗯，日出东方红一点——输者是个屁股眼！"

哈哈哈哈……嘻嘻嘻……嘿嘿嘿……嗬嗬嗬……格格……

堂里堂外一阵哄堂大笑。突然门外一阵尖叫，一个女人披散着头发夺门而入。众人都被她的叫声吓了一跳，止杯停箸看时，后头蒋三哥喝得脸像猪肝一样，跟跟跄跄追了进来，口中兀自呓语般喃喃地嚷道："小浪娘子……已经浪的人——呃！又他娘的逃了……说我说话像女人，哼！待会擒住了你，你就知道呃——！是女……女还是男！"可怜那女人在土匪丛中窜着，这个伸腿绊她，那个拽她一把衣裳，一筋斗接着一筋斗地摔倒，早被蒋三哥追上捉住，一把便按在地上，两个人都呼哧呼哧喘粗气。一群土匪立时兽性大发。

马本善此时真不知该如何是好，口中只是"这个……这个……"用恳求的目光看着高恒，高恒却觉得现在动手太早，刘三秃子容易擒住人质，便换了笑脸，对刘三秃子道："三爷，请维持一下，好歹给马老太爷一点面子。"刘三秃子笑道："我们三哥还配不上他个丫头？哪个女人不嫁人？关起门来都是鬼！"

此刻那女孩子已经声嘶力竭，还在拼命抗拒挣扎。周围的土匪狂笑着大叫。

突然，左首第三桌一个矮黑汉子"啪"地用拳猛一击案站起身来，几步走上前一把提起蒋三哥，右手一个冲天炮打在他下巴上，左手顺势一送，将蒋三哥扔出大厅之外。顿时大厅里一片死寂。

"日你血祖宗们的了！"那汉子"噌"地撕下褂子丢在那丫头身上，恶狠狠骂道，"谁家没有三姨六姑亲姐亲妹子？——真忒不把人当人了！"

　　因为变起仓猝，事出突然，满庭中人都被他弄得木雕泥塑一般。只见他赤着膊，浑身肌肉块块绽起，一手按着大刀片子，一手举壶咕咕吸了几口，冲着马本善道："找两个女人送她后边去——刘三爷，实在对不住，打了你的贴身家将了，你就看着办吧！"

　　"胡印中？"刘三秃子两道眉毛拧成疙瘩，思量着处置办法，口中说道，"肉烂在锅里，都是自己弟兄嘛——"

　　话没说完，蒋三哥也剥得赤条条，挺着刀、红着眼冲了进来，手指着胡印中，嘴唇气得直哆嗦："姓胡的，这，这是第二回了！你他妈专跟我过不去！"说着举刀就砍，却被身边席上另一个土匪死死抱住，喊道："胡哥，还不快跑？"

　　"老子七尺丈夫，跑个什么鸟？"胡印中"噌"地抽出刀来，大叫道，"我们走黑道是无可奈何，难道奸淫妇女也是无可奈何？愿意跟我的，这边站；愿意跟他的，那边去！"

　　话音刚落便有四五个人站起身来，蒋三哥身后也有七八个人，还有几个人探头探脑看了看又坐回了原位。至此人们才明白，原来是黑风寨窝里炮，在这儿闹起火并来了。

　　"都是自己兄弟，在这里伤和气多不好！"刘三秃子见双方剑拔弩张恶目相对，知道一句话说错了，顷刻就要血溅这喜堂，嘻嘻笑着起身道，"蒋老三今天吃醉酒闹喜筵，当众调戏妇女，犯了寨规，回去自然要处分的。胡兄弟也性急了些，能在这里打野架？让外人要笑话的！来来来，斟上酒来，我为兄弟们和息和息——今个儿咱们借粮来的，可不是到这里闹家务来的！"说着便用手去夺胡印中的刀，又对蒋三哥喝道："把刀收了！"转脸又对马本善笑道："时辰不早，已经酒足饭饱了。去粮库装车吧？我们好该上路了！"

　　"慢！"

　　一直沉吟不语的易瑛忽然站起身来，微笑着出了席踱至刘三秃子面前，声音带着金属一样的颤音说道："你是借粮来的？"

　　"是呀！"

　　"你借多少？"

　　"七百石！"

"七百石！"易瑛一笑，问道，"你山寨上多少人？"

刘三秃子看看这个翩翩公子，将辫子一甩，立棱了眼道："雏儿，江湖道上走过么？懂得规矩么？"

"就为知道才来问你！"易瑛微微冷笑，"我也是借粮来的，你都借走了，我手下兄们怎么办？我下了定银三千两已登记在册，你呢？"

按照丁世雄、黄天霸的计划，待到席散客去土匪运粮时，拦腰分截，打散外边土匪，剿灭庄内土匪，擒杀刘三秃子。想不到横生枝节，婚筵上先杀出一个程咬金，又杀出一个尉迟恭。高恒是个极聪明的人，又多读邸报，知道的事情多，心下不禁暗自掂掇：抱犊崮、孟良崮、卧牛山几处匪巢破灭，莫非他们暗自聚结，要重新在黑风崖立旗放炮？"迎霜阁"……"易瑛"——莫非他是……"一枝花"？！

"一枝花"曾一反河南、二反江西，三次扯旗放炮，是与朝廷公然敌对的逆犯。刑部曾悬赏三万两银子，通缉全国严加搜捕，这个"一枝花"可不是寻常的土匪。自从傅恒带兵消灭了黑查山白莲教之后，再也没有听到她的消息，此刻猛地想到是她，高恒头"嗡"地一下涨得老大，瞳仁都死死定住了。恰巧黄天霸走了过来，对高恒耳语道："丁大人的意思要动手，请八爷照顾好自己。"说完就要走开，高恒轻轻拉了一下他衣襟，小声道："这是'一枝花'！听着，刘三秃子现在是小毛神，一定要擒住这个婆娘！"黄天霸偷瞟了易瑛一眼，心头一热一拱，浑身热血沸腾。咬着牙阴笑着稳了稳神低声答应道："是，标下明白！"便退了下去。

刘三秃子和易瑛仍在争吵不休。刘三秃子吼道："明明他妈的两千四百两，怎么冒充三千两？欺负我这个连账本子都看不懂的么？"

"你是个野鸡把式土匪，送礼打八折的道理，说给你也不明白。"易瑛笑道，"就算我是二千四百两，你的呢？"

"老子白手走天下，什么礼也不送！这七百石我是借定了！"

"给你五十石渡荒，余下的我们全要了！"

"那要看我朋友乐意不乐意！"

"叫出你的朋友来！"

刘三秃子一边说话，一边冷不防起了一个虎跃，凌空一个转身

"刷"地拔出腰间的镔铁方头刀向易瑛砍了过去，只见雪亮的寒光一闪，一团茫茫白雾升起，遮住众人眼目，似乎见到易瑛的一颗人头已被砍落在地！所有的人都惊呼一声愣在当地，黑风寨的喽啰们发一声喊，齐声喝彩："好！"但人们立刻又被易瑛惊得魂不归窍。她虽然没了头，但并不倒下，腔子里冒出的不是血，而是团团白雾。从影影绰绰的雾气里，传来格格笑声，说道："好恶作剧么！"又噗地一吹，满堂雾霾尽散依旧酒菜杂陈、红烛高烧！众人循声看去，原来易瑛正倒挂在梁上，只听她哈哈笑道："方才我略施替身术，就将你们这群狗才骗过，我的正身在此！"

"凭你这点下作本领，敢在绿林称豪称霸？"易瑛纵身跳下向惊恐得五官错位的刘三秃子逼近前去，仍旧一脸淡淡的微笑，说道，"我乃无极教主座下司花侍者，统了山东四路好汉，原来是要借你山寨暂渡饥荒的，只你这心胸、这功夫居于群雄之上，谁肯服你？倒是这位胡兄弟是个仗义的热血男子！胡兄弟，我们联起寨来吧，共推你为寨主！"

胡印中怔了一下才想到是和自己说话，将手一拱说道："愿和易先生联寨！寨主我是不当的，能者为长，就请易先生主持！""山寨的事无非是个义气相投。"易瑛说道，"我主持，那就是强宾压主了！再说，我也有许多不便出面的地方，我在这山寨也不过暂住一时，还是由胡大哥来当寨主，我算是客，成么？"正说话间，刘三秃子不知几时已经悄悄出去，他也不嫌污秽，到东圊里将手在茅池中搅了搅，淋淋漓漓地跑着来到堂口，粗声嚎笑道："兄弟们！他是白莲教，反叛朝廷，十恶不赦！入咱们寨子只会给咱们招祸！打呀！嘴里咬出血喷在刀上就不怕他了！"说着一扑身便冲过去，双脚一拧，一个旱地拔葱跳到桌面上，立时碗儿盅儿盘儿壶儿杯儿搅了个稀里哗啦，刘三秃子的手下"嗡"地站起一片，拔刀喷血便冲过来。易瑛一声吆呼，也有一百多人拔了兵器在手。易瑛大喝一声："撤到堂外打，免得伤了自己人——"话音未落，黄天霸在暗陬里连发两枚飞镖如两道黑线疾射而来，饶是易瑛眼明手疾，只躲过一镖，另一镖正好打在左臂上。她咬牙瞪目，猛地拔出那支带倒刺的镖一看，说道："好，黄九龄爷们也来了！官军在这里有埋伏，咱们齐心合力打官军呐！"

但此刻堂上堂下烛光已经齐灭，四五股绿林豪强合计二百余人，加上官军的精兵一百多人搅成一团，马本善一家人早已躲得无影无踪，七八百宾客如鸟兽散。高恒藏在一堆空酒瓮间，听着外头交战的兵器声，想要看个究竟，却哪里能够？那厅中的人东一团西一伙乱打一气，竟都是见人就杀，根本无法"齐心合力"。打了片刻，地上已横七竖八到处是尸体。有一位来搬酒坛子砸人的，搬了一个又一个，高恒眼见再也藏不住，他心里一急也举起一个坛子照黑影猛砸过去。那人见酒坛子也会自动飞起来，便歇斯底里地大叫起来："妈呀！这屋里有鬼！有鬼——！！！"惨叫着连蹦带跳地逃出大门外……所有的人都被他这恐怖的叫声吓了一跳，嗯哨着发喊都退出了院外。

是日正是晦日，人到外边，虽然仍是没有月亮倒是一天星光灿烂，黑风崖的土匪、易瑛带的各路好汉和官军各自打着暗号渐渐重新聚拢。直到此刻，易瑛才惊觉，原来厅中并不止两路人马，居然还有这么多来路不明的人！因见胡印中随在身边，便问道："胡哥，这左近地面有没有驻官军？"

"没有。"胡印中在暗地里摇头，说道，"历来这里是四不管地面儿，消息最灵。黑风寨还专门派人到省城打探过，各衙门都没有动静——不过厅西站的这一群人太齐整了，都勒着白毛巾，又列成了行伍，这一定是一小股官军来偷袭黑风寨的……"易瑛略一思量，已知其中就里，急急招手叫过一个中年高个子汉子，低声说道："燕哥，我们许是撞到官军网里了，这一小股是牵制我们的，肯定还有大队官军策应或者埋伏，得赶紧寻思脱身！"那姓燕的却不着急，木了半晌才道："如今有了胡哥，还说什么燕哥？请他带着咱们打就是了！"胡印中心中腾地一阵火起：我刚刚改换门庭，招你了惹你了？先给我一碗凉浆水？！忍了忍却没吱声。

"燕哥，这不是闹意气的时候儿，"易瑛的口气软中带硬，"你带三十个人奔右路，我正面打，先把他们打散！不然我们走哪他们跟哪，这贴膏药的滋味可不好受！"姓燕的说道："我带不了鲁山那群英雄，还是叫皇甫水强领着打吧。我就跟着你，当个保镖，保你和胡哥，这可以吧？"

　　胡印中越想越气，这姓燕的怄气怄得真是太岂有此理了！遂冷冷说道："燕哥好大胸襟！看来胡某真的是高攀不上——"他没说完，易瑛便一口截断了："胡哥不说这些——燕入云，你听不听我的号令？"胡印中在江湖只是一个小角色，听到对面这个男子就是大闹九江府，劫牢狱救出"一枝花"的燕入云大侠，心里不禁一紧：这大侠器量这么小，往后怎么共事？思量间队伍已经拉开架势向官军包抄过去。刘三秃子在西边也吆喝："我们绿林义气，和尚不亲帽儿亲！打呀——杀尽这些兵才有活路啊！"脚步杂沓着也向官军逼去。

　　高恒从酒坛子堆里跑出来，官军已经聚齐。他浑身上下都被酒浸透了，在料峭的寒风中冻得瑟瑟发抖，黄天霸忙将自己的大氅脱下给他披上。丁世雄眼见敌人分三路攻来，人数比自己多一倍不止，又都是身经百战的绿林悍盗，心中不禁一阵发毛：不但兵败自己难辞其咎，就是高恒伤了一根毫毛，自己也担待不起。他小声对黄天霸道："行伍要是打散了，或者我们败了，你只管护着高大人就成！"黄天霸手指骨节捏得格巴响，说道："他们人多，可是人心不齐，不一定就败给他们——"他突然灵机一动，双手卷成喇叭高声叫道："绿林兄弟们！我是黄天霸，江湖上有名的飞镖黄滚就是家父，我也是绿林里豪杰的后裔——谁不懂清世绿林无下场？大家为贼为盗，也不过为饥寒所迫，不得已走了黑道——眼前这个易瑛，就是白莲教里的头号人物'一枝花'，她造反乱上叛逆朝廷，犯的是十恶大罪，朝廷有旨意，拿住这贼子赏银三万两！臬台大人有指令，有谁能将'一枝花'擒杀者，免罪给官，赏银照旧，甘心从逆者株连九族！兄弟们，反戈一击呀，这发财升官机会千载难逢呀！我的飞镖已经打伤了她，她没有多大本事——大家齐上，拿住她呀！"

　　包抄着官军的刘三秃子匪众们立时一阵窃窃私议，接着"嗷"地齐声嚷叫："我们反正了！打呀——拿住'一枝花'献功啊！"喊着，一群黄蜂似的拥过来。"一枝花"带的人本来就只有百余人，又分了两股攻敌，这一下祸起萧墙之内，猝不及防，中路"一枝花"四十多人反被围住不能前进。右路燕入云见情势有变，立刻带队回攻，立时双方又在被踏得稀碎的筵场上打成一团。

丁世雄听着一片乒乒乱响的兵器撞击声，对坐在石碾上的高恒说道："高大人，黑风崖的人不是'一枝花'对手，咱们该上了!"高恒一对贼亮的眸子闪烁着，半晌才道："坐山观虎斗，其乐无穷!忙什么?叫他们只管厮杀!"

但双方实力悬殊是太大了，只打了一袋烟工夫，刘三秃子只剩下了十几个人，口中大骂："官军真他妈小人，坐山观虎斗，老蒋，风紧——咱们走吧!"说罢呼哨一声带着人向西逃去。"一枝花"带着各路英雄大喊一声："杀!"黑鸦鸦一片卷地扑来，顷刻之间便和官军交上了火。那"一枝花"身影飘忽，双手掣剑直冲丁世雄杀来。高恒原本想假镇定，稳住人心，见官军犹如溃堤之水，连滚带爬地向北逃窜。几个随行戈什哈都被砍翻在地，他再也沉不住气，一滚身便钻进碾盘下的石洞里。黄天霸却还在恋战，满心想独擒"一枝花"。他自四岁起习武练艺，已练出一身硬功。混战中他已经刺倒了七名好汉，一边将刀舞得像银陀螺似的护住门户，一边口中大叫："'一枝花'!你这臭不要脸的妖婆!敢和黄二爷较量么?一对一地干一场!"

"有什么不敢?""一枝花"大声应道，"众人都散开，我来处置这个朝廷走狗，绿林败类!"

众人立刻四散，给他二人腾出一片空场，星光下，只见"一枝花"手持双剑凝神不发，黄天霸一把快刀斜倚在肩，丁字步儿站定。略一凝神二人便猱身齐上，刀剑相拼一阵钝响，立刻火花四溅!暗影里但见黄天霸威猛剽悍，步履稳健，一把刀旋天舞地毫无定方。"一枝花"身影飘忽，似仙女临世，转侧不定如鬼如魅。这几路好汉都是刀头营生，厮杀半世的武林高手，见这二人这般身手，无不暗自骇然。黄天霸原以为"一枝花"不过会一点魔术妖法，事前便将镖和刀都在女厕里秽污了，又怀揣着一包石灰暗算"一枝花"，一定会手到擒来的。不料交上手才晓得，对方双剑上的功夫已到了出神入化境地。那两柄剑如龙似蛇，进击吞吐寂然无声，刀剑相交，时而觉得对方虚若无物，时而又觉得力道沉猛。她那剑竟然能伸能缩能屈能直，有时一格之下，剑尖居然像蛇信一样直扑面门。至此，黄天霸才知道这位乾隆皇帝几番下旨、严令捕拿的女强人，并非等闲之辈。黄天霸心里愈慌手脚愈乱，心知难以力取。

"一枝花"一剑刺来,他也不格挡,突然一个大后仰铁板一样躺在地上,口中呻吟一声:"哎哟!""一枝花"怔了一下,挺剑又刺,就在这一刹那间,黄天霸挺然而起,将偌大一包石灰照她脸上砸了过去,接着一个虎跃,闭着眼屏着气横刀一削,白漫漫的石灰雾中似乎砍着了什么,听"一枝花"轻呼一声:"啊!"接着便是倒地的声音。

"反贼!"黄天霸一招得逞,心中大喜,纵身一跃,扫地一样镗刀横削,口中道,"还不束手就擒?!"话音刚落,便听远处"一枝花"的声气笑道:"你要一枝花?送你一枝花!"黄天霸发呆间颊上已经着了暗器,拔下来一看,是一根细长的银针,簪子一样,一头攒着朵梅花。黄家自负以镖器称霸武林,着了这一下,黄天霸顿时勃然大怒,索性插刀于地,双手左一镖右一镖,一鞠躬间,背手三镖齐发,打得花样百出。飞镖竟似取不尽用不竭,层出不穷只管打向"一枝花"。众人不禁都看呆了。只见黄天霸越打越是无力,最后竟像醉汉一样摇摇晃晃,踉跄几步"噗通"一声倒了下去。

"一枝花"此时透过气来,看星星时,已是戌末亥初时辰,她小臂受了镖伤,激战中又被黄天霸削了臀部一刀,当着这么多男人,又不便包扎,此时静心,两处伤口都攒心价疼痛,所幸是臀部没伤到筋骨,流血不多,强忍着,半身坐在碾盘石上,说道:"官军不会只有这一点人。把黄天霸拖过来,我要问话!"只听一声答应,早有人架了黄天霸过来。

高恒一直躲在碾盘下,离"一枝花"的脚只有三寸来远,外边的话都听得清清楚楚。听到有人"噗"地喷了一口水,稍停片刻,又听"一枝花"问道:"醒来了?我的醉花簪滋味如何?"

"使用阴毒暗器,你这臭婆娘!"黄天霸道,"我死也不服!"

"一枝花"噗嗤一笑,说道:"你用石灰、用脏镖伤人,不'阴毒'么?我念你一身好功夫,也有点惜才。说——官军来了多少人,外边的伏兵设在哪条道上,有多少数目?你说实话,突围出去后我放你一条生路!"

"呸!"

"嗯哼?""一枝花"笑道,"你大约不晓得我这镖,说是个'醉',其是个'疯'字儿。方才往伤口上喷了水,这会子怎么样?痛不痛?痒不痒？麻不麻？——你看，你有点定不住神了吧？快说实话，我给你解药。不然一会儿发作大了，你自己疼得满地打滚，麻得四肢僵直，又痒得万蚁钻心！再不服药，子时也就醉到阎罗爷那里去了！"说罢又浅笑一声。

黄天霸试着提了提气，果然颊上伤处又疼又痒又麻，伸手搔摩时，都发作在骨头上，全没个捞摸处。他心里一急，更觉麻痒难当。遂横眉竖目戟指"一枝花"，咬牙冷笑道："我岂有降你之理？当年我黄家归顺雍正爷，窦尔敦、生铁佛邀集你'一枝花'部下，杀我一门七十二口，大哥的肠子都挂在树上，四叔五叔被架到柴山上活活烧死……此恨不雪何以为人？！"

"你不要嘴硬，少时你就知道厉害！"

"'一枝花'，你这毒镖纵然如炮烙虿池，我黄天霸如有一语相求，不是黄门后代！"

说话间，那毒镖药性已是发作，黄天霸觉得浑身骨骼火燎般疼痛，血脉里像有亿万只蚂蚁在蠕动啮咬，头也眩晕得眼冒金花，伸手搔痒时，皮肤却又麻木不仁毫无知觉。自知今日难以生还，仰天大叫一声："黄天霸，你也有今日？！"提步就要撞石自尽。突然"一枝花"一扬手"啪啪"又打来两镖！

"你——你——？！"

黄天霸倏地转过身来，眼中闪着怒火盯视"一枝花"，却没有再说下去。

"你想速死不是？""一枝花"说了一句，又是一笑，"不过我变了主意，不要你死了。方才这两镖是解药。"黄天霸试了试，果然觉得肌肤里已不再那么痒，搔起来也有了知觉，骨头也不像方才那样灼人。他拔出了打在肩胛上的两枝镖丢在地上，恶狠狠说道："要我降，你休想，怎么个死法都是一样。"

"你是条汉子，我放你一马。""一枝花"似乎有点神色黯然，不无惋惜地说道，"当年攻杀你全家我不知道，但我担这个干系。——你走吧！"

"？！"

"走吧！"

黄天霸身上伤毒渐止，从地上摸起自己的刀，有点不知所措地看着"一枝花"的身影，缓缓向北退着，口中道："异日相逢，我也放你一马！不过今日之辱，也必当有报！"说着一鞠躬，从背脊上飞出一支镖，墨线一般无声无息地射了出去。"一枝花"此时全无一点防备，正正地被射中前胸，连哼也没及哼一声咕咚一声倒在潮湿的地上。

"好个不要脸贼！"胡印中顿时大怒，拔刀就要追上去，却被"一枝花"叫住了，气息微弱地说道："兄弟们，这是各为其主的事，不要理他了……咱们现在险境中，没有山头也没有粮，更指望不上别人来援助。我的主意向西，出山东进直隶，到太行山寻个立足地。山东，不能呆了。"

她说一句，蹲在身边的燕入云嗯一声，嗓音里带着哽咽，站在一边的胡印中此时才多少悟到二人之间的微妙关系，遂说道："易——山主，您这么义气，姓胡的死活跟定了您！由燕大哥护着您骑驴走路，我带人断后，咱们走啊！"燕入云似乎也很感动，说道："兄弟你够义气，好！还有一条，明日突到桑桥，就得化整为零进平原。不如现在就说清楚，要是今晚和官军伏兵交上手，不要硬打，立即分散，都在直隶武安白草坪重新集结。""一枝花"似乎受伤很重，喘着声说道："这样很好，传令下去吧！"

高恒在石碾盘下，躬着腰、别着腿、撅着屁股、扭着项，一直窝了足一个时辰。心里盼着丁世雄来救，偏偏是绝无动静，想着贼人说一阵也就去了，谁知就在他眼前筹划起逃跑计划，说个没完，急得这位风流的国舅爷出了一身臭汗。再加上洞里还有一些不知名的小虫在身上腿上乱爬乱叮，真是要多狼狈有多狼狈。耳听着外边脚步声走远了，高恒才将头伸出洞外。忽然，远处传来隐隐喊杀声，他又吓得急忙缩回洞里，侧耳听那喊杀声潮水松涛般传来，看来足有上千的人，他的双眼陡地一亮——刘统勋派的接应官兵来了！他发狂似的从碾盘下跳出，歇斯底里地大叫："丁世雄！你们这些胆小鬼！'一枝花'早就飞了，还缩头乌龟似的躲着！我们的大队官军来了，我们的大队官军来了！"退守内院的丁世雄自接应黄天霸平安回去，清点人数，只余了四十多人，又不见了藩台大人，冲出去寻找又怕被"一枝花"白捞了便宜。此时听高恒扯着破锣嗓子大叫，丁世雄和黄天霸真是喜出望外，带兵开门一拥而出，果见高恒一个人孤零零站在二门外的空场上喊叫。此刻众人打着火把，看这位"高八爷"，只见他前襟后背裤腿袖子都是又臭又湿的黑泥，乱蓬蓬的发辫上也都沾满了驴粪草屑。黄天霸却是极会奉迎的，说道："爷敢情独个儿在外边和他们周旋了这大阵子？"说话间外边无数火把已拥进院子，当头的千总飞也似跑来，就地扎个千儿说道："标下傅勇，是济南绿营第三标第四棚长，奉刘大人钧令前来接应！"

"敌人已经被我击溃逃跑！"高恒大声说道，"你来得正好，立刻向桑桥一带追击，他们要从桑桥向直隶流窜，逃往太行山。所以你不能在这里歇息，打到桑桥，生擒'一枝花'才见功劳！"

"喳……"

"不要怕累，告诉弟兄们，回省我从藩库拨银，每人十两！擒住一名要匪赏一千两———回头我自然要保举你！"

"喳！"

火把光焰里，高恒显得十分精神气派，见傅勇去了，笑谓马本善道："我们与敌厮杀周旋一夜，东家犒劳一下吧？弄点酒来，我们边吃边商议给皇上写奏折。"说道又睨了马申氏一眼，马申氏忙别转了脸。

第四回　小路子邂逅邀皇恩
　　　　智勒敏奏对乾清门

　　岳浚奏报的《山东布政使高恒、山东按察使丁世雄亲率精锐殄灭黑风崖匪众》折子十二天后送到了北京。是时正近重阳，京畿直隶细雨茫茫，凉风习习，已经连着下了十几天的霏霏淫雨，仍旧没有丝毫要停的意思。军机处当值大臣讷亲接到这份折子，因见内里涉及"一枝花"造逆的事，立即命人抄出节录，和当日各地急报的节略一并呈送乾清门听政处。约莫过了一刻时辰，便见军机处书吏房的杂役头儿小路子披着蓑衣，吧叽吧叽踩着潦水进来，禀道："讷中堂，折子送上去了，是王信公公接的，这是回执。"

　　"嗯。"讷亲头也不抬，看着几份四川送来的军报，用指甲在上边画着，说道，"你没问问，万岁爷在养心殿，还是在乾清门？我要见主子呢！"

　　"回中堂，主子现在不见人。"小路子躬着腰毕恭毕敬回道，"主子和主子娘娘、敏贵主儿、贤贵主儿一道，陪着太后老佛爷去钟粹宫佛堂祈求停雨。王信说，主子有话，军机处有要紧事，午晌后到养心殿觐见。"讷亲提起笔来正要写什么，听乾隆皇帝有话，忙站起身道："是！"折叠起炕桌上的卷宗说："我到西华门外衡臣老相国那里去。这几份折子都是小金川上下瞻对的军情，叫他们誊出节略，原折发到兵部，兵部看过转给户部，由户部把原折送来。限两天时间，你明白？"小路子连连答应着。讷亲已经蹬上鹿皮油靴，披着油衣往外走，似乎想起了什么事，又站住了，问道："你叫小路子？"小路子没想到这位显赫得炙手可热的天子第一信臣会突然问自己话，正收拾文卷的手吓得一哆嗦，忙道："卑职是小路子。乾隆元年从云南随杨名时大人到京，荐到军机处当杂役。去年捐的监生，今年又捐了个候补县，才到吏部投供……"

　　讷亲没有理会小路子啰嗦，只上下打量他一眼，笑着截住他的话头："我不过随便问一句，你就背起履历来！捐官是国家取士用士之道，也是你光宗耀祖的体面事，好自为之吧！"说罢便去了。

　　"中堂爷走好！"小路子一躬到地，目送讷亲胖乎乎的背影只是发怔。他虽生在小门小户，又读书不多，但来京师四五年，一直在这中央机枢之地当杂役，对达官贵人、宰相勋戚这些人的城府实在是领教了不少——越是待罪听勘、祸在不测的人，他们越能放下架子对他话语温存，殷切关怀；越是要提拔超迁，越会端起老师架子，训你个臭死！无缘无故的，讷亲断然不会突然地关心自己。想到讷亲和病重的鄂尔泰素来同气同声，号称"满洲泰山"，张廷玉则素来为举朝汉族官僚众望所归，号为"汉江砥柱"。小路子是杨名时推荐的，又是张廷玉收用的，平日当差侍候，不管张廷玉、讷亲、傅恒这些头号军机，还是刘统勋、庆复，各部院正卿，他没有不小心翼翼的——并没有开罪这位"中堂爷"呀？他吸溜一下嘴唇，回过神来，正要整理桌上那堆散乱文卷，突然一个高个子官员闯进来，一边解斗笠，一边问道："讷中堂呢？"

　　因天色晦暗，那人又迎门站着背光，小路子眯着眼瞧了半日才看清，那官员身着雪雁补服，青金石的顶子后，湿漉漉拖着一条又粗又长的大辫子。四方脸青里泛白，显得十分憔悴，只两条倒剔眉下一双不大的三角眼，瞳仁里闪着幽幽的光，看上去很有精神。便笑道："是勒三爷呀！不是说您放了湖广道了么？几时回北京来的？"勒敏此刻也才看出是小路子，笑道："就为放了湖广道，我进京引见谢恩的。怪的是一道儿放缺的道台都引见了，偏要我单独递牌子，心里没有底，又怕失了仪，想见见讷中堂请教一下。"小路子笑着道："您请升炕，暖和暖和再去，这里除了中堂、军机章京、军机处行走，就是咱最大。讷中堂去张中堂那儿了，估摸半个时辰也就回来了。这大雨天儿，您就在这儿歇着等罢！"

　　"多谢，"勒敏笑着接了小路子递过的茶，呷了一口，望着外头晦暗如冥的雨空，问道，"刘大司寇说是去了山东，我有几个案子得向他交代，知道他几时回京么？"小路子见又有一位年轻官员进来，忙招呼座儿，笑着说道："您请这边坐。照规矩任谁不奉旨是不许进这道门的。

皇上体恤下头，又有旨意，但有雨雪寒冷天气，外省觐见的官员可以进屋候见，只不要越过炕那边就是了。"他又给这位年轻人奉上一碗茶，这才回答勒敏："回勒三爷话，延清大人今天还有折本递回京来呢！我估着三五天不得回来。自古道'山东响马河北贼'，那不是什么良善地方儿。要像刘大人那个样儿的，咱们大清若有一二十个，各省分他一个，哪里还会有贼有强人？"说罢啧啧称羡。勒敏抿着嘴只是笑，说道："听说你也被选出来了，要到外任候补知县，是吗？"

小路子手脚不停地忙着沏茶，往炭盆子里夹炭，用嘴吹着噼啪作响的火炭，说道："这个地方儿虽大，到底我也修不成个正果儿，还是出去做官，文的武的，也闹个祖上有光，您说是啵？""你把当官看得也忒容易了。"勒敏叹道，"要单是对下头挺挺腰子，对上宪弯弯腰子，上头有话传下去，下头有事推上去，猴子也能当得官。笑骂由人去笑骂，好官我自为之，顶子红了，祖宗也羞死了，还说得什么'有光'？"小路子一笑道："勒爷您说的志向大了。我是德州一家客栈的小伙计，土地爷吃蚱蜢也算尝了荤腥儿，不敢想大的，祠堂里祖上牌位写光鲜一点，乡里人看我就是天上人了——您看岳东美大帅，武将里头出尖儿的吧？一个马失前蹄，连他家公子岳中丞都连带上倒霉。还有勒爷您也认得的曹雪芹，连傅中堂都钦佩得不得了，上回跟阿桂爷去西山专门拜望他，正遇上他吃饭，您猜他吃的是什么？玉米垃子糊糊，盐拌酸菜！曹家当年还了得？败了也就完了！"

坐在门口的那位年轻官员手里把玩着一把扇子，一直望着雨地没言声，听到这里转过脸问道："岳中丞现在不仍旧是山东巡抚么？朝廷又没有处分他，怎么也算倒霉呢？"

"这位爷您就不明白了。"小路子笑着给他续茶，说道，"岳中丞吏部考绩原来报的是'卓异'，里头有消息要放他为湖广总督呢！东美大将军一个败仗下来，岳浚的考功语就变成了'中平'，官场上的事儿提携相帮，一人得道鸡犬升天，一人得罪，自然鸡犬入地了！"那青年听得呵呵大笑，说道："一人得罪，鸡犬入地！说得好！那么你是怎么到这里当差的？哪个人'得道'，把你带到天上的呀？"

勒敏听他放肆大笑毫无忌讳，不觉心中诧异；这个地方是天枢机要之地，督抚、部院大臣到这里，都得小心翼翼的，这人怎么如此胆大？他闪了一眼，见那青年穿着绛色小羊皮风毛宁绸褂子，套着件石青宁绸夹袍，配着玫瑰紫巴图鲁背心，一双黑漆漆的瞳仁顾盼生辉，显得清俊又不轻浮，潇洒又不失沉稳——似乎在什么地方见过？勒敏掂掇了一下，又摇摇头，闪着眼只是沉思。小路子又把自己怎样亲眼见德州知府刘康毒杀道台贺露滢，又怎样畏祸奔逃两广云贵，投奔杨名时，荐到军机处，待到刘康案发，又如何被刘统勋传到大理寺对质，事毕又回原差捐官，成了候选知县……一番经历说了一遍。时而凶险，时而悲苦，说得滔滔不绝，大波迭起，层出不穷，连勒敏都听得入了神。那青年听得连连叹息，说道："如今你也要选出去了，有个什么盘算？"

"回爷的话。"小路子见他腰间系着明黄带子，想他必定是一位宗室子弟，忙笑道，"小人做过生意，跑过单帮，也算见过世面，算来天下营生百行万业，总不如当官，不但自个尊贵，六亲九族跟前说得响，祠堂祖宗前头体面光鲜。我的心思，如今天下太平，主子圣明，只要当官不发财，就能平安一辈子，要能给百姓修条渠、建个仓、造座桥什么的，没准儿还会讨主子个好儿。刘府台是赃官，落了个剜心凌迟，那种官当不得。贺道台是清官，清得精穷，那种官也似乎没味。刘延清中堂是当今包龙图，日断阳间夜断阴曹，那是天上星宿，咱没那么个造化。我这个县官当得一方百姓衣食足，我自己饱暖体面，也就成了——小库的神吃不得大供享，爷台您别见笑……"那青年笑道："志向不算远大，也算知其雄，守其雌了，这么想，也算良吏——你叫什么来着？""我叫小路子。"小路子笑嘻嘻替勒敏和青年又换沏了热茶，说道，"原名叫肖路，当伙计那阵，掌柜的这么喊，我也就认了——您大人贵姓，台甫？"

那青年怔了一下，未及说话，一个二十多岁的年轻武官快步进来，解下油衣递给小路子，笑着说道："外头贼凉的风，这屋里真暖和——讷中堂呢？""哟！是阿桂大人！"小路子丢下火箸，忙抢步上来接了油衣，两眼都笑得眯成一条缝，说道，"讷中堂去见衡臣老相爷去了，吩咐来人在这等着呢！我的爷，穿着油衣还淋得这样儿了……刚沏出的普洱茶，您吃两口暖和暖和身子——您还不知道，我就要到四川候选。张大将军在那儿跺跺脚，四川、湖广都要乱颤，可惜我这芝麻官儿够不上巴结。您好歹在他跟前当参将，帮衬我的时候儿有的是呢！"

"好个猴崽子，倒会顺竿爬，你要是武官跟着张大将军，早就升得超了我了。"阿桂嘘着寒气喝了两口茶，一闪眼看见那青年，顿时一怔，犹恐看错了，揉了揉眼，还要再看时，那青年笑道："阿桂，你这瞎眼狗才，连朕都不敢认了！"

屋里几个人好似同时听到旱天一声震天雷一样，一个个面色如土、目瞪口呆。阿桂头一个灵醒过来，"咕咚"一声跪倒在地，磕了不计其数的头，口中道："奴才真是个瞎眼狗，就这么拴驴橛子似的杵着头和主子说话！这屋里太暗了，说啥也不想到主子会在这屋里……"勒敏和小路子只是捣蒜价叩头，喃喃谢罪不止。

"起来侍候着吧。"乾隆皇帝一笑，径至大炕上盘膝坐下，说道，"别看朕在大内起居，不少太监还不认识朕哩，你们有什么错儿？"他似乎兴致不坏，手里把玩着斋戒牌，目光炯炯望着外头的雨地，一时没有说话。他不说话，几个小臣自然也不敢说话，都垂头鹄立，听着窗外沙沙不断的雨声。许久，乾隆才道："朕刚从钟粹宫过来。其实朕本性里很爱雨雪天气的——批完奏折见过人，常是累得头昏脑涨的，凉雨星星洒落一身，朕一身疲倦也都没了。可这雨太多，就成了淫雨，害稼禾，伤农时，穷人不胜其寒，朕也不能不割爱，祈禳求晴了。"阿桂是个心思极为机敏的人，边听边揣摩，觉得乾隆话中别有深意，却又一时理不出头绪，笑道："奴才是个由文职改武职的。当知府那阵子也喜爱雨雪。当了参将就不行了。去年秋天，庆复大学士在下瞻对和叛藏遭遇被围，张大将军命我率七百军士星夜驰援，主子圣明，那是个鬼不生蛋的怪地方儿，一会儿雨、一会儿雪，二百四十里一夜奔袭，天明赶到下瞻对。庆大学士也突围了。我的七百兵都滚得泥猪似的，并不敢骂张大将军，跺着脚咒'这遭了瘟的老天儿'。打那下来，风花雪月的诗兴我竟一概没了。"乾隆笑道："此一时彼一时，养移体居易气，也是自然之理。如今天下承平日子久了，会诗会文的文人，要多少有多少。至于真有经济实学的文臣，能野战会攻坚的武将，就百里不挑一了。要文武全才，那更是凤毛麟角了！"

阿桂笑道："人才在发现，在作养，存于人主一念之间。大将军张广泗，是武将里出色的，傅恒是文武双全，庆复是文臣，在上下两瞻对指挥打通川藏要路，也算能文能武。前儿见邸报，高恒在山东率兵剿匪，杀刘三秃子以下一千余人，这不又一个傅恒么？主子圣明，臣下争气，人才也就历练出来了。"乾隆笑着摇头，说道："哪有那么容易？都是虚假糊弄人哄朕的，以为朕不知道？张广泗是先帝手里使出来的武将、三朝元老了，有点本领是真的。下余的只有傅恒可信。山东的刘三秃子是在逃亡路上得伤寒病死的，被手下人割了头去高恒那里请功的。其余如'一枝花'、燕入云、贾祖范一干要犯，都逃得精光。高恒的功劳，在于他亲临前敌，查到了'一枝花'的下落和逃窜的去向，就这一条，朝廷也不埋没他的功劳。"说罢转脸问勒敏，"你在湖广道上任了多少日子？你怎么也会认不出朕来？"

"回皇上话！"

勒敏正听得发怔，没想到会突然问自己话，身子一颤哈下腰来，正容说道："奴才是今年七月从南京海关道洋政司上奉旨迁任湖广道的，才到任三个月，手里有几件积案没有办下来，又命转任四川粮台。这次进京是听训赴任的。奴才有幸觐见过主子两次，头一次是殿试胪传，第二次是随外省官员一道儿在乾清宫谒见的。主子垂训，天语谆谆，奴才一个字也不敢忘却，但随班朝见，不敢偷窥圣颜，所以不敢贸然渎认。乞主子恕罪！"

"这有什么罪？"乾隆微笑了一下，挪身下炕，张望着外面灰暗阴沉的宫阙，漫不经心地问道，"你晓得为什么调离湖广？"

"奴才不知。"

乾隆点点头，他的语气变得有点沉重："九月间礼部开列应平反追谥的先朝臣子。你的父亲叫勒英善是吧？——是雍正六年追比亏空抄家革职的——朕当时就问尤明堂，有个新放湖广道的也姓勒，和勒英善是不是一家子？这才知道你和勒英善是父子。你父亲在那里当巡抚多年，又在那里坏事抄家。所以你不宜在湖广做官。"乾隆提到勒英善名字，勒敏早已伏地叩头，又道："主上圣明烛照，勒敏是旗人，也受国恩，总角以来束发受教，读书明理，不敢有一丝妄为。焉敢以父辈恨怨存之于心？奴才是当今主上亲选简拔出来的，脱离泥涂跻身青紫，惟有小心剔励、勤于职守以补过于先父，报恩于皇上，不敢稍有一己私意，也从没有思量过这些事。求主子明察！"乾隆满意地抿一下嘴唇，说道："起来吧！并没有人说你什么不好，倒是有人说你忒过细致小心，同僚间酬酢往来，不伤国政不害官体不误民事，有什么不好？你也不敢！调你出来是规矩，这要立成制度。你不是进京引见的么？这就是了，这也是你的福分，寻常引见朕也顾不来特意告诫你一个人。到四川，好好听张广泗节制。你和阿桂是国家旧人，朝廷自然格外照看的。今儿巧了，连你也是要去四川的——"他转脸又问小路子，"你叫什么来着？"

"小路子！"

"小路子——这个名字不文雅。"乾隆道，"还是你的本名，叫肖路就好。四川如今最大的政务，就是平息小金川、大金川之乱，和莎罗奔打仗。那正是建功立业的地方。将相无种，凭的是自个本领胆略，你明白？"

"奴才明白！"

"真明白假明白，要看你的作为，"乾隆脸上已毫无笑容，"事主之道，头一条就是不欺心，不着意奉迎，不隐饰不讳过。才气的大小可以打历练中来，这'心田'二字如果坏了，也就无药可医了。"

"喳！"几个人一齐叩头称是。

乾隆不再说什么，绕过三个人径自来到门口。一直守在外头的两个太监王忠和卜孝怀里抱着油衣雨伞和木屐等雨具！忙迎上来为他更衣。乾隆也不要油衣，加披了一袭大氅，命卜孝在身后打着伞便进了雨地。一阵哨风掠过满是连阴泡儿的潦水扑面而来，从热烘烘的军机房刚出来的乾隆被激得打了个寒噤儿，王忠忙赔笑道："主子说出来散散心，在这儿又见人说上了差事，稍停一下回去，也就到了晚膳时辰了。讷中堂必是有要紧事绊在张相府里了，主子要叫他，奴才传旨叫他进来可成？"

"这不是你这身份上的人说的话，该怎么办，朕有朕的章程。除了侍候朕衣食起居，别的话没有你多口的！"乾隆愠怒地睃了王忠一眼，"高大庸没给你讲过规矩？混账！"王忠没想到一开口说话就走了板，眼见乾隆脸色愈来愈阴沉，吓得"噗通"一声跪倒在雨地里，煞白着脸只是叩头："奴才知过知罪，再不敢了……""犯过必究，岂有恕罪之理？"

乾隆眯着眼望着丝丝细雨，漫不经心地说道，"养心殿里除了高大庸，你就是年长太监，不惩你何以服众？你其实犯的是死罪，姑念你素日侍奉尚属小心，罚你在养心殿外长跪三日，掌嘴一百——去吧！"

阿桂、勒敏、肖路三个人跪在门里，听得清清楚楚，见乾隆家法内务如此严整，心里都打了一寒噤，互相偷望一眼，没敢言声。

乾隆站在门口一时也不说话，他心里想的其实就是王忠方才讲的，既惩处了王忠，倒不好就回养心殿去。在雨地里怔了一会儿，乾隆转身便向隆宗门走去。卜孝哪里敢多言，高举着伞，试试风向，想方设法为他挡着斜飘的雨，亦步亦趋地跟在侧后——又怕踩着了乾隆脚后跟仄着身子哈着腰，那模样要多难看有多难看。索伦、德惠几个侍卫原在永巷口守候，等着皇帝回宫，见他变了去向，料是要去慈宁宫给太后请安，互相递个眼色，不言声尾随上来。只见乾隆出隆宗门却不向西走，迤逦过崇楼、石翼门、弘义阁，竟从武英殿向西，似乎要出宫的模样。索伦是新选进来的侍卫，和他父亲狼瞫一样心细精明，忙叫过一个苏拉小太监，小声道："皇上要出宫，你去告诉乾清宫侍卫总管图军门一声儿，再到内务府，叫他们知会顺天府，悄悄跟着侍候！"说罢，快步跟了出来。

乾隆出了西华门，站在门前大石狮子旁，看了看在雨雾中灰蒙蒙矗立着的歇官亭，感到有点意外，转身问卜孝："现在离天黑还早，怎么歇官亭里已经没了候见的人？"卜孝笑道："天儿这么冷，风刮得嗖溜溜的，谁肯在这上头白冻着等？一位张衡臣相爷，一位是前头鄂尔泰大人，都是奉旨在府理政的大臣。六部里头只要不是御批交办的差使，都送到他们府里了。鄂相爷这阵子病重，张相这边恐怕要多忙一倍呢！"乾隆"嗯"了一声，徐步下阶，向西华门对面的张廷玉宅踱着，又问道："听说，来张相这边的汉官多，去鄂相那边的都是满人，可是有的？"

"这个奴才没听说过。"卜孝小心翼翼地说道，"不过来张相府的人，比鄂相那边多一倍也不止。这也不奇怪，张相是三朝元老，门生故吏遍天下，那是谁也比不了的。像讷亲相公家养着条牛犊子似的狗，见了人红着眼，龇牙咧嘴地挣绳子，奴才去传旨都提心吊胆的。没有要紧的事谁肯去他府上打磨旋儿呢！鄂相爷自己是旗人，又管着旗政，来府的旗人自然多。不过，鄂相不如张相待人随和，来往的都是大官，旗人里头当大官的多，自然瞧着鄂相爱和旗员打交道了……"一边说，一边已到了张廷玉宅第垂花门前。

张廷玉府邸原本在东城老齐化门外，那是康熙时的老宅子，既轩敞又宏大，茵茵蕴蕴占地一百五六十亩。雍正登极，念张廷玉年事日高，来往不便，就近在西华门外又赐他一座宅院，这是个三进四合套院。原本是太医院医士听候内廷传呼的地方，归内务府管。平常，外省封疆大吏进京或者京师住得离大内远些的要员，天气不好时，便在这里歇凉、取暖，借住着候见皇帝。后来张廷玉住到这里，内务府趁机写禀帖给户部，说军机大臣府第挨着太医院，由于官员扰攘嘈杂，不利医士修习，求允将西华门北面原康王府花园改建为太医院。户部果然拨了五十万两银子在花园建造了新的太医院，太医院自然知趣，从中又拨出一些银两，把张宅也修缮一新。当下乾隆一行到府门前，守在门洞里的也是内务府的太监，赏给张廷玉使用的。因卜孝常来府里传旨，彼此都相熟，见他进来，几个人忙都起身相迎，为首的马逢春笑道："往常都是王忠带着不（卜）孝来，这回为啥单单来了个不孝老公公。是传旨呢，还是传话？"

"我们这位爷要见张相，有旨意。"卜孝笑嘻嘻的，却不敢和他打诨磨牙儿，"张相在哪里？"马逢春瞥了乾隆一眼，没敢再嬉笑，说道："这是正经差使，我给爷们带路——张相在听雨轩那边和大人们议事呢！"

乾隆一边跟着进院，一眼见门北一个极大的花厅，这么冷天儿还开着亮窗，里头影影绰绰足有几十号官员，有的正冠危坐，有的交头接耳，有的插科说笑，有的吃茶抽烟嗑瓜子儿，烟雾缭绕，人声嘈杂，便问马逢春："张相要筵客么？怎么这么多的人？"

"回爷的话。"马逢春已隐约意识到这年轻人来头不小，恭谨笑边走边回答，"这都是各地来的府县官儿，等着我们相爷接见，天天都是这模样儿。里头还有几盘大炕，住在这里等见的也是有的。"乾隆默然，跟着马逢春穿堂入室，半晌才问道："他们就在相府用餐？"马逢春道：

"起先到了吃饭时，我们相爷还叫人送饭给候见人。谁想就这么一点便宜，竟招惹得人越来越多——天底下再没有比这些府县官再醴醄下作的了——过了一段相爷又说，我不能当大清的孟尝君，所有来访客人，只供应清茶，别的我们就不管了。"

说话间已绕过超手游廊，过了西花厅旁月洞门。果见一带压水台榭横在海子边，此时云暗天低，老柳凄凉摇曳、水波荡漾，拍击着水榭子的石础。榭东沿岸有一道拱门，粉底漆字写着"听雨轩"三个大字，两边尚无楹联，显见是刚刚修建的颐养之地。乾隆命随从太监侍卫止步，独自进了小院，沿榭亭栏杆，一边观望景致，一边听着屋里的动静。此时傅恒正在说话。

"上瞻对下瞻对是通藏要道，一时也不能有滞碍。康熙年间驻藏大臣被乱兵杀死在拉萨，就因为内地援兵上不去。庆复大人说已经烧死班滚，现在岳钟麒又说班滚还活着。有人在小金川莎罗奔那里见过他。那班滚到底是死是活，还该给主子一个实在话。庆大人一向干脆利落，怎么今日一味吞吞吐吐？"

屋子里静了一会，便听庆复慢条斯理的声音说道："班滚是六月二十三日死的，当时攻破如郎寨，又追到丫鲁寨，七千兵马围得丫鲁水泄不通。劝降不成，我才下令举火焚烧。并没有一人侥幸脱逃。至于班滚尸首，当时有总兵宋宗璋、下瞻对土司俄木丁、革松结辨认，衣着面目虽然模糊，还是依稀认出了。后来又让班滚的仇族上瞻对土司肯朱辨认证实才奏的。庆复怎么敢冒这个欺君大罪？东美将军，你是不是自己在和布通吃了败仗，有点妒功呢？不然，皇上已经相信，你为什么平白地冒出个'班滚未死'的说法儿？"乾隆支起耳朵听岳钟麒辩解，但岳钟麒却一时没有言语，倒是讷亲说道："你不要拉扯主子。你是前敌统帅么！班滚死，你没有亲见，看的又是烧焦了的尸体，怎么确认得下来？现在有人在小金川见了活班滚，军机处当然要对质明白，问问清楚。"庆复立刻反驳："那不也是传闻？岳钟麒也没有亲见班滚嘛！上下瞻对一百七十多座碉楼已经全部拆平，三万多藏民已经移到大金川。川藏咽喉已经在我掌握中——打了胜仗，反而要追究我的罪责？"

"这不是议论你有无罪责的事。"坐在门角的岳钟麒一直没有说话，终于也开了腔，“大金川、小金川也在乱着，班滚如果活着逃到小金川，和莎罗奔勾结起来，不但更难制服莎罗奔，上下瞻对如今的局面也难以保持。你要知道，现在上下瞻对驻军是二万四千，连同运粮道路上人马车辆辎重支用，一个月要耗银十四万两。如果真的打了个‘如郎大捷’，现在应该班师回朝。只留守五百军士驻防瞻对。试问你为什么不下撤兵令？是否一撤兵，所谓‘大捷’也就露了实情?!”

这正是乾隆最关心的事，上下瞻对之役已经耗去一百多万库银，打这么几个连小镇子都算不上的土寨子，用了八个多月的时日，撤掉两员统兵上将，还要用重兵驻防守卫，这个账怎么算怎么窝囊。他凝神听时，只听庆复说道：“我是大学士，要统筹全局！大小金川莎罗奔叛变已成定局，也难保征剿之时逃窜上下瞻对，这二万四千人驻守上下瞻对，正是我防患于未然的防备之策，庸碌之辈怎能领会?”岳钟麒清了清嗓子还要说话，坐在炕上的张廷玉轻咳一声说道：“班滚死没死，如郎大捷情形怎样，皇上已经下谕令张广泗核实奏明。你们这样动意气，太失体统了。皇上的意思，如果莎罗奔要能约束两川大小土司，不干扰上下瞻对进藏通路，不扩展土司辖地，也就未必用兵了。”岳钟麒轻轻冷笑一声，说道：“如果当初不打上下瞻对，凭我和莎罗奔打青海时的交情，一封信就安定了金川。班滚和莎罗奔世代都是姻亲，不管是死了还是投奔到金川，都和朝廷结了不解之冤，这善后何其难也！征剿瞻对时你们征询我的见识，我是怎样苦心劝说来着？谁听了？唉。我是老不中用了……”

听他凄声长叹，似有悲愤不平之意，乾隆心里一阵光火，轻轻推门进去，冷冷扫视众人一眼，这才看清，张廷玉盘膝坐在正中炕上，对面坐着讷亲、傅恒，还有上科新科状元庄有恭、京师河道观察钱度、户部侍郎鄂善都环坐在侧。岳钟麒皓首白发，庆复冠带齐楚，两个对坐在一个茶几两边，谁也不看谁，已是争得脸红筋胀。乾隆嘘着冷气，徐徐说道：“岳钟麒，和通泊之败损兵三万，你身为主将，要诿过于朝廷？你活得不耐烦了?”

第五回　乾隆帝婉言抚老臣
　　　　　张廷玉谆语教后生

　　乾隆皇帝突然出现在听雨轩，所有的人都是一愣，坐得懒洋洋的张廷玉，腾地跳下炕来，伏身跪倒叩头道："主子有急办的事，只管传谕召奴才们进去，怎么亲身来了？"守在门口的是张廷玉的儿子张若澄，见众人一齐跪下，自觉没有身份，忙却步后退到门外伏地磕头。乾隆看了一眼满头银发的岳钟麒，木着脸点点头，转向挽起了张廷玉，笑道："你们正在会议么？"

　　"老奴才焉敢在私邸会议？圣祖爷时就有制度的！"张廷玉忙道，"先帝和皇上都屡有旨意允许老臣在府理事。臣也实在腿脚不便，有些皇上批下来的奏议要复奏的，叫有关的人来询问议论。没有经过御览的，臣不敢先行会议。今天是偶尔凑到了一起。讷亲为山东直隶赈灾的事，鄂善为疏浚永定河、潇沱河、砖河的事——往年这时分河工已经停了，今年雨水太大，这季节竟还有决溃的，不能不商量个办法再奏主子。庄有恭昨日觐见了皇上，要转户部员外郎，他想请军机处代奏，转到翰林院去，情愿做个侍讲或者修撰……"

　　乾隆听着他一一述说众人来意，含笑点头说道："国家不许臣子在私宅召集会议，并不指你这样的忠贞老臣。是怕破了例，子孙无法遵循，酿出别的事端。康熙朝鳌拜，原先何尝是坏人？先世祖时就允他在私邸拆着奏章，会议军国要务，养成了他的专横跋扈之气，落了个不好的下场。衡臣老相国兢兢业业四十年，心存君父忠谨之念，从无非礼之言，堪为百官楷模，从圣祖爷、世宗爷到朕，没有不深知的——为什么要在西华门赐你这所宅邸？为的就是你有年纪的人行动不便，就近在家里办差，子弟们也好照应呀……"他这番话诚挚恳切，说得语重心长，堂皇正大间又夹着温馨柔情，在座众人想到他的帝皇之尊冒雨亲临臣下

府第、与臣下恳切谈心，都感动得泪水涟涟，心里又热又酸。张廷玉侍
候了乾隆祖孙三代，四十多年来一直身居枢要，子弟宾客位在要津，故
吏门生遍布天下，他和鄂尔泰一样，虽不要权，权势也炙手可热。虽不
要自立门户，门户也已自成。老于世故的张廷玉早就觉得位高身危。半
年前，张廷玉的门生副都御史仲永擅密奏鄂尔泰长子鄂容安扣留外省密
奏折子，弄得张廷玉好些天不好意思到上书房见鄂尔泰。八月初鄂尔泰
的首座弟子胡中藻又弹劾张廷玉在私宅理政。接着鄂尔泰也"病"了，
不来军机处当值。焉知这位皇帝不是为探明"张党"、"鄂党"虚实亲来
观察？张廷玉是个忧谗畏讥的人，愈想愈真，背上已沁出细汗，便顺着
乾隆语意连连顿首说道："主子深知奴才的心，断不敢有半丝非分之心！
但奴才马齿已高，近年来更觉两目昏聩，略一操劳就身热晕眩、心摇手
颤。'七十悬车、古今通义'，奴才已是七十三岁，民间俗言：七十三、
八十四，阎王不请自己去。恳请主子允奴才归隐林下，舞鹤于升平之
世，歌诗于泉亭之间，不也是盛世美谈？"乾隆笑道："朕来看你，是为
对你嘉奖嘉勉，你倒说起这个来！你虽辛劳一生，朝廷待你也是异数。
你现是三等伯爵，自开国以来，文臣没有做到这份儿上的。你想想看，
你是奉大行皇帝遗命配享太庙的人，哪有入祀元勋归田养老的？"说罢
抬了抬手道，"起来说话。"

张廷玉偷瞟了乾隆一眼，见他满面春风，微笑着看壁上字画，乍着
胆子又道："宋代、明代配享太庙的臣子也有乞休得允的。"

"不然。"乾隆看了张廷玉一眼，笑道，"《易》称见机而作，如果
七十岁一定悬车致仕，为什么还有八十杖朝之典？武侯'鞠躬尽瘁，死
而后已'又为了什么呢？"本来，君臣晤对到这地步，无论如何不宜再
行回驳的了，但乾隆比出孔明，张廷玉又觉得不敢承受，遂躬身笑道：
"主子教训的是！不过诸葛亮受任于军旅，奴才有幸悠游于太平盛世，
二者似乎不可同日而语。"他自以为这句话说得得体，不料乾隆竟认真
看了他一眼，说道："又不对了。皋、夔、龙、比换了人主，移时易地，
也还是皋、夔、龙、比！既然身任天下之重，能以'太平'借口自逃安
逸？朕替你思量，你受圣祖、皇考恩重如山，固然不能言去，即朕待你
厚恩，也不应当言去。朕舍不得你去，你难道忍心辞朕而去？"说罢目

视张廷玉不语。

张廷玉早已背若芒刺，他一生信守"万言万当，不如一默"的缄言，今儿怎么忘了？看乾隆光景，只要自己再坚持，立刻就有难听话出来，岂不是好端端的自取其辱？思量着喃喃说道："是奴才的不是了……奴才只替自己想，没想到社稷任重，主上恩泽。如今奴才只能竭尽驽钝，报效圣上高厚之恩……"

"好了，好了!"乾隆见他畏惧恐慌，也觉自己过分，遂笑道，"和你折辩，无非舍不得你离朕远去。吏部尚书你还兼着，这是个烦死人的差事，朕看部务你不用再管了，但四品以下官员黜陟调缺，还是听你的。你是总理事务首席军机，小事不管，协助朕料理大事。你也能稍微息息肩。"说着便脱靴。张廷玉忙叫儿子："还不赶紧侍候？"他的两个儿子忙趋步过来双膝跪地，替乾隆扒下湿透了的鹿皮油靴，像平日伏侍张廷玉一样替乾隆把冰凉的脚揉搓捏弄得干了，又套上一双新毡袜子才退下去。乾隆穿着蓬松干燥的袜子，盘膝坐在烧得温热的炕上，这才对岳钟麒道："你哪来那么多牢骚？和通泊之败，你是统军上将军，丧师辱国损兵数万，朝廷只是叫你卸职待罪，若真的论罪，即将你军前正法，难道是不应该的?! 如今军事上有事，还是照旧咨询你嘛，有什么亏待你处？庆复打了胜仗，你不服气么？"

岳钟麒并不惊慌，挪动了一下跪得有点发木的腿，叩头说道："和通泊兵败，是奴才指挥失宜，奴才三次举剑自刎，都被部下救了。奴才也曾屡屡奏章，请将奴才明正典刑。朝廷恩旨不杀，这是朝廷的恩典。其中申诉援兵迟缓不进，悍将违命坐失良机几条，并不是为我自己作开脱，是为后来用兵鉴戒。所以用附条列奏先帝。今日上下瞻对之争，明说是对班滚死活有疑，其实说的是对胜败有疑。奴才在川带兵多年，太明了那里的形势了，那些土著藏人散处崇山峻岭、茂密森林深处，天兵一到就钻穴蹿山，天兵一去仍复旧态，剿杀千儿八百的根本无关痛痒。若真能活捉班滚则全局胜。班滚现在没有死，逃到了大小金川，莎罗奔本来就疑惧官兵，怎能经得起班滚流亡败部煽动？这样，大小金川全乱了，而且招安也很难。国家兴兵数万、历时八月、耗资百万，难道要的就是这样的'胜仗'？臣料四川将军张广泗不久就会给臣一个公道。张广泗先是臣的部下，与臣素不相合，又是接任臣职位的将军，他的话皇上总该相信的吧？上下瞻对名胜实败，大小金川也就要糜烂，张广泗也不会认这个烂账的！"庆复就跪在岳钟麒身侧，听他说得凶险，满心想断言"班滚已死"，却又犹豫起来，只是叩头说道："班滚尸首头颅是经我军、敌军几个将领当场认定的，没有将首级送往北京，是因为当时正逢炎夏，头颅腐烂不堪递送。岳钟麒说的这些都是'想当然'，拿不上台面作凭证的。他自己打了败仗，就盼着别人也都打败仗！"

"你!?"

岳钟麒气得浑身乱颤，倏地转脸怒视庆复，还要往下说时，乾隆怒道："你两个都给我退出去，什么时候想清楚自己的罪过，再见朕说话！"讷亲见乾隆兀自望着二人背影出粗气，忙笑道："主子息怒，依着奴才见识，说不定要被岳钟麒说中了呢！"

"唔?"

"奴才瞧那庆复有点外强中干似的。"讷亲说道，"当日报捷之初，庆复就言语支吾，一会儿说'班滚面部刀伤十余处而亡'，一会儿又说'班滚自尽，正行搜剔辨认'，万岁爷曾几次下旨责令其复奏，后来才有烧死一说。焉知不是庆复拉几个证人搪塞旨意？岳钟麒驻守四川多年，于大小金川诸部经常周旋，平日相处得还好。西海之役，莎罗奔还亲率三百藏军到他的奋威将军行辕里听从调遣。况且岳钟麒是戴罪之身，素来与庆复又没有过节儿，犯不着冒险讦攻庆复。所以以臣之见，班滚未死，倒是有几分真实可信的。"

乾隆望着外头飘忽不定的霏霏细雨，呷了一口茶，皱眉一叹说道："山东逃了'一枝花'这群逆贼，朕心里不快。直隶、淮南闹水灾，又不知道现在蝗情如何，连日来尽是不好的信息，所以心神有点不定，容易发火。傅恒可以代朕去抚慰一下岳钟麒，告诉他只要不是妒功诬告，朕不管班滚死活都不计较他。也去看望一下庆复，果真班滚未死，要他早上谢罪折子——若等到有部议参他，朕就难以包容他了。"

"是!"傅恒忙躬身答道，"奴才也听说班滚没有死。这是给庆复办粮的湖广粮道李侍尧来信说的。方才讷亲说的，奴才也觉得很有道理，烧死几百叛民，其中恰恰就有班滚，这事儿也显着离奇。"乾隆笑道：

"李侍尧——是跟你在山西打黑查山的那个通判吧?"傅恒忙道:"是——他是皇上特旨简放的同知官儿,皇上于他有知遇之恩。他说班滚未死,金川之难未已。皇上必定兴天兵征讨。求奴才调他到军中效力。"乾隆想起李侍尧在考场落第要求面试,自己亲自作诗罚他山西去任"判通"的往事,不禁莞尔一笑。

张廷玉今日在家里当众吃了乾隆的软钉子,心里不是滋味,后经皇帝这么一解说,当下便觉得心头浮云为之一扫,他是极深沉的人,一边心里琢磨,顺着乾隆的意思缓缓说道:"蝗情的事主子不用多虑,九月初六初七直隶、山东下了两场霜,蝗灾已经没有。兖州府仅在孔林就扫出虫尸十万斤,归德府把虫尸堆积起来,据奏竟有百万余斤!臣已经叫户部知会闹蝗省份府县,一斤粮兑换一斤蝗虫尸体,聚而焚之。这类虫灾闹起来,凭人力扑灭是不成的,但天要扑灭它,下几场霜,就全都冻死了。"庄有恭奇怪地问道:"学生沿途也见了告示,只是心里诧异,朝廷为什么要用库粮去换虫尸?"张廷玉微笑道:"民间掩埋蝗虫尸体,这样处置不彻底,常有第二年再起蝗灾的,收上来烧掉就绝了根,也能知道多少蝗虫多长时间闹了多大的地方儿,何惜乎这几斤粮呢!"乾隆点点头道:"你想的很是,所有闹灾地方以后就这样办理。蝗虫之灾这次仅限于山东,都是因为山东的大小衙门主官不敬天命、不修德政,因此招至天惩,殃及百姓。岳浚首当其责。念其于灾起之后扑救赈济尚属用心,着岳浚革职留任,以示儆戒,所有山东官员着罚俸半年以应天变!"张廷玉忙道:"主子虑得周详。但阴阳不协乃是宰相之责,叫下面承担似乎不妥。请主子处分上书房及军机处大臣,并连直隶淮河水灾等天变一应以人事相应,以示天下公器不可亵。"

"好,上书房大臣、军机大臣、领侍卫内大臣这次为朕分谤,略加拂拭也好。"乾隆喟然一叹,说道,"朕成天地栗栗畏惧,敬天法祖,孜孜以求的其实就是大清极盛之世,前番京师雨雹,朕下罪己诏,并不透过。这次你们担待一点责任,也见你们的诚意——就各自罚俸一年吧。同时免去岳浚以下各官处分,岳浚本人身为封疆大吏,如此奇灾大荒他岂能全然规避?"说着哼了一声站起身来,卜孝见乾隆要回宫,忙进来替他披衣,张若澄捧着一双草木履,轻轻地放在地上,说道:"主子爷的鹿皮油靴都泡透了，只要不是走远道儿，还是穿上这个受用些……"乾隆便笑着伸脚蹬履。

　　鄂善今日一直没有机会说话，乘着乾隆整理衣帽，忙不迭又跪下，刚要说话，讷亲便道："怎么这么没规矩？主子来了这半日，事情不断头，你就忙在这一时？"乾隆笑道："他是部里的，见朕一面不易，你不要再呵斥他。"讷亲忙答应一声"是"躬身后退。鄂善道："奴才说的是急事，主子这一去，明儿军机处回上去，最早后日旨意才得下来——如今天气一天天冷下去，现在下雨还不显着，天一放晴，准得结冰了……"他心中慌乱，越发说得语无伦次。乾隆知道他没有单独奏对过，又受了讷亲呵斥之故，便笑道："越是急事越要从容说清楚。不要忙，朕听着呢！"

　　"是！"鄂善又叩了头，咽了一口气，口气果然平缓了许多，"如今冒雨修筑河堤，民工手脚都冻了密密麻麻细血口子，一行动就渗血。河工银子已经发到了九分，人们依旧不肯下水。赶到雨停，河上准要结冰，那时辰再出一钱五分也未必招得民工来，这工程就耗起来了，明年春汛一过来，全部泡汤儿。奴才自己得处分事小，这上欺君下虐民可是大事！"他顿了一下，又道："因无可奈何，奴才卖掉了一处宅子，凑了两万银子，凡下水作业的，加发白面一斤黄酒一斤。粮库竟然不以收价供应，却按市价发卖给奴才！奴才破产为国，真不晓得藩库为什么还要赚奴才这点子钱！另外，河工用的柴炭锅碗也都奇缺，本来都是琐碎事，户部供应为难，奴才也只好上奏天听。"乾隆听着，点头沉吟不语，便目视张廷玉。张廷玉忙道："户部昨天回过讷亲，他们也有难处。每年过冬京师定要四百万石粮食才得支应下来。现在运到的不到三百万，高恒在山东德州擅截了十万石漕粮，户部正在具折弹劾他呢！因为天雨阴湿，柴炭收购也不容易，户部也确实应付为难。但河工上的事诚如鄂善所言，也是迫在眉睫的事。奴才想，可否从兵部调拨一批军粮、柴炭草料先支应河工，然后由户部和兵部冲销账目就是了。鄂善破产修河理应嘉奖，但河工开支浩大，决非一人能办，该由官出的还是由官出。不知皇上意下如何？"

　　乾隆偏着头想了想，问道："户部是谁管这件事？"张廷玉正追忆间，傅恒在旁笑道："此人原是翰林院的庶吉士，去年奉特旨调入户部。因学问较好，特擢升左中允的。皇上还夸他写的《瑯琊台赋》来着！"乾隆已是想起来，笑道："这不是个管账的人，太迂阔了——叫他明天递牌子见朕。"张廷玉忙道："是！"乾隆又道："河工钱粮支用还是要户部出。实在没有，又急用，才能用这法子。凡事一成了例，动辄用兵部的军需那是不成的。鄂善治河急功求成，确乎是辛苦了——你们看看他这双手，都冻裂了，往外渗着血珠儿呢！不是躬亲实地哪会这样？所以朕很疼鄂善。不但要嘉奖，而且要加级。顺天府王满庚已报丁忧出缺，就叫鄂善补上。仍以顺天府尹兼理河工事宜，调集民夫也容易些儿。"

"皇上！"鄂善浑身的血仿佛一下子全涌到脸上，涨得通红通红，颤声说道，"奴才只是谨守本分而已，皇上如此高厚之恩，奴才如何报答？只要钱粮供应不再滞碍，就是下冰水泡着，奴才也要把砖河、滹沱河治好！"说罢，连连碰头叩首。

傅恒见乾隆已经去远，鄂善兀自叩头不已，双手挽起他。他们极熟的人，本想调侃几句贺他升官，但鄂善满手粗糙的老茧刺得他心里一动，便没说什么，只用手拍了拍他手背，转脸对讷亲和张廷玉道："二位相公，要没别的事，我要到岳东美那儿去了。"讷亲便也起身告辞。

"就不虚留你们了。"张廷玉笑道，"高恒截留十万石粮的折子写过节略且不要报，留下来斟酌一下再说。"说罢亲自送讷亲和傅恒出府，到月洞门口才停步踅身回听雨轩。庄有恭站在门口等候着，见他从微雨中走来，忙下阶双手挽扶他，边走边道："太老师慢点——学生有点不大明白。山东平度颜希深擅自开仓赈济，高恒擅截漕粮，都是职官擅自越权的罪过，事情明摆着的，怎么只见军机邸报登出，不见朝廷处分？"

张廷玉在庄有恭搀扶下坐在安乐椅里，不胜疲惫地长长叹息一声，抚着前额上稀疏的白发，他的声音一下子变得异常苍老深沉："这是先朝有例的。当年于成龙在清江擅自开仓赈济灾民，部议夺官、锁拿京师议罪。圣祖爷龙颜大怒，说于成龙一门贤良、爱养百姓、为君分忧，本当褒扬，反遭弹劾，连索额图都被扫得一点面子都没有。如今军机处里我与鄂尔泰的位置和当年索相是一样的。贸然循着这例保叙请功，皇上也许说这是沽名钓誉，拉帮结派；若照章程处分，皇上或许又搬出于成

龙前例申斥，岂不是自讨没脸？所以先刊在邸报上，不言是非，放一放
不妨。"庄有恭没想到这么件小事张廷玉竟深思熟虑如此周详，不禁由
衷佩服。太老师为相四十余年，同朝为官的革的革、罢的罢、抄的抄、
杀的杀，惟独他荣宠始终，岿然不动。思量着，却笑道："悬的日子久
了，皇上恐怕要问的。"

张廷玉听了一笑，却没有再说话，眯缝着眼望着天棚，许久，只粗
重地透了一口气。此时天已黄昏，云色晦暗树影萧索，缕缕冷风透门而
入，掀得墙上字画簌簌作响，更显得寂寞难耐。庄有恭本来求问自己前
程，见太老师如此冷淡，便讪讪地干笑道："我就要回河工上去了。太
老师，有余暇给我写一幅字儿可成？"张廷玉点点头，养了这一会子神，
他的精神好了许多，扶着椅背站起身来，说道："我这会子就给你写。"
一边挽袖濡墨，又道："你的心思再明白不过，想进翰林院也很自然，
你是状元，立马就能授侍讲学士，然后放几任学政，稳稳当当做一个太
子少傅、太子太傅，门生多了，捧场的自然多，不但面儿上光鲜，升官
也是极容易的。只要不出纰漏，十年内一个汉尚书是跑不掉的——可这
都是一厢情愿的事，你懂么？"说着目视庄有恭。庄有恭正喜滋滋地抚
着纸，听到这里不禁怔住，微笑道："请太老师训诲！"张廷玉将笔放在
墨海里，取过案头一把扇子，展开了，只见上面写着：

能慎独则器自重

一笔仿米楷书十分端正。张廷玉笑道："你的想头并不过分，多少二甲
进士都想走这条路，何况你是状元！但你太热衷了，中状元神志失常，
连皇上都知道了。人主不怕臣下热衷功名，但人主聪敏过人，国家升
平，求才不免就苛一点。国家重器亲戚父子间尚且不轻授受，何况你一
个汉人进士！所以我放你外任，一则做事容易见功，二则做事不见功，
离着皇上远，也不易见罪。待到真做出大事业，挣得大功名自然另有一
番话说。后生，你说是不是呢？"

一席话说得庄有恭满面羞惭，红了脸，扶着纸的手也微微打抖。他
方才心里一直不服，自己也在河工，也是满手老茧腕背上血痕累累，就

坐在乾隆身边，偏偏却表彰了躲在侧影里的鄂善，此刻才明白皇上对自己另有一份苛求！半晌，才讷讷说道："老相国这话，学生如醍醐灌顶。中榜那年，确实是和几个同年吃酒多了，所以失态。但这个冤没处告诉，学生只有自己加勉，兢兢业业为朝廷做事，以求功名之心修养德性，不辜负太老师栽培苦心。"

"这就对了！"张廷玉那核桃皮一样满是皱纹的脸上绽开了笑容，援笔濡墨，在宣纸上写了尺幅大小两个字：

戒得

又密密缀上几行小字，"乾隆六年十月壬午，庄思泉公嘱余作字。因思及昔年扈从圣祖幸避暑山庄事，得此二字。昔年亦是同季同时，是日雪大如掌，风啸如狂，圣祖垂戒诸子于戒得居。吾辈臣子，思及'戒得'之义，可不慎乎？"

写罢，正觅图章时，却见小路子抱着一叠文书跟着一个太监进来。张廷玉问道："小路子，怎么这早晚来了？你的腿怎么了，看着有点瘸？"小路子小心地把文书奏折放在长条卷案上，笑着回道："院里苔藓贼滑的，摔了一跤，又防着湿了这些宝贝，腿就有点扭了筋……相爷正写字儿呐，这可是我的好福气，我这就要放外任办差去，跟了您这几年，总见您给大员们写字儿，我官太小没敢张口。今儿既凑上来了，求相爷给点面子，另禀相爷，我如今改名字了，还是万岁爷亲自起的呢……"说着便将乾隆去军机处"觐见"的情形说了。张廷玉是素来不轻易给人写字题句的，今日给庄有恭写条幅，已觉破例，正思量着婉拒，听是乾隆给肖路正名，便改了主意，笑道："我的字并不好，官做得大了，人们就虚捧起来，其实自己心里明镜一样，因此只好藏拙，倒也不为拿大的。今儿你既有福气觐见主子给你定名字，我索性也给你凑个趣儿。"便又扯过一张小一点的纸，心里想：这是个地道的土佬儿，如今又放外任，应以君子小人之义儆戒，便写道：

行仁义者为君子，不行仁义者为小人，此统而言之也。君子中

　　有百千等级，小人中亦有百千等级，君子而行小人之道者有
之，小人而行君子之道者有之。外君子而内小人者有之，外小
人而内君子者有之。大道无恒，唯修德而已矣。张廷玉谨识。

笔走龙蛇似的一篇草书，墨汁淋漓地递给了肖路，说道："你初入宦途，
又是捐的官，千言万语，也只是要你做个君子官，造福一方立功圣朝，
也就不辜负我这一片苦心了。"

　　"谢相爷赐字，谢相爷教导。"肖路高兴得满面红光，双手接过那
纸，小心吹干了，说道，"我原是德州客栈的小伙计，能有今日，全亏
了杨大人和相爷的提携。杨大人是第一清官，相爷又是第一名臣。你们
都是君子，我也不好意思当小人。我虽读书少，从小就听鼓儿词，樊哙
是个杀猪的出身，黥布是个死囚，吕蒙正讨过饭，当时不也是小人？后
来都成'君子'了。我这一去做起来，准叫老相国满意……"

　　二人听他说"不好意思"当小人，都不禁莞尔一笑。后来听他搬来
的人物，才晓得这跑堂的在军机处耳濡目染大有长进。张廷玉送庄有恭
出轩时，肖路见没人，便将那把扇子掖袖子藏起。又张罗着把送来的文
书分门别类一札札叠起，眼见晚饭上来，肖路才告辞出来，一溜烟儿回
到下处。

　　此刻，傅恒已到了岳钟麒府中。他的家眷都还在四川。北京的这一
处旧宅，坐落在城隍庙南街，原是奋威将军晋升一等公时雍正皇帝所
赐，儿子岳浚任山东巡抚，来往京师不便，岳钟麒便将宅子让给了儿
子。他来北京闭门思过等待部议听勘，自然还住了这里。岳钟麒从张廷
玉处闷闷不乐回府，屏绝家人，独自足坐了半个时辰，只一口又一口喝
着又苦又涩的酽茶，吁着心里的寒气。傅恒奉旨前来抚慰，却没有宣旨
的名分，因此不让门上通禀，只带了家下小奚奴一同进来，见岳钟麒半
闭着眼坐在安乐椅上，双手扶膝，仿佛入定的模样，不禁笑道："东美
公，独个儿在家参禅啦？"

　　"是傅相！"岳钟麒猛地一颤，坐直了身子，见屋里已经暗下来，忙
命，"快掌灯！——傅相，有旨意么？"颤巍巍起身便欲行礼，傅恒抢上

两步按住了，呵呵笑道："哪有那么多旨意！我去十四爷府瞧他的病，顺便来看看你。也亏了是你，这院里没有内眷，家丁长随几十号，前院到后院鸦雀无声，荒得像座古庙，我在这样地方住一天也就闷煞了。你还该将夫人和儿女们接到京里来的……"岳钟麒笑了笑，让座上茶以后也坐了，喟然叹道："六爷天潢贵胄，我这一辈子从兵营里打滚出来的，怎么相比呢？这院里的长随家人，其实都是我带出来的兵，中军营里跟着我厮杀过来的，有的老病，有的无家无业，左右横竖跟着我就是。"他揣摩着傅恒的来意，略一缓又道："六爷不但能诗会画，上次带着岳浚去拜望，您一手琵琶弹得也叫人入神，我听着就好似又在千军万马的战阵里兵戈交锋呢。您，兵带得好，仗打得也精……唉！我老了，皇上神圣武威，上次还言及西疆军事、南疆平乱，儿子们必能亲眼见到六爷杀伐立功，您是本朝一代名将名相，那是没说的了。"

傅恒跷足而坐，手持一把素纸湘妃竹扇，展开了合起一遍遍把玩着，灯烛下越发见得目如朗星面如冠玉，一条油光漆亮的大辫子随意搭在肩上，更显着气度宏深。他边听边微笑，从容地点着头，直到岳钟麒一大车奉迎话说完才笑道："岳大将军不要拍我的马屁。你从龙西征的时候，这世上还没有我呢！打我一生下来，耳里听的我朝两大将军，一个年羹尧，一个便是你！这些日子你紧着往张衡臣那儿跑，为的是和通泊一战输得不服气，要到大小金川捞回来老面子，可是的么？"

"六爷太精明了。"岳钟麒笑道，"衡臣相公还在支吾我，您就一语道破了。既如此，索性就请六爷成全，也不要六爷为我这败军之将打保票，只说得万岁爷肯单独召见，我力陈金川军事态势，用我的不用由万岁做主，可成？"

傅恒双眉微微颦起，凝视着岳钟麒，半晌才道："你以为皇上不肯用你，是因为你无能？"

"啊？"

"你以为皇上不晓得你急着立功赎罪？"

"知道……"

"你不全知道。"傅恒望着悠悠跳动的烛光，徐徐说道，"你的和通泊之败，是先帝调度失宜，皇上对此心中雪亮，你明白么？"

第六回　老成宿将陈说边事
多情女子勇赴火刑

　　傅恒见岳钟麒愕然不知所措，一笑起身，踱了几步，边踱边道："准噶尔远离内地，有万里之遥，在紫禁城里指挥前线军事，战场形势瞬息万变，哪有个不败的？"

　　岳钟麒瞠目望着傅恒，这些话当然是"当今"的话，但傅恒居然侃侃而言，也太大胆的了。忽地心念一转，莫非他是奉旨而来？想着，已兴奋得连呼吸也急促起来。

　　"和通泊战败，你是全军而退。"傅恒瞟了一眼岳钟麒，又道，"北路军全军覆没。看模样你是全军主帅，理应负责。但仅仅北路军就有两位主将，锡保和马尔赛都是先帝简拔任命的，两个草包将军又互不统属！这样的阵势怎么能打得过噶尔丹策零三万骠营铁骑？所以皇上说，岳钟麒能在败兵如潮中镇定不乱，站稳脚跟，逼噶尔丹策零退回阿尔泰山之北，不失名将之风。"

　　乾隆这些话，是傅恒从山西回京第一天，君臣二人纵谈军事，酒酣耳热时说的，不但岳钟麒，连张廷玉、讷亲这些心腹臣子也是全然不知。岳钟麒听着这些话，不觉五内俱沸，心都紧紧缩了起来，万没想到，这些话竟比自己肺腑里掏出来的更中肯。自己不敢说，也不敢想的话都被这位年轻主了说了。滢滢的泪水在岳钟麒的眼眶中滚来滚去，终于还是夺眶而出……

　　"主子还说，你在主帅位上调度失当，也难辞其咎。"傅恒又道，"一条敌方使用间谍惑我视听，你不能明察特磊之奸，犹疑不决，纵他进京混淆视听；一条不能严格维护满洲绿营军纪，致使北路军不遵军令一意孤行，深入不测；再一条你的那个车骑营，攻是那样的不紧不慢，退也是那么不急不速，阵势一乱，立刻就成了摆布不开的累赘，像条死蛇一样只有挨打的份儿。还有，战前为讨皇上欢喜，几次妄报祥瑞；凶危之道以喜庆妆饰，也很不合你勋臣名将身份……"傅恒口说手比，滔滔不绝。岳钟麒战败的因由，被他分析得犹如亲见所见。其实这些见解都是他在剿匪时和李侍尧谈论西北战局得来的心得。在和乾隆奏对时，也曾谈过，这次，他想趁此机会搬出来当面验证，自然说得滴水不漏、得心应手。岳钟麒自下野以来每日烦闷不安恐惧获罪，从来没想到会有人这样公道地评介和通泊之战，更没想到竟是皇帝对自己如此体贴，此刻满心感激，恨不得立刻奔赴前线杀敌立功，报效皇上。哪有工夫分辨哪是乾隆的话，哪是傅恒的见解？他低着头，先是激动得抽泣，浑身颤抖，接着便号啕大哭道："傅相，傅相……你若得便替老奴才回……回奏主子。岳钟麒一门世受国恩，自己也侍候了三代主子……由于思虑不周、谋划不精，丧师辱国，是死有余辜的人……罪何能辞？主子既知钟麒忠心不二，奴才就是身死万军之中，或受炮烙之刑，也都甘之如饴！但求主子再给奴才一次机会，由奴才去征讨大小金川。一年之内，若不能敉平，主子就不处分我，奴才亦必一死以谢君恩主德……"说罢，泪水像开闸之渠一涌而出。

"东美公不要这样，"傅恒也颇为感慨，取出手帕拭拭眼角，颤声透了一口气，说道，"你想立功赎罪，想再次带兵出征，明眼人一望可知，何况皇上睿智圣明，早就洞鉴烛照了！但你知道，庆复如今在朝。上下瞻对在总兵宋宗璋手里，班滚生死不明，朝廷怎好无缘无故拜你为将再征瞻对？"

"班滚没有死！"岳钟麒喊道，"班滚若死，上下瞻对根本不用重兵驻守，留几百人看守粮库就够用了！班滚不死，逃亡金川，大小金川也要乱，趁他们将乱未乱之时，派我回四川，凭我和莎罗奔的交情、叫他交出班滚也不是难事！"傅恒听他说得如此笃定，不禁诧异，心里一动坐回椅上，关切地问道："你和莎罗奔到底什么交情？我听人说过，今儿又两次听你说，倒真想知道其中的底细。"

岳钟麒拭干了泪，双手捧茶呷了一口，自失地一笑，说道："这个说来话长。我其实更熟悉的是莎罗奔的大哥色勒奔……"他两眼露出怅惘的神色，陷入了深深的回忆，"康熙五十八年，准噶尔的策妄阿拉布坦派他的部将策零敦多卜进袭西藏。圣祖命正红旗都统法拉从打箭炉出兵，平定里塘、巴塘。我当时还只是个副将，担任前锋主将，带了七千兵士包围里塘，连战三天三夜，拿下了里塘，里塘第巴也死在乱军之中。巴塘和里塘原来暗地勾结迎策零入藏的，见我攻势猛烈、士卒用命，而且还有二百支火枪，他吓破了胆。我占领里塘的第二天，巴塘守将第巴仁错就带着户籍到大营来献地投顺。接着乍丫、察木多、察哇也都献图向我投降……

"本来仗打胜了是件喜事，可我不该胜得太快。一个前锋副将七天之内扫平巴塘、里塘，中军都没有用上，这就把主将法拉弄得有点尴尬。我在写报捷书的时候，只写了一句'法军门坐镇打箭炉，指挥有方，将士奋勇'没有把他的'功劳'写足，竟招惹得这位都统爷大不欢喜。因此，接到我的捷报，他也不向朝廷转奏，竟亲自带着两个中军，马不停蹄地星夜赶往巴塘。

"法拉脸色铁青，一见面就给来个下马威，申斥我：'你打了胜仗，满得意的，是吧？啊哈！不要得意得不知东西南北了！'

"我当时一下子就蒙了。我在前头给你打了胜仗，你没头没脑地给我这一下，算怎么一回事？强忍着气，说：'标下犯了什么错，惹怒了军门？请明示！'

"'你犯了贪功冒进之罪！'法拉一脸狞笑，急躁地在帐中来回踱步，'朝廷这次进藏剿匪，兵分两路，一路是我军，一路是定西将军噶尔弼，采用稳扎稳打，务求全歼入藏准噶尔部的战法，你这样打，策零敦多卜岂不吓得逃走了？你叫我怎么跟十四爷交代？'

"'我进兵里塘之前，军门没有这个话！'

"'我一到成都，在总督行辕召集会议，头一条讲的就是要在西藏关门打狗，生擒策零敦多卜。'

"你讲这话不足为据，军事会议布置方略，要丁是丁卯是卯，不能半点含糊其辞！我记得你这话，是在宴会上说的，当时刘正襄喝得脸通红，挥着胳膊说：'要快打猛追，撵他个摸门当窗户！'你还说：'对！这才是好汉子！'——这是军事会议么？

"就这样，我和主将两人当众闹起来，我的属下挤得帐里帐外都是，人人都气得呼呼喘粗气。我怕激出兵变，说了句'里塘、巴塘都已经打下来了。您瞧着办吧！'就退回去了。

"第二天我见他，他却换了笑脸，又是让座又是亲自倒茶，说：'原来你疑我妒你的功？我明着抢不来，暗中也不能偷么？你只是个副将协统官儿，你的'功劳'我还不是想怎么报就怎么写？可是我不是那种小人——你看这是我报到大将军王那里的军书……'说着展开一份红绫封面的军书，我看了看，果然是给允禵王爷的报捷文书，里头倒也没有抹去我的功劳，只加了几句他居中指挥，先打里塘，再征巴塘的方略，还有'亲临前敌'的话儿，含含糊糊的，好像他也在前锋亲自指挥似的。我想，说到天边他是主将，又是满人，惹不起就不惹，也就没再说什么。"

说到这里，岳钟麒透了一口气，看了一眼有点迷惘的傅恒，说道："六爷，我说得离题儿了罢？后来由十四爷转奏朝廷的邸报发下来，我才知道自己上了大当。邸报上根本就没提到我的名字，把副先锋、参将木杰摆了出来，他是'亲临前敌'，我的手下千总都保了一个遍，惟独对我这个前敌主将、先锋官，连一个字也没提，勾得干干净净！六爷，我那时还刚刚从游击提成副将，只晓得死打仗，报君恩，哪里懂这些鬼蜮伎俩？一气之下就病倒了，身热头昏四肢无力。那法拉居然还亲自来病榻前'看望'我。他手里晃着那份邸报，攒眉疾首一脸苦相，假惺惺地连揶揄带挖苦：'真真料不到会有这种事！敢是十四爷也糊涂了，或者听了哪个混小子的歪话？这可真对你不住，这可怎么好呢？已经上奏朝廷了，这回算我抢了你的功，等打下拉萨，我专折保你一本，功劳都是你的，可成？'

"我的病本就是气出来的，此时更是耳鸣心跳眼冒金星，在枕上冷笑着说道：'法军门这片好心，钟麒一辈子也忘不掉！我本来就是松蟠驻军游击，还叫我回到老营去吧。我身子骨儿这样，真的侍候不来这边的差使了。'法拉听着只嘻嘻笑，说：'别看你病着，算盘仍旧打得很精嘛！松蟠离十四爷的大营只有两天路程，想去行辕告我吗？听我良言相劝，打消了这主意的好！朝廷里阿哥爷们正闹家务，十四爷的心拴在紫禁城，打仗的事只要不给他惹乱子就成！'他一脸奸笑，又说，'咽了这口气，下次我给你补上，这是上策，你现在听我的令，明日带几个从人，到成都给我催粮，一万石粮运上来，我给你记功。两个月运不到，你仔细我将你军前正法！'

"我一听就知道他起了杀人灭口的心，从里塘到成都快马也要半个月，两个月运一万石粮除非你是神仙！何况这时正值五月，过打箭炉穿越大小金川烟瘴之地，不死也要脱层皮。但若拒绝军令，他会立刻将我从病床上拉起来枭首示众，万般无奈我只得权且应下，也还装作恳求延期一个月，以减他的杀心。他明知我办不到，乐得做了顺水人情。

"六爷，我心里又悲又苦，身上焦热滚烫，第二天一早就带着我的十名亲兵离开了里塘。我是打了胜仗的将军，被一个无赖上司公然如此蹂躏作践，真是欲哭无泪啊！

"五月金川正是雨季，遮天蔽日的是树，看不见天上的云。地下的路泥泞难行，水草布满了沼泽，根本不知道哪里是路，当地土人不通言语，听说找向导要过金川，许下天大的愿，也没人肯干。我们十一个人在密不透风的树林子里像瞎子一样，有时攀着古藤越谷，有时沿着独木桥过沟，有时还得扎筏子渡水，昏天黑地里向东摸索，只凭着我怀里一面罗盘，还有大军当初过金川时在树上砍下的标志走路。这条道上到处都是陷阱泥窝子，瘴气弥漫过来对面不见人，还得时时防着蛇蝎毒虫叮咬。幸亏我在四川带兵时知道厉害，带有蛇药和金鸡纳霜，又知道口嚼木叶能避瘴，好好歹歹就在这烟瘴路上死命苦挨……"

岳钟麒说到这里，已是老泪纵横。傅恒想着他当日处境，也不觉胆寒心酸，勉强笑道："法拉的死我知道，是在进藏路上被山上雪崩压成了肉泥。可见恶有恶报——后来呢？你怎么认识莎罗奔的？"

"他哪里死于雪崩？是雪崩时候被下头士兵砍死的！"岳钟麒长长吐出一口浊气，"平心而论，法拉打仗身先士卒，是一员骁将。但他只是个千把总材料儿，不会带兵，这样子抢功劳害贤能，十个有十个要引起哗变的！

"我们在密林里转了六天，好容易才见到一处番寨——你知道，我们已经在杳无人烟的老林里艰难跋涉了十天，没有见过人影，没有听见人声，没吃一口人间烟火食儿，乍一登上石板路，听见犬吠鸡鸣，看见一排排竹楼，真好像在大海里遇难，又返回陆岸那样，欢喜不尽。

"但是寨子里却不见男人，只有几个老妪，有的用竹筒打水，有的在火塘上烧饭。我多少懂几句番语，连说带比划，才晓得男'波'都在寨北谷场上。从老婆婆脸上露出的神色看，似乎还有几分神秘。我们凑在一处猜了半日，也不知道到底发生了什么事情。

"我们十一个人跟那打水婆婆到竹楼上，比划着请她给我们弄饭吃，她大约也看出我们是官军。把家里所有的糍粑都烤了给我们吃，一边流泪，一边指着北方，叽里哇啦越说越有劲。像是要我们到谷场上去看看。她那急迫的神情，使我们认定寨里出了大事，当下决定：去看看！

"我们带着八支火枪，略略整顿了一下衣衫。我还穿着三品官服，挎上宝剑，背着硬弩，来到寨北。此时已经暮色苍茫，谷场旁的老榕树下只见星星点点都是火把。场上壮男们敞胸赤膊、满脸满身油汗，腰间插着方头砍刀，一队队来往舞蹈。正中土台上一个祭司，脸上青一条红一块画得像个瘟神，头上一条条彩布披散下来，手中举着一面幡，发了癫似的舞蹈着，叽里咕噜念诵着咒语……

"我在贵州黔北苗寨时见过这种场面，原来是在驱瘟神！我心里一口气松下来，不禁好笑，这也值得那老婆子如此张皇？见我们亲兵们瞪着眼还在傻看，我就说：'我们都要累死了，谁有心情看他们驱瘟神耍把戏！咱们回去，好生睡一觉，想法子如何完成自己的艰难的运粮任务。'

"'协台！'我的一个老兵一把紧紧抓住我的胳膊，一手指着土台子，声音有点发颤：'他们要……杀人！'

"我这才仔细看，真的！土台子旁边垛着多半人高一个柴堆，柴堆下两个门板上，直挺挺捆绑着两个剥得一丝不挂的人，不喊也不动，像是死了一样。土台旁边还跪着五六个绑得结结实实的女人，衣饰整齐华贵，头上插金戴银。看样子祭祀一完，立刻要将这些人扔到柴堆上烧死。我心里蓦地一缩，头上立刻浸出密密的细汗！

"正发愣间，忽然听到一声凄厉长嚎，一个年轻女子双手持着两把弯刀，口中似咒似骂地叫着，疯了一样跳到火光里，见人就砍直冲那两块门板扑去！她身手敏捷，几个男人都拦不住她。扑到门板边，只见雪亮的刀闪了几闪，那缚人的绳子已经被割断了。

　　"场上立时大乱，鼙鼓咚咚地响起。男人们嚎叫着如鬼如魅，往来奔窜。那祭司疯了一样在台上，一手舞幡，一手舞着火把，口中呜里哇啦地喊叫。几个男人冲上来，夺了那女子手中的刀。火光映着我这才看清，是个面目十分俊秀的年轻女郎。只见她呼哧呼哧喘着粗气，用番语和祭司斗嘴。我的番语实在有限，听得出的字眼只有'你才是瘟神，你才是恶魔'还有'大色勒奔'如何怎样……

　　"'格期摩勒！'那祭司狞笑一声，'格拉木拖拥火温！'他揩着头上的汗叫了几声，人们立刻把那女子也捆缚在一边，不知怎的，却没有和原来那群女人缚在一起。祭司亲自围着柴堆兜了一圈儿，便用火把点燃了那柴堆。我的心像一下子被泡进了沸水里，不知怎的，我脱口而出：'不许杀人！我们是官府派来的！'

　　"我的喊声惊动了场中所有的人，所有的火把都集中了过来，所有的目光都盯视着我们这群不速之客。突然，那个缚在门板上的年纪大一点的青年竟高喊一声：'官家救命！这个祭司是小金川叛贼！'

　　"他竟然能说这么纯熟的汉语！我心里不禁轰地一热，一手按剑，口中大喝道：'普天之下莫非王土，率土之滨莫非王臣，天朝律令诛杀自有法度，谁敢乱杀人命？快放了他们！'

　　"但没人听懂我的话，他们沉默了一会儿，只听那持刀被擒的女子又和祭司各自大声吵嚷了一阵，那女子的口便被人堵上了。只听祭司念叨着咒语，人们又像着了魔，挺着刀一步一步逼了近来。

　　"'开枪——朝天！'我下令。

　　"'砰'的一声响，似乎震得藏人们迟疑了一下，但这都是些剽悍勇猛之士，很快就灵醒过来，又逼上前来，我心里此时一横，咬着牙道：'冲那个祭司，齐发！'

　　"砰，砰，砰……七枪齐发，那个祭司连哼也没来及哼一声便软软栽到土台子旁边。打得他脸上身上都像蜂窝一样，汩汩的血顺台流淌下来。我一边命令急速装换火药，一边大声喝呼：'抗命者死，放刀者生！'那个躺在床板上的后生说了一阵番语，像是翻译了我的话，于是人们纷纷将刀扔在了地上。"

"就这样，你救了色勒奔！"傅恒听得入神，直到此时，才倏然醒悟过来。知道那门板上的青年就是大金川的土司色勒奔！不知为什么，傅恒突然觉得一阵兴奋，问道："他寨子里究竟出了什么事？"

原来大小金川总共只设了一个土司，大金川的十几个土舍素来统归小金川的土司沃日豁本管辖。土司对土舍的统制，其实并不像中原官制那么严密，数十个土舍散处崇山峻岭之中，各自管着几个寨子、几十里方圆地面，平日极少来往。只有当为猎物发生争执，或为地域划分不清时，各土舍派人到土司那里"讲公道"。如果土司"不公道"，各寨闹起纠纷，土司也无可奈何。大金川地处险域深山，辖地大，却没有土司，常常被小金川的土舍侵犯猎域、抢掠猎物甚至活擒猎民为奴，受的欺侮多了，又讲不来"公道"，大小金川间仇恨便愈积愈深。火并、打冤家的事不时发生。但小金川地近上下瞻对，既靠着官兵又和瞻对的班滚来往密切，有鸟铳也有火枪。十次打冤家有九次倒是大金川吃亏。到康熙五十六年，情形多少有了点变化，大金川土舍嘉勒巴救护了二百多名从青海逃亡到金川的清军官员，给他们治伤驱毒，还护送他们返回成都，还接受了四川将军十几支火枪的赏赐。这个见过大世面的嘉勒巴这才知道小金川的土司在朝廷面前只能算一条"毛虫"，连一条巴儿狗也算不上。

"神秘"一旦被看穿，偶像随即土崩瓦解。嘉勒巴一回金川自己的土舍，立刻在自己寨子里建立土兵，用山里药材和淘出的金子去川中换买枪支弹药。又打几次冤家，小金川居然不敌！这样就夺取了促侵水广大流域。这嘉勒巴只和小金川交锋，回避与官军冲突，时而还送金帛给上下瞻对的班滚，联络着合击一下小金川，沃日多次到清营请救兵，无奈大金川是有名的黄金产地，守卫上下瞻对的千总们收饱了贿赂，腰里揣着大金川贡来的黄澄澄沉甸甸的金子，谁肯替这个小土司卖命？班滚眼见小金川也离心不听朝廷的，便把上下瞻对的藏兵组合起来，靠山吃山靠水吃水，连清兵进藏也要"留下买路钱"！

傅恒至此，对上下瞻对、大小金川的"乱源"已经明白了。不由钦佩地看了一眼若无其事的岳钟麒。

"其实关键之处就在嘉勒巴身上。朝廷一文钱不用花，给他一个总土司或者安抚使的名目，他就能把大小金川的事安顿下来。大小金川安定了，上下瞻对也就迎刃而解，不战而胜。"岳钟麒用粗糙的手指把一根歪倒的蜡烛芯扶正了，搓着指上的烛油，叹息一声又道，"可惜的是嘉勒巴突然暴亡。据他的妻子说，是沃日在铜令寨设酒宴作调解时被害死的。嘉勒巴和儿子阿莫强一同赴筵，回来后父子双双染病，百治不救，一个月内就双双去世了。

"我去大金川亲眼见到的，就是嘉勒巴死后一个月后出的事。嘉勒巴死，家里治丧——你知道，藏人是最信神的——他的夫人说丈夫是英雄，儿子也是英雄，坚持要请红衣活佛第桑结措——就是那个祭司——来给他父子祈祷。这样，就引狼入室。第桑结措带着二百多名喇嘛来到他们寨中，本来他们是为亡灵超度的，但一来就占了嘉勒巴的宅子，恰也凑巧，嘉勒巴的两个孙子，一个叫色勒奔，一个叫莎罗奔，也一齐病倒，发热，说胡话不省人事。

"第桑结措又是烧香又是请神。还说嘉勒巴祖孙三代作恶，得罪了佛爷，不但一门绝后，全村人都要跟着死，除了处死色勒奔兄弟之外，没有别的办法。

"所以，我用火枪击毙了结措，却没有解除人们疑虑。我带着我的十个亲兵走近土台，土台周围的几百双眼都死盯着我，他们只是一步一步向后退，却没有人离开场院。

"我走近那两块门板，伏下身子解开绳子、抓起色勒奔胳臂试脉息，只觉得时缓时急，跳得很厉害，又试莎罗奔的时，觉得比他哥哥的症候要轻。但我实在不懂医，对着两个昏迷不醒的病人，竟不知如何是好了。就在这时候，我觉得周围的藏民向前逼近了一步，于是吩咐：'问问有没有懂汉语的？谁敢再向前，那祭司就是他的下场！'

"藏民们在暗中窃窃私议了一阵子，一个头发灰红的老者站出来，双手平展向我一躬，说：'玛米老爷，我能说汉语。嘉勒巴土舍穷兵好武，给我们大金川带来了无数的征战，他惹怒了上天，他的子孙也应得这样的报应！如果不烧死色勒奔和莎罗奔，上天还会降祸我们全寨。我们一向遵守官家法统，不知老爷为什么要干预我们的族务？'

"'这是你的话，还是你翻译别人的话？'

"'这是第桑结措带来佛祖的旨意！'

"'他是小金川的人，凭什么来管大金川事务？你叫什么名字，在寨里是什么身份？'

"人们听了他翻译我的话，又交头接耳一阵议论，又一齐用专注的目光盯着我，仿佛在等待我的回答。老者郑重向我一躬，说：'我叫桑措，是嘉勒巴土舍的叔叔。专管到小金川佛寺祈祷供献的使者。我哥哥一家遭到这样的报应，我比谁都难过。但我说的话确实都是在西塔尔大佛寺求签求得的原话，大佛寺还专门派了祭司老爷来执行佛的意旨。你们打死了他，上天会用雷击死你们的！'

"我听了哈哈大笑，说：'大祭司既然是佛的使者，理应神通广大刀枪不入！这么多的人，都没有死，怎么偏偏他被打成一堆烂肉？这正是他欺蔑佛祖的活证据，他来诱骗你们杀掉自己的英雄，好让小金川的人重新欺侮奴役你们！'我灵机一动，突然想起这一带是诸葛亮七擒孟获的地方，人们对诸葛亮敬若神明，接口又说，'我们是征剿里塘巴塘的朝廷大军。路过打箭炉，诸葛亮托梦给我们主帅，说大金川有英雄受难，要我们赶快来救！不然，怎么会这么巧！'

"'诸葛亮？诸葛亮是谁？'

"我正发怔，一个小校大声喊：'就是孔明！'

"人们轰然一阵议论，竟都一齐跪了下来，膝行向我靠近，口里热切地说着什么，一脸虔诚膜拜的神色。突然，一个壮小伙子'呀'地大叫一声，举起方头大刀冲过来，对准门板上的小莎罗奔就刺，我猝不及防，连刀也来不及拔，惊叫一声跃起来格斗时，斜刺里又冲出一个女子，用火把直搪那个小伙子，口中尖叫着什么。

"老桑措叹息一声给我翻译，我才知道，这是几个年轻人的又一本孽缘账，那举刀杀莎罗奔的叫贡布，那掩护莎罗奔的女子叫朵云。桑措说，贡布喊的是'他不爱你！'朵云则喊的是'我不爱你！'这翻译得简捷明了，大惊初定的我倒被逗得一笑。"

第七回　将帅不和沙场纵敌　其豆相残军前决斗

　　岳钟麒讲到这里，傅恒一颗悬得老高的心才放下来，听了那翻译的话也是一笑，说道："看来情之一物，无分域中域外，皆是一理啊！色勒奔兄弟害的是什么病？"岳钟麒道："后来问了病况，才知道不过是疟疾。他们的叔父听了小金川祭司的话，不给他们吃饭、喝水，关在空房子里'驱鬼'，弄得病越来越重。祭司又说恶鬼既不能除，就要危害全寨人命，这才施火刑要烧死他们。你知道，我自己就有个疟疾病根儿，在广州买了不少金鸡纳霜，随身带的就有。色勒奔兄弟又不常用药，所以吃下我的药不到半个时辰就退了热。这一手比什么都管用，屯里的藏民立刻把我看成神仙活佛，我们带的紫金活络丹、薄荷油、金鸡纳霜、驱热祛风散在这里大有用处，家家户户轮流抢我们去喝糜子酒，我们整天像腾云驾雾似的。别看我们来时十分狼狈，归时却是荣华高贵，由藏民们护送我们回成都，藏红花、鹿茸、麝香、三七、木叶草整整用了十个骡驮子。还有三十个大金饼子，都有烧饼来大——想想看吧，六爷，这不是因祸得福！所以我这辈子，有时处于逆境，总爱回想这一段，有多少气也都平了。那色勒奔兄弟送我们到老界岭雪山口才依依分手。说：'您是个心田极好的人，佛爷必定保佑您。有朝一日有使着我们兄弟的，只要捎个信来，千里万里我们不辞！'"傅恒被他说的这个故事深深感动了，不禁慨然叹道："这也是一番英雄际会，听来令人热血奔涌！你和莎罗奔缘分确实不浅。色勒奔看来也是有情义的人。怎么兄弟二人反目为仇？"

　　"为了女人。"岳钟麒刀刻似的皱纹一动不动，"那是我亲眼见的。

　　"雍正元年，我被封为奋威将军驻守松潘，年羹尧是抚远大将军，主持青海之战。我在川北驻兵多年，对青海的势态比他熟，又原归大将军王允禵统辖，其实早已和罗布藏丹增交上了火。

"我和年羹尧本来是知心换命的朋友，他此刻来主持军务，成了我的上司，我心里原是十分欢喜，竭力助他成功。可他却生了小人见识，怕我争功。放着我川北兵不用，专门从甘东调兵防护青南，打仗也和为人做事一个道理，心术不正，仗就打不好。这么胡调度，塔尔寺里的罗布藏丹增就扮成女人从缝隙中逃脱了。

"年羹尧藏奸纵敌，雍正爷看来早有防备，塔尔寺攻下来第二日傍晚我就接到圣旨，命我为奋威将军，率部五千入青海扫荡残敌，却命年羹尧部策应休整。

"傍晚圣旨到，不到一个时辰又接到上书房廷寄说，已经命驻河南、湖广、四川三省绿营兵马统归我指挥调度，紧接着四川成都大营就递来禀帖：说已经整装待命，请示机宜，并说都统阿山已就道来行辕参见。

"六爷，掏出天良说话，这么一呼百应，我此刻才真正尝到什么叫'人生得意'，什么叫'将军虎威'，也才明白年大将军和我极好的知己朋友，为什么掰了交情。定了一阵子神，我才想到，我仍旧只是岳钟麒，可以在凌烟阁上图像，也可成为丧师辱国的死囚！

"和几个幕僚将佐整整商议了一夜，如何挑选精壮兵士，怎样重新建制、粮秣供应、伤员收容调治、出征人员犒赏、家属优抚，一应事务都议得密不透风，惟独青海地理不熟，寒冬季节在万里草原上以五千轻骑扫荡几万残敌，没有好向导是断然不成的。年羹尧既然妒功，请他派人做向导说不定就敢妒功害我，因此绝难指望。此时天色已明，人人熬得两眼通红、头晕脑涨。我就命：'暂且休会，先吃饭——我们还有一天一夜准备时间。真的不成，战场上捉来俘虏也能做向导！'正在这时候，辕门外的中军来禀，说'有十几个藏民要见军门'。

"'北藏还是西藏？'

"'都不是的，是大金川的土舍，还说是大人的熟人故交。'

"这当然就是色勒奔他们了。这个时候正逢大战在即，哪有时辰见他们呢？想了想，我说：'就由你代为接待一下，要来送物件，任凭什么也不要收；要是想要药品，除了治跌打箭伤的药，都可给他们一些。要热情接待不能伤了交情——去吧！'那校尉答应一声转身就走，我忽

然又改变了主意，说：'我左右也要吃饭。一齐叫过来吧！饭时闲聊聊，或许能松泛松泛精神。'

"他们总共来了十四个人，色勒奔兄弟和朵云都来了。只隔了一年多没见，小莎罗奔已长得和哥哥一样高了，都是勇猛的汉子，紫红的脸膛，裸露的胸肌块块绽起。只是弟弟方额广颡，看上去比哥哥还要健壮英武。他们都穿着簇新的藏袍，雪白的羊毛里翻露在外，粗重的长统牛皮靴踏在红松木地板上，发出'吱——吱'的声音。朵云姑娘看去已经有了身孕，低眉顺眼地跟在色勒奔身后。

"'大金川的雄鹰和凤凰都飞到我的军营里来了！'我笑着说，'我马上要到青海去为我的主人厮杀，这一次来不及多陪你们了！'我命人'抬出整只的熟羊来，再弄一桶烧酒！'

"色勒奔本来神色有点忧郁，这时开朗了一点，小心地扶着妻子坐了，自己才坐下，对我说：'小金川的沃日封了我们的粮道，十几万大金川人没有盐巴吃。还有，茶叶也快用完了。土司和我们结了仇，有人过去买粮买药，他们见了就杀。我们是到青海运盐的，顺便来看望你老爷子。朵云已经怀了孩子，她身子虚弱，也想请大人的门巴给她看看病。'我思量了一下，粮食是断然不能给，大军要立刻行动，军中用粮也吃紧。我一边命人带朵云去看医生，一边笑着说：'青海省已经是大战场，乱兵如麻。年大将军的兵和叛匪混在一处，你这几个人进去运盐是很危险的。'陡地一个念头上来，便问，'你们熟悉青海地理形势么？'

"他们一听都笑了，莎罗奔说：'我们吃的盐巴都是青盐，年年都到青海去。我们带着鹿茸、犀牛角、象牙、麝香走遍青海，青稞、燕麦、茶砖……什么都能换得的！'我见兵士们抬上羊来，给他们一一倒酒，请他们各自割肉吃，心里打着主意说：'我可以帮你们个忙，你们也帮我个忙，好么？盐，你们要多少我给多少，治瘟疫的药还有一点金鸡纳霜，军中只要不是治刀枪红伤的药，都可以给你们一些。粮食我这里拿不出来，告诉你们，青海现在也无粮。但也有个变通办法，就是你们帮我一个忙——我出兵青海，中军没有向导，你们留下来给我引路。我就咨会四川巡抚，给你们筹一批粮饷。你们的难关过去了，我的差使也好办了。事成之后，我还可以上奏章保举，岂有叫你们吃亏的理？'

"我一边说，小莎罗奔叽里咕噜就给众人翻译，我心里暗自惊讶，想不到他汉语说得这么好。眼见众人脸上带出喜色，色勒奔说了几句什么，莎罗奔笑着用油乎乎的手捂着前胸，一躬身向我说：'大哥说，岳老爷子帮助我们赤诚无私。我们不但要给老爷子当向导，还要听老爷子命令，在战场效力。罗布藏丹增虽然没有侵占大小金川，但他们两次带兵打拉萨，烧杀我们的祖宗的产业、兄妹，也是我们不共戴天的敌人。既然岳老爷子有这番好意，我们也要为朋友两肋插刀！'他遂说得朗朗上口流畅自然。我知道他不但苦学汉语，而且还读汉文书籍，便问他：'都读些什么书？汉语说得这么好！'色勒奔在旁插话说：'他性子野，记性也好，常年在外边跑，早就不用翻译了。现在已经能读《三国演义》。我不行，只能勉强应付一下场面。'这时朵云已经回来，怀里抱着几包药，还有'十全大补丸'、'阿胶'等一应成药，她站在一边听着我们说话，一直没言声，这时才说：'我也要去青海！'

"'这怎么行？'色勒奔'嗯'地站起身来，'你已经有三个月的身孕了！'

"朵云很文静地站着，回想起那夜她如疯似狂的模样，我很难把'两个朵云'形象儿放在一处，她的脸色很苍白，口气绵软但不容置疑：'你们谁也没有我熟悉青海的路。我的舅舅就在达青达坂山的鱼卡做茶叶葱巴①！妈妈在世时，我们每年都要到青海省去看他的。'

"事情就这样定了。这十四个人，除了两名留在松蟠料理往大金川运送药物，其余十二人都随我的中军大营，和我的五百名亲兵戈什哈一同行动。

"正月的青海坚冰如铁，广袤的大沙漠浩瀚无边，西北风呼号肆虐。事不临头不知难，从直门进青海三天，走到休马湾，后边的粮食就供应不上了。再走一天，连淡水也要从后方运来，加之柴草，饲料……我觉得原拟的三个人运输供一人用的计划不实用，应在休马湾下令四川总督巡抚增加车夫民工，动用五万人供应前敌五千人的军需。年羹尧的心胸狭窄，我不佩服。但是对他的军事才干我不能不服。在这样的地方，以

---

① 葱巴：藏语，商人。

十万客军击败罗布藏丹增的主力，俘敌十万，就是孙武、吴起古之良将也难能所为！我也于此刻才真正知道了自己的处境；罗布藏丹增虽然逃逸，但他的散兵游勇仍不下十万。一团团，一伙伙，多的有上万人，少的只有几十人，占州据县'猫冬'。年羹尧的军队仅控制了曲麻以南，德令哈以东地域。叛兵的实力并不弱，一来没了主将，二来罗布藏丹增的兵分属喀尔喀蒙古的十几个部落，人心不齐统属各异，又被年部雷霆一击打散了建制，三来冬季缺粮，通往青海的粮道都被官军卡死了。因此我没有费多少时日就拿下了青南重镇康达、杂多，俘敌三万——其实，有的屯子，只要把粮食摆在寨外，叫会蒙语的兵士喊城，饿得皮包骨头的叛兵和裹挟在屯里的百姓就会蜂拥而出。给他们吃顿饱饭，然后押送回四川——年羹尧的失得也正在于此，他杀俘十万，坚壁清野，要不分良莠饿死一省人，人们对他畏如蛇蝎，宁肯饿死，无人投降。我的这一着棋很有成效，在柴达木大潮海周围的几万绝粮叛军竟日夜兼程来向我投降。

　　"军事如此顺手，连我的心都有点懈怠了，待到四月，我的五千军马已越过积石峡谷，沿着沼泽向西北，攻取青海省最后一隅。此时，我已俘敌七万，攻克十三座县城，我军连病号伤号在内，伤损不过七百。年大将军妒功，给先帝爷上奏说我'取巧而已'，先帝把他的折子转过来，加了批语说'亮工此语可哂。不闻"将军欲以巧胜人，盘马弯弓惜不发"耶？即"取巧"而胜，亦东美之长也。且冬月之季，纵横青海万里不毛之地，水粮供应、车夫骡马劳苦可想而知，其平日军务周备，未雨绸缪，又非唯"巧"之一字而已矣！'我详读旨意，自然领会先帝嘉许之意，也隐隐感觉到年羹尧已略失上意，更加奋勇鼓舞。当下我决定兵分两路，一路两千人西进攻取阿克塞当金山口，一路两千人近取德令哈。我自率中军千余人进攻鱼卡。在召集将佐们训话时我讲：'我们的粮道也很远了，年大将军自己粮食也紧，不可指望。因此只能速战。吃掉这三块肉，我就能体面光鲜给万岁爷奏凯歌了！'

　　"这真是不可恕的错误！攻取鱼卡几乎没费多少力，几炮轰开寨口，我的兵蜂拥而入，寨子里饿得瘦骨嶙峋的敌军便扶老携幼出来向大军投诚。这里没有粮食，但家家户户都存有黄金，连院墙都是砂金石垒成。

乱兵入城，不少军士乘机破门入户抢劫金子。我杀了两个千总，中军大帐的亲兵也杀了五六个，才控制住这群红了眼的丘八爷。猛地想起朵云舅舅在这里行商，便叫色勒奔兄弟带着她满城寻找。我的中军大营设在卫青庙，等待东西两路消息。直到掌灯时分色勒奔兄弟们才回来，一脸失望之色，原来，朵云的舅舅扎布门巴前年就被罗布藏丹增的兵掳到喀尔喀蒙古去了。我只好细语安慰哀哀恸哭的朵云。

"四天之后，攻打德令哈的一路败报传来。先报一次，说德令哈城池坚固，炮轰不坍，我已经觉得不妙，传令东路主将郝宪明'围而不打'等着金山口打下来，堵住敌军西归后路，我再给兵驰援。急命人探问西路消息，回说是：山势险峻道路难行，大炮拉不上去，准备轻骑袭击攻坚！

"六爷，你不知道，我当时心情真像在滚油里煎炸。整整两天没出军帐一步，对着木图分析形势，思索万一两路都失利了，如何措置善后整军再战。第三天中午，西路主将柯雄快马传来捷报，说已经占领当金山口，收复阿克塞城，请示追剿残敌。我一口气松下来，几乎瘫在椅中，急命'不必追剿，留守少许人马向中军靠拢，专等东路消息。'

"'消息'很快就有了。不过不是探马探出来的。那是个月小风高的春夜，卫青庙外一片空旷地里时而劲风袭面，阴暗不见五指，时而弯月明亮当空，映着一丛丛在风中瑟瑟发抖的红柳，天色的变幻，给人一种不安的兆头。我出了中军，在各个帐篷巡视一周，刚刚回到庙门口，听见色勒奔他们住屋里有人大声说话，仿佛争吵什么似的，还隐隐夹着细微的哭声。我正要过去看，突然寨门外一阵喧哗，一个守门骑兵打马奔来，直闯到我身边，才滚鞍下来，气喘吁吁地禀说：'大帅，咱们的东路军垮下来了……'

"'寨外喧哗的是不是他们？'

"'是！'

"'都说些什么？'

"'人多嘴杂风大，什么也听不清！'

"你们认准是自己人？'

"'认准了，里头有两三个守备官儿呢！'

　　"我的心忽地一沉，东路军真的是败了！又暗自庆幸西路军得手。否则，在这弹丸之地将要两面夹击，后果不堪设想。一边思量，一边命令：'败军乱哄哄的不能立即进寨！——叫他们在外面整顿好建制，由最高军官带着进来。我这就来！'

　　"我的话音刚落，便听到木寨门'嘎啦'一声巨响，鱼卡寨本就不结实，又被火炮轰坍了箭楼，自然一推就倒。接着就听马嘶人叫，有人哭有人骂，乱糟糟的一群败兵拥进寨来。这时我真急坏了，大喝一声：'岳钟麒在此！所有军官统统站出来！'这一嗓子震得众人立时鸦雀无声，所有正在乱窜的人都停了下来。十几个军官默默出列，低着头走到我面前。我一眼就认出来是左翼的一个标统和两个游击。大约他们觉得我此刻心境不好，没言声都跪在地上。许久，我才说：

　　"'是闻贵富标统嘛！你带的好兵！你们郝军门呢？我看你活得满结实，还有力气攻破我军主寨！你放下主将，临阵脱逃，是什么罪？你背诵一下我的军律！'

　　"'是……'他嗫嚅了一下，'杀无赦！'暗地里他抬头看了我一眼，又低声道，'请大帅赶紧布置迎敌！追兵就要到了！'

　　"'到底是怎么回事？'

　　"'我们中了阿布茨丹的诈降计！'闻贵富声气中带着哭音，'郝总标不听我劝，带着刘德清他们进城受降，让人家给堵在城里……我听着声音不对，带着我的五百人冲城接应，只救出了七百多人，散带着逃回来的。阿布茨丹的三千人在后边紧追不舍，我留下自己营里的人在小叶河挡他们一阵，命他们拂晓撤回，其余的人跟我先回大营来……'

　　"他没说完，我已经明白，郝宪明少年气盛急功近利，已被人家包了饺子，眼前这人能给我带回一千二百人马，不但无罪，而且有功，当下长叹一声，说：'起来吧……着实难为你，竟还能带这许多人马回来！这都怪郝宪明自大轻敌，也怪我料敌不明……'

　　"当下召集游击以上军官训话，我一点不漏地通报了形势的严峻：'敌军是三千。我军是两千二，其中一千二百人刚刚败退奔波回来。如果不能鼓起士气，我们的中军就会一冲即垮。但是敌人也不是尽占优势。他们都是饿极了的人，又从五百里外奔袭到这里，其实是为了夺一条退逃当金山口的路，更要紧的是瞄着我军这点子粮食。这样打，其实我们是以逸待劳，以守待攻。从总的实力比较，我们是苦胜局面。鱼卡这个寨子不结实，不能作为据守屏障。但在这里可以挡他一下，稳稳当当地打一阵，从容退到卫青庙，现在就把粮食全部运往卫青庙北的霍去病庙，敌军到卫青庙前立刻焚烧粮仓，挫伤敌人信心。能够在卫青庙打成平手就算操了胜券。如果形势仍旧不利，全军退守霍去病庙，死守粮仓，保护水源。顶多两天时间，西路军就会全军回援，就在鱼卡对罗布藏丹增的残部聚而歼之！'

"布置完，各军听命，我的中军改为左翼！闻贵富军改为右翼，只留下了十几个强壮的亲兵和色勒奔等人随我行动。我又查看了全军布防，把两门红衣大炮架在卫青庙前旗墩上。打仗的事既要尽人事，又要听天命。我这时定住了心，了无挂碍，竟在卫青庙正殿里酣睡了一觉。这一觉睡的功效远胜于前头一大篇演说，人心本已乱了，听我鼾声如雷，倒一下子都安定下来！

"黎明时刻，鱼卡寨东南响起两声凄凉的号角，接着便传来马嘶人喊声。我从蒙眬中一下子惊醒过来，跃身起来到大庙外月台查看，只见东边南边尘沙弥漫，敌我已经接上了火，敌军正在起劲地进攻着左右两翼，一切都在算计之内。只是敌人这么急切地驱疲之兵与我决胜，倒有点出乎意料。阿布茨丹是罗布藏丹增帐下一位强将，罗布军全军崩溃，惟独他的队伍建制完整，可见其用兵一斑。怎么这次莽撞得像个醉汉，红着眼一味蛮打？但转念一想，也就明白了：敌人困兽犹斗，生死只此孤注一掷了。阿布茨丹也担心当金山口的大军回援鱼卡，想猛地一口吃掉中军，占领鱼卡以逸待劳地回击援军！他这样激战，无论如何犯了兵家大忌，断难持久的，于是我命左右齐声大呼：'阿克寨的援兵已经杀回来，——兄弟们杀啊！'

"敌军一阵慌乱，不知乱嚷乱叫了些什么，攻势更急了。我命将支在卫青庙的两门红衣大炮调来，亲自指挥炮手：'看来用不着退守二线了，你们给我瞄准了——寨门一破，两炮齐轰，这个迎头炮打好了，我立即提拔你们！'

"两个炮手瞄了又瞄，刚刚准备好，木寨门已经平排被推倒！顿时黄尘滚动中不知多少兵马冲进寨来。也正在这时，两门大炮齐声怒吼，真是一个迎头开花炮，冲进来的敌军兵马立时割麦子似的倒了一地！

"阿布茨丹的这些兵真是勇猛，这两炮并没有把他们吓退，稍停一下便又大喊大叫地冲杀起来。我一边传命左右两翼分兵来救中军，一边抽出宝剑指挥中军准备白刃战。我的大炮接着又打了三响便用不上了。此时四周都是红着眼的敌军。色勒奔兄弟自跟我进入青海、一直随我左右，我原不准备让他们上阵厮杀的。此时他们也都张弓拔刀投入了白刃战。

"啊，六爷！我家自太祖时就归了大清，父祖又从龙入关。我自小跟随父兄在军，不知见过多少战阵，但我从来也没有经过这样险恶的肉搏！我一辈子也忘不掉海西这场恶战！

"这时，我的两翼已经合击过来，小小卫青庙周围，共有五千人混战厮杀。劲风卷着沙石，像流动的烟雾，增加了战场上的悲壮。惨白的太阳像冰球子一样悬在中空，带着鲜血的战刀闪烁出一道道寒光……此时到处是兵，到处是刀丛剑树，满地是尸体和伤号，被砍下的头颅在人们脚下被踢得滚来滚去，血污和沙砾凝固在一起，糊得人脸五官难辨。

"惨烈的激战一直持续了将近一个时辰，相持的局面才稍有变化，我军左右两翼的前锋即将会合，彼此已经能够看清旗帜。可敌军仍然拼命地在我的护卫军士中冲突周旋。突然从西北大官道上传来一阵擂鼓声，我情知是当金山口的援军到了，心里一激动，连嗓子也变哑了：'我们的援军到了！阿布茨丹速来受死！''阿布茨丹速来受死！''阿布茨丹速来受死！'

"这声音起初只有十几个人喊，后来几百人，后来竟是三军齐呼，地动山摇！就在这时，我的亲兵们齐声发喊，全体扑出月台，直取阿布中军！我看得清清楚楚，莎罗奔和一群金川人挥着刀冲在最前边。失去斗志的阿布茨丹中军再也没有招架之力。刀箭之下，像风过陵岗秋草尽伏！只见莎罗奔赤膊挥刀，冲到哪里，哪里血溅人倒，我不禁拍着膝大声夸赞：'莎罗奔好汉！真是个大丈夫！'但我的声音未落，莎罗奔便被一枝冷箭射中肩胛，我的心猛地一紧，正要喊话，只见莎罗奔踉跄一步，接着便挺起身来，因为箭杆拖在背后，拔着不方便，他竟向身后挥刀，一刀削断了那箭！他仰天哈哈一笑，便又返身杀敌。

"但此刻的阿布茨丹已没有了斗志。我的左右两翼堵住了东边的路，北边和西边都是柯雄的兵，里三层外三层将阿布茨丹的一百多名残兵团团围定，别说是人，就是一只麻雀一只耗子也跑不出来。只是人们以为我要抓活的，只是围堵，并不进击。

"突然间一切都安静下来，所有的人都停止了呼叫。我不知出了什么事，登上月台看时，自己也不禁愣住了：那一百多个喀尔喀人都下了马，一手挽缰一手执刀缩成一个圈子，中间一名将军，袍子袖子上溅满了血迹，挂刀于地，仰面向天喃喃地祈祷着什么。我招了一下手，我的通译官立即跑过来，一句一句给我翻译：

> 巍巍天山兮横出云端，
> 苍苍红松兮流水潺潺。
> 雪花狂舞兮沙尘弥漫，
> 战士忠魂兮碧血荒滩。
> 矫鹰折翅兮心归故里，
> 落英缤纷兮蓄芳待年。
> 修短百数兮无嗟无悲，
> 长歌一曲兮壮士不还……

听着这古朴雄浑的歌调，我也不禁暗自伤怀：喀尔喀人真豪杰，可惜误听匪人之言走到这条绝路上，世上的事可该说什么好？正思量着，只见阿布茨丹手中一柄雪亮的匕首银光一闪，已正正地扎进自己心窝！他像一株刚刚砍倒的白桦树，沉重的躯体在地下抖了几抖，顷刻间已是魂归西天，接着他的百名随从也都横刀项后，几乎同时猛地用手一勒……那尸体便麦子一样一个一个倒了下去！

"我的兵马都惊呆了，木雕泥塑般地看着这一幕，静得连风吹旌旗的声音都觉得刺耳。我叹息一声，移步走进这群自杀了的尸体中间，扶起阿布茨丹软软的尸体看了许久，站起身来说：'我不以成败论英雄，忠心事主，乃是我辈楷模！要厚葬，从西宁给他们买棺木！'

"刚刚安置完各军宿营，准备着买酒买牛排筵庆功。还没来及写报捷奏章，大金川的十几个人却发生了内讧。柯雄给我报信说色勒奔兄弟在卫青庙外要决斗，我不信，说：'哪会如此？昨晚他们还好好的……'

"'军门，您瞧！'柯雄拉开棉帘，指着大纛旗东边一片空场说，'场子都拉开了！兄弟两个正对峙呢！'

"我只瞥了一眼，就知道他说的不假，见士兵们正在向那边聚拢，忙跨出大殿，一边匆匆走，一边吩咐：'所有军营官兵，一律归队！有什么好看的？'说着，我一直走到剑拔弩张的两兄弟面前。

"十二个金川藏人，经过一个上午恶战，失踪了三个，还有两个受重伤的。其余的人，除了朵云，无一不受轻伤。此刻两兄弟一东一西对面站立，束腰紧带预备厮斗，两个人都是面色阴沉，神态安详，似乎是早已下了决心，又似乎一切都是理所当然的。可奇怪的是，周围的藏人一个个都泰然自若，一脸的漠然，并没有一人居中解劝。只有朵云，像一只受了惊的兔子，手握一柄匕首倚在石坊柱上，她脸色惨白，浑身都在抖动，一双眼睛，像闪着火光又像泪光，像憎恨又像恐惧，斜视着这一触即发的决斗！

"我打个哈哈，远远便说：'敌人刚刚打退，这边就同室操戈了？快别这样，让人瞧着笑话！'说着走上前，拉了拉色勒奔的手，又说，'别为了争功劳？我奏折还没写，你们是一对勇敢的雄鹰，皇上不会让你们吃亏的！'

"'不是为了争功劳，是为了争公道！'莎罗奔在对面挺了挺刀，说，'大人为什么不问问他，我背上的箭伤是哪里来的?!'色勒奔脸上泛起一丝阴狠的神色，说：'我的箭都是射向敌人的！'

"我吃了一惊，陡地想起莎罗奔受伤的情形，下意识地放开了手。伏在石柱上的朵云猛地一仰脸，尖声叫道：'你——你还算是哥哥？我就在你的身边，你的每一箭都是射向弟弟的！'我正惊愕间，色勒奔哑着嗓子说：'不错，你说得很对，因为射他的时候，他就是我心目中的敌人！'他竟直言不讳地承认了。我的心猛地往下一落，转过脸厉声问：'色勒奔，为什么？''你可以问朵云，她肚里的孩子是谁的！''我的！'莎罗奔连想都没想就回答我，几乎同时朵云也大声说：'对了！是莎罗

奔的！'莎罗奔快意地摆了一下手，对朵云满意地一点头，笑着说：'怎么样？'

"我心中陡然生起一阵厌恶之情，于是我说：'听我讲过《三国》么？兄弟如手足，妻子如衣服，手足断难续，衣破尚可补！'

"'我不懂大人这个话！'莎罗奔大声说，'我只知道我爱朵云，朵云也爱我！'

"色勒奔脸色苍白得没一点血色，偏着头对朵云吼：'你说过，你是爱我的！'

"'我爱过你，但现在不爱了！'朵云脸上竟然不羞不惧，大声顶撞色勒奔，'你爱钱，你小气，你也没有弟弟勇敢！'

"色勒奔脸色白中泛青，鬼魅一样难看。他咕噜了一句藏话，挺刀就向朵云刺去。莎罗奔一个箭步跃在中间，用刀一格，'当'的一声双刃交进，立时火花四溅！

"我看他们斗了十几个回合，心里已经有数，弟弟不但刀法比哥哥灵动，力量也比哥哥强，只是肩胛受了箭伤，转侧间举步维艰。饶是如此，色勒奔也没占半点上风。此时我站在一边，说是观阵，其实心里却盼着色勒奔胜，只是不敢承认而已，色勒奔每反击进攻一阵，我心头便一阵轻松。打了六十几个回合，色勒奔后脚突然踩进一个土坑里，身子一栽大叫一声'不好！'仰脸向后栽倒，莎罗奔一刀劈空，进前一步举刀再刺时，却收住了。就在这一霎工夫，色勒奔侧身一个横劈，'噗'地正中莎罗奔小腿——原来他是佯败用计，我情不自禁地竟大声喊：'好刀法！'

"'朵云恶狠狠地瞪我一眼，'哧——'地从身上撕下一片布就要过去给莎罗奔包扎，却被莎罗奔一把推开。莎罗奔突然像一头发了疯的狮子，手中的刀舞得又疾又猛又狠，咬着牙涨红着脸一刀又一刀砍向色勒奔……可怜色勒奔被弟弟这种居高临下的刀法逼得滚来滚去，只是躲避，连招架之功也没有。顷刻之间，脸上、腰间、臀部都有刀伤。突然，他扔掉了刀，听天由命地闭上眼一动不动了。

"我刚喊一声'刀下留情！'，朵云从旁疾跃出来，冲着色勒奔心窝便刺了一匕首！这一匕首又准又狠，色勒奔一把推开了她，双手握着匕首狞笑着说了句‘我是真心爱你……’，‘扑通’一下便倒了下去！

　　"我目睹了兄弟相残的一场激战，又亲眼见到妇人手刃丈夫，觉得世间天理、人情、王法都虚得无影无踪，心里又是悲又是恨还奇怪地夹着莫名的怅惘。一挥手，带着我的亲兵就往回走。听见莎罗奔在后边呼叫什么，我头也不回，大声说‘你回你的大金川去，我永远不要再见你!’

　　"仗，打赢了，在此后的两天里，我却眼里一直晃着阿布茨丹一群人的死和色勒奔兄弟的相残场面，连朝廷颁旨升我公爵、开庆功筵都是恍恍惚惚如在梦中……"

第八回　夫妻絮语论功说名
　　　　　　棠儿兴起理财立规

　　岳钟麒的故事已经讲完，傅恒还沉浸在那惨烈不堪回首的往事之中，双手抱着已经凉透了的茶碗凝视着屋角沉吟。许久许久，他才惊醒过来，自失地一笑，说道："太惊心动魄了！后来呢？""后来的事六爷都知道了，"岳钟麒起身为傅恒续了一杯热茶，叹道，"后来就是和通泊一战失利，我被剥去爵位官职到京听勘，再也没有回四川。我为主将，丧师辱国劳民伤财罪无可逭。主上不处死我，已经是天大的恩惠，本不应再有非分之想。我只是想，如今毕竟年事不高，还该再为主子出一把子气力，能够稍赎前愆，不至于终身遗恨。六爷乃当今天子近臣，若能将我这一点心思禀奏主子，岳某就不枉了今天促膝交谈的一番苦心了！"说罢便打了一揖。

　　"你想重新带兵，出征大小金川？"傅恒怔了一下问道。

　　岳钟麒苦笑了一下："能做大军一个幕僚，略尽绵薄之力，于愿已足！"

　　傅恒听得怦然心动。庆复在上下瞒对冒功昧败的事，虽然没有坐实，但看他不敢撤兵的作为，班滚未死的消息也就八九不离十是真的了。讷亲这几日难保也想以军机大臣的身份领兵金川，立功于疆场！这份差使和黑查山之役相比，简直一个天上一个地下。如果自己能把这差使弄到手，请这位老将随军参议，那还不是十拿十稳的大功一件！他想着，兴奋得竟不自禁跃起身来，猛地又寻思，万一讷亲也这么想，可怎么好？因见岳钟麒用诧异的目光看自己，忙定住了神，说道："你不要尽往窄处想，当今英明，怎么会将你大材小用？我在主子跟前侍候，有什么不知道的？主子心中还是器重你的。张广泗在苗疆新胜，甚得主子宠信，无论将来主帅是谁，总还得倚重张广泗。张广泗这人我有过交往，只要不肯当他的奴才，谁也与他合不来。你急于出去，在他们那里当个僚属，那才叫祸不可测呢！东美，今晚你若不倾出这些肺腑之言，我也不会这样交心。大小金川之役打下来，主上还要效法圣祖亲征天山呢！出兵放马的机会多得很！我傅恒不是小人，到时候一定替你说公道，不会叫你一直受冤屈……"说话间隐隐听得拱辰台方向传来三声沉闷的午炮，傅恒掏出怀中金表看了看，笑道，"今儿晚了，明日一早我还要面圣。你有空也到我府里走动走动。再过三天，我的儿子就满百日，要办汤饼会，你就是我要请的头一个客人了——回头补帖子给你，好么？"

"六爷这话叫我感动。"岳钟麒见他起身告辞，也忙起身笑道，"六爷文武兼备，天资聪颖，别说黑查山一战打得漂亮，就是没有这一仗，也令人佩服。您在江南钦差任上整顿军政的条陈，我都拜读了。你是堂堂国戚，我若没来由地老往府上跑，岂不令人疑心？凡事都讲个缘分，如今缘分到了，自然又当别论。令公子佳辰，我一定要去的！"

傅恒见院中十分萧条，笑道："你在京竟然没带个女人在身边侍候！明儿从我府里挑几个送过来。"岳钟麒摇头笑道："六爷千万别这么做！我还是个戴罪之身嘛！家里女眷都留在成都老宅里照顾我母亲了。我身边的这些人都是跟了我几十年的老亲兵，轮流着来侍候我的，诸事都照料得来——"他指着在门口一个挑灯伫立的老军叹道，"你看，他不起眼呢！他可是赏着二品顶戴的参将呢！"说着，已送傅恒出了大门。傅恒在昏黄的灯影下向岳钟麒一揖，说道："与君一夕语，胜读十年书，改日再会！"

岳钟麒在阶下看着渐渐远去的车轿灯火，一时感念傅恒身居高位不骄不矜，又羡他少年得意，不足二十岁便入阁拜相，又期盼他能在皇帝跟前替自己说项，早日从这半囚半禁的环境里解脱出来，一时又担心人言可畏，说自己巴结这位正牌子"国舅"，走旁门左道……一时竟胡思乱想，没完没了。

傅恒回到府中已交丑时初刻。门政上小王头在府前背着手踱来踱去，见大轿落下，忙几步颠过来替傅恒掀轿帘子，扶着傅恒出轿，笑着埋怨道："我的老爷，这早晚才回来！方才我老爹又把我叫进去，训斥了一顿。"傅恒见合府人都没睡，便问："有谁来过么，怎么都不睡呢？"

"戌正时分讷亲大人来过，"小王头边走边说，"他没说什么事，奴才们自然也不敢问。养心殿里的卜义公公吃过晚饭照例送来了皇上批过的奏章，奴才放在老爷的书房里。倒是留着卜公公说了几句话，说万岁爷不知为什么事不高兴，还说今儿皇上接见了个高鼻子、蓝眼睛、黄头发的西洋人。还有，勒老爷勒敏也来拜，说曹雪芹曹相公从南边回来，送来了几章新写的《石头记》，用红绸子包着，珍重得不得了，奴才接了也放在爷的书房里，其余还有十几家至亲，大后日就是我们小少爷抓周儿的好日子，他们来送礼，因为少爷还没起名字，说等有了名字再补礼帖……"他略顿了一下，又道，"前半夜时分有几个偷睡懒觉的我也没在意，还是我们老爷子挨屋去查，抡着拐棍都打了起来。还说，我们至不济也不能叫张老相爷家人比了下去！"说道已到二门首，管家老王头精神矍铄，从里头迎了出来，傅恒对他笑道："你七十岁的人了，也该早点歇息了。我看不必每个人都这么熬，分出一拨来白天睡觉夜间侍候就是了。"

"是！"老王头却不似儿子多话，躬身应道，"明儿就照爷的吩咐办。"

傅恒因听见上房里孩子呛奶的哭声，便走了进来。见几个奶妈子在摇床旁边忙活着换尿片子，傅恒才知道不但呛了奶，也尿了床，不禁一笑。夫人棠儿半躺在炕上假寐，见丈夫回来，偏身坐了起来，掠了掠鬓发，说道："这早晚才回来？就是不体恤自家，也该想想别人，老相国也七十多岁的人了。当场出个差错，上上下下都不好看——那吊子上给老爷留的参汤端过来！不是我说你们，三四个奶妈子连个小娃儿也照料不好，真不知你们怎么当的差使！——孩子给我！"数落得几个仆妇红着脸一声不吭，讪讪地把孩子送给棠儿，忙着给傅恒倒洗脚水，端参汤。傅恒呷了一口参汤就放在一旁，笑道："孩子嘛，哭两声打的什么紧？你如今也学会老婆婆舌头，絮叨起没个完！我今个是奉旨去了岳钟麒那里，安慰他一下顺便请教军事，听了一个十分动人的故事儿！"因见案上放着两个红布包儿，又问道："这是谁送来的，什么东西？"

"那大包儿是勒三爷带来的，里头有几章《红楼梦》。"棠儿抿嘴儿笑道，"勒敏去了一趟怡亲王府，弘晈王爷还没看，知道你喜爱这书，先紧着给你看，就送过来了。里头还有芳卿给孩子绣的荷包儿，还特意给你做了一双千层底的鞋！——你可要仔细爱惜着穿了！那小一包儿，是高恒从山东托人带来的，我没问，也懒得看，谁晓得什么东西！"

傅恒听了一笑，高恒在棠儿跟前献殷勤，还是棠儿告诉他的，他拆开包儿看，却是二斤左右上好的阿胶，便推给棠儿道："官不打送礼的，何况咱们和他还算亲戚！他没安好心，你心里防备点儿就是，先就自己失惊打怪地说三道四——阿胶还是好东西，既送来了就收住罢了。"棠儿道："我不稀罕他的东西，好恶心人的样儿！既是好东西，你自收起来，如再出去带兵，说不定会遇着个比娟娟还好的，你们再卿卿我我花前月下亲热一番，这阿胶岂不更有用处？"说罢一啐，竟自用手帕拭泪。傅恒见四处无人，忙过来把她揽在怀里，抚着她头发轻声说道："我就爱见你撒娇使小性儿的模样。我也知道你寂寞，像眼前这样亲近的机会都难得。这里头有个分说：我是满洲人，又是正宫娘娘的嫡亲弟弟。这个身份本来就容易招人说长道短，一个'国舅爷'，差使办好了人家说你有内助，差使办砸了人家说你有内助还办不好差，横的竖的不成模样。何况我年纪轻轻就做了这么大的官。从古至今能有多少呢？自不努力，不是辜负天恩祖德么？说句那个话，我要是天天陪着你，如今不过仍是个吃闲饭的散秩大臣国舅爷，那种日子很有意思么？"

"罢罢去去！"棠儿不等他说完，用手指弹了一下傅恒的脸，"哧"地一笑，"我是怪你忙得昏天黑地的，不要作践了自家身子骨儿。除了我，谁疼你呢？就像岳钟麒一个糟老头子，讲个故事就逗得你半夜不睡。你看人家张相爷，睡觉再少也有钟点儿。除了圣旨，谁也甭想惊动，每餐饭都有御厨御医合计着做药膳。还有讷亲，跟你一样的官，你看他闷葫芦儿似的，比你会养生呢！伙食月例一百二十两，还请个西洋郎中时时看脉……"

她絮絮叨叨"埋怨"傅恒不会作养身子，傅恒只是搂着她眯着眼听，慢慢的，已是呼吸均匀微起鼾声，口中仍喃喃地应答："我结实着哩……哪里一时就不中用了呢？有些留心不到的去处，你要多操点心……我还惦记着抄写雪芹的《红楼梦》……怡王府送过来，抄了赶紧还人家……"棠儿见他似睡不睡的，连这些小事都牵挂着，顺着他口气微笑道："我省得，怡亲王吃了弘晳的亏，如今还没翻过身来。我小心侍候着呢！别说王爷，就是内务府一个笔帖式来咱府，烟茶赏钱也不敢短了人家的……你现在是相国，我也知道你的心思要当名相，家里大小事情只有帮你的，不能分你的心。曹雪芹家芳卿生头胎儿子，送了五十两花红，钱度上个月来，说又有了，还照上回的例发送……这芳卿也是的，别人挤破头地往咱这跑，她熟门熟路的，平常连个面也不来见……也许见你大贵之后太忙……其实我这人也不爱端架子摆夫人款儿的。前次讷亲来送贺礼，派了他个远房侄子，我隔帘子还和他说了几句话……"

棠儿有一搭没一搭说话哄傅恒睡觉，听他不再应答，悄悄抽出身来，亲自点上息香，摸了摸炕，蹑脚儿走到廊下，吩咐烧火婆子："老爷今晚不更衣，再稍热点，匀着续火，小心着点声响。"趄回身，给观音像上了三炷香，合十默祷了几句，返身回炕正要吹灯，却听傅恒问道："讷亲从来不收礼也不送礼的，他近来过来得勤，是个什么意思？都说了些什么？"棠儿见他双目炯炯，倒觉好笑，笑道："你吓我一跳，看看什么时辰了，还不赶紧迷糊一会儿？我没见讷亲。听你不在，人家就去了。他一个侄子除了说一车子好话，还能说别的？你也忒仔细了！"

"不是这一说，"傅恒双手枕臂，长长地舒了一口气，说道，"我心里本就有事，又错过了困头。你不晓得，讷亲这阵子热心带兵去大小金川平叛，怕我争这个差使……"

"你还要争这差使？你已经是带过兵的人了，又打了胜仗，也该见好就收！怪不得上次几个川西县令来引见，你又是接见，又是留饭，我心里还觉得奇怪，督抚来了也没有这份热乎呀！你还请太医院的太医写什么防蛇咬、防蚊叮、避瘴的药方子……敢情是打算要当元帅领兵放马的了！"傅恒听她哂话连篇，连劝慰带讥讽，不禁一笑，刚说了句"真是女人见识——"棠儿接口便道："女人见识只要对，该听的还要听。我看你是黑查山一仗打出了瘾了，忘了老三院七叔家的傅尔丹，那是多聪明的一个人，打了二十年的仗，最后败死在科布多！就是岳钟麒，算

是我朝名将了，还不照样打败仗！你出兵打黑查山，有人说你用兵失
误，朝廷要降处分，我还不怕！我就怕你丢了小命儿朝廷还要数落你个
够！丢人现眼打家伙，有什么趣儿呢？你还指望着再有个女剑客手下留
情，给你当内应，跟你在桃花林子里吊膀子……"

　　傅恒先还笑着，慢慢脸上变了颜色，见外间熏笼旁几个丫头老婆子
探头探脑，厉声道："统统滚出去！"正欲发作，倏地又冷静了。棠儿和
乾隆的暧昧关系他虽不知道，但皇后、皇太后都十分钟爱这位一品夫
人，三天两头进宫说话打牌给两宫主子解闷儿，十分体面。若发作了她
一来惹下人笑，二来她这性气，进宫流露出来，连皇上都知道了自己没
有宰相度量。又缓缓改变了脸色，双手抚住棠儿肩头，温声说道："你
我一向恩爱，怎么犯起小性儿？我刚说了一句，你就砖头瓦块给我来了
一车，叫人听着我们生分了似的。这不好，是吧棠儿？上回带你见衡臣
夫人，老太太那份贤惠，待人不紧不慢那份温存，你回来还说人家这宰
相内助当得不含糊，得学着点——怎么情急就忘了呢？"一语提醒了棠
儿，她怔了一下便有点忸怩，小声道："人家还不是为的你好，没良心
的，倒埋怨我！你放着太平宰相不做，又要弄刀使枪地逞能，能叫人放
心么？""宰相与宰相也不一样。"傅恒舒了一口气，说道，"张廷玉自入
上书房，苦巴巴地干了四十多年，如今只是个伯爵。没有野战功勋，小
心翼翼地办差，身后事也不过如此，宰相也断没有个世袭的。先帝前头
大将军图海，一仗打下察哈尔，又一仗打下平凉城，授了个一等公爵，
至今庙配世袭！你我就不说了，这辈子再不至吃什么苦头的，那是因为
当今主子待见我们，你就敢保我们子子孙孙都得朝廷重用，皇上的恩
宠？我这是为子孙种福田，栽大树嘛！如今我只是个子爵，这个子爵既
不凭着我在江南办差，也不因在军机处掌印，还是因在黑查山战功挣
的！凡有爵位的，私宅可以称宫。纪昀那个文痴指着我只是笑，说：
'傅六爷的门额上写个什么"宫"，那才真叫出色！'我想了想也笑了。
他说的无非是'子宫'两个字罢了……"

　　"先头一个刘啸林，后头一个纪晓岚，都是促狭鬼！"棠儿想到纪昀
又高又胖的大块头，一双圆溜溜的黑眼睛，说话时闪烁诡诈的模样，不
禁一笑，"再好的话叫他一嚼舌头就变了味儿，就这一条，文人里我还

要赞扬雪芹，才华气质都是好样的，多么堂皇正派……"傅恒亲自倒了一杯温茶给棠儿漱口，说道："你这是没读他们书的缘故，若论著文立说还是纪昀的好。他虽滑稽，办事著文处处遵循孔孟之道，没有半点儿离经叛道。雪芹生不逢时，家遭惨变，一腔孤愤，满腹才华都由《红楼梦》宣泄而出，不合世俗，孔孟之下难得有人他眼的，文章华彩四溢，令人目眩，令人神迷！若论宣扬圣道，有益人心，就不及晓岚了……"

"罢罢！谁和你会文呢，正儿八经和你婆娘品评起文字儿来了！"棠儿打断了傅恒的遐思冥想，呷着茶说道，"——我原本不在意的，听你这么一说，咱们也可挣个国公爷，门上挂个国公府牌子！有道是夫唱妇随，你有这个心，我作么子不成全你？你这个志向没有给皇上透个信儿么？"

傅恒半歪在炕上，目视着天棚不言语，许久才道："上下瞻对的官司现在还在打。庆复咬着牙根硬顶说班滚已经死了，却又不肯撤军。除了政务，大家都在唱这台戏。台上的、台下的，敲鼓板、打镗锣的都是暗暗地使着劲儿。张广泗明说是请朝廷派员查实，其实最眼热这个大将军头衔的还是他自己，讷亲和张广泗其实最怕我来抢。我若一伸手就有人妒忌，这个红汤圆儿落到谁手，都眼巴巴盯着呢！所以你劝我安分一点，我心凉一点怕还好些儿呢！"说罢伸个懒腰，又道，"着实不早了，歇着吧，话还有说完的时候儿？"

棠儿却被丈夫的话撩得睡不着了。"国公爷""国公夫人"这些字样只在心里萦来绕去，单单个"宰相夫人"已经品着没有滋味——江南观风钦差，丈夫办得漂亮，那是因他有文臣智谋，山西黑查山一战生擒飘高，自雍正朝来没有人打过这么漂亮的剿匪仗，那是他有武将才略。连讷亲那个三脚踹不出屁的人都想这个差使，自己反倒拦着男人！她撇了撇嘴儿像自嘲又像想笑。想到儿子，心里更是一拱一热难以自已——既然大家都较着劲儿，那咱就比比谁在"里头"说话算数儿，倏地想到乾隆，脸又一红。不知如今他还想着自己不？高恒去山东之前来府闲话，说皇上如今升了许德合为国子监博士，进讲东宫，并不为姓许的学问好，是为许家娘子王氏是皇上相好的，每次皇上到白衣庵进香，就在那里与她幽会……不知是真还是假，男人们在这上头真让人信不实，胡思乱想间已蒙眬睡去。

第二天棠儿醒来，已是辰正时牌。棠儿有心事，昨夜已拿定主意进宫，在太后老佛爷和皇后跟前替傅恒求差使，原想起床就动身，此刻却又犹豫了：太后从不上午接见命妇，这么煞有介事地赶去，求差使，岂不猴急了些？再说，朝廷眼前还没有议及这事，冒冒失失说出去也不合情理……她坐在半人高的大玻璃镜前一边思量，一边打量自己。

这是一张美丽的少妇面孔，瓜子脸、水杏眼、小巧的嘴唇旁有两个笑靥，稍一抿嘴儿便显现出来。因保养有术，柔腻的肌肤犹如凝脂软玉，白皙中泛着浅红，少妇的容光中隐隐还透着少女的风韵。她拿起胭脂挑了一点点在左手心里调了调，看看自己的脸颊，轻轻摇了摇头，只在嘴唇上轻轻抹了抹。将略略蓬松的鬓角抿了抿，满意地吮了吮嘴唇，想笑，又止住了。她拿起眉笔，侧着脸反复凝视，只在眼睫上轻轻描了描便又放下。她记起乾隆的话，只要不是有疤有痕，女人的眼睛都是好看的，出色只是在眉宇间的神韵。用眉笔画眉再小心也容易露出直、浅、陋来，有的女人只担心眉毛淡，显不出妩媚，因此描了又描，殊不知已是失了天然；眉睫本来的秀韵都没有了。她小心地揭开一个金盒子，取出乾隆赐的法兰西眉笔轻轻抹了抹，加重了双眉中线，向眉心处稍稍起了一点颦纹。果然，本来就娇艳如花的面庞平添了一种朦胧感，像一朵鲜花在雾里展示风韵。见大丫头秋英抱着衣服在身后发怔，笑道："你发什么呆呢？只要那件松花银红褂子，加上件乳黄坎肩就成了，你抱这么一堆，卖衣服么？"

"我看太太梳妆呢，真是太好看了，比那屋里仇十洲画的仕女画儿还好十倍！本来太太就美，这一梳妆，啧啧……方才我就在想，摘下的牡丹花是美的，总不及地上长的鲜活，要再喷上水……"她一边说，一边笑着给棠儿着衣，"太太穿什么衣裳都好看，不过今儿天阴了，外头已经飘雪花，所以这件带风毛天马皮坎肩更合适些，这件猩猩毡大氅只预备着，外头冷得紧呢！"

"我都二十五六的人了，还讲究什么美不美，出门人不笑话也就罢了。"棠儿一边换褂子套坎肩，微笑道，"外头下雪了么？老爷最爱雪，

吩咐老王头，一律不准扫雪。这天井院中不准踩脚印。西花厅海子边读
书亭那边着人生火，老爷说不定过那边去住。你拨两个丫头去打扫一
下，把窗纸重糊一下，我这就过去。"说罢，回了里间，把曹雪芹的书
稿取出来叠整齐放在炕头桌上，把芳卿做的鞋子锁进箱子里，捧着那包
阿胶出来，恰秋英传话回来，便道："这是几包上好的阿胶，上回姨妈
来，说她家二奶奶有喜了，正用得着这东西，你打发人送去。"说着
掀帘出来。

秋英跟着出来，在她身后笑嘻嘻地蹲了个福儿，说道："太太忘了，
前儿姨太太打发荷包儿过来报喜，他们家二奶奶已经产了个大小子，太
太还送了她二十两的尺头。这是保胎用的，奴婢大胆，求太太赏奴婢一
点，我二姐有了三个月的身子——"她没说完，棠儿便笑了。"我想起
来了，你二姐，就是秋天给我送老玉米、老倭瓜的那个？可怜见的，都
赏了她吧！——记得去年她送来的酒枣，老爷说好，那葡萄却对我的脾
胃，明年让她再送点进来就是了。"秋英忙蹲身谢赏，喜得眉开眼笑，
说道："二姐得过太太的赏，她说，她小时候儿在老直亲王府跟着我娘
侍候福晋，福晋也算仁厚的了，也比不上太太一成儿厚道。两下一比较
他们就比下去了！她家专门做务果树的，既对了老爷太太脾胃，就叫他
们专给您辟个园子！"

棠儿听她满车的逢迎话，心里只是暗笑。披着大氅走下阶来，看天
色时，愈阴得重了，鹅毛似的雪片子又大又软，被风吹得盘旋回转。傅
恒的三个侍妾姹紫、嫣红、春芳都在东厢里和乳娘聊天，逗着少爷玩，
隔玻璃瞧见太太出来，忙都走出来给她请安。棠儿正眼也不看她们一
眼，只笑道："也别总围着少爷，他小人儿家也经受不起。"嫣红赶着
说："宝宝儿太招人爱，也怨不得我们。可是说的，后日少爷就百日了，
外头送的礼帖子名儿都空着，总不成到时候还叫'宝宝儿'？老爷太太
得赶紧合计着起个好名字——带官印的，大气派大福寿的，又响亮又上
口……"棠儿笑道："到时候自然就有了。"因见春芳腆着个大肚子站在
一边，便道："你回去歇着，往后不用在老爷和我跟前站规矩了。"

棠儿一边吩咐家务，只带了两个老婆子出西侧门到读书亭来查看布
置。一出门便觉寒气袭人，远望海子那边已是柳枝挂雪，琼花漫地，棠

儿笑道：“多亏了这件猩猩毡，院里院外竟也不同寒热。”因见老王头带着一群长随走进二门，招手儿叫过来，问道，“咱们在喀左几处皇庄，今年怎么没有人过来送年例？”

“回太太话，”老王头忙一哈腰，回道，“原在八月十五报过一回来着，老爷说今年年成不好，外省几处发大水，闹旱灾的，有些坏人挑头闹事，黑山几处皇庄差点也闹起来。叫庄头重新核计一下，有些老弱孤寡，体残的、有病的可以蠲免一些。昨儿他们才又报上来，老爷太太都忙，我预备今后晌再回太太，请太太定夺呢！”

“你看过单子了？拿来我瞧。”

“是！”

老王头忙答应一声，从怀里窸窸窣窣取出几张纸双手捧过来，棠儿看时，上面写着：

> 白狐皮十二张　元狐皮三百张　白貂皮三十张　紫貂皮五百张
> 各种粗细皮共两千二百张　宣纸一千令　宋墨五十锭　湖笔
> 五十套　端砚二十方　湘妃竹扇二十箱（老爷赏人用）　古剑
> 一口　玉带头三十个　湖绸五百匹江绸六百匹　大东珠十二枚
> 鹿茸二十斤　冰片二十斤　紫活络丹一百盒　鹿胎膏一百盒
> 人参六十斤　人参膏三十斤　活鹿三十对　活熊两对　熊胆
> 两瓶　熊掌二十对　白兔三十对（送哥儿玩）　山葡萄酒一百
> 二十瓮　黄米五千斤　玉牙糯米五千斤　粳米三万斤另有玉寿
> 佛一尊高二尺四寸　玉观音一尊高二尺六分

棠儿看得眼睛发花，问道：“净银是多少？”

“在后头呢，”老王头笑道指指下面一页，“除了金银器皿酒具，两千个金锞，一万个银锞，三千两小银角子，正供银两四万八千两。”

棠儿还是耐心地看完了那张单子，心里忖度着，语气不软不硬地说道：“先前我身子不好，没有过问家务。从今儿个起，家下这些鸡毛蒜皮小事不要再劳烦老爷。外头门面上有你儿子照应，你还是把总儿掌舵，二十两以内的出入账、家下奴才的奖惩，仍由你管。二门以内丫头婆子都由我房里秋英、秋爽和三位姨娘料理。你们出错儿不要紧，只要不欺主不藏私，我都能容得的。"

"是！"老王头忙道，"正有事要请太太示下呢。今年年例银子不知怎么分发？老赖家的、程富贵家的、黄世清家的，男人跟着主子去山西时死了。这几家都有四五个娃子，他们不是咱们家生子儿，是罪孥分过来的，虽说主子恩赏每人每月一串，老婆孩子吃喝都不够。昨儿她们到我那哭穷，想叫孩子们接差使。东下院还有十几户，都是孤儿寡母的，怪可怜的，也都要禀明老爷处置。太太既这么说，就请太太的恩典。"

棠儿紧了紧斗篷带子，边走边说道："我找你就要说这件事。老爷去山西带了二十四个长随，一个病死在外，三个死在黑查山，五个受伤的。虽说赏过，那不是常例。我想，流血的和流汗的还有流泪的，赏赐要分开。赖家的、程家的、黄家的这三户，不但不能受穷，还要他们富起来，体面尊荣都给足。不分差使给这三家，我每个月二十两月例，就照这例，三家婆娘拨出六十两银子，和我一样！"老王头听得睁大了眼睛，"啊"了半晌忙道："是！"棠儿又道："受伤的五个人，除了他们原来的月例，外加十两、十二两不等，和你爷两个现在的月例比齐。跟着老爷出兵放马，家里人不免担心忧虑，这是流泪的，每人每月加五两月例。这是天之所经、地之所义的大道理，所以不分你是买来的，还是罪孥分来的，还是家生子儿奴才，凡跟着主子出兵放马砍头洒血的，就要和别人不一样！其余去山西的，家生子儿赏银子不赏地，买来的赏地不赏银子，每人照八十两银子的赏格。那个老冯担水一瘸一瘸的，我还以为是老寒腿儿，叫人问了问，是上黑查山背老爷叫荆树茬儿刺穿了脚背！这样替主受难的要照阵亡的例养起来，要赏宅子赏地，孩子有出息的我还要请老爷保出去做官。这些银子都从庄子里出。至于有些奴才贫老孤弱，月例又低的，另从官中的钱里拨出来由你支配，看情形补贴，这和前头的恩典是两回事，你心里可要清爽了！"

老王头边听边答应，心里却只诧异：这位贵妇人从来不过问这些琐碎事务的，今儿怎么突然有此一举？料是有的从征奴才在后边说二话了，笑道："太太圣明，咱们家不比那些暴发户，从来不亏待奴才的。就奴才知道，并没有穷得揭不开锅的。奴才是老爷家使了三辈子的人了，从来不敢在银钱上头给自己……"

　　"你想到哪里了！信不过你，难道我寻不出个新管家？"棠儿笑着止住了他的表白，"这都是我的主意。上回老爷去山西平乱，挑几个身子健壮的跟着，不是说有鸡眼，就是腿脚抽筋儿，走了的号天丧地价哭，留下的眉开眼笑。打仗回来了，恩典上要没个差异，往后谁还跟着出死力？——就这样办吧！"说罢，踏着雪进了西花园月洞门。

第九回　风雪夜君相侃大政
　　　　养心殿学士诉民瘼

北京的头场雪历来下不大，但这次却反常。每年头场雪，都是先下一阵子冷雨，接着便下砂糖一样的雪粒子，随下随化，到后半夜都冻凝了，雪也就停了。清晨起来，家家户户老老少少一齐出动，一阵锤砸锨铲，立时收拾尽净。但这次却是慢上劲儿，一开头就是蝴蝶雪，大如巴掌的雪片慢悠悠地在半空中盘旋，像亿万只白蝴蝶在空中飞翔，并不急于落地。第二天上午突然一改风范，先是停了风，那雪片落得又急又快，顷刻之间所有的店肆亭阁、龙楼凤阙还有密如蛛网的大街小巷都披上了银妆。天空云色就显得愈发浓重，云层像要压到五凤楼的歇山翘翅上，密集的雪，已经不是"片"，它们在空中结成了"团"，像有无数个顽童站在高天之上游戏人间，把松软的雪球抛落下来……这样的天气是没有生意的。几乎所有的店铺又重新打烊。已经出摊儿的小贩们又纷纷收拾家伙往回赶。北京城成了雪的寂静世界。

傅恒因早晨睡过了宿头，没有吃饭就赶到了军机处，见几间房都空落落的，只有看守太监和几个军机章京在忙着整理文卷，见他进来忙都垂手请安。傅恒问道："讷亲中堂呢？怎么今天连外官也没有？"

"回大人话，"一个军机章京微笑道，"今儿是冬至，原先就有旨意，京中二品以下官员到国子监，听张照讲《易经》，张衡臣讲《中庸》，万岁爷也亲自去了。这种天气，各衙门都歇衙了，没有禀报处置的事，外官自然就少了。"傅恒问道："皇上现在还在国子监？"那章京道："回来有小半个时辰了，讷中堂进去时候说，六爷要来得早，也请进去……"他没说完，傅恒已转身出了军机处。

从军机处到养心殿只有咫尺之地，傅恒赶到养心殿垂花门外时，已是浑身雪白。太监王信见他进来，满面堆笑迎过来打千儿，一边忙着拂去傅恒身上的雪，一边笑说："好我的爷哩！奴婢正要去传旨，雪下大了，主子说傅恒就不必进来了。既然已经来了，奴才这就回报主子……"说着猫手猫脚踮着脚跑了进去。傅恒因门洞里穿堂风像刀子似的，索伦、海望几个侍卫直挺挺站着，正要搭讪寒暄几句，王信已经跑回来，呵着手道："六爷，叫进呢！主子在东暖阁……"傅恒只略向两个侍卫点头致意，忙着跟了进来，在丹墀上脱掉大氅交给王信，便听里头乾隆的声气：

"傅恒么？进来吧！"

"是！"傅恒忙高声答应了一声。一个小苏拉太监早已挑起又厚又重的棉帘，他一步跨进去，在外殿御座前略定了定神，趋步进了东暖阁，伏地叩头道："奴才该死，睡过头了……给主子请安！"说罢，抬起头来，只见乾隆盘膝坐在大炕里边靠墙处，面前炕桌上堆得都是奏折，旁边还放着朱砂笔砚。讷亲、庆复、阿桂还有几个低品外省官员都在，除了讷亲、庆复斜签着坐在小木机子上，其余的都跪在地上。

"傅恒起来，挨着庆复坐下。"乾隆偏着脸看着院中乱羽纷飞的雪片，看也没看傅恒，出了好一阵子神，才转过脸，问庆复道，"这么说，'一枝花'他们，并没有在武安白草坪集结？"此时乾隆正和傅恒打照面，傅恒细看时，乾隆面带倦容，十分俊秀的瓜子脸泛着苍白，眼圈周匝发暗，一手握起朱笔，却又停住了，仿佛有点吃力似的睁着一双眼睛，目光游移不定地扫视殿内，傅恒只看了一眼便忙低下头去。庆复说道："是！上次接旨，奴才即命刑部派员从桑桥查到邯郸，又到武安，会同邯郸知府，武安县令布了眼线广为侦讯。'一枝花'他们一伙匪贼似乎内里起讧，到了武安和当地盘踞在恶虎崖的匪徒还打了一仗，没能占据山头，后来就不知去向了。倒是山西长治县令报来，说有人见'一枝花'一行七八人在女娲娘娘庙传道，官府去捉拿，不知怎的失了风，贼人先行逃匿……眼下知道的也就是这些。"

乾隆"哼"了一声，地下跪着的几个地方官身子都是一缩，又听乾隆问道："谁是邯郸知府？"

"臣，邯郸知府纪国祥！"

"据直隶巡抚孙嘉淦上次报来的匪情折子，恶虎崖匪徒只有三十几人，怎么能打败'一枝花'这伙悍匪？他们大动干戈，你居然一无所知，你这个知府当得有趣！这群匪徒败落奔逃，府县为何不乘势捉拿，竟然一错再错？果真他们全部都逃离了你们邯郸境，还是原本你们就不拿朝廷命令当一回事？"

纪国祥和身边跪着的武安县令吓得连连叩头。纪国祥颤声回奏："恶虎崖贼寇火并，武安县和奴才都是事后才知道，刑部派员来查，才晓得是'一枝花'从山东流窜到奴才境内。当时奴才已知罪大，即令本府六县会剿、梳篦子似的清查三遍……万岁！'一枝花'匪众确实已经逃出。恶虎崖匪首罗小弟落网，供称'一枝花'攻山正急，突然自己人厮杀起来，他们乘势呐喊，敌人也就退了。奴才奉职无状，自干天律，走失元恶巨凶，罪无可逭，求皇上重重治罪！"山西来的长治县令见乾隆目视自己，忙伏身顿首，结结巴巴说道："奴才县里一向安宁，听说有几个男女在浮山女娲庙传布邪教，奴才即命巡捕房去拿，途中遇雨山洪暴发阻了路径，因此失机误事。虽说事出有因，奴才没有亲临浮山，这就是罪，求主子重重惩罚！"

"刑部和都察院已有弹劾你们的折子。"乾隆轻咳一声，"孙嘉淦倒有份折子保邯郸知府和武安县令，说你们都到任不足两个月，原任时官声还好，朕为此还从吏部调阅了你们四个人的考功档案，山西长治知府县令也是'卓异'。朕意功过不可两泯，批给吏部，不再为这事纠缠，但要革职留任以观后效。"他说着，放下笔，张着眼在一叠奏章中抽出两份递给傅恒，笑道，"你转给吏部存档照办好了，清官要作养不能作践，出了点事情就整治，正好称了一班龌龊京官的心。"此时四个外官已是一片唏嘘之声，伏地连连叩头颂圣。

傅恒接过来看时，果然是两份弹劾邯郸、长治两府知府县令的折子，上面的朱批鲜红如血：

> 奏情均悉。邯郸知府、武安县令、长治知府、县令俱有其应得罪处，所奏是也。然此系过境匪徒，猝然来去，一时不及查拿，情亦有可谅之处。且据闻四人平日操守尚好。其"一枝花"匪众不能在其境盘踞造乱即可见一斑。国家设州牧之令为

爱养百姓，绥靖一方，有此一长朕即不忍轻弃。即着吏部记
档，纪国祥等四人着革职留任，戴罪办差，秋日考成观其后
效，着吏部专折奏进朕看。钦此！

傅恒小心翼翼将折子塞进袖子里，在机子上一哈腰笑道："皇上仁爱百
姓，作养清官，圣德如天！奴才的见识，这份批语实不局限于四人。应
刊于邸报使天下周知。"

"唔？"乾隆听傅恒前面颂圣俗套，莞尔一笑，转而沉思，说道，
"你似乎还有别的话？"

"是！"傅恒正襟危坐，一拱手从容说道，"自皇上以宽为政旨令明
诏颁发天下，小大内外臣僚体仰圣德，轻聚敛、薄征赋、减徭役、清狱
谳，百姓万业复苏，已可以与圣祖盛年相比，摊丁入亩，羡耗归公、厚
薪养廉，官员差使苦乐不均情形也大非昔年可比，官不取公物，府库仓
廪充盈，朝廷积银积粮，比之世宗盛时有过之而无不及。盛世治化防微
杜渐，吏治最为切要，所以我世宗宪皇帝痛切整顿，惩贪除恶宵旰不
懈。此时正是我大清立国以来治安最好、仓廪最实，库银最富、吏情最
佳之时。这都上赖皇上昼夜勤政，圣德被化、下依百官体仰圣心，不贪
不渎孜孜求治的结果。试看近年，如'一枝花'、飘高、王老五、韩小
七啸聚山林与朝廷为敌者，纷纷败亡，无立足之处，也就为这个缘故。
国家不以聚敛为事，官员不以贪渎自肥为事，民殷富足就是自然之理。
衣食足而教化行，沽恶犯乱之徒就无所施其伎俩。皇上这份旨意，其实
并不是只对此四个小臣，也不是说清官犯过可以不纠。皇帝弃其小过，
取其大端清廉，正为倡导廉风，为官场立个表率，不可以仅仅让吏部知
道，而应该让所有官员都知道，这才合了治化大道。奴才一时还想不透
彻，说的都是老生常谈，请皇上训诲。"

乾隆仰着脸仔细听着，咀嚼着傅恒的话，良久，一笑说道："仓猝
之间，能说到这个样儿，也确实不容易，老生常谈其实就是经国大道。
自古败亡之国，十有九是忘掉了老生常谈，自古败亡之君，十有九是听
不进老生常谈！所以你奏得好，就照你的意见明发——不要登邸报，就
是明发廷谕，各官宣谕就是。你登个小小邸报，他还以为你仍在偶尔

'老生常谈'，岂不辜负了你这片心？有些话你做臣子的不敢明讲，或者说三言两语讲不透，朕的以宽为政和世宗行政不同。只是表象的事。孔子于七十二贤因材施教，同为一国之政，可以宽，也可以猛，归到根上，只是一个仁。圣祖是仁，世宗是仁，朕也是个'仁'字，但取当时形势，施法量律不同而已。但天下数万官僚，哪能人人知道？读书人数十百万，岂能个个君子？就眼下的情势看，确实是开国以来最好的。但说到'极盛'，那还远远不是，即以吏治而论，有些官见'以宽为政'，抱定了朕是个烂好人，定必不肯开杀戒的，就生出个贪婪的心，'千里去做官，为的银子钱'，那一丁点儿养廉银子如何填得他的胃口？这种事历朝历代都有的，从来也没见几道诏谕就劝返了这些贪官，你刀子不快，刀上不带血，银子就比刀子亮，黑眼珠对着白银子，哪里还顾得身家性命呢？"他长篇大论说了这番话，不胜郁闷地透了一口气，伸手去取奶子，高大庸料是已经凉了，忙抢前一步将一杯热奶子塞在乾隆手中。

"历来处置贪污，都是用'宰鸡给猴看'的法子。"讷亲在杌子上一躬身说道，"猴子见得血多了，知道是哄他，也就不怕了。前明洪武定的惩贪律条何等严厉，贪污二百两银子剥皮揎草！明中叶之后仍旧遍地贪官，诛不胜诛。到底还是葬送了前明，想起来也真令人惊醒。所以奴才以为，必须杀猴子给猴子瞧。不要只拣着小的软的拿来作法，朝廷动真格的，剪草于初萌，诛贪不避权贵，或者可以稍抑贪风。"讷亲自己是宰相，又是皇族勋戚，出了名的清廉自洁，与外官无一丝一缕的纠葛，这话说的嘴响，却也人人宾服。庆复在旁坐着，挖空心思也想说一点老生常谈，乾隆一笑已将奶子杯放下："都说得很好，明儿叫衡臣，你们几个合议一下会同具奏发一道议政明诏，诏告内外臣工。如今吏治大面儿上尚好，就在防微杜渐上做文章。"他的精神似乎好了些，将脖子上盘着的辫子拂向脑后，又对纪国祥四人说道："今日朕与诸大臣议的，不禁你们传宣。可在同年同僚间、本衙皂隶、至亲好友间，可以多谈谈这些。这个为人立品之处站住了，在朕下面就好做官了——跪安罢！"

"喳！"

　　待四个人退下去，乾隆笑道："议着匪政，跑出来个廉政。算是题外插话吧！'一枝花'到底还是逃了——这不是寻常盗贼，因为衣食无着，啸聚山林苟延残喘，'一枝花'是专与朝廷为敌的造反恶徒，身怀邪术蛊动民心，听说和朱家王朝后裔还有勾连，所以要一剿到底。生要见人死要见尸，断无姑息之理！"傅恒接着乾隆的话音说道："雍正朝有个李卫，是治盗能手，现在李卫已经老病不堪任事。我乾隆朝现在缺一个李卫一样的人物，奴才看刘统勋人品刚正、机变多智、中正廉明，但他现任着刑部汉尚书，专门用来靖盗，又似乎委屈了他些。李卫当年为两江总督，兼治天下盗匪，做得很出色的。可否循例，由尹继善兼任这个差使？总之，要有专门大臣专门料理，事情就上路了。""尹继善身上差使太多了。"乾隆摇头道，"他是两江总督，还管着海关，清江口漕运、黄河入海口河防都是他料理，天下财赋三分之二从他那里出，断然不宜再分心。再者，尹继善的长处是文事，诗词歌赋的事驾轻就熟，海内文人都和他结交很密，这也是朝廷羁縻文士的大事，如果再给他一把屠刀，就弄得四不像了。朕看这件事还是刘统勋来做，李卫虽不任事，就住在北京，咨询一下总还可以。黑查山一战，江湖上黑道对你也是闻风丧胆，朕看就由你揽总儿。目下朝廷政治是愈来愈好，要钱有钱要粮有粮，百姓捐赋三年一免，留心一点赈灾，别叫有的地方断炊缺衣。老百姓吃饱穿暖了，你用鞭子抽他也不会轻易铤而走险，所以'一枝花'他们只能传道治病蛊惑人心，鼓动不起大事，也就这个原因。"

　　傅恒满心怕的就是皇帝总惦记着黑查山剿匪大捷，把自己的才干局限到擒治江湖鸡鸣狗盗之徒上头，满心想的是率十万天兵四方征伐，成为大清朝的卫青、霍去病。被乾隆这一说，顿时脸一红，瞟了讷亲一眼，说道："奴才谨遵圣命！奴才的心思难逃圣鉴，其实在黑查山打仗多少有了一点带兵心得，想弃文就武，为主上立功西疆南疆！"

　　"朕早就看出来你这点心思了！"乾隆呵呵一笑，挪身下炕，蹬上青缎凉里皂靴，舒意地散步踱着，说道，"凡青藏云贵川来京的，无论大员小官，你都要亲自接见，设茗长话，讯问天候地理风土人情，山川河流道路走向，屯兵布阵难易，粮草银饷解送。没有带兵的心，问这些做什么？你那么喜爱与文士结交，近来也都渐渐疏了！还有讷亲，你不也在这样想？傅恒能带兵打黑查山，我为什么不能去金川，所以把西疆地图挂得满书房皆是的，有这个事吧？"

讷亲和傅恒没想到皇帝如此洞晓自己心思，惶惑不安地对望一眼，一起站起身来，打揖正要说话，乾隆笑着用扇子柄虚捺一下，说道："坐着吧——朕这是表彰你们嘛，岳武穆说过，文臣不爱钱，武臣不怕死，天下太平。方才说的廉政，就是文臣不爱钱。宗亲皇族，不肯安富尊荣，都愿意领兵放马，这又是不怕死，所以朕心里赞许、高兴！高恒在山东，不请旨就去剿拿'一枝花'，成功不成功且当别论，难为的是有这一股锐气。太平时节，难能可贵的是朕作养出了一批愿意洒血疆场、不愿老死床箦的英雄志士！圣祖晚年西疆不宁，王师几次败北，几次几乎片甲不回，皇族宗亲听说和喀尔喀蒙古打仗，心里先自怯了，推三阻四不肯带兵。外官文怡武嬉，更是畏敌如虎，一听'出征'二字唬得面目失色。圣祖爷要泉下有知，看见这许多勋戚子弟请缨前敌跃跃欲试，还不知要高兴得怎样呢！"乾隆双目炯炯，此时殿外的雪下小了一点，仍是琼花纷繁综乱，雪光透过玻璃映在他兴奋得泛着红光的面孔，越发显着英武挺拔。傅恒等几个人心里也都被激得热血澎湃，仰视着乾隆，一时竟没有言语相对，良久，讷亲昂然说道："万岁爷说的，正是奴才想的。如今上下瞻对陈兵数万，大小金川不靖，奴才请主子赐尚方剑，愿立功于西南，为朝廷除此癣疥之疾！"

"奴才也愿——"傅恒抢着刚说了半句，庆复却截住了："这是奴才的差使没有料理清白，不敢劳烦两位相爷。奴才愿即日跨马南行。今年之内，一定扫平大小金川！"

乾隆低转了头，凝神思索了好一阵，问阿桂道："阿桂，你就在四川绿营张广泗麾下，以你的见识，一年之内廓清大小金川有没有把握？那班滚到底是死是活，张广泗有什么见识？"

"回万岁！"阿桂忙叩了一个头，他是个心思极清明的人，久在川西带兵，历练得越发老成，讷亲和傅恒心思热炭团儿似的，赶着要去殄灭班滚和莎罗奔，都是把这件武功看得太容易的缘故。但皇帝如是说，宰相如是说，他无论如何不能泼凉水拧反劲儿。班滚若是真的死了，大小金川叛藏早就解体，上下瞻对也用不着驻兵，这是明摆着的事，但此话一出口，立刻就要得罪庆复，日后更是祸不可测。他顿了一下，已有了主意，款款说道："大小金川和上下瞻对现在其实是一个战场，地方广袤千里，山高林密，河急路险。大兵深入这种险地打仗，一是要各路协调，分段围剿；二是粮饷医药，军需充备；三是广为罗致向导，步步为营，缓进稳扎；四要分化班滚莎罗奔族部，剿平一地，政治随之，抚慰地方，走一处巩固一处，虽然慢，但可以一劳永逸。这是奴才的见识，一年荡平，似乎操之过急了。张广泗其实就为这个以为奴才怯战，调离中军专办粮草，但圣主垂问，奴才敢不尽言？至于班滚生死，事大责重，奴才不能以风闻判断，据张广泗说，班滚似乎逃进了金川，所以不治金，上下瞻对形势也难巩固，但张广泗也并没有实据，可以证实班滚尚在人间。这是实情，求主子明察！"

阿桂是内务府笔帖式出身，举进士授官陕州知府，因戡平王老五越狱一案受乾隆赏识，改文就武擢升参将，在大将军张广泗帐下供职，是武将中少有的有专折密奏权的官员，一向深得乾隆另眼对待，但他这番话却让乾隆听来觉得油滑，乾隆脸上的笑容慢慢消失了，傅恒用心印证着他对大小金川听来的印象，慢慢冷静下来，他毕竟是真刀实枪打过仗的，很快就和阿桂的心情吻合起来。庆复并不明了金川形势，只觉得在上下瞻对打仗打得窝囊，班滚的事也弄得他忐忑终日，不亲自去挽回局面，自觉各方难以应付，遂打起精神说道："我兵力人数几乎和大小金川人口相等，其实是以兵对民，哪有如此大费周章的？"讷亲也笑道："十万天兵就是豆腐渣，撑不死金川几只老母猪么？"

"阿桂你真使朕失望！"乾隆一天兴头扫得精光，冷冷用眼瞟着阿桂，"兵气不振，都是因将领畏首畏尾。你自己就抱定了泡蘑菇战法，能带出奋勇陷阵的勇士？阵前一呼，千军齐发，是靠将领的威望培育的，若朕是张广泗，催粮催饷也不用你——你下去，另有旨意给你，你的差使交到户部，由户部办理！"

阿桂听着，头"嗡"的一声涨得老大，想不到煞费心思掏出的忠言，仍旧是"白日不照吾精诚"！他强咽着胸中的愤懑和悲哀，颤抖着身子连连叩头，泣声说道："主子待奴才是何等高厚之恩？既蒙垂问，不以实言，岂不是事君不忠？奴才虽然没能耐，在大营里并没有畏敌怕死名声儿……求主子再查奴才之言，仍旧放奴才回军中，奴才宁可战死。"

"嗯。"乾隆不置可否地漫应一声，在玻璃窗外凝视移时，粗重地喘了一口气，径自挑帘出了养心殿大殿。几个守在殿门口的太监袖手缩脖地站着，冷不防见皇帝出来，吓得一齐跪倒。王忠已追出来替乾隆披上大氅。殿内的四个大臣既不敢动也不敢随便交谈，一言不发都直着脖子隔玻璃觑着院子里的乾隆。

乾隆双脚踩在新絮一样柔软洁白的雪地上，慢慢踱着步绕着铜龟园兜了一圈。他舒展了一下身子，适意地把身子站成"大"字形，仰着脸任雪花落在脸上、手上，钻进脖项里，那凉凉的、晶莹的雪花在他口中融化，温热的面孔和手上也都是雪水，只觉得浑身的疲累闷倦都被赶得无影无踪。良久，他深深地透了一口气，脚步轻快地返回殿内，去掉斗篷，揩干了手和脸，已变得精神奕奕。却见太监卜悌进来打千儿禀道："两江布政使兼淮南粮道陈世倌递牌子请见。"

"叫进来吧。"乾隆漱了漱口，将茶杯递给卜悌，转脸对众人一笑，说道，"看来许是朕操之过急了。没有想到小小瞻对金川之地这么难弄。用兵数万，用时逾年，至今仍是个不了的局面！"见庆复、阿桂红着脸又要谢罪，乾隆一摆手道，"罢了罢！朕自己也轻敌了嘛。朕心里是有些发急。圣祖爷三次亲征青海、西藏安定了数十年。毕竟地隔万里，山高皇帝远，又不能设流官政府衙门随时羁縻，策凌阿拉布坦，还有青海回部都在蠢蠢欲动，不经朝廷圣旨，擅自攻灭兼并土地部落，已经全然不把朝廷政令放在眼里！朕打通上下瞻对道路，也为将来发生不测之事，大军入藏可以长驱直入。不料又生出大小金川的事来！小小金川都这么费劲，有朝一日西疆大举用兵，又当如何？"

几个大小臣子此时才明白这位青年皇帝的泼天大志；讷亲、傅恒也都坐不住，离座长跪了，讷亲说道："皇上圣虑远大，奴才愚昧！奴才愿和庆复一同去办金川军务，克期扫清入藏道路。主忧即是臣辱，若是再次失利，请皇上取了奴才首级以谢天下！"乾隆正要说话，见陈世倌已在暖阁外头叩头请安，大冷的天儿，陈世倌只穿了件天马皮夹袍，伶伶丁丁地套在孔雀补服里，细长的辫子软软地耷在脑后，还在淋着雪水，乾隆不禁笑道："你本就身子弱，怎么只穿这么点衣裳？你家是海宁名宦，就穷得这样儿了？"

"回万岁的话！"陈世倌吸溜了一下鼻子，笑着回道，"奴才喜爱雪，才从南方来，遇到这么大的雪，不忍坐轿，就骑毛驴来见皇上。并不是奴才装穷，过正阳门关帝庙，见有个举子冻得太可怜，就把大氅留给了他……啊嚏！"

他一个喷嚏打得众人都笑，乾隆便命："把朕的元狐袍子——带紫貂斗篷的那件——赏了陈世倌！你是个正经读书人，晓得怜贫惜文。你的这句'不忍坐轿'，倒勾得朕也想骑驴冲雪赏都门了！"又命陈世倌起身坐到熏笼旁边。这才对讷亲和众人说道，"讷亲现是朕跟前第一宣力大臣，张廷玉有年岁的人了，内廷事务千头万绪，也要你和傅恒这些年轻人多操持操持。朕意还是叫庆复回金川，一来人手熟，二来原是他办的差。谁欠的饥荒还该由谁来还。庆复，你是大学士，国戚勋旧，自然以你为主，张广泗为副。张广泗严刚有余，你则以柔驯相补，只要二人同心，不要闹生分，这点子差使不值一办。现在外头说你闲话的很多，都说班滚没有死。朕看也不必追查了，剿平了大小金川叛乱，他死没死也无妨大局了。朕不追查，就是放你一马，你再办砸了差使，朕就想再放你一马，也奈何不得了，有国法王章在嘛！"

"谢皇上龙恩，奴才敢不努力效命，继之以死！"庆复一听不再追究班滚生死，浑身上下一阵轻松，伏地叩头朗声说道，"只要粮饷火药供得上，一年之内，大小金川和上下瞻对一定会宁静的，请朝廷设流官建衙门，永无再反之虞！"

"你是世宗爷手里使出来的人，你家是与国同休的勋旧人家。有这志气，朕十分欣慰。"乾隆仿佛不胜慨叹，喟然说道，"小小金川，断没有劳师数年，糜饷数百万才办得下来之理。这里放着个陈世倌，粮食，冲他要，军械火药——还由阿桂办。朕给你一年半，不，二年的时间，你给朕一个绥靖安定的金川和瞻对——世倌留下，你们跪安吧！"

待到众人退出，乾隆看自鸣钟，恰正指未末时牌。乾隆要了一碟子什锦点心，两碗奶子，赏了陈世倌一碗，一边自吃点心，一边笑道："你是三顿饭，料必不肚饿的，趁热的喝碗奶子，我们说话，也就该散了。"陈世倌是汉家书香门第，以惜福节食养生，这碗人奶子实在难为了他，但"君有赐，臣不敢辞"，闭着气喝药似的一气喝完，嘬着嘴唇放碗笑道："臣这次进京，又是寻主子打擂台，想减免钱粮的。主子倒向奴才要军粮，真是想不到的事！"乾隆掰着点心小口吃着，没有理会他的这些话，却问道："你几时到京的？"

"回万岁，前日晚间来京的。"

"水路还是旱路？"

"先是旱路，由金陵先到安徽，经河南北上，又到山东，从德州上船到天津卫，从运河上走，直到通州下船。因为南下漕船太多，河道拥塞不堪，走了足足一个月才到……"

乾隆推开点心盘子，用茶漱了口，要毛巾揩着手又问："这一路庄稼你看如何？""臣过来时各地庄稼都已收割入库。"陈世倌仰脸回忆着，"江苏今年十二成大熟，浙江也是十成丰年。江西南部遭了旱灾，北边也是百年不遇的好年景。臣一路过来，只淮北遭了水灾，豫西沙暴毁了庄稼，山东是南西北边都遭了虫灾，但东边也是上好年景，河南、直隶大都是丰年。只是风闻晋南也遭了风灾。偶尔见着几个灾民打听，原本也是好年成，高粱扬花儿季节一场大风，都吹瘪了。就是淮北遭灾，难民也极少见，当地官府赈粮救灾，叫灾民编芦席换粮，山东几乎被蝗虫吃得寸草不生，但东边靠海，盛产鱼虾，还有盐。奴才从那里过，想到江西缺盐，南京鱼虾价贵，和地方上商量，买了他们三万两银子的盐，十五万两的冻鱼冻虾。连湖广都能得益。这么着，奴才那边盐价菜价也平准了，他们也得了银子济灾了。方才听主子命我负责粮草军饷，奴才想，晋南风灾，只是庄稼不长籽儿，秸秆用作饲料还成。军用芦席还可从淮北多买一些，老百姓得实惠，奴才的差使也办好了，岂不两头光鲜？"

"很好！"乾隆听得很仔细，眼中放出光来，"朕原知道你爱民廉洁，是个清官，现在看来这个考语不能局限了你。能从自己本职差使着手，却着眼于天下大计，爱的不仅是本城本地的百姓，留心到外省外域灾民赈济，小账不亏大账盈余，这是真正的爱民，有古代大臣风范！你既有这个度量气概，朕岂有不成全你之理？索性将张广泗所有军需统筹的差使都交与你。你下去再写个折子，就是方才那些话，朕批下去再听部议。"他顿了一下，又笑道，"朕还以为你又来哭海宁百姓呢！"

陈世倌受到乾隆如此鼓励，激动得全身暖烘烘的，脸上放着红光，挺直了瘦弱的身子拱手说道："臣虽然只是个地方官，敢不以天子之虑为臣子之忧？但臣确实也有哭海宁百姓这个心思。浙江富甲天下，海宁又富甲浙江，没来由去哭，那叫不识大体，故意儿哭，又叫矫情。自康熙爷亲征准噶尔起，天下军用财赋三分之二出自江浙。本来很富的地方，百姓们却只能用红苔糙米勉强度日。有的县还有不少地方吃糠咽野菜。主子……这好比是一块肥田，种了一茬又一茬，也总归要贫瘠了。奴才的意思是要施肥，地力足了，它就能长出更多的粮。抽血太多就失了元气，这几年海宁大户弃农经商的越来越多，地价愈来愈贱，不能说与此无关，所以臣哭，不但哭百姓，也为感动帝心，养心江浙这片富庶根本之地！所以主子命臣统筹野战粮秣，臣也有一言禀奏。万万不可眼睛只盯着东南这块富庶之地。恰恰相反，如今只是金川一役，应以湖广、河南、山东、安徽为主，统筹钱粮，让江南稍事休息。将来国家兴大兵征讨西域，江南已经作养旺健，再动用江南财赋，这才是长久万全之计。"

"依你。"乾隆听得忘神，喝了一口茶，是凉的，吐了，笑道，"你很会算账。江南、浙江、福建、江西四省钱粮今年全免了。"

"谢皇上！"陈世倌连连叩头，又笑道，"这一来，户部又要参奴才一本了！"

乾隆站起身来："不要怕参劾，有朕呢——明儿你再递牌子！"

第十回　追往事汪氏复妃位
　　　　　维皇德太后理宫务

　　乾隆目送陈世倌出殿，心中兀自感慨不已。想到张廷玉年迈，鄂尔泰多病，且二人执政日久，门户各立，一满一汉各有一帮弟子、亲信，连他们自己也制约不住。这个隐忧一直存在心里不能张扬。眼下一个傅恒文武兼备，一个讷亲奉公廉洁勤谨办差，汉人里一个刘统勋刚正不阿才智超人，现在又出一个陈世倌，学问渊博，气量宏大颇识大体是个栋梁之材。想起当年新旧更替、主少国疑时候，废太子余党乘机蠢动的事，真是百感交集。那时老羽凋零，新羽未丰，捉襟见肘，日夜惶惶不安；如今智士能人辈出，老少一心，共同辅佐，内心里既兴奋喜悦又带着"斯川已逝"的怅惘。

　　一丝冷风透窗袭入，袭得乾隆微微打了个寒颤，想起还要去给太后请安，便站起身来。高大庸正在西偏殿指挥太监们收拾字画，忙过来替乾隆换穿鹿皮油靴，吩咐王礼："把新贡上来的油衣取来！——主子，外头贼冷的，依着奴才说，兵部新制的灰毡斗篷，又厚又大，是主子赏给驻节口外游击以上官员的衣裳样子，虽不甚好看，前襟儿都能裹紧，主子就披这个，再大的风雪也管保暖暖和和的……"说着便替乾隆套上，将两边缀的明黄纽子在脖项下轻轻扣了。乾隆果然觉得暖和，笑道："这个的确实用，派人传旨兵部，赶紧颁赐，咱们别雨过送伞，立了春谁还穿这个呢？"说着便走出殿来。

　　外面已是雪的世界，一片苍苍茫茫，万花纷飞，宫中的红墙绿瓦已披上银装，成了琼楼玉宇。狂风呼啸吹得殿顶上的风铃铁马叮咚作响。扫得地上的积雪来回飘荡，一个又一个雪旋儿四处寻出路，或越墙而去，或钻进门窗。虽然天寒地冻，各宫各殿前守护的侍卫亲兵都站得钉子似的，太监们有的在堆雪人雪像，有的用瓮存贮雪水，准备来年御用

煎茶，一个个满头满身的雪，干得十分精神，给这座历尽沧桑的紫禁城
增添了许多生气。

　　裹着厚重的军用斗篷，凉风凉雪迎面扑来，乾隆顿时精神一爽，一
天劳倦清洗尽净。他慢慢踱着，倾听着脚下的雪被踩得咯咕咯咕的响
声，出了永巷。在天街口，乾隆向军机处低矮的排房望去，黑黢黢的门
洞棉帘敞开，似乎有人在里边生火，门口飘着轻烟，门内人影幢幢，他
不禁想起，那年也是这个天气，在军机处认识了钱度，一个皇帝，一个
身无功名的小小书办，互不相识围炉吃酒，谈地方吏治、谈治国方略，
现在已经被官场传为美谈。想来还像昨日的事……他向军机处跨了一
步，又觉得自己有点神经失常，不禁暗自一笑，转身便向慈宁宫走来。

　　乾隆进了慈宁宫仪门，绕过大拜殿即命从人留步待命，独自一人沿
着东廊漫步走进寝宫，几个丫头太监正在滴水檐下扇炉子化雪水煎茶、
给过冬蝈蝈换食，都不防他穿着这种斗篷进来，直到近前，太监秦媚媚
才眯着眼瞧见，忙不迭地跪下，打千儿请安，扯着公鸭嗓儿赔笑谢罪
道："好我的主子万岁爷哩，您穿着这么一件灰不楞登的大斗篷，身条
儿也不同往常了，连奴才这双狗眼都认不出来了！老佛爷今个儿高兴，
晌午进了一大碗老米膳，庄亲王福晋进的西洋火鸡也对了老佛爷的胃
口，整整进了一条腿子，还进了半碗酸菜小五花肉丝汤。一则怕停了
食，二则老佛爷爱雪，也不想歇中觉，先叫几个皇孙过来解闷儿说笑，
这会子是和几位老太妃、贵主儿赏字画儿玩呢！"一边说，一边挑帘，
请乾隆进来，几个宫女给乾隆解那身行头。乾隆乍一进屋，什么也看不
清，良久才适应了。果见太后在西暖阁纱格子里和几个女眷观赏字画。
太妃耿氏、齐氏、李氏都在。耿氏陪坐在侧，齐、李二人陪侍身后。贵
妃那拉氏对座，侧边是惇妃汪氏，围着桌上一幅画看得入神，竟都没有
留心乾隆进来。乾隆悄悄走近，隔着那拉氏的肩头向桌上看时，却是一
幅《洛神车马图》。画的是洛水之滨，曹子建肃然悚立于秋叶凋零的杨
柳之下，怅然仰望对面，中间隔着一泓秋水。河对岸云腾雾罩，一辆龙
车，饱马怒腾，隐约间万神相随，宝幡、衣带随风飘摇。中间簇拥着洛
神，云鬓妙发，风环垂苏尊贵无比。洛神双眉颦蹙，斜对下方曹植，似
乎在轻轻谆嘱着什么。曹植却一脸茫然，双手略略平摊，似乎在嗟叹，

又似乎在呼唤……画图已经很旧，纸边发黄变得有些焦脆，卷轴却是新的，画儿左下方题跋已漫漶不清，上下天地押着密密麻麻不计其数的图章，显见是一幅极为名贵的古画。乾隆不禁问道：

"是谁的手笔？"

众人一齐转脸，见是乾隆，那拉氏头一个跪下请安。惇妃也随着跪下，几个太妃忙敛手后退，太后笑着摘下老花镜，说道："皇帝来了，也不叫他们禀一声儿，吓得我们娘儿们一跳！我算计着你还要一个时辰才过来呢！这是你十六叔家买的，花了一万多银子，说是吴道子的画儿，名字都辨认不出了，说是给我上寿用的，怕假了，请我寻个行家鉴别。我只觉得好，哪里辨得出来？倒是你读的书多，你给瞧瞧。""是！"乾隆赔笑道，"不过儿子也不善鉴别古董，明个儿叫翰林院的纪昀进来仔细看看就明白了。"说着俯下身子仔细看画，又盱着眼辨认题跋，口中说着，"吴道子善画观音神道，断不会舍长就短画这个人物山水。不过这两个字确实是'吴道'，也真怪了！"因见惇妃汪氏和太妃齐氏两人都还在毡垫上跪着，便问："你们是怎么了？"齐妃和汪氏只是叩头却不回话。太后在旁笑道："这是你十六叔定的规矩。汪氏是降下去的嫔媵，齐氏是受了你三哥的牵累……在这里我给她们讨个情儿，免恕了这一层儿吧！"

"起来吧，"乾隆微微一笑。他想起来了，庄亲王允禄专管宫掖内廷的皇族事务，确实上过一个条陈：罪余阿哥之母及有罪宫嫔见君，降等与外官王爵福晋等同礼仪——自己照准了的。齐妃生的阿哥弘时，是自己的三哥，因图谋帝位被雍正勒令自尽。汪氏则是为一件小事杖笞宫婢致死，被黜为嫔的。眼见二人可怜巴巴跪着不敢动，乾隆大动恻隐之心，待二人万福谢恩了，说道："大雪天你们过来侍奉老佛爷，这就是孝心。有此一念，天必佑之。朕就特免了你们这一条。汪氏的事已经过去几年了，朕原就要赦你，自今儿起你晋你的妃位。齐姨更别这样，朕小时候你常抱着朕玩儿，在御花园骑着你肩头摘葡萄……三哥有罪，是他的事，你又不知道，何罪之有呢？老佛爷素来待见你，代朕多讨她老人家欢喜，朕还预备将弘昼额娘耿氏也晋为皇太贵妃，你也一并晋上——你们这位太低，陪老佛爷也不相宜。"两个女人听着乾隆言谈如说家常，句句体贴入微，说到心上，想起自家处境，不禁泪水夺眶而出，只拿手帕子握着嘴不敢放声儿。皇太后笑道："这是你们主子的浩荡皇恩，该欢喜才是，这时候伤哪门子心呢？皇帝怕还没有用膳吧，今儿就在我的小厨房用。汪氏做得一手好菜，就由你亲自下厨现炒几个，我们共进。这大的雪，要没有要紧公事，叫上书房、军机处，还有六部里都放一天假，让他们和家人一起围炉赏雪，也是你的恩典么！"

汪氏和齐氏忙都转涕为笑，齐氏道："我也下厨给汪氏当个下手。"二人福一福退了出去，整治饭菜。乾隆向太后道："母亲，这边且由她们陪着您，儿子还要过去瞧瞧皇后。今早翊坤宫的翠眉儿过来禀我，皇后一夜没好睡，只是身软头晕，儿子忙着去军机处，只叫了太医先过去看病，这会子不知道怎么样呢？放假的事叫秦媚媚传懿旨出去。不过，军机处和户部还要照常办差，顺天府和九门提督衙门更不能歇，京畿京城都要踏看明白，这天气很容易倒房塌屋。再就是断炊，也是不得了的。"他没有说完，太后已经双手合十连连念佛，口中道："阿弥陀佛！我的儿，这才真叫体天格物大慈大悲呢！方才耿氏进来还说，什么胡同的——"耿氏抿嘴儿笑道："就是弘昼的和亲王府那地方儿，叫鲜花深处胡同。""对了，就是鲜花胡同。"太后道，"夜来被大雪压倒了三间草房。虽说没有伤人，大人哭小孩叫的闹得满街人凄惶。几个意大利的洋和尚从那过，都陪着落泪，说要帮他把房子盖起来。我想这事断不能行。我们中国人少了行善的人了么？就叫弘昼去办这事，你这么安排，我就更放心了。皇后那边你不要忙着去，我刚派人去问过，她吃了药。这会子歇着呢。傅恒家的今儿也进来了，现就在那儿侍候。你在这里热热乎乎用过膳，再过去也不迟。"

"是么？"乾隆一笑，说道，"那儿子就领命了！"他和"傅恒家的"棠儿是有瓜葛的，不禁脸一红，瞥了一眼那拉氏，又道："她生产不久，这么大的雪天，倒难为她进来。"贵妃那拉氏情知缘故，微笑着躬身说道："明儿是她儿子百日汤饼会，抓周儿的好日子，进来给佛爷请个安，就便讨个吉利请给儿子赏个名字。主子娘娘凤体欠安，傅恒忙着公事，她这个娘家媳妇儿也该当进来侍候的。我看今儿雪大，就不放她回去了。今晚就安置到我宫里歇下。"说完偷瞟了乾隆一眼。乾隆和棠儿在钟粹宫幽会，曾被这个贵妃当场"拿"住。虽然给她扣了一顶"妒忌"的大帽子，压住了。现在见她如此说，乾隆满意地点点头，说道："如此甚好。朕原答应给她儿子起个名字的，百日抓周儿，没个正式的官名也不好看。老佛爷，儿子想傅恒是有功于国家的人，又是至戚，这个面子得给。儿子想，就叫福康安罢！这三个字合着了富察氏的姓儿，汉字里的意思也是极好。"

太后顿时笑得两眼眯成一条缝，拍掌打膝地说道："好——这个名字儿好。孩子生在这样人家，富贵还用说吗？难得的是这'康安'二字，又康健又平安。好！"说着，见齐氏和汪氏督着太监抬过食盒子，便命布席。一样又一样布了上来。一盘水饺儿，一盘炒绿豆芽儿，一盘宫爆腰花鸡丁，火锅里是酸笋鸡皮汤，热腾腾泛着香味，四周放着小馒首、春卷、豆面煎饼一应宫点，还有一盘菜晶莹透亮，像是鱿鱼丝儿，白亮白亮的拌着青椒，刚刚出锅，还在咝咝作响，乾隆嗅了一下，不禁赞道："好！"

"主子说好，就是我的虔心到了。"汪氏笑道，"只怕老佛爷也未必用过这道菜呢！这么一盘子菜，没有五百两银子办不下来呢！"乾隆的笑容慢慢凝固了，问道："那是什么菜？"齐氏给太后碟子夹了一箸豆芽儿，笑着回乾隆："那叫爆龙须，也难为汪氏，收了那么多鲤鱼胡子。为吃这盘菜宰鱼，没有五百两真的是不成的——老佛爷，这个清淡，这是我厨下预备的豆芽儿，都抽了芯儿，去了芽头，没有半点豆腥味儿呢！"

乾隆因命众人都陪坐用膳，笑道："朕只用茶讲究些儿，膳食上头极平常。说这盘菜值五百两，吓了朕一跳，豫东周口今年大水过后，有的地方人吃人，父母吃儿子。传出去朕一盘菜这么贵，朕不成了桀纣之主了么？"汪氏道："用鱼须做汤是极鲜的，我就留了心，叫我的宫女每天到御膳房收集，冻起来备用。要真的论起钱来，说它一文不值也是真的。"乾隆夹了一箸，果然满口鲜香，却不肯夸味道，只说："你能为老佛爷和朕操这个心，这就是你的忠荩之心。"他又尝了一个水饺儿，忙给太后也夹一个，说道："老佛爷尝尝这个——里头并没有韭菜，怎的满口都是鲜韭菜味道？"太后品着吃了，说道："果然不错！大冬天的，怎的会种出这韭菜，馅里又没有韭菜，怎么会出来这味儿。汪氏这小精灵儿，越发手巧了！"汪氏"哧"地一笑："那是韭黄，趁鲜拧了汁液拌到鲜肉馅儿里……您瞧这鸡丁，其实是火腿煨豆腐，文火慢炖三天，熬出的豆腐干儿用鸡皮裹了炸出的鸡合儿肉——老佛爷皇上如果爱用，我那里还有着呢！"众人一尝，果然不错，齐口儿称"妙"！

众人边说边吃，十分热闹融洽，一时用膳毕，各人漱口擦手。太后还惦着"人吃人"的事，问道："皇帝，周口那里现在光景怎么样儿？该派人赈济。先帝爷最忌讳这些事，要听见这个，早就跳起来发怒了，雍正初年龟蒙顶贺狗儿放炮造反，不就为饿倒了人，那次连山东巡抚的顶子都摘了，下头县官、府官罢了十几个。这不是我多口，我不过白嘱咐一句。老百姓饿急了要造反，圣祖爷说过，先帝爷也说过，我都亲耳听见的。"

"母亲训诲得是！"乾隆一躬身说道，"这事奏上来，儿子也很震惊，又怕冤了人，特派钱度去查实了。前天已经下旨，商水县令已被就地正法，是当着灾民的面杀掉的，陈州府知府着令自尽。其余巡抚以下按失察之罪交部议处。儿子以宽为政，不是要做烂好人。政可宽、刑不可懈。这是儿子的章程。母亲瞧着，儿子是断不会守着紫禁城吃祖宗饭的，近期儿子还要出京走一走，明春木兰狩猎之后还要下去，有那贪渎不法，爱银子不怕死的官儿，有那拿民命不当回事，渎职褒政的，儿子要狠杀一批呢！"

他的语气很重，殿里的人都见过雍正发脾气，恼起来吓得周围人筋软骨酥，但他杀人杀官却极少见。而且雍正自登极到死，除了一次奉天祭祖，从不出京城一步。这个主儿却是坐得住也下得去，年年都要在京师直隶，甚至河南、山西、行无定踪地体察民情，别看他温文尔雅，面目可亲可近，可要说声杀人，半点也没有迟疑过。殿里人都被这话噤住，一阵风从殿外呼啸掠过，竟使人觉得一股寒意逼了上来。良久，太后才回过神来，喃喃说了句什么，又道："杀人还是越持重的越好，太平盛世杀人多了，容易激起戾气的。我一听杀人心里就发瘆。"

"母后圣明，训诲得极是！"乾隆仍是一副和蔼可亲的喜相，娓娓说道，"儿子一个冤枉的人也不敢杀。有些官儿，你心疼他不肯杀，他就在下头胡乱杀人，胡乱害民，成为国蠹。杀掉他，百姓安乐，也不轻易出盗案，反而是少杀了人。儿子已经叫陈世倌统筹赈灾和军务两个差使，看还有哪些地方该赈济的，既不心疼银子也不心疼粮——看这场雪下的地片不会小了，民谚'麦盖三床被，头枕馍馍睡'，明年丰收，朝廷仍旧轮流蠲免捐赋，百姓富，咱们天家还穷了么？"一席话说得大家宾服，太后笑道："说的是。去瞧你媳妇去吧，那拉氏和汪氏也陪你主子过去，给皇后请安。叫她只管好生养病，别惦记我——我们再说一会子话就该散了。"乾隆一笑去了。

太后一直等乾隆一行出去，因见耿氏、齐氏、李氏还在张罗着预备纸牌，太后便道："留下你们几个，为的是咱们老姊妹们说几句体己话，不为玩牌。都坐到炕上来，暖暖的，喝着茶说话。今儿这雪要是不住，就住我这里。老姐妹儿时常不见，我也闷着呢！"三个人听了自然逢迎欢喜，一齐在炕上敛衽行礼。耿氏位分最高，靠墙和太后挨身坐了，齐氏和李氏只偏身骑坐在炕沿上，面向太后，太后笑道："皇帝方才说了，给你们太皇贵妃位子，为的就是不至于在我跟前过于做神做鬼。这样还是个奏对格局，说话也不香甜。"齐李二人才笑着盘膝坐了。太后慢声细语问道："齐家妹子李家妹子，记得你们是先帝爷驾崩那年迁出宫去的？皇帝跟我说，暂且住畅春园，除了宅子窄狭些，一切供应如常。内务府不知道照应得怎么样？"

齐氏和李氏对望一眼，按清制，皇帝驾崩，宫中只留太后，一切嫔妃媵御、答应、常在都须迁出宫去。耿氏有儿子弘昼封了亲王，住在鲜花深处胡同的王府里，齐氏儿子犯罪虽不加黜，和李氏一干无子的后妃都安置在畅春园西北极偏僻的角落里。内务府的"照应"，其实只是按月发放月例，供应柴炭而已。一应采买都是内务府太监经手，克扣的事是极平常的。哪里能和耿氏相比？但这类事，凭怎的不能向太后诉说，齐氏咽了一口唾沫，说道："内务府照应得还好，这都因托了老佛爷的福庇……"

"你不用替他们遮掩。我也是嫔妃上来的，有什么不知道？"太后叹道，"在这紫禁城里，一样的嫔妃，在皇帝跟前处得红不红可不一样，待遇一个在天上，一个在地下！"她顿了一下，"你们当我没有吃过黑心厨子送的馊饭，没用过见风就化的破绢绡么？皇帝跟我说，要把西海子、畅春园北和圆明园连成一片，造一个前古没有的大园子，名字仍叫圆明园，已经叫内务府踏勘去了，到时候我搬过去，和你们住得近些儿，只怕就好些了。"

这三位太妃都在畅春园住过，想着太后描画的规模，都不禁心中暗自咋舌。耿氏先念一声佛："阿弥陀佛！那里方圆百里的地面儿呢，得花多少银子啊！""就比阿房宫小些儿吧。"太后笑道，"我跟皇帝说过，你的孝心我领了，你可不能学秦始皇造阿房宫！皇帝说外国那些小王爷小君主的别墅还大得不得了呢，我们天朝，要有比他们的大得多，要按东洋的、西洋的，他们那里最漂亮房舍、园林的样子都造到我们北京来，将来万国冠旒朝北京，才能显出天朝坐镇抚狄夷的风范。并不单为孝敬母亲颐养天年。这就是另一码事，是他的大志，我若再拦，就成了小家子气了。这个园子要花几百亿银子，分几十年造成，现在几个园子连成一片，其实是第一步儿，往后朝廷钱多，就修造快些，钱少就修慢些儿，儿不为扰民。你们想想这园子，大园里头套小园，把洋房洋花园、江南园北京园、海子山林，围射圃田都集进来，古今图书都藏进去，咱们饱食悠游，也算不枉到人世间走了一遭，这可不算一件得意事的么？"她望着玻璃窗外的大雪，兴奋得双目晶莹生光，呼吸也有点不匀称，良久才收回了神，对几个听得发呆的太妃道："我是老了，一说就跑了题儿。你两个现今住在园子里，我听到了一点闲话，想问问你们。"

"什么话？"齐妃的思绪正追着那个古今绝无、天上人间仅有的大圆明园心驰神往，猛听太后换了话题，听到"闲话"二字不禁一怔。寡妇们最怕"闲话"，连李氏也吓了一跳。齐妃觉得自己有些失态，稳了稳神说道："我和李氏挨门隔墙，园子里除了太监就是女人，侍卫们都不能越过柿子林的……"太后一听便笑了，"谁说你们呢？听说皇帝从河南带的两个女孩子住在园里，皇帝每过去办事，晚间都歇在她们那儿，你们听说没有？"

这件事风言风语已经传了半年，说乾隆没有登极时巡视江南，曾带了两个汉人女孩子，不但针织女工是好的，模样儿也俊俏，还有一身的好武艺。雍正病危时，还给雍正治过病。雍正临终前曾说过给她们抬籍入旗的话。只因太后管束乾隆严，此事只瞒着太后。及到登极，又要三年守丧，听太后口风，宫中收留汉人女子有违祖训，因此也没敢给太后说明。乾隆又割舍不掉这两个曾和他一道共历贼船之险、千里奔逃躲避弘时追杀的患难之交。只好悄悄把她们安顿在畅春园柿子林南。她们的住处和齐、李二太妃只隔几十丈，为防"闲话"，乾隆还特意嘱咐了这两位"姨娘娘"，绝不许泄出一个字去！如今太后竟直言相问……一位是高居九重统驭四海的至尊；一位是位尊内廷，权摄六宫的天子之母；两人只要弹一弹小指，都能将她们弹得灰飞烟灭——齐李二人不禁同时噤住。涨红了脸嗫嚅着，连自己也不知道说了些什么。

"你们不用怕。"太后安详地说道，"这件事大家心里几乎都是清楚的，只要是给她们抬过旗籍，正了名分，也就算了。何况她们身上还有点本事，皇帝出远门儿带上她们，我就更放心些。"齐、李二人听了才放下心来，李氏敛眉说道："并没有人到奴婢们那儿传闲话，奴婢更不敢打听院墙外头的事。只听宫女们说皇上到过柿子林南边那片殿里，说过几次，后来才晓得里头住着女人，一个叫嫣红，一个叫什么的。""这就是了。"太后点头道，"你们回去，就说奉我的懿旨，把她们接到——李氏那里，过了年你们带着她们进来我见见，再叩见一下皇后。过了明路儿，正正经经地当个嫔妃，省得叫人说皇帝偷女人，多难听啦？"

耿氏在旁忙道："如今旗务是庄亲王爷和弘昼管着，我回去给昼儿说一声儿，抬过旗籍就算了，若没办，神不知人不觉地就办了。"

"这都为维护皇帝的体面。"太后叹道，"皇帝什么都好，就有这宗儿毛病，我真怕他终归吃了女人的亏。听说还不止这两个呢，还有个翰林院姓许的老婆，也和皇帝有来往。嫣红她们也罢了，事出有因，这许家的是有丈夫的，咋好沾惹！那是什么名声儿？所以这类子事儿我还不能撒开手——难就难在管得松了放纵了他，管得紧了又怕委屈了他。那年我处死锦霞，听说皇帝还几次到她宫里私下吊祭……天下做娘的心，有几个儿子能真体贴到了？锦霞不死，我乐得安富尊荣做我的'老佛爷'，伤了我的阴骘为了他，也未必领我的情呢！"说着便掏出手帕子拭泪。

三个太妃见她伤心，忙都劝慰。齐氏道："我虽然不读书，小时听父亲说过什么'小慈是大慈之贼'的话。太后这么着，成全了皇上名声，锦霞也是死得其所的。这是为天下为皇上社稷的大慈悲心肠。岂有伤了阴骘的？我若那时将弘时管得严紧一点，如今也不会落个现在的下场！"一想起被勒令自尽的儿子弘时，一阵悲凄便涌上心来，齐氏也落下泪来。李氏忙道："太后何必伤感？如今皇上好好的嘛，外头政务处置得好，又孝顺，又圣明，比圣祖爷、先帝爷还得人心呢！我娘家兄弟管着藩库，如今朝廷是咱大清开国以来存得最多的，那铜钱都锈了，那串钱的绳子都朽了！我说句该掌嘴的话，哪个男人不好色不爱女人呢，皇上这点子毛病儿实在也算不上什么。"耿氏接着话茬儿道："李氏这话私地里说，一点也不错。内管领清泰是昼儿的包衣奴才，已经三房四妾塞得满满的，连七大姑八大姨的还要沾惹，也太没个人伦了。我瞧着皇上是个重情的人，并没有欺负了谁，话说回来，好色究竟是毛病儿。有太后管着，慢慢年岁大了，心收住了，还怕改不掉的么？"

几个人你一言我一语连凑趣儿带劝慰，太后已是转悲为喜，笑道："这可是人家说的，天下本无事庸人自扰之。老姊妹们见面儿少了，这些体己话又只能跟你们说，一说开就又收不住闸儿。皇帝的体面是第一要紧的，耿妹妹你回去跟弘昼说，上阵还得父子兵，打虎得靠亲兄弟，他这亲王跟别人可不一样儿，叫他想办法把许家那狐媚子打发得远远的，撕掳开了不叫他们再见面儿也就完了。"耿氏忙道："这容易。姓许的如今在国子监，冷曹衙门儿，放他个道台什么的，走得远些，也没个把家眷留在北京的理。又平白地升了外官，他也没个不去的理。他是小官，皇上也没有挽留的理。"几个人听得都笑了，却见养心殿大监头儿王智用黄袱面儿盖着木条盘，上面蒙了油布，一步一蹭进了天井。太后知道他是要见皇帝，隔窗命人唤他进来，说道："见你主子爷的么？他到翊坤宫去了——你托的什么稀罕巴物儿，我瞧瞧！"

"老佛爷吉祥！"

王智两眼笑得一条缝儿似的，把条盘放在炕上，就地打千儿起身，轻轻揭开油布，说道："这是欧罗巴洲一个天主神父叫玛德格林贡上来的，皇上已经过目了，说端进来给老佛爷瞧瞧。老佛爷喜欢的话，就留下来用。"

太后看时，天鹅绒衬底儿上，摆着二十多个做工极精的玉饰，都呈环状，十几把犀牛角木梳，十几个金十字架，晶莹明亮躺在里边，二十块金壳怀表悬着银链子放在盒边。太后取出十把木梳，给三位太妃一人一把，其余的交宫人收了，又取了三块怀表赏给太妃，想想，又给耿氏加了一块，叫她，"带给昼哥儿，他在外头办事，离不了这个。"又打开另一个木盒子看了看，里边装着一块黄中带黑的生土，盯着眼看了半日："这物件我不认得，做么子用的？"

"这叫鸦片，"王智一旁笑道，"罂粟花儿炼出来的，要有个头疼脑热的，掐上指甲盖一点点服下去，立刻就可奏效。只是不能用过了量。"太后点头，命人割下一半留下。口中问："那环子做什么用？做耳环太大太重，做镯子又太小，谁的手那么一点儿呢？"伸手又去揭那纸盒子，王智忙替她打开纸盒，口中回道："那是耳环，外国女人耳朵结实，不怕沉的……"打开盒子，里头面儿上一张西洋画，画着一位袒胸女郎，身着长裙，韶颜稚齿十分秀丽，一双碧蓝的大眼带笑地凝视着什么，最显眼的是一头金黄色的头发，流金软丝般从肩头一直垂到脚面。太后端详那画儿，说道："身条儿是不必说了，脸盘儿也耐看，怎么就节省得这样？再敞一点，两个大奶子不就都露出来了？倒是这头头发，是稀罕物儿。"她伸手去盒中抓出物件一看，竟是个假发套儿，和画儿上的颜色一样，不禁"哟"地一声，惊讶地叫道："这假发你们瞧哎！软绵绵光滑滑的，和真的一样啊！"举起端详了一下，她突然童心大发，孩子气地一笑，顺手将假发套在李氏头上。李氏身着旗服，脚蹬花盆底儿，头上套了这假发，金黄灿烂地披泻下来，真是要多怪有多怪，要多稀罕有多稀罕，满殿人瞧着都开心大笑，齐氏耿氏都是寡居多年的人，今儿和太后一道叙家常，心里都觉舒适顺畅。齐氏拍手儿笑道："洋姑娘跑我们宫里了！可惜衣裳不对，年纪也不对。真的将来万国冕旒朝天子，得见见外国福晋，我们一处陪老佛爷耍子，那该多么有趣啊！"耿氏笑道："李妹妹戴上这个满好看呢！"

"还好看呢，"李氏笑得容光焕发，转侧身子自赏着，说道，"若到宫中走一遭，不叫侍卫们当妖精拿了才怪呢！"

众人又是一阵哄笑，太后见还有一本画册，兴致盎然地取过来，笑道："这必是好的，看看！"三个太妃和几个得脸的宫女也忙凑了过来。不料太后一打开脸上就变了颜色。原来这画上画着一个男人正在掷梭标，使着劲、努着力、眼望前方，却是浑身上下一丝不挂，双腿下那玩意儿也吊儿郎当垂着……众女人霎时间都红了脸。太后也觉不好意思。下死眼盯了那画儿一眼又翻过去一页，这一张画的是个女人，斜倚在秋千儿上，也是寸缕不着，赤条条仰着身子，一头黄发从肩头一直垂到腿间，帮了她遮了丑。

"这些洋鬼子吃饱了撑的！"太后啐道，"专拣没意思的东西画！"

第十一回　贤惠皇后因病得喜
　　　　　　风流天子为国断情

　　乾隆心里惦记着皇后的病，带着汪氏和那拉氏同坐乘舆冒雪而来。进了翊坤宫掏出怀表看时，刚刚过了戌时，那夜幕已缓缓降临，雪光中见几个丫头忙着往下撤膳，西厢煎药炉的烟雾袅袅，满院飘着浓烈的药香，东厢小厨房北屋里已经掌了灯，隔窗可见一个六品顶戴的中年太医正在写药方子——这宫里，不似慈宁宫那边清静，廊下人影幢幢，却相互不交一语，显得有点神秘。乾隆站着想了想，要是叫过御医问话，房里皇后听见，一定又要换穿衣服出来迎接，反倒给她添劳乏，遂回头向二妃使眼色示意。三个悄没声地直趋皇后的正寝大殿，却见秦媚媚和棠儿一边一个扶着皇后，刚刚吃完药，正侍候着她漱口擦牙。两个人全神贯注服侍，倒是皇后一闪眼瞧见了乾隆，挣扎着坐直了身子，说道："皇上来了——我这殿里人越来越不会侍候差使了，连禀都不晓得禀一声！"棠儿和秦媚媚便忙请安。

　　"起来吧。"乾隆急速瞟了一眼棠儿，俯身对皇后道，"朕瞧瞧你的脸色……像是比昨个儿好些，两颊上也带了些血色。还是肚疼，周身乏力，没有一点精神？朕方才瞧，好像太医也换了——吃郎钧儒的药不对么？——别动，就这么半躺着——秦媚媚，把那个喜鹊登枝枕头取过来，给你主子娘娘垫在头下边——笨！要这样垫，不能在脖子下留空儿，垫实了就不用使劲了，瞧好么?!"秦媚媚喏喏连声答道："奴才是笨王八！往后就这么给主子垫！"几个女人见皇帝这么关怀皇后，心中不免有点醋意，相互对视抿嘴儿一笑。

　　皇后舒适地半躺在炕上，见丈夫斜身偏坐凝视自己，满眼都是关切爱怜之意，心中感动，咬了一下嘴唇笑道："皇上如今已变得这么婆婆妈妈的了。前些时好像是吃药吃反了，昨儿格外不好。昨儿晚间我还在想：我曾说过我若好不了，请皇上赐我'孝贤'的谥号，不晓得还记得不记得？今儿换了大夫，是老贺孟頫的儿子进来看脉。上午吃了一剂他的药，就觉得受用得多。方才又吃一剂，觉得肚里那种冷酸麻疼都在慢慢化解。医生和病人，看病和吃药也是要讲究缘分两个字的。"乾隆这才放下心来，笑道："你何至于如此？就想到谥号上头去！听朕一句话，凡事多往好处想。怎样保养，进什么膳，怎么玩儿开心，乐天知命，什么病都好得快。若只管钻牛角尖儿，什么谥号，什么九幽十八狱，满心装的都是阴气，没有病的还会怄出病来呢！"又吩咐，"那个给娘娘制膳的不是叫郑二么？叫他过来，还有那个太医。"此时他才腾出空儿，认真打量一眼棠儿，只见棠儿穿着藕荷色裙子，裙下露出一双半大不大的脚，穿着古铜色宁绸寿字儿绣鞋，外边袄子却是猞猁猴皮天马风毛，蜜合色宁绸裰面儿，衬着一头光可鉴人的秀发，腻玉一样的肌肤、象牙一样洁白的小手。嫣然一笑真个格外撩人。乾隆不禁一呆，随即笑道："许久不见弟妹了，身子还好？孩子必定也是好的。"

"谢万岁爷惦记着。"棠儿忙蹲个福儿，看了一眼乾隆，待要说话时，乾隆却摆手止住了。原来郑二和太医已经进来磕头。乾隆看那太医时，不足四十岁，长条脸儿，五绺长须在胸前飘拂，问道："你是贺孟頫的儿子？叫什么名字？怎么从前没有见过？"

那太医见问，又提及父亲名讳，磕头有声地回道："贺孟頫正是家严。臣叫贺耀祖，自幼跟父亲学医，也读书科举。三十岁功名不成，只得了个孝廉，就绝了仕进的念头，专心攻医。又拜了黄山汪世铭为师，精研岐黄之术。在汪老师座前行医八年，由安徽巡抚马家化荐进太医院，职位卑小不能逾越规矩，因此直到今日才有福得见圣颜……"

"嗯，很好。仕宦不成改作良医，五世祖传而不足，学道深山。路子对，志量也可嘉！"乾隆说道，"只是朕不明白，贺孟頫疗治气雍痰厥心疾头晕已经登峰造极，家学如此，为什么还求之于外？你对你家祖传的医术，尚有不满意处么？"贺耀祖正容说道："臣是奉父命出去游学。所谓登峰造极，是病家痊愈之后，虚夸谬奖，连家父也不敢承当的，大道渊深，不可以里程丈量，岐黄辩证之学高入九霄深于三泉之澶，孜孜求学终生，能于圣人之道登堂入室即为无限福量。家父退休，至今仍苦攻《易经》，与医道互参互长。耀祖乃末学小生，践此医道，敢不惴惴小心，栗栗如临深渊，如履薄冰？"乾隆听了，更觉不能轻看了这个新太医，夸赞道："你很晓事明理。但朕于医理也约略知道一点。大道渊深，不在口舌之间，运用之妙存乎一心。对症如对敌，用药如用兵，很有大学问在里头。你说说看，皇后的脉象症状。"贺耀祖佩服得五体投地，连连叩头，说道："臣谨领圣谕，实在比奴才自己想的明白十倍。皇后经血三月未潮，诸医以为皇后凤体夙日羸弱，是因身子积寒不散，以致任脉受亏、带脉阴阻，夜梦呻吟、便热体颤，都因为肾寒无补之过。按五脏之气，肾气属寒，现在金热而水寒，本来相生之道，反而相伐。诸医生持定见虚不补，见实不泄的医道常理，不肯再进一步深思熟虑，反而以发散药物投方，良意良药，入于五脏助纣为虐，反而成了虎狼之药。这就是臣所不敢恭维的了，所以愈加攻伐，皇后时而表象缓解，其实内地里吃亏愈大。"那拉氏在旁听着，惊讶地说道："那还了得，那不是一向都治错了么？"贺耀祖赔笑道："这是学生的浅见。所幸的太医院用药向来审慎，剂量不大。皇后素来性情恬淡雍容大度。这就好比一尊大金鼎，虽然放错了东西，可它的容量大、耐力大，所以也就无大妨碍。皇后用了臣的药，如果有寒冰乍破渐渐融化之感觉，臣就更有了七八分把握了。"

皇后躺在炕上边听边试着"感觉"，不禁笑道："是。有破冰的感觉，先是一痛，接着就丝丝化解了。"贺耀祖道："前天奴才诊脉，已经查到有喜脉。但各处脉象不平，掩住了。今天上午看脉，皇后凤体已无大碍。喜脉更显了。求娘娘许奴才再诊看一次，再作定论。"他话没说完，乾隆已经喜得笑逐颜开，连说道："快给皇后垫枕头！快给贺太医搬椅子！"贺耀祖却不敢就座儿，叩头道："奴才给娘娘诊脉，已经跪惯了，还是跪着的好。"

乾隆一下子想起《法门寺》里贾桂说的"奴才站惯了，不会坐"一句台词，不禁微微一笑。那拉氏站在一边，心里只是发酸，汪氏位分虽低，好歹已经有了个女儿，将来顶不济也能封个和硕公主什么的，自己朝夕盼幸，皇帝也常翻自己的牌子，却只是月月见红，年年放空，将来有一日红颜枯槁，色衰失宠，连住在畅春园的李太妃也未必及得上呢？

棠儿却一门心思想单独和皇帝说两句话儿，心不在焉地盯着贺耀祖。贺耀祖已经松开了皇后手腕，老僧入定般闭着眼沉思良久，说道："皇上、娘娘，恭喜万福！娘娘果然是喜脉！但前段用药不当，胎气也受了点寒损，一切人参鹿茸阿胶之类臣都以为不可进用。用人乳兑上红糖适量，常常服用，自然就扶持中正了。"他又思量一阵，说道："以属马的妇人的奶水最好。"乾隆高兴得红光满面，高声道："皇后入宫，相者说她有宜男之相，果不其然！子以母贵，永琏当然要封太子，再生一个麟儿，岂不是太子的天生羽翼？"当下叫过秦媚媚，"你明儿去奶子府，亲自挑五个属马的奶妈子，就补到翊坤宫侍候。要体质强、奶水旺、汁水稠的，不够就再到民间去选！"又命："取五十两黄金赏贺耀祖！贺耀祖着赏五品顶戴，专门侍候太后和娘娘贵主儿们。"

皇后用药对了症，又经贺太医謦说，去掉了"年命不永"的自疑。知道自己又结珠胎，心中自然畅顺欢喜，竟自很硬朗地坐起身来，吩咐人给赏，又赏了道喜宫人。乾隆高兴得忘了郑二，此时见他仍旧趴着便笑道："叫你进来没有许多话。你有个偷东西爱小儿的毛病，那是穷的了。但你烧得一手好菜，对了你主子娘娘的胃口，这就是你的福泽。朕还是那句话，娘娘进一两肉，就加赏你一两银子，你是双倍的月例，只要侍候得好，还给你加赏，别学那些小人气，心贱手长地搬运东西出去卖，连朕的面子都扫了，你可听明白了！"

"奴才郑二明白！"郑二笑道连连叩头，"奴才自从主子免罪招回来重新侍候娘娘，再没犯毛病儿。赶着主子娘娘的喜儿，奴才也得努力巴结。不但巴结好老主子，还预备着奴才的儿子将来巴结小主子……"

几句不伦不类的逢迎话说得众人都笑了。翊坤宫漾溢着一片喜气。乾隆想想已是得了主意，对汪氏道："你且同宫，今晚朕翻你的牌子。"又笑谓郑二："你说的很是，你不读书，存了这个念头，也算得个'忠'字儿——天不早了，朕和棠儿先去那拉氏那儿坐坐说话，弄一辆严严实实的车子送傅恒太太回去。皇后有什么事，告诉汪氏也就是了。"皇后笑道："我有什么要紧事？倒是前头错仁喀巴活佛送的藏香快要用完了，皇上祭天用的，想请过几封来用。"

"这是该当的，"乾隆笑道，"叫人传给养心殿，到内务府只管领去！"又站着叮咛几句，才和那拉氏、棠儿一同升车。

那拉氏的宫寝在御花园东边的景和宫，她是贵妃，起居规制只比翊坤宫和钟粹宫略小一点。前边还有一座五楹大殿，后边卧室是一溜六间的歇山式大屋，东边两间是待客用的，西边两间住着当值宫女，中间两间供她自己日常起居。三人一进她的正寝小殿，立时觉得温香之气融融透骨，偌大的殿房，只在暖阁里生着一只熏笼，但满屋都是热气四溢，暖而不燥，令人心脾俱醉。过去乾隆和棠儿幽会，都是由那拉氏安排，自棠儿生产，二人久不往来，今日又聚。那拉氏料他们必有一番亲热的话说，见乾隆发愣，一边笑着往炕上让，替他脱去靴子卸掉肩披，口中说道："我这六间殿房都是地下过火，殿外东边三个炉子，西边也三个对流，六间殿一样的暖和，棠儿先在这侍候主子，我去取点百合香来再焚上……"说罢，回避了出去。棠儿脸一红，张口要说什么，又咽了回去，由她去了，几个宫女早已知趣地退了出去。

殿里立时沉寂下来，外边落雪的沙沙声都听得见，只那座金自鸣钟不慌不忙地咔咔作响。

"棠儿，到朕跟前来……"乾隆在摇曳的红烛下看棠儿，见她搂偏着身子低着头，满脸通红，忸怩地搓弄着衣带，越发娇艳可人，遂轻声道，"这一年没见，你出落得更标致了……"

棠儿蹭着步儿挨到乾隆身边，刚要说话，乾隆一把将她揽在怀里，另一手搂了她腰肢，紧紧拥抱着她，口对口儿便吻了起来。棠儿被他揉搓得浑身发软，已半瘫在炕沿上，一双秀目半闭半开，醉了一样凝视着面前这个男人，觉得他舌头伸了出来，咬着牙略一"抵抗"，便张开了口。乾隆一边满身上下混摸乱搓，一边喘着气直问："想朕不想？哪里想？想哪里？真真是个玉美人儿……"棠儿笑靥浅生，闭着眼轻声说道："想就是想呗，还'哪里'想，想'哪里'！"一手就解自己纽子，一手扳着乾隆肩头，喃喃说道："我的罪越来越大了，这都是前世的孽缘……您今晚稍轻点，产后百日我还没叫傅恒沾边儿呢，我生孩子疼怕了……"说着"哧"地一笑，更搂紧了乾隆。

乾隆却慢慢松开了她，那只正在乱摸的手也轻轻抽了出来，若有所思地在枕边擦拭……棠儿睁开眼，不解地望着他，说道："万岁爷，您……"乾隆轻轻替她系上纽子，惜怜地用手抚了一把她的秀发，深长叹息一声说道："洛阳花好，非我所有啊……棠儿，记得前年分手时，我们在咸若馆花园观音亭说的话么？"

"那怎么忘得了？不过我也说过，情愿下地狱，有你这份情，就是死了，我也心满意足。"

"朕不许你说这个话！"乾隆忙掩住了她口，"朕不能再和你这样来往，一来是傅恒名声要紧，二来为了朕的儿子，好好的我们都活着，时常能见见面，这样长远。朕不愿你落了锦霞的下场，叫朕难过终身……"乾隆说着，觉得心里发酸，一阵哽咽，已是流下泪来。"朕就是死，也不会忘掉你的——"他没说完，棠儿急忙伸手捂住了他的嘴，棠儿流泪道："奴婢是哪牌名儿上的人？皇上别乱说，越发折得我不能活了！"乾隆轻轻替她擦了泪，笑着安抚道："好，好，朕不说就是，还不成么？——你这次进宫，好像有事要说？"

棠儿上下检点了一下自己衣着，又抿了抿有些散乱的鬓角，扯着乾隆有点发皱的前襟，叹道："亏您还是做父亲的，宝宝就要过百日了，还没个名字，您许下的愿要给他起名福康安的，汤饼会上再不颁旨，什么时候说呢？"乾隆呵呵一笑，说道："怪道的，下这么大雪巴巴儿进来！告诉你吧，已经禀过了老佛爷，就叫福康安！原预备着明儿汤饼会，你家贺客盈门，专门派太监去传旨，你就这么猴急！朕这就下旨意，你满意了吧？"棠儿娇嗔地一扭身子，说道："人家怕您贵人忘事嘛！明儿还要明旨颁发到府——我要嘛——嗯？"

"这是当然！康安本是龙种，不能得阿哥名分已经亏了他，面子一定要给足的。"乾隆笑着说道，"傅恒要是只是个草包国舅爷，朕变法子也要弄你到宫里来，他偏偏是个文武全才，是儒将又贵为宰相，为江山社稷，只好委屈你和康儿了。这都是命！"

棠儿此时才想起傅恒要当将军领兵的心愿，定了定神，说道："主子这么体恤，奴婢就被磨成粉也报答不来。傅恒私地里也常说，跟着皇上这样的主子，要不做一番大事业，立大功名，大丈夫就算枉来人世走这一遭！"于是，便委委婉婉将傅恒想带兵征金川的事，向乾隆提说了，末了又道："傅恒身子比讷亲强壮，心眼儿也多，前头打黑查山，张广泗的将军范高杰折了几千人马也没见着黑查山的影儿，不是傅恒抄了飘高老营，朝廷兴许还得再费大周折呢！"说罢，盯着乾隆不言声。

"征金川的事朝廷已经另有安排，"乾隆忽然变得严肃了，走到外间殿门口，对守值太监说了句"送点茶水来，叫你们贵主儿也过来"。这才趑回身，对棠儿道："上下瞻对、大小金川的事还是让庆复去。那个地方让他给弄得有点是非都含糊了。你不要以为仗那么好打，天上掉馅饼似的，功劳就拿到手了。庆复放纵班滚逃入小金川，张广泗四五万人马围困数年毫无结果，弄得这地方成了'鸡肋'，食之无味弃之可惜。要不是事关通藏道路安全，朕也要暂时撂开手。讷亲和傅恒以为这一仗可以一蹴而就，这个想头就是不知战事之难。谁拉的屎还是由谁来揩屁股。庆复要是再次失利，朕就饶不了他。何必再让讷亲和傅恒两个生手冒险犯难地去呢？"说着，那拉氏已提着银瓶进来。见乾隆正说话，没敢吱声，倒了一碗茶便退了一边。乾隆笑道："你们也吃茶，不要拘礼——方才说的只是一层，讷亲和傅恒现是朕的左右臂膀，位极九重的宰辅大臣，用牛刀去剁这块连筋臭肉，胜不足炫耀，败却为朝廷蒙羞，于公于私，朕不能让他们轻易涉险。你可明白？"

"奴婢明白。"

"还有一条更要紧的你不明白。"乾隆正色说道，"朕虽抚有天下，贵为天子，只是代天行事。社稷、公器也，不能出之于私。棠儿你不要脸红，就是皇后，朕最敬重的，她为六宫之尊，天下之母，但也不能干政。政出于一，天下安宁；政出多门天下不宁。私情是私情，公义是公义，这是朕的大德所在，像这样的国政，你不宜插言——是傅恒叫你进来撞木钟的么？"

他虽说得尽量委婉轻松，棠儿早已听出话中分量，腾地红了脸，心头突突直跳，忙道："这是奴婢想左了，说了没见识的话，皇上千万别疑到他。他倒嘱咐来着，说是已经给皇上上了密折请旨，叫我进宫好生给老佛爷、娘娘请安，不要吹他的政绩，不要说家务以外的事。是我没眼色，跟主子絮叨这些不该说的——他也不晓得皇上……单独见我——都是棠儿不好，求主子宽恕……"她愈说愈惊，竟战战兢兢跪了下来。

"朕一句话就吓得你这样？——快起来！"乾隆双手扶起她来，轻轻抚一把她的肩头，微笑道，"这不是大过错。傅恒是请战，又不是请旨避战！他的这个心志，朕早晚成全了他，管叫他凌烟阁里图像、贤良祠里立名就是。不过不能由你来说，你一说，反而不好。你说是吧？你总不至于乐意叫史册里注上一笔——傅恒着其妻请命于帝，遂得为将——这名声儿不好听吧？"说罢便笑，那拉氏也笑，棠儿道："皇上这张嘴，唉……一会儿说得人浑身起栗，一会说得人又忍不住要笑——我可没这么傻，谁要那名声儿呢？"乾隆笑道："好好回去给你儿子办汤饼会罢。明儿朕自然有些尺头彩银赏过去的。那拉氏，叫一乘暖轿送棠儿回去。坐车太颠，也没那轿暖和。"

那拉氏张罗着用暖轿送走棠儿，趄回身进殿，见乾隆伸着脚，两个宫女一边一个正帮他穿靴子，忙过来赔笑道："还早呢，皇上别急着过去，汪氏那里除了吃的，没一样比得我这里，我给皇上按摩按摩，松乏松乏身子，热腾腾用一碗陈年三河老醪再过去不迟。"说着斥退宫女，亲手又扒下了脚上靴子，有意无意间在乾隆腿上轻轻捏了一把。又对乾隆耳边小声问道："主子……和棠儿没有'那个'，是么？"

"没有'那个'是哪个？"乾隆素喜那拉氏俏语娇憨，适意地半躺在大迎枕上，由那拉氏两只小手轻轻揉捏，故意儿笑问，"就算没有'那个'，又与你有什么相干？"那拉氏俯身在乾隆颊上亲吻了一下，声音轻得勉强可闻："皇上说过不再和棠儿'那个'的。您还说……我的'那个'比汪氏的……好，留着的龙马精神先赏了奴婢——你瞧，您的'这个'……就赏了我吧……我刚刚落红……"乾隆先时已被棠儿调弄得情热，此刻再忍不住，一翻身便把娇小玲珑的那拉氏压在身下……

福康安做百日汤饼会，府上下忙成一团，但其实真止来客里头极少男客。傅恒前三天就贴榜于门："所有携礼来访官员一律明签记载礼品花样，亲朋故旧送礼的也即以等值银两回礼。诸公既爱仆，当以情理道义成全，勿使仆背上贪财好货之名。若无成全之意，即是为傅恒增罪而来。傅恒不能惜三尺奏牍劾之，以达天听！"有这道文榜告示，堵住了多少希图走巧路升官的内外官员，倒是一干京官小吏，他原在内务府当散秩大臣时结交的穷笔帖式，乐得来扰他一席，提几包点心果子，临回时还能得一份赏银。十几家亲王福晋，六部九卿的官眷事先都有关照，高车轩轿而来，步履从容而入，连礼也不递，径进内堂和棠儿闲话。傅恒自以军法治家，赏罚分明，这次汤饼会预计花销二千两银子，那是专门赏给来贺喜的穷朋友的，另拨二千两赏了家人。因此虽说是赔钱舍财的一次汤饼会，家人们忙得脚下生烟，走马灯般热闹成一团，并没有人装病耍懒儿。

夜来棠儿归府，将乾隆不允傅恒出征的情由都备细说了。傅恒问得很细，连乾隆说话时的神态，当时的气氛都问了。反复咀嚼，体味到乾隆确是一片成全的苦心，却埋怨道："庆复重回金川的圣旨都已经下了，你还进去顶这个灰窝儿。要真的这法子管用，我不能亲自去求姐姐说话？真是的，你瞎操这个心，亏得皇上明白，要放别人，对景儿时候还不知怎么样呢。"

"人家忙着给你办好事，反倒落不是。"棠儿啐道，"在你跟前我就没落过个好儿！不是我这一问，皇上对你是什么想头你能知道？——狗咬吕洞宾！"说着，自扯一条被子和衣面壁睡了。傅恒回思，也觉拿这婆娘没办法，扳着她肩头小声抚慰半日才哄转了她，棠儿一手拉他进被窝，一手捣着他额头笑道："你真真是我命中的魔星，天杀的没良心的——还是个年轻'相爷'呢！——明一早儿还要接旨，还要应酬客人，还不老实歇着？就这么唧唧哝哝的，手还不老成，叫我哪只眼瞧你这宰相呢？"傅恒笑道："你这就不懂了，夫妻乃是人间天伦，孔圣人要不行房事，就有了子孙了？上回黄维钧老先生来，我看他日记，那么个道学家，里头写着'昨夜与山荆敦伦一次'——难得的他想出'敦伦'两个字来！"棠儿"哧"地一笑，用被角掩住了脸。傅恒乘她欢喜，才道："明儿军机处里忙，我接了旨进去谢恩，家里的客人就由你应酬了——好夫人，有那道赐名圣旨，咱们光鲜到顶儿了，何必求十全十美？就是来的这些家眷，有的是真心和咱们好，有的是怕我，还有不少有求于我的，当面说出来，你说我应承不应承？——既说是成全我，就成全到底儿，好么？"

早晨王忠到府宣旨："傅恒乃朕之心膂近戚，且为国家勋旧大臣，今喜得麟儿，朕心亦为之欢愉，谨奉皇太后慈旨，赐傅恒长子名为福康安，并加袭车骑校尉，以慰良臣忠谨，钦此！"傅恒夫妇叩头领旨，赏了王忠，当即命轿入宫面见太后和皇帝谢恩。

傅恒出了二门，觉得天上的雪下得小了点。满院的长随仆人，有的用推板推雪，有的在席棚下头生火，有的招呼早到的贺客，导引他们去见棠儿，乱嘈嘈的一片，见他出来，都停了步低头垂手让路。傅恒也不理会，走到大门洞里，迎面见两个人联袂而入，都是他在内务府当差时的朋友，一个叫敦敏，一个叫敦诚，是亲兄弟。傅恒忙满脸堆下笑来，迎上几步说道："敦二爷，三爷！亏你们还想得起我傅老六！已有许多日子没见面了，如今又有什么好诗？让六哥先睹为快！如今还在宗学里当教习么？"一手一个挽着说话。

"六爷怪会倒着说话！"那敦敏性情谦和，微笑着不言语，敦诚却豪爽泼辣，笑嘻嘻说道，"这些话本该我们说的，你都抢着说了，堵得我们张口结舌！"傅恒眼见还有一群低品官员眼巴巴地看着自己，若被他们缠住说话便会没完没了，笑着说道："我没有这些念头，还是过去的傅恒，心里怎么想就怎么说。在这个位置上你们瞧着轰轰烈烈，我倒最想念早先在一处那些日子，没大没小昏天黑地，怎么快活就怎么来！今儿既来了，就在我这里泡一天，我进去办完事回来，叫几个戏子，边吃酒边听戏唠嗑儿，我们一醉方休！"说着，便急步要走，因听门外有人喧哗，像是门上人在呵斥什么人，便叫过小王头来问道，"这又怎么了？今儿这日子在外头大呼小叫的，是个什么体统？"

小王头忙道："有个女人，穿得……还抱着个孩子，说原先在府里当差，要给小主子贺百日。她没有礼单，门上人又不认得——""皇帝还有三门穷亲戚呢！"傅恒沉了脸，"也不问问清楚，就把人挡在外头！快请进来！"小王头喏喏连声答应着退了出去，一时便带着个妇人进来，年纪不大，只在二十岁出头，背上用毡包裹着个熟睡的孩子，左臂扎着竹篮子，一步一滑走来，一身蓝靛市布棉袍，大襟洗得发白，袖子上还缀着补丁，虽然寒酸些，通身上下都浆洗得干干净净。傅恒盯着她走近，忽然认了出来，说道："这不是芳卿么？西山那么远，你就这么走来了！"便命小厮："快接过篮子！"又对敦敏、敦诚说道："你们来我这里借《石头记》稿本看，日日夸说曹雪芹——这位就是雪芹先生的夫人，和我家内子极熟的，也来给小儿添福来了——可叹这些家奴狗眼看人低，才两三年，就都不认识了。"

敦敏、敦诚都是一怔，不禁互望一眼：他们一向以为曹雪芹是位前辈老先生。曹家纵然不是富甲一方，也必定是个小康之家，万没料到家境竟如此贫寒。敦诚略一思量，竟上前给芳卿打了个千儿，说道："给嫂夫人请安！"敦敏也随着行礼，问道："雪芹先生近来可好？他老人家现在北京么？"

芳卿在门口受了小厮的气，进来时心里还含悲带气，见这两个罗缠绫裹的贵公子哥儿竟向自己打千儿问安，脸色一下子变得有些苍白，侧转身子避他们的礼，艰难地抚膝回万福儿，说道："二位爷的礼断不敢当的。不晓得二位爷官讳，和我们曹爷怎么称呼？"傅恒笑道："这是正宗儿的两位金枝玉叶，太祖跟前英亲王的五世嫡孙，着黄带子的宗室阿哥！如今都在宗学里读书，一有空就跑怡亲王府，再不然就是我这里，寻觅雪芹的书稿诗词。是雪芹的'忠实走狗'啦！"敦敏听着只是笑，敦诚却道："既是佩服得五体投地，落个'忠实走狗'又何妨呢？今儿既见着夫人，那就是和先生有缘——我们是破落宗室，您甭信傅六爷扯淡！嫂夫人松泛松泛，来，公子让我抱着，可成？""怎么好生受爷！"芳卿背着儿子走了几十里雪路，已是累透了的人，眼见这两个人对自己丈夫敬若神明，一脸的诚挚，犹豫了一下，把孩子递给了敦诚，不好意思地说道，"改日请二位爷到舍下盘桓，外子必定十分欢喜的！"又对傅恒道："我家情形六爷没有不知道的，拿不出像样儿的礼。我给小少爷做了一身百衲袄，一双虎头鞋，蒸了几块莲年糕（连年高）芝麻开花饼。送给老爷和太太的都是一双冲呢平布鞋。千里鹅毛，不过表个心意罢了。"

傅恒笑着连连点头："我得进朝办事去了，你吃了喜酒，还有点回礼带上——小王头，给芳卿的回礼加一倍，听着了？"

"喳！"

"我忙，夫人每日闲着没事，芳卿不要拘泥，常回来走动走动。"傅恒挪动脚步走着，向芳卿又一笑，"有道是三年不上门，是亲也不亲么！"

"是……"芳卿鞠躬轻轻声答应，傅恒已是去了。

此时来客越来越多，席棚下、廊下、前堂中堂到处都是桌子，到处都是嗡嗡的人声。后堂院里三班吹鼓手，比赛似的一班比一班吹打得精神，喇叭笙簧声聒耳，夹杂着密集的爆竹声，一拨又一拨的诰命妇人，嘻嘻哈哈的说笑声，整个府第喜气一片。芳卿交代了篮子里的礼品，对小王头说了几句什么，趑回身来，见敦敏、敦诚抱着儿子一个哄一个逗，还在等自己，倒觉不好意思，笑着要过儿子，逗着说："大青，叫'叔叔好'！"

"叔叔好！"大青只有两岁，毡包儿裹着，脑门上留着"一片青"，虎灵灵闪着两只黑豆眼，又叫一声："叔叔好！"叫得敦敏、敦诚浑身快活，呵呵大笑，芳卿说道："我们爷忙生活，给人家画画儿，家里没人照应他。我不在这府里停留了，府上客人多，见了太太也未必有空儿说话。谢二位爷，你们只管进去吃喜酒——我家住在西山老槐树屯，爷们有空只管来！"说着，小王头已经过来，手里拿着一块红绫，一卷子靛青细布，上头放着五两一锭银饼，笑嘻嘻对芳卿道："芳姑娘，这是太太给您的回礼，这尺头也有两丈，还有这布都是内贡的。银子太太吩咐给您加倍，你瞧这成色，九九八成的台州纹银呢！——别为方才那点子事和他们小人过不去，就是我们老爷那话，您常来走动，什么都有了。"芳卿强笑着接了，说道："替我谢谢老爷太太。等府里稍闲一点，我和我们爷一齐登门来谢。"小王头自笑着去了。

敦敏见芳卿转身要走，忙道："嫂夫人，既是不嫌弃我们兄弟，何必日后再去拜访？择日不如撞日，今儿我们就想见曹先生——他这筵宴有什么稀罕的？我们坐的驮轿来，请你和小公子乘上回去，我们两个骑马陪着你，冲雪访友也是一大快事！"

"那好！"芳卿略一思量，爽快地答应了，"我们爷交的朋友都是这个样！有驮轿坐，这小把戏也不至太累我了。"

不一会儿，敦诚已从东院借了两匹马出来，兄弟俩将芳卿架上驮轿，向西山而去。

第十二回　旧宗亲慕名投门墙
　　　　　真文豪巧造无材汤

　　清时之驮轿有"前三后四中五尺"之说，前轿杠三尺，后轿杠四尺，由两匹骡子驮起的轿厢则有五尺长短，里边设座前后对面两排，宽宽松松可容纳四人，敦敏这乘轿是去年由丰台老杠房新制出来的，桐木车厢外头用毡包了，蒙上油布，用油线密密地扎在一起，又御寒又防雨雪，里边还放着个手提铜炉子。芳卿一大早起来，负儿挎篮跟趵行道三十多里，回来时坐在这轿上，真是适意得很，因见上边还有毡垫子，哄着儿子睡了，不时地隔帷子看着外头的景致，慢慢地懒上来，竟也靠着厢板蒙眬了过去。由驮夫导轿只管往槐树屯蹾行。敦敏等二人在雪地里时而打马扬鞭，时而驻立咏哦，高兴得直想吟唱。直到槐树屯外，两个人才赶到轿前。敦诚手掀棉帘子轻声叫："嫂夫人，嫂夫人！"

　　"唔？"芳卿一睁眼醒了过来，一看就明白了。她揉了揉眼，有点忸怩地一笑，说道："我失迷了一阵子……已经到了，就在前头那棵歪脖老树跟前。"说着便要下轿，敦敏说道："还有一段子路呢，不忙！"二人便牵着马，带着驮轿直到一个破旧的柴门跟前，搀着芳卿下了轿。芳卿自个开门进去了，一时便听里边一个男子爽朗的笑声，说着："袁安破屋高卧梦，柴门小叩闻车马——这天气儿，难为二位兄台来访！"一头说，曹雪芹已经迎了出来。向二人一揖，含笑道："请里边屋里坐，寒碜得很，不要拘束。"

　　"先生大名，实在是久仰的了。"敦敏手中执扇当胸一揖还礼，文静地笑道，"我兄弟从别人的抄本读到先生的《石头记》十一章，还读到您不少诗，早就盼望能结识先生，只是无缘不能如意，今儿遂愿，真乃三生有幸！"敦诚却不似哥哥矜持，探头探脑东张西望，笑嘻嘻道："先生这地方儿真不赖，烟树寒村，流水小桥，白杨古道直通西山。这个雪天不能成行，要到春暖之后，一定到那边桃林去。迎着西山晚霞，那景致就无酒也醉了！"曹雪芹道："敦三爷说的是，要是没有胥吏催科，酒店索债，那就更加妙不可言了。"

三人相视大笑，初见面的拘谨一扫而尽。敦敏是个细心人，进来打量这房，正屋和西间是打通了的，西边一盘大炕上铺着新席，靠墙叠着半人高的枕衾卧具。炕北头一片毡，裹着一个褓褓小儿正在酣睡，炕中间矮桌上到处都是裁好的宣纸，有的画岁寒三友、有的画山水茅庐，还有的画着观音、钟馗，甚至三官菩萨灶王神等等，靠窗一线布绳，晾着一溜儿尿布，却洗得干干净净，一些儿气息不闻。通房两间，似乎才裱糊过，洁净明亮很是宜人，只是外面一阵风，天棚便上下鼓动，显得房子十分破旧。

"请坐炕上，"雪芹见他兄弟发愣，收拾着炕上的画儿和纸笔，以手让座，笑道，"惹你们笑了，这些画儿有的是别人求的，有的是卖的，左邻右舍也免不了要观音像的，过年换灶君，也能换几个酒钱。"敦诚接过芳卿递来的茶，捧着杯呷了一口，这才仔细打量雪芹，只见他身材魁梧，四方脸儿卧蚕眉、肤色黝黑，一头黑发总成一条又粗又长的辫子耷拉在灰士林布棉袍后边。想着，敦诚不禁一笑，说道："雪芹先生，你和我心里想的不一样。"敦敏便问："你心里想着曹公什么样儿呢？"

敦诚嬉笑道："我是个红迷，最爱的是贾宝玉、林黛玉，我就照二玉的形象儿想曹先生，一定比林黛玉爽气，如宝玉般清秀又不带女人味儿，一定是个满身书卷气的美男子，再没想到会像个将军，黑塔般魁伟！"他这一说敦敏和曹雪芹都不禁哈哈大笑。在灶房中忙着淘米的芳卿也忍俊不禁"哧"地一笑。雪芹道："这种误会古人也有，司马迁就曾以为，张良既是如此大英雄大丈夫，必定气度飒爽相貌英武，见了张良图像才晓得他长得貌如美妇，温如处子。前明张江陵相国的侄女儿，看戏入了迷，以为状元都那么样儿，不但才如子建且貌若潘安，一心要嫁一个。结果真的嫁了一个，洞房夜里一看，那状元腰粗十围，猪样的脸上须发倒竖，脱下衣服，前胸后背乱蓬蓬都是黑毛……"他没说完，敦敏、敦诚都已笑倒了，柴院茅屋里一片欢愉喜悦气氛。雪芹见芳卿在东间房里招手，便走进去，问道："没有钱么？"

"你小声儿些，没人拿你当哑巴！"芳卿笑着哂道，"傅家给了五两回礼呢！只是你去买酒还是我去？我有点走不动……"

"我去，记得家里还有点腊肉嘛！"

"那是去年就腌了，走了油，还带了一股哈喇味儿，你自己还能将就，待客怎么成？"芳卿小声犹豫道，"不然还是我去，你办不了这些事。"正说着，炕上躺着的孩子"哇"的一声放声大哭，仿佛有什么感应，她怀里的大孩子也醒了，揪着芳卿领口直闹："妈妈，吃，吃……"曹雪芹顾不得再说话，冲着跑到炕头。口里叫着"小青乖乖"，小心地掀起毡片，解开襁褓，低下头查看时，小青毫不客气，碧青的一泡尿直刺而出，浇了雪芹一头一脸，三人不禁哈哈大笑。芳卿忙过来拾掇，把大青递给雪芹，自己抱小青到厨屋里喂奶去了。

曹雪芹抱着大青逗了几下，放在地下说道："大青懂事，自己在家地上跑着玩儿，啊？爹给你买果子，不要闹叔叔，听见了？"大青似懂不懂地点点头，见曹雪芹往外走，小嘴儿一咧"呜"的一声又哭了。

"先生别张罗了。"敦敏知道雪芹要出去采办酒菜，笑着说道，"我兄弟俩久仰大名，却不知道先生一贫如洗。今儿还是我们来做东道，已经命骡夫去办了。咱们安坐清谈。"雪芹笑道："我回北京两个多月了，内子生产前赶回来的。倒也不至于就穷得连待客都待不起，我从南京赶回时，尹制台送了五十两的程仪，路上只用了十几两，还有着呢！你们初登门槛，怎么好意思生受呢？"敦诚说道："我们今个是欢天喜地拜先生来的，自从看了《石头记》，我弟兄朝思暮想就是要见见这位古今奇人，情愿拜入门墙，执弟子之礼。孔子收门生，不也要收芹菜干肉的么？怎么我们就不成，莫不成我们配不上当先生的'门下走狗'？"

曹雪芹怔了一下，大笑道："诚三爷快人快语，倒叫霑（雪芹本名）无言以对。不过执弟子礼当'门下走狗'真不敢当，愿为良友、知己！"敦敏、敦诚越发欢喜，敦诚道："如此，曹兄更不必客气了！——我只诧异，继善公出了名的礼贤下士轻财好施，他自己也是大才子名士。南京到北京，这么远的道，只给了五十两银子！"敦敏笑道："继善还是个好的，傅国舅不更富？才打发出五两银子！"雪芹道："多少都是心意，你们千万别这么说，继善每日膳食小菜豆腐，他是书香门第，也没有多的钱，门下清客好几十个，当地穷书生他也周济不少，他很不容易的。就是傅六爷，待我也不薄——这些话传出去很不好。"正说着，便听院外有人说笑，一个人大声叫："雪芹公——起床了么？"

曹雪芹一掀帘子迎了出来，见两个人正在下马，是勒敏和阿桂来了，不禁笑道："怎么的了？昨晚灯花也没爆，今早喜鹊也没闹，一下子来了这多贵客？"勒敏只一笑，稳稳重重踏雪进来，阿桂从马后卸下一个麻袋，一边走一边笑，说道："我如今在外带兵，浑似个杀人放火的刀客，你家夜来烧饭的劈柴准爆了，今早起黑老鸹子准绕屋三匝，不然我也不得来。"曹雪芹正要介绍，四个人都哗然大笑，敦敏道："方才雪芹说了个五大三粗的状元婆媳妇儿，这就来了个标致不凡的状元！"阿桂给敦敏兄弟打千儿请安，笑着打趣道："两位爷天不管地不收，又让老爷子赶出来了？"敦诚道："我们老爷子现在才不管这些呢——老叫我们学勒敏，都去中状元，谁抬轿呢？如今他得了山海关税差，更顾不着了。再说，他老人家如今也爱读《石头记》，上回来信还命我们'抄好送来'，知道我们结识了雪芹，还不知怎么欢喜呢！"敦诚说着，扯开麻袋便盯着眼看，不料刚解开绳口，一尾鲤鱼"噌"地飞出来，"啪"地打在脸上，在炕上蹦了几蹦掉在地上，鼓着红腮咽气。阿桂忙要毛巾揩脸，笑道："这番挨了'鱼打'，战场上少一枪扎！"

众人不禁哄然大笑，勒敏见芳卿拽那麻袋甚是吃力，忙过去帮手，说道："你别管，里头还有几条鱼，十几斤猪油，腊肉、精肉、排骨、两副猪肝、一包牛百叶、一包牛肉，十只冻鸡……百来斤重呢！"芳卿和他们十分厮熟了，笑道："勒爷桂爷，我们又不开肉铺，弄这多东西怎么消受？""不妨，现在天冷，往后更冷，坏不了的。"勒敏听"肉铺"二字，乍然想起张家父女，心里猛地一疼，忙收神笑道："我和阿桂待雪小一点就出京当差去了。再过一个半月是小青的百日抓周儿，肯定赶不上了，所以先走一步来贺喜。东西菲薄心里厚，你别见怪就好。"敦敏猛地想到，此刻傅家不知热闹得怎样天翻地覆，芳卿自己刚满月不久，大雪天去给人家送抓周儿礼！人和人一比，这是怎么个话说？心里一动，只是沉吟不语。勒敏打量了一下屋子，说道："雪芹近来兴许手头宽裕，这屋子收拾得光鲜，我都不敢认了！"

　　一时，骡夫已经采买回来，一个店铺伙计挑着食盒子荡荡悠悠进来，阿桂便忙着帮芳卿往炕桌上布菜。雪芹见是八碟子小菜，一个口蘑烧牛肉，一个青蒜辣子炒鸡丁，一个葱爆羊肉，还有一个红焖肉，都还微微地泛着白雾，便撤掉了羊肉，说道："这个过了火候，稍凉一点就吃不得——芳卿，照我上回教你的，整治两条鱼来！今儿他们是给小青预先'过百日'的，你细细地擀点面条，呆会吃过酒再用。"勒敏笑道："这菜已经不少了，嫂子还带两个孩子呢，别叫她忙活了！"敦诚笑道："你们既晓得，为什么带生肉来？"勒敏笑道："阿桂自告奋勇，他做得一手好菜呢！"芳卿过来端走羊肉，赏了挑食盒子小厮一串小钱，麻利地从屋后门角提出一坛酒，筛着在火上炖，口中笑道："论起做菜，谁也不用说嘴，还是我们女人！"雪芹道："你弄鱼，烧饭给师傅（指骡夫）吃，筛酒也让师傅来！"芳卿搬过一张杌子请骡夫坐地筛酒，把两个孩子放进"两头座"小车里推到东间自去忙活。

　　"好酒！"一时酒烫上来，阿桂猴急，滚热地先喝一口，赞道，"是口子酒，三河老醪？再不然就是淮安老曲！绵中带醇，香而不烈，烈而不暴，后味醇香……两年没吃到这么好的酒了。军里的酒，他娘的也只比马尿强些儿！"众人随着尝了，品着滋味也都说，"果然不错！"曹雪芹连连劝酒："来来来，满上满上！天儿冷，先暖暖肚子再说——师傅，你该吃该喝，请自便——这是去年福彭送来三斗淮安糜子，我自己酿的，后院还埋着好几坛呢！只管放心喝就是！"

　　"雪芹呐，"勒敏连干两大杯，脸上放出红光，不胜感叹地说道，"没承想你还是这么贫寒！福彭是定边将军，是你嫡亲的姑表兄，他人不在北京，家却在，怎么不肯好生照应你这表弟呢？傅鼐如今更是红得发紫，他是令尊的姑父吧？现今是内务府总管大臣，还兼着满洲正蓝旗都统。都是有权有势，富得流油的，拔根汗毛你就受用不尽，怎么也不肯照应？我很疑你是性情高傲，不屑于攀缘，好亲戚也疏远了。"曹雪芹淡然一笑，说道："我已经很知足。若要钻营，小时候儿我在江南家里，见过康熙爷，福彭更是熟得不能再熟，有他提携，大约和康熙爷也能攀个边儿。前年福彭当正白旗满洲都统，那正是我曹家顶头上司，奏明皇上，免了我们曹家三百零二两二钱的欠债，还不是'照应'？他的管家来看我，正碰长甲长催缴地皮税，一句话也豁免了，少了多少耳边聒噪？如今天子圣明以宽为政，我这罪孽之家才能安居乐业。和前些年在雍正爷手里相比，如今真是在天上了。我们不谈这个，谈这些败酒兴！来，斟上！"满满斟了一杯递给了勒敏。阿桂笑道："脂砚斋先生今儿没来，他要听了曹兄这些话，准要掩耳而逃！"话音刚落，一个五十岁上下花白头发的老者挑帘而入，接口说道："外边这大雪地，我往哪里逃？逃出去嗅到酒香，还要返回来！"

众人一哄而笑，曹雪芹看时，是何是之和刘啸林一前一后进来，何是之抱着一大块牛肉，刘啸林则提着个猪头，十分稔熟地送进灶房，笑嘻嘻揣着手出来见礼。曹雪芹忙给敦敏、敦诚兄弟介绍，又道："你们看啸林落拓，他也中过探花呢！脂砚斋就是是之先生——你们看，我这里要么就没有客，要来就是一大群！你们好歹也匀着些儿呀！"何是之笑道："芹圃，别称我们'先生'。我们是你的门下走狗嘛！"敦家兄弟听了，不禁相视大笑，敦诚便道："如此说，我们算是'私淑门下走狗'啰！"

于是重又归座吃酒叙话，阿桂叹道："雪芹的才学是没说的，只是'性傲'，这一条我不敢恭维。像你这样的，屈一屈身子，哪道门进不去呢？峣峣易折，皎皎易污，是为造化所忌。就算官场黑暗，浊者自浊，清者自清，'沧浪之水清，可以濯吾头，沧浪之水浊，可以濯吾足'嘛！""如果单是'清浊'二字，宦海也不足畏。"雪芹将芳卿刚炒的一盘红椒炒猪肝放到中间，轻言细语说道，"你们几个想一想官场的事，先一条要把你的'常性'剥夺掉，喜怒哀乐全要看上司的脸，然后再去'承色'。上司喜，你就是此刻憋躁煞，也要压制回去，装作个欢天喜地的模样；上司此刻发怒，你就是今晚洞房花烛，也得装成死了老子娘的模样去侍奉他！反之，你看你的下司，也是这把尺子：你高兴，他摇头攒眉在一旁站班，你就不免想：'怎么这般无礼？'其实或者他所悲者只是高堂染恙，或者情场失意，与你半点相干也没有！你难过，他或者忍俊不禁笑出来，这也是'不敬'。其实他只是没有留神你有哀戚，或者他这会子走神儿，想起某件好笑的事，并无对你不敬之心。想想看吧，好端端一个人，一入官场，连喜怒哀乐爱恶欲之七情，这些上天所赋、父母所赐的本性都要剥削干净，这'人'字儿还有什么趣味？咱们这屋里现放着一个状元，还有探花，我不敢说什么，但前头状元庄有恭，我们也都是朋友，多么温厚端凝的个人，一看榜，中了状元，人疯了！为什么？他是'第一人'，这个虚骄之气壅塞了心窍，迷失了本性。这是官场无药可医之病；我在上司那里卑躬屈膝，递手本，赔笑脸，甚至看宪太太脸色行事。这吃了亏，回到衙里，这一切都从下属那里找补，看别人在自己面前阿谀逢迎，递手本，赔笑脸……"雪芹说着，便笑。勒敏自嘲地一笑，说道："正所谓摧眉折腰事权贵，使我不得开心颜！"阿桂道："我以为不能一概而论。雪芹看得还是偏了些。自古忠臣孝子，烈夫烈妇，上忠于社稷君王，下耽于民生疾苦，处庙堂之高虑江湖之远的忠志之士还是有的。十年寒窗，一朝得中，匡君扶民而荣宗耀祖，也似乎不可一笔抹倒。大丈夫出将入相，为君国效命，也是一生事业！"他抑扬顿挫，说得振振有词。

"阿桂说的都是三代以下盛世的事，自秦汉以来，这种君臣际会风云，匡国扶民，善始全忠的，愈来愈少，风气也愈来愈下。"刘啸林拈须沉吟，仿佛不胜感慨。"齐威王屈尊趋士，士可以傲君王的，现在没有。晋文公受先轸唾面之辱，奖其忠勇而不计其小过，现在没有。绛侯周勃入汉为威武侯，又为丞相，秉国三十四年，一遭谗言为阶下囚，连奏章都递不上去，要走狱卒的门路。郭汾阳平过安史之乱，那是多大的功业？可每接诏书，都吓得胆战心惊。——说这些太远，就本朝来讲，名相如索额图、明珠、熊赐履、高士奇，名将如鳌拜、图海、周培公、年羹尧等，都曾在明君麾下建过功立过业，但一个个都倒了。有的死，有的罢，有的流放，家败人散星云凋零。这不是皇上不英明，也不是他们不能干、不忠诚，我看这是气数。人活在这个'气数'里头，再精明，再聪颖，再忠心耿耿，但逃不脱这'气数'的摆布，小气数还归了大气数管。雪芹先生《石头记》里，咏贾探春的词说'才自清明志自高，生于末世运偏消'，实在是勘透人情洞穿世事之言！"他顿了一下，又道，"这是凡人永远弄不清的道理，方才说到雪芹才高贫寒，说到照应，那其实是'炎凉'两个字，人未必都炎凉，但大家都在翻筋斗，有点得一日过一日；能自乐，且自乐，顾不得'与人共乐'也是有的；曹家当年多么富有、显赫尊贵，一个亏空被抄了家，死的、逃的、囚的、禁的、流放的、遁入空门的、与人为奴的，不都是命运使然么！再说敦家二位兄弟，令先祖英亲王，那是何等的英雄！败下来也就败了——你们不要难过，气数就这样，在朝的，在座的，我们往后看，这种傀儡戏还是要演下去。这也不是'势利'两个字能说得清的，如果人人势利眼，你是状元，我当过探花，他是将军，脂砚斋是失意书生，还有两位金枝玉叶，怎么会都聚在这个风雪破屋里来？"他话音刚落，曹雪芹击盂而歌：

> 陋室空堂，当年笏满床；衰草枯杨，曾为歌舞场。蛛丝儿结满雕梁，绿纱今又糊在蓬窗上。说什么脂正浓、粉正香，如何两鬓又成霜？昨日黄土陇头送白骨，今宵红绡帐底卧鸳鸯——

他的声音忽然拔高，变得亢奋昂扬：

> 金满箱，银满箱，转眼乞丐人皆谤；正叹他人命不长，哪知自己归来丧？训有方，保不定日后作强梁。择膏粱，谁承望流落在烟花巷！因嫌纱帽小，致使锁枷杠；昨怜破袄寒，今嫌紫蟒长……

他眼中迸出豆大的泪珠，闭上了双眼，声声泣绝，凄幽不可卒闻：

> 乱哄哄你方唱罢我登场，反认他乡是故乡……甚荒唐，到头来，都是为他人作嫁衣裳！

唱至此处箸停歌止，四座已一片唏嘘。

　　不知过了多久，何是之才憬悟过来，问道："这是你的《好了歌注》罢？写绝了，你也唱绝了。大家当为此曲浮一大白！"于是六人一齐举杯，望着雪芹饮了下去。何是之道："前几天芹圃还说这首《好了歌注》不容易写，雅不得、俗不得，轻不得、重不得，柔不得、刚也不得，不想今儿已经写出。'训有方，保不定日后作强梁'，可是说柳湘莲？'因嫌纱帽小，致使锁枷杠'一定是雨村公一干人了。那么'正叹他人命不长，哪知自己归来丧'的又是谁？我可断不出来了！"雪芹此时才从歌曲中回过神来，笑道："这个哪里定得住？到时候是谁的缘分就是谁的。你也看得我忒神了，不是今天几位贤兄弟在这里议王侯将相废兴之道，这曲儿也还一时不能得，只是调子颓唐，扫了几位官场朋友的兴，聊作警世醒语不亦可乎？"

"因嫌纱帽小，致使锁枷杠——嗯！"阿桂笑着看勒敏一眼，说道，"改一改，改一改！改成'因嫌纱帽小，皮条儿拉得忙，你下场，我上场，你若不下，我一枪扎死杨六郎，帅印我来掌！'"他瞪着眼还要往下续，已是笑倒了众人，勒敏点着阿桂笑道："他就是个贼大胆，说的杨六郎，其实是张广泗，大有取而代之之心。雪芹这会子劝他撒手，岂不是与虎谋皮？"众人听了又笑。敦敏乘着酒兴，见大家都欢喜，便向雪芹索稿要看。

正热闹间，芳卿抹布垫着双手，端出个硕大的瓦火锅，里头积炭烈火劈啪作响，周匝汤窝儿里翻花沸腾，里边头尾相对煮着两条黑草鱼，还浸着肚片、白肉片、海带丝、四喜丸子……一上桌，立时香气四溢勾人馋涎。刘啸林笑道："这是雪芹的拿手菜，什锦鱼锅！怎么不见香菇？"芳卿安放好锅，笑道："怎么忘了？那是塞在鱼肚子里的……"阿桂猴急就先夹了一片连筋肥羊肉，飞快地填了嘴里，烫得直吸气道："热——嘻热——嘻热……热！"他到底伸着脖子咽了下去，眼泪已是流了出来，又索冷水漱口，笑着说道："羊肉做出这味道来，我不做将军，卖羊肉得了！"曹雪芹只是笑，等着芳卿的托盘过来，橘皮水、五香料、姜末、蒜丝……还有一小撮白糖，勾了醋兑进锅里，将小半瓶酒沿锅一点一点泼了进去。顿时，肉香、酒香、菜香蕴含着还有一缕难以言传的清香升腾而起久久不散。敦敏咋舌道："平常一锅菜，居然烧得出这味道来？"

"这叫'无材汤'。"雪芹淡淡说道，"以鱼、羊为君，猪、鸡、鹅、鸭为臣，辅之以酒醋即成。可惜没有鹅、鸭，牛肉顶替加上肚片，只取个'鲜'字罢了。"敦诚便问："何以如此命名？"刘啸林道："这是我命名的，我中探花，吃过琼林宴，皇家御膳没有一味及得上这汤。如此

好菜，又上不得皇家御桌上，想起雪芹《石头记》的一首诗，即兴命名
的。"遂轻气吟诵：

> 无材可去补苍天，枉入红尘若许年；
> 此系身前身后事，倩谁记去作奇传？

又道："后两句与菜不甚贴切，只取它无福登殿入阁罢了。"

众人听了都说"有理"，齐用调羹匙舀那汤，果然鲜美不可方物。
雪芹这才说道："我回北京才几个月，芳卿又生产，没有写多少正文。
原来写的，怡亲王府抄完了，已经送回是之那里。敦二爷、三爷要看，
从是之那里借，只不要丢损了就是。写书图什么，就是叫人看的嘛！"
敦敏在席中揖手相谢，又道："先生说没写正文，一定有好诗，何妨叫
我们一饱眼福呢？""诗稿你芳卿嫂收着，席散了你们抄去。那些诗词多
都凄凉潦倒，没的败了诸位酒兴，倒是有一编《五美吟》可以诵一诵。
红妆佐酒又是纸上谈兵，不亦乐乎？"遂吟咏道：

> 一代倾城逐浪花，吴宫空自忆儿家；
> 效颦莫笑东村女，头白溪边尚浣纱。

"这是西施。"雪芹说道。又吟道：

> 肠断乌啼夜啸风，虞兮幽恨对重瞳；
> 黥彭甘受他年醢，饮剑何如楚帐中！

——虞姬

> 绝艳惊人出汉宫，红颜薄命古今同；
> 君王纵使轻颜色，予夺权何畀画工？

——明妃

瓦砾明珠一例抛，何曾石尉重娇娆？

都缘顽福前生造，更有同归慰寂寥。

——绿珠

刘啸林道："五美还有一位，想必是杨妃了？"曹雪芹笑道："杨玉环在海上仙山和明皇一道读《长恨歌》，不得空儿来佳候探花。是红拂女。"遂又轻声吟哦：

长剑雄谈态自殊，美人巨眼识穷途；

尸居余气杨公幕，岂得羁縻女丈夫？

他言语丝丝转颤，如有金石之音，众人都听得心驰神往。刘啸林将杯一举，说道："好诗——好酒好美人。有此佐酒千杯不醉。来，干！"众人都笑着一饮而尽。

敦诚听着曹雪芹咏诵《五美吟》，夹着汤锅里的菜，左一杯右一杯，只是吃酒，已是醺然欲醉，说道："我听听，众人都比我兄弟强！雪芹先生早年，领略尽六朝金粉，钟鸣鼎食，繁华阅尽，如今著书黄叶村，立万世之言；勒兄刘兄又是状元、探花，也风光一时，阿桂如今正万里觅封侯，是之先生耕读山野，没有功名也是自在山人。我兄弟说起来是闲散宗室，却是败了几代的破落户，一没升官二没发财三没走桃花运，不但'无材可去补苍天'，还要受家教管、受内务府管，一天两晌只是瞎混，恰正是'有心羞颜寻地缝'！"敦敏便问："寻地缝干什么？"敦诚道："寻个地缝好钻啊！"众人听着越发笑得浑身乱颤。

"雪芹，"勒敏心中有事的人，看看外边雪小了一点，说道，"我知道你清高，不屑去弄八股诳功名。不过，无论如何，你既已在这'末世日'里头翻筋斗，也得和光同尘吧。而且说笑归说笑，官场还黑暗龌龊是真的，也不见得人人都是乌鸦吧？"雪芹笑道："人要不肯'和光同尘'，谁还活得下去？我是寒透了心，也惊破了胆，再不敢涉足那个锦绣前程！雍正六年隋赫德带人抄我的家，大小男女一百十四口，关的

关，枷的枷，分与人为奴的，入狱待勘的，那真叫'树倒猢狲散'。雍
正十一年隋赫德又被抄家，依样葫芦再画一遍，如今隋赫德的二儿子还
在黑龙江与披甲人为奴！抄隋赫德的寿泰，前年和弘晳的案子沾边，又
被抄了，家人全部发卖、家产全部入官，听说是一位姓袁的买到了我家
花园，起名儿叫'随园'。我的叔祖公、姑祖公如今又红火起来，连带
着说傅六爷，那更是走得近一点就烤人。我和六爷情分近，又是远亲，
芳卿又是六爷府里的人，我要硬挤门子，怕挤不来个一官半职？没意思
了诸公，就如那走马灯转了一圈又一圈，你就再等一圈，仍旧的关、
张、赵、马、黄。"勒敏笑道："罢，罢！我说不过你，不过你总不是
蝉，吸露喝风就能活，庙里和尚，清静修行，也还有几亩庙产——饿得
头晕眼花的，还能'采菊东篱下，悠然见南山'，我就不信陶渊明！"敦
诚想起自家身世，又带了酒，大声道："雪芹这话最对我的心思！有诗
为证！"遂也击盂而歌：

> 少陵昔赠曹将军，曾日魏武之子孙。
> 君又无乃将军后，于今环堵蓬蒿屯。
> 扬州旧梦久已觉，且著临邛犊鼻裈！
> ……
> 劝君莫弹食客铗，劝君莫叩富儿门。
> 残杯冷炙有德色，不如著书黄叶村！

他显然已被酒忘了形骸，歌罢放声大笑："如先生之宏才，何至于跻身
仕途，与俗人争道！"他不防头，说得阿桂、勒敏都是脸一红。敦敏便
忙圆场，说道："二位不要介意，我老弟就这样儿，老爷了，内务府堂
官都拿他没法子。其实，我倒觉得勒敏说得有道理，雪芹靠卖画儿写字
糊风筝度日，总归不是长久之计。"

阿桂听了笑道："我才不在乎呢，我不是秃驴、不怕人骂和尚。"顿
了一下又道："你别以为我满得意，我当知府来见雪芹，曾说过'见州
县则吐气，见道台则低眉，见督抚大人茶话须臾，只解说几个"是是
是"！'你觉得很有味儿么？"曹雪芹调侃道："你说的是个联句儿，忘了

我对的下联否？""不敢，"阿桂笑道，"不过我确实不是赃官，说出来自己骂自己么？"又念了对联：

> 有差役为爪牙，有书吏为羽翼，有地方绅董巴结小意，不觉笑
> 一声"哈哈哈"！

"雪芹先生，我看你还是著书。写好这部《红楼梦》比当什么官都好。"敦敏笑了一阵，正容说道，"然而生计也不可不虑。我到宗学里查过，你原来只是请了长假。这不费什么事，销假就能到差。这里离城太远，朋友们有心照应也有点鞭长莫及。"

曹雪芹感激地看了看这两位初次谋面的兄弟，他在宗学里的差使是辞掉了的，一定是这两个私地走门路改了过来。事情不大，足见他们情分，替自己想得真周到……刚说了句："我原在白家疃住过，离城也近，勒敏知道的。弘皙王爷坏事，内务府的人一日三扰，问我都知道怡亲王的什么事，镶白旗牛录也换了，踢破我的门槛子，说要'交朋友'，却又摆官架子，这朋友实在难当，就避嚣来了这槐树屯……"他没说完，敦诚便道："那个鸡巴牛录叫延信是吧？是我家的包衣奴才！我这把扇子丢你这，你亮给他看，他不磕头我用鞭子抽死他！"敦敏见他眼饧口涩，说话前三竿后三竿的，笑道："你还搬白家疃去，我那里有一进小院，您住那里，没有敢扰攘的。——连脂砚斋先生的住屋也都有，我们兄弟早晚请教，也得个便宜，一来宗学里有个常例进项，二来我们兄弟可以为你托钵化缘，我们没身份，面子还有，总不叫你再吃那么多苦楚。你别指望阿桂、勒敏他们，他们就要出京办差了。钱度、庄有恭更是指望不上，我们闲死了，给你当走狗，磨墨洗砚，你只情写《红楼梦》，如何？"雪芹想了想，说道："二位贤兄弟这么厚爱，又出于至诚，我恭敬不如从命。等开了春吧——开了春我举家迁到白家疃！"

当下众人又散坐吃酒，对诗讲谜，敦敏又执意抄了曹雪芹的诗稿，几个人"兑会儿"也聚了有百十两银子，算来一冬酒食不缺，直到天色渐暗，方都冒着暮雪散去，也不在话下。

第十三回　小杂佐挥扇撞木钟
大制台筹划运钱粮

　　嫩弱纤细的牵牛藤，不知什么时候悄悄地从潮湿阴暗的墙角爬出来，用勾须一节一节扒着墙上的缝隙，挺着身子去寻找太阳。在阳光下显示它特有的嫩绿娇艳，墙外早已是春风拂柳、芳草如茵——乾隆七年虽然是个"倒春寒"，几场无声雨后，春意还是盎然满院。

　　江南巡抚尹继善今天起得特别早，昨天接到乾隆密谕：庆复、张广泗已将进兵大营由成都移至康定，兵分两路，北路由巡抚纪山统领自松潘向东南挺进，南路由提督郑文焕率领，自理塘向西北夹击。庆复、张广泗亲率中军驻节康定，待南北两路会师大金川，自然而然就截断了小金川与青藏、上下瞻对的通道，成了一个孤岛，即使战事有所不利，只须团团围定，饿也饿垮了莎罗奔。如今大兵已动，北路军粮草缺五万石，南路行军在沼泽地，毒虫、水蛭、蜈蚣渐多。有的地方已经出了烟瘴，急需木叶草、水薄荷、败毒散这些药品，部文转批，请旨照准，"着由尹继善一体采购，已命四川布政使勒敏前来领取，分发诸军，勿误！"大约乾隆觉得此事重要，特意还在"勿误"二字下头浓浓地圈了两个朱砂圈儿。昨天，尹继善签署手令，开列药单通告，苏州、杭州、扬州及江宁药店，凡有此类药物一概作官价平价收购。有藏匿、囤积居奇者一律就地正法。南京、杭州两府衙倾巢而出，务期十日之内采办足额。同时发了八百里紧急文书咨会河南、安徽，各拨库银六十五万两调来南京，以备买粮之需。他是个极有条理的人，在百忙中还抽出一个时辰陪着袁枚、黄嵩、八大山人逛了一趟莫愁湖。从容不迫地赶回总督衙门，集合全体师爷、书办，分工安排了两件大事，又接见了两位捐银一万两报效河工的盐商，这才回衙安歇。又知会签押房当值师爷，夜里如有四川、安徽、河南、北京的来人、函件、部文廷寄"不怕打扰"，一律及时报到内寝。所以勒敏、阿桂、钱度、高恒乃至于小路子来南京，他身在卧室都知道得清清楚楚。因预先知道这些人要来，心中有数，该说什么话自己已经想好了的。所以诸事并不张皇。

尹继善一如平日，在衙后自己宅院练了一趟太极剑，又读了几篇唐诗，带着两个小奚奴径往前院签押房里来。此时天色还在朦朦胧胧，几个正在吹灯扫地的戈什哈见他过来，忙退至道旁请安，禀道："高大人、勒大人他们昨晚已经知会了当值师爷，吃过早点一道进来。四川来的粮道行走肖路，昨晚没住馆驿，就歇在咱们衙门客房里，一早就过来请安，我们请他在书房候着，大人要见，小的们这就去传。"

"不用了，"尹继善微一思忖，一摆手便趑进书房，一进门便道："是哪位老兄，委屈你候着了！"话音刚落肖路已疾步迎到面前，双手递上手本，报了履历，满面堆笑说道："卑职其实认得中丞大人。卑职没选出来时候，在军机处张衡臣老相国跟前侍候笔墨，大人进京常见的。"尹继善却想不起他来，含糊地点头笑道："既如此，随和点好。老兄请坐！"随意翻着他手本看了看问道："你是店铺跑堂的出身，能钻营到军机处当差，已经很有出息了。那地方我知道，就是王爷也得低眉折腰，再大的官也都变小了。每年冰敬、炭敬恐怕也比京官儿丰得多。怎么不知足，又花钱选出来了呢？"

肖路见尹继善一脸木笑，心知这位才子总督瞧不起自己这样的佐杂官儿，从袖中抽出扇子慢条斯理地摇着，一边笑道："我出来做官不为钱。要为钱，军机处随便搂把搂把也抵个知府！人过留名雁过留声儿，我好歹也是七尺长一条汉子，得给祖上争个光儿。"他在外历练有日，已经知道当官的不会自己讲喜爱升官发财，自己便也悄悄地改了口吻。当下，他顿了一下，将乾隆召见情形说了，又缓缓说道："就是万岁说的，叫我切实做个循吏，也不枉了我祖上功德。"尹继善听他这番际遇，也不觉改容相待，忙问道："贵族祖上曾历何职？"

肖路见大有苗头可轧，蹙眉一叹说道："国朝以来我们没有显达的。杨继盛公是我嫡派的六世祖。"尹继善心里咯噔一声：杨继盛为前明万历年间名臣，有名的"三杨"之首，因弹劾魏忠贤入狱而死，声名震天下，想不到对面这个土佬儿竟是他的嫡脉！至此，尹继善对他已是肃然

起敬，一拱手道："失敬得很！想必贵族也为此改姓了？怨不得老兄这
么大的福泽。"他一眼瞟见肖路扇子上"紫芝"两个字落款，伸过手去
笑道："借老兄扇子一观。"肖路双手捧着递过来，说道："这是我出京
时衡臣相公赐的，我那里还有他专写给我的座右铭——其实，我哪里当
得起？还不是人家敬重我是忠烈之后，抬举我，我自己再不争气那成了
个什么呢？"尹继善打开看时，扇面上既无题亦无跋，正面一幅吴江烟
雨图，素面写着几个隶字：

河山之固在德不在险

下注"紫芝"张廷玉的书房名字。尹继善虽没有张廷玉写的字画，但由
于公文往来频繁，对他的字迹实在熟悉，盯盯一看便知是真非假——不
过张廷玉素来不为人写字，荐书更不用说，怎么这个一脸土气的芝麻官
独独儿受他如此厚待？心里掂掇思量，口中笑问："你在四川候补，没
听上宪说，预备什么时候到县？你分的哪个缺？"肖路听他口气，心知
已有了缘分，在椅中哈腰说道："还没分发到缺呢。因为金川战事，所
有到川候补官员一律补到大营从军效力。我分到南路军，郑提督说我不
文不武，命我跟着桂大人办粮秣，这才来了南京。"

　　"唔，是这样。"尹继善认识郑文焕，不学无术，又爱掉个书袋子充
儒将，为此深得总督大将军张广泗宠爱。想着郑文焕那张长长的脸，一
说话先使劲咽唾沫的模样，尹继善不禁一笑。说道："原来老兄现在还
没有职事——"还要往下说时，一个戈什哈在书房门外禀道："勒大人
他们来了。大人是在书房见还是去签押房？"尹继善笑对肖路道："咱们
先过去，再寻时辰说话吧。"肖路忙站起身来连连称是，陪着尹继善逶
迤向南，勒敏、阿桂二人都已迎在阶前。只有高恒和他极熟稔，站在滴
水檐下，待众人行了庭参礼，笑嘻嘻上前来，用扇骨儿敲了一下尹继善
肩头，说道："你好偏心，吃娃娃鱼也不请我！在北京，老尹相公有口
好吃的，还总惦记着我呢！"尹继善微笑道："恐怕你想吃娃娃鱼是假，
想见巧媚儿才是真的。告诉你吧，上个月巧媚儿的娘病了，她回扬州去
了。"——因见勒敏几个在听他说话，尹继善忙打住了。偏身让手，请

众人进了签押房。又道:"不必拘礼。我们商议军事,闹起虚文儿来不是事。"

阿桂一坐定便道:"北路军最要紧的是粮食,南路军急等的是药材,天气一天天见热,不但瘴气,树林子里蚊叮毒虫咬——已经有二十几个人犯了疟疾,有一匹马被银环蛇咬死了。我来前见了庆复相爷,他说:'你转告继善,二十天以内解毒药运不来,几辈子的交情也都顾不得了。'川北的粮已经从河南调出。"尹继善点点头,又道:"药材这边也集中了起来,只是没有木叶。我上次咨文庆复和广泗二位军门,库银还缺八十多万两,如不快点调来,过了六月,我这里就无银可支。这是军费,本不应地方支垫,为了应急权作支应。银子再不运来,我也没什么交情可讲了。"想了想,又补加一句,"江南的药这次是罗掘俱穷了。还要请庆大人、张大人从云贵再采办一些。军用是一说,不能误,民用的药也不敢误得久了。万一传疫、或者发生疟疾什么的,岂可掉以轻心?"

"尹中丞,"勒敏在椅中一欠身说道,"银子的事且请放心,户部拨出六十五万两,已经运出七天,现在只怕已经快到信阳府了。还有十五万,皇上有旨从海关厘金里头出,也不干碍两江财政。只南路军粮食、药材,务必在我到衙十日之内运到军中!中丞,这才是真正的燃眉之急!"

尹继善眉头不易觉察地挑了一下,张广泗的跋扈是出了名的,自封名将,目无下属,同级官僚也时受其辱。但科布多王师溃败,只有他全军而返,允禵、年羹尧青海大捷,他掳敌最多,云贵平苗叛,更是独当一面声震朝野。除了圣旨,其余于他都是"狗屁"。庆复也是个刚愎自用的人,自己称号叫"金枪头"宁折不弯,雍正年间为委派一个河工小吏,和皇帝争得面红耳赤,到底还是按了他的主意办。譬如班滚的事,低头服输,顶多不过落个革职处分,不用许久,依然起复了,偏偏顶着死不认账——这一相一将都拗得像头驴,如今搭在一处,能办成事儿么?思量着,说道:"想必这是庆大人的钧谕了,不知张大将军还有什么吩咐?"勒敏怔了一下忙道:"庆大人发令时张军门也在场,没有别的指令。"

"很好,我当然不能违命的。"尹继善笑道,"我的药材已经集到了燕子矶码头。就请老兄亲自押送到金川前线。"勒敏不禁惊慌地看了阿桂一眼，他和阿桂从康定同行至此，一路情形了如指掌：有的地方道路年久失修，路面被洪水冲出一条又一条深沟，有的地方泥石流流过，山川河流都改了向，根本不辨道路，山背阴的路上还是冰封雪冻，化雪水寒彻骨髓。山麓向阳一面则丽日艳阳，烘热如夏，不少路面被水冲得连个影子也没有，空手骑马走一趟尚自心惊，何况指挥千万马匹，如何能按着军令克期把粮食运到？勒敏正在思量，阿桂在旁说道："勒三哥只是把庆中营的指令传达了。我是个直人，尹中丞也不是眼里揉沙子的，说直白了，十天送到军中，简直是胡说八道！谁能一个月运到，我看就是神仙。但我兄弟们遭遇了这种顶头上司，也是没法子，中丞是天子信臣，也不过请中丞担待我们一二罢了。"尹继善笑道："话说到这份儿上我们就离得近了。我看就由高恒兄筹办这事。"

高恒不知在想什么，一直迷怔着出神，听尹继善点自己名字，吓得一怔："我?!"

"对了，"尹继善嘿然而笑，"庆复此举，其实是不知道路艰险，并没有报复杀人的心。他的女儿是你的嫂子，你又兼着半个钦差身份。庆复这人我知道，刚愎是刚愎，却胸无定见。刚才我问，也是这个意思，如果是张广泗下令，那就另当别论。你随身带十几驮成药星夜赶往，我的六百里加紧咨文也就到了，他们惹你这个国舅做什么？这是一头。另一头说，你是从山东通政上头调来，专门辅佐我筹措各路粮饷的，这趟差使虽苦，却是绝无危险，身为方面大员，千里跋涉烟瘴，送药劳军，亲赴接敌营盘……嗯，主子知道了能不替你欢喜？这是兄弟替你算出来的一笔账，你觉得如何？"

高恒已是喜得笑逐颜开：山东剿匪，我身历前敌；征讨金川，我又身历前敌！满洲亲贵有哪个勇敢似我的?! 功劳自不必说，先就救了勒敏、阿桂一驾，这人情已是落定了。想想道路遥远艰险，他心里又是一沉，拍着椅把手哂道："亏张广泗打老了仗的，庆复也在川西南好几年，只晓得看着地图瞎比画，这种蒙瞎驴的仗，能打得好么？"他顿了一下，又对尹继善道，"我自个忙不过来，给我派个帮手。"

"这个——"尹继善抚着下巴沉吟片刻，转脸对肖路笑道，"我看劳烦肖老兄陪高大人走这一趟差吧。你在云南杨名时跟前侍候过，也走过这道儿，高大人还是头一回。你跟着一路照顾些细务，大面儿上还是高大人主持。"肖路说道："这没说的——这是中丞的抬爱嘛！不过我的职分还在四川那边——"他没说完尹继善就笑了："这有何难，我行文四川，调你到江南来就是。既肯从军办差，我先挂牌子委你知府衔，带职投营效力，差事完了愿意改武职还可升官，愿意文职，我给你按老虎班一例，遇缺先补。"

肖路眨巴着眼听完，已知是张廷玉那面大旗见了效，仰着脸哈着腰阿谀笑道："谢中丞提携奖掖！谢中丞提携奖掖！云贵川的道儿来回我走过四遭。准侍候高爷平平安安到康定！"尹继善虽说处事圆通和平，三教九流人物都相与得好，但谁都知道他是个风流名士，眼见肖路不尴不尬的丑相，居然投合了尹继善的缘分，众人都觉纳罕。尹继善虽面儿上嬉笑，心里也厌肖路的奴才相，不知皇上和张廷玉怎么会看上这位活宝。

尹继善见大家不言声，也觉得对肖路的重用有些过分，笑道："肖路是贺露滢、刘康一案里的人，没读万卷书，万里路是走过的，人可不能以貌相——高方伯既去了康定，后头的粮食催运就要偏劳勒三爷和阿桂了。一路到安徽芜湖，请阿桂来办，可以先到安庆去见安徽巡抚卢焯，六十五万两白银从河南调拨，那是邸报上的幌子，其实是从河工银子里腾挪出来的。无论如何，请桂兄平安运到南京。江西一路请勒老兄辛苦一下，从南京藩库提十万银子，还有五万斤盐，平安解到南昌。江西去年丰年，他们自愿送十万石红米，你再解回南京。南京的细米要送康定，没有红米顶着，粮价就要涨。"因见勒敏微笑，尹继善又道："这是经济，我到南京快十年了，没有闹过粮荒。江西'一枝花'匪众虽然打散了，残党余孽已逃往山里，你若掉以轻心，被人劫了王纲，就笑不出来了。"

"我不是笑差使轻松。"勒敏忙正容说道，"大人勤劳公事思虑周详，不能不令人佩服！这十万银子并不是正项里出来，要放在河南孙国玺手里，也舍不得拿出来资军，不知怎么藏着掖着呢！"尹继善笑道："再藏再掖也变不成我自己的。总督不能世袭，也不是我的祖父事业，实话告诉你们，这都是李卫创下的制度，一条秦淮河，仅夜度缠头税抵得上一个中等省份呢！"当下众人又说了一阵话，有些细务尹继善又谆谆交代了，方才端茶送客。

高恒拖着，等阿桂、勒敏上马辞去，方才说道："明儿一早我走路，今儿要好生乐一乐。此一去千里，烟瘴弥漫，回得来回不来还在未卜。尹公要有空儿，由我做东，一起玩他个通宵如何？"

"你是说去彩凤楼？"尹继善一笑，"舍不得巧媚儿？干脆赎了她身子不就得了！官员不得携妓狎游，这可是圣祖爷那时候就定下的规矩，弄不好叫那干子臭御史奏你一本，丢人现眼的，还挨处分，合算么？"高恒笑嘻嘻听着，说道："要赎得起，我能不赎么？上次一开口，那个骚老鸨就要五万'养老钱'，我估着没有三万，她再不肯放手的。我家那婆子尹兄是知道的，连屋里用的鸡毛掸子她还要数数有几根毛呢，哪里瞒得了她！你说犯规矩，这倒无碍，上回和亲王世子去八大胡同，叫钱度他们拿住，扭到九门提督衙门，刘统勋一本奏进去，旨意下来，只叫送宗人府打四十板子。在宗人府再花几个钱，也不过鸡毛掸子打坐垫儿，叫外人听听音儿罢了，这点子风流罪过，我还承受得起。"尹继善笑着还要说，眼见钱度从仪门大柳树下一步一踱过来，便笑道："说曹操，曹操到——我算着你今早一定要过来的，怎么这早晚才来？"

钱度一眼瞭见尹继善和高恒站在签押房前说话，忙趋步过来，打躬作揖行礼，笑道："昨晚几个朋友在驿馆吃酒到四更天，这阵子还头疼欲裂呢！我来有一阵了，听说他们几个在，你们必定商量军务，没有我的事，我也插不上口，就在衙外柳树下头沿湖看景致等着——高爷你们说我什么来着？"尹继善笑道："说你拿了亲王世子的事呢！"钱度拍掌打膝笑着叹道："其实他要灵醒一点，在一点红那里当场认了自己身份，打发几两银子，会有个屁的事情！偏偏说是选官，又说皇商，驴唇不对马嘴，就被拧到了九门提督衙门——说是我拧的，那可真抬爱了，九门提督衙门的阎王是延清大司寇，我虽不是牛头马面，顶多是个判官罢咧！"尹继善指着钱度笑谓高恒："现在升为云南铜政司掌印官了，这差使你别小看，比你的盐政肥得多，权也大，有就地正法权，地方不得干预！你赎那个巧媚儿不是没钱么？找他！"

"尹中丞，取笑了！"钱度笑道，"我就是个邓通石崇，也只是给皇上看库的奴才，钱虽多，一分也没我的。我来见中丞没有要紧事，向南京铸钱局要几个浇铸工，还要几个画图指挥的大匠。我才去，又不懂开铜矿铸钱的门道儿，身边没有懂行的，下头那帮子滑贼卖了我，说不定还要我笑着掏腰包呢！"高恒道："你要人那还不容易？山海关盐道上我有几个盘账老手，现在跟着我，你要用就带了去！"钱度口中嬉笑，心里打着主意，说道："我要懂冶铸的行家，不的叫那里的人蒙了我去。算账的人我带的有，我自己也能来两下。"笑着、看着尹继善等他回话。尹继善笑道："这也是正理，我叫江南藩司把冶铸大匠履历开出来，名单送给你，由你自己选，不过各样人才不能超过三个。还有一条，我江南库里三十万贯铜制钱绳都朽了，已经上了铜绿。你去的第一件事，先把我库里的钱换成新的，旧的由你给谁，赶紧放出去用。你要跟我玩花样，我有本事治你！"说罢一举手便踅了回去。

高恒在钱度跟前碰了个软钉子，见尹继善已经回去，一转脸见肖路还站在仪门外等着自己，似笑不笑地吩咐道："你去吧，先到驿馆，把文书整理一下，该缴的缴到总督衙门文书房，该烧的烧了它，带上我的家人到燕子矶码头。今晚我们就住在燕子矶，天破明咱们就走路！"说罢转身便走。钱度是个玲珑剔透的人，一把便扯住了他，摇着他肩头笑道："高爷您是生我的气了！听我譬讲嘛——"高恒哂笑一声，抬脚便走，口中道："我没生气，你也不用譬讲。大约你是想，我给我手下人谋发财门路才找你？你听说没听说，'一木二盐'？一个山海关道，管着东北木材内运，管着几十个盐场，想发财用得着寻你？实话说吧，我没那个发财心，我下头的人也一样！想着云南铜矿上万的工人，一个铜政司新建衙门，比着道台大些儿，比着巡抚小点儿，用人的时候，送你那里，几年后能给他们保个官儿出来，你就疑到这上头，我竟枉操了这片好心！"

"我是师爷出身，懂得这里头的情弊。"钱度一身轻松，满脸诚挚的笑容，和高恒并肩出总督衙门，口中娓娓说道，"铜矿是做啥子的？卖水的看大河——都是钱呐！一接这旨，我家的门槛儿都被踢破了，都是荐人的，从王爷到部里朋友围住我那四合院。我一听'荐'字头就涨得老大!"他打了个寒噤,"高爷,你说做人怎么就这么难!我这个官在底下看,是个西瓜;一到北京就成了芝麻!三品官满街走,四品官不如狗。好比麦地里的兔子,一轰就是一大群……"说到这里,高恒已是被他逗笑:"得了得了!我晓得你难了还不成?"钱度摇摇头,仿佛口中含着个苦橄榄,笑道:"爷既然体谅了,这事该办还得办,跟我过来在书房招呼文墨的事儿,两年下来,我准能保他们落个功名!"

"好,爽快!"钱度老于世故,一纵一紧轻巧地来回一揉搓,打发得高恒周身舒泰,心中那点子不快早已丢向爪哇国去,一拍钱度肩头,笑道:"我明儿出远差,咱们一道儿到彩凤楼去疏散疏散!"

当下二人各回官轿,在轿里换了便衣。高恒穿着月白洋布袍,洗得洁净如水;腰间勒一条绛红带子,脚蹬黑冲呢千层底圆口布鞋:白净瓜子脸,配着一条油光水滑的辫子,显得格外潇洒飘逸。钱度却另是一种做派:绛色湖绸夹袍上套着一件黑缎面巴图鲁背心,都是簇新没下过水的。脚下穿一双又厚又结实的"踢死牛"双梁纳面布鞋,也是新的;腰间灰白的卧龙袋旁吊着个绣花滚边的槟榔荷包儿;发辫倒也齐整,只是生就的黑黢黢一副瘦脸;加上头没剃,黑茸茸的前额短发有半寸长,还略略谢顶。他本来就老相,这么一"打扮"越发显得窝囊。高恒不禁笑道:"活脱儿仍旧是个师爷!铜政在外开府建衙,比藩台有钱,比臬台有权,好歹也得端起点官体来呀!怎么一味这个打扮?"钱度笑道:"不敢忘本,你是天家贵戚,我仍旧是个师爷,再说我生就的丑,再打扮也是枉然。"高恒道:"小娘爱俏,老鸨爱钞,你可要吃亏了。"

二人也不坐轿,一路散步转出清凉山,又踱到桃叶渡、老城隍庙一带留连了一阵子,品尝了什么怪味豆、云片糕、冰糖葫芦……还一人吃了一小碗凉拌粉皮黄瓜,待到秦淮河畔时,已是天将黄昏。正是春口渐长时,秦淮河边柳绽鹅黄,白絮如雪,一弯碧水清澈可见游鱼,一轮残阳缓缓西沉,昏鸦倦鸟翩翩归林,正是秦淮河最美的时候。在潺潺流水岸边,女孩子们揎袖挽裤,裸露着雪白的小腿和臂膀站在水中阶石上,有的淘米,有的洗菜,有的浣布捶衣,有的交头接耳窃窃私语,有的叽叽咯咯大说大笑,还有的哼着听不清词儿的小曲儿。河南岸十里繁华,千丈软红,各个秦楼楚馆都已掌起彩灯,雕梁画栋丽色纷呈。打开临河的窗棂，隔着纱幕，传来笙簧琴瑟之声，河上的楼船画舫也是张灯结彩，往来游弋，招徕着富商大贾、王孙公子。

"金陵王气黯然收。"高恒兴奋地望着一河的繁华胜景，感慨地吟了一句，又笑道，"你闻闻这花香气、脂粉气——没了王气，色气可更盛了呢！这都是李卫倡导的。熊赐履当年给圣祖上折子，请禁秦淮烟花。明珠说，一条秦淮河的税，顶得上湖广一省的捐赋，就作罢了。李卫来当总督，税加两倍，仍旧夜夜客流如云。他就是靠这个还清了江南官员亏空的。"因见钱度发怔，问道："你这会子在想什么？"

钱度是师爷出身，先头跟田文镜当幕僚，河南通省上下，别说府县官，就是三司衙门，连叫堂会的也没有，生怕别人弹劾，更无嫖娼逛窑子的——田文镜十分冷酷，官员们犯这个忌，他见一个拿一个，从没有手软过——后来在京城，他又跟了刘统勋。刘统勋虽比田文镜近于人情，那份铁面无私，似乎更难触犯，也不曾沾惹过八大胡同之类地方。今日乍放出京，见外省如此宦情，一来感慨，二来有"头一回做贼"的虚心。想独自回到驿馆，又怕得罪了高恒，也有点舍不得这里的胜境，因而心里迷惘一片。听高恒这么一招呼，钱度才猛地惊醒过来，说道："哦——哦——我嘛……我心里一直犯嘀咕：云南铜矿几万工人，散处一二百里地面。地方上以后不管了，铜政司原先又没有这套人马，叫我怎么着手——"

"得了吧你！"高恒哂笑道，"你是想吃鱼又怕沾了腥！告诉你，开国至今还没有一个大员淹死在这条河里的呢！什么时辰倒霉的也是小官。亏你还是个师爷出身！"钱度嗫嚅道："王法平等，虽是官样文章，那也要做做表面，给人看看的。你说的也不全对。"高恒笑嘻嘻说道："比如这河水四尺深，这叫'法度'，对谁都一样。你个子高过四尺，它就淹不到你；你没有四尺高，就得看你游泳功夫。圣人制法原本就为下愚而设的。如果士大夫与庶民都'平等'，谁还去尊崇孔子这个老棺材瓢子呢？你看傅恒中堂，他忠于朝廷皇上没有二心，不搂钱，文的武的都能来两下。不哼不哈，由散秩大臣摇身一变，成了中堂宰相！——那些穷秀才，巴着三年一考，举人、贡生——进士，州县府道兢兢业业地做下去，一步也不得有错，还得政绩卓著，苦巴巴熬尽了油，有几个能

到他那一地步儿的？想想仍旧是个不平等！你常去傅恒府，见他书房里
挂的那幅字儿么？"他略一沉思，用手敲着脑袋吟道：

> 漂泊何由返故园，桃花春雨照离魂。
>
> 凭将别后双红袖，记取东风旧泪痕。

吟罢笑道："傅六爷的风流才调，戎马倥偬间还能和女贼娟娟偷情儿，
万岁爷晓得也只是一笑。这一首可不是为娟娟作的。那是前面春榭坊里
南京头号女侍书笑雪姑娘赠给傅六爷的，六爷自己手抄的。那落款是
'吟香'，六嫂有一回问我，我支吾着说吟香是曹雪芹的侄子。六嫂那脾
气你知道，当场捣着我头骂'鼻子里插葱，还和我装象呢！我要不打听
个八八九九，就敢来问你？'"

钱度听了，笑着还要问时，上游一带箫歌篁曲，一艘画舫轻摇飘然
而来，船中间灯火辉煌，倩影绰约，一曲媚歌顺风飘来：

> 香舟归去银灯掌，绣户轻珠网。拂尘拭镜见颜酡，不禁春心先
> 已到衾窝。　薰香呼婢嗔他懒，怒语因郎软。背灯微笑转秋
> 波，试问那人，今夜竟如何？

软语浓艳靡人欲醉，一首《虞美人》甫歇，又一曲《浣溪沙》，轻轻
唱道：

> 烛影花光耀锦屏，翠帏深处可怜生，桃花着雨不胜情。偷觑已
> 成心可可，含羞未便属轻轻，牙根时度　声莺……

唱着，那舫已渐渐驶近，听着舫中似乎一阵窃窃私语，接着戛然爆发出
一阵大笑，兰麝馥郁流香，佩环丁当作响，钱度已是听得神痴若醉。高
恒一眼瞧见米黄色西瓜灯上亮着碗大的"彩凤"二字，喜得眉开眼笑，
跺着脚叫："曹妈妈，曹妈妈——我是高永！快靠过来，靠过来！"

"是谁呀？"

灯影闪烁间，钱度见一个三十多岁的妇人从舱中探出身来，觑着眼向岸上瞭了半晌才认出来，笑道："是高大郎！从北京贩瓷器回来了？——船靠过去！"钱度小声道："怎么她叫你大郎？""你笨死了！"高恒也小声儿道，"这里又不是在家，哪有那么多的实话？逢场作戏嘛！"因见跳板已搭了过来，便拉了钱度一同上舫。钱度看那曹氏，虽说称"妈妈"，却也风韵楚楚，上身穿一领蜜合色枣花高领春衫，下身罩着石榴黄裙子，刀裁鬓角，头发梳得光可鉴人，鹅蛋脸儿上眉黛含烟，翘起的嘴角边还有深深一个靥窝。高恒一上舫，二话不说，先搂着"妈妈"就亲了一个嘴儿，却被曹氏娇嗔地推了一把，几乎倒在舱板上，逗得众人前仰后合大笑。

"大郎上回来多腼腆，现在越来越不老实了！"曹氏笑道，"这一年多你钻哪里去了？叫巧媚儿一想起来就伤心！上回有人去天津卫，照你说的地方去寻你，不但没那个字号，连那条街也没人知道——你大爷敢情是个骗子，骗我们这些没脚蟹么！"高恒捉住她双手只是不放，嬉皮笑脸说道："那是你虔心不到！我怎么一来就遇着你了呢？巧媚儿想我，你不想么？"曹氏啐道："越来越疯了，没瞧瞧当着客人，好意思么？"

高恒这才想到钱度，忙向众人介绍："这位钱爷是做过一任知府的。如今已经弃官经商，两广两湖几十处码头都有他的商号。他可是当今一个邓通呢！不过，当官当了半辈子，却有个季常之病，如今夫人谢世，百无聊赖，我带他一道出来散散心。你们可得好生侍候着。"一席假话被高恒正容说来，弄得钱度手足无措，涨红着脸连说"不敢"，早有两个婆娘上来攀项拉手，拖着他一同到后舱去了。

第十四回　高国舅夜逛彩凤楼
　　　　　　易姑娘败走浮石山

　　高恒、钱度一上画舫，那舫立刻从来路逆水驶回。钱度这才知道，这舫是专门在河上游弋招客的，接到客人立即再送回彩凤楼。钱度初到行院，被一群女人围着，拘束得浑身冒汗，此时离得近，仔细端详那些女子，虽然个个体态风骚，却都是三十岁上下的妇人，色相已经凋零，浓抹艳妆遮不住额前眼角的鱼鳞细纹。虽然亲切得搂肩摩背，只觉得脂粉香阵阵袭来，熏得人头晕，却吊不起情欲来。高恒却是如鱼得水，丢了这个搂起那个，摸摸这个奶子，亲亲那个的腮，人人都是他的"小亲乖乖"，又笑着对曹鸨儿道："巧媚儿呢？怎么不见？——这院里都变了样儿了。那边草坪上起了好高的楼，叫什么名字呢？这楼上楼下都油漆装饰了，得多少银子！可见你们生意好。"

　　一个女子端着酒杯，拧着高恒脸蛋给他灌了下去，笑道："就巧媚儿好吗！我们就那么惹爷的厌么？今晚我偏就要陪爷。爷自己品品，是巧媚儿好还是我的好！""成！"高恒脸上放着红光，"再拉上曹妈妈、巧媚儿，咱们四人同榻，来个三英战吕布，卞庄刺三虎！"说着一把拉过曹鸨儿，将一锭五十两元宝向桌上一蹾，又拉那婆娘坐在他腿上，问那婆娘："你不是'一沾酥'翠姐儿？你是好的！曹妈妈自己就叫'操妈妈'——我也尝过，今晚和巧媚儿比比看！三十如狼，四十如虎。女人，过了五十还坐地吸土呢。越是这样的，倒比黄花女儿好玩儿……"

　　钱度听他们说得越发不堪入耳，装作方便，踱了出来，仔细看那彩凤楼。这彩凤楼果然收拾得整洁华贵：四面竟没有院墙，全部都是两层歇山式红楼，飞檐斗拱画栋雕梁，楼上楼下廊边都装着红木栏杆，新近才油漆过。廊檐下吊着各色彩灯，晃得满院流光溢彩。大小丫头，有的端茶、有的送酒，迈着细碎的脚步楼上楼下忙个不停，酒香、肉香、脂粉香到处飘荡。楼上一个王八头儿忽然高声叫道："巧媚儿姑娘来了!"
两个总角小丫头，搀着一个女子从楼上西南厢一间房中走出来，轻盈的
步子走向北房。珠帘响处，高恒已是笑着迎了出来。说笑着簇拥着那女
子进北房。北房立时又是一阵哗笑言语，却听不清都说了些什么。钱度
刚转身要上楼，忽又听见"哗"的一声，似乎打翻了水盆子，一个男子
粗声骂道："你这贱货？浪着思量什么野男人？好好的一盆水也会弄翻
了，这屋里刚铺的毡毯——你看看，你看看！——污成什么样儿了?"
他似乎踢了什么人两脚，一个女人用手帕捂着脸，蓬着头夺门而出，兀
自呜呜咽咽，哽得脚步都踉跄不稳。钱度不禁一怔，正要问，那个男人
穿着大裤衩子，上身打赤膊，追了出来，抓住妇人发髻，一推一搡，就
把她拖倒了。压着嗓子恶狠狠骂道："贱蹄子，谁叫你不肯接客，老子
就是要熨平了你！"接着又是一脚，踢得那女人在地上滚了两滚，一头
撞在钱度小腿上，挣扎着爬不起来。钱度见他如此欺侮人，横着眼盯过
去，说道："你怎么这样横？瞧她这身个儿，经得住你踢么？不怕吃人
命官司！"

"回您老的话，"那人瞥了钱度一眼，立时便变成了笑弥勒，"她是
我女儿，我是她干爹，这是我们自个家事，客人您请随喜——她是我们
前年买进来的，别人十六岁就接客了，偏偏她犟得很，十九了还不肯开
脸，我们开行院的吃的就是这碗饭，又不是义仓孤老院，就这么干养着
她，怎么成?"

"当初买我的时候，说好的只卖艺，不卖身！"那女子躺在地上仰着
脸说道，"你们这彩凤楼是恶霸地狱！大爷呀……"她绝望地盯着钱度，
欲哭无泪的样子，"他们欺负我不识字，写了一张假卖身契，逼着我接
客过夜……我弹曲儿唱歌儿，没少给他们挣钱……"她抽抽噎噎地哭诉
着，曹鸨儿已经下楼，一把拉起那女子，替她理发整衣，絮絮叨叨连
"埋怨"带劝慰："芸芸呀，我跟你说过多回，别沾惹王福祥那个老龟
孙，凡事离他远着点……怎么就是不听呢？他赌输了，又吃得像醉猫似
的，没事不拿你撒气找谁去？好了好了，快回房里……"她转眼照王福
祥"呸"地啐了一口，说道："你瞧瞧你那副鳖样儿！除了打人还有什
么能耐？还不滚进去挺你的尸！就这么竖在这儿现眼！"这才又换过笑

脸，对钱度娇声道："钱爷呀……快上去吧！高爷他们出彩唱曲儿呢……我安顿一下芸芸，就过来陪你们。"

此时芸芸立在柱子旁灯下，钱度打量她时，瓜子脸，细腰身，体态是十分玲珑，只是脸上铅华不施，眉目疏淡些，左腮下还有几个雀斑，颜色不很惊人。钱度说道："你们开这院，图的不就是钱？她唱曲儿挣钱不也是钱？这么作践她，将来人也没了，钱也没了。曹妈妈，你甭和大爷我做这个象生儿，给这个芸芸开脸是多少价，一年的包银又是多少？你开个价儿我听听。出得起，是她的命；出不起，也是她的命。"
"瞧钱大爷您说的！我可是当自己女儿看芸芸的！"曹氏红了红脸，媚笑道，"爷您要包她，是她的造化。我不赚这个钱，您出个本儿，连开脸在内，总共一千五百两！爷台您要是手里紧，我还可再放一点价！？"
"一千五就一千五！"钱度爽快地说道，"走，芸芸，咱们上楼去！"

"不……"芸芸闪眼看着又黑又瘦的钱度，又果决地说，"我说过，不卖身！"话音刚落，便听王福祥在屋里又吼道："你个死妮子，皮贱！"
钱度一口便打断了王福祥的话，"你不过是个王八，很贵重么？——芸芸，我可怜你！不要买你身子，只买你个平安，三两日里我就要去云南。陪我唱唱曲儿，好么？"芸芸这才认真打量钱度一眼，见他忠诚厚道，满脸的本分相。良久，她才点了点头，低声道："那……我跟你走……"那曹氏早就笑吟吟走过来，竟亲自扶着芸芸拾级上楼，温言细语地说："你跟了这位钱爷，可真是祖上八辈子修来的福！如今你是钱爷的人，谁敢再难为你，看我不揭了他的皮！好丫头，进了我们这行里头，最好的出路不就是寻个好人家从良么？你合了钱爷的意儿，这可是皇天菩萨……"好话就说了一车。

三人说着话走进北楼正间，却见靠东墙一溜坐着四个女了，手里拿着笙篁笛箫，一个淡妆女子偎坐在西墙高恒的椅子旁——一望可知便是巧媚儿。通身穿戴是月白江绸，滚着梅花银线边儿，一舒皓腕，雪白晶莹，手指纤细如削葱，鹅蛋脸粉里透红，艳色诱人。若论身条儿，比起芸芸来却胖了许多。巧媚儿只向门口瞥了三人一眼，低头勾那琴"咚"地一响，东边四人忙奏和声。巧媚儿放开歌喉唱道：

> 酴醾架后，鸿影翩来，骤觅得花枝遮翠袖，浣了弓鞋新绣，墙边暨露裙纱，牵衣争道无差，却听雪夜高叫，乌云落满桃花！

"好！"高恒双手高举鼓掌喝彩，众人也都轰然叫妙。曹鸨儿叹道："咱们南京，二十年头里的金嗓子是陈莱娘、蔡玉韵、尹蕙姐和柳湘莲，我都听过的，那真是字字咬金断玉，无论远近，曲儿字儿都似从天河上落下，透耳入心，五脏六腑都搅得烘烘价热！巧媚儿今儿唱的，只是底气有点不足，二十年来是没人比得的。"高恒便笑着招手道："老钱！你好大面子，把病西施都拐来了——快来入座，罚酒三杯！"又笑着对芸芸道："怎么，动了凡心了？你瞧的，我哪点比不过这位夫子，怎么我就勾不上手呢！人呐，真得讲点缘分！"说着便伸手摸芸芸的脸，却被芸芸一巴掌打下手去。"你正经点！我不爱小白脸儿么！"惹得众人都是一笑。

"好好好！正经就正经——"高恒毫不在意，嬉笑道，"今儿吃你的花酒，你可得亮几手叫我们开开眼！"芸芸这才回嗔，微笑道："这还是个礼数。"遂从墙上摘下琵琶，略一调弦，清冷之声顿起，四座肃然，听她唱道：

> 红尘小谪，恨今生误了玉京仙宇，回首红楼繁华梦，勾起柔情万缕。汲水浇花，添香拨火，十二金钗曾聚。万竿修竹，潇湘风景如许，颦卿颦卿，我亦为汝惋惜……

高恒听得眯着眼，手按拍节，钱度也是如入迷境，突然开眼问道："这唱的是《红楼梦》！你居然见过这书？这歌词又是谁写的？"高恒也道："怪道的，听着耳熟。'颦卿'不就是林黛玉么？我在傅六爷家见过，连抄本他都舍不得借我看。坊间又没有这书，你怎么有这么大的缘分？"芸芸抿嘴儿笑道："你们说的'傅六爷'不就是当今正牌子的国舅爷么？满口都是谎话，说是什么生意人，又是什么皇商——掉了底儿了吧？我看你们也都是官儿吧？——这词是罢了官闲居的一个老探花写的，叫刘啸林，从他那儿我借看过几卷《红楼梦》抄本儿，实实是一本真才子真佳人书。刘先生在这里留了几首吟《红楼梦》人物儿事情的诗呢!"说罢，略一沉吟，目送秋波，手挥五弦，裂石穿云地又唱道：

> 血泪迸红雨，名士多愁工寄托，拼为佳人辛苦，痴忆茫茫，空花草草，且自调鹦鹉，问谁相与，回肠转出凄楚……

"这是咏黛玉的葬花词的……"她轻吟了一句"侬今葬花人笑痴，他年葬侬知是谁"呆呆的，竟自迸出泪花来。

巧媚儿眼见芸芸一出场便占了先枝，心里很不是滋味，上前摇着高恒肩头道："天不早了，咱们回房，我有一套叨叨令，上回尹制台叫堂会，还拍手叫绝呢——叫芸芸陪钱老爷吃他们的合欢酒，我给你唱体己儿曲子!"

"好好! 宝贝儿，冷落了你了……"高恒拍着巧媚儿的手，正要起身，见自己的贴身长随贾四匆匆走来，便问，"什么事?"

"回老爷话，"贾四后退一步，躬身说道，"南昌老茂栈刘掌柜的从漕运上过来了二十船盐，一路都没事，到南京海关叫关上的吴守备给扣住了。他们没带盐引，关上要全都没收，没奈何扛出您老人家招牌，这才暂押着没有抓人。他们急得热锅蚂蚁似的，无论如何请老爷走一趟……"高恒道："这用得着我亲自去? 带上我的名刺，你去先保他们出来，回头把盐引补上不就结了?"

那贾四连连答应，却不肯走，又道："兵部和刑部来了两个司官，在驿馆坐等老爷——""你告诉他们，"高恒截断了他的话道，"我明儿一早就离南京到四川，已经不管这里的事了，请他们回步。"贾四咽了一口唾沫，说道："奴才说了，一个黄大人，一个葛人人，坐着不走。说是……'一枝花'在彰德府劫库银没有成功，如今不知去向。山西在直隶藩库共调了六十五万两银子到石家庄，要密运四川。怕路上出事，圣旨叫老爷亲自主持押运，请老爷即刻北上，到风陵渡接银子……"

"行了行了!"高恒愈听心里愈烦：这么机密的事，这杀才当着婊子们在妓院里就全兜了出来。一边起身整衣，一边骂道："你只说'有旨'不就够了? 穷唠叨你娘的没完!"又向曹鹎儿、巧媚儿等人歉意地一笑，说道："我就是个官，这回再也瞒不过了。你们陪钱爷说话儿吧，过些时我再来……"说罢匆匆去了。那一群鸨儿婊子都送他出去。

钱度见高恒突然离去，心里一阵慌乱，从怀里抽出两张银票，对芸芸说道："这一张是二百两，我给你的体己，这是一千两当作赎银。明儿我再送过来五百两给你妈。好好歹歹你不至于再受那些肮脏气了……我也要走，明儿有空我再来看你……"那芸芸用泪盈盈的目光盯着钱度，良久，突然脸一红，羞涩地低下了头，问道："你……真是个好人。你只是可怜我就这么花银子……看不中我么？"

"哪里的话……"钱度越发局促不安，结巴着说道，"这要自个儿情愿。我这把子年纪，也长得丑……再者，我也不惯这里的场面……"

"我只要你人好。"芸芸眼中的泪大滴大滴地滚了出来，搓弄着衣角拭泪泣声说道，"一个女人落到这一步，还有什么挑人的去处？把我赎出去……三千两银子就够了——我做一手好针线，给你太太当奴当婢……怎么都成……"她突然下了决心，起身扑在钱度怀里，温声说道："今晚……你别走了……"

钱度拥着她，用手轻轻梳着她的秀发，头晕乎乎的如在梦中。正要说话，那曹鸨儿一掀帘子进来，拍手笑道："好啊好啊！我们去送客这一霎儿，白牡丹就会了吕洞宾——秀英，兰彩儿，英姑……过来吃他们的合欢酒！"于是众人便一拥而入，屋里顿时又是珠摇翠晃，芳香流溢。让人叫巧媚儿时，来人说："姑娘乏了，明儿过来给姐夫姐姐贺喜……"

易瑛一干造反义军在山东聚众不成，筹粮失利，一败于黑风寨，二败于桑桥，零零落落奔往武安，在白草坪又遇当地土匪强袭，虽然勉强胜了一仗，却是立脚不住。清点人马，只剩下五六十人，而且里边还掺和着刘三秃子黑风寨的十几个人。和众人商议，有的主张杀回山东，官兵既在那里得手，此时决然没有防备，燕入云主张从豫东先进大别山，再到桐柏山里扎根休养。胡印中原是刘三秃子部下，已经生了嫌隙，此刻处境尴尬，什么也不便多说。刘三秃子是被官军逼着裹携进来的，他虽匪性凶残，心眼儿也还够用，知道一离开易瑛，立时就要落入天罗地网，只是一味地巴结易瑛、燕入云等人，生怕赶走自己，他是土包子，也拿不出什么见识来。皇甫水强却认为豫东大平原无遮无挡无粮无草，不到大别山就会被官军发觉围剿，不如由武安向北，在太行山深山里盘一处寨子扎住根，稳住了再徐图大计。不料在攻打钻天岭时，又遭官军突袭。刘三秃子见兵匪合一夹攻上来，乘机内讧，要杀易瑛。一夜烂仗打下来，易瑛连夜败退到浮山女娲娘娘庙，检点人数时，只剩下二十七人，所有马匹、银两和干粮丢失得精光。

此刻夜阑更深，女娲娘娘庙翘翅飞檐，静静地矗立在藏蓝色的晴空里，浮山顶上，一钩弯月将惨淡月光洒落下来，依稀映着坐在白石阶上的这群落难人。那群男人横七竖八地躺在庙门东边廊下避风处，有的鼾声粗重，有的一袋接一袋地抽旱烟。易瑛和乔松、雷剑则在庙门口相互偎依着，谁也没有说话。乔松胸前受伤，半躺在易瑛怀里，不时地发出轻微的咳嗽声。雷剑吊着左臂抱着剑靠在易瑛膀子上，也垂着头不言语。只有强劲的山风时而呼啸着掠岗而过，发出呜呜的哨声。

听着乔松已经呼吸均匀地沉沉睡去，雷剑趴在腿上不再动弹。易瑛轻轻放下她们，解下身上披风给她们盖上，迈着疲困的腿踱到一块大石头旁边，望着天上的月亮只是出神。

她原是河南桐柏桐寨铺人。虽然容颜娇艳，仿佛二九少女，其实已经年过四旬。在她记事时，父母便遭了瘟病先后谢世。六岁的易瑛就以讨饭度日，白衣庵的尼姑静空见她可怜，收她在庵中剃度了，法名叫"无色"。每日照顾庵中香客上供的馃果、香火钱。另外做些洒扫庭院、开门闭户的杂活。她名叫"无色"，但人却越长越娇媚，一双纤手皓腕洁白如玉，眉宇似蹙非蹙，似喜不喜，活脱脱鲜灵灵地令人一见忘俗。别说桐寨铺的人，就是过往的京华权贵、两江大贾也常慕名驻足，借口"送香火钱"，来庵里一睹芳容。有些人肚里还打着糟蹋菩萨的念头，三天两头来搅扰。

康熙五十九年静空圆寂，临终拉着她的手微声说道："我问过观音多少次了。你不是这庙里人，你另有正果。孩子，当初收留你为你年纪小，无家可归。如今我去了，你在这里是呆不住的，你听我说，不拘怎样，有个好人家，你还俗嫁了吧——这是你的命！"

果然静空一去，易瑛的日子就难过了。她身上常常带着剪刀，上午辰时开门，下午申时关门。一干浮浪子弟，有事没事常来庵中厮混，到晚间丢砖摞瓦甚至撬门砸窗，吓得她终夜心惊肉跳，终日神思不宁，有时讷讷自语、有时无端哭笑，落了个半疯半癫的症候。见她动不动就操刀弄剪的，倒也一时无人敢招惹她。

忽然有一日镇上来了个道士叫贾士芳，在庵东空场上演法。看热闹的人围了许多，贾士芳还带着一老一小两个道士共同演法。打场子发科毕，贾士芳立刻端了个空升，沿圈化缘，只有易瑛献了一些食物，转了一圈连一文也没收到，贾士芳仰天叹道："桐寨铺乃是豫川道上名镇，想不到人人都是吝啬鬼！"旁边的闲汉们也大声回口："桐寨铺过往走江湖的千千万，也没见过一个戏法不变就伸手要钱的！"

"这说的也是！将欲取之必先与之——"贾士芳微笑着收科作揖，对老者道，"飘高师兄，向这里高升米店中借米一升，挣来钱还他们一斗！"那白胡子老者答应一声，端着升到街旁米店去化缘了。这米店林老板平素是个鹭鸶腿上劈肉，臭虫皮上刮漆的角色，哪里肯结这个善缘？躲了里头不出来。飘高笑着一躬去了。贾士芳也不恼，转身走向易瑛，审视她良久，说道："有心度化一位女弟子，可惜你华盖不全，不是我门中人，留一卷书给你，好好习修，日后你另有正果！"

一阵料峭的山风吹来，易瑛打了个寒颤，朦胧西斜的月色更加灰暗，满山的白石头如虎踞狼蹲，远山近峦起伏不定，仿佛在无声地流动，又像幢幢的影子在跳跃嬉戏，给人一种诡异神秘的不安。贾士芳临走时说："你是女娲娘娘座下金童，男转女身，经历人间苦难后还归本位。"此地浮山，据说就是女娲炼石补天之处，山上白色浮石都呈蜂窝状，扔到水里有的竟能漂浮起来，据说是补天时烧化了的石液浮沫凝成。如今山穷水尽败退穷途，刚好就落脚在女娲补天之处，冥冥之中莫非有什么天意——是要在这里"归位"而去，还是由这里重新生发，再造一个大局面？她下意识地摸了摸胸前，这里藏着她的"天书"，就是贾士芳留给她的《万法秘藏》。这部看去并不十分难懂的书，她已经修习了近三十年，里边颠倒阴阳、遁甲之术应有尽有，甚或炼石成金，撒豆成兵的法术，也都述之甚详。使她大惑不解的，上头的大法术，背着人演练，几乎次次都有效验，临到强敌环伺，一百次九十九次不能如

意。请神扶乩，捉鬼擒狐，祛灾禳病这些小法术，倒是一行便通。临阵
杀敌，定身法定不住人，撒豆也还是豆！自从雍正元年，桐柏县以"妖
术惑人"派兵捉拿她，被她用喷火炼形术击溃，率徒众扯旗造反，立
"真主"，树大旗，替天行道，先败于九峰山，只身逃往湖广、江西，演
法收徒，再败又逃……二十多年，除了"易容术"使她仍保持着二十许
岁姣好容色外，其余法术时灵时不灵，总归从来没有派上大用场！

　　她睁大了眼睛，从紫薇星座细细端详，找到了她自己的星座，"天
清神座"。紫黯色的天穹像一口钉满了银钉的大锅扣在茫苍苍的群山上，
每一颗星都是那么明亮，一明一灭神秘地闪烁着，显得那样不可企及，
不可思量……陡然间她想起书中前言说的"以道胜人，以法驱邪。道不
胜法，则法无所用，道胜法，则法不必用。以法助行道则道倡，道既
倡，行道可也，不必用法。此宗旨，学者不可不知也！"恍然之间她似
乎悟到了什么，目中晶莹一闪，自语道："原来如此，小法术只是用来
行道的，不是用来杀敌的。法术要能改天换地，上天何必假手
我？……"她嗫嚅着仰面望天：是乾隆有道，还是我奉的"真主"有道
呢？但上天太高太远，无数的星星向她眨眼，却不回答她的疑问。

　　"圣使……"

　　一个女子声音从身后传来。易瑛从遐想中收神，回头看时，却是吊
着绷带的雷剑，便道："怎么起来了？有我在这里守风呢！这里断然出
不了事——要是冷得受不住，男女各点一堆火。"

　　"不算太冷。"雷剑说道，"韩梅和严菊她们问咱们去向呢，咱们要
不要答话？"又指着左侧山下道："您瞧！"

　　易瑛向下看时，果然见幽暗不见底的谷中燃起一道弧形的篝火，似
乎还有人在来往添柴。此时燕入云、皇甫水强和胡印中等人也都看见了
火光，都凑了过来计议。

第十五回　情马无缰阳沟失事
　　　　　穷途计短议劫王纲

　　"那是唐荷他们在打招呼。"燕人云边走过来边道，"方才听圣使说点火，我看使不得。妖兵追得急，这里一点火几十里都看得见，不是招蜂入怀么？派个人下山接她们就是。"皇甫水强接口道："这座浮山上下二十多里，她们不见我们动静，能守在老地方？这地方方圆几十里都是白浮石，根本没人家。大股妖兵还在长治南边，小股的不敢来招惹——圣使，只管点火联络！"燕人云隐隐觉得这个皇甫水强有点跟自己过不去的意思，但他无权禁止他和易瑛说话，遂冷冷说道："点火招来敌兵，我先割了你的头！"

　　皇甫水强是"一枝花"起事时的首领，在桐柏山大寨中其威望还在燕人云之上。自从燕人云入伙，一来武艺比他好，也比他年长几岁，江湖上手面广，很得易瑛器重；二来燕人云对易瑛确是忠诚不贰，还另有一份情意。所以事事容让许多。燕人云自觉举足轻重，有时说话就带着颐指气使的味道。见他此时还摆款儿，皇甫水强不禁怒从心起，轻笑一声说道："谁封过你是总管么？这几年我都让着你，为的你是富贵人家，到我们这堆里来不容易。你就越发嚣张！是你拉着圣使去江西，我们才倒这血霉。在桐柏山好好的，几千人盘占个大寨子，官府十次剿也没动我们一根汗毛。现在你还敢摆谱儿——不瞧着圣使面子，兄弟们早他妈宰了你了！""你有这个本事？"燕人云掉过头恶狠狠地盯着皇甫水强，语言中透着巨大的压力，"充其量你也不过是个土寇！""土寇我自认了，你是英雄么？"皇甫水强立刻反唇相讥，"我们在圣使跟前只是效忠，除了厮杀，性命相扑，没有别的心肠！"

　　"行了！"易瑛断喝一声，二人都住了口，易瑛道，"这是什么时候，还打窝里炮！——胡兄弟，你看呢？"

胡印中一直沉默不语。他一直很受易瑛信赖。但他毕竟入伙不久，也看出了平素燕入云对易瑛的情分，只要谁略靠近了点易瑛，他立刻就犯醋味。他也看出易瑛对燕入云不但倚重，也确实在私情上很有好感。燕入云自有一伙人。皇甫水强在下头深得人心，这也是洞若观火的事。他是刚刚入伙的人，不敢蹚这汪浑水。胡印中思量许久，轻叹一声说道："我想，还是联络一下的好。一来是自己兄弟姐妹，二来山下情形不明，叫到一处，听听有什么消息，好走下一步棋——当然，也许会招来官军，不过官军未必有这个胆量，他们属耗子不属鸡，人不上千，动都不敢动的。"

"点火，把庙里窗棂子拆下来点着，加一堆火，叫韩梅她们快来会合！"易瑛吩咐完，突然觉得浑身疲倦，坐在石头上道，"兄弟们把信火点了还去歇着，咱们几个议议，走好下一步棋。"

弯月形的篝火点亮了，庙里的窗棂、幔帐在火中噼啪作响，浮山的山顶上火焰冲天。几个造反头领抱剑倚石而坐，像几尊石像一动不动，都在深沉地思索。许久，燕入云才粗重地喘息一声，说道："我们吃亏吃在没有钱。在山东南边一下子聚集了两千人，由于没有银子供饷。兵器，都是锄头、镰刀、权把、扫帚怎么打仗？圣使的规矩不许打家劫舍。可那是在桐柏，大山里种一点，打打猎也就能应付了。在外头还这样就不成。打一个大富豪，我们就撑起架子了。"

"这么一味地跑不是办法。我们得有个窝。"胡印中道，"梁山好汉也吃过败仗，一进水泊，官军就拿他们没办法了。我入伙时咱们还有几百人，其实官军没有杀我们几个，多数是跑散了。无论如何不能再这么奔下去了。"燕入云道："我们其实一直在找窝，只是力量太薄，攻不下人家寨子也是枉然。"

皇甫水强好像专门要和燕入云作对，轻咳一声道："我们找的都是别人的窝，桐柏山的窝我们自己把它丢了不管。强龙不压地头蛇，何况我们现在并不强。"他顿了一下，又道："我觉得南边北边好办。过了黄河，我们就没有得过利！其实在江西，虽然打散了，我们首脑都在，只要官军一退，招呼一声寨子就又拉起来了，圣使在那里人们还是当神敬的。"

　　易瑛也一直在沉思着听，她的感受与众人不同。她觉得朝廷似乎气数未尽，还在蒸蒸日上。她以法术传经布道，济世医人，每逢哪里有灾就去灾民中演法，信民是不少的，徒众却不多，真正知道她红阳教宗旨的就更少了。就这些受灾地，朝廷也随即有旨免捐免赋，发粮赈济，还有医药供应也都及时，简直无缝可钻。往往她要杀的贪官，朝廷也查办了。老百姓没良心，求治疾病时虔诚到十二分，病好了也就撂开了手。想到这些，也真令人心灰意懒……她垂下了头，突然又警觉地抬起来，"我是奉天行道、杀贼除妖的圣使，怎么能这样想？"思量着，已定住了心。缓缓说道："大家说的都有道理。目下朱三太子的世子尚在吕宋国蒙尘，没有归位，真主不在域内，我们摸索着干，难免有差错。但如果都不干，世子归来连个定居之处也没有，这是不成的。所以我是有些操之过急，只想一日之内揭竿而起，天下景从……我们是得想办法占个地盘，在桐柏山和井冈山我们吃过亏。吃的亏是因为只有一个老营，给人一端就树倒猢狲散。看来还是要向南，回桐柏去，那里连着大别山，又通着伏牛山，多建几处营盘互为犄角，互通声气——今天在此的我看不会再有二心的了，大寨有了分寨，可以各自带兵，也省得我总是亲自出马孤军奋战。至于饷，我们可以在直隶、山西劫几个大户，分些浮财给老百姓，细软我们带走。将来的饷源，只能从官府身上打主意，一味打家劫舍就违了我们的教义，那就变成了刘三秃子那样的草寇——我们虽然受穷，还是王者之师嘛！"

　　众人原都是因为一败再败，各自有些意见，恼火得很，其实心中还是尊敬易瑛如天神，对自己这些看法也只模模糊糊的，并不认真。易瑛如此虚心，一概接受，大家都十分感动，遂又鼓起兴头来，燕入云笑道："我最爱打富济贫！我们手里有家伙，想筹几个钱粮还要向那些臭财主借！不是我说，当初在太平镇要听我的，不管三七二十一，冲烂了马家，劫了粮就去攻寨子，这会子不定我们还在黑风崖上吃酒消夜呢！"他说得兴奋，直想站起来，皇甫水强却道："那地方不成，容得下刘三秃子，容不下我们。那里离北京那么近，一道旨意，济南、保定两头出兵夹击别说吃酒消夜了，怕只有火枪子儿能吃——"他看了看暗中的易瑛，突然顿住了口。燕入云见他如此盯着自己作对，心中不禁大怒，手攥着剑柄捏得出水，强忍了没有说话。在僵持难堪的氛围中，一个弟兄气喘吁吁走来禀道："韩梅、唐荷她们上来了，还带着三十多个人！"

"三十多个？"易瑛心中一喜，立刻又敛了笑容，"有外人么？"

"没有。全是我们打散了的自己兄弟！"

"好！"易瑛顿时精神大振，笑着对众人道："女娲庙前这一聚，看来我们气数还会旺起来！瞧瞧她们去！"

众人刚站起身，韩梅和唐荷二人已经踉跄着走过来。熊熊篝火中，只见二人头发蓬松、衣衫褴褛。二人见了易瑛，扑身跪倒在地，抽咽了半晌，"呜"的一声号啕大哭起来。"……圣使娘娘……我们没有打好仗……七十多个兄弟只活着回来这三十多个……"韩梅哭得浑身颤抖，"……失散了这六天，我们白天躲在山里，只有晚间才敢走路……遇到一个砍柴老汉告诉我们，娘娘往这个方向来了。一路上还有几个逃跑了的……要是再寻不到您，我们只好自杀了……"唐荷哭得泪人儿一般，抽泣着道："其实官兵倒不敢穷追我们，恶虎镇丁百万家一百多个庄丁，死盯着我们不放……我们杀他们退，我们走他们追……他们的佃户，不敢接济我们……我们又累又饿……路也不熟……他们抓我们一个便杀一个，割了兄弟们耳朵去报功……"说着又呜呜咽咽哭了起来。

"回来就好，我们见着就好了。"易瑛听她们虽然说得语无伦次，却也能体会到她们一路上凄凉奔波、悲苦无依的心境，由不得心中一阵酸热，眼圈便红红的，长叹一声挽起她们，说道，"我们已经商议好，打回桐柏山，在桐柏、伏牛、大别山扎住根、慢慢跟朝廷周旋！"她的瞳仁在火光中灼灼生辉："此地只可暂居一时不可久留。稍稍歇息一下，我们从风陵渡过黄河。河南是我们的老盘子，有了饷一招呼，人马立刻就能拉起来！"韩梅听她说到"饷"，眼睛一亮，说道："圣使，见了你只顾欢喜、伤心了，还有件要紧事禀报呢！——南京皇舞栈派人来了，说有一套大富贵，六十五万两镖银要在石家庄聚齐解往四川。鞑子们在四川和金川人开仗，粮饷如今还是秘密，不能用大队官兵护送。请圣使派人截下来。"

易瑛尚未答话，燕入云已听得心痒难耐，插口便问："押运的是谁？皇舞栈在南京是什么身份，怎么知道这么重要的消息？"突然想到这是不该问的，便打住了。易瑛问道："来人呢？"

"我没有见——我到老茂客栈去打听圣使娘娘下落，是二癞子告诉我的。"

"他没说这些银子过路了没有？"

"肯定还在石家庄，老茂家已派人尾上了！"

"押运的是谁？"

"官府是按省递交，暗地护运。南京那边已经派了个高国舅到郑州接镖。随镖银行走的叫黄天霸，是直隶黄家老镖行的——"

易瑛皱了一下眉头，止住了她的话："余下的我知道了——你们到那边歇着，乔松肩上受伤，也该换药了，你们照顾一下。"

"是。"韩梅和唐荷打了一躬，退了下去。易瑛见雷剑也要去，摆手道："你们得随时有人跟我，你留下。"又问众人："怎么样，这银子取不取？"

燕入云一挺身子说道："取！这是皇镖，取一票我们多少年都用不完。别说六十多万，就有十万银子，竖起招兵旗就有吃粮人！有人有粮有饷有兵器，我们横行天下，怕谁？八旗满人是一堆豆腐渣，汉军绿营，虽能打仗都在西边省份。打下几个州县做我们的营盘，不比钻山沟受那份闷气强得多？"皇甫水强也被"六十五万"这个数字拱得心里发热，说道："我看也是先取下来再说！这个机会太他娘的难得——不但没有大队官兵押送，而且路也远，山路也多，截了镖，我们也容易躲藏。"燕入云笑道："有银子什么事办不下来？凭我昔年的交情，加上银子怕没人入伙？大队人马我们也拉起来了！"蹲在一旁的胡印中却觉得不妥：官兵能容你从容不迫地弄到银子，又就地招兵买马？他觉得是笑谈，但他深知自己在这里是个孤客，人微言轻，一开口就要得罪人，便也附和道："截镖我没说的，要想想截不到，失了风怎么办？截到了，也要有章程，不至于临时手忙脚乱。"燕入云已经被"六十五万"烧热，见众人都无异议，心中大喜："这里初一、十五是庙会，平时没有人。正好我们休整几天，吃得饱饱的做这个大案。我们窝囊透了，也该换换气儿了。"

"只能智取，不能硬来。"易瑛说道，"这次一定要成功。我们实在赢得起，输不起了！"她从怀中取出一把黑豆，望着北斗走步做法，口中念念有词："我身倚浮山，浮山护我身。女娲为我呵，护我法身存。上元将军，唐护吾身；中元将军，葛护吾身；下元将军，周护吾身。东方东九夷，西方西六戎，南方南八蛮，北方北九狄。中央真兵，常侍吾侧——奉太上老君急急如律令！敕——疾！"

燕入云正自暗笑她这个时候还要捣鬼，却见易瑛将一把黑豆撒了出去，喋血向火一喷，那残火本就不旺，顿时熄了。猛然间人们都像堕进无边的黑暗之中，但见四周幢幢鬼影来往跳跃，似乎在搬运什么。人人心中凛然畏惧，过了一会，月色复明，再看时，满地都是山鸡野兔，似乎扭了筋一样在地下挣命。

"烧吃了它们充饥。"易瑛透了一口气，疲倦地坐在大石头上。

这群人在浮山女娲庙里歇息休整了三天，化整为零下山，都在老茂客栈住脚。又反复商议了取镖计划，专等黄天霸到来。那燕入云劫镖是个行家，布置筹划精密妥当，众人俱各服气听命。

黄天霸这趟官镖押得提心吊胆。黄家自从前明天启年间为朝廷押过一次军饷，将三十万两银子从北京安全送往洪承畴军中，在江湖上走响了名头，户部赠匾"金镖黄家"，百年来几乎没有失过风。四代人传到黄天霸手里，便到了极盛时期。走镖护银讲究镖行镖手三硬。"腕子硬"是说要有武艺上的真功夫，能拼不怕死，但单是凭腕子硬还远远不够。绿林英雄中功夫硬的有的是，不结交好这些人，天大的能耐也要栽筋斗，还要"面子硬"；有这两硬，小镖可以走得了，但走大镖，成千上万的黄白货招人眼红，腕子、面子都靠不住，还要地方官绅从中维持帮忙，这叫"根子硬"。只要不是兵荒马乱，有这"三硬"，走镖百无一失。此刻黄天霸倒是三硬俱全，他自己是家传武功的头号硬手，祖父辈黄九龄、黄滚最盛时也不及他现在的武功，不但镖打百步举掌洞穿手腹，那一柄单刀玩起来，连名震天下的金刀王爷们也是自愧不如。他自己就有门徒十三个，号称"十三太保"。寻常的镖趟子，太保的徒弟们就可平平安安地走下来了。绿林里头他还结交了三十六位朋友，遍布直隶、山东、山西、两江、湖广、川、黔、滇黑道，手面之大前所未有。

他自己在刑部跟着刘统勋，封着车骑校尉的爵随部当差。结结实实的三硬俱全。但是这趟镖毕竟太重了：六十五万两银子——那是一个省一年的岁入，四万多斤重，要用二百头骡子驮运——这样招摇数省，不出乱子才怪呢！好说歹说，兵部才同意用三千两黄金顶出六万两银子，饶是如此，也满满装了三十车。经过精心安排，一律用稻草包装，一层层塞进麻袋。上边胡乱装些药材，再用油布苫了，很像向四川贩运药材的大商巨贾。黄家倾巢而出，十三太保也都紧紧跟随卖力。金帖卑词送向绿林请托照应，而且还请吴瞎子关照水陆两路青红帮兄弟照应，一切齐楚，这才略略放心。

所有的事情定住了盘子，主押官高恒却迟迟不到，黄天霸急催户部，户部说已经发下了旨意，叫他耐心等候。但这是什么事？谁敢守着几十万两银子在石家庄硬等？又派人到南京去催，飞鸽从南京传书回来，高恒去了瓜洲渡交代盐务差事，说交代完了飞骑前来，如等待不方便，可自行押解，在郑州会合！接这信读着，黄天霸气得手颤心摇，汗水把信都捏湿了，和十三太保商议，大家七嘴八舌议论了足两个时辰。既不能让银子有失闪，也不能得罪国舅爷，最好的办法就是在石家庄死等高恒。十三太保中前六个太保贾富春、朱富敏、蔡富清、廖富华、高富英、梁富云跟黄天霸留守镖银。老七以下黄富光、黄富宗、黄富耀、黄富祖、黄富威、黄富名、黄富杨是干儿子，都派出去，沿线踩点探风互相接应。又过了六七天，那高恒才姗姗来到，见黄天霸预备周到，夸奖道："辛苦你！难为你想得周到，完事了我具本保你！既这样，咱们走路！"就这样轻描淡写几句，黄天霸一腔焦躁愤懑顿时化为乌有：选定一个黄道吉日，早上天不明就离开了石家庄。一路上都是大太保贾富春打前站，他也不怕辛苦，每天头一遍鸡叫起身，带两个从人骑快马选好午间用饭歇息处，然后再往前赶到晚间宿地，选好客栈号好房子，然后再返回镖车队护镖。

一路八九天无事，镖车已行到邯郸马头镇，这地方离邯郸六十多里，离彰德府七十来里，这一路十分荒芜，沿路是山野小户、荒滩潦水和白茫茫的盐碱地，向西到长治有一条官道。镖队来到三岔路口，无论往哪边走都赶不上正经宿头。黄天霸和高恒一行在马头镇北一家饭铺，胡乱吃了几口饭，高恒见那日头热上来，一边用小手帕揩汗，摇着檀香木小扇问道："我说小黄，咱们今晚歇哪呀！"

"回高爷的话。"黄天霸陪侍在侧，一哈腰说道，"向南向西都成，不过南边刚下过雨，本来路就不好，这就更难走了。西边道儿好走，要进山呢，又怕不安全。今儿下半晌恐怕得辛苦一点赶个夜路，无论长治还是彰德，下半夜才到得呢！"

高恒摇着扇子只是笑，说道："赶夜路……恐怕不成。'一枝花'就在这附近，出了事没法交代。说你笨，你安排事情十分周到，说你聪明，怎么就没想到就歇在马头，好好睡一下午，明儿起个大早直奔长治？"黄天霸蹙额说道："爷说的我也想到了，不过马头这地方，原来就商定不能歇脚的。这地方是直隶、河南交界处，离山西也近，这种三不管地面儿最容易出事。出了事也不易和官府交涉缉拿。爷原说走郑州，往南看似开阔，其实都是沼泽，过了沼泽又是千里河滩地，荒无人烟不说，还有不少土匪，咱们控制不了。我们安全把货送到是头一桩大事，小的岂敢掉以轻心？"高恒左右看看，说道："这个马头镇我听说过，只是逢五一集，今儿不逢集，你看，拢共也没多少人。镇上还有镇丁税丁，在这里住一宿无碍的。"

"那些镇丁能指望得上？"黄天霸一听就笑了，"贼来了跑得比兔子还快呢！他们有的自己就是贼！这种人又当钟馗又当鬼，我见得太多了！"正说着，镇里几家客栈的伙计手里举着幌子迎了过来，一片声嚷嚷着拉客。

"住下吧！——我们贺家老店，清洁齐整，两个四合院，草料饭食一应俱全，十分方便！"

"老客！忘了我们么？曹寡妇店——百年老字号，前有酒楼，后有房舍，客人搭火自己造饭、锅碗瓢勺俱全，马厩是新盖的哪！"

"曹寡妇老了，她店住不得！"有人高兴地叫道，"我们店挨着春香楼——""你们店本就是王八窝儿！"曹寡妇店伙叫道，"谁住进去鼻子上都要长杨梅大疮！"

"住我们店，清堂瓦舍，一色新房——马头老客栈！"

黄天霸看这阵势，生恐高恒答应下来，忙道："去去去！我们哪个店也不住，今晚赶恶虎镇住店！"他话没说完，便被伙计们的声音给淹没了，有的叫"是你说了算还是老板说了算？"有的喊"去恶虎镇要过黑风岭——贼不劫你，也要摔到崖底下！"还有的嚷"住下吧……往前半日路程没有宿头……"高恒原本拿不定主意，听众人如此说，又见朱富敏、蔡富清几个太保忙着套骡子饮水，似乎黄天霸说了就算定局，遂道："老黄，还按我方才说的办吧！"张着眼看时，一个伙计站在路边并不招客，手里幌子却很特别，写着："老茂记客栈，凡住店皆我衣食父母。客人安全，本店以身家性命担保！"高恒便将手一指，说道："就住你家店！"

黄天霸不满地睨了高恒一眼，见高恒正笑着转脸看自己，忙低头敛眉道："小的听爷吩咐就是。"一转脸便命众人带着车跟着那伙计来到老茂记客栈。那伙计拉客时一脸憨厚相，此刻却变得异常饶舌，一个劲儿地跟高恒套近乎："我眼里有水，瞧准了您老人家是个大富大贵有大造化的主儿！这个时辰到码头来的，哪有敢走道儿的？往南十里地您就知道了，路上的泥水漫过膝盖，像这样的车马，一天只能走二十里地！那两边的芦苇白茅都长起来了，前三天还有两个贩茶的叫人给砍死在道儿上，那是强人出没的地方儿，走夜道不是瞎闹么？往西的道儿好走，不过要过那黑风崖，驿道窄的地方只有五尺宽，都是在崖上凿的道儿，马蹄子一打滑，连车带货就会翻下去，那崖，嘿！往下瞧瞧人都目眩头晕。这几个月说'一枝花'藏在山里，人人听了都怕，谁敢半夜里闯这条道儿？您老还有这些兄弟，到小店打个尖儿，吃饱喝足倒头睡个好觉，明早天不明就走。过了恶虎镇下山一溜风，那是一马平川大官道，两边都是村寨人家，赶得快不到起更就能到长治，赶得慢随便找个人家歇了，再没半点凶险的！"高恒笑道："你这猴崽子，方才一句也不吱喝。一放屁就是这么一串儿，我怎么会挑中了你这店呢？"伙计嬉笑道："我一看就知道爷准赏光我们店——这是缘分，谁也勉强不来。爷这是做药材生意的，本地人要买，卖不卖呢？"高恒被这伙计逗得高兴，说道："只要价钱合适，哪里不是赚钱呢？"高恒见是齐整两个四合院。中间是堂屋，后面有马厩，前面有饭店，便包了西边四合院。拴马卸货，忙乱了一阵子，洗漱完毕安安生生歇下，黄天霸却放心不下，前院后院，院墙外头审视一遍，又安排人四处按岗守护这才进来。刚拐到西院门口，便听店主笑着招呼："喂，管家大爷！你们的财神来啦！"

"什么事？"黄天霸回过头来，狐疑地盯着店主问道。店主没立即答他的话，却向身后招了招手，喊道："二憨子，把史先生和杨先生请进来，和黄爷商量生意——黄爷，这是我们马头镇挂千顷牌儿的王百万家两个管账先生。想和爷们做笔买卖。"黄天霸不耐烦地说道："我是押镖的，不做买卖！"

说话间，那个叫二憨子的伙计已带着两个人进来。一个脸型略长，白净面皮，漆黑的小胡子修饰得十分整洁，眉眼间带着"自来笑"十分和气，自报姓名说："在下史成功，久仰大名了。"另一个穿着灰府绸长袍，套着一件玫瑰紫套扣坎肩，腰里系一条玄色卧龙带，项下用丝线吊着一个水晶墨镜，面如冠玉神清目秀，却没有留胡子，也一脸笑容——双手握一把湘妃竹扇朝黄天霸一揖，说道："在下杨天飞拜揖！"

"好说，本人黄天霸。"黄天霸呆滞地点了点头，只好挪回脚步向二人回礼。"二位先生有何见教？"因见史、杨二人向前趋来，黄天霸生恐他们要进西院不好阻拦，将手向账房一让，又道，"请这边说话。"

扮作杨天飞的燕入云和皇甫水强跟着黄天霸进来，账房先生忙着给他们端座沏茶，又客气地对燕入云和皇甫水强打个千儿，说道："杨爷、史爷，你们好坐好谈，有什么事吩咐二憨他们办就是。"说罢去了。

"黄爷！"燕入云跷足而坐，抖着腿道，"无事不登三宝殿，不过我们所求的事实在不是黄爷做得主的，还请面见主人，烦请通禀。"黄天霸道："你们且说说看。"皇甫水强一哈腰笑道："是这么回事黄爷，杨爷是此地王鸿绪老爷家的总管。王老爷前头做过两任襄阳知府，去岁下世了。只有干老夫人带着两个儿了过活。大少爷纳捐去了云南，在人理当知州。小少爷也纳了捐好几年，一直不得补缺。照老太太的想法儿，不愿小儿子远离出去做官，守着给她养老，这也是老的一片心不是？可小少奶奶心里就不承这个情，还是想着给小少爷选出来做个实缺的官。婆媳两个面儿上笑，心里为这事着实别扭生分着。少奶奶怄这口气，拿体己钱在京里叫我们上下活动，吏部里头打点了个遍。只是文选司堂官还没开口，却也有了个八八九九。传出话来说他老爷子身体欠佳，得着实补养补养。我们正愁着买不到好药，恰好你们的药镖就到了。这事成全了我们，贵镖主也能得些好处，真是老天安排定的美事！"说罢，将一张单子呈上来。黄天霸接过来看，上面写着：

人参十斤　党参二十斤　黄芪五十斤　冰片五斤　麝香三斤
山萸肉八斤　枸杞八斤　当归五十斤

不禁笑道："他老爷子好大肚子！"燕入云道："自从朝廷杀了贪官喀尔钦、萨哈谅二位老爷，如今谁敢要现钱？这是里头撒土，迷外人眼的事儿罢了。"

黄天霸一时没有说话，端茶慢品了一阵，心里直犯腻味。早先听人风传，说高国舅如何能文会武精明强干，眼巴巴地在石家庄等了他多少日子，谁知竟是个一肚子糟糠的绣花枕头，面儿上看去满有把握，其实心里毫无成算；笑嘻嘻的，却又刚愎自用，不听人言。可又得罪不起，早知如此，不管三七二十一从石家庄起身，这会子早已过了黄河！他心里懊悔，却毫无办法。想想，还是要高恒把责任担起，说道："你们这一说，还真得请示我们镖主。他说成，自然能办，他说不成，那就办不下来——你们请坐，我去去就来。"说罢去了。

这边燕入云和皇甫水强对望一眼，两个人做戏配合默契，几天前的龃龉顿时化为乌有。皇甫水强道："这个姓黄的难缠。说不定他要撺掇着不卖给我们呢！"燕入云笑道："这种事我看笃定得很。他要不卖，我们吵上门去，外头还有一群人求药'治瘟症'；吵起来，他们不占理，一哄而上——还有看热闹的——砸了他这店，抢了他的镖都可以。他不住这马头，我们就只好路上和他死干了！"正说着便打住，原来黄天霸和高恒一前一后都来了。于是忙起身重新见礼。

"药可以卖给你们，"高恒一坐下便道，"只是黄芪、枸杞子这些药打包装箱，拆开卖给你们几十斤，不值当的。我们做生意图个赚钱，不能按官价给，比市价要高出三成——货买与识家。人参都是长白参，五十匹叶①以上，白皮带红筋的，四十两一斤折黄金二两一钱，党参都是上党贡参，十两一斤，冰片三十四两……"他一一报价，都比批货价高一倍，末了又道，"所有银子都折黄金算账。这是我们高家老药行的规矩。"说罢笑着看二人，露出一副"看你怎么办"的模样。皇甫水强皱眉道："哪有这个价？贵行也太狠了——"黄天霸道："买卖不成仁义在，我们各走各路就是。""你们真会做生意。"燕入云不慌不忙道，"既敢要这个价，必定货色硬。不过这些药要我们少奶奶亲自过目。真的货好，中了她的意，金子是小事。请你们来个伙计，陪我们带上药走一趟——哦，放心，出门不远方家客栈——那是少奶奶自己的产业，她等着看货呢！"高恒撮着牙，思量半晌，说道："这样也好。老黄，你派个人跟着！"

一时众人已经把货盘好，所有的药装了两麻袋。黄天霸叫了六太保梁富云过来吩咐道："你是个伶俐的，跟他们去。要遇到人硬抢什么的，你只用粘住他们跟定了就是，不要死拼。"梁富云忙道："是，师傅！不过这大白天儿，出不了差错的。"

众人去了，高恒和黄天霸悬得老高的心放了下来，高恒便一叠连声命众人："都歇下！下午晚上吃好睡好，明儿走长道儿！"黄天霸一切安排就绪，又亲巡一遭，连墙外也派了人守望，回来见高恒眯着眼歪着脖子躺在安乐椅中，已是酣然入梦。黄天霸便也和衣卧倒，不知过了多长时间才蒙眬过去。

忽然院中一阵响动，脚步咚咚有声，黄天霸一个激灵跳起身来便取刀在手，高恒也揉着眼吃怔着问："怎么了，出了什么事？"话音刚落，却见梁富云闯进来，脸都被气白了，跺着脚道："高爷，师傅！我们上当了！"

"到底出了什么事？"高黄二人几乎同时问道。

"药——"梁富云欲哭无泪地说道，"叫人偷了！"

---

① 五十四叶，指参龄五十年。

第十六回　　一枝花施计夺军饷
　　　　　　刘吴龙具折弹卢焯

　　那梁富云脸色煞白，恼得气都换不上来，半晌才把话说明白。
　　燕入云和皇甫水强带着梁富云出了老茂客栈。梁富云看天色时，尚
在未申之交，街上卖菜的，打酱油灌醋的，来来往往，住店的客商熙熙
攘攘，一派平静安宁。他们出店往西，又往北，拐了两个弯儿，皇甫水
强指着前边一座楼，说道："这就是我们少奶奶的铺子。"梁富云进去一
看，果然里边住了不少客人，满院卸的都是货，大小麻袋垛着，伙计们
手提大茶壶向各房送水，一切并无异常。梁富云更觉放心，笑道："这
房屋倒是轩敞，只是门面楼太旧了！"
　　"爷看得不错，"燕入云笑道，"这店是才从刘二货手里盘过来的，
姓刘的是个败家子儿，除了嫖女人，什么也干不成。我们少奶奶精明着
哩，八百两银子就买下了——这会子，少奶奶就在楼上。您在下头等，
我们带药给她过目，只要合了她的意，这生意就算成了！"
　　梁富云打定了主意：人不离货，货不离人。也笑道："对不住得很，
我们爷有话，让我寸步不能离货。请上复你们少奶奶，除非当面货银两
交——这一百多斤东西值上万的银子呢！"燕入云和皇甫水强为难地对
望一眼，燕入云道："这处产业是用舅太太名儿买的。我们老太太什么
都好，就是怕太太攒体己钱。你上去万一叫人知道了，我们太太要被人
家说闲话的！"梁富云只是摇头，说道："那是你家的家务，我管不着。"
皇甫水强和燕入云交头接耳说了几句，燕入云便噔噔地上了楼，一时便
见一个丫头在楼梯口招手儿。梁富云和皇甫水强两个人使劲扛着麻袋也
上了楼。
　　楼上三间房虽然陈旧，却很宽敞，靠西墙摆着个大卧柜，中间一张
八仙桌，其余几乎没什么东西。显然是少奶奶不愿见外人，在房间中间

扯了一道帷帐。皇甫水强放下麻袋，站在帷帐前禀道："少奶奶，客人来了，货也带到了。"帷帘后的易瑛说道："那就请客人坐，把货取进来我看。"帘子一动，雷剑一身丫环打扮走了出来就要取麻袋。

"回复尊少奶奶。"梁富云仍是十分小心，起身叉手禀道，"货都是上等京货，从贡品里套购出来的，不然也不敢要这大价钱。尊府的管事人已看过了。少奶奶要验，各抓一点验看就是。"说罢便解麻袋。

突然楼下一阵喧哗，好像店里伙计在迎接什么人。请安问好的，一片嘈杂。燕入云和皇甫水强相顾失色。易瑛的声音也有些慌乱："老太太来了！是哪个贱人在那里嚼老婆舌头？准有人把消息透出去了——快，把东西收拾起来！"

慌乱间，燕入云和皇甫水强二话没说，掀开那只大卧柜便将两个麻袋装了进去。易瑛也顾不得抛头露面，带着三个丫头掀帘出来，对燕入云道："你们随我下去——请梁先生暂在上头回避一下。万一老太太要上来，梁先生就说是我娘家舅舅！"说完便带着众人走下楼去。梁富云在楼上听得楼下一阵说话声、嬉笑声，还夹着丫头们给老太太的请安声，脚步杂沓地都向后院去了。

梁富云想起自己妻子"防着分家"，将体己钱放外债的情形，不禁肚里暗笑，索性坐到大卧柜上抽旱烟，又思量着马嚼子皮绳毛了，呆会子要不要到皮匠铺打条新的。半晌听下面阒无人声，心中陡起警觉——急起身下楼看时，只见前店后院一个人影儿不见！慌乱间，忙进院中解开一个麻袋，看那货时，袋里装的都是青草……他突然一阵恐怖，丢下草袋子奔上楼，揭开卧柜看时，不禁一阵眩晕。那卧柜下边有一道假门敞开着，是个没底儿的柜子，哪里还有什么货物在?!

一阵阵冷汗淌了下来，梁富云觉得从头到脚麻木冰凉——三步并两步跳下楼。"史先生""少奶奶"胡叫一气，前院、后院挨门挨户又踢又撞搜了个遍，却是房房皆空、人影儿全无。梁富云自出道以来从没吃过这种亏，常被黄天霸夸奖为"胆大心细，做事认真"。这一次竟在光天化日之下让人把上万银子的药材给盗骗走了。他这一气真非同小可！——他疯了似的冲出客栈，连捉了几个邻居连踢带打又审问，才弄明白了：这里原是一座荒了的山侠会馆。几天前来了一拨人，花了几十两银子略加修缮，说是暂住一下就走的。镇上没人认得他们，既不知道哪里来的，也不知道要到哪里去。

"就这样，徒弟让人骗了……"梁富云扑通一声跪了下去，偌大汉子竟忍不住号啕大哭起来。这时贾富春、朱富敏、蔡富清、廖富华、高富英几个人已经闻讯赶来，见这个素来精明的师弟泪如泉涌，一副痛不欲生的模样，也感到异常气愤，纷纷劝解。高恒在旁也气得脸色铁青，拍着桌子叫："传他们这里的镇长来！承平世界，朗朗乾坤，竟出了这一帮子稔秧，竟然诈骗抢劫到我们头上来了！"

黄天霸眉头紧锁，用力压着心头的火，掂量着这事情的分量。半晌才道："高爷，别忘了我们不是来和人赌输赢的，我们真正的货没给人瞄上，我觉得还是件幸事呢！这地方镇长、镇丁都是靠不住。要是小股子贼，他们不敢打我这黄家镖的主意；要是大股子土匪，官兵先就指望不上。我不愿住这马头镇就是这个原由。"

"你是说这事怨我了?!"高恒刁声恶气地说道，"是我叫住这里的！"

"标下哪敢有这个意思？"黄天霸见他发国舅脾气，耐着性儿笑道，"现在最要紧的是保护好镖银，贼们没有盯上我们银子，这就是幸事。不然，在这个地方打起来，就算打个平手，后头几千里地，这镖车可怎么保？"

"依着你说怎么办？"

高恒脸色和缓下来，到四川还有两千多里路程，全指望着黄天霸一干人护送，他不能不买这个账。"难道拉倒不成？"

"拉倒是不能拉倒的。这是我失的银子，自然由我赔出来。我失的面子，自然让我找回来。"黄天霸娓娓劝说，"这时候得忍下这口气——先写个案由，加上失单送到邯郸府。他管辖的地方出了盗骗案子，自然责成他们拿贼寻赃——我们该走路明日只管走。平安把银子送到军里，回过头我慢慢来拾掇这群混账王八蛋。这个时候儿不敢因小失大……"

高恒深深呼了一口气，丢了这么多贵重药材，他真也有点肉疼："够赎巧媚儿用的了！唉……"黄天霸对六位太保却换了一副面孔，脸板得铁青，说道："都看见了吧，江湖上人心险恶，比这刁钻的毒计有的是！从现在起，内院刀不离人；外头护院的也要备足暗器匕首，心要

沉静下来，不要再想'拿贼'的事，也不许单个出去寻贼——你们可都
听明白了？"

"喳！"

徒弟们齐声应道。

易瑛等人得手，带了两麻袋药物并未远去，躲在镇北马王庙破院里
静等黄天霸来人搜索。等了一个时辰，毫无动静。正要派人去探，老茂
客栈的二癞子高一脚低一脚跑来，气喘吁吁地说道："他们不搜了——
快另想办法吧！"易瑛扬着脸想了想，一笑说道："姓黄的不含糊！癞子
兄弟先回去，一会再叫他们两个去，你只揪住他们喊叫就是。"又对燕
入云、皇甫水强交代几句，笑道："史成功——事不成功，还不能扬天
飞走，再搅他一棍子！"于是燕入云和皇甫水强各饮了一大瓢酒，装作
醉醺醺的模样，又搭肩挽臂地赶往老茂客栈——此时已是红日西坠的时
候了。

此时二憨子和二癞子早已预备好，见他两个晃晃荡荡地进了巷子
口，二憨子大叫一声："拿贼！""嗯"的一声冲了出去，一把揪住燕入
云尖声叫道："好贼！自打有马头镇，什么样的乌鳖杂鱼贼我都见过，
就没见过你这么胆大的！"店里不少客人，都知道西院遭了稂秧的骗，
有的正吃晚饭，有的已经吃过，听见说拿住了贼，便一窝蜂拥了出来，
远远站着呆看。

"什么？"燕入云被二憨子双手劈胸拿定，兀自装作醉眼迷离，打着
酒呃问，"谁……谁是贼……来，喝……"那皇甫水强却装作灵醒过来，
一摸后脑勺道："啊呀！怎么弄的，跑到这里了？"——从背后拉着二憨
子的辫子，猛地一揪，二憨子登时被搡了个四脚朝天。他却异常灵动，
一个鹞子翻身，死死抱住皇甫水强的腿，杀猪价大喊大叫："拿住贼了！
你们快来呀——二癞子，我日你八辈祖宗！怎么不来帮忙……高掌柜的
黄掌柜的……你们快来呀！"

在店外巡风的是五太保高富英和黄天霸的两个外甥，早已将情形报
了进去。那梁富云头一个耐不住，拔刀在手大喝一声："拿贼去！"他的
九个徒弟立刻跟了出去。黄天霸在睡梦中被惊醒，冲出西厢房看时，高

恒已经带着众人奔出店了。隔院店老板还在大叫："客人们，快帮帮高爷拿贼！他们只有四个人，还有两个是娘们……拿住了官府有赏，高爷、黄爷也有赏啊……"那声音又尖又高，二里地外也能听得见。

"都走了，这里的银子怎么办？"黄天霸心念一闪，立时冷汗浸了出来。回身进屋摘下宝刀，又取过一挂金丝软鞭缠在腰间。全身结束得停停当当，步出院来关了大门。谛听外面动静，起初还隐隐传来格斗拼杀声，渐渐便归于岑寂了。他一脚踏在院当心的石磙上，警惕地四面环顾，看着暮色渐渐压上来，又惦记着高恒和六个大太保厮杀情景，又回想今日下午上当情形，敌人安排得如此周密，连环套儿一个接一个。黄天霸苦笑了一下，摇了摇头。

忽然院外传来人声、脚步声，中间还夹着人们兴奋的说笑声，像是跟着看热闹的住店客人返回来了，有的说："那个史成功，我看还没有那两个女的本事大，叫廖爷一掌就打吐血了……"有的说："还是朱爷了得，那一个连环窝心脚，嘿！"又有的说："廖爷不行，杨天飞一脚踢得打了几个滚儿，那才叫狼狈呢！"老板隔门笑着喊："喂——黄爷！高爷他们擒住贼了，跑了三个，逮住那个杨天飞了！"客人们也笑着说："我们助打太平拳，帮你拿贼，你得请客！"

"在哪里逮住的？"黄天霸心里一下子轻松下来，忙上前开门，口中说道，"那么多人，怎么会叫他们走了？真是一群杀才——"他话没说完，门"哗"的一声被挤开。五个彪形大汉箭也似的蹿了进来，往黄天霸身上扑去！黄天霸心已懈了，哪里防得，一下子便被扑倒在地，两腿一旋一个双剪断日月，打倒了两个，待要起身拔刀，那几个人都是此中老手，哪里容得？四肢、脖项都被死死按定了。黄天霸待要挣扎，一柄冰冷的剑已指向咽喉。定睛看时，却是个女子。身着黑短衣套扣裤衫，脚下鹿皮快靴，披着大红斗篷，正是在马家大院见过的"一枝花"易瑛！黄天霸愤怒得眼中冒血，破口骂道："千人日透了的淫妇！有本事一对一地比试比试！"

易瑛调虎离山之计成功，不想和他磨牙，冷笑一声抽回了剑，吩咐道："这人嘴太臭，给他塞上麻胡桃，侍候着点，结实着点！我们快装车快走！"胡印中等人答应一声，左一缠右一裹，顿时把个武林高手捆绑成个米粽模样。易瑛这才笑道："我再饶你一次——自然有人找你算账！你不要眼中流泪，黑道上本来就是斗智不斗力。下次再见，老娘好生和你比武！"黄天霸口中呜呜哝哝，浑身乱挣，眼见众人装车套牲口，眼见连店老板、二癞子、二憨子、"住店客人"从容出去，耳听车声辚辚远去，心里又惊又怒又悲又急，眼一黑便背过气去……

　　六十五万两皇纲被劫！这一骇人听闻的消息，一个时辰之后便由邯郸知府朱保强用八百里加紧发往保定；黎明时分，保定总督签押房当值师爷被戈什哈从睡梦里唤醒，见是如此紧急公事，也不请示总督，加盖了总督关防，封了火漆立即飞递北京。次日下午酉时末便传到了军机处。此时天色已经黑定，傅恒正要下值回府。讷亲拆开文书看了，脸色立刻变得异常严峻。傅恒凑过来看时，脸色也变了。讷亲道："这事皇上一定要召见商议的。我们一道儿进去——让军机章京知会内务府，瞧着皇上进完晚膳立即通知我们。若皇上没进膳，暂不急着告知！"傅恒听了反而坐了回来，说道："张相和鄂相处也得通知一下。免得到时候皇上要见，临时传旨就慢了。"讷亲看后，在那份折子上加了自己的印，递过来给傅恒，说道："鄂尔泰处就算了吧！病得七喘八喘的。昨儿我去看他，连床都起不来了！"

　　傅恒一边看着邯郸知府那龙飞凤舞的字，一边皱眉沉思，微笑道："还是知会一下的好。鄂相那脾气你不晓得？上次淮河决溃，没告诉他，后来见了他，他笑着说：'不中用了，既然占了茅坑不拉屎，不如腾出茅坑来。'我们心疼他，反而听他这些气话，真没趣儿！"讷亲也笑了："人老了就又变小了，张相那是多么豁达的一个人，如今也十分计较。他的孙子荫了贡生，问了我三次，礼部注册了没有，硬是我调了礼部的注册簿子给他看名字，才捋着胡子笑了。我们日后上了岁数，难道也会变成这个模样儿么？"正说着，见养心殿太监王义匆匆走来，说道："皇上叫进，这就请吧！"傅恒便问："皇上用过膳了么？"

　　"皇上没用膳，"王义说道，"看上去脸色不好，正在生气呢，送上去的膳叫退了回去。"讷亲还想问，料想王义也不会说，便咽了回去，和傅恒一道儿从永巷进去，站在养心殿口，刚说了句"奴才讷亲傅恒——"便听乾隆在里头厉声说道:"进来!"

两个人对望一眼,小心翼翼地走进来,果然见乾隆面向暖阁大玻璃窗站着,脸上毫无笑容。两个人提着袍角跪下,深深地叩下头去道:"奴才等恭请万岁圣安!"

"起来吧!"乾隆看也不看他们一眼,长长地吁了一口气,良久才道,"吏治这么难弄,这些人不忠君也罢了,难道自己的良心也不要了?"

一句话说得两个人都摸不着头脑,傅恒思量着说道:"主子,出了什么事?奴才们愚昧,猜不出来呢!"乾隆这才转过脸来,喟然一叹,说道:"卢焯。卢焯的案子又有新的证据。"

傅恒和讷亲心头都是一震:卢焯在雍正朝时,曾是政声卓著的名吏。雍正年间朝廷推行火耗归公制度,各地封疆大吏按兵不动,卢焯当时还是一个小小的直隶武邑知县,不顾上司横加梗阻,率先在境内实施摊丁入亩、去苛役均赋捐、严惩把持公务欺凌小民的大粮户、大庄头。蒙世宗亲自召见,迁升亳州知州。在亳州禁械斗、清监狱,境内肃然,家家夜不闭户;再迁山东东昌知府,构筑护城长堤、疏浚运河,赈济灾民,政声鹊起。乾隆三年便已经官居浙江巡抚兼理盐政,在任期间教民养蚕、纺织,清理省会护城河,请停征海宁塘岁修银,减嘉兴七县银米十分之二,请禁商人短秤,下令州县缉私盐不得扰民,不准缉拿肩挑小贩,盐场征课不准用刑追索,又减盐价、免米税、广学额……走一处得到一处的万民拥戴。这些政绩也还罢了,他到浙江上任,即请旨改海宁草塘为石塘,筹备塘河运石料。尖山坝一役劳作辛苦三年,那卢焯也真舍得扑下身子,竟把巡抚衙门签押房设在工地芦棚里,一边处置衙务,不分昼夜巡视工地,勘查河道水位、湖水涨落,衙中师爷都累死了两个,终于功成安澜。不但浙江省,连福建也免了年年防汛之苦。仅此一项,涸田一万余顷。浙江人为他修了一座书院,名叫"卢公祠"。乾隆皇帝大喜之余亲下手诏,予以褒奖:"尖山坝工,上厪先帝宵旰焦劳,封疆大吏栉风沐雨,辛劳有年,告成于是。不唯慰朕躬而已,且慰先帝在天之灵也!"早已透出口风,要调卢焯任户部尚书,还要加太子太保衔,不料在这个时候,闹出一件民事案子。嘉兴府桐乡县汪姓大族分家，汪家二公子汪绍祖为分到近廓田三千亩和一块风水牛眠宝地，暗赠知府杨震景银子三万两，又托杨转送卢焯五万两。这事本来已经了结。恰巧孙嘉淦的门生刘吴龙去福建办案，风闻此事，具本劾奏。上书房转过鄂尔泰的批示，着吏部考功司去查。查了几个月，回奏说："汪家与杨震景、卢焯三人，均不承认有授受贿赂的事。刘吴龙道路之言不足为信。"——本来这事已经过去，此刻却又有了新的凭据！

"论起卢焯其人，朕也是十分惜他！"乾隆抚着刚留起来的八字髭须，在殿中踱着步子，音调显得阴郁低沉，"去年冬天他来见朕，又黑又瘦——你们也都熟识他，原来算得一个美男子呢！——手臂上竟脱了皮……朕握他的手，满手都是老茧！这个人……他怎么会干出这种事?!"他倏地转过头来，看着两个辅政大臣不言语，瞳仁在灯光暗影里晶莹闪动，已是迸出泪花。

傅恒心里一阵发热，低下头去，他未入军机处时，曾以观风钦差使身份督查两江、两广和福建，亲至尖山坝工地，和卢焯共事过几个月，卢焯的才干、勤苦、德行，老百姓对他敬若神明，都是自己亲眼见的。和自己也相处得很好。此刻却无法替他回护——他心念一动，卢焯是张廷玉的得意门生，张廷玉一直"病"着不到军机处当值，莫非为回避这事？那么下手的刘吴龙是不是受了鄂……什么人的指使呢？正自胡思乱想，身边的讷亲说道："卢焯虽有微劳，那都是臣子分内应做的事。既然贪贿，使君父落了个不识人的名声，欺君之罪不可恕！卢某素有能吏之名，此乃汉人一贯恶劣风气，外务清名邀结人心，内中贪婪龌龊不可胜言，应将其锁拿进京，交部审讯，依律处置。此显示天下朝廷至公之心，大小臣工一视同仁。为此方能杜绝外任官的胡作非为。"傅恒也想定了，在杌子上俯身说道："讷亲说的虽是，但这里头牵扯民事，一干人证远从浙江押来，又不知何时能够结案，等于是将这些证人、无辜百姓放了流刑。以奴才见识，下旨着卢焯就地革职拿问，委派钦差或着闽浙总督德沛严加审讯。结案之后视情形调度。这样似乎稳妥些。"讷亲知道德沛和卢焯是过从很密的朋友，但傅恒的话说得滴水不漏，也无可反驳，他喉结动了一下，没有吱声。

"好，照傅恒的建议办。"乾隆神情似乎开朗了一点，回炕上盘膝坐下，扯过刘吴龙的奏折，用朱笔批道：

> 此奏，乃卿之秉公察奏，朕以至诚待臣下，不意大臣中尚有如
> 此者。亦朕之诚不能感化众人耳，曷胜愧愤！前萨哈谅、喀尔
> 钦之事卿已知之。此事已着德沛

——写至此处，他打了个顿，又加上了副都统旺扎勒的名字：

> 及闽浙副都统旺扎勒会同谳审。若实亦惟执法而已耳。朕知卿
> 必不附会此奏，以枉入人罪，亦必不姑息养奸而违道干誉也。
> 卿其勉之，若复有实据一面奏闻，一面具本严参。

写完，又将一张字条拈过来，递给近坐的讷亲，说道："你们看看，这是卢焯写给杨震景的信。"

讷亲知道，这就是刘吴龙新抓到的证据。接过看时，上面写道：

> 镜吾仁兄，托来人所带银票已收讫。汪绍祖一案已结，有关人
> 服判无异语，皆兄调处有方也，吾无疑议。但此等银收受，颇
> 类事后收惠，吾心不安。转告汪绍祖，彼原即有理，已胜诉
> 矣！此银为吾暂借，可耳。

他常和卢焯有书信来往，从手迹看的的确确是他的一笔草书。讷亲一边将信传给傅恒，心里暗道："这种事也好写信？卢焯那么精明，在这上头原来是个呆鸟！"傅恒也是一目了然，苦笑着把信双手捧还乾隆，说道："信上言明是'借'，如果汪氏收有借据，卢某虽有'不应'之罪，毕竟与受贿有别，请主子睿鉴！"

"这个自然。"乾隆将信粘在奏折上，合住了，叹道，"钱，真是个好东西啊！圣祖爷时，官儿们成千成万地从国库里借贷，挖得藩库空空如也。为了清债纳还库银，先帝爷和十三叔几死几生，和皇叔们都闹了生分。到朕手里，宽严并济，刚好一点，从国库里不敢借了，转过头

来，向老百姓伸手！圣祖爷跟前的高士奇、明珠不说，先帝爷跟前的俞鸿图，朕是熟悉的，那是多么精明能干的人，也钻了钱眼儿里，就是萨哈谅、喀尔钦也都不是笨人——一个个都栽了进去！"他不胜烦恼地摇摇头，口里像含着一枚奇苦无比的黄连药丸，半晌又问，"你们也爱钱么？你们将来会不会学这些人呢？你们有什么法子治这'钱痨'之疾呢？"

讷亲见乾隆如此激愤动情，忙伏身跪下，说道："奴才读过《晋书·石崇传》，聚货多时祸亦至，不敢爱钱，也时时警诫子弟不得爱钱，也可向主子立誓，永不做贪钱之人。但钱之流毒害人心灵，实为无药可医之疾。奴才也无良法。"傅恒也随他跪下，叩头说道："奴才以为钱，取之以道，用之以法，并不是坏东西。所以自周景铸钱，圣人不禁。即以今日而论，国家造钱十倍于顺治年间，五倍于康熙年间，二倍于先帝雍正年间，仍不敷用。东南丝织作坊，瓷器制作坊，现已如雨后春笋拔地而起，内地财货交流、海外茶丝贸易、人民生业，无不用钱。所以愈是盛世，钱币愈是畅流无滞，钱之功大于过十倍！至于奴才，自有俸禄可养身家，可教子弟，可孝长亲，且屡蒙皇上颁赏，地亩庄田连阡接陌，若再敢贪非分一丝一缕，不但是个背叛皇上的贪婪之臣，即天地神明也不能容臣！"他话音未落，讷亲便一阵懊悔：我怎么就想不出这么好的奏对呢？

"都说得很好。"乾隆微笑道，"听起来似乎傅恒更为透彻些。上次英吉利、意大利、俄罗斯来了几个传教的想见朕。礼部给他们定了接见的礼仪，他们不肯行跪拜礼。后来他们到南京，尹继善见了他们，叫衙门里师爷陪着他们到苏杭转了一匝，看了那里的丝绸、茶叶作坊，又见了几个景德镇瓷器的中等店铺，回到南京，见了尹继善就跪下了，头也磕了——说是我们比他们国家富十倍！还说愿意回北京重新给朕磕头，请示在内地建教堂布道。朕下旨给尹继善，笑说你比朕的面子还大。尹继善回奏说洋鬼子乃是势利小人，见我国力强盛、人民殷富、万物备陈，要与我贸易。他们有求于我，便就得伏低做小。洋人奇技淫巧，拼命修铁路造机器。他那有什么用处？朕看除了钟表，别的也很稀松。我们天朝无物不有，更不求于他人，凭藉的无非是个民富国强，这里头自然有钱的效用了。"说罢便笑。

傅恒偷眼看看殿角自鸣钟,已近戌初时分,估约张廷玉和鄂尔泰即将进见,听乾隆说得兴起,不由暗暗着急。好容易见了话缝儿,便忙叩头,说道:"主子,奴才们夤夜觐见,还有要紧事启奏!"讷亲也叩头道:"事关重大,奴才们已经着人去请张廷玉、鄂尔泰一并觐见。估约这会子也就要到了。"

"是么?"乾隆正谈得高兴,循着"钱"的思路要和两个辅政深谈吏治的事,听他们说得郑重,心里格登一下,说道,"是金川军事出事了?"讷亲道:"不是前线,是军饷出了事——"他长跪在地,双手高高将邯郸发来的八百里加紧奏章,递了上去。恰在这时,外头太监王礼低头趋步进来,双手捧着一封八百里加紧奏章,禀道:"这是高恒刚递进来的密折,军机处章京说两位军机大臣都在皇上跟前,叫奴才直接呈进御览。还有鄂尔泰和张廷玉也已经进来,现在养心殿垂花门外,候旨呢,叫进不叫进?"

乾隆愣着神,一手一份八百里加紧奏章,都来自邯郸,便知高恒出了事。许久才回过神来,拆开高恒的折本,将邯郸知府的奏章也平摊在案上,口中道:"他们年老有病,叫小苏拉太监搀着进来。"说罢便埋头看折子。一时张廷玉和鄂尔泰各由两个小苏拉太监搀扶着进来。张廷玉气色还好,鹤发童颜的,只是面带倦容,鄂尔泰却是面白气弱,两条腿似乎站不稳的模样,微微喘息着。两个人没有行下礼,乾隆已经摆手,目光不离奏折,说道:"免礼,赐座。朕看完折子再说话。"

"是!"

张、鄂两人躬身一揖,颤巍巍坐在雕花瓷墩上。四名军机大臣都是十分深沉的人物,此刻都沉吟着,不时凝视一下聚精会神看折子的乾隆,殿中静得只有自鸣钟摆单调的响声。一时便听乾隆轻声叹息一声撇开奏章,却问道:"鄂尔泰,你还是喘。朕赐的药用了没有?"

"回皇上!"鄂尔泰透了一口气,清清嗓子说道,"奴才这点犬马之疾,是在任乌里雅苏台都统时得的,陈年旧病了,哪里一时就痊愈了!托皇上如天之福,用了皇上赐的川尖贝,已经好得多了。"乾隆又对张廷玉道:"老相国气色不错。"张廷玉轻咳一声回道:"这都是皇上所赐!

奴才原来睡眠不宁，心悸头眩。一来皇上有旨：小事不理，居家调养。二来不时赐药，服用后，效应如神，因此精神上还去得。"他顿了一下，又道："求皇上再赐些苏合香酒。奴才自己照方配制的，总觉得远不及皇上配制的效用好。"

傅恒和讷亲两个原以为乾隆读完奏折必定震骇大怒，硬着头皮等着他大发雷霆，听乾隆如此温言善语，向张鄂二人嘘寒问暖，不禁都是一怔。却听乾隆笑道："这不值什么，明儿先叫人送些，叫御药房的人到你小药房里教着你的人制就是。"他偏身下炕，脸上若悲若喜，似笑不笑，在殿中徐徐踱步。良久，长叹一声说道："看来，朕之德、朕之能远不及圣祖、世宗爷啊！"

四个大臣面面相觑，不知他所言何意。

"圣祖时内多忧乱，四境不宁；先帝也在青海、云贵兴兵平乱。"乾隆吁着气，脸色变得异常苍白，"平三藩、征台湾、三次亲征准噶尔，那是以倾国之力支撑战事；年羹尧、岳钟麒兴兵二十万，江南六省舟车水陆运饷——怎么就没有发生腰截皇纲的呢？朕密运军饷，原为的不致使北方百姓因兴兵有所惊扰，想不到就双手奉送了'一枝花'！"

这真是比狗血喷头大骂一顿还要令人难堪的责备，责备中不动声色带着刻毒凶狠的讥讽，句句都像刀子一样剜人的心。

四个大臣腾地都涨红了脸，再也坐不住，"啪啪"打了马蹄袖伏地跪下，不敢言语。

第十七回　君臣议政痛说往事
　　　　　龙凤相爱对口吸痰

　　"这事和鄂尔泰、衡臣无关。你们起来。"乾隆苦笑了一下，"是朕德力不够，所以才有'一枝花'这样的盗匪，流窜数省，不能缉拿到案。也是朕无用人之能，将大事托付一个不可靠的人！——像高恒，从接旨到石家庄，他竟走了十几天，这不是玩忽王命？他在折子里竟然说，是因为'一枝花'欲报山东一箭之仇盯上了他。这是怕朕忘了他在山东的功劳！"乾隆越说越气，眼圈也变红了："你们可以回去，问问你们叔祖辈，张廷玉、鄂尔泰当年跟着圣祖爷、先帝爷是怎么办差的！张廷玉像你们这样年纪时，一天睡不了两个时辰，鄂尔泰在云贵、在乌里雅苏台当将军都统时，一夜三次起来巡哨！你们如今有这个精神？只怕是雀儿牌斗得响，老黄狗养得肥！"

　　雀儿牌，傅恒有时逢场作戏，偶尔为之；养狗，是讷亲为防着有人私下到宅里撞木钟，特地喂养的。平时乾隆常拿此说笑，是说傅恒风流倜傥，讷亲谨慎。但他此刻说这些，是由高恒那里迁怒转而来的，二人如何敢辩？只得连连叩头谢罪。

　　"起来吧。"乾隆发泄了一阵，胸中的怒气松缓了些，口气也就变了，"朕急不择言，也许错说了你们。如今大清处于极盛之时，有你们的功劳。但又何尝没有卢焯、喀尔钦、萨哈谅的？他们变坏了，有功劳也得受诛。朕登极以来，除了小心于政务，更留心培养人才。人才关系到国家的兴衰。你们，还有高恒、阿桂、李侍尧、刘统勋、勒敏、卢焯、鄂善、钱度，朕原是准备叫你们随张廷玉、鄂尔泰进贤良祠、凌云阁上图像的。看来也不一定。朕越是盼着争气的，反倒打朕的脸！一国之治，其兴也勃，其亡也忽。别以为现在不得了，离朕想的盛世，差得远呢！就真兴旺得不得了，也还得如履薄冰，如临深谷。隋文帝也开创过繁荣大业，可到炀帝手里，不几年的光景，就葬送掉了。"讷亲和傅恒俯首听完，讷亲说道："主上训诲，奴才一一铭记在心，决不辜负皇上一片殷殷期望之心。奴才等惟有恭谨畏惧，小心奉职办差，再不敢稍涉荒唐了！"乾隆这才转入正题，说道："太不可思议了。太平世界，在大官道上，在光天化日之下，当场行骗，当场受骗，其鬼蜮伎俩岂不是太神乎其神了，我们这些当差的是不是也太无能了？——六十五万，是一笔不小的数字啊。"

鄂尔泰在座中向乾隆一揖，说道："万岁说的是从大处看的。'一枝花'此举若仔细推详一下，实在是未尝不是途穷末路、狗急跳墙的行为。她在江西站不住脚，被迫逃往山东，又被高恒围剿。她逃至山西仍没有立起自己的营盘，所以才出此下策。她的如意算盘：头一件，她想趁朝廷在西南用兵时，在北方截下军饷，作招兵买马的费用，或者送给当地土匪，谋求一块立足之地；第二，她想藉此制造声势，告诉天下她还没有死，没有败；第三，给她的残兵败将鼓一下士气。虽说此事很大，却只不过是鸡鸣狗盗的行径，对于我们朝廷的大政并无太大的妨害。"

"鄂尔泰说得很对！"张廷玉道，"确实是鸡鸣狗盗行径，不得已的铤而走险。用一句江湖上的话，这叫'稔秧'，并不能显出她的大志和实力，反见其小家子气。这个数目大，如果是六十五两银子，邯郸府自己就处置了。"他拈须一哂，又道，"六十五万两，那是四万多斤。发散、埋藏、搬运都不好办。她'一枝花'，吞得下，消化不了！招兵买马？邯郸、长治、彰德去年都是免税府郡，今年又丰收在望。人不饿急，谁造反？依着奴才见识，可以叫刘统勋去走一遭，那是三省之交，由他一体筹划，可以省些事，有邯郸一府之力，办起来绰绰有余了。"讷亲说道："邯郸府境内出这样盗案，不处分不好。他已经在折子里请罪察拿。"

乾隆想了想，说道："处分是为了警戒效尤。邯郸这事是由外地大盗流入作案的。他们府的责任在于边远地域防护疏忽。这件事不要张扬，只要破案快，连高恒、黄天霸等人朕也不处分。""要限期破案。"傅恒说道，"在期限内破案方可免议。"乾隆点点头，说道："那就三个月吧！这是军饷，失落了要按军法处置——你们跪安，由傅恒传旨刘统勋，将这里议的情形通知他。叫他尽快登程去邯郸破案！——讷亲送两位老丞相，然后再回军机处当值。"

乾隆目送四人出殿，这才吩咐更衣，吩咐卜孝，说道："去慈宁宫问问，太后老佛爷歇了没有。要已经歇下，朕今儿就不再过去请安了。"坐着发了一会子呆，意马心猿地总觉心绪不宁。想寻个人说话，又无人可说，叫过王忠，说道："你传旨给军机处，叫翰林院编修纪昀从明日起补入军机处，为军机章京，专门侍候草诏事务。"

"喳！"王忠答应一声起身便走。乾隆又叫住了笑道，"这不是急务，何况此刻讷亲也未必就在。朕怕忘了，你明日去办就是了。"

"喳！"

乾隆不再言语，抽过一份奏章看时，是庆复递来的折子。他偏腿坐在炕沿上提笔加批，疾书道：

> 此等调度细务皆尔与张广泗之责，屡屡絮言于奏牍，岂不闻"将在外，君命有所不受"之语耶？军饷之事高恒另有差事，已有旨着尹继善统筹之。尔与张广泗应廑念朕宵旰焦虑于金川，当精心布置，速为荡平。尔进川数月，留连徘徊，似有所待，又似畏敌怯战乎！朕甚厌之，钦此！
> 又朕近日将密地出巡外省，察视吏情民风，归后将奉母后往避暑山庄，秋狩木兰等事，战事有胜，则红旗报捷来，若有如此琐碎文章，勿要再奏。钦此！

他吮了吮嘴唇，仿佛品评滋味似的又看了一遍，刚刚折好，卜孝进来道："老佛爷去了钟粹宫，瞧主子娘娘的病去了。"

"嚯！"乾隆脚跟微微一顿，皱眉一叹，不再说什么，抬脚便出了养心殿。

乾隆到了钟粹宫才知道，不但太后在，贵妃那拉氏、慧妃高佳氏、纯妃苏佳氏、淑妃金佳氏、忻妃戴佳氏、嫔汪氏、陈氏，还有十几个答应、常在，都在皇后礼佛的小佛堂东正殿里。满院灯烛辉煌，人来人往，只是脚步都很轻。西廊下几个太医聚在一处，用极低的声音商量着什么。乾隆也不理会，几步跨进正殿，正在和太后钮祜禄氏说话的几个妃子立时住口，自那拉氏以下"嗯"地跪了下去。

"雅静!"乾隆对众人道，瞥了一眼半躺在榻上闭目不语的皇后，上前给太后打千儿请安，"儿子那边见人、办事来迟了些儿。老佛爷安好?"太后轻轻叹息一声，说道："我们来了有一会子了。皇帝起来吧，今晚来的人太多，皇后有点支撑不住，是我叫她息一息，我们这就去呢!"乾隆这才走近皇后，轻声道："我来了，就坐你身边，你不要睁眼，不要动，只管歇着。"拉起皇后手时，觉得她灼热滚烫，脸色立时变得忧郁阴沉起来。

皇后颤缩了一下，很费力地慢慢睁开眼，一双黑漆漆的瞳仁盯着乾隆，一眨也不眨，她蠕动了一下身躯，又无可奈何地摇了摇头，像是想哭，却又苦笑了一下，细若游丝地叹息一声，说道："唉……皇上……恐怕我侍候不成您了……"

乾隆紧紧握着她那温柔的小手。他觉得皇后身子在颤，他自己的身子其实也在颤，眼中汪着的泪来回滚动，终于抑制不住，似断了线的珍珠一样淌滚不止，哽着嗓子道："这是什么话……小玉儿又胡思乱想了……秦媚儿不是带着你的八字去求问过铁算盘罗笑辂么?你至少还有二十五年阳寿呢!"边说边用帕子拭泪。

皇后听了嘴角吊起一丝微笑，闭着眼任凭泪水纵横，只不言语。太后见他夫妻说话，众人在旁不便，便过来慢慢说道："孩子，不要尽想短的……你的八字儿好着呢，一向又吃斋念佛，佛祖定会祐护你的……我们太了，你和皇帝说会子话，别太劳神，往宽处想，啊……"说着嗓音也有点发哽。乾隆使了一个眼风，早过来两个太监扶着太后慢慢去了。一时大殿里除了贴身侍候的几个宫女肃立在暖阁外，只剩下乾隆和皇后两个人一坐一卧默然不语。

"皇上……"富察氏的精神似乎略好一些，脸上的灼红也消退了一点，粗重地呼吸几口，睁开了眼，微喘着道，"老佛爷和你的心，我都知道，只是大限到了……任谁也挽回不得。恐怕只是一两天的事了……"乾隆握着她的手轻轻晃了一下，勉强笑道："你是这一时不受用，在枕上乱想的。赶明个好了，朕刮你的鼻子呢！"心中一酸，便忙住口，又过了移时，叹道："这阵子朕事情多，又撂不开手。没得空过来和你好生说说话，你就心里乱折腾……过几日你大好了，朕带你木兰狩猎去，还要下江南或就近儿在黄河北走一走也成！我扮乞丐，你扮个乞丐婆儿——你不是说过，真想扮个乞丐婆儿陪着我，自自在在在乡里转转的么？"富察氏神往地听着，脸上带着满足的笑容。不一会，目光又黯淡下来："那多好！可那是下辈子的事了……要到路上了，我不喝那碗孟婆汤，还要记得你，记得这辈子……皇上，您呢？……"

"朕也是！谁喝她那碗汤呢？渴死也不喝！"乾隆怜爱地抚着她额头的秀发，满心悲酸，只笑着落泪，"咱们不说这些了，说些高兴的不好么？"

富察氏舔了舔干燥的嘴唇，乾隆立刻伸手要茶，在枕边用汤匙喂了她几口。皇后满足地一笑，闭着眼道："是……你知道我现在想什么？我在想，你那时还是世子，到我们家和老爷子说事儿，放着事不说，去看我绣花儿，又给我描样……针刺了我的手，血滴在绫子上，你就便儿画成赤水云和梅花……若能老是那样子，一直保持到永远，该有多好！你送的过冬蝈蝈儿，我和傅恒侍候了它三年，它死了，我还哭了一场呢……"她轻轻说着。空寂的殿中，她的声音像从很远的地方传来，却又清晰得像耳语一样，"这些，皇上你都要记住，你可不能忘……还有你答应过给我'孝贤'的谥号，你也不能忘。你忘了，我可伤心死了……"她没有说完，乾隆已经捂住了她的嘴，笑着叹道："说着说着，你又谈到这个题目儿上来了！你这人真是的……"他像是想起了什么，扬脸道："叫秦媚媚过来！"秦媚媚一直就在丹墀上鹄立听命，听这一声，几步跨进殿来压着公鸭嗓儿打着千儿说道："主子爷，奴才侍候着呢！"

"嗯，这样……"乾隆沉吟着说道，"你明儿传旨内务府，皇后身子不适，这期间宫中戒杀生。除了老佛爷，各宫一概斋戒。原定的每日从东华门赶进来的活牲口，一概放生。"

"喳！"

"这是第一条。"乾隆又伸出一个指头,"第二条,传旨军机处,今年不勾决犯人,现有在押的人犯,叫刑部甄别,可悯可怜的,情有可原的,减一等发落,年过五十的不流放。"

"喳!"

"叫傅恒家到大觉寺建醮。"乾隆又道,"给佛祖许愿,皇后病愈,朕捐一万两黄金庄严宝刹。"

"喳!"

待秦媚媚退出,乾隆见皇后已安详睡去,便命人点上息香,自己和衣歪在她身边,望着殿顶的藻井只是出神,听着身边皇后粗细不匀的呼吸,多少往事在心里不住翻搅:什么刺绣呀、蝈蝈呀已经淡忘了。只记得当时还未定亲一处玩耍时,自己曾悄悄向小玉儿诉苦说"三哥①不怀好意",小玉儿一脚把一块鹅卵石踢进池塘,说"龙生九种,种种有别。三爷我见过,一脸轻浮自大愚昧昏聩相,不过是一头猪!万岁爷怎么会扔掉你,看中他?你自小心别叫猪咬了去就是!"……好像就是那天,自己将她引为红颜知己,对天暗誓,永不亏负了她!在此以后的年月里,富察氏聘入雍和宫,又进毓庆宫,再入钟粹宫,由世子妃而贵妃,而皇后,助夫治内,慈俭仁厚,上孝下恤,朝野内外都晓得她是当今的脱簪姜后。别的固然无可挑剔,自己在外招蜂引蝶,拈花惹草,她那份"不妒心"就少见稀有……如今看来,身边这位"知己红颜"真的到了末路了……思量着,乾隆双颊已满是泪水,正要拭时,身边皇后轻声惊呼:"你,你什么人?远点!"她一翻身紧紧搂住乾隆脖子,颤声道:"皇上,皇上!我怕……"外间侍候着的太监、宫女听这一声,蹑着脚步一下子进来七八个。

"有朕在这里,哪个邪祟敢到?"乾隆也被她叫得汗毛一乍,一手紧紧护着,张眼四望,什么怪异也没有,于是挥手命众人掌灯,轻声道,"你这会子可好些?"

"我好怕!"皇后闭着眼,似清醒又似在说谵语,"不想离开你……不想走,不想天明,天明你又办事见人去了……我想在你怀里离

---

① 即被雍正处死的弘时。

开……"她睁开眼，怅怅的，带着迷惘的眼神盯着乾隆，讷讷说道："皇上，皇上，我其实不是个好女人。你不要记得我！"乾隆忙命"传太医进来"，搂着她，哄孩子一样拍打着她的肩背，说道："谁敢说你不好？朕诛了他！别瞎想，心思一明，气养壮了，就没事了……"皇后偎在他怀里，摇着头，任性地说着："女人都不是好东西，所以才罚来做女人，所以圣人讲唯女子与小人难养！那个姓许的，就是我叫吏部把他调出京的，我还下懿旨叫畅春园严加管束那两个汉家女子——"

她惊悸了一下，又突然清醒过来，看见一群太监宫女，还有几个太医跪在地上，还看见烛影里自己和丈夫紧紧拥抱着……顿时羞得满脸飞红。她轻轻抽开身子，又变成了"皇后"，咳嗽两声说道："皇上还该歇歇，别这么总惦记着我。您这么熬着，累着身子可怎么好？朝野臣民上上下下，有多少大事等着你处置呢！我……"她突然有点气短，喘息着道，"总之别管我，这也是成全了我，您说是么？"她无限依恋地望了一眼丈夫，闭上眼再不说话了。

这一夜，乾隆一步也没有离开她，握着她的手直到天明。

第二天一整天，乾隆也没有出钟粹宫一步。所有大臣概不接见。自己在小佛堂皇后素常念经处设了几案，焚了香，坐在旁边批阅奏章。

第三天早晨，皇帝又传出旨意："皇后凤体违和，朕心不宁，凡有军国重务，由内务府转呈钟粹宫，余折俱由军机处处置，写明节略以备御览。"接着又有旨，"在宫中服役满七年或年过二十五岁的宫人，一概放归，通知各家接领。"

皇帝既不能出来，军机处便格外忙。偏是张廷玉犯了痰喘进不来，鄂尔泰倒是来了，躺在军机处西房里，一口口吐着血，勉强支撑着见人说事情。讷亲和傅恒分了分差使，一个管民政，一个管军务。眼里看折子，座旁接见外臣，外面挤着一大堆请示公务的官员，挨号儿等他们接见。傅恒心中悲凄，想去看望姐姐，可又忙得抽不出身子，有几次望着宫墙，竟走了神儿。讷亲瞧着不忍，说道："你就进去瞧一眼，皇上断不怪罪的。这里现在没有急事，有些事，我也能代劳的。"

"多谢讷公。"傅恒脸色苍白，握着笔管说道，"这一份是青海将军参劾庆复和张广泗的，很要紧——只是要粮要钱，要边周各省戒备，却不见进兵的动静儿，这两个人也真是奇怪。"正说着，见纪昀从外头匆匆进来，便问："有什么事么？"

纪昀刚调进军机处，恰遇皇后病重，尚未觐见乾隆。他是皇帝亲自选进的特简军机章京，张廷玉、鄂尔泰不便给他分差使。他刚从内务府过来，外头日头毒，晒得满脸通红，额前的短发都湿漉漉的，一见傅恒便道："皇上叫你进去，叫快一点，我陪着您去！"说着一把接一把地揩汗。

傅恒知道姐姐病重，听说皇上传旨，心中更是着慌，头猛地发涨，眼睛发花。随手拿起大帽子往头上一扣，起身便走。走到门口，怔了一下，又回身在案上抽了几份折子夹在腋下，这才对纪昀道："走吧！"傅恒知道纪昀是个多才滑稽的人，见他闷着头走路一声不吭，更觉不妙，提着劲儿加快脚步。过了养心殿垂花门便听到从远处传来一阵隐隐的哭声。傅恒又一阵心慌，平坦的砖地，竟绊得他一个跟跄，结结实实摔了一跤！纪昀几步追上，一边搀他起身，口中道："生死修短皆有天命，大人一定要沉住气，您是宰相啊！"

"宰相。"傅恒的脸白得像刮过的骨头，挂满了冷汗，他惨笑了一下。慢慢回过神来，说道："多承关照，不然，今天非失礼不可。"再细细听去，那院中却又没了哭声。见秦媚媚带几个苏拉太监出来，忙问："现在怎么样？""万岁催着叫你快进呢！"秦媚媚急急地说道，"纪昀也快进去见驾！主子娘娘还没过去，方才是痰涌昏厥了一下。"

说话间已经进来，只见殿内殿外都是人。殿内暗得什么也瞧不清楚。傅恒略定一定神，才适应了殿里的光线，发现自己竟和乾隆面对面站着！他浑身打了一个惊颤，"扑通"一声跪倒在地，浑身颤抖着，泣声禀道："奴才傅恒失仪，罪该万死……"

"外头亮得太晃眼，你刚进来嘛。"乾隆面色忧郁，眼神中带着无可奈何的悲凄，只看了傅恒一眼，仍呆呆地望着院外，带着颤音道："看看她去吧，怕是要去的了……"

尽管是意料中的事，傅恒还像当头挨了一棒，两腿一软，几乎瘫坐到地上，强支撑着走进暖阁。只见大阿哥永璜、二阿哥永琏、三阿哥永璋都直挺挺跪在地上。几个太医面无人色，有的捧巾栉，有的调药，有的切脉，有的扎针。傅恒已有半年没见姐姐，此刻进来，见富察氏越发瘦得像干柴一般，满面潮红闭着眼挨命延气，喉咙里咯咯有声，不时烦躁地要抬臂撕自己的胸口，双手却又无力地垂了下去。傅恒痛苦地叫一声"二姐……"热泪顿时夺眶而出，双膝一软"扑通"一声跪了下去，再也抑制不住，竟自号啕大哭，说道："你怎么了？你怎么会这样……嘀嘀……娘去得早，兄弟我全靠你和大姐操心教养。大姐走时，拉着我的手说听你二姐的话，不光要当个好皇亲，还要立起男人志气来！二姐……我听你的话，你说呀——你怎么不言声？我的好姐姐呀……啊，嘀嘀嘀……"那富察氏似乎心里清楚，越发急得两手发抖，脸色也由红变白。

殿中兀立着的乾隆、沿墙跪着的一大群嫔妃、长跪在地的纪昀听他如此哀哀恸哭，也无不泪流满面。纪昀忍不住连连顿首哭道："皇上，臣有不情之请。臣家四世从医，粗领医道，可否容臣为娘娘再切一次脉，或者有一线之明……"

"你怎么不早说？"乾隆拭了眼泪，拽起纪昀便进来，对御医们命道，"退一边去！"

此时皇后呼吸越发粗重，她似乎在死命地挣扎，痛苦地皱紧了眉头、胸脯剧烈地一起一伏，微微发出似叹息似呻吟的喘吁声。纪昀近前看了看她气色，切起脉来。他偏着脑袋似乎在想，又似乎在谛听着什么。少时放下了皇后的手。几个太医跪在一边，看他如何施为。只见他从袖子里抽出一块肮脏不堪的手帕，轻轻盖在皇后脸上，转脸对乾隆说道："主子娘娘的脉象，寸脉尺脉滑浮不实，但关脉缓重尚有后力，不是绝症，乃是弱症！体气秉赋过弱，命门之火冲积不得发散，痰气便不得畅……"

"你不要啰嗦，只说有救无救？"

"有救！"纪昀大声说道，声音大得暖阁里外所有的人都听得见，"不过要请皇上亲自救治——皇上……"他突然面露难色。乾隆用诧异的目光看着纪昀："不要吞吞吐吐，朕什么都舍得！"纪昀目中晶然闪光，说道："那就好。请皇上用口吸出娘娘这口痰来，万事大吉！"

"成！"

乾隆一刻也没犹豫，大声回道。三步两步腾地上炕，隔着手帕和皇后以唇相接，嚓着腮猛吸，却一时吸不出来。纪昀"扑通"一声长跪在地，双手抱起永琏，大声道："永琏永琏！拉住娘娘的手，大声叫！"永琏"哇"的一声放声大哭，一双小手紧紧拽着皇后的手，大声哭叫："皇额娘！我是永琏，我不要你走——永琏在叫你，你使劲吐痰哪！我的好额娘……呜……"那皇后上有乾隆拼命吮吸，旁有儿子号啕催迫，一股说不清的力量在身上涌动，"咯"地一声响，像是谁踩破了一个鱼泡儿，一口痰已经清清爽爽吐了出来。她极为舒畅地呻吟一声，深吸一口，又重吐一口气，睁开了眼，爱怜地看了丈夫一眼，又凝视一眼泪眼模糊的儿子，把目光转向纪昀，气息微弱地问道："你……你是哪个部的大臣？……"

"臣纪昀，现在军机处章京行走。"纪昀叩头道，"娘娘洪福，万千之喜！你大难不死，圣寿还长远着呢！"又转脸对满脸羞愧的御医们说道："不可用猛药，把补药分量减半使用——皇上，这十日之内皇后不宜用油荤，不用参汤，吃稀粥，小葱豆腐，醋盐生萝卜丁儿，皇后体热，要缓进慢补。"

乾隆深深透了一口气，用极为赏识的目光看了一眼纪昀，走到炕前弯着腰看了看皇后气色，说道："极好！皇后，咱们大清前头有个周培公，曾在太皇太后榻前吟诗。今日又出了个纪晓岚，于你有救命之恩呐！"见皇后微笑着看纪昀，又道："他就是上次我给你讲的那位翰林，会咏诗能吃肉的……想起来了么？"

"胙肉……"皇后微笑着道，"叫他和侍卫一样，每天可以随便吃胙肉！"

"成！"

乾隆舒心地一叹，说道："晓岚学问也很好，只是资格还浅，在军机处仍是头号章京吧！嗯……东宫里张照年纪也大了，纪昀着进毓庆宫，协助着辅导皇阿哥们读书——傅恒你看呢？"

"奴才该先给皇上贺喜，该先给娘娘请安。"傅恒目睹这一幕紧张的喜剧，心一直悬得高高的，此时才透过一口气，忙叩头道，"纪昀是二甲第四名进士，学术纯正、人品端方、豁达爽朗，堪为师表。不过既入东宫，还该正名，他现是正六品，奴才以为可晋从五品，为侍讲学士，加个少傅的衔。"

乾隆一听就笑了，说道："你有你的难处，什么从五品？这和擎天保驾的功，相去不远，朕要加封他到正三品。不过，还要和军机处议一下再下旨。"他顿了一下，说道，"你退下吧，也乏透的了，这几天你每天可以进来看看姐姐。那几份折子，留下朕夜里批阅。纪昀留下，和御医都到西边佛堂，我们一起斟酌一下脉案。"

纪昀在钟粹宫乾隆座前周旋，直到戌末亥初，宫门将要下锁，见皇后气定神安，并没有再涌痰，这才辞了出来。此时天街人静、万籁无声，初夏的晚风在宫墙间荡来荡去，扑到身上带着凉意，满天的繁星和乾清宫乾清门一带的辉煌灯火像是连成了一片，映得永巷口的大金缸都灼灼闪亮。纪昀一直觉得自己浑浑噩噩如在梦中，此刻深深透了一口气，才发觉前胸后背都湿透了，头上的头发也是湿漉漉的。他看了看军机处，里边灯烛亮得刺眼，听见鄂尔泰在大声咳嗽，讷亲的影子映在窗子上，似乎正在伏案疾书——想进去喝口水，又顿住了，径从隆宗门逶迤出来。到西华门口，纪昀张着眼正寻自己的轿夫，却见黑地里一个长随打扮的人趋步过来，在石阶前就地打个千儿，满脸堆笑道："纪爷！尊轿已经打发回去了。我们爷请纪爷坐他的轿到我府一遭，想和纪爷说说话儿呢！"纪昀看了看天，说道："你是哪府里的？天已晚了，明儿再奉访如何？"

"奴才是傅六爷府里的王小七——哦您叫我小七子好了！"小七子一脸堆笑，说道，"纪爷和勒爷、庄爷都是我们家常客，您不认识我，我可认得您呢！好纪爷哩，我们家主子娘娘亏得了您给救了下来，老爷太太把说事的大人都撺走了，专候着您呢！好歹给我们老爷一点面子，也就体恤小的了……"说着涎皮赖脸地过来搀扶纪昀，纪昀半推半就地也就上了轿。小七子叫声："起！"大轿已经轻轻抬起。

这是一乘八人抬绿呢大官轿。按清制，在京中只有王公才能使用。傅恒已晋位子爵，当上军机大臣之后破格准用，他自觉不能与张廷玉等同规格，除了朝会庆典，家常只坐四人抬。那轿厢油了桐油，又涂了清漆，琥珀似的晶莹发亮，因天气已热，去掉了毡套，轿厢上方用细藤编

成图案，窗门雕着花鸟。纪昀原是一个穷翰林，坐惯了二人抬的竹丝小
轿，乍一坐进这样宽敞明亮讲究的大轿，只觉得浑身不自在。且小七子
就站在轿厢门前，一手提壶续茶，一手执着香巾侍候——如此享受，倒
拘得他出了一身细汗。过了约莫小半个时辰，小七子指着窗外道："纪
爷，咱们到了！"纪昀张着眼看时，果见黑魆魆一片府宅矗立在夜色里。
沿门的墙边挂着一溜彩灯，灯火辉煌，似乎有什么喜庆事。纪昀眼见走
近了，忙用脚蹬轿叫停。小七子机灵地一跃已是下轿，掀起轿帘。纪昀
一哈腰出来，便见傅恒含笑迎在轿前，忙要扎千儿行礼，早被傅恒一把
搀住。

　　"晓岚兄，我们日日见面，这何必呢？"傅恒一身便装，月白竹布长
袍，袖子翻着，露出雪白的里子，搀住纪昀，一边往里走，一边说道，
"往后不是官面上，你决不可向我行下执礼。你是我们家的恩人，我们
正不知该怎么谢你呢！"说着已进大门倒厦，只见满院灯光，石甬道两
侧一色都是穿着靛蓝色长袍的长随，足有上百人，一个个站得墨线一样
直。小七子一声高唱："纪大人到！"只听"啪啪"两声齐响，众长随打
下了马蹄袖，一齐打千儿，齐声高喊："给纪大人请安！"

　　傅恒见纪昀发怔，笑道："我以军法治家。我的奴才都是在籍披甲
人，和别的府有所不同。"说着，棠儿也身着盛装迎了出来，后头一大
群使女丫头，都是插金戴银。两三个奶妈子拥着不满周岁的福康安也跟
在后边。饰环佩玉碰得丁当作响，一直走到纪昀面前。那棠儿向纪昀相
了相，嫣然一笑，说道："大人好福相！"便插秧般拜了下去！

第十八回　纪晓岚咏诗惊四座
　　　　　富国舅念恩赠红妆

　　纪昀搀不得、扶不得，又觉受不得，偏被傅恒捱定了，挣不动躲不得，臊得黑脸红透，结结巴巴说道："这……这怎么使得？学生……夫人快请起，不要折煞了学生……"棠儿拜了，起身又福了一福，说道："先生鸿才河泻，老爷回来常常说起的。今日多亏了先生救了娘娘凤驾。您就是我傅家的大恩人，哪有不受礼拜的道理呢？"正说着，老王头过来，禀道："老爷太太，都预备齐了！"

　　"哦，是这样。"傅恒满面笑容地将手一让，说道，"仓促之间，聊备菲酌，这是自己家宴，先生不要拘束，可惜老勒、小桂子、钱度他们从军的从军，出差的出差。又不好太张扬，我只叫了王文韶、庄有恭，还有敦敏、敦诚二位皇叔。还有个大名士叫曹雪芹，也派人叫去了。都是我们一队里人，陪着一处乐乐耍子。"

　　这就是说，一桌席面请了两个状元，还有两个皇室亲贵！纪昀觉得头有些发晕，已带了点"醉"意。这些人在翰林院、国子监和宗学里都是常见的，自己性傲不大兜搭，别人也都不是等闲之辈，也难屈就。想不到傅恒一张帖子都请了来，而且是来"陪"自己的！胡思乱想间已走了进来，但见软红珠帘，廊间庭边站满了妙龄女郎，纱帐烛影间绰绰约约，皆是佳丽绝色。傅恒见他傻子似的，莞尔一笑，却没说什么，带着他径至后厅。王文韶、庄有恭和敦氏兄弟已坐在席前，见他们进来，一齐站起身来。王文韶是翰林院掌院学士，原是纪昀的顶头上司，今日一改面目，半点矜持之色也没有，抢先过来拉手道："晓岚——你这家伙，什么事情要么不做，一做就吓人一跳！我说的呢，上次我治打呃儿——原来你通医道！怎么我在枫晓亭着凉，烧得那样厉害，你就不伸手诊治一下，害得我头疼了五六天！"一边说，一边就笑。庄有恭是从河工上被找来的，他和纪昀不熟，只微笑着站在桌前。敦敏好奇地看着纪昀。他听说过纪昀元旦朝会和乾隆对诗的故事，以为不过才思敏捷而已；听说了今天的事，也不禁油然生出亲近之情。敦诚在旁笑道："纪公给文韶公治打呃儿，我是亲眼见的。那日是掌院学士给新进来的翰林讲课，题目是《吾未见好德如好色者也》。文韶公不知怎的吸了凉风，讲着讲着就打起呃儿，那词儿听着也就百媚俱生：'好德是天理呃！——好色乃是人欲——呃！存天理，呃！呃！灭人欲，呃！唯上智之士呃——可以呃言之！呃呃！唐武则天——呃！曾召见——呃！僧神秀，问及："尔为——呃！大德高僧，见了女人——呃！动不动心？"神秀回说："和尚——呃！已修成——呃！罗汉果，色见——呃！红粉如骷髅……"'晓岚这时候儿走上讲坛，不知在文韶公耳根前咕哝了几句什么话，文韶公也就不再打呃儿了——晓岚，你说了些什么话呢，今儿就近儿领教！"经他这么绘声绘色地介绍，众人纷纷附和，要纪昀揭谜。纪昀笑道："我说：'外头刘延清大人在清秘堂恭候。有人参劾您一本，说你挟妓游西山，宣淫潭柘寺，是个假道学——延清不想贸然上奏，先来问问。'文韶公吃一惊，也就不再打呃儿了。"

敦诚连说带比画，学着王文韶说话的样子——一只手捻着辫梢，另一手轻轻抚着八字髭须，打一个"呃"儿身子耸动一下，一脸的苦笑，无可奈何。众人见他学得毕肖，都笑得前仰后合。敦诚却因为摹仿王文韶太认真，喝一口水又噎住了，现世现报地也打起呃儿，打得又响又脆。棠儿亲自带着个丫头端着酒具进来，早已听见前头的话，笑得别转了脸；侍立的丫头们有的捂着肚子，有的掩着嘴。王文韶揉着胸口，笑指着敦诚道："该该！佛设犁舌狱正为斯人！真正是加减乘除丝毫不爽！"敦诚只是呃着，回不出话来。倒是纪昀见他难受，从筵桌上捡了一瓣生蒜塞在他的口中，说："使劲嚼，不要怕辣，这就好了。"立时也就止住了。傅恒问："怎么不见小七子？"

"爷，奴才在这呢！"小七子就在外间廊下立着侍候，一步跨进来哈着腰回道，"去歪脖槐树请曹爷的小阮子回来了，曹雪芹今儿从宗学出来就没回家。芳卿姑娘说被怡王爷请了去喝酒写字儿，今晚未必回来呢！"棠儿抿嘴笑道："想必是芳卿又把他局住不叫出门，怕我们灌伤了曹爷。这芳卿也是的，上门越来越稀了。"傅恒心里也觉扫兴，却笑道：
"改日再来，我狠狠罚雪芹！上次康儿百日，他就逃席，跑了和尚还跑
了庙不成？我把《红楼梦》编了'十二金钗曲'，叫他来听听，就忙得
没有一点空儿。我就最怕文人学了李青莲的固穷相。"说着，众人一一
安席。敦敏忙着替曹雪芹圆场，说道："这回雪芹不是逃席，昨儿我去
西山曹家还见了他。芳卿指着请帖直埋怨，在宗学还不如在家糊风筝。
月例银子一领丢了家里，天天外头野着吃酒。柴要买，米面要买，房子
漏雨得修。我一个女人能办了这些事？——她奶着个孩子，苦巴拉脚
的，也真是难……"他没说完，众人已在闹着要见福康安，棠儿高兴得
容光焕发，叫奶妈子抱了出来，亲自逗着孩子："这是纪伯伯，庄伯伯，
王伯伯——这是两个叔爷！几时你会请安呢？好宝贝儿……"

福康安裹在绫罗褓褓里，穿着洗得干干净净的百家衣，脑袋晃来晃
去，粉嘟嘟、白生生的脸上一双大眼，漆墨的瞳仁几乎不见眼白，用诧
异和好奇的目光，随着母亲的指点看看这个，看看那个，不时踢一下小
脚。突然"哇"的一声大哭起来，恰巧王文韶过来逗他，翘起的小鸡鸡
"呲"地一泡尿，刺得王文韶一头一脸。在众人哄笑声中奶妈子得意洋
洋地抱着出去了。

"上次世兄过百日，晓岚没来凑热闹。"王文韶道，"你是咱们翰林
院才思最敏捷的，要补一首贺诗。不然罚酒三斗！"

纪昀经这一阵热闹，早将"拘泥"二字丢了爪哇国。王文韶这一说
正搔到痒处，遂笑道："如此簪缨之家，富而好礼之族，纪昀还是第一
次领略其风。六爷既生贵子，我岂能无诗相贺？"傅恒便一叠连声催要
文房四宝。棠儿轻舒皓腕，便在端砚中仔细磨墨。庄有恭笑道："你是
个有急才的，皱着眉想什么？那些陈腐俗套，谅你也拿不出手，我们也
听厌了，要新奇，要出人意料，要有创新之作！"纪昀道："这可难住我
了，万一我犯了口孽呢？"

傅恒在卷案上展着宣纸，笑着对棠儿道："你听听，晓岚说怕伤了
人——他是个大才子，上回我抄的《聊斋志异》，他借去看，还看不上
呢！"棠儿也甚喜欢纪昀豁达爽朗，笑道："我虽不懂诗，也知道诗由心
出。纪先生怎么会伤了我们——再说，你是我们恩人，犯我们句口孽也

承当了。"

"既如此，纪昀就放肆了。"纪昀笑着自斟一杯，"嗵"地仰脸饮了，提起笔来向那纸上写道：

这个婆娘不是人

极精神一笔颜书，个个都有茶碗来大。

众人不禁惊骇相顾。王文韶看一眼脸色苍白的棠儿，嗫嚅道："这……这……这也太……""没干系。"傅恒脸上笑容未退，心中暗惊此人胆量，口中却道，"请纪兄接着写。"纪昀也不言声，从容又写，却是：

九天仙女下凡尘

"好！"敦诚头一个灵醒过来，击节喝彩："这个案翻得妙，翻得骤，翻得新！"众人悬着的心松下来，皆大欢喜，爆发出一阵哄堂大笑。庄有恭道："这确是口孽诗，也真亏了你想——出语惊人，惊破人的胆——你要吓死我了！"说着第三句又写出来了，仍是骇人之笔：

福康安儿要作贼

此刻众人知他手段，不再惊惧了，哗笑着纷纷说道："你小心下地狱！"

"真真独出心裁！"

"看你这家伙怎么翻案！"

"当了'贼'，这个这个……这还怎么转圜？"

"嘘——又写了！"

众人睁大了眼，目不转睛地盯着那枝笔，仍是那样从容，缓缓地一笔又一笔写出：

偷来蟠桃奉至亲

众目睽睽之中，纪昀小心地揭起纸来，吹了吹墨，与那三联并排晾在条桌上，笑问："如何？"

"妙！"

敦诚头一个鼓掌大笑称奇。众人纷纷起身看那四幅字，真个光润圆熟，暗藏笔锋，满壁的字画顿时相形见绌。傅恒笑道："棠儿方才吓得花容失色，此刻如何——我们有这么个'贼'儿子，算得是福气罢？"棠儿道："那当然！迟一迟送汤家裱起来。你这书房里挂这个不宜，就挂到我念佛的观音像旁边。"纪昀忙道："这是游戏之作，虽说不上轻佻，可也太欠庄重，夫人太认真了。"傅恒笑道："先裱起来！这是佳话嘛，将要流传千古，后人会因此念及我们傅家呢！"

此刻绛蜡高烧，琼液盈樽，众人重新入席，举酒为棠儿贺喜，交口称赞纪昀文字翰墨"堪称双绝"。傅恒因道："枯酒难吃，拇战又太俗，叫我的家戏班子来为诸先生上寿。"说着轻轻拍了拍巴掌。

掌音刚落，众人便听两侧廊下佩环丁当作响，书房中侍立的丫头忙挑起珠帘，只见两行歌伎，着一色的葱黄宫装，一行执着琴瑟笙篁，一行手持团扇，如步履凌波似的翩翩而出，盈盈施礼向筵席下拜。棠儿站了半晌，觉得有点疲累，向纪昀敛衽一礼，笑道："纪先生今儿开怀畅饮，多用些酒。迟了就住在家里，不要见外。需用什么物件只管开口，说句大话，只要天下有的，寒舍都舍得叫先生满意的。我有些支撑不住，先告罪了。"慌得纪昀忙起身还礼笑道："夫人如此错爱，纪昀何以克当？请尊驾自便……"棠儿这才辞了出去，傅恒将手一摆，顿时笙箫琴瑟齐鸣。六个歌女长袖飘舞，团扇翻飞，歌喉顿开唱道：

> 楚楚腰肢掌上轻，得人怜处最分明。
> 千回步帐难藏艳，百结葳蕤不销情。
> 朱鸟窗前眉欲语，紫姑乩畔目将成。
> 玉钩初放钗欲堕，第一销魂是此声。
> ……

此刻席上坐客人人听得心醉神迷，目有视，视舞步；耳有听，听艳曲；

那伴奏的女子手挥目送唱道：

> 妙谐谐谑檀心灵，不用千呼出画屏。
> 敛袖皱成弦拉杂，隔窗掺破鼓叮咚。
> 渭裙斗草春多事，六博弹棋夜未停。
> 记得酒阑人散后，共搴珠箔数春星。

真个舞赛天仙歌能裂石，满室幽香袭人，风鬟雾鬓令人心不能自持。饶是敦敏素来稳重持礼，庄有恭、王文韶以道学自许的人，也都心旌神摇，迷惘如在仙境，左一杯右一杯灌酒，如痴如狂。纪昀虽能吃肉，却不能豪饮，已是酡颜欲颓，不禁击案叫道："今夕何夕，得此仙乐！"

"纪兄高兴，就是我的至诚到了。"傅恒笑道，"且看下一折。"将手一扬，摆了摆，叫道，"明珰儿，还不出来！"

随着叫声，一个女子曼声应着赛帷而入，众人注目看时，只见明珰身着粉色纱衫，下着浓绿色水泻长裙，乌云鸦堆，青丝袅袅，弯弯两道柳烟眉，在宇间微微蹙起，若愁若喜，似嗔似笑，流眄四顾，人人精神为之一爽。敦诚不禁大声赞道："好一朵人面桃花，又似水中芙蓉！"那明珰向纪昀嫣然一笑，差点勾得纪昀三魂缥缈七魄俱散。只听她宛转唱道：

> 相逢处，记得虎山前。七里胭脂淘作水，一城罗绮织为天，箫管送流年。
> 那时节，卿在木兰船，隔座唾人花散雨，带歌行酒柳摇烟，宛转到侬边。

"这真是艳绝之词，清绝之唱！"纪昀望着袅袅婷婷的舞姿，恍然如在仙境，醉眼蒙眬地说道，"两阕《望江南》，带梦入秦淮啊！"傅恒笑道："这是前年我去金陵，尹继善请我游秦淮，方子固先生即席吟唱的。确是秦淮旧梦。不知先生能否也续写几阕？"纪昀笑道："方子固是灵皋先生的爱孙。这词已经写绝了，足令温、李却步，我有何能为，敢来续

貂?"口中说"不敢",却以箸击盂,目视明珰,轻声吟道:

> 红桥近,双桨放迟迟。绝世丰神临水处,可人情性薄酣时,烟重柳难支。
>
> 那时节,花放一枝枝,酒敌或能狂白也,花容哪得比明珰,他也道侬痴。

他一边说,敦诚在一边用蝇头小楷记录。记录完,即将小笺交与明珰。明珰轻启樱唇喃喃诵读,突然春心一动,瞟了一眼又高又壮又黑又胖的纪昀,顿时飞红了脸,不言语将诗笺塞进了袖中,偏转了脸竟自忸怩不能自胜。傅恒是风月场上有功夫的人,已是瞧出个七八分,遂笑道:"小妮子目空眼大,从没个瞧得上的,这番似乎动了心?夫人已经许出了愿,只要先生张口,再好也舍得奉赠。纪先生,听说你内堂尚虚,即以此女,作箕帚之奉,如何?"

纪昀目中火花一闪。他是河间名阀子弟,自幼游学读书在外历练,虽然看去放浪形骸不拘于礼,骨子里却通明世务处事严谨,一阵兴奋过后,立刻平静下来,从椅中起身作揖道:"六爷错爱得很了。娘娘的病得以好转,是娘娘自己深仁厚泽,因此上天赐福!试想,如果我不奉旨,焉能进入内宫?进入内宫,不逢娘娘疾急,或者我于岐黄之术毫无所知,岂不也误了事?冥冥上天巧作安排,只是假手于我为娘娘祛灾而已。娘娘圣寿未尽,即便没有我,上天也自另有救治之术,我岂敢贪天之功!"他凝视着发怔的明珰,微微叹了口气:"这要折煞纪昀了——这是六爷的爱姬啊!清歌已聆,盛筵已领,色与魂授,难道还不知足?"一席话说得众人都发愣:这不像是撇清,又不像是推辞,纪昀葫芦里卖什么药呢?

"晓岚兄和我来这一套!"傅恒大笑道,"——不过也得问问明珰的意思。"他转过脸来,见明珰羞得满脸飞红,笑问:"你心里怎么想?可乐意跟了纪先生?"

明珰当着这么多客人,越发情怯羞涩,晕赧满颊,一双皓腕不停地搓弄着衣带,嘤嘤数声,不知说了句什么。傅恒笑问:"说的什么,好歹叫我们听清楚呀？你素来不是这个秉性嘛！"明珰低声道："我左不过一个奴婢，听主子的吩咐呗……有什么说的？"她低着头趿着脚尖，又小声咕哝了几句。傅恒看着她，满意地点点头，说道："这也不枉了我素日教导——知礼！才子配佳人，这是天成之偶——小七子！"

"哎——奴才侍候着呢！"

"按照前头发送芳卿的例，加一倍妆奁给纪先生。"傅恒笑着吩咐，"从明儿起，明珰不再在园子里侍候，挪了太太正房东厢去，这里就是她娘家，你们以姑奶奶的礼待她，纪先生下聘后，拣个好日子给他们办喜事儿。"

傅恒说一句，小七子答应一声，又转过来给明珰磕头贺喜，说道："当初姑娘从苏州买来，前头喜旺子还想求我给主子说话，说他选出来要做外官，想讨了姑娘去做太太。我当时就给他个没趣——我说，'庄亲王世子来要明珰，一声不愿意，老爷就辞了出去。你也没撒泡尿照照你那鳖形，就想吃天鹅屁！'"突然想起用"天鹅屁"比明珰大不相宜，忙"啪"地自打一下嘴巴，改口道："想吃天鹅肉！——'明珰姑娘不是爷买来的，是爷从苏州织造府歌舞教司请来的，您瞧人家走路那份贵重，那份仪态，脸盘儿身材带出来的体尊！——叫我去说话，不是狗戴嚼子相勒么？'今个儿可好了，纪先生呢是羊车投瓜砸得脆的大才子，姑娘又是个弄玉吹箫的活观音，配到一处，那可叫怎么说？"他怔着脸眨着眼想了想，突然冒出一句唐诗："两个黄鹂鸣翠柳，一行白鹭上青天！"他尽可能搜罗着自己的"学问"一口京白，说得绘形绘色，口吐白沫。顿时笑倒了众人。敦敏先还忍着，想想越发耐不住，"噗"的一口酒喷了敦诚一身，敦诚笑着踢了小七子一脚，"小蛋黄子忒煞伶俐的了！什么叫羊车投瓜砸得响？又是什么弄玉吹箫的活观音？好好的掌故都叫你搅得稀烂！"傅恒咳嗽着笑道："快侍候着姑娘下去。滚你的蛋去吧！"众仆人簇拥着明珰下去。席上几个人又乱哄哄说笑一阵，听着自鸣钟连敲十一声，已入子时，见傅恒面带倦意，知道他乏透了，且知他明天还要忙，便都纷纷起身告辞。傅恒一径送了出来，握着纪昀的手，诚挚地说道："明儿又要办正经差使了。同在一处，诸多事务，还要请多关照。"

"大人放心。"纪昀何等精明的人，立刻听出他话中双关之意，点头说道，"纪昀如此身受国恩，岂敢怠忽公务，恃宠取祸？"

众人都去了，傅恒站在二门口，望着初升的一弯眉月只是出神：六十五万军饷被劫，已经和刘统勋谈过几次，直隶总督、巡抚已派员前往，会同高恒破案。因为皇后重病，刘统勋的钦差大臣诏书还没有下，这事明天一早就必须请旨办下来。西南金川的军务，现在庆复、张广泗还是一味调兵遣将、索饷要粮。说是攻下了几十个堡子，可连班滚、莎罗奔的影儿也没摸到。阿桂来信言语含糊，说自己"身在庐山"，又说"将熊熊一窝"。似乎在指摘庆复和张广泗，却又不明说，这是什么意思呢？难道又重蹈了上下瞻对的故事，打成了烂仗？这件事其实乾隆更关心，也得抓紧接见几个云贵川过来的人，盘问盘问底细……还有去云南开铜矿的钱度，上次奏报说杀了四十多个在矿中传教的"天理教"教首，"井矿安宁"是他折子里的话，但云贵总督葛洛来奏，却弹劾他"残忍成性，滥杀无辜，矿工群情汹汹，或将激成大变"，——这"天理教"是怎么一回事，是不是白莲教一党呢？皇帝不久要出巡直隶，他离京之前，这些事都要搞清楚，请示方略，不然出了事，都是自己的责任。张廷玉和鄂尔泰都老病了，他们在朝几十年为相，门生故吏遍布天下，不结党也有党，无门派也有派，还在明争暗斗。讷亲和鄂尔泰过从得近，自问感情又和张廷玉相投，门派之争看来还要延续下去。他又想起"一枝花"，这么一个小妖婆子，怎么就擒制不住呢？由"一枝花"又转思到娟娟，那月夜舞剑，那夜宿马坊镇，还有那驮驮峰上落红成阵的桃林……

不知受了什么东西惊扰，隔院花园里的宿鸟扑棱棱扇着翅膀，呱呱大叫着从头顶飞过。傅恒从千头万绪的遐思中清醒过来，但见月如细钩，悬在疏朗的星汉之间，蓝得发紫的天穹上一丝云彩也没，浅淡的月光洒落下来，给花园女墙和那丛丛的月季、牡丹花，玉兰、海棠树镶上了一层银灰色的霜，由近及远愈看愈模糊，似乎一层层一叠叠在不住地变幻它们的姿势和色泽，给人一种神秘不可捉摸的感觉。夜半清风带着花香——那花香很杂，有月季的清香，有时还杂有石榴香、丁香、玉兰香吹来……又有些想不出名目的香，在微风中轮番袭来，凉凉的，淡淡不一地递送着，直透人心脾——这样的夜间，独自赏花步月，真真是莫大的享受。

傅恒适意地将发辫甩到脑后，徐徐下阶，遥望着星瀚浩渺的天空，久久凝视着，心里打点腹稿，草拟一篇步月诗，但连着拟了几首都不满意。心里一阵失落，更觉诗思塞滞，只得无可奈何地叹了一口气。小七子因主人、主母都没睡，吩咐了家人都不许睡，又叫妻子进里院招呼上房婆子丫头都小心侍候。这才出来，见傅恒苦苦沉吟，正要上前请他回房歇息。忽然听见二门外院西配房隐隐传来哭声，忙叫过二院管家喜旺低声训斥道："日你妈的，越侍候侍候出新样儿了！没见主子正在想诗？那院里洗澡水我都不许他们泼，别人都安静，倒是你老婆房里鬼叫丧儿！"傅恒这才细听，果然西配房里传来了隐隐的哭声，是个女人的声气，似乎在竭力地压抑着，嘤嘤声若断若续传来，不用心根本听不出来。傅恒想回到里院，想了想，招手儿叫道："你们过来——喜旺家的是怎么了，半夜里哭得凄惶？"

小七子和喜旺见惊动了傅恒，一溜小跑过来，趴在地上就磕头请罪。喜旺说道："爷，是这么一档子事。我妈原在热河皇庄给内务府管领的戚家当奶妈子。侍候的就是现今庄王爷门下魏清泰的大老婆。魏清泰今年七十多的人了，小姨太太黄氏又添了个丫头，黄氏没过门的时候在咱们府西下院当过粗使丫头。和我们家的相与得好——她添了丫头，魏家大太太恼了，说不信七十多岁的人还能行房，这丫头是野种的，逼着问是和谁睡出来的，打了撵出来，这事已经过去十好几年了。黄氏前头还生了个小子留在魏爷府里。黄氏想得没法，今儿偷偷进去看儿子，儿子送了她四五两银子还有一袋子面，叫人告了大太太。东西没得着，还当她的脸罚小少爷跪，晒得晕了过去，黄氏又叫起了出来。她心里气苦，想寻自尽，来我家给我妈诉诉苦情，想把孩子托到我妈这里得便儿给大太太说个情儿，还收留闺女回魏家——为这档子小事哭哭啼啼的，实在太不成话。奴才正拾掇这些婆娘，小七哥听见了……"傅恒仰脸想了半日，才想透这件事的来龙去脉。遂笑道："有难过的事，还不叫人家哭，难道憋死不成？她不过是穷，你资助点银子，好生宽慰宽慰，就不想寻死了。银子要短缺，回太太一声，从公账里支一点。"他说完抬脚走了几步，忽然觉得自己处置得太随意了些，又站住了，说道："你带她们到上房来一趟。"说罢径自进了内院。

"吃酒吃得多了吧？"棠儿没睡，在灯下开着纸牌等他，见他进来，丢了手中的牌起身，撇着嘴笑他，"方才叫人去看，说是在月亮底下转悠呢，可作出什么好诗了？——荷香，给老爷把参汤进上来——别是月下想美人，想入非非了，只顾从脖子往下想起，哪里还作得出诗呢！"傅恒笑道："你这人！胡说些什么，丫头们听了要笑的！你还不是个美人？就像戏上说的，有羞花闭月之貌，沉鱼落雁之容。恐怕你在想别的男人，由彼及此疑我也未可知。"说着便喝参汤。棠儿是有心事的人，登时脸一红，忙用话遮饰："别说这些谎话遮掩了，家花再好也没野花香！天杀的，别以为我有了康儿就不留心了——上回高恒家婆娘来，你那两只眼，直勾勾的——那婆娘也不是个好东西，骚样儿，浪八圈儿！"

"罢罢罢，越说越上劲了。我不过站了一会月亮地儿，你就这么抢白我！你要是皇上，还有臣子们过的么？"傅恒笑了一阵，又道，"也真是的，我如今竟作不出诗了。心里只是有，口里手里却说不出，写不来。才三十一岁，就老了不成？"棠儿也换了正容，说道："那是忙公务，看折子看的了，作诗弄词的得有闲工夫。上回娘娘跟我说的衙役和秀才作诗故事儿怪有趣的。秀才的诗说'清光一片照姑苏'，这是说月亮。衙役说'月亮不止单照姑苏，应该是"清光一片照到姑苏等处"才对'——没的不是叫什么来着——公牍害文。这几年你在军机处，看的都是'等因奉此'。再过几年，'两个黄鹂鸣在翠柳枝上，四个白鹭排队飞到天上'都写得出呢！"还要往下说时，丫头彩卉进来禀说："喜旺家媳妇带着个女人进来，说是老爷叫进的。"棠儿便问："三更半夜的，有什么事？"

傅恒便将方才的事约略讲了，又道："魏家是常来家走动的人，他那些家务我也搅不清。不过，听起来满凄惨的。佛心无处不慈悲，听听怎么回事，能帮就帮她们一把。"棠儿听了无话，那女人已带着个小女孩进来。傅恒定睛看那妇人，只在三十岁上下，身着一件靛青市布褂子，已洗得发白。裤脚处缀了补丁，只是修饰得好。肘下襟上的补丁都用绣花滚边儿，两边对称缀上，不留心还以为是专门加上去的花饰。瓜子脸儿，水杏眼，嘴角若隐若现还有个酒窝儿，细眉如画几乎绵延到鬓边，朱唇樱口，胭脂不施，天生风韵。棠儿却在看那女孩，约莫在十二三岁，和妈妈穿的一样，靛青市布大褂儿，只是像是重新染过，连补丁都是一样的颜色，眉宇宛然如画，很像母亲。黑黑的两个眼睛却和魏清泰的大儿子魏华一模一样，蝌蚪一样漆黑，流盼之间颇生精神，只是脸色苍白些。在这样华贵的屋子里也不习惯，低着头躲在母亲身后不言语。棠儿见傅恒注目那女人，无声一笑，正要说话，傅恒已经开口：

"吃饭了么？"

"回老爷的话，我不饿。"黄氏怯生生地看了傅恒和棠儿一眼，低声说道："求老爷赐给睐妮子一碗饭吃。"

棠儿这才知道姑娘小名儿叫"睐妮子"，招手叫了过来，拉着她的手细细地看，冰凉润滑的，宛如象牙雕就，十指指甲饱满红润，手掌却略乏血色。她抚摸着睐妮子浓密的头发，端详着她的脸庞，口中道："彩卉，端两碟子点心，一盘子给姨奶奶，一盘子给闺女——呀，啧啧，这么标致的丫头！怎么不生到我们家？老清泰我没见过，总快八十的人了吧，可不是老背晦了，这么玉雕儿似的母女俩儿，就忍心往外赶！他那儿子魏华，常来府里搅，蛮清楚的个人嘛。亏你在军机处管着他，怎就不管管这些事！"

黄氏和睐妮子本来已经止住哭了的，听棠儿这一数落，哪里还能禁得住？黄氏蜷着身子，双手抱着点心盘子，哽咽得浑身直颤，只不敢放声儿。睐妮子盯着一脸慈祥的棠儿，双目闪烁了几下，泪像开闸了似的，一涌而出……傅恒看了看表，已将到子牌时分，见她们哭得不可开交，抚慰道："别哭了，这种事大家子里头多着呢！清官难断家务事。这孩子是老清泰的，错不了。你看看那双鼻翅儿，再看那眼，还有下巴儿，不是魏清泰的，能生出这模样了？这样，你们权住我府，回头我和魏家打打擂台，打谅他们还得买我的账！——记得魏家是正白旗的对吗？"黄氏已经哭得泪人儿一般，听见问，忙俯下身子，用哽咽的语调颤声答道："是汉军镶白旗的……"

"这么着更好，我和他们旗主说话。"傅恒站起身来，略微伸欠了一下，说道，"还叫喜旺家的侍候着，不能当奴才对待。魏清泰是跟圣祖爷征讨过准噶尔的，带着侍卫身份呢！我看睐妮子这身条儿这体格儿，可以入宫去侍候。娘娘病重，宫里放出去几百宫女，眼见又要选秀女了，撞一撞运气，总比这么苦挨着好。去吧，好生歇息着，几天里头准有好信儿。喜旺家的再给她们换点点心，看揉搓成碎末儿了。这屋里她们也吃不好，她们是客，好歹别委屈了——听着了？"

喜旺媳妇忙答应着，又道："看看我们主子，这为人，这心田——和我常跟你说的一样吧！天上地下打灯笼，哪里找去呢？你这一来，就是福星高照灾星退，由我们主子荐进宫去，几年选出来个女官，才叫他们羞得没地缝儿钻呢……"她连奉承带数落还夹着劝慰，哄得傅恒和棠儿都笑了，黄氏母女也破涕为笑，千恩万谢着辞了出去。

"你今晚真奇怪。"棠儿等外人都退了出去，一边帮着傅恒脱换衣裳，一边说道，"军机大臣拉皮条，送出去一个明珰，又帮助一个黄氏！天下这么大，还不够你操心的？你是嫌弃了明珰，看中了黄氏？不然，怎么变得跟菩萨似的？"

傅恒解着腰带，深长透了一口气，说道："官做大了，容易变成石头人。该做的平常事不去做，不给自己种福田，对景儿时候就有祸——张廷玉多聪明的人，礼部报上来一个请旌表的，说一个烈妇被贼绑在树上欲施兽行，她护贞不屈骂贼而死。张廷玉说她是受辱而后死，不足为范，不准表彰！这太苛了嘛。我到老了要也做出这种事，你一定得提醒我今日这话！"说着便将手向棠儿胸前伸去，棠儿一把打落了他的手，嗔笑道："你这人真是，说着正经话还不老成！"傅恒笑道："我精神远不及过去了，那老清泰不知吃了什么药，倒得问问。"

棠儿啐了一口，红了脸没再说话。

第十九回　　议破案李卫讲谋略
　　　　　　追往事遗臣献画图

　　傅恒甜甜地睡了一夜好觉，醒来时已是红日照窗，猛想起还有许多要务等着办，一个翻身跃了起来，慌慌忙忙地就披袍子。棠儿正在廊下指派丫头给鹦鹉调食儿，听见动静跨进来，见傅恒忙成一团，正翻枕头，找腰带寻袜子，不禁好笑，说道："也没看看钟，还没打七点呢。眼见就到夏至了，一天长一线。你就忙得这样——梅香们都死哪儿了，叫主子自己穿换更衣？"几个小丫头一拥而入，有的跪下抻袜子套鞋，有的系纽子束腰带，有的上炕用木梳给傅恒篦头拢辫子。傅恒只好坐下听人摆布，笑道："往后早叫我半刻时辰，这些事我自己弄。我还想统兵打仗当将军，都叫你们给侍候懒了。"他松快无比大大打了个哈欠，又道："这就定下规矩，冬天夏天一律卯初起床，洗刷了打布库、吃点心上朝！"

　　"罢了罢，"棠儿抿嘴儿笑着端过点心，"就你忠心报国，你看人家讷亲，在家里从来不办公事不见人。按时辰入朝，上下值都有制度，谁敢说人家不对？你呀，其实学的是张廷玉没时没分地办事。人家还说你擅权，有什么趣儿呢？""张廷玉有什么不好？那是要入贤良祠的！"傅恒笑道："四十年太平宰相，儿孙满堂、富贵寿考，你男人巴到这一层儿，是你的福气！一个男人立了志，没什么事办不成的。自今而始，就是卯初起床。这要立成死规矩。"棠儿道："好好好，我的国舅相爷大将军，早起就早起！快着吃早点吧，外头还有一群大人等着见呢！天刚明时，小七子家的进来说，今儿张相精神好，已经去了军机处，请你先去见见刘统勋，说说什么银子的事，然后再进大内，皇上准要召见议事儿的。娘娘那边的彩霞姑娘也来传话，服了纪昀的药很见功效，叫你不用惦记着。娘娘这病一有起色，皇上腾出身子来，今儿不定怎么忙呢！你吃过点心办你的事，我也该进去侍候娘娘了。我已经吩咐大伙房，午饭用大盒子给你送进去，省得来回两头跑。不然又怪我不知道心疼男人！"

傅恒这边结束停当，用青盐擦牙漱口，吃了点心，又用水漱了口。匆匆走到大门口吩咐备轿。见客厅里还候着七八个外任官，便又走过去向众人一揖，和蔼地一笑，说道："你们几个都是兄弟约过来说话的，偏生有别的事给岔过了，兄弟实在对不住。不过先前我已经给户部打过招呼，凡是七月之前报过灾的，都已经查实，一律免征三成捐赋。户部有户部的难处，如今都晓得以宽为政，狼叼了一只羊，就敢报个'狼灾'，听见蝈蝈叫，就想报个'虫灾'，只图买好百姓，捞个好名声儿好升官。说句难听话，这真叫厚颜无耻市恩欺君！所以请老兄们再和户部参酌一下，别图了眼前，好吃难消受，回头朝廷还要一一核查的！"因见秦凤梧也在，又道："你是跟卢焯在尖山坝管钱粮的道台吧？先到军机处见张中堂，回头我们细谈，说不定皇上也要见你。"说罢又谦恭地笑着一揖，出门升轿而去。众人答应着，也都纷纷散去。

傅恒到刘统勋府扑了空。刘统勋虽已是从一品大员，素以清官自律，除了侄辈在府照料家务，兼着读书准备应考外，只有一个使了几辈子的老仆照应门户。老仆眼神耳朵都不好使。傅恒问了好半天才知道，刘统勋一早就出去了，说要去看李制台的病。老仆人连咳嗽带呛，唠唠叨叨又说了许多家事。傅恒耐着性儿听完，径自又转路去李卫府。到门上一问，果然刘统勋就在里边，那家人打躬作揖说道："我们制台爷的病忽起忽落才好些儿。太太吩咐奴才再三拜托各位贵客，请大人说话不要太久……"傅恒笑道："这个何消关照，我省得。"说完，一径进来。他在这里熟门熟路，径自进二门趔向东书房。幽静的院子里传来刘统勋的说话声——李卫的住处就在这里了。李卫的小妾玉倩用盘子端着空药碗出来，见是傅恒来了，退到一边矮了矮身子，未及请安傅恒已挑帘进来。果然见李卫闭目半躺在大迎枕上。刘统勋坐在炕边一张椅子上。墙边矮杌子上还坐着一位须发皆白的老者，却不认识。李卫的妻子翠儿用毛巾围着李卫脖项，正一匙一匙喂水，见傅恒进来，轻声说道："六爷看你来了。"便放下碗，意思还要下炕行礼。傅恒忙摇着双手，说道："翠儿还拿我当外人，你安生坐着。这一阵里外忙乱，今儿才好容易挤点工夫来瞧瞧……又玠看去是好了些儿？”

翠儿未及答话，李卫已经睁开眼睛。他脸上泛着潮红、额前出虚汗，像水洗一样光亮，却又红白不匀，一条粗大的辫子拖在枕边，梳理得齐齐整整。他凝视着傅恒，嘴角露出一丝笑意，轻轻说道：“是六爷呐！不能给您请安了……六爷好风采，真让我羡煞。您那么忙，娘娘也欠安，还要分心惦记着我，打发个家人来看看不也一样？唉……我是不中用了。日他妈的，李卫也会有今天？”

“你别胡思乱想，别多说话。”傅恒接过玉倩送来的茶，随手放在椅子上，说道，“你这病与性命不相干。尹继善的外祖父打四十岁患病，症候跟你一般无二，上次我去看老尹泰，还听他在上房里头咳嗽，今年不到九十岁也差不多了吧？”翠儿笑道：“刘大人方才也说，这天杀的就是不信！六爷总不能也来糊弄你吧！”傅恒点头，笑着看看刘统勋，说道：“老刘也不是糊弄人的人。上回圣上说起你，说已经派人去钱塘，要请高士奇来京，一边著书，一边给王公大臣们治病。他来了，什么病治不好？还有皇上一直挂念着你，这也是你的大福气，什么灾星退不掉呢？”

提到乾隆，李卫的眼睛灼然一闪，又渐渐黯淡下来，嗓音变得更加干涩嘶哑：“刘康的案子，李卫对不住主子。李卫一辈子……吃斋，临死吃了狗肉，我真后悔死了。如今我的病就是报应。高士奇未必还活着，就是能来，也是治病治不了命啊……”说着，两行浊泪淌了下来。傅恒笑道：“你看看你！说着说着又来了。高士奇活着呢！”

“他……死了……”

“谁说的？”

“我知道。”李卫惨然一笑，“所以我说我不成了。我的心明亮得很，什么事一说心里就觉得了。”

屋里几个人不禁都面面相觑。因为傅恒和刘统勋都知道，浙江已报来信息，高士奇一个月前已经无疾而终。顿了一下，傅恒又道：“别尽说病了。我跟你说个高士奇的轶事。他六十五岁赐金还乡，保养得身子健壮，忽然发奇想，出去游历，转来转去转到扬州，不料就把身上的钱花得精光。”

"那有什么要紧?"翠儿说道,"他当了二十年宰相,在扬州、苏州做官的门生有的是,还怕回不去家?"

傅恒笑道:"要借钱他就不是高士奇了。他找了个当地熟人,给一家盐商当私塾先儿。这家盐商三个儿子,两个大的都经营着门面。小的还小,请了高士奇,不过教儿子认几个字,将来能看账本子。所以也没怎么把他当回事儿。

"那年过中秋节赏月,又是老头子生辰。盐商大发请帖,请了当地县令、县丞,还有各个盐号掌柜的,扬州有名的缙绅、七大姑子八大姨的亲戚,院里摆了几十桌筵席。上上下下足有二百多人,一来贺寿,二来也在席间讲说生意。偏偏疏忽了,忘记下帖子请儿子的老师。高士奇也不在意。

"倒是盐商的小儿子气不忿,跑去私塾叫老师,一五一十说了。高士奇也爱这孩子,说:'既如此,我陪你闯席去,咱们和他们逗乐子玩儿。'

"于是师生两个直趋盐商家。那盐商见了老师自知失礼,倒不好意思。当时正在安座,首位还没定下,也就虚招呼一声,说:'首位给你留着呢!你教小儿半年,也不容易,又是斯文中人,就请上座!'这盐商原以为他不好意思,要谦让一番,谁知这高士奇毫不谦让,一屁股就坐了下来,泰然自若用桌布揩揩手,端茶就喝。

"此时正是'高朋'满座,单是上席就有两个举人出身的现任官,府里当过师爷的缙绅,其余的也都是财雄一方手眼极大的富豪,见是一个干瘦的穷先儿坐了首位,人人似吃了苍蝇般腻味,擦眼睛揉鼻子打哈欠干咳嗽的,什么怪相都有。主人更是早已变色,一肚皮的无名火,干笑着请众人入席饮酒。高士奇也就头一个饮了。

"客人们起先碍着面子,不好说什么,都只侧目斜视。眼见高士奇毫不惭愧,直将众人视有若无,越发耐不得。酒过三巡盖住了脸,一位盐商终于忍不住,问高士奇:'老先生,您这辈子坐过几次上首席位呀?'

"'五次。'高士奇舔舔嘴唇,说,'姐姐出嫁,我代父亲,送她到姐夫家。设席相待,我坐了首桌首席。'

"席上传来众人一阵哄笑，有人插科说：'那算小老丈人，这席坐得！'

"'十三岁进学，十六岁入乡闱举试，得中头名解元。'高士奇笑嘻嘻说，'南京贡院设鹿鸣筵，我坐首席首位。'他这话一说出，所有的人都像突然挨了一闷棍，呆若木鸡愣在座上，一时变得鸦雀无声。不知是谁，慌乱得将碗拂在地下，'砰'地摔得稀碎。满座宾客静听高士奇说话，'二十六岁独身闯京师，在名相明珠府为西席教师，受康熙爷知遇之恩，荐为博学鸿儒科，取在一等额外之名，朝廷于文渊阁设筵，天子亲自相陪，太子执壶劝酒，不才忝在首席首位——这是第三次。'高士奇不紧不慢举起三个指头，侃侃而言。'次后为相二十年，又主持纂修明史，官拜文渊阁大学士、上书房大臣、领侍卫内大臣、太子太保。五十五岁荣归故里。在赐金还山之日，天子率百官于体仁阁设筵饯行。这一席仍是我首座首席，这是第四次。'他笑吟吟站起身来，说：'今日第五次，可以休矣！'说罢抽身便走。此刻所有的人都已离席，人人面色如土，个个呆若木鸡。"

傅恒说到这里一笑。屋里的人连侍候的丫头都听呆了。玉倩端着茶，怔怔地问："六爷，后来呢？"翠儿也笑，说道："六爷没去鼓楼说书，真到那儿练摊儿，还有别人吃饭的地方么？"刘统勋说道："这就恰到好处。再往下说，无非众人如何磕头谢罪，赔情道歉，说尽了也就无趣了。"

"这个故事有趣儿。"李卫含笑说道，"高江村一世洒脱，从秋风秀才到潦倒举人，成为一代名相，又飘回南山悠然自得，真令人羡慕！"其实，傅恒讲的这个故事，他在南京总督任上就听说过，对他并不新奇。只是他自己幼年贫寒，沦为乞丐，在人市上被雍正买为家奴，又做到位极人臣的两江总督，总领天下缉捕事宜，际遇之奇也不下于高士奇，每听人讲这个故事，心头都有一份贴近的亲情。李卫微笑着忽然看见那老人坐在一旁，对他有点冷落，忙又道："忘了给六爷介绍了，这位老先生就是黄滚，是跟高恒一处办差的黄天霸的父亲。"

黄滚一直赔笑坐在杌子上，以他已退职的山东巡检厅主事身份，在这场合里，既不能多言多语随便插话，也不能扫了大人们的谈兴，只好正襟危坐赔笑。听李卫这一介绍，才如释重负，忙向傅恒打千儿请安，说道："卑职是李大人一手提携起来的，听说大人欠安，特地赶来府上探望请安。小儿天霸办砸了差使，是他无能。也想乘机请大人说说情，允我老头子前去帮着破案。恰好刘大司寇也在，这岂不是缘分？"傅恒原看他年迈力衰，此时站在面前，虽然言卑词恭，其举止却是渊渟岳峙，精神矍铄，声如洪钟，由不得心生敬意，遂笑道："久仰久仰，老先生乃江湖泰斗！记得好像是和吴瞎子一齐保本供职的？翁佑、潘安、钱保也是一道儿在吏部记名。你们原来是一个道儿上的？"

"回大人话，"黄滚又一躬身，说道，"大人记得不差，我们是一处保本记名的。不过翁潘钱三个现在是青帮舵主。受了万岁恩封，不领朝廷钱粮，专管漕运护粮事宜，不再涉足绿林案子。黄家是镖行世家，李大人独闯抱犊崮收服吴瞎子，是家父黄九龄和不才随行。后来李大人到北京供职，又保了我们职衔，借调来刑部，跟刘大人办差事的。"刘统勋在旁说道："别看黄滚年老，如今仍能开三百石弓，发连珠箭，穿房越脊、飞檐走壁都是小意思。"黄滚叹道："话是那样说，到底不比当年。康熙四十五年山东武试，试官蔡诚受贿不公，我到至公堂辩说几句，拖下去就打，夹断了三副新夹棍，不能伤我分毫。蔡诚说我有妖法，要治我大罪，我一掌劈碎了校场上的石碌旗墩，说他：'这叫硬功，你懂不懂？'——看举子们不忿，蔡诚才罢了手。"傅恒奇道："既有这样本领，蔡诚不取你，他总有个借口吧？你若中了武进士，康熙朝晚年用兵西疆，岂止是今日位分？"黄滚不胜感慨，说道："卑职不会写文章，蔡诚在策论里挑毛病儿。这是我的命，也无法可施。考举人才中了个副榜。我也就灰心了。"

傅恒一边听一边沉吟，说道："青帮的事办理得好。翁佑、潘安、钱保接手这事，粮船没有再被劫。这次高恒出事，是陆地上的毛病。'一枝花'不是寻常鸡鸣狗盗的小贼，是谋逆造反的巨寇。延清这次奉旨出去，要志在必得。吴瞎子去了云南铜矿弹压矿工，我看黄老先生随延清走一趟邯郸也好。"他看了一眼李卫，又笑道："不知不觉说起公事来了。又玠公，你要安心，仔细调养着，改日再来看你——延清，咱们到你签押房说话。"刘统勋和黄滚忙都起身辞行。

"请……稍待片刻。"李卫一直聆听着他们议论，大约坐得太久，他的脸色变得青红不定，看去十分疲倦，但还是勉强笑道："我虽然是病夫，但我这一辈子是在强盗贼匪堆里混出来的，你们何妨听听我的小见识？"

三个人对望一眼，不言声又回归座位。

"'一枝花'我们打过交道，有一面之缘，确实不是寻常之辈。"李卫说着，伸手索茶。翠儿就势过来，帮他垫垫枕头，笑谓众人："我们当家的从来没有今儿精神好。来的都是知己，容他放肆，半躺着说话，可成？"说着玉倩端茶过来，只喂了两口，李卫便摇头，弛然躺下，睁着双眸凝视着天棚，慢吞吞说道："当初……吴瞎子探知生铁佛、甘凤池一干人在五庆楼聚会。我扮了他的伴当去看，那楼就在莫愁湖东，五楹楼顶房全由甘凤池包了。三教九流杂处在一起……什么样的人都有。各人献艺，切磋技巧。'一枝花'在十二个鸡蛋上舞蹈，演的是《麻姑献桃》。因为当时我心中留意的是那些绿林豪强，想擒拿的主犯是窦尔敦，没有把心放在她身上。可她演的几手真绝，空手在鸡蛋上舞，足下生出烟雾，真和神仙一样。一会儿变出一篮桃子分给众人吃，我还吃了一个，那是十月天呐，真的是新鲜的蟠桃！后来……演天女散花，凭空从楼顶落下无数玫瑰、桃花、菊花、梅花……那个香啊……后来才知道她叫'一枝花'，会妖术……我派人到处搜她，她已到了江西——就这样，我错过了机会。到现在，我还能真真切切地想出她的面目，想起她唱的歌。那歌，那声音，直透到人心里……"他喃喃说着，翠儿不禁看了玉倩一眼，玉倩腾地红了脸。她就是因长得很像易瑛，李卫才对她有情，另眼相看的。

"你看看我，说跑题了。"李卫喘息了一下，自嘲地一笑，"我办了一辈子案，无论贼匪盗寇，多么狡诈，都只有一条根。'一枝花'的根在桐柏山……这是我想了很久的事。她在江西站不住脚，山东、直隶、山西也站不住，就是因为根儿不在彼处。她有大志，缺的是队伍，拉队伍，要钱，这次作泼天大案，劫这么多钱，无非也是这个想头。但她失策的地方，直隶、山西都离着北京近，有那么多的八旗劲旅布防。老百姓也不像河南那么穷。各山寨土匪们早就划定了场子，谁肯依附她，谁肯白白招着官兵来找事儿自寻挨打呢?"

刘统勋、黄滚和傅恒都凝视着李卫,心里暗自感动:病到这个份儿上,还一门心思想着朝廷的事,也真不枉了雍正和乾隆两代皇帝的栽培。刘统勋笑道:"又玠前辈这话入木三分。这银子她搬不到河南,又不能就地使用,我谅她也藏不住。这个案子不难。"傅恒道:"要是我,就在老河口劫镖,官军就不好办了。"

"说是知己知彼百战百胜,她到底也是个女人。这是口边的肉,叫她到河南吃,也难忍受。再说了,镖车过不过老河口,她也没把握……"李卫感到头有些眩晕,闭上眼,慢慢说道,"我以为……延清这次去,最要紧的是拿人,不是寻银子。我想,高爷和邯郸地方官未必这样想。他们兴许最急的,是起出银子向朝廷交代……所以,延清你要把握好,银子埋到哪里也化不了。人,可是会走的!'一枝花'不是没本领的人,她比别的贼更精明。一定还会回去寻她的根……"说到这里,他的脸色苍白,喘息几下无力地咳出一口痰来,玉倩忙送来巾栉侍候。刘统勋黑红的脸膛更沉重地黯淡下来。他心里又酸又热,泪水几乎要夺眶而出,用略带发硬的声音说道:"又玠,你今儿太累了。我都晓得了。有什么话留着,我临行前还要来的……"李卫一笑,说道:"延清是个伟男子、大丈夫,怎么也这么婆婆妈妈的儿女情长……今儿正是我心思清明精神好的时候。你下次来,我昏迷着,话不就带进棺材去了?——听我说完,也许此刻'一枝花'也已经醒悟过来潜逃河南呢!所以请六爷也留心,河南那边也要有所布置。"

傅恒和刘统勋心情不大一样,他一直担心高恒这个花花公子无能,被"一枝花"卷款南遁。听了李卫这一席话,更是感动钦佩,称赞道:"又玠虑得深,想得细。我已经发下去票拟,封住通往河南各个要道渡口,洛阳、渑池、偃师、郑州一直到开封都加了兵,南阳调去三千绿营兵,控制伏牛山和桐柏山,她很难回到她的'根'上,就是回去,也难站住脚的。"

"我就要说这件事。"听了傅恒的话,李卫轻轻摇头,"治盗要治本……调这么多军队,每人按三十两银子计算,得花多少钱?用这些银子买了粮食赈济伏牛、桐柏的穷民,又省事,又得好名声。六爷……我和翠儿讨饭四年，饿得前心贴后心，都没生过造反当贼的心啊……山里人……腰里有一两钱银子，那个心里踏实得赛过城里米铺的老板呢！"说罢又对玉倩道："把老黄带来的那幅画取过来，给六爷带上。"

玉倩忙答应着，从柜顶取下一个卷轴。傅恒接过来看，约有一尺半长，显然是一帧横幅。用明黄绫子包着，傅恒便不敢拆看，问道："是贡品？""十年前我陪世宗爷在避暑山庄看《农桑图》，当今皇上也在，说这样的好画儿不可多得。前年在皇史宬，又陪皇上看画，是《饥民流徙图》，皇上看得掉了泪。这是我留心物色的李秋山的画，叫《雏鸡待饲图》，现在还没献，六爷想观赏，打开看看不妨的。"

"这个我可不敢。"傅恒说道。他取出怀表看了看："我这就得进去了，衡臣相公等着一齐见驾呢！皇上要看，自然我也能陪着观赏，这么才不失礼。"刘统勋也道："又玠，我也要去了，隔天来看你。小心作养，放心吃饭，别想病——我没别的吩咐——老黄，咱们一起回衙门，交代点细务，我递牌子见皇上，你回去预备一下，明早就得上路了。"说罢，三人慢慢退了出去。

屋里只剩下了李卫、翠儿和玉倩，三个人都没说话，静得像一座古庙，只听见李卫粗细不匀的呼吸声。翠儿把扇子递给玉倩，示意她给李卫扇凉儿，呆呆地看着和自己患难终生的丈夫，几次张口想数落他不该这么劳神，又咽了回去。

"吃杯茶叫了，还有黄鹂儿叫，真好听——乡里要割麦了。"不知过了多久，李卫眼波一闪，依恋地看了看窗外浓绿的烟柳，又无力地闭上，喃喃说道，"叫花子不成了，狗儿也不成了……要变成一堆泥了……""你瞎扯些什么！"翠儿含泪哂道，"少劳点神，你寿限长着呢，别忘了你的绰号叫'鬼不缠'！""是……大人说的是。"李卫的卢卣义清晰又微弱，像是从很远的地方传来，"不过我是雍正爷的狗，爷惦记我，该去还要去呀……我是条狗呢……"

"别瞎想……"

"唔。"李卫顿了一下，又叫，"玉倩……"

"嗯……"

"还记得那歌儿么？"

"哪首歌？"

"'一枝花'唱的那首。"

"……记得。"

"唱，唱，声音低些。"李卫说道，"我想听。夫人也爱听的……"

玉倩的泪水扑簌簌滚落下来，看翠儿含泪点头，低头答应一声："是！"偏身坐在炕沿李卫身边，轻声唱道：

> 一造儿锦衣玉食华清筵上鸣钟鼓，
> 一造儿鬻田卖儿焦首啼饥过朝暮。
> 一造儿作恶敲剥磨牙钩爪吮枯骨，
> 一造儿沉狱覆盆珠泪洗面叹穷途……
> 纵有这千树繁花万篮果，
> 撒人间，都付了富贵簪缨族。
> 飘渺云程太虚路，衣带疾风凌波步。
> 俯瞰寒烟锁关河，仰首茫茫疑天数……
> 无缘人哪里讨得灵槎渡？
> 只余了湘山翠竹，随堤老柳如烟雾，
> 遍人间莫辨菩提树……

她的歌声激昂悲壮，虽然没有放声儿，却十分动情，字字吐音清晰，犹如柔丝绕梁不绝。

李卫安静地听着，声音变得愈来愈遥远。带着满意的笑容，他渐渐沉睡了……

傅恒匆匆赶到军机处，迎头便遇到纪昀从里边出来。纪昀怀里夹着一厚叠子卷宗，见了傅恒也不及寒暄请安，说道："皇上叫进，张相、鄂相和讷相等不及您，已经进养心殿半个时辰了。我是回军机上取折子的——咱们一起走吧。"傅恒点点头，连门也没进，便快步进了永巷。一边走一边问："晓岚，方才议了什么事？"

"回大人话。"纪昀跟在傅恒身后亦步亦趋，低声回道，"云贵总督朱纲调京来了，主子接见，问了大金川军事。主子这会子火气大得很，请中堂留意。"他看了看养心殿垂花门前肃立的太监们，打住话头没再吱声。傅恒也不再说话，只向侍立在大门口的大侍卫索伦点头示意便一径进去报名。略一停，才听乾隆的声气："进来吧。"

傅恒一进门便觉气氛有异。乾隆没有像往常那样在东暖阁里，却坐在正殿的须弥座上接见众臣子。须弥座右侧两个绣花墩上并排坐着张廷玉和鄂尔泰，讷亲躬身侍立在左侧，云贵总督朱纲则坐在张、鄂二人下首，双手捧着茶杯，小心地呷着。傅恒悄悄打量乾隆，只见他戴着白罗面生丝缨冠，绛色江绸单袍外罩石青毡单褂，足蹬青缎凉里皂靴，连腰里束的银镀金镶珠砑玛三块瓦线鞓带，都平平整整搭在腰际，一丝不乱；也不见有发怒光火的迹象，只是气色不好，眼色灰暗，嘴角吊着。傅恒也不敢多看，只瞟一眼便跪下请安。

"起来和讷亲一处站着吧。"乾隆淡淡说道，"去过李卫那里了？他病得怎么样？"傅恒并不起身，就地将方才见李卫的情形说了，又道："李卫还有一幅画儿，托奴才代呈皇上御览。"说着将卷轴双手托起。高大庸就侍候在御座旁，忙趋步过来，双手捧放在大案上。傅恒这才小心站起立在讷亲下首。

大殿里又恢复了令人难堪的寂静。许久，乾隆才深长叹息一声，说道："傅恒来迟了一点，没有听朱纲方才奏说。不但班滚活着，莎罗奔的藏兵也是安之若素，在凉山萨多峰的大寨里以逸待劳。我大军兴起，集九省钱粮供应着六万军队，却至今不能在金川会合。朱纲从四川过，一路见的都是庆复和张广泗的散兵游勇，有的瞎眼，有的断腿，在百姓家提鸡牵驴宰牛杀猪，连朱纲的坐骑也差点被拉走……"他突然抬高了嗓音，"朕只以为他们剿匪，哪知道他们自己会变成土匪呢？"

张廷玉和鄂尔泰都不安地挪动了一下身子。他们是侍候了三代皇帝的人了。康熙威怒之下往往脸色涨红绕殿徘徊，说话又快又急，但一经劝说，立刻镇定如常。雍正则是喜用刻薄阴狠的话尽情挖苦讥讽，辞气锋利如刀似剑。待到要下旨处分时，却又轻拿轻放，十分审慎。乾隆平常并不发怒，待下总是和颜悦色慰勉有加，但对犯事人的处置则毫不轻纵。刘康杀人案，喀尔钦、萨哈谅贪贿案，都是说杀就杀，绝无转圜余地。三代皇帝性格各异，却都是伶牙俐齿决断难测。此刻乾隆震怒，气得脸色苍白，双臂大张紧紧握着须弥座把手，捏得手指都在发颤……他要怎样处置庆复和张广泗呢？张广泗，是张廷玉选出来的将军；庆复去金川，是鄂尔泰的推荐。由彼及此深思，两个人心里都一阵阵发寒。

"你们不要怕。"乾隆睃了张廷玉和鄂尔泰一眼，松动了一下口气，说道，"朕以圣祖之法为法，各人是各人的账。派他们出兵，也是朕的旨意。"他目光注视着殿外，身子像铸在椅子里一动不动，咬牙笑着说道："朕心里难过啊！想那庆复，是遏必隆的孙子，遏必隆不是好宰相，却是个好将军，在福建白马坡与耿精忠对阵时，身受十七处枪伤不下马，小腹都扎透了！他怎么会养出这么一个怕死的孙子？张广泗征苗，六个月连下七十余堡，生擒苗王，拓地两千里，也不是无能之辈。看来还是朕无能无德了……为君的无德无能，为臣的谁肯前赴君难？所以如今文官爱钱，武官怕死，甚或文武官员都爱钱都怕死！想一想圣祖爷八岁登极；十五岁庙谟独运，智擒鳌拜；十九岁决议撤藩；二十三岁高居九重垂拱而治。更不必说平台湾、平藏乱、亲征准噶尔！朕二十五岁登极，现已年过而立，于国于民于祖宗于社稷，未建大功，未立大业，却养出一群怕死爱钱的龌龊官儿！朕好不羞愧，好不耻辱！"他说着，眼中已迸出了泪花，却不去拭，任凭泪水在脸上淌落下来。

大臣们硬着头皮听他侃侃而言，又像自责，又像怨艾，真如身在荆棘丛中，背若芒刺，说到羞愧耻辱，人人皆知"主忧臣辱，主辱臣死"之义，谁也不敢安位坐立，"呼"地都跪了下去俯首谢罪。

第二十回　敏士不敏靴中失火
　　　　　　　勤政议政老相宠衰

　　张廷玉跪在前面，龙龙钟钟磕着头，颤声说道："皇上如此说，奴才们惭愧死了，无地自容……请暂息雷霆之怒，容奴才奏陈。皇上当日决策并无失误。据奴才看，张广泗或许生了畏敌保名的念头。庆复功臣之后，其实是个书生，有虚骄心，无实战之力。据朱纲所奏，天兵并不是败了，是师老无功。战不胜非士卒不勇，过在将军。请皇上召回庆、张二人交部议罪，另选能将前往金川。莎罗奔不过倚仗金川地势险峻，又有烟瘴之气、沼泽之地做屏障负隅延命而已。国家命一上将重振旗鼓，必能克敌传捷的……"鄂尔泰却道："奴才看过庆复和张广泗奏来的所有折子。莎罗奔虽在大金川行为不规，但并无反叛朝廷之心。几次上书请求招安。以奴才见识，如果他确实并无异心，招安也是可行之道。"

　　"招安？"乾隆冷笑一声，"因打不下来，所以招安——这是鄂尔泰说的话？朝廷两度出师花的钱呢？还有朝廷的面子呢？"他三言两语就打哑了鄂尔泰。鄂尔泰舔了舔干燥的嘴唇——雍正年间，他曾大力主张云贵改土归流，激起苗变。后又力主镇压，弄得苗寨村村起火寨寨冒烟。官军一败再败之后，他又主张招安，弄得朝野沸腾，幸而在雍正跟前圣眷未衰，仅落了个革职留任的处分。如今江山易主，代有新人涌现，他又老病缠身，怎敢再度蹚这汪浑水？思量着，皇帝的话又不能不回，遂起身深深一躬，说道："皇上责臣，臣心服口服。但奴才的意见不敢隐饰：这个仗已经反复打了几年，官军以十倍之众，耗数省之力，收效甚微。庆复是个文士材料儿，且不必说；那张广泗平定苗疆打得干净利落，似乎不是无能之辈，怎么就反复打不下来？可见大小金川一带地理、气候有其特别之处。再打下去，不知又要耗多长时间，多少钱粮。即使平定了金川，朝廷也已吃了亏。奴才原在苗疆的战事上有干罪戾，不敢轻易言和的，但这是真实想法，奴才不敢韬晦欺君。"

乾隆听着沉吟不语，他忽然觉得有点气馁。金川只是四川一隅，派了大学士和最能打仗的上将，耗时阅年耗银数百万却打不下来，除了鄂尔泰所举的理由，也真的难有别的解释。但若以天朝之尊，屈心含垢地招安，这口气也真难咽。他纹丝不动地端坐着反复思量良久，垂下眼睑透了一口气，又倔强地抬起了头，却仍然没有说话。

"皇上。"在难耐的沉默中，讷亲一提袍角跪了下去，叩头说道，"奴才以为罢战言和连想都不能想！"也许他觉得自己太冲动，略一顿放低了声音，"莎罗奔本是个地处一隅的豪强，官府制约不住。征讨大金川的本意是要确保上下瞻对入藏道路的畅通。循着这个本意，一定要拿下这个地方儿！现在的情势是我军得天时，却不占地利与人和。庆复为钦差大臣，对荡平金川毫无信心；张广泗虽能打仗，却屈居庆复之下，他本骄纵自大，目中无人，自然不肯努力。看来这是个将帅不和的局面！奴才今日请缨，愿意身临前敌，求主子撤回庆、张二人，专任奴才，以一年为期，若不能荡平金川，即以军法治奴才妄言之罪。"他说得脸色涨红，伏地叩头有声。

傅恒在旁几次跃跃欲试想说话，却被讷亲抢了先，反倒平静下来，想起岳钟麒介绍的金川情势，更觉讷亲此举冒失。正思量自己该如何说话，对面张廷玉在椅中欠身说道："奴才以为罢兵言和是没有道理的。庆复是皇上心腹大臣，打瞻对谎报班滚已死，他就有罪。这次去是戴罪立功，却毫无建树。他写折子说张广泗不听调度，张广泗又说他调度乖方畏敌如虎，孰是孰非不去说他，将相不和怎么打仗？奴才以为应该调回庆复，留张广泗一人专权，限期扫平金川，似乎妥当些。"鄂尔泰本来已拿定主意不再发言，此刻忍不住，又道："张广泗自苗疆一战过后，骄纵跋扈，以名将自居，其实以后，他没有再打什么好仗。审视山西黑查山一役，若不是傅恒机断果敢，五千军马要全军覆没在恶虎滩！看来，他还是不及我们满洲汉子。奴才以为既然要打，还是要有必胜之策。臣愿举荐傅恒为将军前往代替！"

傅恒心里翻腾如鼎沸之水，血一下子奔涌上来，脖子涨得通红——

他做梦也想不到鄂尔泰会对自己如此知音，也想不到他会在乾隆面前举荐自己为将！但他这几年在外在内办差极多，阅历与日俱增，鄂尔泰此举倒引起他的警惕心，略一想已是明白：鄂尔泰已知金川难打，要扔一个红炭团儿给自己！但这红炭团儿也确实诱人，他也确实想吞……傅恒此刻心里像搅辘轳似的，一时不知说什么好，咬着下嘴唇只是微笑。

"傅恒，"乾隆此刻心气已平，转脸问道，"西林相举荐你，你敢不敢去呀？"

"奴才有何不敢？"傅恒沉着地撩袍跪下，亢声说道，"奴才久已有志于此。佐明主为良臣，出将入相，哪个不愿如此？不过，奴才自经黑查山一役，再观庆复、张广泗用兵，已经知道为将之难。慎思而勇决，疑定而志坚，知己而知彼，不躁不骄不移，是奴才这次出兵的宗旨，敬请皇上下旨！"

乾隆看看傅恒，又看看讷亲，满意地点头笑道："很好。都愿意替朕分忧，这就好！不过，现在你们都不能去。一来政务上头的事还要偏劳你们二位，二来朕还要再看看庆、张两个。他们两个对上下瞻对和金川军事责任重大。若要治罪就不是革职流徙了事的，就是朕要包容，也要天下人看得过。朕心里现在对他们又恨又无可奈何，再给他们个机会，仍是渎职辜恩，朕也仁至义尽了，他们自己也没话可说了。"他说的语气很轻淡，但几个大臣听着却心里发颤。这是最后一个"机会"，等于明示军机处，他是绝不姑息这两个人的了。正胡思乱想，乾隆又对纪昀说道："你侍候笔墨。朕口述，你润色，用廷寄谕旨发给庆复和张广泗，批复他们四月初三的折子。"

"是！"纪昀一直跪在一边聆听这次御前会议，一边仔细琢磨着每个人的话，揣测着他们每个人不同的心境，听乾隆叫他，忙收神答应一声。王仁、王义两个太监捧过文房四宝，又搬来一张矮案，他跪着援笔在手，听乾隆徐徐说道："写给他们——四月初三折子已经拜读了，此种陈词滥调听得多了，人要害病的！前后兴兵数年，劳师縻饷，耗国家百万帑金，攻那么几个破堡子，烧几间农舍，也都写折子来报捷，还要扯上高恒。高恒丢了军饷，自有应得之罪，他或许还能给朕找回来！你们的罪又该如何议处？朕还要在西疆与策凌阿拉布坦较量，虽未必指望他二位'名臣名将'，也要他们做个样子。打胜了，朕自然不吝厚禄高爵，打败了，朝廷也是有规矩的！朕于他们解衣衣之，推食食之，他们能忍心令朕颜面扫地？不但国法不能保其身家性命，即国法有容，他们又有什么面目立于世间？"他说着，纪昀濡笔疾书。写完，将一张墨汁淋漓的宣纸捧起，略吹了吹，双手捧着由高大庸接过呈上。乾隆看看，觉得行文客气了点，但他方才就是这种语气，遂点了点头，提起朱笔在后边加了一句"慎之慎之，朕再与尔等六月光阴，过此不能再待矣！"将旨稿交给高大庸，道："立刻送军机处誊清，六百里加紧送四川行营，各省巡抚、总督、六部九卿人手一份存照！"

"是！"

大约坐得太久，乾隆挪动了一下身子，又转脸对张廷玉和鄂尔泰笑道："今儿劳你们神了。本不想惊动你们的。有许多大事都要商量，你们怕是累了。"说着便吩咐人给两个老宰相进参汤。二人正逊谢间，忽然御座下侍候的几个太监面面相觑，像是有点心神不定似的张望环顾，乾隆脸一沉，说道："做什么怪相？"高大庸忙道："回主子，有股子焦煳味儿，像是什么东西烧着了似的。"乾隆正要呵斥，话未出口便顿住了——他也嗅到了，似乎谁在烧一块破布，还夹着一股说不清的臭味儿。一个小太监眼尖，指着纪昀叫道："皇上，纪昀身上冒烟儿！"乾隆看时，果然一缕青烟从纪昀袍下冒出来，忙问道："你怎么了？"

"回主子！"纪昀早已觉得不对，右靴子此刻已经燃了起来，炙得满眼是泪，只不敢失礼，慌慌张张叩头道，"兴许是奴才靴子走了水！"说着一撩袍子，一股浓浓的烟雾，立即腾腾而起，他立即想起其中的原由，忙叩头解释道："进来见驾前在军机处抽烟……"乾隆见他疼得语不成声，不待他说完，大笑着挥手，"别说了，赶紧出去收拾——给他拿双新靴子，打盆水！也不知多长时间没有洗脚，臭得满殿都是！"纪昀巴不得这一声，爬起身快步趋出，一屁股坐在丹墀石阶上，紧忙脱靴子。太监宫女侍立在外头，眼见他将冒着烟的臭袜子烂靴垫儿乱拽胡扔，无人不掩鼻偷笑。原来他在军机处抽烟，见傅恒走来，忙熄火将大铜烟锅子塞进靴页子里。他只是个军机章京，想着一会儿就退出来，谁知今日叫他陪着议事，烟锅子里的余火慢慢燃了起来，闹了这么一出笑话。

但这样一来，拘谨死板的奏对格局变得松缓活泛了。乾隆听纪昀说了原由，格格笑个不停，又问："没有烧着吧？炙伤是很疼的。"纪昀疼得倒抽冷气，却笑道："不妨事。不误给主子当差。"乾隆这时才想起对朱纲道："这会议与你无干，你可以跪安了。你这次调京，没有人告状，不要疑这个疑那个，是朕的裁度。原来云南闹水患，你修治洱海还是有功劳的。从前你整治过杨名时，朕原是要流放你去黑龙江的。还是杨名时替你说话，说你懂钱粮、会治水。洱海能治好，就是给云南人办一件大好事。现在名时已经谢世，想起他的话，朕不忍再加罪给你，你改任户部尚书，其实这是重用。生出怨气来，对不住朕，也对不住死了的名时——你好生想想——你哭什么？敢是不服么？"

"回万岁……"朱纲满脸挂泪，早已离座伏地，连连叩头道，"奴才是心里感愧……杨名时是君子，奴才是个小人……"乾隆顿了一下，叹道："君子与小人，其实只一念之差。执性修德者即为君子，贪利乱性者就是小人。生而为圣贤的能有几人呢？你晓得这一层，已经接近君子了。俞鸿图激于义愤，循之天良，在朝会上直言力抗诸王，彼时他是大丈夫，真君子。此乃朕亲眼所见。后来出外任，爱钱了，就变成小人，终于自罹杀身之祸。郭琇在山东贪贿不法，经圣祖开启良知，清水洗地，断指告天，终于成一代名臣，却又是一类模范，思量思量其中道理吧！"

朱纲行礼踽踽退了出去。乾隆正想说话，见傅恒呆着脸木偶似的痴坐，便问："你在想什么？"

"奴才在想主子方才的话……"傅恒忙回复道，"方才奴才去刘统勋府，家里摆设、佣人，比不上乡里一个殷实人家。奴才自己似乎太奢侈了——别将来也变成个小人，岂不荒唐？"

众人听了，都是脸上一笑即收。讷亲自问节俭清廉，心地坦然。看自鸣钟时，已过午初，还有许多正经事没有说，身子一躬正要说话，乾隆指着杌子道："你们也都坐下说话吧！"他自己却起身下座，在殿中徐徐踱步疏散筋骨，摆着手道："谈公务吧！"

"是！"讷亲正襟危坐，打开记事折儿，说了几处外任州府官调转的事，又讲云南边隅有几个县，多年没有主官赴任，县里只有一两个老衙役主持政务，法政、民政弄得一塌糊涂。接着又谈前年闹灾府县，去年丰收，今年又是大熟，恢复征赋外，军机处还想把去年免征的钱粮收回四成，以补军用，充盈藩库。还要说卢焯的案子，乾隆却摆了摆手，说道："今日不议案件。卢焯的事不关民政。"傅恒欠身赔笑，说道："主子，这事关乎民政的——他摘了顶子，在百姓里还是威望很高。老百姓有口谣：'云南有个杨青天，我们福建有卢焯。如今贪官遍地跑，偏将卢焯下大牢。不信抄尽文武僚，看是谁家积财少？'审卢焯时，一万四千老百姓围住臬司衙门。砍倒了纛旗，砸烂了堂鼓，福州城商人罢市，铁工叫歇①。城门领带兵弹压，兵士们都是本地人，站着看热闹。最后还是放出卢焯本人出来相劝，人们才都退了。从福建过来的人说，当地缙绅正商议叩阍告状，用万民伞护送卢焯押解进京。处置不当，要激起民变的。"

乾隆听见"民变"二字，停住了脚步，皱眉想了想，问道："衡臣，卢焯是你的门生，此人到底操守如何？"张廷玉轻咳一声，说道："奴才与卢某并无深交，但此人干练，办事勤劳肯吃苦，因此甚得人心民望。他这次贪案发作，倒不在旁证多，是他自造了证据，反而证死了他。他收了杨景震转来的五万银票，嘉湖道查访到杨景震受贿劣迹，已经有密奏呈了总督德沛，卢某怕案发牵连自己，用八百里加紧提本参劾杨某。这是官场上惯用的老手段。不足为奇。此一举足证刘吴龙没有诬攀卢焯。诚如今日万岁训诲，君子小人之间仅一念之差。卢焯从前虽好，这次自蹈法网，也无可奈何。"乾隆仰着脸看着殿顶的藻井，许久长叹一声：他其实十分喜爱卢焯。他也不相信那个满手老茧，在河工上被晒得又黑又瘦的卢焯，怎么一下子变成了收受银两、贪墨不法的卢焯。他深有感触地缓缓说道："真不可思议！卢焯、鄂善、庄有恭，朕是想让他们在水利上给朕办些事的。黄河、淮河、漕运、太湖淤塞……有多少事啊！朕怎么就物色不来陈潢、靳辅那样有操守的能员干吏？"

"万岁！"讷亲沉思着说道，"鄂善、庄有恭还是好的嘛。就是卢焯，

---

① 叫歇：在现代，即罢工。

案子也并没有了结。奴才还有些想头；抄卢焯的家时只抄出四百多两银子，五万银子原封也没动，他又有折子弹劾杨某。如果卢焯爱钱，他原在尖山坝河工上，每日过手银子上万两，要捞个二三十万岂不便当？"傅恒也在沉思，说道："据我看来，卢焯贪贿还是有的。他得民心，是他还肯办些实事。如今官场上，无官不贪，无事不行贿，只是有些人手段高明，我们捉不到证据而已，那些受贿官儿肥了，还一点实事不给老百姓办。这样比起来，卢焯还算好的。不然，哪有那么多民众起来替姓卢的叫屈？"

这又是一番道理。殿中君臣听得个个发怔。乾隆突然大笑，说道："傅老六真独出心裁！吏治刚刚经过雍正爷整顿，到朕手几年，就糟到这份儿上了？朕不信！——今儿不议这事。锁拿卢焯进京，朕亲自问他！"说完，他立即又对自己的自信生了疑，脸上似悲似喜地沉吟一会，慢悠悠地踱着步子回到御座上，说道："朝廷原说受灾的府县蠲免钱粮，决不要再收什么三成四成的了，仍旧免了。缴足今年的就成了。粮食多了，米麦价钱太低，会谷贱伤农，让从户部拨出银子来买，可以平稳粮价。还有多的，可以建义仓，帮穷人存粮备荒。真到荒年，又可省下赈济银子——这是李卫在江南行之有效的办法，要推到各省。这一条军机处详议一下，写出明发诏谕颁行天下。粮食多时不要打穷百姓的主意，你让他有点积余，可置田，置农具，算到底这个账朝廷算不亏。至于云南边远的几个县派不下去主官，那是因为那些地方荒僻，知照云南巡抚，凡派往这些县治的官员，养廉银子加厚一倍。晓之以义，动之以利，总有人去的。"

"主子，"讷亲一本正经的脸上绽出笑容，"这些县治并不是没有主官，康熙爷手里给他们加俸一倍，雍正爷又加　倍，拿了养廉银到任上走一遭，回省城当寓公，等着再选。已经成了规矩了！"乾隆听了不禁勃然变色，想想又觉无可奈何，冷笑一声道："朕竟不知你们干什么吃的！贵州、四川也有这么几个县，居然不设流官！拿着四倍的俸禄在省城吃喝嫖赌，花天酒地地玩儿……传旨给这几个省，圣旨到日，这些官员仍然滞留在省的，一律革职拿问！就地在本省教谕、训导。委派官员去这些冷僻衙门，跟他们讲明两年一换，回来调转优缺！"鄂尔泰在旁咳嗽一声，说道："从前就是这样做的，给多少钱也不及他的命要紧，总归不肯去就是了。我在云、贵几次和他们面谈，他们也老实不客气地跟我讲，那地方连流放犯人都不去，我们好歹也是朝廷命官，白白送命去么？也确有他们的难处，外地人去了水土不服，沾染时气，受毒瘴之害的十有五六，侥幸任满回来的，有不少终身病残。但这些地方长期以来有官无守，为害不小，缅王就是看准了这一层，几次侵入境内。幸亏边境一带瘴雾不多，驻军又是当地人。要不然，比西藏还要棘手呢！"

乾隆抿着嘴唇想了想，问道："要不要在土著人中就地选拔？没有政府时日久了不得了。"傅恒道："这一层奴才想过，如用土著人，时日久了，就会变成土司，等于给后世人添麻烦，似乎也不甚妥当。"

"主上。"张廷玉许多日子没有像这样久坐议事了，直了直变得佝偻的腰，咳嗽着说道，"这是几代几朝都想不出好办法的事，能否从容一点，着六部九卿的官员们着意思量，各上条陈，集思广益，岂不更好？"

乾隆迅速瞟了一眼张廷玉，心头掠过一丝不快，不知怎的，几个月来，他不像从前那样对张廷玉一片亲情，总觉得张廷玉的病不至于就沉重得不能理事，有点倚老卖老似的。此刻看来那满脸的倦容也似乎是做出来的。因此，越发生出一份厌憎。他不冷不热地笑道："这不是正在集思广益的么？朕询问你们，正为心中有数，焉有不征询六部意见之理？"张廷玉做了一辈子宰相，什么话音听不出来？身子一颤，立刻意识到自己说走了嘴，忙打起精神躬身一揖，说道："奴才昏聩了，求主子恕过！"乾隆见他紧张，倒觉不过意的，笑着摆手道："老相国，朕也没说什么嘛。因为朕近日就要出巡，大事要有个眉目，你们在北京办事，见人也有个遵循。没有别的意思。"

话虽如此，有此小小不快，众人都没了谈兴。良久，鄂尔泰才道："天气已经见热。主子平常又喜凉畏热，奴才以为过了秋分，主子再出去为宜。"

"朕原打算四月初就成行的，只是皇后病着，不忍远离。"乾隆舒缓地说道，"原打算庆复他们打下金川，朕南巡江南，谁知他们就是打不下来！老百姓的事单听官员说不行。照他们说的，人人吃饱，个个穿暖，居有室，出有车，都活在天堂里头似的！下去看看有好处，一是知道了民情实况，二来也知道这些只晓得搂钱的手们怎么糊弄朝廷。天热之后朕要带皇后去承德避暑山庄，秋天还要去木兰狩猎，会蒙古诸王，该办的事不能再向后推了。如果有事就不能出去，朕只好永远坐在这椅子上听政了。"说罢叫过卜智卜信两个太监，命他们在天街给张廷玉鄂尔泰备轿，笑道："说是赐你们紫禁城骑马，但你们谦逊着不敢真骑。老天拔地的，也上不了鞍了，今儿给个特典，用轿送你们出去。"

张廷玉颤巍巍站起来，说道："奴才真的是老不中用了。十年前，世宗爷在畅春园驻驾，天天不到四更就起来，骑马走几十里，赶去请安办事。如今说不成，似乎一夜之间就不成了。奴才现在四五天才能进来请一次安，心里很过意不去。"

"你们都是出力几十年的人了，朕还和你们计较这些？"乾隆笑着用手挽着张廷玉徐步出殿，看着鄂尔泰说道，"谁都有老的时候嘛！要能着，就多走动走动，疏散一下筋骨；要是挣扎不动，叫儿子进来代你们请安，朕也能及时知道你们身子骨儿结实不结实。"一直挽到殿外滴水檐下，又握着鄂尔泰的手，道了几句寒温，目送太监们挽扶着他们出去。良久，却无端又叹息一声。傅恒等三人这才跪安。乾隆一边抬手叫起，一边笑道："纪晓岚，今日殿前当众脚下失火，可谓文坛一大奇闻。——炙烧得伤了没有？"纪昀笑着回道："奴才三跳两跳就出了殿，现在想着真不可思议！脚踝的皮肤被灼焦了一些，太监给了些薄荷油涂了，要紧是绝不要紧的，恐怕要当两天铁拐李呢……"说得众人都笑了起来。讷亲又道："奴才进来时分，已安排内务府把秀女们带进来，都跪在御花园月台边等着皇上挑选呢——奴才没想着议事议到这会子才散。皇上是现在去，还是用过膳再去？"乾隆道："这会子就去吧！卜仁去禀老佛爷一声，请她老人家过目，先选——傅恒和纪昀忙你们的去，有讷亲陪着就成！"

傅恒和纪昀辞了出去。乾隆看看那日头，光芒刺目，一阵阵风扑上来，热烘烘的，当即除掉台冠，脱掉瑞罩和金龙褂，解去腰间砑玛绣带，换了一条明黄软缎带子。顷刻之间，变成了一个飘逸潇洒的公子哥儿——将辫子向脑后一甩，说道："走吧！"

于是君臣二人一同出来，沿永巷向北徐徐散步。此时正是当午，永巷里连一点避日的地方也没有，二人被晒得发热流汗，但永巷的风不小，汗随出随干，并不觉得气闷。讷亲跟随在乾隆身侧，说道："天已经热了。这风在宫里穿堂过厦，还算是凉的。主子，您不耐热，我们都知道。私下议过几次，还是想请主子暂缓出行。"说罢一叹。

这是真心诚意的劝阻，言语中充满温馨和体贴，乾隆心里一阵感动。也叹息一声，说道："你们的心朕是知道的，必定想着，世宗爷足不出北京一步，天下不是也治得很好的吧？殊不知朕和先帝有所不同。先帝即位时已经年近天命，朕还年轻——他年轻时常年都在外边办差，熟知民情。这是一条不能比。再就是世宗朝闹家务，今儿要八王议政，明儿又有人称兵乱宫，不出去是不得已儿，朕手里这种事稀少。朕的性子和圣祖爷仿佛，爱动不爱静——你看朕盘膝一坐就是两个时辰，那是'功夫'，父母训诲，师傅教导出来的，不是朕的本性。出去见见外头民风民俗、宦场吏情，又可饱览山河湖川，于朕适性养身大有补益。所以朕决意要出去巡视一下。圣祖爷六次南巡，只要天增朕年，朕至少也要出巡三次、四次吧？"他看了看天，又道："这天气不算什么，收了麦，还有几场雨，一时也热不到哪里去。朕还想带你一道去呢，你要怕热，就留在京里。"讷亲没想到就地被将了一军，不禁一怔，忙道："皇上这话奴才如何承受得起？奴才自投身为吏，受两世不次之恩，自皇上在东宫时已经心许为家臣。死尚且不惧，何况其热？"

"这是张飞的话。他不怕冷，你不怕热。真有意思。"乾隆一笑，一边娓娓而言，"你和傅恒也是一冷一热。傅恒是热性人，你面儿上冷，忠君这一条朕深信不疑。他到这一步，一是国舅；二是也真有能耐有忠心。你呢，也凭两条，一是朕在东宫就信任；二是办事认真，不怕琐碎，廉洁自律，从不苟取一物。从熙雍两朝至今，朕仔细看了，无论大小臣工，满洲人节操上还是胜了汉人一筹。"

他这样一说，讷亲立刻想到方才金殿晤对。乾隆话语中待张廷玉已见冷淡。他与张廷玉情谊平淡，但对张廷玉兢兢业业侍候三代主子，累得灯干油尽，是十分敬佩的。如今老了，乾隆带出嫌弃之意，又说到"操守"上，也真叫人心凉。未免有点兔死狐悲、物伤其类的感叹。他不能不替张廷玉说几句公道话。嗫嚅了一阵，讷亲方道："汉人有些积习确是令人可厌，像张廷玉这样的真没几个。我和傅恒曾私地议过，前代的熊赐履、高士奇和张廷玉比，才学、声望都比张廷玉高，却都吃了能善始不能慎终的亏，我和傅恒都不是懒人，退回去几年，两个人不及他一个人做得多。他就是认一条理：埋头做事！现在不成了，人老了百哀齐至，人老还会变小的，想事做事不比从前，想身后的事比想眼前的事多了……”

“你不要瞎想乱疑。”乾隆喷地一笑，“朕是因为事情多，忙不过来，心里着急。心里恨不得再有个新张廷玉出来呢！”

“纪昀如何？”

“纪昀，”乾隆沉吟着说道，“是个文学之士。宰相要有气量、耐烦，能笼络各方人才，懂经济之道，通用人之理，纪昀似乎够不上。他性情诙谐活泛，缺少宰相器量。”

讷亲不再言声，只低头想心思跟着走路。乾隆见他沉默，微微侧头问道：“你在想什么？”

“奴才在想……”讷亲抬起血色不足的脸，微笑道，“要是能永远就这么跟着主子走路说话，该有多好！记得有一日主子在雍和宫东书房，奴才从淮安回来，主子问，‘那里水灾怎么样？’奴才说：‘怀山襄陵。’又问：‘老百姓呢？’奴才说：‘如丧考妣。’主子大骂奴才是个木头人儿，毫无意思。上次和纪昀谈天，他也说：‘人无风趣官多贵，案有琴书家必贫。’文章憎命达，那是半点不假。上回傅恒还说，曹寅的孙子在写一部叫作《红楼梦》的稗官小说，写得极好，家却穷得无隔宿之粮。我说那是他的命，还惹得傅恒不高兴。”

乾隆听见《红楼梦》三字，想起怡亲王弘晓也曾提起过这部书，遂说道：“稗官野史不入大乘之道。但真写得出色，也与世风人心大有关联。几时寻一部抄本来给朕看……”正说着，他突然止住了，因为他看见了棠儿，正在御花园门口和内务府堂官赵明义说话。遂招着手儿道：“棠儿，怎么今儿有这么好的兴致，要游御花园？”

第二十一回　　敲山震虎捉拿逃犯
　　　　　　　化整为零匿迹江湖

　　棠儿正在和内务府内监司堂官魏华理论，她是送睐妮子进宫选秀的，却被魏华挡在御花园外。本来，这魏华是庄亲王家的包衣奴才。睐妮子母女在魏家饱受欺凌十几年，若一旦进宫发迹了，后果不堪设想。因此魏清泰太太专门跑到允禄府见庄亲王福晋，说黄氏在府时许多不是，又说她们被撵出去这些年，过的是神女生涯，"如今不知怎的巴结了六爷，要送他们入宫。小狐媚子要真带个肚子，万岁爷会落个什么好名声呢？"如此这般说了许多女人见识，惹得庄亲王福晋心里光火，吩咐内务府"秀女已经足额，无论是谁，一概不再选进"。因此，魏华在这里挡住了棠儿，口气虽然和蔼，门却封得死死的："六奶奶明鉴，皇家事事都有制度。实在是足额了，小的做不得主。庄王爷说，皇上有旨意，今年选秀是不得已儿，宁可名额不足，断不可再增。小的这是奉王命办差，奶奶只要和十六王爷说好，小的再没说的……"但无论他怎样客气，棠儿当众被顶回来，面子上仍挂不住，在一群侍卫太监面前尴尬得满面通红。见乾隆过来，心里既是喜出望外，又有无名的悲哀，竟然泪水莹莹，不无幽怨地睨了一眼乾隆，伏地低声道："臣妾恭见主子！"讷亲曾听说过棠儿和乾隆的风言风语，见此情态，忙道："奴才先进去料理料理！"说完便抽身溜进园子里。

　　"唔，"乾隆听了棠儿陈说，扫一眼跪在棠儿身后的睐妮子，问魏华道，"你叫魏华？魏清泰的儿子？"

　　"是。"魏华连连碰头道。

　　"今年秀女名额多少？"

　　"回主子，二百四十名。"

　　"都自愿？"

"是！"魏华又叩头，"都自愿！谁不愿亲近龙泽，侍候主子呢？"

"朕要查出有不自愿的呢？"

"……"

乾隆喷地一笑，说道："你这杀才，忒把朕看得世事不通！这些秀女都是旗下簪缨之族的娇姑娘，哪个在家不是养尊处优？不是规矩管着，谁肯把女儿送宫里当使唤丫头？前天朕去老佛爷那儿请安，有几个命妇还正求老佛爷免征她们的独生女儿呢！"他还想训斥，见魏华吓得面如土色，遂安慰道，"不过你说的'都自愿'，也是应说的话，所以朕不罪你。送这孩子进去！待选后确是家中离不开的，减退出去一名就是。"魏华喏喏连声，擦着满头大汗磕头起去。

棠儿自觉脸面挣足，满意地抿嘴儿一笑，抬眼正和乾隆四目相对，羞得又低下了头。乾隆见她要辞，心里不无依恋，像忽然想起什么事，说道："棠儿，跟朕来，朕问你几件事！"棠儿下意识地左右顾盼一下，跟着乾隆进了园子，在一株老桧树阴下站定，娇嗔道："这么多人，皇上又不怕闲话了！什么事儿呢？"

"怕什么？人多才光明正大呢！有人问，就说朕问你给娘娘许的什么愿，要还不起，从内廷里赏出来。"棠儿一想，这的确是摆得上桌面的事，红着脸要啐，又止住了，提着袍角跪下。

两个人自傅恒进军机处，再也没有单独相处过。此刻天青云淡，老树婆娑，一对分手的恋人一立一跪、脉脉含情，心中都有千言万语，却一时不知从何说起。良久，乾隆才道："你气色还好。"

"这是托皇上的福气。"

"康儿呢？身子骨儿结实？"

"结实！"说起福康安，棠儿眼中闪着喜悦的光，又怕别人看出来，抑制着兴奋的心情，却止不住絮絮叨叨说起来，"皇上赏的长命金锁，娘娘赏的镯子都戴上了！两只小手又白又绵，小胳膊儿像藕节儿似的。两只小眼睛黑豆似的，虎灵灵的。爱煞个人！已经在观音菩萨跟前记了名儿，我还请西藏密宗活佛给孩子推了格儿，也是位极人臣的大造化命。我怕他出痘儿，听人说蒙古人能点痘儿，一横心就点了，孩子发热整整七天，我吓得抱着一步不离，心想：他要有个三长两短，我也不活了!"她眼中闪着骄傲的光,"我抱着他到观音庙里受记,旁边的闲人看了他,说他是个小哪吒,还有人说是菩萨跟前的金童!上回高恒家媳妇见了,相了相,说跟——"她突然意识到说失了口——高恒夫人说福康安长得像皇上——这怎么能说出来呢。

乾隆却不甚在意,见讷亲在远处张望,叹了一口气,说道:"你好,孩子好,朕就放心了。去吧……缺什么,叫傅恒跟朕说吧……"

"是。"棠儿用极低的声音,向乾隆福了一福,"皇上也要多保重……"这时,便听远处高大庸扯着嗓门吆呼:"老佛爷驾到!"棠儿只得匆匆辞了出去。

刘统勋出京七天就到了邯郸府。正是五月端阳的前一日,邯郸城里户户门前挂长青之艾,家家贮留春之水,虎符香袋兰馥香麝,都忙着包粽子,灌雄黄酒,一群群光屁股小孩在滏阳河岸采青茶。耨车前草,跳进清流里打扑腾,呈现出一派太平祥和的景象。刘统勋骑快骡赶路,饶是身健体壮,毕竟已年过四旬了,连日来没明没夜地赶道儿,颠得四肢百骸都像要零碎了似的,两股间都磨掉了油皮,火辣辣地痛。在驿馆里歇了一个时辰,勉强起来吃了一碗粥,便立刻命黄滚:"今晚要见高恒,去邯郸府知会一声,叫他们一齐过来,立刻铺开人马大搜查!"黄滚虽然年过七十,一辈子打熬出来的筋骨,一点也不觉得倦累,笑着回道:"标下跟了半辈子官,没有见过大人这样办事的——昨儿滚单过来,米知府还吃了一惊,说北京离这里足有一千三百里,怎么也得走十天半个月,这么快就来了。小儿跟着高大人,这会子不知从马头赶回来了没有!"

"马头?"刘统勋脸色一沉,他不明白高恒为什么还死守着马头,其实连"守株待兔"也算不上,想发作几句,又咽了回去,默然不语。他随身带有一个小奚奴,叫小兴儿,专门为他侍候书房,却是十分伶俐,好奇,爱新鲜。来到邯郸,便四处乱窜。他跑进来傻乎乎说道:"阿爷!人家说丛台落日好看,真的那么好看,您瞧瞧!"刘统勋不言声,摇着芭蕉扇隔窗看时,果然真个好景致。只见几处重楼高矗在晚霞中,翘翘飞檐掩映着一丛丛浓绿的垂柳,剪影似的在危楼堞雉间摇曳,夕阳好像不甘心自己的沉沦，隐在地平线后，用自己的余晖，将一层层海浪样的云块映得殷红，将大地、房屋、丛台照得像镀了一层赤金。飞归的倦鸟，翩翩起落的昏鸦，鸣噪着在暗红的霞光中盘旋，给这暮色平添了几分令人怅惘的情调。刘统勋看得出神，黝黑透红的脸上竟挂出一丝笑容。

"卑职米孝祖给大人请安！"身边一个人轻轻说道。

刘统勋怔了一下，这才意识到邯郸知府来了，转过脸打量米孝祖。只见他穿着八蟒五爪袍子，外头套着的白鹇补服浸湿了几道汗渍，官帽檐下满头是汗，浓眉下一双淤泡眼，唇上留着一道"一"字形的髭须，倒也显得精干利落。他正给自己打千儿递手本，刘统勋笑了一下，虚抬抬手道："老兄手本不用递了，我久仰你大名了。怎么这些糟心事都赶上你了呢？"说着便命入座上茶。

米孝祖叹了一声，刘统勋说的不为无因。乾隆二年他在陕州县令任上，视察监狱时被囚犯扣作人质。这本是前任官失察的责任，他却因此得了个"奉职粗疏"的考语，停俸一年。好容易在京里省里营运，到米脂县又当知县。因调剂军粮有功，升任邯郸知府，却又遇上境内出这样的盗案。即便破了案，也要落个失察的罪名。刘统勋如是说，他只好自认倒霉，在椅上一欠身，说道："昨日已经派人请高转运使了。这条道难走一点。"刘统勋点点头，当即切入正题，问道："案子出来四十多天了，现在有没有头绪？先说说看，我好心中有数。"米孝祖笑道："大人来了就好了。案发后，高大人来邯郸一次就回了马头，以后一直没有过来，他在马头捉了一批涉案人。我呢，在全境也逮了不少可疑人，还没有会同审案。"

"那你们都干些什么！？"刘统勋不见高恒来，已经心中不快，听米孝祖这一说，顿时气不打一处来，按捺了又按捺，尽量用平缓的声气说道，"这么大案子，开国以来也不曾有过，圣上气得夜不能眠，你们一味在这里磨蹭！再说，一个案子两头破，你们各干各的，这也叫闻所未闻。难道皇上不派我来，竟就不准备破案了不成？"正说话间，便听院外马蹄声嘚嘚，驿丞和来人在寒暄请安。米孝祖忙道："高大人来了——"想站起身来迎接，看刘统勋稳坐不动，脸色铁青，他也没敢动。接着便听高恒在外边吩咐："那两坛子雄黄酒小心着些，不要碰破了封皮，是贡给贵主儿的。这个小坛子放在石阶上，我有用处。——天霸，叫他们把食盒子抬到厨房去，该温的就再温一温。"说完，便风尘仆仆搓着手笑着进来，一见刘统勋便道："延清，好容易把你给等来了！一路辛苦——"他突然发现屋里气氛不对，刘统勋和米孝祖端坐不动，面无表情，遂问道，"你们这是怎的了？"

刘统勋默默端坐一会，才站起身来，将手一让，米孝祖立刻退后几步。刘统勋冷冷地说道："高恒，刘某是奉旨前来查案的钦差！"高恒进来时风风火火，咋咋呼呼的，原想把气氛搞得活泛一点，好说话。其实，他心里揣着个兔子，很怵这位名震朝野的"活包公"。此时见刘统勋拉下了脸，心里格登一下，脸色已变得苍白，无可奈何地咽一口唾沫，提着袍角跪了下去。米孝祖、黄滚、黄天霸并内外随从也都跟着就俯伏在地，高恒领头高声道："臣高恒恭请圣安！"

"圣躬安！"

"万岁，万万岁！"

三跪九叩毕正要起身，刘统勋又道："慢着，皇上有问你的话。"

"……万岁！"

刘统勋舔舔嘴唇，看一眼高恒，干巴巴地问道："皇上问你，军饷车中携带药物是怎么回事？"

"请大人代奏！"高恒在这件事上自觉没有私意，叩头说道，"因奉旨密运四川，一路恐招人眼目。臣便装成药贩子当幌子，还可就便给军中送点药材。不想还是叫贼识破了。总是臣办事不力，疏于思虑，这就是罪。"

刘统勋点点头，又道："南京有人弹劾你优游秦淮，狎妓好色，迟迟不肯成行，可是有的？你有无在妓院泄露军情机密？身为朝廷大员，又为国戚，为何如此无耻？"这一问问得高恒走了真魂，像是晴空里响了一个炸雷，立时惊得他脸色惨白，呆愣着多时，方才收神镇定，叩下头去，结结巴巴地答道："臣确……确有不检点处，游秦淮碰上熟人，拉上在妓馆听唱儿的事是有的，并不敢嫖妓奸宿……臣是知法度的，混迹青楼已经自知不该，岂敢泄露军国机密？臣接到押饷指令，并没敢在南京滞留，只停了一夜，第二天一早就赶着往石家庄来，臣的随从，还有两江总督尹继善、金陵布政使他们都知道，求主子明察！"他咳嗽一声，话变得流畅了些，"但臣心里实是大意，想着走的是太平路，轻慢了差使，并没有昼夜兼程到差办事，以至于为贼所乘，如今懊悔已迟，此罪通天，正不知天如何发落臣这不成器的东西，待破案之后，求主子将臣交部议处，重重治罪，以为后来之戒！"他说着，嗓子已变得哽咽，伏地连连叩头。黄天霸是见惯了高恒万事漫不经心样子的。他没想到乾隆对自己的舅子也是如此不客气，高恒颤颤栗栗，吓得面无人色，他似乎也领略了乾隆的严威，本来已经伏得很低的头又向下低了一下。刘统勋一个下马威打掉了高恒的骄纵气，想起乾隆说的"高恒还是可用之才，在于人的驾驭"的话，也就没有过分地刁难，转缓了口气，说道："高大人请起，刘某只是奉旨问话。"

"喳……"高恒不胜其力地爬了起来，又向刘统勋打了一躬，兀自站着发怔。刘统勋没想到他被乾隆几句问话就吓得掉了魂，笑着抚慰道："亏你还是打过仗、拿过贼的人，就这么个草鸡胆量？我在湖广江夏县令任上，大堤决溃。圣祖爷下旨叫我戴着黄枷办事，堵不住决口要将我就地正法！要是你还不瘫了，还能带民工修堤？打起精神来，不要这个熊样子！找回饷银，捉到'一枝花'，不但可以将功折罪，或者另得主子褒扬也未可知。"说罢又让座，并命黄滚父子也坐。黄滚再三谦谢，只斜签着身子坐下。黄滚转过身子呵斥黄天霸："小畜生，好生站着侍候——下去我还有话问你！"刘统勋知道他还要行家法，忙道："黄老先生，我向你讨个情儿，免了你的家法。我还指着天霸帮我办事呢！"黄滚这才无话。

高恒惊魂初定，脸上才露了笑容，揩着头上的细汗，将知会周匝各府县堵截道路，查拿可疑人出入的情形，说了一遍，又道："在马头大驿道西玉米地里找回了镖车和药材。有一车药材里还卷着二百五十两黄金没有带走。可见'一枝花'劫镖之后，十分匆忙仓皇。有人报说案发的当夜有人在西大沟刨土，我派人去看，果然有新土，就地刨出了三千两银子。这些天我差不多把马头给犁了一遍，可一两银子也起不出来了！延清，六十多万银子有四万斤重呀，她吞不进肚里，也带不远。她就是土行孙，走了人也走不了银子呐！"米孝祖道："领高大人的宪命，卑职全衙门已是倾巢出动了，'一枝花'想把银子带出境那是不可能的。但邯郸地方这么大，总不能都'犁过来'。所有的酒肆、旅店、车马干店、庙宇寺观，还有秦楼楚馆，都安排了眼线——我想要真能捉住一个，也许就好办了。"

"不是捉一个，是要一网打尽！"刘统勋加重语气。他一直静听不语，心里暗自佩服乾隆的判断。这群人果真是把劲都用到了"找还失银"上了，他又冷冷说道，"我听来只有这一句话还算入心。现在六十五万两银子其实是'饵'，'一枝花'费老大工夫弄到手，不会轻易抛开不管。银子，也许是埋起来了，也许窝在邯郸同党家。这么漫撒网，只能像海底捞针，弄得久了我们人财两空！我既来了，此案要以我为主。"他粗重地透一口气，端茶喝了一大口，将茶杯重重蹾在桌子上，几个人忙在椅中欠身称是。刘统勋道："我听了听，你们的办法是明松暗紧。如果无的放矢，'暗'也不'紧'。从今晚开始，我要搅一搅这个邯郸府，连所辖各县在内，每夜连查两次到三次户口，有可疑人立刻带走审讯，庙堂观宇，所有能住人的地方也照此办理——把'一枝花'逼得不能存身，逼到野地里去，逼得买粮食、进饭店也提心吊胆！"他伸出一个指头，又伸出第二个，说道，"你那个衙门的衙役就未必靠得住。你回去立即召集训话，就说姓刘的来了，查出衙中有人通敌，三日之内投案有功。否则，连旨都不用请，我在邯郸要大开杀戒！"他又伸出一个指头，"黄滚、黄天霸，你们要与此地豪门大户打交道，用江湖这条线盘底寻查，谁能助朝廷找出线索，将来结案时，在奏折里保举入仕；冥顽不化的，与贼匪勾结的，自然要抄家灭门——这种事光绕圈儿不成。捉住一条线索，像捉鱼一样，又要小心又要狠心，没有捞不上来的！"

"喳！"

几个人一齐起身答道。

"高大人，"刘统勋不动声色，脸颊上的肌肉抽搐着，"案子是在马头发的，你们住店，店有铺保；他们骗药的地方，房有房主；可疑人难道不收案审理？马头是个不小的镇子，又是三不管地面，这些地方的镇长、巡检和三教九流、江湖豪客没有不来往的——你审问过没有？"高恒木着脸想了想，说道："那些可疑人都已送来邯郸待审，镇长、巡捕曾带我们在马头搜检财物。""那么他们自己一定不是可疑的人了。"刘统勋一笑说道，"他们叫什么名字？我写请帖，请他们来邯郸，今晚就用快马送去。"高恒向驿卒催要笔砚，黄天霸说："镇长叫沙明祥，巡捕叫殷富贵。"

乘着小兴儿磨墨，刘统勋又问黄天霸："震岳，你与此地江湖上有没有相识朋友？"黄天霸听刘统勋叫自己的字，立时兴奋得满面红光，忙回话道："是——有的。回车巷朱绍祖，原来在京里走镖。当年他父亲朱三畏跟着他祖父押一路古董，在山东叫窦尔敦的寨子劫了。是我爷爷出面请两造吃了和合酒，放了镖车。这事过去快二十年了——我那时才十几岁，事过境迁，怕人家不认得了，又跟着高大人在马头寻赃，所以没有过去拜望。"黄滚冷笑道："你这畜生！枉在镖道儿上走十几年，原来只会和人打架——这种事他能忘，他敢忘？"刘统勋笑着摆手止住了他的话："久闻你黄家家法大，一路上老黄滚直想用鞭子抽你！黄老先生，银子已经失了，你光生气有什么用？这样吧，用驿站的官轿，这会子就送你们爷们去回车巷，去拜访朱家的门子。"

"朱绍祖已经金盆洗手。如今开着几个大商号，经营绸缎、茶叶。"黄天霸道，"他未必肯插手江湖上的事。"

刘统勋见磨好了墨，援笔在手，思索了一阵，却不用全红请帖，竟在白纸上写：

　　沙兄明祥：谨于五月初五日晚，聊备菲酌，敬请光临，并请携
　　殷先生富贵同行

　　　　　　　　　　刑部尚书、天下督捕刘统勋恭笔

写完递给驿卒，道："告诉你们驿丞，用快马送马头，今夜送到！"这才转脸对黄天霸笑道，"他家大业大更好。你家帮过他的忙，他理应也来帮忙——金盆洗手再出山的也有的是。也不是逼他出来，是请他邀集此地三教九流里的头面人物，出来认识认识。想摆开手，办完这事，他还当他的富家翁。"从外面传来一片筛锣声，里保扯着嗓子在远处吆呼：

"府尊大人有令……今晚邯郸全境戒严……有在别家寄宿者，要备好铺保……"刘统勋道："米孝祖办事还算快，请黄先生父子这就动身吧！"

高恒还在坐着发怔，他原估计刘统勋至少还要三四天才能到邯郸，没想到刘统勋竟是不要命地赶道儿，来得这么早。一来到邯郸，就四面开花地处置起来，和自己的一套路子全然不一样。他既敲山震虎、打草惊蛇地大闹，又有细密微妙的安排。高恒有点像在梦里，头也看晕了，眼也看花了。刘统勋还以为他在冥思苦索破案方略，笑道："高国舅，还在犯寻思呐！别想了，我料三日之内，就能捉到几条线索的——拿人才是第一要务！你怎么胡想，指望在马头把银子'犁'出来呢？"他舒缓地伸欠了一下，喝一杯凉茶，开始铺纸，援笔。高恒不禁问道："你还不累，还有什么公务？"

"唉……还有个不累的？"刘统勋用手按按酸困得发木的腰，"请坐这边来，这把椅子能靠一靠，我和你要联合写一道折子给皇上，将处置情形报上去。"

"等着有消息再上报，不是更好些？"

"皇上着急。"刘统勋道，"我们要先打个保票，请皇上解解心焦。"

高恒舔舔嘴唇，没有言声。

易瑛和唐荷、韩梅、雷剑、严菊五个人已经远走高飞。她走前和燕入云、皇甫水强、胡印中计议了一番——几十号人都守在邯郸，太招眼了。若都走，又担心几十万两银子无人照管。因此在劫银的第三天，易瑛便命将两千多两黄金分给八十余名兄弟，各人又尽力带了些银子分散由黄河故道、彰德府南下，商定在济源会齐，重造桐柏营盘。留下三个男子，精精干干在邯郸黄粱梦看守银子，等着朝廷缉捕松了，风声过去再来搬运。他们扮作还愿香客，在黄粱梦镇上租用了一整套院子，每天轮流派一个人到邯郸探听消息，两个人到吕祖庙里早午晚各上一炉香，给庙里道士布施二十两银子，回来就看守埋在院北柏树林子里的银子。房主是燕入云昔日独自拉竿儿时的金兰弟兄叫刘得洋，人十分精明干练，那柏林也是他家的产业，新坟和祖茔混成一片——在"新坟"上用草皮苔藓糊上，再浇上水，也真和百年老坟一模似样。那镇上镇长、镇吏、巡捕、里甲长上上下下都使了银子，使得恰到好处，谁来管他们的闲账！因此，安安逸逸住了半个多月，连一点破相也没带出来。

五月初四，轮到皇甫水强进城探风。直到起更，他才骑骡子赶回来，一进院门，见佣的两个婆子正在厨下淘糯米、洗粽叶、染鸡蛋，满院飘的雄黄酒气味。他忙将骡子拴在饮马槽边，匆匆进了上房，却不见燕入云的影子，又赶过西厢南房，却见胡印中脱得赤条条的，只穿一条短裤在炕上呼呼大睡。皇甫水强拍了拍他叫道："老胡，醒醒——这屋里酒、屁味混在一处熏死人，亏你睡得着！"

"唔？唔！"

"刘统勋那个老杂毛来了！"

"刘……统勋？"

"和你说不明白，燕大哥——燕入云呢？"

胡印中这才醒过来，用略带迷惘和疑惑的目光看看皇甫水强，半晌，冷冷一笑，说道："吴仙姑叫走了。半晌里就去了。燕大哥，哼！他离了女人能过？"皇甫水强跌脚儿道："嚯！这人！——刘统勋是刑部尚书，专门冲着案子来了！今下晚一到邯郸，立刻叫高大舅子，还有邯郸米老板去驿站。衙门里的人全都集合了，邯郸全境从今晚开始戒严，挨户查人问事儿！——这个燕——大哥，早晚一天得吃女人的亏！"

"我吃——吃哪、哪个女人的亏？"二人正说话，燕入云闯了进来。他倒还清醒，只是眼圈上布满了血丝，脚下有些飘飘忽忽，两手把着门框，用头把门顶开，就那么站在门口，看一看皇甫水强，又瞥一瞥胡印中，"连……吴花妮这样子的女……女人，你们也吃……吃醋？床头底下有一——一箱子银子，想嫖，你……你们也去！"

"燕大哥，你少点疑心！"皇甫水强将一碗薄荷凉茶塞到他手里，"我是心里发急，刘延清亲自到邯郸查案来了！"胡印中却道："皇甫哥也没委屈了你。走这种道儿，就是不能沾惹女人。"

燕入云端着茶的手微微抖了一下，他已经无心和这个别脚的胡印中抬杠，他摇摇头，心里还是一片茫然，喝了那碗凉茶才好了一点，进门打火点着了灯，用手拨那灯芯，这才说道："他来了关屁的松紧！我们买的引子①，是正经硬货，没半点虚假，认得我们的人都跟着易总舵南下了。条子②藏得严严实实，纹丝不动还在那里。这个地方，刘得洋上上下下好人缘儿——我们是任凭风浪起，稳坐钓鱼台！"

"我心里还是不踏实。"胡印中道，"在这里一住就快二十天了。别人不说，刘得洋到底靠得靠不得？"皇甫水强道："得洋这人聪明，从来没失过风。他这么一大家子，出卖我们也得掂量掂量。倒是这里的镇长、镇吏们，会不会对我们起疑心？我们花银子花得太随手了。"

三个人搜索枯肠地分析，仍旧不得要领。一时间词竭无话，都坐着发愣。燕入云是个头儿，自思不能毫无主见，被人小瞧了去，发一阵子闷，说道："从今天起，我们不再上香，也不出门，观观动静儿再说。真不成，我们——"他左右看看，"灭了这里的口，三十六计走为上。凭我们的功夫，空身子还怕逃不出去？那条子本就是劫的。拾来的麦子磨成的面，洒落了，去他的蛋！"胡印中一拍腿道："你这话，除了杀刘得洋，我都没说的。姓刘的只要不卖我们，为什么要杀人家？"皇甫水强也道："依我说，不杀人也不放火，也不要观什么动静儿，拍拍屁股一走了事。我们先头做大事，也没指着银子。如今有了这点银子，守着就离不了了？"

燕入云的脸色白中泛青，手指头捏得格巴作响。他追随易瑛六七年，与其说是"从义"，根儿上是为爱着易瑛。易瑛虽比他大十岁，但易瑛面容娇嫩如二十多岁。他多次倾诉衷肠，易瑛总是若即若离的，劝他不要以儿女私情误了汉家复兴大计。不知怎的，这次和易瑛分手，他觉得永无再见机会了。在邯郸翠红楼认识了一个女子小青儿后，易瑛的形象儿在心中越来越模糊，存了个另起炉灶的心，所以这批银子对他有着更大的诱惑，但这话无论如何不能对面前这两个人讲。思量着一笑，说道："不杀就不杀。我又和他没仇！不过，银子是总舵和我们千辛万苦弄来的，是复兴基业的本钱，不能轻易丢失！我们身份没泄露就走，将来见了总舵不好交代。"众人听了俱各无话。

---

① 引子：即身份证件文书。
② 条子：黑话，指劫来的饷银。

但这一夜他们谁也没能安眠。二更天，里长带着甲长来查户口，燕入云打发他们二两银子，又送了几只鸡给他们消夜，这倒是常有的，也不以为意；过了一个更次，镇典史带着里长敲门打户又来查，惊得三人一齐起身。镇典史平素也极相熟的，一副笑弥勒面孔，今儿却板得一本正经，查看了引子又用笔记了下来，带了五两酒资扬长而去。这一折腾便有些异样，皇甫水强和胡印中都搬到了上房，窃窃计议了半个时辰，仍毫无头绪。熄灯靠墙假寐了不到一个时辰，又听外边大门被人敲得山响，远近的狗也叫得瘆人，满镇都似陷入了恐怖不安之中！

"失风了！"胡印中一个惊怔，反手从席下抽出刀来，跃起身来侧耳静听。皇甫水强一手提刀，隔着窗借一缕朦胧夜色觑看动静。燕入云却不似二人那样张皇，趿鞋披衣"吱呀"一声开了门，站在檐下问道："谁呀？"

"是我！"外边传来刘得洋的声气，"县里刑名房戴总爷来了，查户口！"

"等一等！我打着火！"燕入云大声答道，又咕哝着说，"今晚真出邪了！"一边进屋，小声对二人道，"你们回自己房里。我不叫别过来。听着像是没事，要预备着厮杀。"他打着火，又摸了摸枕下的宝刀，慢吞吞向大门走去。

第二十二回　燕入云失意投清室
胡印中落魄逃大难

　　来的人果然是刘得洋，一见燕入云开门，忙转身对后边站着的三四个人说道："戴爷，这就是燕入云！我打包票，他们都是正儿八经的生意人！"燕入云见周围并没有大队人马，远处似乎也有人在敲门叫喊，顿时放了心。他假装揉着眼，说道："整整折腾一夜，官长们也不累！请进来吧，老黄，小印，长官又查户口来了！"接着西厢房便传来皇甫水强、胡印中的叹息声、咳嗽声。皇甫水强和胡印中趿鞋开门出来，跟着进了燕入云住的上房。

　　"戴爷，您坐！"刘得洋半主半客，周旋着众人，一边亲自倒茶，一边说道，"这位是燕老板，家在北京，山东、山西都有他的宝号，贩卖瓷器古董。嘿……"这刘得洋三十多岁，黑而且瘦，一口牙被烟熏得焦黄，人长得伶伶俐俐的，浑身都有消息儿，是个一按就动的角色。他取出烟荷包让了一圈，没人抽，便自在灯上燃了一锅子，嗞吧嗞吧喷云吐雾，眼睛骨碌碌地转来转去。

　　那戴总爷却板着一张公事公办的脸，他在邯郸县刑名房只是一个普普通通的衙役，若论职分，可说"什么也不是"，但由于他吃着这份皇粮，便把这里的镇长、镇吏都比下去了。他大咧咧地跷着二郎腿坐着，让烟不抽，又推开递来的茶，"唉"了几声，说道："咱们太爷亲自点我到这里来，专门清点外来香客。唉——这个这个唉！这个簿子——"他拍拍半夜时查户口用的那本册子，"你们三个在这里住了十八天了，是还什么愿，要待这长时辰？唉……再说，你在北京几处开着铺子，总不是近来的事，怎么从保定府开出经商引子？这日期也才只有一个月，怎么瞧都有点驴唇不对马嘴。县尊说，奉了钦差刘大人的宪命，要追查劫银反贼！凡是引照不合、铺保不全的过往客商，要一律扣留，送县甄别……" 他吊胃口地清清嗓子, 又拉过他方才推开去的茶碗。燕入云忙点头哈腰赔笑, 说道: "戴爷, 一瞧您这体势, 就知是个精明盖世的, 什么贼能哄过您老的眼呢? 我家老太太患了十几年的痰迷——疯病! 整日丢砖打瓦砸瓶子, 不治好了, 咱这一家人真没法了。上回我打邯郸过, 老爷子说, 一定要求求吕祖。我在吕祖跟前许烧一百炉香, 捐六百六十两银子, 回去时, 得了一个土方儿, 我娘的病就好了。这个愿心不还还得了? 爷您放心! 咱是有毒的, 不吃; 犯法的, 不做! 殷殷实实的商家不做, 我能去做贼么? 您再瞧我的引子上的官印, 那日期是接北京引子转的, 我就有十个胆, 也不敢在您老跟前使诡计呀!" 那戴总爷一口一个"哝", 又道: "我也不想当恶人, 哝, 你随我走一趟, 哝, 对明了你引子, 哝, 是真的, 就放你回来。哝, 冲着刘爷, 我也得给这点面子。哝。"

"戴爷, 都是出门在外的人, 行方便也是积阴骘么!" 燕入云给皇甫水强递了个眼色。皇甫水强立刻会意, 进里屋取出个桑皮纸小包儿, 恭恭敬敬放在姓戴的肘边。姓戴的看了一眼, 说道: "我最烦你们这一套, 通衙门你们问问, 我爱过谁的银子?" 燕入云变得嬉皮笑脸, 小声说道: "这是点黄的, 不成敬意, 戴爷带回去给公子打个锁儿什么的。跟来的上下我也不亏待, 也有点小奉敬——老黄再把马搭子里那五十两的京锭取来给爷们当茶敬——出门在外的人经不得官司。您手抬抬, 我们不就过去了?"

听说是金子, 戴总爷眼光一闪, 咂着嘴叹道: "谁叫我和刘爷是朋友呢? 打堵墙总比不上修条路, 你们说呢?" 镇典史已经得过一份了, 眼见又能捞一分子, 也高兴得眯眼笑, 说道: "刘爷是大本分人, 老街坊了, 我还不知道? 戴总爷只管放心, 一百个没错!" 戴总爷这才起身, 紧紧攥着桑皮纸包儿去了。刘得洋送走他们, 返身回来, 掩上门道: "刘统勋已经在邯郸下马, 来者不善! 你们好好想想, 有走风漏气的地方没? 我一家老少几十口子人, 有个事儿不得了, 得早作预备!"

"这是刘统勋的下马威, 想打草惊蛇。" 燕入云镇静地说道, "我们想了一夜, 没有什么疏失之处, 所以不能乱了方寸。得洋你放心, 跟我们一处在这守着。不出事最好, 出了事也绝不会攀咬你——就说我们拿你家眷当票子①，胁迫你。你是不得已儿才跟着干的——本来别人并不疑你，你一'预备'，反倒告诉人家了！"

"燕哥别说这话，当年我也不含糊！"刘得洋手中的旱烟在暗中一明一灭，说道，"不过叫我守这里，反显得做张做智。天明我还得去邯郸城。回车巷朱爷下了帖子请我，务必辰时赶去议事，我已经答应人家了！"

朱绍祖的为人，燕入云等三人都曾听说过。昔日走镖也和江湖来往甚多，如今虽然洗手，新"龙头"却是他的关山门弟子乔申。下九流里头什么唱戏的、剃头的、算命测字的、阴阳风水先生、走街卖艺的、各个水旱码头的丐头、鸨婆子都归姓乔的管。因此朱绍祖虽然自己金盆洗手了，但在邯郸城十字街跺跺脚，仍是震得四城乱颤。燕入云咬着下嘴唇沉思着问道："几时下的帖子？"

"方才。"刘得洋含着烟袋喷了一口浓雾，"东澡堂里一个修脚的专门骑驴送来的。"

"那肯定和这个戴总冲的一回事！"

"他没说什么事。"刘得洋似乎有心事，烦躁地磕了磕烟锅，却又立即装上，说道，"朱爷平时只向官府往外保人，从未帮官家查贼。"胡印中道："也许在你身上已经闻出什么味儿了，叫你卖我们呢！"皇甫水强却道："要真闻着味儿，方才这戴总一索子就牵我们走了，我猜姓刘的还是在打草惊蛇。不过，刘统勋这一着棋走得真凶，打炸雷捂耳朵都来不及，我们真得步步小心了！"

燕入云此刻倒有点慌乱，他在翠红楼连着出入十几天，都是和小青儿睡到半夜，天不明就走，会不会招人疑心？想想自己在那儿出手也太阔绰，每个晚上都是进门一锭元宝，这种嫖客也太稀少了……思量着，心如一团乱麻，嘬着嘴，盘算了半天才得了主意，说道："我们空在这儿咬牙磨屁股没用。我明儿和得洋一道进城，他去朱家，我到别处观风色。有什么风吹草动，我快着回来报信儿，得洋有信儿，也赶紧报给你们。这么着，我们消息儿更灵快些。"

---

① 票子：即人质抵押。

事情就这样决定下来。

刘统勋原估计三天之内能寻出线索，谁知第二天中午马头便传来好消息。老茂客栈的二癞子已经叫马头镇典史捉住；马头巡捕申二毛逃脱，正在四处搜查，报信儿的是四太保廖富华，跑得满脸满身流汗，见了刘统勋打了个千儿就起身，气喘吁吁地说道："富春大哥和镇里的黄典史亲自押着二癞子，申初时牌就能到！"梁富云在刘统勋跟前站班儿，听这一说，兴奋得拧着身子叫劲儿，双手向刘统勋一拱，说道："爷，您真是神仙！这么说，朱绍祖那儿肯定也能捞到一笊篱！好爷哩，这事儿窝死小的了。别再叫我站班儿了，叫我去回车巷，陪着师爷、师祖在朱绍祖筵上拿人吧！"

"不要急嘛！该用你时候忘不了你。"刘统勋手里拿着一卷《资治通鉴》，不动声色地盘膝坐着听完，吩咐兴儿，"给富华倒茶——用这大碗！嗯，朱绍祖那边肯定也会有信儿。贼人做这泼天大案，不能不惊动邯郸这道儿上的人物。只要有头绪，拿贼一定叫你上去！"说话间，高恒笑着从西厢过来，手里端个大盘子、盛有五六个米粽，还有煮蒜、红鸡蛋、切糕，顶上还有半只卤鸡，将盘子直往廖富华怀里让："来来，吃，伙计！这趟子真是难为你！申二毛竟他妈的也跟贼是一伙的，那点子黄金还是他搜出来的……二癞子我下了多少功夫都没有擒住，他居然敢再回来！"又转脸对刘统勋道，"这回真亏了你！"

刘统勋见他如此草包，不禁暗笑，却挥手叫众人出去。高恒见他只是皱眉沉思，忍不住道："延清，怎么打起哑谜来了？"刘统勋轻轻甩开搭在前胸的辫子，说道："我想劝你持重慎言，这个样子不成。要知道你戴着罪，几个御史有密本参劾你呢！"

"是……"高恒无可奈何地看一眼这个铁脸怪物，"全仗大人关照！"

驿站的伙房送来午饭，一盘蒸糕，一碟碎冰糖，几个米粽，一小碟腌黄瓜和腊肉炒酸菜，还有几个杂合面馒头，这些都是刘统勋自己点的。刘统勋道："今儿过节，我们不妨奢侈一点，但不能用酒了。你要嫌这里不自在，还回你房里用餐就是。"高恒讪讪一笑，却不敢自行回去，说道："我还是陪大人一道儿吃吧。你规劝我，那是对我好，敢不遵命!"于是小心翼翼坐在刘统勋的侧面,拿起一个馒头,相了相,一小口一小口慢慢地吃,十分谨慎地夹菜配饭。刘统勋讲究"食不语",提起筷子便不再说话。高恒也只好硬着头皮陪餐,一餐饭下来,自己都不知道吃了些什么。见送来巾帕,便起身站着,一边揩汗,一边笑道:"与君一席饭,胜读十年书——你是钦差,驿站供应有定例的,多要点肉食有什么不好?"刘统勋摇着扇子,又捧起了书,说道:"没读《左传》?肉食者鄙。"高恒见他随和了些,心里轻松了一点,说道:"钦差在外每天有五两银子定补,省了也不归你自己。尹继善是清官吧?无论在衙外出,吃菜讲究着呢!"刘统勋道:"我也爱吃好的。那年娘娘赐我一个火锅的汤,我吃得点滴不剩。五两银子,够穷人一年吃的,能买一头壮牛,能盖三间茅舍。一顿吃了,岂不造罪?再说,我也怕吃滑了口。上回我还向皇上奏说,各地驿馆拿着库银不当回事,倒出去的泔水,猪都吃醉了,满院里哼哼着乱转。请将供应上官的份例酌减一半!"高恒道:"皇上怎么没下旨意呢?"刘统勋道:"皇上笑得捧肚子。后来又说,这是官员们自不尊重。财赋上的事,刚刚下过以宽为政的诏书,收得紧了,怕人误会朝廷又要聚敛,所以就放下了。"

两个人有一搭没一搭正说闲话,突然大门口一阵聒噪,仿佛有无数人在说话吵叫,还夹着小孩子吧叽吧叽的跑步声,气喘吁吁地喊叫:"拿住劫道的贼了!快来看啊……"一时驿馆的人也都惊动了,驿丞、驿卒、厨子都出了房,站在廊下看。刘统勋料是马头那边把人犯带来了,把手中的书一扔说道:"这成什么体统!把闲人赶开——驿站的人各自回房!"高恒几步出来便传令,扬手叫道:"都出去,把人赶开!知会邯郸县衙门来人站班,闲杂人等一律不准靠近驿站!"接着才见大太保贾富云,二太保朱富敏和三太保蔡富清三个人进来,二癞子不是步行,被绳子左一道右一道缠成一团,吊在一根毛竹杠子上,由两个身强力壮的汉子抬了进来。此时黄富光、黄富宗、黄富耀、黄富祖四个太保早已出来接着。那梁富云一见二癞子,真是气不打一处来,也不等解捆,兜屁股就踢一脚,接着又左右开弓"啪啪"打了两个耳光,骂道:"日你血姐姐的!"还要打时,见刘统勋摇着步子出来,便住手退下。刘统勋轻蔑地看了一眼二癞子,从鼻子里哼了一声,说道:"给他松开。"

"喳！"

旁边几个驿卒答应一声，走过来要给他松绑，正在屋里端碗喝汤的贾富春飞快地跑出来，笑道："兄弟们别忙，这解绳子也有学问呢！"他不慌不忙找到绳结解开，像剥茧抽丝一样，一点一点解。一边解一边说给众人，"这天儿，别说捆成这种模样，就是寻常五花大绑也得慢慢解——血都收到心里、头上去了，猛地松开非死不可！"他解开外边的，又解里边的，足用了一刻钟才解开，笑谓二癞子："我救你一命，你可得说老实话！你是我的宝贝儿，要死可没那么容易！"二癞子几次伸手想抚摩被绳子勒脱臼的左膀，都没能如愿，无可奈何地叹息一声，抬起头有气无力地说道："水……"刘统勋向高恒一点头，二个驿卒便进了上房，帮黄富光拽死猪似的把二癞子拖进正屋。梁富云笑着端一碗凉水过来，兜脸泼了去，说道："水，他妈的要多少有多少，天上下的，地下流的，河里的、井里的，足够淹死你！"二癞子用舌头舔着唇边的水珠儿，贪婪地吸吮着。

"给他水，叫他喝。"刘统勋温声说道。他用温和的目光从上到下睃着二癞子。贾富云端来一小茶碗，那二癞子如吸琼浆一样，一口气就喝干了。还想要，却不再端了。刘统勋叹道："原来都是好好的老百姓啊！怎么落到这般地步！家里有母亲么，父亲呢？有没有兄弟姐妹？别人都远走高飞了，怎么单把你撇下？你还太年轻，唉……才二十多岁就去从贼！多么苦啊！"

刘统勋如父如兄和颜悦色地娓娓而言，如说家常。倒叫高恒等人听了发愣：这叫什么"审案"？满堂上下，人们对望着，一片迷茫，不知他葫芦里卖的什么药。刘统勋见二癞子仰脸望着顶篷格，眼泪顺颊向下淌，知道攻心奏效，更加放缓了口气："佛说苦海无边回头是岸。你恋着这家，想着老父老母在堂，兄弟姊妹安居，不肯远离，这叫有孝心有悌心，足证你天良未泯——你心疼他们，偷偷回来看他们，是么？"

"你杀了我！"二癞子听着这些话，真是句句似刀，字字如剑，突然发癫似的翻倒身，猫似的躬起后背，头拱着地双手掩面，含糊不清地说道，"到了这个地步，还说这些做什么？让我死吧！"

"死不死看你自己了！"刘统勋冷酷地一笑，"我不大稀罕你的什么供词。当今皇上圣明，有如煌煌中天之日，几个小小反贼，能逃得出皇纲王宪？我只觉得你替他们卖命不值得——"他一抬头，见黄天霸和三四个太保，还有黄滚都进了天井，便又道，"对朝廷而言，杀你如同捏死一只蚂蚁，对你家而言，你若死就像是塌了天。我皇乃仁德之主，有好生之心。现在我给你一袋烟工夫，死活都由你自己挑！"说着，摆头示意廖富华将他带出去关在东厢房内。

黄天霸看一眼廖富华的背影，叉手一躬说道："朱绍祖这一次筵宴，颇见功效。他的大徒弟和我拜了把子。他已传话四方，搜寻邯郸境内所有可疑之人。在筵席上有人还提供了线索……"高恒见刘统勋板着黑脸，心里对他佩服得五体投地：真是个角色，怪不得圣上爱他！正思量着，只见一个四十多岁油头粉面的婆娘被带进来，跪下磕了头，起身又向四周福了一圈儿。

"上头这就是刘大人！"黄滚在旁说道，"把你方才的话再说一遍——这是翠红楼的鸨儿！"

"是！贱人是个开行院的……"那鸨儿两腿一软又跪下了，道，"是这么档子事儿，我们院里牌头——头号闺女小青儿，这半个月接了个阔主儿……"

她说的正是燕入云。半个多月来，他几乎天天来见小青儿。这人很奇，说他是客商吧，邯郸没他的字号；说他是香客吧，没有住在店里；说他是嫖客，却从来不打茶围不听戏。晚饭后来，半夜里走。没见过这号夜度郎，花银子像扔银子似的……那婆娘越说越流畅，"他钱多，我们行院里的人个个另眼看待他。小青儿原来有个相好的，也丢了。按本性说青儿并不喜欢他——他光知道来来回回只是弄，弄得路都走不动——我们院里的姑娘不喜欢这样儿的嫖客……"说得众人无不掩口偷笑。

"你说这叫可疑。"刘统勋厌恶地吐了一口唾沫，耐着性子道，"这不能叫证据！"

"是，太可疑了。"

"……还有别的没有？"

"没有了……"

"他使的什么银子?"

"台州元宝!"鸨儿目光一闪,兴奋地说道。她偷看刘统勋脸色,又压低了声调,"粉皮单边儿的,一窝细系儿丝子上头泛着青气,都是十足的成色!哎呀呀!真是爱巴物儿。乾隆四年新铸的库银,我们见都没见过呢!"

刘统勋睁圆了眼,像一只看见了耗子的猫,两手一撑,身子向前一倾,"嗯"地站起身来:"台州库银!"他记得清清楚楚,乾隆二年户部请旨造台州足纹元宝以便库存。造出两千枚以后,乾隆忽然降旨停造。所以这两千枚台州元宝运到北京,存在库里压根儿就没动。这位阔嫖客从何而得?!刘统勋脸上露出一丝狞笑,问道:"他叫什么名字?"

"杨飞。"

"好极!"刘统勋格格笑道,"这会子你就赶紧回去,不拘用什么法子稳住这个姓杨的,余下的事你不管!"又转脸对高恒道,"你带人跟着去,不要惊动他,只远远盯紧他,牵他出老窝儿再说。知会邯郸府米孝祖,让他派人配合。听着了,嗯?"

高恒此时精神十足,一拱手答道:"卑职明白!"自和那鸨儿去了。刘统勋命人将二癞子带过来,问道:"想明白了?"

"小的真的什么也不知道……"

"哼,离了你这张烂荷叶,我照样儿包粽子,给脸不要脸!"刘统勋恶狠狠说道,将手一摆,"带下去,仍旧捆起来!"

二癞子迟迟疑疑跟着人走了两步,站住了脚,胸脯一起一伏地喘着粗气,内心似乎十分矛盾,忽然转过身来,双膝一软跪了下去,哭泣地说道:"我都说,我都说!求大人超生。我都……"他像一摊泥一样,软软地倒在地上。

天上忽然一道刺眼的白光,一股贼风卷着尘土掀起竹帘,接着一声石破天惊的炸雷从半空中落下,惊得正厅中人股栗变色。远处便听人吆呼:"下雨了!快跑……"

"人生三尺,世界难藏!"刘统勋隔帘望着愈来愈暗的天空,微微笑道,"破案有望。"

胡印中逃脱了这一劫。此刻,他伏在玉米地里,浑身都是泥水。天空一个明闪接一个明闪,火蛇一样在云缝中急速地流窜着。淙淙的大雨打得玉米叶子沙沙作响,使人有身在惊涛骇浪之中的感觉。他伏卧在垄沟里,雨水将松软的黄土泡成了泥浆。他全身都被泥糊糊住了,只留着脑袋露在外边——也幸亏如此,他才没有被官军发现。邯郸县的衙役和黄粱梦镇丁已经从这里搜查过三次,此刻虽然去了,远处还星星点点地晃着一盏盏灯光。

自己怎么脱身的?怎么到了这里?胡印中像在噩梦里,无论如何也想不清楚。

他只记得今天天气太热,中午他吃了几个甜瓜,又喝了一瓢凉水,天不黑就一阵阵肚子痛,一次次地拉稀屎。因下大雨,茅房里的粪水四处横溢,实在进去不得,只好到外边解手……最后一次回来是在天断黑时,还是那位典史,带着一群人提着灯踩着泥水,从玉米地旁的大路上径直奔向自己住的院子,自己当时还觉得好笑——这么一趟又一趟地跑空腿儿,刘统勋真能折腾下头人……但一看又不对了:那镇典史没有急着敲门,却先在灯中指指点点地说什么,接着跟来的人便散开围了院子。跟着典史的三四个人也都拔刀在手支成了架子。听他高声叫门,却不是查户口,"老黄,老黄!你们燕当家的从城里回来了,醉得不省人事……"

再接着就是开门声,几个黑影蹿跃着一拥而入……自己曾想冲回去救人,但是自己只穿了一件短裤,回去只能赤手受缚……就在这犹豫间,听见院里一声兴奋的咋呼:"拿住了!日他奶奶,差点勒死老子——还有一个,快搜,别让狗日的逃了!"

好像就是这个"逃"字,提醒了自己……调转头就又钻进玉米地,在茫茫的雨地里狂奔。被什么东西绊了一下之后,就摔在这玉米田里,昏了过去……

天上的雷还在打,雨一点也没有停的意思,哗哗的雨水顺着玉米叶子冲着他的头,连头顶的头发都洗涤得干干净净。他洗干净了手,在头上抹了一把,刚抬了抬身子立刻又躺下来。太冷!垄沟里的水冰一般的刺人肌肤。躺在这里不啻是等死。天一亮官军又会回来。粗笨过了,还要过细箩的。肚子，已经不疼了，只是一阵阵的疾风吹得头有些晕眩。他知道，一旦倒在此地，就等于是送死——试着走了几步，居然还走得动！于是，拖着步子踏上了田埂，一步一滑，高一脚低一脚地向前走。他现在最要紧的是弄一身衣服，把身子裹起来，不然一定冻死！

提灯守田埂的是个四十多岁的老衙役，他浑身早已湿得精透，披着蓑衣还冻得上牙打下牙，他把灯放在田埂上，在身上摸索着什么。胡印中伏着身子沿着毛渠凑近了他，才知道他在找烟。烟找到了，将烟袋噙在口里，便去揭那灯罩，一阵风过来"噌"地吹灭了灯，接着便听南边传来"平安无事啰——"的叫声，那衙役忙应道："平安无事啰——有火没有？想抽一袋烟！"北边也传呼："平安无事啰——有火也没用！"衙役便不言声，低下头只顾用打火镰打火。这种机会真是千载难逢，胡印中一个大步蹿了过去，咬咬牙举起胳臂在暗中划了个弧形，砍向他的后脑门，那衙役哼也没哼一声便瘫倒在地上。然后，他脱衣穿衣，提着那盏瞎了火的灯，大摇大摆地走进镇，谁也没有疑他。一直趸到黄粱梦庙照壁后，他把灯扔掉，又从庙的后墙翻出去，几步钻进了青纱帐，谁知极近处就有岗哨，大喝一声："谁?!"

他也不言声，稀里哗啦在高粱地里猛跑，只听身后筛锣声，高喊："贼往北跑了，快截呀！"接着西边、北边也传来呼应声："贼向北逃了，快截！"——人都散在各处，一时也难聚集在一起。但胡印中此时已是惊弓之鸟，不敢再向北逃，趸向东边，也不辨上下高低，不管潦水泥泞，低着头向前疾跑，忽然间"扑通"一声掉进了滏阳河，一个旋涡便打翻了他。那胡印中自小在沂河边长大，水性极佳，一个猛子钻上来，晃了晃头，已经清醒过来，倒觉得这是天赐的逃命良机。他稳住了神，轻轻踩水，向东北游去。只见两岸仍有守望的灯火，暗自庆幸：要在陆上瞎摸乱闯，无论向哪边跑都是逃不出去的！

在湍急的河水中，胡印中用尽全身解数随波逐流，漂了两个多时辰。眼见东方透亮，才爬上岸来。此刻雨已经停了，曙色中到处都是芦苇和高粱，四顾阒无人迹。他的两条腿像灌了铅似的沉重，头晕、恶心，却又吐不出一点东西。他踉踉跄跄地找——找什么也不知道，眼见前边黑魆魆的，似乎是个庵庙，便趸过去，被一树根绊倒跌翻了一个大筋斗，便什么也不知道了……

再醒来时，胡印中发觉自己躺在一间洁白的小屋里，十分适意，铺旁的小桌上还放着一碗绿豆茶，他也不管三七二十一，端起来一吸而尽。刚要坐起来，布帘一动，进来一个道姑，手里端着一盘粽子。那道姑还没说话，胡印中眼睛一亮，叫道："雷剑姑娘！……怎么会……我是在梦中吧？"

雷剑不很自然地摸了一下头顶上的发髻，抿嘴儿一笑，说道："哪有这样的梦，是你命不该绝。昨晚烧得说了一夜胡话，真吓人……幸亏教主施法救你，要不然小命儿就没有了！"

"教主！"胡印中身子一撑坐了起来，顿时感到一阵眩晕，又弛然卧倒，问道，"怎么这么巧？我都糊涂了……你们不是去河南了么？易教主此刻在哪里？"他拍拍床沿，示意雷剑坐下。雷剑却不肯坐，微笑道："可是说的呢，真和说书的一样，就这么巧——去河南的道儿到处都是哨卡，堵死了，我们几个人太招眼，只好退到清河暂避风头。这里滏阳河和沙河去年闹水患，几座庙都是空的，附近几十里都没人烟，就躲进这庙里。邯郸出事，直隶不能再呆，她们几个跟着舵主踏道儿，准备回鲁西，再作打算……"她瞟一眼胡印中，忽然脸一红，推了推粽子，道："别的没好的，少用一点吧，待会儿粥熬出来再喝点。你已经两天没进水米了。"

"两天！我在这里躺了两天？"

"前天天不明就来了，你一身衙役皮，差点把你扔回河里。"雷剑笑道，"胡大哥可得谢我！"胡印中凝视着她，半晌，摇头叹道："我没法谢……"雷剑给他瞧得不好意思，脚尖跐着地，良久才抬起头，说道："没法谢就别谢——枕头边有短裤，一会儿你自己换换……别想那么多。姓燕的投了刘统勋，事情我们都知道了。眼见又要走，你得把身子骨儿养壮一点——我去看看粥锅。"说罢挑帘出去了。

胡印中手里剥着粽子，眼望着外边的阳光，心里想：

"姓燕的，咱两个今生今世没完！"

第二十三回　生嫌隙少将带孤军　同敌忾迎敌困金川

在乾隆的严旨催促之下，庆复和张广泗二人不得不离开康定大本营，赶往南路军郑文焕大营督战。郑文焕的大营就设在离小金川镇不到八十里的达维镇，离康定也不过六百多里路。庆复张广泗竟走了半个月才到——那根本不能叫"路"，几乎一路都是在纵横交错的河溪里蹚着走。因为岸上的马帮道多年失修，从雪山上化下的雪水将狭窄的道儿冲得沟壑纵横，一条一条的深沟又被泥石流淤塞了，十分难走。走了两天，四匹马陷在泥淖里，还有一个亲兵解手怕臭了大将军，一去就再没能回来。有的陷进泥淖里，众人眼睁睁地看着他被泥浆淹到他大腿、胸部、脖项……临死前惨呼："张大将军……我叫周典才！跟我老娘说……"这一天，张广泗老觉得他那张变了形的脸在眼前晃动。后来郑文焕派来亲兵迎接他们，带着他们走河蹚溪，在齐腰深的流水中行进，还算平安无事。这是郑文焕用几百条命换来的见识。张广泗他虽心如铁石，也不禁暗自惨然。庆复却被这幕惨剧吓得几天夜不能寐。

郑文焕把一文一武两个上司迎到他的中军，见他们人人满脸污垢，个个浑身臭汗泥浆，立即吩咐人烧汤侍候沐浴，并亲自到厨下督促造饭，眼见日已西下，便又忙着张罗熏香，进来重新见礼请安，笑道："勒敏大人，还有个叫肖路的，候补道都在标下大营里，已经叫人去请了。眼下梅雨季节，不能放他们回成都。大人和军门能平安到达这里，标下这一刻才得安心。标下曾经呈上禀文，劝你们不要来，敢情是没有收到？这个破喇嘛庙，不抵我们内地的土地庙，没法子，只好请大人和军门将就些儿。"

张广泗虎着脸，双手扶膝正襟危坐在绳床上一声也不吭。庆复换了干衣服，喝了一碗薄荷水，在这座破喇嘛庙的砖地上踱着，真有恍若隔世之感，说道："比起路上，这里是天堂了。你不用穷张罗，有一口热汤饭就足了，知会你参将以上军官到中军大营，我和大将军要布置军务。北路军一路打不下大金川，我们又进退不得。原说五月在大金川会师，中路军截断他们入藏逃路，年底有个结果儿。如今看来，十月能打下大金川就算不错了——这怎么向皇上交代?"张广泗越听心里越烦，一抬头见勒敏和肖路二人联袂而入，傲慢地将手一摆，示意他们免礼，说道："我们先吃饭，吃过饭再议!"

一时室内静了下来，不大的佛殿只听匙箸的碰撞声。戈什哈们将金川形势图从东配殿移过来，点上纱罩灯，熏蚊香，默默退出。此刻殿外阿桂等六个将军已经到了，齐整站成一排，不约而同地偏头注视着殿内。良久，听里边张广泗的声气："很好……都叫进来吧……"接着郑文焕出来，脸上毫无表情打了个手势，说道："庆大人张军门来视察，都进来吧!"于是众人鱼贯而入，齐声道：

"给庆大人、张军门请安!"

"不必了。"张广泗一反平日颐指气使倨傲难犯的做派，看了看不吱声坐着发呆的庆复，神色黯然地抬手叫起，说道，"庆大人和我都无'安'可请啊!要真安心，也不必七死八活地到这里来了。"

一句话便将众人打蒙了，一个个都回不出话来。在岑寂中张广泗徐徐起身，望着殿外朦胧暮色，脸色变得愈加苍白，说道："不能不叫人伤情啊!庆大人是遏必隆公爷的后裔、大学士，位极人臣的人，亲临前敌来和我们这群丘八为伍，为的什么?为了效忠皇上，为了建功立业!我呢?自小儿就给圣祖爷牵马出征，经历过和布通、大唐古拉山、青海云贵，大小战阵一百多场，主将有能耐，我立大功;主将窝囊，我立小功;我自己为主将，从来没有吃过亏。原想的话，自古无百胜将军，难道上天要成全我张某人?也还想带着和我滚打出来的这些弟兄，有个好结果。又想，也是六十多岁的人了，这一仗利索打下来，体体面面地弃戈还山颐享天年。这里除了阿桂，都是跟我几十年的人，凭本心说，我的话有假没有?"

"没有……"

"恐怕我未必能如愿的呀……"张广泗轻轻坐了回去，"莎罗奔男女老幼，全族不过五万人上下吧。我呢？三路接敌军马合下来就有七万人，还不连辎重、粮道、医药、仓库守军……打下一个堡子，常常连敌人影儿也不见，就要死上百人，烧几间茅草棚子，也算'功劳'奏上去，为的是大家平安，好生把仗打下来，慢慢补皇上高天厚地之恩……"他眼睛里突然涌满了泪水，在灯光下闪烁，"可现在呢？北路军、南路军，一个大仗没打，逃兵合计有小七千人！这叫什么仗？娘的，我这叫什么大将军？我怎么打出这样的仗？我真愧死了！"

郑文焕暗自叹了一口气。他也是张广泗的老部下，从来畏惧张广泗，没见过他这副模样，想想这些诛心语，心中一片怅惘，拧了一把热毛巾递给张广泗，低声劝慰道："大帅不必伤怀。军事无进展，圣上焦急，有几句责备话是常情。岳老军门——岳钟麒在位，雍正爷一天七道旨，骂得他魂不附体——照样还是保全着！仗没打好，是我们不争气。说句真话，这种鬼地方儿，能扎住营，能活下来就了不起了。我们竟是和这沼泽泥潭、山林老洞，和这鬼天气打仗！莎罗奔是土著人，占着地利，这鬼地方也真像迷魂阵，树林子里明明有人，围住了，冲进去，连个地缝也没有，连个屁影子也不见！莫名其妙就有人中了箭，射箭的弓也找不到，尖桩子摆在泥潭里，踩上去治都治不好……"他说着进入金川之后的"战事"，犹自惊魂不安，忽然意识到了点什么，又正容说道，"但我觉得我们还是必操胜算：总归我们还是没有大伤元气，其实力超过敌人；如今深入金川地域，兵士们已经熟悉了这里天候气象，可以说敌军武器装备、训练还是不及我军，粮源更不能和我军相比。只要真能寻到莎罗奔的主力，包围了狠剿猛打，再没个不赢的。我的这些见识是和下面弟兄们参商多少次了，不知庆大人、张大帅有何布置，我们一定听命赴汤蹈火。""郑军门这话对！"庆复是戴罪立功来的，心里比张广泗格外急了一层，忙道，"天时人和我们占了，地利也有一小半。我看可以一战！"说罢看看张广泗。张广泗心里雪亮，说到九九归一，庆复是指挥不了这些兵的。他从来统兵打仗，都是独往独来，这次上下瞻对之战，由于庆复搅到军中，败了自己要负一半责任，胜了庆复要夺去一大半功劳，心里要多别扭有多别扭。但乾隆急于平定金川，并不理会庆复和他这点芥蒂，竟在他的折子上加批："勿谓朕不能洞悉尔之心思，以为败则由庆复为尔分谤，胜则可咎庆复前战之失——朕已另告庆复，胜则与张广泗同荣共贵，败则与彼同失首级。尔之前功与此罪朕绝不共计！"情势如此，他和庆复也只好同舟共济了，遂道："庆大人与我同心同德，艰难跋涉到你南路军，为的就是打，为的是早日克敌立功。郑军门的话我看有道理，不知诸位兄弟有信心没有？"

"有。"

"没吃饭，还是肚子里没了草料？！"

"有！"

张广泗留心到阿桂木着脸没有答应，脸一沉正要发作，庆复在案下暗暗扯了一下他的袍角，冷笑一声，转脸问郑文焕："前头我已经下令，把四门大炮全调到这里，你办了没有？"

"回军门，道儿太难走，昨天才拉来，炮筒都叫泥沙堵住了，才擦洗干净，还要等晾干了才好使用。"

"用火烤干！"

"喳！"

"粮食蔬菜缺不缺？"

"回军门，不缺！"

"药呢？"

"不缺！"

郑文焕见张广泗脸上放光，知道他要决策下令，忙命："在木图跟前再掌几盏灯！"张广泗大手一挥笑道："我闭着眼也知道小金川周围地理，要木图做什么？不用！"

"庆大人，大帅！"一直沉思不语的阿桂突然抬起头来，说道，"标下有话，不知当讲不当讲？"

"讲嘛。"张广泗铁青着脸，身子向椅背一仰说道。

"喳！"

阿桂似乎犹豫了一下，很快就恢复了镇静，"叭"地打千儿行礼起身，说道："如果不知己不知彼，这个仗仍旧打不好。我军六万，敌军六千，十倍于敌，到现在没有尺寸之功，值得好生想想。"他目光炯炯看了张广泗一眼。

"唔，唔？"

"我军是客军，北路军走的旱道，南路军走的全是沼泽，敌军是以逸待劳。我们不占天时，至少说不全占天时。"

"哼！"

"郑军门方才说，地理上敌我共险，"阿桂没有理会庆、张二人满面怒容，款款说道，"其实我们只是能在险地落脚图存而已，根本谈不上'共险'。前天，莎罗奔部落里一个老头子，刺死赖汤将军部下一个岗哨，派四十个兵去追他，光天化日之下让他逃进山洞里，追进去的兵十几个，只有四个出来的，身上还缠着毒蛇——这似乎不能说是'共险'吧？"他扫视着目瞪口呆的郑文焕、红头涨脸的庆、张二人和一群低头不语的军将，倔强地咬了咬牙，继续说道，"我不晓得莎罗奔部落里现在怎么样，但我军现在士气不高，这里是水路，逃不出去，军报里说的，北路军每天逃兵几十个，军法司杀人杀得手软了，改为在军中服苦役！士气不高，厌战思乡，这怎么叫人和？"

庆复早已气得手脚冰凉，见他还要说，"砰"地一拍桌子厉声喝道："扠出去！""别忙，叫他说下去！"张广泗心里已经起了杀机，反而定住了心，格格一笑说道，"听听也有好处。"

"标下遵命！"阿桂又拱手施礼，竟一转身大步跨到木图旁，在沙盘上捡起鞭子指点着，说道，"这里和云贵不同之处，在于云南多是旱路，利于内地兵士行进。这里和青海相比，青海地势还算平坦，便于骑兵运动各方策应。我军现处的位置在小金川东七十里，四十里水路不能通舟楫，要蹚着没膝的泥潭行进，有的地方陷人陷马十分难走。三十里山路，炮车要走三天。我们大队人马一动，小金川镇上男女老幼搬家都来得及。驻扎小金川，我们的粮饷运送就更为难办。北路军也是一个道理，要过七天大草地，打下大金川一座空城，又一时和小金川我军形不成掎角之势，容易被莎罗奔分割各个击破，而且退路毫无指望……"

他画出这样一幅可怕的画儿，众人都打心底冒出一股不可抵御的寒意。但仔细思量，阿桂的话竟都是他们日日思虑、又不敢出口的话。郑文焕心知阿桂说的句句是实情，但他久在张广泗淫威之下，俯首帖耳已成习惯，既不敢违拗张广泗，又为阿桂担心。就是阿桂，也是帝心特简，特旨授为副将的要员，也不能轻易开罪。眼见将军们一个个被他说得噤若寒蝉，张广泗血脉俱张，立刻就要雷霆大怒，急得手心里脖项上都是冷汗。轻轻咳嗽一声，阴沉沉地问道："阿桂，你学问不坏嘛。是进士出身？"

"回大帅，我是恩荫贡生，赐进士出身，由文官改做武职。"

"是陕州狱暴的案子过后，改任参将的吧？"

"是。"

张广泗从鼻子里嗯了一声，语调变得又缓又浊，说道："这么说，你是文武全才了。听你方才一席话，都是不能进取金川的意思。照你的想法，应该怎么办？"阿桂盯了张广泗一眼，立时意识到自己已处在极大的危险之中，他是极聪明的人，几乎连想也不想，朗声答道："凡事预则立，不预则废。标下以为，先以小股部队佯攻小金川，大金川的莎罗奔必然回救，大金川空虚，北路军乘虚而入。那时，我们才能说得上与敌共险，从这里正面强攻，莎罗奔也难以敌抵！北路军由巡抚纪山亲自经营，四川的粮库都调尽了，他们不缺粮，大草地也不是过不去的，稳稳当当占了大金川，全盘形势就于我们有利了。小金川这边现在正是雨季，七百里粮道上河湖交叉，太难走，只能佯攻诱敌。待取下大金川，到了旱季，沼泽地干涸了，利于运兵行动。莎罗奔再大的能耐，被我三路大军压在巴旺几十里老林之中，四面皆是我军，惟一的通道是终年积雪的夹金山，他不死即降，没有第三条道儿好走！"他放下鞭子，面不改色施了一礼，回到自己位置上，庆复因没有细看木图，听得心里一盆糨糊。他只觉得这个满脸络腮胡子的年轻人狂傲无礼，一点也没把几个上宪主官看在眼里，心中有气，说道："听起来似乎头头是道。你方才讲天时地利人和都于我不利，那么，打下大金川，为什么就占住了天时地利人和？"

"庆大人！"阿桂心里也真是瞧不起这位钦差，眉心一挑，躬身答道，"我们只是人多。三路军马有两路困在泽国之中，与其说是'打仗'，其实只是'活着'，怎么会有士气？没有士气，那就既没有天时，也无所谓人和。打下大金川，上可以向朝廷有所交代，下能够鼓舞士气——士气能鼓起一半也是好的——我六万人马就是豆腐渣，也够撑死莎罗奔这头野猪！"他的话立即引得几位将佐活跃起来，虽不敢交头接耳，脸上却都带了喜相，互相交换着眼神。

张广泗咬牙沉思着，心里极为矛盾，他听了一小半就知道阿桂说的有道理，但阿桂的主张和他的主张刚好相悖，他是想自己亲自督战打下小金川，中路军由康定北进，谅北路军也不敢不全力攻克大金川，毕其功于一役，秋天就可以生擒莎罗奔。现在阿桂这个"两步走"意见当着会议提出来，听从，于心有所不甘；不听，又觉得自己原来的计划没把握，杀阿桂"以警慢军之心"的念头是没了，但莫名的妒意又不能对阿桂的话全听全用。咬牙思量半晌，用目光征询了一下庆复意见，庆复笑道："后生可畏，我也觉得是有些道理，军事上的事，还是老兄定夺。"

"我觉得阿桂的建议有可取之处。"张广泗咽了一口唾沫，"但佯攻与真攻，并没有一定之规，严令纪山夺下大金川这一条可以定下来，为防莎罗奔向瞻对方向潜逃，要同时下令中路军堵住乾宁山口，莎罗奔失守大金川，也许不再坚守小金川而西逃，原来'佯攻'的队伍就要变成主攻。这个担子真有千斤之重，谁来担当呢？"他环视着周围的人，突然一笑，说道，"来说是非者，即是是非人。我看就是阿桂将军合适——你有什么难处？"

阿桂不禁一怔，他其实在军中责任是看护粮库，只有三千多老弱疲兵和伤号。他看了勒敏一眼，勒敏是知道这些的，希冀能出来为自己说句话，但勒敏被阿桂刚才的话鼓动得心里痒痒，也在跃跃欲试，哪里理会到这位朋友的小心思？一提袍角站出两步，向庆复和张广泗长揖到地，说道："阿桂自己的主张，焉有推诿之理？勒敏不才，也愿随桂军门为朝廷立功！"

庆复、张广泗和郑文焕不料横中杀出个程咬金。勒敏不是寻常方面大员，他是乾隆三年御笔亲点的状元，满洲哈拉珠子，不但身份贵重，名声也大，万一"攻金川战死状元"，那真是百身莫赎，打了胜仗也毫无光彩！郑文焕赔笑对张广泗道："大帅，不如叫吴喜全来办这差使。阿桂守着粮库，人不满四千，还有许多老弱病员……"他话没说完，阿桂便道："勒敏大人是个文臣，白面书生怎么能打仗？这么大的官，出了事我也担待不起。请大帅发令，还是我自己去！"勒敏这才想到阿桂军中实况，深悔自己冒失，遂笑道："勒敏祖上也是武将！我不是怕死之人，一言既出，岂有反悔之理？可以从吴将军处调借三千精锐，暂由阿桂统领，不就结了？"

吴喜全是张广泗第一心腹牙将，用他的兵给别人立功，一百个不情愿，在旁冷冷说道："我的兵在马寨沟驻防，那是通往康定要道，离着乾宁山上只有十五里地旱路，调出去逃了莎罗奔谁负其责？大帅若令我去佯攻，恐怕还方便些！"

"阿桂现在手下的兵不能用。"郑文焕沉吟道，"从郎雄、格杰和吴喜全军中各抽一千人马统归阿桂指挥就是。"勒敏道："我手里差使交给肖路，这一仗我非打不可！"

阿桂思量半晌，事已至此，只有破釜沉舟，大声道："勒兄是个状元，尚且有这份雄心，我有什么说的？我不要各营一兵一卒，到小金川周旋一场！"

"好！"张广泗击案说道，"就这么定了，由中军郑文焕全力策应，不会有什么失漏的。现在诸将听令！"

在双方僵持得都已经麻痹了的时候，阿桂的作战计划立即收到出乎意外的结果。莎罗奔毕竟没有指挥大集团对阵作战的经验，闻报官军急攻小金川，立刻带了驻守大金川的两千人回救，北路军纪山的五千精锐部队几乎兵不血刃就攻占了大金川。此刻莎罗奔还在向小金川的行军途中。接到后方急报，正自惊疑不定，小金川也来报告敌情，说先头进攻小金川的官军已经向丹巴、大桑一带运动，似乎要截断金川与上下瞻对的通道。小金川守将桑吉一边向莎罗奔告急，一边开城放城中老幼藏民各自逃生……

"他们终于下手了！"莎罗奔骑在骆驼上，望着前面朦胧暮色中的抚边小镇，流往大渡河的小金川河水在茂密幽暗的丛林中潺潺流淌着，摇晃着岸边的芦苇，给人一种神秘不祥的感觉。他古铜一样的脸色毫无表情，向前凝视了一会子，回头又看了看自己带的几百乘骆驼，踩着蹬子下来，对身边的从人说道，"到后边告诉朵云杰嫚，还有本家故札，还有仁错喇嘛，今晚我们就宿在抚边，叫他们都到我的帐中商议事情。"

抚边小镇离着小金川一百里地，只有三百来户人家，已经住满了从小金川逃难的藏民。但仁错是青海黄教活佛，只是一句话，所有的藏民都迁了出来，露天宿在镇东的坝坪上，给莎罗奔的军马腾出了帐房。莎罗奔将中军设在坝坪南边的喇嘛庙中，安置了朵云和两个孩子，已见仁错活佛，桑措叔叔来见，也不及多说，先请他们两位吃酥油奶茶，自己亲自出去巡视一遭方才回来。莎罗奔见妻子朵云怀里抱着刚满周岁的小儿子索罗崩，女儿阿扣和大儿子色落腾站在一边贪婪地吃酥油糌粑。他对朵云道："这里要议军事，你们女人退出去！"仁错在旁说道："不必了吧！这是什么时候，神佛还会怪罪？"

"我们的局面很不好。"莎罗奔吁了一口气，沉重地坐下，说道，"张广泗这一手很厉害，断了我们的退路，得想个办法应付这局面！"

其实他即使不说，在座的也都意识到了形势严峻。小金川失守，金川的要冲都被官军占领，只有钻山林逃亡一条道可走。但四周道路被困得铁桶一般。

"大喇嘛、莎帅，"桑措挑起灰白眉毛，语气沉重地说，"现在就应该下令小金川的人撤出来，把空城让给张广泗。因为我们一千多人是守不住小金川的。我们的人都到这里集合，然后向西南大深山里进洞躲藏，倾我们部落所有的战士打开上下瞻对，然后举旗迁移进藏！金川，官军也只能占领一时，等他们撤兵，我们再设法回来。"仁错手搓法珠，说道："桑措说得对。我们只有这点军马，根本不能拼。好在我们早有准备，在刮耳崖老山洞已积了一年的粮食。敌军哪有这么多粮食，和我们耗不起。从前头报说的军情，马寨沟以西没有驻扎清军，可见他们只是防我们向乾宁山突围。现在是夏天，我们翻夹金山向上下瞻对迂回，他们做梦也想不到。"桑措将着胡子沉吟道："过夹金山，我们的雄鹰当然能够。年轻的女人也能过，可是老人和孩子呢？御寒的皮袍都没有带出来啊！"

朵云脸色苍白，抱着孩子的手一颤，喃喃说道："过大雪山？那要死多少人？班滚老爷子带的都是精壮汉子，两千人只过来了不到七百，我们也从没走过这条道。唉……班滚……"她想起了班滚，这位倔强的老头儿，在金川患恶疟，已经死了一年。老桑措叹道："我看汉人没半点人味儿，说了话不算，使弄鬼心眼算计人，那些戴顶子的官儿们竟都是猪狗转世的，除了金子、女人什么也不爱。倒是前头的抚远将军岳老爷子还算个人，又被他们自己人坑陷得七死八活。"说罢又是一叹。仁错活佛一手转着经轮子，一手搓着佛珠，还在想着过雪山的事："不能硬拼，只有过雪山。过雪山要死人，打上下瞻对要死人，到拉萨一路艰险，仍要死人……我们金川族真的要亡了？佛，你给我启示……"

"他妈的！"莎罗奔突然用汉语骂道，"占大金川是占了我哥哥色勒奔的地盘，我们自己族里的事，乾隆博格达汗为什么管得这么宽？我有多少错儿？多少次给纪山这个乌龟写信，申明我愿听朝廷节制，他仍旧要剿，递出降表也不饶！"他狂躁地来回踱着，牛皮靴子在砖地上发出沉重的呻吟声，"既然逃不出去，我索性就不逃，不逃了！这里打它个鱼死网破！我们金川地方大，他那五六万人进来，就像盐巴撒在肉锅里，显不出来！我们是座山虎，他强龙不压地头蛇，我们也未必就输给张广泗了——请大喇嘛到佛堂祈祷佛祖保佑，桑措叔叔安排人到小金川传令，立即撤出！将城里所有粮仓，房屋全部烧毁，一路上难民全部收容，能背粮的背粮，能打仗的打仗，能带孩子的带孩子——从现在起，所有武器都发放下去，粮食、酥油、糌粑、茶叶统归大活佛掌管分发！"

两个人向莎罗奔默默鞠躬退了下去。屋里莎罗奔和妻子一站一坐，许久没有说话。两个大一点的孩子觉得要发生什么不吉祥的事，用惊恐的目光凝视了一会儿莎罗奔，扑向妈妈的怀抱，阿扣小声道："阿爸故扎的眼睛好凶，我怕……阿爸又要和人打仗了……"朵云道："故扎，真的非打不可吗？"

"嗯！"

"他们为什么不许我们投降？"

莎罗奔没作声。

"能不能……"朵云看了看怀中的孩子，"托几个强壮的汉子，把儿子带出去？"

莎罗奔的眼眶中涌满了泪水，上前抚着妻子的发辫，长叹一声说道："那样，有孩子的父亲就不会跟我一起打仗了，母亲们也会用轻蔑的眼睛看你这位故扎夫人。"莎罗奔说着两道清泪落了下来，他一转身便大步出了庙门。

　　一钩弯月斜斜地挂在星空，远处的小金川河微喘着，像一位少妇在暗中不停地叹息。他极目向南，像是要看穿前面的灌木丛林，泽国河汉，再向前，想象不出了，那是大雪山，终年积雪的高峰，一位神仙一样的白头老翁……正走神间，一阵苍凉的歌声从坝坪上传来。莎罗奔抹了一把脸，向东北望去，那是抚边镇的居民露宿的地方，篝火熊熊，映照着老人、女人和孩子的脸。他信步踱过去，歌声变得愈来愈清晰：

> 金川千里河湖山岗，
> 遍布着草坝庄田牛羊……
> 姑娘们在泉中快乐地嬉戏，
> 白云间雄鹰俯视四方。
> 密林间野花儿盛开，
> 青稞酒飘散着醉人的醇香。
> 噢！金川……我美丽的金川，
> 金川啊，我永不离开的故乡……

他没有走近篝火，只是站在暗处，用忧伤的目光注视着跳跃不定的火焰，口中咕哝了一句"永不离开"，便转身回了喇嘛庙，见朵云抱着孩子还在发呆，便道："你带着孩子，累了，先睡去吧……"

　　"两个大的已经睡了，我不累。"朵云凄惨地一笑，说道，"我听见了这歌……小时候我爷爷就教我，他也是从爷爷那儿听来的。爷爷说，这歌子没有编全。我们金川就是因为产金子才有了这个名字的，下游金沙江里的金沙，就是从这里冲下去的。刮耳崖有几个老洞，里边产狗头金……岳老爷子说汉人最爱金子，我是在想，我们送他们金子。请他们离开我们金川，不是大伙儿都相安无事了？"

　　莎罗奔一听就笑了："你真是个大孩子。张广泗要知道这里出脸盆大的狗头金，红眼就变成紫的了！"朵云皱着眉，温声说道："打仗太可怕，我的两个舅舅都死在青海，一个被砍掉了头找不到，一个被人从左肩劈到右胯……我们这里几千人，难道都要落到那样下场？"莎罗奔此刻已镇静下来，不像刚才那样狂躁烦乱，自失地一笑，说道："谁晓得以后的事呢？不过，汉人有句话说得好：车到山前自有路。现在张广泗只是占了两座空城，我的实力一点也没损伤。我想，先打掉张广泗的威风，再和他坐下讲和。"

"讲和？"朵云惊讶地看着丈夫，"你方才还说要死拼到底！"

莎罗奔仰着脸，阴沉沉一笑，说道："朵云，从长远计，我们不能和朝廷作对……你不知道天下有多大，和博格达汗乾隆相比，他像一棵大树，我们只是树下一株小草啊……小草也有活下去的权力，我只是在争这么点点权力——我们要乾隆明白这一点。只有死拼，打好这一仗，打得张广泗灵魂出窍，仰面朝天倒下去，才能叫乾隆明白这一条。"正说着，见桑措带着一个精壮汉子进来，便问："你是小金川过来的？"

"是！"那汉子道，"我叫叶丹卡，阿爸命我过来报告故扎和活佛，清兵正在向小金川拖运大炮，昨天又过来两千人，在金川南边布防。阿爸准备出城，趁他们过来的人没有站稳，先端掉他们，把他们的大炮推到泥潭里，一百年也捞不出来！我今晚就得赶回去，请故扎指令！"莎罗奔见他浑身都是汗水泥浆，高大剽悍的身躯都累得有些摇摇晃晃的，亲自过去把仆人给自己热的奶茶端过来，一手按着叶丹卡坐下，说道："好兄弟，不要忙，先喝了这碗奶茶！你是几时离开小金川的？"叶丹卡将那碗奶茶一吸而尽，长长透了一口气，说道："我是早晨天不亮动身的，阿爸说明天中午前要回去，回不去就不要我这个儿子了！"

莎罗奔不禁悚然动容，虽说小金川离抚边只有一百里，可那是什么路？平时从容走要两天半，稍慢点就要走三天，他居然一个白天就赶到了！看着这个铮铮铁汉，扑上去抚着他的双肩，说道："我已经派人传令，让叶丹大叔撤出小金川与我会合。好兄弟，你不必回去，你阿爸那里我去说！"因见仁错活佛步履缓重地进来，又命随从，"把金川图志取来，朵云你们到里屋里，为我们在神佛前祈祷！"

"是！"朵云向丈夫一鞠躬，顺从地带着孩子们踅进了里屋。

图志取来了，是二十几张光板羊皮拼成的，上面用毛笔勾勒出大小金川的山川、河流、村镇大道、小路。莎罗奔居中，桑措和仁错一边一个，小心翼翼地摊在地上。莎罗奔笑道："这真是万金不换的宝贝，帮了我多少忙！张广泗的木图是康熙三十六年的，连大山的走向我敢说都不全对。当初为绘这张图还死了几个人，族里人还说我疯了呢！"说完蹲下看图，问道，"叶丹卡兄弟，那个先头进来的汉狗子阿桂，现在什么位置？后续部队又是谁的兵？也说说他们的位置——你看，这是小金川，这是我们抚边镇，这是大金川河，这是小金川河，这个位置嘛，是水海子，再向北——是郑文焕的大营，就在达维……明白么？"他用刀鞘在图上缓缓移动，叶丹卡开始一脸茫然，渐渐的，眼中放出光来：他也看懂了，用粗大的手指点着丹巴这个镇子，说道："这个叫阿桂的是个满人，还不到三十岁，仗打得很精，他现在这个位置——达维南，这里，扎旺，是郑文焕的粮库。那里很潮湿，运上来的粮食就得赶紧吃，不然就霉了。大炮现在正在用人力向小金川拖，用木头扎成排，在滩里拖运，至少还要五天才能到小金川城边。新近在城下驻扎的汉狗子叫罗泽成，大约有两千人，都在城南，他们往城北运动，不熟悉道路，两个陷进泥潭里，两个被竹签扎透了，又缩了回去。看样子，大炮运过来，郑文焕就要亲自到小金川城下督战了……"

"小金川？"莎罗奔冷笑着摇头，"除非猪才会那么笨，在城里和他打仗！我看，郑文焕是想摆个阵势，吓跑了我们，好向乾隆交差！老岳军门说过，项羽百战百胜，一仗打败，就自尽在乌江。张广泗自从在苗疆打了胜仗，狂得眼睛长到额角上，我也要叫他尝尝金川河边自刎的滋味！"

众人见他说得这么有把握，知道他已有了主意，莎罗奔端过酥油灯又仔细看地图，点点阿桂的驻地丹巴，站起身来，一时间又变得心事重重，只是沉吟踱步，几次站住想说话，又咽了回去。老桑措问道："故扎，有什么为难的么？"

"这个阿桂进驻到丹巴，离着刮耳崖只有二十里路，"莎罗奔沉吟道，"刮耳崖里老洞中存着我们的粮食——他是不是嗅出什么味道，要断我们的粮？"

几个人都怔住了。他们都知道，刮耳崖不但存着粮食，还有盐巴、酥油，还有药品，还有一掘就能到手的黄金！这一突如其来的反问众人心里都打了个寒颤。老桑措目光炯炯盯着酥油灯，说道："先打掉小金川的郑文焕，看他回不回来救？"

"我就是在想这件事。"因为思虑极深，莎罗奔的眼睛猫一样放着绿幽幽的光，"假如这个阿桂，知道我刮耳崖中有粮食，会不会不顾小金川安危，截断我的粮道？"他嘬吸着干燥的嘴唇，在地图前仔细审量，神色变得缓和了些，说道，"阿桂肯定还没发现我们的秘密！如果发现了，他立即就会不顾一切扑上去卡断我们的粮道！他在丹巴干什么？是想到我们小金川失守，一定从这里夺路向西，他要把我们堵住！我们如果要过夹金山，他也可以从丹巴袭击，打乱我的队伍……这个阿桂够狠的啊！"

"事不宜迟。"仁错活佛揩着鼻尖上的汗，说道，"我们狠打小金川，阿桂就会往回缩！"

莎罗奔用力握着藏刀刀鞘，手指变得苍白，咬牙说道："对，就这么干。明天拂晓就行动，派五百人抄东路绕过达维，到扎旺烧掉他们的粮库，一路把路标全部拔掉，再派五百兵在达维西边佯攻。叶丹的人马一千七，派出二百人佯攻阿桂，装作要夺路逃命，剩余的一千五百人和我本部人马去围困小金川，如果阿桂回援，原来佯攻的人就一路牵制，放冷箭射他的人马，杀他的探路兵，我的本部还可再抽五百弓箭手扼住刮耳崖东路河道，阿桂没有长翅膀，三天之内就能歼灭小金川的清兵，回过头来再和阿桂算账！"他神采奕奕，挥着刀鞘又指马寨沟，"吴喜全的兵是防我们攻康定大城，又防着我们过雪山逃命的，我们不攻康定也不过雪山，他这支兵就设得没有用处，听到他主帅被困在小金川和达维，他不能不来救，其实这条道儿要走五天，他兵不到，小金川的清兵已经被歼了！大金川的兵来援小金川这一条也要虑到，但有两条：一、他们未必料到我们敢于重新夺回小金川，二、他们信息难以联系，未必知道这个军情，即使料到，这条道至少要半个月才能走过来，那时候大局已定，谁也莫奈我何了——总之一句话，歼掉郑文焕从达维抢攻小金川的三千人，我们就卡住了毒蛇的七寸，怎么摆弄都对！"

"老人和孩子怎么办？"仁错活佛问道。

莎罗奔松弛地舒展一下高大的身躯，笑道："那要拜托活佛，带他们向刮耳崖东躲避。"他是个心思异常灵动的人，怔了一下，又道，"白天休息，夜晚打着火把行动，慢慢地走。小金川的敌人会以为我主力向西，可以麻痹他们。阿桂知道我主力在刮耳崖东，也不敢轻易增援小金川——怎么样？"他用得意的目光征询着众人意见，"他的兵多又有什么？地理不熟，联络不通，战线有千余里。我们打穿插，各个击破，先打首脑。我看他无法应付！"

"故扎圣明！"众人一齐躬身施礼。

第二十四回　将相不和士气难扬
　　　　　　定谋欺君魍魉心肠

　　庆复和张广泗都是趾高气扬、骑着骆驼进小金川的。虽说没有和莎罗奔交火，但北路军已占了大金川，南路军又"攻取"了小金川，中路军扼着莎罗奔西逃道路，将军阿桂又深入腹地寻歼敌军主力，可以说这个莎罗奔已成了池中之鱼，自己站在池边举着叉，瞧准了一叉下去，活蹦乱跳的鱼就会到自己手中。因此进城头一件事便是向乾隆红旗报捷。庆复是文渊阁大学士，在这上头没说的，洋洋洒洒写了万言奏折，到喇嘛寺张广泗的中军大营来商议——小金川已被烧成白地，完整的房屋只有城东这座只有五六间房的喇嘛寺庙了，自然是这位功高威重的大将军来住了——张广泗因为怕热，两个戈什哈在身后打扇，双脚泡在凉水盆里，见他进来也不起身，但却十分客气，说道："我们进小金川三天了，你住外边帐篷顶得住不？这鬼地方，早晚是春秋，夜里冻得人打颤，中午比南京还热——坐，坐么！"说着便看那份奏折。他原就不买庆复的账。庆复虽是钦差，现在又顶着个"戴罪立功"的名儿，更不能和他硬计较座次，心里骂"老兵痞无礼"，面儿上却堆满脸笑容，毫无拘束地坐了，目光盯着张广泗不语。

　　"杀敌军三千，说得过分了。"张广泗笑着指指奏稿，"大小金川两城居民不过七千，加上各地零星藏人，整个金川不过一万二千人左右，就算莎罗奔两丁抽一，藏兵不过七千，这里杀三千，大金川纪山就没功劳了，主子心里精明得很，你说多了他不信，照旧被骂个狗血淋头！四百五，或者五百，最多这个数——明白吧，老兄？"庆复尴尬地一笑，说道："我已控制了金川形势，那只是早晚的事嘛。"张广泗摇摇头不言声，接着往下看奏折，许久才看完了，轻轻将折稿放下，站起身来踱着步子只是沉思。庆复问道："张帅，有什么不妥的么？"张广泗道："文笔自然是上好的。但你想想，主子为什么生你我的气？他要的是'生擒'莎罗奔，奏折里这句话说'必犁庭扫穴，奏凯还朝'听着感到空泛。但若说一定能生擒莎罗奔，现在我们又没这个把握，将来向我们要人，也是件尴尬事……"他仍旧踱着步沉思。

庆复目不转睛地看着张广泗，一笑说道："你太过虑了。这种事皇上事前督责得紧些，那是题中应有之义。康熙年间御驾亲征准噶尔，要生擒噶尔丹，噶尔丹自尽；雍正爷要生擒罗布藏丹增，年羹尧和岳钟麒也没做到；尹继善在江西剿'一枝花'匪寇，'一枝花'却在邯郸劫了六十五万军饷，也没见治尹继善的罪。"张广泗道："其实我只盼能平定了这块地方儿，责任也就尽到了。可老兄就不同，在上下瞻对你只打跑了班滚，班滚又逃到金川，造出这么个大乱子。现在班滚死在金川，已经是个定论。如果再让莎罗奔逃掉，——老兄，我们两个可就要一锅烩了！"庆复听他说的云天雾地，也不知他是什么意思，思量良久才悟到这个张广泗嫌自己奏折里没有把他的功劳写足。两个人平起平坐地论战绩，无论如何都不能叫他满意！他不禁涨红了脸，无可奈何地叹息一声，说道："我也是事出无奈，请多体谅罢！"张广泗心里雪亮，他倒不是那种分斤掰两和人争功的人，只是庆复无端在上下瞻对惹出了事，却要他担了这多干系，吃了这许多苦头，只是想塞个苍蝇给庆复吃，心里才快活些，此时也见好就收，笑道："就要打大胜仗了，犯的哪门子愁呢？我的意思话可以说得活一点，又不违了圣意，我们也有个退路。比如说，莎罗奔的凶残狡猾，胜过班滚，金川的形势十分险恶，也不是上下瞻对可比，但我们全军将士忍苦负重，决心为圣天子效命，生擒莎罗奔献俘阙下。若该酋穷途自尽，我等亦必解尸赴京，以慰圣躬……这么写如何？另外，克敌时日要写得宽一点、活一点，我们的余地就大些。"

张广泗说着，庆复已打好腹稿，在稿本上加写道"金川地方山高林密，河湖纵横，烟瘴千里不绝。莎罗奔正值盛年，凶狠狡诈，平日于族人颇施小惠，深得人心，亦不可与班滚之老迈昏聩可比；臣等此番用兵，务期剿除凶逆，不灭不已；今岁不能，至明岁；明岁不能，至后岁。决不似瞻对以烧毁罢兵。"写罢又将稿本递给张广泗。恰正此时，郑文焕带着他的中军副将张兴、总兵任举、参将买国良进来，后边还跟着炮营游击孟臣，张广泗匆匆看了一眼，说道："就这样誊本吧，急发报捷！——你们有什么事么？"

"大帅，"张兴脸上全是汗，用袖子揩了一把，说道，"莎罗奔那边有些异动，今天早晨从达维到扎旺，出现零星敌军，毁坏沼泽地的路标，从达维到小金川这里，也有人拔掉插在泥里的竹签路标乱扔，守路的兵士射箭赶跑了他们，但到扎旺这一带，我们守望的人力不足，路标毁坏了三十多里，有的地段还换了位置，现在已经派了五百人恢复路标。"

"他想掐我的粮道？五百人不够，再加五百！——文焕，我们这边的粮够用几天？"

郑文焕已在木图边站着审视，忙答道："运到小金川的粮够用五天，存在达维的粮够用半个月——地方太潮湿、不能多存粮。"总兵任举说道："昨晚有大队敌军向西边刮耳崖方向运动，火把曲曲弯弯延伸了五里多地，敌人看来要从刮耳崖南下，向瞻对逃跑！"

庆复一听脸上就变了颜色，莎罗奔从瞻对逃走，那还了得？但他还未及说话，张广泗冷笑道："向西？那里有什么出路！我的南路军是干什么吃的？——阿桂那边有什么消息？"买国良忙微笑道："标下是回这件事的。阿桂疑心刮耳崖是莎罗奔的存粮仓库，几次派人去侦探，都被堵了回来，他也看见了向刮耳崖行进的火把。他认为敌军是要退守刮耳崖负隅顽抗，更相信莎罗奔的存粮在刮耳崖。请求再拨两千人，由他和勒敏分头，夹击刮耳崖。"张广泗道："小金川这边的兵不能动，我发令，叫南路军拨三千人给他——哼，少年得志！"他不知哪来的气，脸色铁青，眼中熠熠闪着火光，众人都被他慑得心里一寒。郑文焕心中疑虑重重，皱着眉道："莎罗奔实力并无伤损，东边掐我粮道，西边大队运动……不像是好兆头！"

"这是个小丑跳梁之计。"张广泗道，"他知道我最重视粮道，所以在东边故作姿态。他真正图谋的是西边，想在刮耳崖站稳脚跟，在深山老林里和我周旋，或寻机向瞻对逃跑，或打出本钱向我投诚。"他站起身来，胸有成竹地说道，"粮道要护好，从达维再调过一千军马，我们在小金川站稳，北路军和南路军都向刮耳崖压过去，他就没辙了！"他踌躇满志地坐下呷了一口茶，对庆复道："把奏折发出去吧，大小金川一齐收复，皇上可以安枕而卧了！"

然而清兵只安逸了一天，第二天凌晨，张广泗便被潮水一样的呐喊声惊醒。蹬上靴子便见郑文焕和张兴两个将军急步进来，后头跟着买国良，却是气急败坏，也不及行礼便指着外边，说道："大帅，敌军攻上来了，现在城北的敌人正在集结，已经由东路向城南行动。孟臣带着一棚人驻在外面，无险可守，请示大帅，要不要撤进城来？"

"全部撤进城！"张广泗已全无睡意。他情知事有大变，但仍镇静如常，发一道令便停住了，问道，"攻城的敌兵有多少，打的谁的旗号？都有什么装备？"张兴道："城东城北的敌兵不足两千人，打的是'大清金川宣慰使莎'帅旗。约有五百弓箭手，三四支猎火枪，其余都是寻常兵器！"

"很好！"张广泗狞笑一声，"我正犯愁寻不到他的主力，他自己送上门来——莎罗奔好胆量！命令：四门大炮全部架到南寨门，五百名弓箭手、三十支火枪队全部上城墙守围，中军留五百名近卫，统由郑文焕指挥！"

"喳，标下晓得！"

"命令：阿桂所率三千人马迅速撤离丹巴，无论沿途怎样受到骚扰，务必于三天之内赶回小金川会战！"

"喳！"

"命令：任举所部达维守军，全力护住我军粮道，传命中路军的康定一部，不管路上死多少人，半个月内赶到小金川，北路军留守大金川一千人马，其余的兵马十天之内到达——告诉他们，若不能如期到达，不论胜败，我都要行军法斩掉主将！"

"喳！"

此时天方黎明，外边时伏时起的呐喊声越来越清晰。张广泗挂上佩剑，一边向外走，一边冷冷吩咐道："庆大人呢？请他和我一道巡城——把我的帅旗升到寨门上！"他一出门，便见庆复过来，脸色苍白，哆嗦着嘴唇想问什么，遂摆摆手道："什么也不必说，我们上城去！"庆复见他如此镇静，也定下了心，说道："能不能先放两炮，镇一镇敌人威势？"

"成！放炮升旗！"

三声劈雷一样的大炮在南寨门内一处高垛上划空响起，撼得大地簌簌抖动，一面宝蓝色镶金线的帅旗，在湿漉漉的晨风中轻轻飘扬。敌我双方都好像被这炮声惧了一下，一时间城里城外一片寂静，张广泗带着张兴、买国良和庆复一起徐步登城，站在高处四下瞭望，不禁都是一怔。

莎罗奔的兵并不像他想象的那样散乱无章，东一处西一处像野蜂一样。在寨门正南两箭之遥，设着三个高大的牛皮帐篷、竖着纛旗，上边写着"大清金川宣慰使莎"，其营盘布成品字形，前后左右相互策应，在遍地驱瘴烟雾中时隐时现，所有藏兵都在箭程之外列阵，一丝不乱静待攻城令下，阵前几十头骆驼，上边骑着几位头领，都是长袖偏袒，腰佩藏刀，昂着头向寨门眺望。张广泗、庆复和郑文焕在寨门上一出现，中间一个不到三十岁的汉子将手一摆，一位老者下了骆驼，步履矫捷地向寨门走来，霎时间，两方阵中将士都屏息注目，静得连大纛旗舒卷的声音都清晰可闻。那老者在寨门外一箭之地站定，打了个千儿，起身又双手外摊哈了哈腰，大声说道："大金川头人桑措，向张大将军，庆复大人敬礼。我们故扎莎罗奔小帅，要和张大将军倾诉曲衷，恳请俯允！"

"叫他上前说话！"张广泗冷冷说道。

莎罗奔两腿一夹，骑着骆驼来到了桑措身边，也不下骑，就驼背上向张广泗一拱，说道："莎罗奔有礼！"说罢便仰面直视张广泗。张广泗与莎罗奔周旋两年有余，想不到今日相逢，虽近在咫尺却无力擒拿，心中百般不是滋味。他沉着脸，仿佛平息自己心中的怒气似的，舒缓了一口气，说道："少年人，你违天作逆，犯上造乱，还敢在本大帅面前支吾要滑？现今我十万天兵会集金川，你区区几千部卒，狼奔豕突，有什么出路？劝你听我一言，早早就地纳降，受缚。我皇上有如天之仁，本帅有好生之德，或可免你举族大劫，饶你得终天年。若不从命，转瞬之间祸从天降，恐怕你噬脐难悔！"莎罗奔莞尔一笑，说道："大将军的声

威我是久仰的了，只是莎罗奔不愿无罪受缚。汉人有句话说'士可杀而
不可辱'，你们为冒领军功欺蒙皇上，与我金川轻启战端，侵我土地，
焚我庙宇、戮我人民、掠我子女，此仇不共戴天！我也有一忠言相告，
贵军虽众，远水不解近渴，今日小金川已被我大军团团围定，我只消鞭
梢轻挥，大将军一生令名尽付东流，贵军三军将士谁无父母姐妹，客死
金川之地，莎罗奔也于心难忍。今日临城请命，愿与大将军、庆复钦差
推诚相见，会商议和，并请二位大人代奏朝廷、申明其中委屈，不但我
金川百姓感戴皇恩，永做朝廷藩篱，钦差、将军及入川将士也得平安回
朝，岂不两全其美？"

　　张广泗和庆复迅速地交换了一下眼神，如能借会商议和的名义拖一
拖时辰，等待援兵，那真是太好了！庆复见张广泗不言语，登时会意，
扶着喋雄探身大声道："你有归顺之心，朝廷也不为难你——把你的军
队撤掉，你亲自来与我们会商，或由你择地，我们派人前往！我们不能
与你订城下之盟！"

　　"我就是今日兵临城下，才敢与你约定会谈。"莎罗奔冷笑道，"你
想借会谈待援，恐怕难遂心愿——兄弟们，庆大人说的话成不成？"

　　"不成！"

　　几百亲兵齐声喊道。声彻九霄，几十只老鹳被惊得冲林而飞，怪叫
着盘旋远去。

　　"那就打！无知黄口，居然如此狂妄！"张广泗勃然大怒，挥手指着
莎罗奔，大喝一声，"放箭，开炮，炸死这个小畜生！"话音一落，城上
万箭齐发，如飞蝗般射向莎罗奔。无奈莎罗奔在箭程之外，那箭在莎罗
奔面前纷纷坠地。

　　莎罗奔轻声一笑，在驼背上向城挥鞭遥指，隐在树丛中无数藏兵或
长啸，或呐喊，黄蜂出巢一样一齐涌出，霎时间城北、城东都是山呼海
啸一样的呼声。那些藏兵个个身手矫健敏捷，剽悍勇猛，一色的藏刀银
光闪闪，在骄阳下舞动着，城上尽自放箭，竟似丝毫不惧，吓得守城军
士个个面如土色，张广泗急叫："炮！炮手呢？再不开炮，斩！——有
畏葸后退者，斩！"一个戈什哈飞奔下去传令，半晌，才听两门炮"轰！
轰！"响起，炮弹却落在藏兵阵后池塘里，泥浆溅起一丈来高！

"妈的个屄!"郑文焕气急败坏，涨红着脸大声呵斥，"这打的什么炮?!"一个炮手飞跑过来，行着军礼结结巴巴道："军……军门……火药受潮……只有五包能用……这鬼地方太潮湿……"张广泗气得脸色惨白，但炮手本就不多，正用得着时候，不好杀人，只抖着手指着炮手道："快装快打! 延误军机，我一体杀掉你们!"说话间，四门大炮一齐怒吼起来。只是藏兵已冲得近了，只掀翻了几顶牛皮帐篷，把几头骆驼炸倒在地。

两门大炮喷火吐烟地响了一阵子，藏兵们似乎也懵懂了一阵子。少顷，见那大炮威力不过如此，立时醒过神来，"嗷"地一阵高呼，以排山倒海之势又冲上去。小金川的寨子本来就低矮，有的地方干脆是用毛竹扎起的栏栅，年久失修，已是朽若茅草。藏兵们合力，"呀呀"叫着，猛地一推，立时轰地坍倒，几股铁流样的兵士已拥入城内，守城清兵顿时风卷残叶般败退下去。莎罗奔在骆驼背上手挥长刀，叽里咕噜用藏语大叫："切断喇嘛庙和城南的联络! 生擒张广泗、庆复、郑文焕者赏牦牛一百头，二十个奴隶!"

此时双方白刃交战，刀枪相迸混战成一团，无论火枪大炮都派不上用场。在喇嘛庙和南寨门之间，到处都是刀光剑影。张广泗是头一次见到如此惨烈的肉搏战，见莎罗奔的兵不避刀枪凶悍无比，清兵冲上去，立即便被砍倒一片。庆复哪里见过这个? 他像被人抽干了血的一具僵尸，两只手一齐抓着腰间的佩刀柄，木偶一样痴立不动。郑文焕咬牙挺剑，眼见不支，蹬蹬几步冲进大帐，大声禀道："大帅，庆大人! 事情紧急，预备队要赶紧拉上来，护着我们撤到喇嘛庙! 再迟就来不及了!"

张广泗端坐椅中，死盯着帐外，他的近卫卫队已经投入战斗。帐外是莎罗奔亲自指挥，藏兵像潮水一样一直向上涌，已经将大中军帐围得密不透风，亲兵们死死守着，半步不肯后退，也一个个累得眼迟手慢，不时有人倒下。良久，他才叹息一声，淡淡说道："敌人太多了，预备队人马上吧!"郑文焕也不及答话，几步冲出大帐，双手摆旗，命令喇嘛庙方向清兵从后冲击莎罗奔部众。回首西看，炮台已落入藏兵手中。

中军副将张兴带着一千二百人马守护喇嘛庙大营，城南主帅被围，他早已瞭见，但城北城东的藏兵也在攻城，如果分兵营救，丢失了中军，整个大局顿时糜烂，他担不起这个责任。因此便令人到达维传命拔寨赶赴小金川增援，那探子走马灯一样往返传报的军情越来越不吉祥。

"报！敌军已切断我与南寨门通道！"

"报！炮台被围！"

"报！马游击战死！"

"报！敌军向西迂回，已经把南寨围住，莎罗奔亲自上去指挥，庆大人、张大帅的亲兵已经出战！"

张兴面色铁青，站在帐口，望着乱纷纷的人群厉声说道："有没有溃逃到这边的兵？"

"有！"

"凡逃回来的，一概就地正法！"

"军门——都是伤兵！"

张兴紧紧锁住了眉头，不再提这件事，问道："达维那边的兵出发没有？"那报子正发怔间，一个浑身油汗的报子飞跑过来，报说"达维的蔡游击说，只能抽二百兵来援，没有郑军门手令，他不能弃地。援兵最快要十二个时辰才能赶到！"张兴气得无话可说，但他自己不得将令，也是不敢弃营增援，正张皇间，闻报炮台失守，炮营游击孟臣自尽。一报未了，又传来总兵任举被砍死在乱军之中，张兴一阵头晕，几乎瘫倒在地。一个亲兵大喘气跑来，禀道："军门！张军门庆大人红旗传令，命令预备队全部投入决战，和他们会合！"

"我们北边，东边还有敌人，大帅没说大营还守不守？"

"没有！"

"娘的，这叫什么命令？"张兴恶狠狠道，"我这里一动，敌人立时就占领大营，粮草伤兵都送莎罗奔了，就是会合也得饿死！"他将于挥，大声道，"守粮库的三百人和所有收容伤兵坚守待命，其余的人全部增援大帅！"

中军护营从莎罗奔后方参战，只是稍稍缓解了一点主帅大帐的危急，莎罗奔见张兴大营来援，立即发令围攻帅帐的藏兵回兵应战，又命城北城东的部队绕过大营进城参战，投入全部兵力与清兵在南寨门决战。那城北的藏兵竟不绕城，轻而易举地就攻下了郑文焕的指挥中心喇嘛庙，守护粮库的三百清兵顿时做了刀下之鬼，天傍晚时，两军交战，更加激烈。由于抽了三百精壮守护帅帐，张广泗、庆复和郑文焕才得喘一口气。

茫茫苍苍的夜幕终于降临了，灰暗的天穹上大块大块的浓云从容不迫却又毫不迟疑地聚拢上来，听不到雷鸣，但电闪却在云后闪动，惨白的光照耀着遍地横尸的战场，给这暮夜平添了几分不祥与恐怖。庆复和张广泗的帅帐中点了几个火把，映着几个面色阴沉的将军，帐外清兵也点起了篝火，一晃一晃有气无力地烧着。张广泗望着外边沉沉的夜色，对身后的郑文焕道："效清，你看敌人会不会趁夜来偷营？"

"不会。暗中难辨敌我。我们也不能偷营突围。"

"粮食呢？"

"没有，你闻这股味儿，兵士们在吃骆驼肉。"

"阿桂那边有信儿没有？"

"还是刚才报的那样，他们也受到狙击，走得很慢。"

"传令的派去没有？"

"派去了。不过命他明日凌晨赶到恐怕……"

他不再说下去，但大家都明白，方才清理整顿，白日一战，清兵伤亡已过三分之二，莎罗奔只战死不到三百人，明日决战后果不问可知。沉默良久，庆复说道："恐怕要有最坏打算，我们的遗折要想办法送出去。其实，莎罗奔白天说的，只是面缚一条双方不合，要能再谈一谈或者——"

"现在没有'或者'。"张广泗苦笑着打断了庆复的话，"将军马革裹尸死于战场，这是本分！写遗折也是多余，而且现在连笔墨纸张也没有！"他仰天长叹一声，说道："我这人，想不到在这里葬身……太大意，太轻看了这个小畜生！"庆复立即牙眼相报，也冷冷打断了他："现在也没有'轻敌'可言。我看，如果阿桂不能增援过来，就要设法突围向西，和他会合。他还有三千人，坚守待援还是可行的。"张广泗此时也不能和庆复计较，遂道："我想的也是这件事，但若突围，恐怕全军受厄，现在要收紧拳头自卫。嗯……天明之前，我军剩余的一千三百人要全部集中到帅帐周围，把死骆驼死牛全部拖来渡饥，还要严令阿桂，不顾一切损失伤亡向我靠拢——传令，外间篝火再点燃一倍，给敌人一点错觉！"

但张广泗的疑兵计几乎没有起一点作用。第二天一整天莎罗奔根本没有发起进攻，只见炮台上的藏兵乱哄哄地忙活着，来来往往吆喝着，不知干什么。九百残余清兵龟缩在帅帐四周，一千八百只熬红了的眼睛紧张不安地注视着周围动静，戒备着莎罗奔突然来袭。但听四周牛角号呜呜咽咽，声气相通，藏兵们在林中有的高喊、有的唱歌，却绝不出林，弄得庆复张广泗都感到莫名其妙。

"这是怎么回事！"庆复眼见云开雾散，炎炎红日已经西斜，见张广泗和郑文焕两个人也是一筹莫展，不禁焦躁地说道，"敌人不见影儿，阿桂也不见影儿，大金川无消息，南路军无消息，我们这里是一群瞎子、聋子！"现在张广泗和他一样是平起平坐的败军之将了，他自然能理直气壮地端起钦差架子，一手用指甲剔着牙缝里塞的骆驼肉，一手慢慢甩动着，又道，"不行，我们不能坐在这里等死！再派人去和阿桂联络，叫他快些！"

郑文焕在旁看不过，说道："庆大人，敌军四面环围，我们是患难中人，说不定这会子强攻上来，大家都完，何必这么焦躁？""大炮都丢给人家了，何必还强攻？"庆复咬牙笑着说道，"这会子要我是莎罗奔，一定开炮轰过来，大家都当炮灰，那可真叫干净！"他话音没落，猛听得"轰"的一声炮响，接着又是三声，撼得大地簌簌发抖！

"敌人上来了！"郑文焕神经质地从杌子上跳起来，"龟儿子还会打炮！"说着提剑蹿了出去。张广泗望着吓得目瞪口呆的庆复，一笑说道："你听听这炮，飞哪里去了？老兵害怕刀出鞘，新兵害怕轰大炮，真是半点不假——喏，给你！"他把桌上用来剔骆驼肉的一把匕首递过来，又道，"到用得着时候我告诉你。这比大刀片子好用得多，你可不能拉稀。反正我们不能落到莎罗奔手中！"

庆复痴痴地接过那柄匕首，那冰冷的刀鞘触在手上，立刻冷遍全身，他的脸顿时苍白得像月光下的窗纸一样，嗫嚅着嘴唇似乎还想说什么，郑文焕瘟头瘟脑进来，用一种难以置信的口吻说道："庆大人，大帅，真他妈的怪！对方过来人传话，莎罗奔要过来和我们讲和！莎罗奔不带卫兵，亲自来!"

"有这样的事!"庆复手中的匕首"当"地一声落了地，跨前一步急切地问道，"他到我们帐里来?"不待回答便又对张广泗道："见见他吧!"张广泗脸上肌肉抽搐了几下，咬着牙，半晌才道："把军容整一整，仪仗排好，叫他进来!"

须臾一切停当，所有的清兵都集中在大帐前一片平坝上，列成方队，都擎着刀枪剑戟挺立在阳光下，二十几个戈什哈整理了泥污不堪的军装，雁翅般立在大帐前。一个校尉在前引导，莎罗奔步履从容，牛皮靴子踏着湿软的泥地昂然进寨，他扫视一眼庆、张、郑，朗声一笑道："列位大人受惊了!"说着双手一拱。

"现今两军交战胜负未分。"张广泗冷冰冰说道，"你莎罗奔来此有何请求?"

"将军的话似乎很无耻，打肿了脸好充胖子么? 你有多少实力我心中有数!"

"我这里还有两千人马，阿桂三千人马正急行军赶来会战!"

莎罗奔噗嗤一笑，说道："你不就是夜里多烧了几堆火么? 我可是清点了战场上的死尸! 你只有不足一千人了!"张广泗哼了一声，说道："既然知道，还谈什么? 你来进攻试试看!"

莎罗奔的神色一下子变得异常庄重，炯炯有神的目光注目着三个败军之将，说道："炮台上的火药已经全部烘干，我的兵因烘火药还牺牲了两名。我若要攻你这大帐，先炸翻了你们阵脚，然后一举来攻，用不了半个时辰，就能瓮中捉……那个那个，嗯! 皇上有如天之仁，嗯! 我也有好生之德。我不要你面缚到我营中，只要肯答应我的议和章程，我们可以息战罢兵。"庆复听他竟照搬昨日阵前的对话，心里真是倒了五味瓶似的难受，但此时身在矮檐下，也只得忍气吞声，强压着悲愤恐怖，勉强笑道："你是什么章程，说说看!"

"好!"莎罗奔面带微笑，伸出三个指头说道，"第一，我可差遣头人桑措，仁错活佛与大军议和; 第二，我可保证遵守朝廷法度，不侵金川以外的领地，退还占地，送还战俘，交还枪炮; 第三，我可派人为向导，礼送大军出境。至于贵方……"他略一沉吟，又道，"请大将军和钦差言而有信，不得无故再来犯境，不得追究任举、买国良、孟臣战死之罪；立即请大人亲到我营写奏折、不得延误时辰，妄图增援兵马到后再战——列位大人，我若怕死，不敢亲自到这里来。这是最后的机会，你们也不要指望拿我当人质，半个时辰，我回不去，新首领立即登位，全力来攻，那时说什么都迟了！"

原来大半天不来进攻，莎罗奔是在和幕下商议这些事情的，和约内容，谈判手段都想得这样周全，庆、张、郑三个人听了不禁都面面相觑。本想劫持了莎罗奔作人质的郑文焕咽了一口气，于心不甘地哼了一声，说道："我是个厮杀汉、老丘八，少在我跟前玩花花肠子！老子这会儿就把你捆成粽子，看你是面缚不面缚？割掉你首级，一样是功劳！"说着"噌"地拔出剑来。帐下武士也齐刷刷拔刀在手，怒目相向。一时间，帐内紧张得又成一触即发之势！庆复满心想的是和议，见他胡搅，正想发作，一眼瞧见张广泗若无其事地端坐不语，便打住了——是好是歹，反正你张广泗得兜起来！

"我真的是一片慈悲的佛爷心。"莎罗奔脸上毫无惧色，"我说过不愿与朝廷为敌，也是真话。我亲身来此，也为证明这个诚意。郑将军要杀那就请吧，莎罗奔要皱一皱眉头，不是藏家儿孙！"张广泗这才插口，说道："文焕鲁莽了！——莎罗奔故扎，你请坐，我们合议一下。"莎罗奔恳切地说道："我就站着说话，因为时间太紧，不能从容。除了面缚一条，你们要的我都应允了。所以还是恳请钦差和大将军从速签字！"他从怀中取出一张纸，双手呈上，说道，"这是和议稿，签了字，我好回去约束部队，不然就要玉石俱焚！"又从袖中取出了笔墨，恭敬地放在案上，退后一步叉手听命。

庆复看了稿子，转于交与张广泗，随后郑文焕也看了，都是几言相对。良久，庆复才道："莎罗奔，你有诚意与朝廷修好，这一条本钦差已经知道。我请你再给我们一点面子，加上一条'请求跪降'的字样，朝廷脸上就好看了。你说你不怕死，我们到这里也是抱了必死之心——要好两好，金川可以不再遭兵厄，我们也有个交代。你看呢？"张广泗和郑文焕又一齐目视莎罗奔。

"我们不晓得什么叫'跪降'。"莎罗奔心里一阵凄楚。他知道，即使此刻发起进攻，把这三个人剁碎在阵中，乾隆必定再发大兵，重新征剿，为了一族存亡，只好委曲求全了，遂含泪又道，"这个条约里不能写这一条。奏折里你们想怎么写，我不理会就是。我们藏人都是好汉，没有'跪降'这个词……"

事情就这样定了下来。庆复、张广泗和郑文焕依次在"和约"上签了自己的名字。

第二十五回　城下之盟庆复辱命
万里逃亡阿桂归京

　　主帅与敌人签了和约，阿桂和勒敏还被蒙在鼓里。他们已经探实莎罗奔的粮食、金银都坚壁在刮耳崖，只是因为地形太险，几次小攻都失利了，只好向东运动，计划从侧面进攻。却又一时被莎罗奔的火把疑兵计蒙住。接到张广泗和郑文焕火速增援的命令后，只好向东继续移动。直到与莎罗奔的狙击部队交火，他才真正弄明白，莎罗奔此举的用意，趁清兵抢占地盘时，围住了小金川主帅营盘准备决一死战！他们佯攻了几次，那莎罗奔的部卒着实骁勇善战，都被兜头挡了回来。接二连三接到"增援"的死命令之后，突然与小金川失去联络，派去送信的兵也都被堵了回来，气氛一下子变得异常紧张。部队被堵在小金川西五十里地的刮耳崖东，两个人心里十分焦急，像心肺泡进了沸水里，愈缩愈紧。阿桂是个十分谨慎细致的人，没有打过这么大的集团战，又不知敌人虚实，一边下令部队向他的军帐靠拢集结待命，一边传令游击以上管带前来议事。对急得变貌失色的勒敏说道："我们先收拢成拳头再说，大家商议一个最好的计策，只管去做。你放心，你是自动请缨来的，就是有什么差错，阿桂不要你担待责任！"

　　"你也太小看勒敏了，"勒敏吁了一口气，忧郁地说道，"我是心里发急。张广泗我看是昏聩糊涂了，这是怎么指挥的嘛！"

　　二人说着，前锋后卫两个游击海兰察和兆惠都已赶到，后头还有三四个管带，都是面色阴沉地走进他的牛皮帐。海兰察也是乾隆派到军中学习军事的满洲亲贵子弟，和兆惠年纪仿佛，都不过二十五六，正当年少气盛之时，一进门就说："阿桂将军！现在不能缓，得帮着张广泗、郑文焕这两个窝囊废脱离险境！我仔细看了，狙击我们的军队顶多不过一千人，只是试探着攻不成，要狠打猛冲，杀开一条血路！敌人能举着火把夜行军，我们也能!"

"大家都席地坐下。"阿桂说道。火把光摇曳映着他年轻英俊的面孔:"现在，我们的情势很糟。南路军的汇合根本指望不上，北路军至少还要六七天才能赶到小金川。我们三千老弱疲兵深入金川腹地将近二十天，粮食也不多了，主帅在小金川被莎罗奔围困，情形不明。"他简要说明了形势，又道，"现在有三条措置，请大家帮我决策，胜负成败都是我的责任。一条就是海老弟说的，不顾一切，冲杀过去救援小金川。好处是我们不违将令，若能解金川之围，有一份大功劳;不好之处路途遥远、生疏，还有强敌狙击;再一条攻取刮耳崖，踹掉莎罗奔的藏粮重地。莎罗奔不能不回来解围。万一小金川失守，我们手里有讲和资本。这一条好处是办起来容易，不好之处是要冒违令的风险;第三条，我军原地坚守，请小金川主帅带领营盘向我方向突围。好处是便于保存实力，对主帅容易有所交代，不好之处万一金川突围失败，我军就成了孤军，处境会更苦。"

他说的简约明晰，一下子把事情说得清清楚楚，既平实又恳切，众人心里都暗自佩服。海兰察略一沉思，说道:"我赞成第二条!"勒敏吮着嘴唇说道:"要遇上贤明主帅，第二条没说的。一个庆复，一个张大将军，都是心地偏私，他们见我们立功，又没有他们的将令，计较起来口舌是非恐怕真的少不了。"阿桂叹道:"要真公正，本就不该派这三千老弱兵众深入敌后，谁叫我不是张大将军亲手提携起来的人呢?"

"我看也是第二条方案好!"兆惠说道，"现在顾不到将来是非官司。围魏为了救赵，增援也为救赵。主旨上并不违他的将令，我愿与阿桂将军共荣辱!"

阿桂手握刀鞘拄地而坐，一声不吱。

几个营棚管带低头沉思一会，也都觉得第二条方略最可行，都说:"踹掉莎罗奔的后营，我们也就站住了脚，这是为了营救主将，能治我们什么罪?"

"好!"阿桂双手一合，说道，"就这样定下来了。我看了地形，从东麓进攻刮耳崖比南麓要好得多。刮耳崖上守卫的都是老弱妇女儿童，又有金银财宝，传令兄弟们，打下来之后，粮食归公，金银任取，不许伤人，不许侮辱妇女，——有违令者杀无赦！"火把光映着他的侧面，他的一只眼闪着贼亮的光，另一只眼则黯得像一口枯井，"由勒敏兄带队，仍旧向东佯攻，给敌人造成错觉，好像我们还在向小金川靠拢。待取了刮耳崖，佯攻就变成实攻，五鼓之后一定打下来，山上点火为号！"他手一摆，众人退了出去。

阿桂的避实捣虚、围魏救赵之计异乎寻常的顺利。刚过子时，莎罗奔就得到急报，刮耳崖失守。攻下刮耳崖，勒敏率两千人马强攻小金川东路。莎罗奔进退维谷，庆复、张广泗却还在梦中。

"我们回兵去打刮耳崖！"叶丹卡捋袖子大叫，"仁错活佛落到敌人手里，将来没法向达赖和班禅说话！"老桑措却道："我们快点打下小金川，生擒了庆复、张广泗他们，再和他们换人。现在回兵，刮耳崖打不下来，我们就两头受敌了。"

莎罗奔背着手在帐中兜了几圈，倏地站住，说道："回兵收复刮耳崖肯定不行。强攻小金川也是不行的。"见众人都用诧异的目光盯视自己，莎罗奔又道，"要弄清楚，我们这一仗是被迫自卫，打出金川地方的安宁！全歼张广泗，昨天就能办到，但要激怒了博格达汗，他会再派一个李广泗、王广泗！我们无力与朝廷长期周旋啊……这个阿桂很能打仗，他的兵进入我腹地，拔掉几十处寨子，实力没有受到什么损失。我们如果打小金川失利，此刻说不定正在翻雪山逃命！我们如果回攻，他三千人马收紧据守刮耳崖，后边张广泗又来夹击，这个仗就难打了……"他娓娓而言，说得众人无不佩服，但此刻既不能回救刮耳崖，又不可攻取张广泗大寨，又该怎么办？众人正疑虑不定，莎罗奔已下了决心，大臂一挥，说道："这样——兵力西移，堵死了阿桂的部队，记住，只要严守，不耗实力，封死消息，这边我亲自到张广泗大寨，和他讲和！"

"张广泗要扣了你怎么办？"有人问道。

"他不敢，"莎罗奔狡黠地一笑，"如今他已穷途末路，巴不得与我讲和……当然，我还有些别的措置——除非他疯了，他不敢向我下手。我告诉你们，没有谁比我更懂汉人了！"

"他要不肯讲和，不答应我们的和议呢？"

"那就只好先吃掉小金川之敌，然后回兵西进刮耳崖。阿桂孤军深入我腹地，又没了主帅，就只好翻夹金山逃往瞻对了！"

就这样，莎罗奔的方略也定了下来，以后就发生了莎罗奔独闯清营议和、胁迫张广泗、庆复在和议条文上签字的事。

三天之后，张广泗的帅帐撤到了达维，和庆复密议一夜，第二天即下令南路军就地扎营待命，北路军也退出小金川，在草坝一带整顿。又煞费苦心地给乾隆写了一封奏折，说"臣等已夺取大小金川，彼莎罗奔等走投无路，亲自面缚前来大营求降，悲泪悔过，情辞恳切。愿以身命报效，乞朝廷对金川夷族免加诛戮。臣等维思我皇上仁德如天，征讨金川乃为缓靖地方，爱养百姓，观彼之心，已凛服王化，畏惧天威，臣服圣治，栗栗伏阙之心见于言表。臣等公议上奏，免究其犯上扰乱地方之罪，仍以安抚使代领金川土司事宜……"对战死的官弁，却颇难措词，思量许久，任举和买国良算是"不服水土，中瘴患病而亡"，孟臣"为流矢所中，不治身死"。只有阿桂和勒敏二人没法打发，两个人都陷入了沉思。

"干这样的事，真是平生未有。"张广泗脸上带着一丝自嘲的苦笑，"一个阿桂，处置不易，还有个勒大状元。记功不行，他们不遵军令，坏我大局，罪该枭首。记过也不行，他们是进入金川惟一伤损最小的部队。又听说打下了刮耳崖……"他像含着一枚酸涩无比的青杏，满脸的皱纹都聚在了一处。庆复干笑一声，说道："这两个人只能行军法，一了百了。主将有难，见死不救，他做得出，我们也做得出。这事不能犯嘀咕，一是叫莎罗奔把炮赶快还我们，二是马上解除勒敏和阿桂的兵权，暂时委派海兰察和兆惠率领兵马，到达维听令！"见张广泗点头无语，庆复思量着，一笔一画写道：

> 阿桂、勒敏贪功于前，带兵三千深入刮耳崖，孤军远离，受敌围困；掩过于后，畏惧小金川西之敌，不敢东进与主力会合，使大金川之役险失战机。似此畏死贪生，实出臣等意料之外，亦伤圣上知人之明。为徽戒全军，已着其限期自解来营，即行正法而肃军纪。其余有功将弁保叙事宜，容后再奏。

写毕，说道："请大将军过过目。"张广泗接过看了看，突然变得有点心烦意乱，煞白着脸用了印，说道："发出去吧！"

阿桂和勒敏二人就此陷入绝境。

庆复和张广泗谎报军情、饰败邀功的奏折发到北京，乾隆已经离京出巡半个月。留守北京的张廷玉、鄂尔泰和傅恒几个人传看了折子，都觉得其中言语支吾夸张、不能自圆处甚多。但像这样的军国重务，军机处不能擅自驳斥，几个人商议了一下，便将原折用黄匣子直送济南巡抚衙门，由巡抚岳浚速转皇帝行宫——他们还不知道，岳浚的衙门已改为行宫——因乾隆这次出巡是绝密行动，所以黄匣子外面又包了红缎子，以防明眼人识破。岳浚早已将巡抚衙务交给山东藩台，每日"坐衙"只是装幌子给众人看，他也不得随意觐见乾隆。见这么大一个黄匣子传来，也觉稀罕，忙亲自抱了到签押房请见讷亲。

"讷中堂不在，"接待他的是太监王信，倒也十分客气，打千儿行礼，又献茶，笑着说道，"讷中堂和纪小军机都到驿馆接主子去了。岳中丞要是事忙，先忙着去；要没事儿，先在这候着，主子回来，必定召见您的。"岳浚目光一跳，在椅中身子向前一探，说道："皇上——不在济南?!"王信一笑算是作答，又道："邯郸那边破案第二日，皇上就出去了，皇上高兴！这回来山东，皇上一路都高兴！还说，岳浚是将门之后，想不到这么懂政治，义仓设得好，官库没亏空，赈灾就得心应手，可见为官只讲究'留心'两个字——爷，这不是您的好口彩么?"

岳浚自乾隆来到山东，心里一直忐忑不安，怕挑出自己的差错处，又摸不出个实底儿来，听王信这番言传，登时一块石头落地。摸了摸袖子，里头有几张银票，从里头抽出一张来，却是五百两一张大票，又不好再换，交给王信，笑道："公公在里头侍候，也不容易，这点银子拿着，贴补点家用。"王信一眼瞥见大银票，喜得眉开眼笑，双手接过来塞进靴页子里，打千儿谢了赏，又小声道："爷，还有好消息儿呢——什么黄子策凌阿拉布什么坦的在西边喀尔喀闹得不像样子。兵部拟了几个人到甘陕任总督，主子都不满意，说叫在京的傅六爷去瞧瞧岳钟麒老爷子，看他身子骨儿撑得住撑不住。看样子，您老爷子起复只是早晚的事儿了——"他故作神秘地左右看看，公鸭嗓儿压得更低，"告诉您个信儿，主子爷微服到滨县去了，说那个县一半地方丰收，一半遭蝗虫，能两样都看——今个回来！讷中堂跟纪小军机讲，还要去济宁巡视，抱怨说山东的驿道都失修了，主子不欢喜，说藩台是做什么吃的？还说岳浚也该过问一下……"正说着，见侍卫索伦带着两个小侍卫进了仪门，忙退后肃立，又道："留神，万岁爷大驾回来了！"岳浚精神一抖，急忙站起身来，果见又进来几个侍卫，一色都是身着半旧的靛蓝市布长袍。在仪门口不言声挺胸站立，次后才见乾隆在前，后边跟着身穿官袍的讷亲和纪昀。岳浚"啪啪"打了马蹄袖，跪在滴水檐下，叩头道："臣岳浚跪候圣驾，主子圣安！"

"罢了吧。"乾隆摆摆手，进了大厅坐下，端起桌上茶就喝，原想一吸而尽的，扫一眼身边臣子，便放下了杯子。王信晓得他渴，忙到外边唤人送西瓜、冰块来。乾隆这才吩咐："叫岳浚进来。"

"喳！"

岳浚忙应一声趋身而入，一边行礼，偷睨乾隆时，只见他穿着一件月白贡绸长衫，腰间束着一条绛红腰带，脚下穿一双冲呢千层底鞋子，白袜子沾了浮土，都变得灰蒙蒙的，显见是刚走了远道回来。岳浚又叩头道："主子晒黑了些，也清减了，这都是臣不会侍候。山东地面热，其实和北京仿佛。主子要耐不得，臣愿陪主子到崂山去避暑……"

"朕刚从崂山回来，他又要朕到崂山。"乾隆笑着对讷亲道，"这一趟朕倒不要紧，倒是累坏了你们二位啊！"岳浚这才知道乾隆去了即墨，连王信的信儿也不准，笑道："崂山道观是避暑胜地，只是路途太远了些，日子短了，反倒更劳累，往返一千多里，这热的天儿，主子着实吃苦了。"乾隆笑道："朕若想避暑，不到山东来；朕若想观胜境，莫若春天游江南。离济南这半个月，朕还绕道儿去了一趟滨县呢！"

纪昀见岳浚递来黄匣子，忙过来接着转呈上去，赔笑道："这是要紧公事，主子别忙着看。且歇歇气儿，用点点心、西瓜什么的再说。说实在的，臣这回跟主子出来，也有了个游览的心，山东泰山、蓬莱、孔庙、崂山、烟台、青岛都是天下名胜。谁不想看看呢？谁知道济南大明湖也没得空转一转，趵突泉的茶也没工夫喝一碗，来一趟山东，这是好

大的遗憾呢！"乾隆仔细拆着匣子上的黄封，见岳浚还跪着，笑道："起
来吧！——你们不用做这么相生儿。天下名川都观遍，做徐霞客好了，
何必到军机处？人生在世，遗憾的事多了！"说着便拆看奏章。一看题
目，乾隆便满意地笑了，说道，"庆复的字越来越受看了！金川的事情
办下来了……"

几个人听是金川报捷，都松了一口气，含笑站在乾隆身侧注目着
他。但乾隆脸上的笑容却渐渐凝住了，看一会折子，仰起脸想想，接着
再看，又低头沉吟，还不时翻回一两页比较着看。末了，很随便地将折
子向案上一撂，不言语端着茶杯心不在焉地小口喝着，对讷亲道："你
和纪昀都看看这份折子，朕有点疑信参半呢！"这才转过脸对岳浚道，
"朕这次是走马观花，没来得及考查你的吏治。但看漕运，从山东德州
到直隶入境处还是畅通的。赈灾赈得好，库里存粮还不少。但朕一路
看，庄稼秸秆都被虫吃了，过冬烧柴是件大事，还有牛马驴骡的饲草，
你打算怎么办？"

"回皇上话，"岳浚一躬身说道，"山东去年东部大熟，西部大灾，
丰收的和遭灾的都是百年不见。调剂赈灾，用完了本省库粮，又从临海
各县买了些，按每人每日半斤粗粮，全省今年不至于有饿殍。皇上调来
山东的都是新粮，刚好入库备存。这样，臣这里其实是平年，并不十分
艰难的，越冬烧柴饲草，臣已经和直隶、河南、安徽、江南各省藩台联
络，由他们在当地官价收购，按每人每日烧柴二斤，饲草四斤计，可以
平安渡过明年春荒——这笔银子臣打算不动库银，请皇上给恩典。山东
今年盐税银子不要入官，由本省使用。臣手头就宽裕了。山东的官，去
冬至今都是半薪，办事又多又辛苦，还该补贴些，臣倒不怕背恶名——
如今已经官场上有口号，说臣是'岳剥皮中丞'，还说臣是武将之后，
爱钱不怕死，是岳飞的不肖子孙——官儿们太穷，和别的省一比，都不
想在山东当差，臣这巡抚也没味儿不是？"

他没说完，众人已都笑了，乾隆便道："说得怪可怜的。纪昀给傅
恒写封信，叫他给山海关的盐政发廷寄办理。"纪昀忙笑着躬身道：
"是！"岳浚接着又道："毕竟我们山东是遭了灾，现在地土卖得便宜。
淮南一带，现在一亩地可卖到四百两，这里有的只卖三十多两，还有更

少的十两就买一亩地！江浙一带有钱主儿蜂拥到山东买地。臣已经出了告示：凡外省人来买地，分生荒熟地，每亩加征一百到三百两的税，这才收敛了些。但这一来，本省人卖不出去地，又只好逃荒。现在单县一带集聚了不少难民，大都是赤贫，臣为这事十分忧虑。就是本省殷实人家，也都乘荒而起跃跃欲试要涨地租，积钱买地，奴才真是无计可施，也想请旨，停禁买卖土地一年，不知皇上可否恩准？"

"恐怕不行。"乾隆听得极认真，轻轻摇头说道，"你下令限制外省地主买地，已经十分勉强。要知道，你不准他卖，他也无力去种，赈济了口粮、种子粮，你没法赈他牛马农具，赈了今年没法赈明年。有一等无赖人，好吃懒做的，赈了就吃，吃光伸手再要，是个永远也填不平的无底洞，只好由他去逃荒要饭。只要不为贼为盗，作逆造反。哪朝哪代何年何月没有冻饿死的呢？朕看你也是菩萨心肠，想治得一省之内无饥民、无闲人、各有所养。唉，朕何尝不想天下到处如此。只三代之下，谁也做不到了……"说着，他不胜感慨地叹息一声，拿起一块西瓜小心地咬了一口，又道，"不过，限制地租，丈量土地，是你封疆大吏职权里的事，你可以放胆去做，有些个为富不仁的大业主，在征税时严些儿——不要闹出人命——时时劝他们出银子做些善事，这样也可延缓土地兼并。只是不能硬来，懂吗？"乾隆长篇大论说着土地租捐利弊，加上他过去看奏折的心得，虽是走马观花，也都说得鞭辟入里。岳浚听得心里开窍，众人也无不佩服。岳浚正容说道："臣原准备硬来，听了主子的训诲，已经明白了。臣想召集全省百顷田以上业主，三十顷到五十顷的由府道来办，十顷以上的由县令办，分层会议具结，劝减田租，这是已经有明旨的，待圣驾返京，立刻就办，然后具折奏闻。方才主子说漕运畅通，其实山东漕运，只是境内畅通，与河南、直隶交界处，因为界限不明，疏浚责任不清，有些地带壅淤堵塞的。还有驿道，更关紧要，如今旱天跑马一路浮烟，雨天走车泥泞难行，这个不成。今秋收了庄稼，要各县乡分段包修。一个时辰快马一百里，这就是个章程规矩——臣虽是武将后代，不愿落到别省巡抚后头呢！"

"好，好！"乾隆大为赏识，手拍椅背说道，"施琅有子施世纶，为世宗爷手里名臣，岳钟麒有子岳浚，盼你好自为之！"他原准备批评山东驿道的，至此便不再提这事，命在座各臣子各人取一块冰含了取凉，又道，"江山之固在德不在险。所以从圣祖起，朝廷停修长城，把钱用在经济之道上，这要合算得多。山东民风强悍，是绿林聚首之地。这里治好了，北方几省都能安定。一个前任老于成龙，是名臣，他在驿道两边造高墙，防着强盗劫道儿；后一个叫李卫，也是治盗能手。他的办法是以盗治盗，也颇见成效。但纵观二人所为，都是治标未能治本。一个捐赋，一个官司，一个教化，三者并举，那叫以仁为本，吏治相随，再没有治理不好的，就有戾气也消化了。'一枝花'在山东、直隶、山西狼狈奔窜落不住脚，看似偶然，其实与朝廷以仁孝治天下，以宽为政是关联着的。"说着便命身边的卜义，"把李卫献的那幅画取过来，给岳浚看看。"

卜义忙应一声，从签押房柜顶取下一个画轴，当案展开来。岳浚和讷亲忙凑过来看，却是一幅立轴，颜色已经发黯，边沿焦黄薄脆，像被火熏灼过一样。画面却是极为简明，写着：

雏鸡待饲图

在密密麻麻的题记下边，绘着一群才出壳的小鸡雏。右上方一个女人手端着一个大粗碗，右下角只露两只缠着裹腿的伶仃小腿，几十只小鸡都是毛茸茸的，有的张着菱形的黄嘴，有的滚在地上土浴，有的尖口朝上，有的振翅踮脚，还有的跌跌撞撞从远处跑来，一双双小眼睛都巴巴盯着那只盛着小米的大碗，煞是可怜可爱。众人观看这画，品味着乾隆的深意，先是肃然，慢慢地都酸楚起来。

"不喂它们，它们就会饿死。"乾隆许久才道，"这是朕见这画儿心里的第一个想法。就算它们造不成反，岂不有伤仁化么？朕想，回京后让内务府临摹几十张分发各省巡抚……"他轻咳一声没再言声。

讷亲和纪昀都早已看完庆复、张广泗的奏折，一边跟着看画，心里还在想着这件大事。见乾隆感伤，讷亲小心说道："主子，今儿着实累了，您还没进膳呢！叫岳浚去备膳，主子洗浴歇息，再清清爽爽说话可好？"岳浚见乾隆无话，忙辞出来，一边招呼人服侍乾隆，又出牌子召藩司臬司来衙，布置安排乾隆对山东政务的旨意不提。

因一路劳顿，乾隆用过膳足睡了一个多时辰才起来，又剃了头，立时显得精神了许多。走进签押房，见讷亲和纪昀已经在里边等候，一边吩咐免礼，坐下便问："你们看庆复这折子，有什么想法？"

"奴才看，庆复、张广泗像是打胜了。"讷亲说道，"但绝不像是大胜，更不像全胜。因为皇上屡加严诏，一定要莎罗奔面缚大营。然后请旨定夺，或解京治罪，或再施恩典，怎么轻轻一笔就带过去了？再说，大军好不容易攻下大小金川，为什么又无端退了出来，这真是不可思议！奴才以为应该驳下去，看他们是怎么回话。"纪昀犯了烟瘾，一个劲用手搓下巴，说道："臣看也像是庆复他们小胜一仗，莎罗奔和朝廷两头敷衍，抱的是个息事宁人的心。这个——打不服莎罗奔就退兵，后头的事又怎么料理？臣见识，可否下旨给钱度，带上军饷去劳军，实地考查一下到底是怎么回事。离着这么远，臣总觉得不落实地似的。"

乾隆望着巡抚衙门大院中层层叠叠树丛，久久不肯移开目光，从丹田里深舒一口气，说道："按说，莎罗奔面缚入大营请和该是真的。怎么就胆敢不请旨退出金川城？于情不合、于理难顺！这一仗又花了一百多万两银子，死了总兵，死了将军，还死了游击！阿桂是朕的亲信人，勒敏是状元，既是打赢了仗，他们就有罪，该锁拿进京治罪，怎么说杀就杀了。说实在的，看了这样'捷报'，朕先是欢喜，继而是狐疑，仔细想想又觉吃惊，又觉有些蹊跷。朕想，你们两个的建议都采用，不过不用旨意，朕先不理会他们。你们各自写信给庆复、张广泗和钱度，听听他们怎样回话再说。"还要往下说，王信进来躬身报说："岳浚求见主子。"

"现在正在议事，叫他明天早晨进来。"

"他说有紧要事，说大金川回来一名逃将，叫阿桂——"

他还要往下说，见乾隆"刷"地站起身来，吓得身子一缩，便住了口。

"他说叫阿桂，那么勒敏呢？他们是一道赴金川腹地的！"

"他没说勒敏，奴才也没敢问。"

屋子里一下子变得死寂，纪昀说道："主子，无论如何，先见一见再说，叫岳浚传他进来。有些事传到省里不好，岳浚该办什么差，还是忙他的去，可成？"乾隆点点头，说道："叫他进来！"倏然间，一种不吉祥的感觉袭上了心头。

阿桂被一个小苏拉太监带了进来，他看去真是狼狈不堪，发辫不知多久没有梳理，被汗水粘得像绳子一样拧在一起，前额上头发乱蓬蓬的，胡子也有一寸多长，黝黑的脸膛，左颊上还带了一道刀伤，大热的天还穿着牛皮靴子，已经绽开老大一个口子，穿着件肮脏不堪的灰府绸袍子，走路都像吃醉了酒，踉踉跄跄的稳不住脚步。他艰难地跨进门槛，几乎绊倒了，就势伏跪在地上，按捺着心中极度的激动，呛呛地咳着，呼哧呼哧喘了几口气，暗哑地叫了声"主子"竟自压抑不住，放声号啕大哭起来！

"你这是君前失礼！"讷亲见乾隆木着脸发怔，在旁说道，"求见主子这种模样，成什么体统？！"

"大人责的是。败军之将，奴才这模样真给主子丢人……"阿桂止住了哭，面色凄惨地说道。两眼兀自泪如泉涌，"奴才奔波三千里来见主子，只求主子能知道真情，就是死……也瞑目了……"

乾隆和讷亲、纪昀交换了一下眼色，阴沉沉说道："你自称是败军之将，其实比败将还糟。你是贻误军机不遵将令，险些招致金川失利的庸将！你竟敢规避军法，逃来见朕？朕正要给张广泗、庆复记功庆贺胜利，正好送你回去正法！"

"皇上……"阿桂浑身在剧烈地抖动，"您……您要给庆复、张广泗记功庆贺？"

"是啊！金川大捷，莎罗奔面缚投诚。当然要论功行赏，犯令军官也要循章处置！"

阿桂脸色又青又黯，向前爬跪了两步，仰着头泣道："皇上皇上……庆复和张广泗被莎罗奔围困，主帅大营丢失，粮草被掠，兵马损伤三分之二，被迫与敌人订城下之盟。他们骗得您好苦啊！"他边哭边诉，口说手比，用粗糙的手在地下颤抖着划金川之战的形势图，足用了半个时辰才把事情说清楚了，压抑不住又放声儿，"好皇上，好主子啊……深入金川，军队各处都惨遭伤亡，我军的红衣大炮也全部落入莎罗奔之手……唯我们这一支队伍全军守护伤亡少些。这也不是奴才能耐大，一是托着主子的福，二是奴才肯和下头商量，处置军务小心——张广泗他们要杀奴才，为的就是灭口，永远瞒住皇上。呜……奴才这一路好苦……"

乾隆和讷亲、纪昀几个人都听得目瞪口呆！他们见庆复、张广泗的折子言语自相矛盾、嗫嚅支吾，原以为战果不够满意，想以小胜报大功搪塞了事。想不到居然打了大败仗，还要昧过冒功！乾隆脸上一会儿红、一会儿青，两手心里捏得都出了汗，突然失态地抓起茶杯，将凉茶一吸而尽，咬着牙狞笑道："你说的难以置信，朕不信！"他忽地提高了嗓门，"勒敏，勒敏呢?! 他怎么不来见朕? 任举殉国，张兴战死！庆复、张广泗为什么活着?"他霍地站起身来，气急败坏地来回走动，咆哮声震人耳膜，"朕不治战败的罪，胜败为兵家常事，朕不治罪——朕要治他们欺君之罪——王信！"

"奴才……在!"

"你带人立即到四川，锁拿庆复、张广泗和郑文焕到京——不，立刻将这几个人就地赐死！"

"喳……"

王信脸色雪白，又打了一个千儿起身便走，阿桂手一摆，说道："慢!"向前膝行两步，又道，"主子息怒，息怒……方才奴才奏说的，有的是眼见，有的是耳闻，求主子查明之后再作处置。听奴才一言杀了他们，也未必心服……现在勒敏已逃往云南，在钱度那里等奴才的信儿，也该叫到主子跟前问问明白……"

"嗯……"乾隆粗重地喘了一口气，从暴怒中清醒过来。他忽然觉得身上发软，变得没有气力，向椅上颓然坐下，许久才道："叫纪山去大金川，查明实报，可以便宜行事!"讷亲是已经信实了阿桂的，略一沉吟说道："纪山是张广泗的老部下，积威所在，恐怕难以钳制。可否派钱度去劳军——主子知道钱度，精明强干，又是主子亲自提携起来的……""那就叫钱度去劳军。"乾隆阴沉沉说道，"如阿桂所报属实，叫他就地锁拿听朕旨意——阿桂不宜在这里，叫他回北京，到大理寺待勘!"

　　阿桂退出去后，君臣三人默然相对，一时都寻不出话题来。半晌，纪昀笑道："主子，您太焦虑了。我仔细听了，我军实力伤损并不大，可恶的是庆复、张广泗欺君之罪难饶。金川一隅之地，莎罗奔又没有反叛的心，不过想求个平安而已。主子想犁庭扫穴，换个将军再去剿他，主子想饶了他，好比走路碰了石头疼了脚，绕开他也就罢了，那只泥鳅儿翻不起大浪的！"

　　"讷亲，你去换下庆复和张广泗。"乾隆思量着，下了决心，"今晚把你的打算谈谈，你先回北京，一旦钱度报奏情实，你立即听旨动身！"

　　"喳！"

　　讷亲一阵兴奋，朗声答道。他原是争着要这份差使的，想不到这么容易就接到了，但转念想到阿桂方才说的情势，不知怎的心头罩上了一层乌云，思量着又道："奴才勉力去办！"见乾隆皱着眉，一副忧思不解的样子，纪昀问道："皇上，原定明天到鲁南，然后回北京，鲁南我们还去不去？"

　　"去！"乾隆舒展一下眉宇，说道，"定下来的事不要轻易改变。"

　　第二天，讷亲便奉旨回了北京。乾隆撤掉了济南行宫，在巡抚衙门里拉了十几匹马，驮了些药材、茶叶，算是做药茶生意的，带着纪昀出了济南城，径往鲁南重镇济宁而来。

　　乾隆因金川的战事余怒未消，一路显得郁闷寡欢。他脸色不好，侍卫们都不敢凑趣儿。有事来禀，无事就闷头当"伙计"赶着牲口走路，弄得乾隆更觉心里不快。纪昀深知他的心事，也不敢正面相劝，只说："主子其实秉性爱山爱水。这黄土驿道景致单调，也难怪主子乏味。既然不登泰山，明日到宁阳，咱们走运河，这个时候漕船不多，两岸有山，不远又到微山湖，湖光山色相辉映，比这旱天走土道儿强得多！"乾隆听着破颜一笑，说道："我也想到了，不过咱们扮的是茶叶药材商人，这马，这货物怎么办？"

　　"主子，咱们是大茶商，不是小贩儿。"纪昀见他颜色霁和，略觉宽心，笑道，"臣家乡贩茶贩马的多的是，真正有钱主儿那是不跟货走的。叫下头侍卫们赶牲口，带上两个太监，加上大侍卫索伦，我们主子奴才五个上船走——这运河上夏天往北京送凉药，送扇子、竹席、西瓜的船多的是，回来都是放空。我们花几个小钱就能尽情享受，岂不妙哉？"侍卫们也觉得跟着乾隆寸步不离拘得难受。索伦在马上说道："这日头毒，那年奴才陪主子到信阳，主子中暑又遭冰雹打，回去我们老爷子又赏了我五十皮鞭，这会子想着还心有余悸。这一带运河河面窄、水也不深，主子坐船，奴才们在岸上柳荫里走，也好凉快凉快！"

　　众人说笑起来，气氛便不那么沉闷，乾隆长舒了一口气，笑道："别以为朕是拿不起放不下的人，金川的事办下来只是早晚的事，昨晚讷亲谈的军事方略，先取小金川，站住脚跟再取大金川，听起来也倒有点道理，但讷亲辞色间透着犹豫，好像信心不足，又好像有点外强中干，难以叫人放心啊！朝廷在金川一再失利，还能再输？输得起仗，丢不起人呐！"纪昀笑道："说到底，大小金川只是个小局。莎罗奔的'志向'，也不过向主子讨一碗安宁饭，当个老实的土司。不要侵边犯罪，年年苞茅橘柚贡着，能为朝廷当差，这就是朝廷的宗旨。主子打金川，也有为朝廷作养少年将军的圣意，不过拿他练练把式。箭没有射到靶心上，固然遗憾，犯不着为这个气伤了龙体。臣那天听阿桂讲说委屈，心里就想，要是他说的是实情，这个阿桂就是个好将军！打出几个能带兵的武将，臣看就值！"他睨了一眼放辔静听的乾隆，自失地一笑："看臣这人，本是劝主子宽怀的，又说上了政务。方才索伦说凉快，臣倒想起个笑话儿。我们家五叔祖和六叔祖是亲兄弟俩，一道读书一道进学。谁知进了学分出高低来，五叔祖每次都考的优等，六叔祖总在三四等上转悠，宗学里有了不同，跟着家里对婆娘们待遇也就不一样。场里地边送饭送水，锅前灶后苦重家务都由六奶承担，刺绣针黹、扫地抹桌儿轻巧活给了五奶了。六奶心里埋怨婆子偏心，可自家男人不如人，也只好忍着。

"那年大考，兄弟两人都去省里应乡试，六奶心里焦急，发榜头天一大早，怀里揣了面镜子，要'镜卜'一下自家男人的运气。"

说到这里，乾隆不禁问道："什么叫'镜卜'？"纪昀笑道："那是我们那儿女人们自己占卦的玩意儿——六奶起了个大早，怀里揣了一面镜子，到观音像前喃喃祷告：'并光类俪，终逢胁吉——南无大慈大悲救苦救难广大威灵观世音菩萨——保佑我男人高高得中，糊涂试官瞌睡撩高，狗屁文章胡圈乱点！'"他没有说完，乾隆已经捧着肚子大笑不止，跟着的侍卫们也都笑个不住。乾隆道："真真好祷词，妙不可言！灵验不灵验呢？"

"六奶祷毕，腋窝里夹了镜子蹑着小脚掩门出来。"纪昀一本正经地说道，"镜卜的规矩是出门听别人的第一句话，回来自己心里推详。六奶一心要个吉祥话儿，一路走一路念诵观音菩萨，刚趔过一个街口，见两个闲汉也是出门刚见面。当时六月天，正入伏，那两人一见面就拱手，一个说：'三哥，凉快！'三哥也说：'凉快凉快！'——她就得了这

'凉快'两个字，再也想不出来是个什么意思。

"待发榜那日，天越发热得人懊恼，家里人包饺子等消息儿。五奶和六奶都在厨下，一个擀皮儿一个捏扁食，都热得满头大汗。

"过了正午，门外头响起一片锣声，一群报子拥进家里，大声叫着：'发榜了！五爷高中了！'乱哄哄地讨喜钱，接着听婆子叫：'老五中了，老五媳妇出来凉快凉快！'五奶不言语，扔下饺子皮儿就去了。

"六奶心里压着气，满头大汗顺着脖子往下淌，也不擦，只狠命推那擀杖，脸上颊上都是水，也不知是汗是泪。正在悲苦，外头又响起一阵铜锣声，人们兴高采烈吵吵嚷嚷：'六爷也中了，六爷也中了！赏喜钱呐！'六奶先是怔了一下，霍地站起来'咣'地把擀杖掼到面案上，擦一把汗，说'我也凉快，凉快！'——说罢突然想起'镜卜'的话，原来竟应验在这个词儿上！"

众人又是一阵笑，乾隆觉得心境舒畅，要过水葫芦喝了两口，挥着鞭子道："虽是女人情趣，也颇有丈夫意味——一掷而起，千古快事！嗯……纪晓岚，朕听说你在河间书斋前挂过一幅'盖压江南才子'的幌子！"纪昀脸一红，放低了声音说道："那是臣少年时的荒唐事，得近天颜，得闻圣学，已经不敢狂妄。主子提出来，臣当更加谦逊小心，努力精进，再不敢小觑天下人了。"

此刻行进已渐近运河，水汊河港渐多。时值夏分，远树近树新绿如染，高低禾稼一碧无际。乾隆因见塘里青荷婆娑，一朵朵莲花含苞未放，竖在荷叶间，在风中摇曳生姿，不禁心旷神怡，笑道："朕倒被你们逗得高兴起来，你是河间才子，朕出一对，你不能迟疑，立刻要对出来——塘间荷苞，举红拳打谁？"

"喳！"纪昀不假思索，应口对道，"岸边麻叶，伸绿掌要啥？"

"嗯，仓猝间能对上此联，也算难能可贵。"乾隆微笑着，纵马上了一座高桥，转脸问王信，"这是什么桥？"

王信没想到会突然问到自己，忙下马看镇桥柱，仰着脸对桥上驻马回望的乾隆大声说道："主子，这桥名儿叫八方桥！""纪昀听着了，"乾隆说道，"八方桥，桥八方，站在八方桥上观八方，八方八方八八方！"纪昀忙应一声"喳！"却下马向乾隆跪下叩头，朗声应道："——万岁爷，爷万岁，跪到万岁爷前呼万岁，万岁万岁万万岁！"

众人不禁又轰然叫妙，乾隆笑道："这么现成的对子，亏你急切中能想出来！"还要说，索伦指着前头小声道："喏，主子，沿堤过来一群人，像是逃荒的——咱们口紧些儿吧！"乾隆便不言声，众人也恢复了常态。乾隆手搭凉棚向北眺望，但见两岸柳荫掩映如烟，并不见人，只听隐隐的独轮车吱吱喳喳在树阴中由远及近，还有人轻声哼唱村歌：

> 爹娘生我八字差，破屋草庵佃户家。
> 冬天破袄难遮风，夏季汗滴一摔八！
> 怎比平阴王老五，高楼水亭吃鱼虾。
> 我儿千万多修福，修得来世娶银娃。
> ……

听着，小车已经推近来，原来不止一辆，是三个壮汉，都打着赤膊，前边有小毛驴拽着迤逦而行。三车西瓜，装得满满的，层层叠叠颤颤巍巍过来。乾隆见小车上坡艰难，忙命侍卫："伙计们卖什么呆？快帮一把！"几个小侍卫答应着下堤吆喝着，顿时将瓜车推到桥边，就在桥边凉亭上歇气儿。

"老二，老三，给爷们弄两个瓜解解渴儿！"那个年长一点的，约三十四五岁，坐在亭柱石阶上擦着汗，吆喝着道，"后头那车熟得透！——爷们，我们兄弟一路都犯嘀咕，怕上八方桥这个坡儿，谁知就遇上了爷这样的善心人，不然真得卸了瓜慢慢搬运，那可不要到天黑才能装卸完？"说着，老二老三两人托着四个硕大的瓜过来，在石阶上切开，口说："请请请！"张嘴吃了一大口。侍卫们见乾隆没动，谁敢先拿！倒是乾隆先拿了两块，递给纪昀一块，众人方才取瓜。送瓜的老三笑道："做生意的也有这么斯文的，上回也有几个茶商，竟像是饿死鬼渴死鬼托生的，吃得肚子这么大还要杀瓜，眼都撑直了，这模样，嘿！"他挺了肚子，两手扎煞着摊开打着呃儿，惹得众人捧腹大笑，又道，"东家问我，大半车瓜都哪去了？我说日他娘的翻车了，来了一群猪，被猪拱了。"

　　于是众人闲话，乾隆才知道这兄弟三个姓王，都是平阴镇方家的佃户，都已三十多岁，还打着光棍。乾隆笑道："你们这是给东家送瓜还是卖瓜？你们都是光棍汉，怎么唱'我儿修福'，来世好娶个银娃娃。这不是打趣着玩儿么？"王老三吐着瓜子儿，笑道："穷开心解心焦儿呗！唱歌哪有那么讲究？我儿多修福，是我们爹和我们爷的口头禅。银娃是个人，不是说银娃娃。那是平阴有名的美人儿，长得白，所以叫她银娃。"老大和纪昀却攀谈得来，两个人对火抽烟，老大说："这位账房先生的烟真冲，您好大的烟瘾——这么大的烟锅子！唉……这是头茬瓜，我们孝敬方善人的，那是我们东家。人家是挂千顷牌的人，我们兄弟专给他老人家种瓜。方善人要去省城见巡抚老爷，带了几船瓜，都泊在下游，这是二公子要的，我们王家洼在下游，船走得慢，先推几车送去，还有十几船瓜，明天早上就运平阴去！"

　　"他家有多少人，要这么多的西瓜？"乾隆正和老三说话，转过脸来问道。老大显见是个老成人，嗞吧嗞吧抽着旱烟，说道："方家只有四口人，老爷子、老太太，大公子在苏州，开了十几个织坊，一百多架机子，织出的绸子都卖给了外国。大奶奶和二公子在家。不过侍候的人多，里里外外管家奴才七八十个，还有看仓库的、看家护院的、管灯火的、做针线的，又是三五十个。他家富得连府台也比不上！后日是关老爷的诞辰。平阴关帝庙过庙会，这热天瓜好卖，留些府里用，剩下的到庙会上，三下五去二就卖完了！"乾隆点点头，又问："庙会热闹么？这里好阿胶，我想买点带去，不知道货真不真？"

　　老二已吃完了瓜，用毛巾擦着下巴、胸前的汁水，在旁插言道："这里阿胶那叫货出地道！方家就是熬胶熬出来的大户。方家、刘家、吴家、王家都是好胶，各家都有一手绝活儿。您要认准胶上的戳子——别买今年熬的新阿胶，现在的驴皮不成，到秋收后，驴饲料里草子儿多驴皮就壮，胶熬得像琥珀似的，黄里透亮，闻着香——婆娘们保胎养气，天下没个比！"乾隆笑道："怪道的方家有上千顷地，原来有祖传的这门手艺！"老大摇头道："单指熬胶，富不到这分上。人家老大在苏杭，从外国挣来的钱多着哩，银子、制钱一船一船装着运回来，买地、置房子。乾隆二年，微山湖刀客冯青劫了他一船银子，十万两！方家送官府两万银子请破案，官家嫌少，又送一万，到底也没捉住个贼毛儿，还是花大银子请青帮刘贵帮着出气。青帮和冯青在凌湖楼说话，谈不成打了起来，两边都死好几十号人。青帮砍死冯青，割了耳朵送到方二公子手里。二公子又送了五千银子，啧啧——人家那钱真跟泉水一样，用不完!"兄弟三人和众人闲话歇脚，足用了多半个时辰。乾隆又仔细问了问银钱兑换比价，乾隆制钱流通使用情形，主佃田租比例数目，说得十分投机，眼见太阳已经西斜，三兄弟推车要走，乾隆也便起身。

"每人赏他们二十两银子!"乾隆笑着踏镫上马，看着远去的三兄弟，"王义把银子送去，就说是爷赏他们娶婆姨用的，结个善缘。"他一夹马肚，又道，"今晚我们宿平阴，看看这里庙会。"纪昀踌躇了一下，讷亲不在，他就担负着乾隆安全的责任，原说要去东平，已用钦差关防在那里的驿站号了房子。这主儿突然改变主意，该怎么办？乾隆见他嗫嚅，笑道："万岁爷观八方，朕是出来巡视的，哪里不是勘察民情？你那么大学问，还要胶柱鼓瑟？平阴是山东通往河南安徽的要冲道口，又是水旱码头，好大一个县城，还会出强盗刺客了？"

纪昀咽了一口唾液，说道："刘统勋下令封锁山东往河南、安徽的要道，平阴这一带积了很多向南的难民和各路生意人，五乡杂处什么人都有。臣不是怕劫盗的，是怕驻跸关防食宿不方便。主子南来，无非想看看黄河故道，不到黄河不死心嘛。这么着走，入了伏，更热了，怕有个闪失小灾小病的，臣担待不起。"他话没说完，见乾隆策马已走远，忙赶了上去，却没敢再说什么。

平阴果然是个不小的县城，乾隆一行人绕着官道在城河外足走了二里多地才寻到城南门。进得城里看天色，刚过申时，已经到了落市时候，街衢上熙熙攘攘还尽是人，两旁店铺栉比鳞次，花果行、陶瓷行、内肆行、成衣行、纸行、海味行、茶行、米行、铁器行……还有什么针线、扎作、绸缎、文房四宝行甚或巫行、仵作、棺木行……都挂着幌子，懒洋洋地在来往行人的头顶上飘动。王礼、王智、王信几个太监分头在城里号店铺，好半日才回来，说各店都住满了，只十字街东一个叫"罗家客栈"的老店有一处东院住的人不多。王信许了银子又说好话，竟说得老板让几个客人迁往别处，腾出独院给乾隆住。一切安置停当，乾隆便急着要到街上去。纪昀说道："这里人地两生，主子不能乱转悠，臣带的有岳浚的通行关防，还带有军机处小书房印信，叫他们县令来，他是亲民的官，地方上利弊自然知道不少，和他先谈谈，再走走看看，又省事又少麻烦。"乾隆道："朕还是爱微服，一带了官派就见不到真东西了。雍正三年朕头一次到山东，见济南粮道说赈灾的事，他那张嘴真能把死人说活，单听他说，灾民们都沐了皇恩，过的是丰衣足食的日子。说得有条理，也有实据，一个一个实例听得人心里振奋，好像全省上下一心一德都在救灾！可到实地一看，不是这么回事。朕扮了叫化子去讨舍饭，亲眼见他指挥着衙役用鞭子抽灾民，还说是'奉了宝亲王的令'，朕当时就想杀了他。朕宁肯相信一条狗，再不敢相信这些官儿们的花言巧语了！"他一边说，纪昀一边摇头，说道："彼一时此一时，情异事不同。治国以道，不能靠权术，微服私访是'术'。大清文武百官一概都不可靠，皇上的治平之道靠谁布化？又何来今日国富民殷之世？主子这话臣不敢奉诏。现今讷亲不在，这些事主子要听臣摆布。"便命王信，"还不快去，叫他们县令来！"

"好了好了，你有理，成么？"乾隆无可奈何地摆着手，笑道，"不过想出去走走，你就摆出这么一套一套的道理！"纪昀回身从马搭子里抽出一本书，双手捧给乾隆，说道："这是臣在济南地摊儿上买的书，《聊斋志异》抄本，文笔故事都是好的，还有新城王士禛的批评，是本才子书。左右这会没事，主子随便翻翻——一套十二本呢，臣看这一本。"乾隆接过书并不看，说道："你不也是个大才子，还看才子书？朕就最不爱看稗官小说，才子佳人的悲欢离合——世上哪有那么美的事，都叫才子们遇上了！还有可笑事呢，朕去泰陵奉安先帝灵柩回来，有个童生拦了车驾，递了个折子，连文笔句读都狗屁不通，说他有个表妹长得好，请下旨意撮合完婚，说他怎样勤读苦作，能出口成章，请面试进士——这不是看戏看迷了？想着天子门生，奉旨赐婚那套，朕不也成了戏里的'有事出班早奏，无事卷帘退朝'那样的昏君了嘛！"说着便笑，笑得身上乱抖。纪昀道："蒲松龄这部书说的是鬼狐精怪，其中也不无寓言。他是个老秀才，文章福不齐，六十年考试不中举，学问倒是好的，有些个牢骚也是常理常情。就怕有的文人和朝廷不一心，存有悖逆之意。明着写点无聊文章，暗地里教唆着人们不学规矩，于世道人心就有害无益。臣虽小有薄才，壮游之后并不敢以才子自诩，学道还是直宗孔孟的好。宋儒以来所倡的道学，越看越假，口里仁义道德念念有词，其实肚里尽是男盗女娼。太平盛世国富民殷，不用孔孟正道导人向化，人心很容易染坏，坏了就不好纠治呢！"

二人正说话，王信已经回来。乾隆听得入神，便摆手道："叫他外头候着！"又对纪昀道，"你说的很是。朕原以为你不过文学好，人也历练精干。看来'才子'二字还不能局限你。"他起身慢悠悠在窗下踱着步子，幽幽地说道，"朕一直在物色一个人，想修一部前所未有的大书。把现在皇史宬里的秘藏书全编进去，同时征集海内民间所藏图书一齐编入。朕在位期间，要在武功文治上给子孙留点产业。武功上圣祖已经开创了基业，要把他创的基业扎得更瓷实些，文治上朕是太平皇帝，理所当然要做得更好点。你方才讲的，其实就是文治的根本，就叫它四库全书吧，那也是修书的宗旨。你既自己说出来，就是有缘，别辜负了朕的深意。"

身居清秘阁，饱览天下图书，修史写书，哪个读书人不想呢？纪昀眼中熠然闪光，问道："书名叫《四库全书》？"

"是的。"

"意思是经、史、子、集全收无遗？"

"是的，别说《古今图书集成》，要比《永乐大典》还壮观！"乾隆笑道，"不过你不能急。你现在还只是个小小的军机章京，四品微末小员，还不够当这个四库全书总裁的资格。这里头要做的事多着呢，现在我们还是先见见平阴县令吧——叫他进来！"

王信还在一边怔着听，他怎么也弄不明白，好好的小军机都不稀罕，纪昀竟巴着去翻弄破书！听乾隆叫，忙回神禀道："这里的县令叫丁继先，没在衙里，衙里人说南关聚了些难民，密地里串连着准备吃大户，带了几个书办师爷和县丞一道儿都去了。已经着人去叫，这会子不知来了没有。"正说着，王义从二门口带着一个人进来，穿着鹭鸶补子，戴着砗磲顶子。纪昀便知丁继先来了，遂命道："传丁大人进来！"丁继先在外头已经听见，趋步哈腰进来，只看一眼乾隆便向纪昀行礼，又递手本履历，笑道："吃过午饭卑职就出去了，山东刁民真是厉害得很，那么多人乱嚷嚷，也听不清吼的什么，叫他们出来个头儿说话，他们又说怕卑职动官法拿人。后来卑职火了，我说我是山西大爷，说话算话，决不拿人！他们这才推个头儿出来说话。说本地有个地头蛇叫洪三，难民在破庙屋檐下住，还收人家地头钱，一人一天二十串。难民们和洪三的人打起来，一直到方才才劝平息了，卑职来迟，大人别怪。"纪昀笑道："你办公事迟来，有什么怪的？出票子请你的是我——这是我们四贝勒爷，老兄把我当正经主儿，是失了眼了。"

"贝勒爷！"丁继先吃了一惊，这才打量乾隆。此时清室开国已久，宗室里称贝勒的几十个，下头人早已糊里糊涂。他本来哈着的腰现在哈得更低了，一揖到地，又跪下磕头，起身又打个千儿，说道："职下不知是金枝玉叶驾到，请四贝勒爷恕过！"

乾隆稳稳坐着，轻轻摇着扇子说道："方才说到难民，全县有多少？都是山东的吧！"

"回爷的话。"丁继先身材短矮，说话声音中气却很足，翘着小胡子说道，"各地难民都有，也有从关外来的，还有直隶的。这里年年都有难民，今年山东遭灾，自然本省人多些。总计有两千多人，刘钦差、高钦差行文过来叫封境，就聚到这里了，偷鸡摸狗、撬门别锁的，哄抢粮食、盐店的就比往年多一倍不止——不瞒大人，卑职到哪里当县令都是卓异，今年考核是不行了，顶多弄个中平——官司太多了，竹板子都换了三次，新换的又打劈了！"

乾隆和纪昀见他直率爽快，皱着眉说话似乎有苦难言，不禁都笑。纪昀笑道："你这里情形皇上都知道了，中平不中平由他吏部去折腾，不妨事。"乾隆用扇骨打着手心，问道："两千多人，是吃舍粥棚的吧！有饭吃还要闹事？你狠狠地弹压！"丁继先道："爷，这不能硬来，一人一天半斤怎么够吃？还有管舍粥棚的棚丁、管伙的大师傅，又吃又拿，这是皇上也管不了的！县里只有一百多县丁，一概不许放假，两百只眼也盯不过来。激恼了这些人，都能端了卑职的衙门！所以只能安抚，闹得狠了，加一点粮，哄着些儿。——总不能永远封境吧？高爷、刘爷回了北京，难民们也就散了。县里本来就事多，积了不少案子没破，光顾了应付这群山东大爷、关东老丐了！前些日子社会，洪三和城西刁家闹翻了，砸了戏台子，台底下打伤、踩伤几十号人，只为了争那个银娃！这事闹到岳中丞那里，到现在县里还没有顾上料理呢！"乾隆本已打算叫他退出的，听他说起银娃，又问道："我一入境就听说了银娃，还有那个洪三。他们的名字都放到村歌里了，她是个什么样的人呢？"

"回爷，她是个女人——本地鼓乐行的行首。长得有几分姿色，前年才唱红了的角儿，卑职瞧着也并不稀奇，早就想用大枷枷了她，流放三千里。可她又没有罪，本地大财主们又捧着她，卑职也犯不着为个婆娘和这些大户闹生分。唉！这女人给卑职添麻烦不少！"

"你叫过银娃的堂会么？"

"没有。有一回方老爷子叫，想请卑职去，卑职说，去他妈的，你是胶狗子，加上一只破鞋，想叫父母官去喝祸水？好婆娘赖婆娘，上了床都一样，我不招惹这种是非！"

乾隆和纪昀不禁哈哈大笑，因见他粗豪，乾隆笑问："你是捐的官吧？""不是，"丁继先道，"卑职是雍正十二年正牌子二甲进士，好酒不好色，就是这么个秉性。卑职是宁波人，和宁波老同年都合不来，他们说卑职是宁波侉子。卑职说他们是宁波酸丁，卑职是孤儿院长大的，讨过饭又读书，成了这个模样。"说着便起身辞别道，"请爷和纪大人安息，天已经晚了，卑职还要到驿站去，福建的卢大人解往北京，今晚宿在县里。他是个落难的人，更得安慰关照一下。没别的事，卑职就辞了，这里卑职再派些县丁来关防，明儿卑职再过来侍候。"乾隆一摆手，说道："你稍停一下。你见过卢焯了？你们过去认识？"

"我们是同年进士，后来他在外任上得意就没再来往。"

"你和他谈过了？他没跟你说他的官司？"

"官司上的事卑职不好多问。他有些吞吞吐吐的，好像吃了女人的亏。赎那个婊子要两万多银子——他这人什么都好，为'色'字吃亏了。"

"唉！为一个女人，太不值了！"

"回爷的话，那要看什么女人。跟喝酒似的。酒会醉死人，那要看什么酒！齐桓公好色，管仲是个婊子头儿，文天祥也好色呢！"

乾隆被他说得一笑："你这人倒很风趣呢！这个题目我们将来再折辩。去吧！你们既是同年，劝他到北京见着皇上老实低头伏罪。"

"喳！"

丁继先去了，乾隆仰着脸凝视着天棚一句话也不说。纪昀以为他还在想卢焯的事，便道："丁某说的和卢焯的供词倒是吻合的，卢焯又加了一条，说他母亲孤苦无人照应，赎这女人是为了给母亲欢娱晚年……"乾隆摆手制止了他，说道："朕这会子不是想这事。朕想，这里难民聚得多了是要出事的。想必东明、巨野、丰县、单县情形也和这里仿佛。堵截'一枝花'为的是怕她南逃造乱，她在这里造乱，不也一样吗？这是一宗事，再一宗，实地来山东看看，赤贫太多，地土兼并太厉害，这是因为地租太高的缘故。还有高利贷，这事朝廷不好下旨硬减，又不能听之任之，所以朕一直挂心。"纪昀见他焦劳国政，思虑如此周详，也不禁动容，遂款款说道："劝减租诏令已经颁发下去，主子不必着急，这不是一天半日能见功效的。山东的岳浚劝减租子，必定还有奏折，主子可以朱批下去叫各地仿照办理。办得好的官员，升迁奖励，几年之内兼并就能放缓了。这是一层，再一层还要从穷人这头说，先帝鼓励垦荒做得太急，各地官员在严旨之下，逼着有地的放下熟地去开垦荒地，做得太过了。以臣的见识，垦荒的宗旨是好的，还要鼓励。比如说，几亩以上的大荒地，垦出来若干年不缴捐赋，几分地不足一亩的，永不缴赋。购买种子农具的，由国家无息贷款——主子，咱们走这一路见了多少荒地，您还叹息来着。若都垦出来，地价能不下跌？有些小业主买得起地，也就抑制了大业主兼并。有了吃的，赤贫的也就不逃荒了，地方也就安定了，这一宗儿叫开源——两头做去，事情就好办得多了。"

"好好好！"乾隆舒展了眉头击节赞赏，"就是这个意思，你这会就起草明诏，发回军机处叫他们颁行天下！"

"喳！"

乾隆微笑着拿起那部《聊斋志异》看，纪昀在旁挽袖磨墨，援笔起草诏书。写罢轻轻揭起纸，小心地吹了吹，双手捧给乾隆。乾隆一手接过诏书草稿，一手仍拿着那本《聊斋》，口中说"蒲氏才华可以直追李贺！就这篇'自志'写得凄楚寥落，已能见他薄命之兆……"说着便看草诏，看完后索过笔来在纪昀的草诏上又接着写了几句：

> 其在何等以上，仍照例升科；何等以下，永免升科之处，各省督抚悉心定议具奏。务令民沾实惠，吏鲜阻挠，以副朕之惠元元之至意。钦此！

写罢说道："发军机处，各省督抚有回奏的折子，不要写节略，朕要看原本。"又指着那本《聊斋志异》道，"你看这些句子——惊霜寒雀，抱树无渴，吊月秋虫，偎阑自热。知我者，其在青林黑塞间乎！——其格调意境，充满一片鬼气。如今盛世清明，他写这些句子，难免有向隅而泣之嫌呢！"

"蒲氏是个老优贡，一辈子文场失意。"纪昀吓了一跳，忙道，"薄命人自怨自艾是有的，似乎并没有怨望之心。"

"朕乏了。你先退下吧！"乾隆笑道，"朕从不以文字罪人，你不要吓得这个模样。只要不是诽谤君父，离经叛道的文字，都可留着。但有些伤风败俗，于教化有碍的，也不可掉以轻心。朕既嘱托了你这件大事，你就多为朕操持这事吧！"

第二十七回　查民风微服观庙会
　　　　　　布教义乱刀诛恶霸

　　第二日便是五月十三，关圣人的诞辰。天刚亮乾隆就起来，叫了纪昀要看庙会。索伦等侍卫早已知皇帝必有此行，连夜商议好了，都扮作看热闹的香客暗地跟随。

　　此时天刚平明，晓风拂树、晨炊袅袅，早夏凉爽的夜气尚未散尽。乾隆和纪昀联袂步行出城，已见街衢上人流渐密，小车推着胡辣汤锅子，毛驴驮着瓜果菜蔬，吹糖人儿的，卖油煎饻饻的，赶着驴群上牲口市的……一个个都兴冲冲地赶着去庙会占摊位儿。真正赶会的香客和看热闹的还不多。乾隆兴致很高，一边漫步走着，一边仔细听着这些小贩们说笑对答，渐渐地和身边同行的一个卖馄饨的女人搭上了话："老板娘，你一个妇道人家赶车走这远的道儿，岂不太辛苦了？你家当家的呢？"

　　"嗨，老板呐！"那女人牛高马大，嗓门儿也响，十分爽气，"那死鬼的身板儿还不胜我呢！他起得早，割肉剁了一盘馅儿，剔骨头时削了手指头，寻郎中包裹去了，顺便再买些作料——我们一家子的力气活儿都是我的。您瞧，我没缠过脚，出了名的马大脚。嘿，得儿，驾！"她抽了那毛驴一鞭子。乾隆看她那双天足，果真半朝銮驾似的，踩在地上噎噎有声，不禁微笑说道："我是外地客商。马大嫂，我们那里庙会，什么瓷器呐，绸缎啊，古玩、玉器的都上市。这里关帝庙会怎么尽是卖小吃的？"马大嫂一笑，说道："客人您就有所不知了，今年大客户不多，庙会场边儿挤满了难民，谁有钱去买那些黄子？"

　　"噢！"乾隆恍然大悟，"原来如此！"又跟着走了几步，问道："你这馄饨担子，一天能有多少生意？养得住家么？你家一人一年要多少开销？"

马大嫂擦一把汗，诧异地看乾隆一眼，笑道："你不像个生意人，倒像个中了状元的巡按大人下来私访的。大买卖人谁管我们这卖馄饨小吃的呢？——一天弄好了能挣三百个乾隆哥子，五口人吃饭穿衣，一天能余个五六十个乾隆哥子，一年下来，盈余个二十来吊乾隆哥子，只要没有灾病，对付着总能过——我们那杀千刀当家的还算计着在城边买点地，觅个长工种菜。我说别做他娘的那种春梦了！——得儿！这死蹄子，熬不烂的老驴皮——你算算，城边一亩菜地卖到七十多两，折一百一十多串钱，买两亩地得四年，还得打井，侍弄园子还得付把式长工的工钱。如今闺女十五了，转眼就出门，还要接个媳妇，也要用乾隆哥子！还是守多大碗儿吃多大饭吧。五十多的人了，还能升发成石崇、邓通？！我们那口子虽说老蔫儿，不知怎的私地攒了体己，他真的买了一亩，倒把我的兴头也勾起来了！"

"听得出你男人是个有心计的能干人，一定能升发的！"乾隆被她一口一个"乾隆哥子"叫得通身舒坦，高兴地说道，"没想到乾隆哥子这么管用！""当然！难道你不用乾隆哥子，你是天上掉下来的？"马大嫂笑得前仰后合，"……起先哪，就是你老板这想头，我们都使雍正制钱。乾隆钱个儿大、铜多，黄灿灿明闪闪，有一个就收藏起来，放在枕头旁筐箩里给孩子们玩，还能避邪。后来就越来越多，做买卖的都爱要——听说呀，乾隆爷在北京下圣旨，济南城里杀了十几个收钱铸铜器的——我说阿弥陀佛！原来乾隆哥子都叫铜匠们化了做茶壶了！——死畜生，怎么往人家菜担子上伸嘴？我抽死你这个鳖孙！"说着向驴猛抽一鞭，加快脚步去了。乾隆高兴得像个孩子，冲着她的背影叫道："马家大嫂，晌午我去吃你的馄饨！"

此时已日上三竿，不知不觉乾隆已随人流出了城西。平阴虽小，据说是关公辞别曹操千里走单骑经过的地方。庙中有一块硕大无朋的石头，从中间一分为二，断茬平滑得像被快刀切开的豆腐，还有隐隐约约的铭文，人传是关羽的磨刀石。历代士大夫缙绅、善男信女就在这圣迹上修起关帝庙。因香火好，愈修愈壮观。三丈多高的主殿掩在老桧松柏间；左右偏宫亭榭台阁，碑碣画廊错杂林立，在阳光下云蒸霞蔚、蕴蕴茵茵、葱葱茏茏。庙前有一块空场足有一顷多地，西边已用竹木搭起戏台。一些生旦净丑已在上装，锣鼓家什打得丁当响；十几个道士指挥着进场的小商小贩们在场边布摊儿，空场上香客正在拥入，有说书的、打把式变戏法的、走江湖卖膏药的，东一簇西一簇人团团围着看。更有拆字算命的，高高挂着太极图幌子、端坐在木桌子旁给人推八字、看手相，说得唾沫星子四溅。乾隆摇着扇子徐步四处游走。纪昀心无旁骛在旁边侍候，要回应乾隆问话，还要左顾右盼观望风色。索伦等十几个大小侍卫扮作香客散在四周，像一张无形的大网围在左右，一个个心提到嗓子眼儿上，眼睁得滴溜儿圆，哪敢有半点疏忽？

乾隆在庙外大场中转游一遭，又进庙去看，大拜殿、春秋楼亦挤满了人，香火烧得大铜鼎灼面炙肤，更觉热得不堪，忙退了出去。又看后院石栏里供奉的磨刀石，也觉人工痕迹太重，绝非真迹。倒是磨刀石旁一块玲珑太湖石浑然天成，引得他注目良久。乾隆一边出庙，一边对纪昀道："这块石头比御花园里的还好。可惜，屈了才。"纪昀笑道："这容易，主子瞧得上，就是它的福分，叫人送北京就是了。"乾隆笑道："天下好东西多着哩，都送北京，我成了何人？"二人一边说，一边出庙，见马大嫂撇着大脚片子端汤锅。乾隆转到左边，一大群人踮着脚朝里看，原来有一个说书先儿，在讲本朝故事，说的是"刘统勋夜下沙河堡"的故事。把刘统勋说成个半仙半人的，吴瞎子和黄天霸都刀枪不入。乾隆不禁一笑，回头看纪昀，也在咧着嘴笑。二人会意，站着听了好一阵子，听戏台上锣鼓响，才离了说书摊儿。乾隆边走边道："刘延清在民间有好的口碑。按他说的就像牛鬼蛇神似的，倏出倏没，叫他们说得不像个人。"

"里头还掺和着李又玠的故事。"纪昀笑道，"《西游记》就是从话本里来的，我还见过几种呢！刘统勋破案破出名儿来了！"

此时人流越来越拥挤。台上铜锣板鼓敲得十分起劲，在演《关公挂印封金》，台下人挤成了团，麦浪似的涌来涌去，卖糖人的、卖冰糖葫芦的在人丛中挤着高声叫卖；踩高跷的扮演着《三打白骨精》、《哪吒闹海》、《目连救母》等节目……一队未走，一队又来，穿着破衣烂衫的难民，敞胸露怀的庄稼汉，油头粉面的鸨儿妓女，还有些村姑穿着大红大绿的挤在一处，指指点点、你推我搡地说笑。乾隆随意浏览，见如此热闹得不堪，转脸笑道："太阳晒得头昏，马大嫂馄饨摊儿搭有布棚子，那边人少有风，我已有点肚饿了。我们到她那里喝馄饨去！"

"哎呀老板！您真是说话算话，真来吃我的馄饨来了？"马大嫂眼尖，远远见乾隆踱来，一边给客人端汤，眉开眼笑地大声迎接，又对棚里刷碗的一个黑瘦汉子叫道，"我说当家的，手里的活儿暂放放，怎他娘的没眼色！那边桌上抹干净了！"她却也真的利索，乾隆和纪昀刚落座她已递过两把芭蕉扇、两碗柳叶茶。乾隆刚呷了一口黄澄澄的茶水，她又递来凉毛巾请他们揩汗。恰好一阵凉风吹来，乾隆一身燥热顿时驱走了，不禁大声赞叹："好！把你们的饽饽点心尽情端上来，我重赏你！"一时油煎馅饼、蒜拌凉粉、烫面角子、小饽饽、葱段甜酱什么的就摆了一小桌子。那汉子闷声不响，只是听女人指派调度，末了马大嫂亲自端两碗汤过来，笑嘻嘻地道："爷们先吃着垫垫肚儿。这汤算是我孝敬您的，尝尝味儿，馄饨现吃现下，下得早了没嚼头！"又冲男人叫，"老板有重赏，听见没有——再打半桶井水来涮毛巾——慢着些走，当心晃散了你那排骨架子！"说得棚里人都吃吃发笑。

乾隆早起没吃早点，肚里空空的，此时，吃得样样鲜美，因见纪昀拿捏着不敢放肆吃，便指着煎饼和大葱笑道："偶一为之嘛——你尝尝！真好吃！"纪昀道："大葱蘸酱，我们河北，还有河南人都喜爱吃。这东西虽好，和大蒜一样，吃过嘴里有味儿，所以贵人们都忌讳。"乾隆笑道："此刻我们又不是什么皇子贵人！"

正说着，外面进来三个汉子，衣着差不多，都是蓝市布袍子，袍角掖在腰带上，敞着胸打着酒呃闯进来，瞪着眼找座儿。马大嫂慌得忙迎上去，满脸堆起笑说道："申家三位爷，您好，欢迎一起儿驾临啦！地方儿小，客人又多，不比城里房子宽敞，二位爷得将就点了，这边桌子洁净，请到这边坐！"三人中年长一点的，长着刺猬一样的络腮胡子，冷笑一声道："我们申家三弟兄是洪三爷指定吃这块地面的，你就这么待承？"又指着乾隆的桌子笑道，"叫他两个挪挪，那边风大！"说着便要过来。索伦就站在棚边，一见有人要闹事，使了一个眼风，几个侍卫不言声地凑近了棚子。

"这是我们包了的桌子，"纪昀气得脸色发白，仰脸盯着三个大汉，

"包银二十两！你怎么这么横？就是不包，我们先来，你们后到，也得有个规矩呀！"马老板见状，早已过来，嘿嘿地笑着劝说："大爷，您老人家一向体恤我们小本生意的……回头我给你老人家磕头、赔罪……"马大嫂道："你少啰嗦，爷们不比你有成色！爷们又是龙，又是虎，又是豹的，会和我们这些蹦蹦虫儿计较！——搬张桌子到这边来，凉风儿吹过来一样凉爽。我们娘家他舅的二媳妇，还是洪爷姨奶家的姑娘呢！僧面佛面总得瞧着不是？"她连拉带拽地将三个人拉到桌边坐下了。

但这一来乾隆倒了胃口，馄饨上来也没品着滋味，胡乱喝了两口便起身，将手中一个小笼包子"啪"地一摔，说道："晓岚，赏！"纪昀伸手往怀中一摸，取出一锭银子，约莫三四十两光景，他生怕多事，笑道："我们老相识了，下回再来吃了你再找吧！"说完和乾隆起身便走，马大嫂见他出手如此阔绰，吓了一跳，反复看那银子，白灿灿刺目耀眼。她脸上又像哭又像笑，说道："天爷们！二十两就是二十两，我们没那大福分，没的折了我们寿！"旁边申家三兄弟却已看热了眼，你看我我看你交换着眼色，申豹便起身过来，笑道："别是假的吧？如今造假银的可是多的是，给我看看！"说着劈手便夺。

"慢！"乾隆不等他摸到银子，一把便攥住了他的手脖子，微微冷笑道："就算是假的，也要马大嫂说！"申龙、申虎早已霍地站起身来，申豹在乾隆手里挣了两下，恰似被老虎钳子夹定了，纹丝不动，便知来人膂力厉害，另一手指定乾隆叫道："大哥二哥，日娘的这是一群劫库的强人，快拿住去丁大人那儿请赏！"

申龙、申虎兄弟俩吼了一声："兄弟说的是！哪庙的神？吃供享吃到我们地头了！"说着扑身便上，把乾隆的饭桌踢翻在一边。马大嫂要上来拉，却被丈夫死死扯住，哆嗦着嘴唇说道："婆娘，得忍且忍，得忍且忍，咱们谁也惹不起……"索伦见乾隆仍旧扯定申豹不放，一个眼风扫了一下，三个小侍卫"呀"地大叫一声，猛扑过来。顿时，申家三兄弟脸上都像开了果酱铺子一般五色俱全，一个个被摔得四脚朝天。顿时，看社会的人"嗡"地围了过来。申龙、申虎、申豹都是本地的地痞子，跟着走江湖的学过几手野鸡把式，哪里禁得起大内高手们的拳脚？申虎叫道："哥吧，这几个家伙会邪术！"申龙道："什么他妈屄邪不邪？

去，叫咱们白虎会的兄弟——你们有种，一个也不要走！"他握拳叉腿
地支着架子，看着乾隆，就是不敢再上。

正在僵持间，围观的人群一阵骚动，人们乱嚷嚷："银娃来了！"又
有人喊："银娃扮观音走会儿啰，快看哪！"接着一个大汉闯进圈子，冲
着申龙喊道："洪三爷那边等得焦躁，你却在这里和人斗口，快去快
去！"申虎指着乾隆对那人着："这几个外路侉子，想在这里支盘子！"

"三爷急着用你的人，回头再说这些事！"

"是，那我们就去！"申龙咽了一口唾沫，回头冲乾隆道，"有种的
不要走！"带着申虎、申豹挤着出去，霎时不见了。

纪昀见乾隆气得呼呼直喘粗气，生怕他再命侍卫追打，就把声势闹
大了，忙温言劝说："四爷，这不过是几个土棍子，和他们生气不值得。
这地面上的痞子，县里也料理了他们了！"马老板吓得脸色焦黄，欲哭
无泪地干转圈子："这回惹下大祸了……这回惹下大祸了……这回——"
倒是马大嫂比丈夫撑得住，一口止住了丈夫唠叨："罢了吧，你这样子
就没祸了？我说老板，强龙不压地头蛇，他们看着像有急事，顾不得和
你们分争，其实这些人惹不得。平阴县里的洪三，县官们见了还躲着走
呢！三十六计，你们抬脚一走，就没事儿了！"她丈夫苦着脸说道："我
们呢？"马大嫂道："他只能不叫我支馄饨摊儿，还抄了我的家不成？"
夫妻俩争吵着，乾隆连连冷笑，扇子一挥便出了棚。他想看看银娃是个
什么模样儿。

棚外空场上已是万头攒动，社火锣鼓声杂着爆竹声响成开锅稀粥一
般。但见路中间走过来一队耍龙舞狮子的，在前面开道。金童、玉女、
阿难、木吒种种扮相的，跟在后面，甩着衣袖飘带，纸花银箔纷纷坠
地。中间簇拥着一台用四人轿改成的莲花宝座，上面端坐着一位面容姣
好的女子，鹅蛋脸、柳叶眉、丹凤目，抹着红樱唇，一身汉家宫装，发
髻上微微挽起白绫结子，白纱披肩轻轻飘动，垂着金黄色璎珞，右手五
指并拢竖在胸前，左手持着净瓶杨柳。随着震耳欲聋的鼓乐，那莲座像
船一样缓缓起落，在阳光照耀下，真个既端丽又飘逸，似在凌空飘渺
间。乾隆离得较远了，无法真切地见到银娃的色相。乾隆手搭凉棚一步
步向前，早被纪昀暗中指挥的侍卫，围成一道无形的墙，无论如何挤不

过去，看看社火队已转到场东，乾隆叹息一声只好转回身来，笑着道："纪昀，你好大胆子，敢这么挡我！"

"《金刚经》有云，菩萨庄严佛土不？如来说庄严佛土，即非庄严，是名庄严。"纪昀合掌念念有词，"《心经》里说，色不异空，空不异色，色即是空，空即是色——我们干吗追着看'空'？"

这两句话说得乾隆也笑了，纪昀又道："这边有说道情的劝世舍药，咱们去瞧瞧，也该回城里去了。您瞧这天，已经过了申时了！"于是他们又踅回关帝庙门前，果见一大群人，或站或坐或跪，足有五六百人，约有一半是女人和小孩，中间一个青年道士，年约二十多岁，闭目盘膝坐在土台子上正在行功施法，两个小道士各人怀里抱着一卷黄表纸，给围观的人群分发，不分男女老幼，只要伸手就送一张。纪昀对乾隆耳语道："这个青年道士扮了观音，不亚于银娃呢！这么年轻，有什么法术？"旁边一个老婆婆却听见了，合掌喃喃说道："祖师爷慈悲，这位冲虚道长是真神下凡，我的孙子吃了他的药病就好了！别亵渎了祖师爷！"说着一个小道士已走到纪昀面前，见纪昀笑着摇头，又到乾隆面前。乾隆却伸手要了一张，学着众人叠成三角包儿擎在手上，盯着看道士，看他如何做法。一时便听冲虚合掌念诵：

> 乌绕枯树，象走泥淖。
> 萤飞愁涧，鱼度坝桥。
> 堪嗟众生，苦多欢少。
> 营营奔竞，劫来难逃。
> ——入得我门命尽饶！

声音虽然不高，犹如金属撞击，丝丝颤动。乾隆听着这词儿，不禁脸色骤变，纪昀也是陡地惊觉，莫不成是"一枝花"党羽在这里布道传教！二人凝神静听，冲虚已经改唱道情：

> 孔雀佛，从初分，打开宝藏。
> 药师佛，将宝贝，散与儿孙。

　　　　张天师，到家乡，听母吩咐。

　　　　说下元，甲子年，末劫来临。

　　　　壬子年，禾无收，黎民饿死，

　　　　癸丑年，犯三辛，瘟疫流行，

　　　　有缘者，入我门，三才护佑，

　　　　无缘的，难躲过，血流盈门。

　　　　劝世人，早行善，放生吃斋。

　　　　有老祖，发灵符，救度人民！

　　　　——悉罗萨罗焚藏奥穆泰吾罗嗦噢咪

　　　　印——太上老君急急如律，敕！

至此诵毕，冲虚含笑开目，下边信民们杂七杂八高声诵号：

　　"南无龙华老祖！"

　　"南无慈航老祖！"

　　"南无阿弥陀佛！南无大慈大悲救生药王菩萨——保佑我孙子考上举人！"

　　"南无……我男人的病，菩萨早赐灵药！"

　　这位冲虚道长正是"一枝花"所扮，五天前离开河南境进入山东，想从鲁南取道绕开刘统勋和高恒的堵截，但沿山东通往安徽、江苏和河南各个边境盘查得实在太严，丝毫不亚于直隶，过境不但要本籍县令的印信引子，还要铺保、证人，还要有境外投靠人出具的信函，搜身放行——如此周严，断然不能全部平安脱险，因此索性在难民中布起道来，改了红阳教歌辞，施法舍药以收民心，恰恰就遇到乾隆微服私巡！

　　当下易瑛传道已毕，微笑着下了上台，接过雷剑递上的拂尘。扮作火工道人的胡印中即向全场大唱："老祖赐药引，得者有缘团！"易瑛道："这一次都有缘！"将手中拂尘在头顶画了三个圈儿，娇叱一声："疾！"乾隆正不知所以，见众人窸窸窣窣拆那黄纸包儿，便也解开自己折的那份，不禁吃了一惊，原来里边竟真的有药！——约有半匙，色微赭，极细的粉末，嗅了嗅，无味。正不得理会，雷剑、唐荷、韩梅、乔松四个"小道士"身背土黄法袋，将袋中已包装好的散药分发给每个人，一边发一边道："行善有灵，作恶者不治！"这一次连纪昀也得了一包。

"这玩艺能治病？"纪昀凑到乾隆手上嗅嗅那黄纸包，又用手指拨拉着手中包里的药，只是诧异，"它怎么到了您手里呢？……这像是香灰对了点朱砂，这一包好像有点麝香味儿……"他是正宗的硕儒学者，一切邪门外道一概不信，但此时心里也觉得奇怪。纪昀正喃喃自语间，易瑛已走近了乾隆。明净的瞳仁黑漆漆地注视二人，向乾隆打一稽首说道："这位檀越居士，是佛门善知识吧？"

乾隆确是雍正十一年皈依佛门的居士，赐号"长春居士"，被易瑛一语道破，陡然吃了一惊，以为行藏已经暴露，但他很快镇定下来，笑道："善知识不敢当，我确是佛门檀越。"

"听你口音，是京都人。"

"我不是北京人，祖籍奉天，常在京师做买卖，随了那里口音。"

此时离得近，乾隆注目易瑛，但见眉目如画，面白如玉，樱桃小口，俊雅可人，心中顿起好感，遂称赞道，"道长好法术，居士今日开眼了，你是江西人吧？"易瑛笑道："我也不知自己是哪里人，因为生得像女人，父母早亡，伯父说我妨家，不记事时就被送到终南紫云观，云游天下。我没去过的地方不多了，如今扬州道友召我去说经，因为不能过境，在这里托缘布道，求些布施。"说罢又一揖，"佛道同门，慈悲化人！"乾隆这才知道他是来化缘的，顿时放下心来，笑道："有这样的神通本领，我化点银子理所当然。"纪昀忙将十两一锭小银递上，易瑛一笑再一稽首，银子却是雷剑接了过去。还要往下叙谈，便听得场南边人声鼎沸。几个人转头去看，只见一群人打成一团。随即响起妇女的尖叫声，孩子的哭声，路边一溜卖汤饼、小吃的摊子都被踩得稀烂，人们叫骂着，有的混进去厮打，有的哭爹叫娘抱头鼠窜，一起子一起子难民乘机便哄抢吃的用的。偌大一个关公圣诞社会，一时搅得昏天黑地。

"是怎么了？"易瑛脸上带着愠怒，问旁边的乔松，"那边乱什么？"乔松未及答话，一个侍卫飞跑过来，对纪昀禀道："那边打起来了，先是洪三带人抢银娃，把彩棚行的人捅倒了两个，接着难民起哄，抢东西、打人。丁大人已经亲自带人来弹压了！"

纪昀前后联着一想，这是洪三起哄闹事，方才在棚子里急召申家兄弟，就为聚人抢这个银娃。他也不想让乾隆往这事里头搅和，遂道："咱们是尊贵人，千金之子坐不垂堂。四爷，咱们走！"这一刻间，易瑛也拿定了主意，莫如趁乱出手，打烂这个县城，再寻机会出脱。说道："这个洪三是地地道道的恶棍，我坐地行善，他还收地皮钱！走啊——和他做一场！"带着胡印中和四个姐妹及众党徒呼啸而去。

此时广场上乱成一团。看热闹的香客纷纷四散逃窜，小商小贩们吆喝着，护着摊子担儿、车儿往庙里躲。洪三的白虎会众早已将"莲台"砸得稀碎，和彩扎行的护行打手打成一片，把个如花似玉的银娃挤在中间拉来拽去，揉搓得不成模样……乾隆哪里肯听纪昀唠叨，手一摆便向南走，却不进人堆里，只站在旁边看。但见几十个衙役带着当地保丁，一个个忙得满头臭汗，在人堆里拉了这个拉那个。申家兄弟拥护着一个胖子，在靠戏台子一边用小旗指挥，任谁扑上去都被打得鼻青眼肿。又见易瑛和几个道士一边喊打，一边张眼四望，忽然一个人指着戏台台脚大叫："洪三在那里，打！"于是，易瑛又带人向西冲，人群"嗡"地被冲倒一片。那雷剑身手矫捷，趁着胡印中打倒两个白虎会众时，鱼一样游到洪三身边，不知使了个什么法术，白光一闪手起刀落，洪三一颗肥胖的脑袋已滚落在地！易瑛和四个男人在打，一闪身跃出圈子。雷阳巾被拖落下来，一头秀发立时露了出来。乾隆不禁浑身一震，这女子一定是邪教里的，一时又见申家三兄弟跑出来大叫："杀人啦！有反贼杀人了！"

乾隆此刻目不暇接，指着申龙三人大喝："给我拿下！"又指着易瑛，"我要这个人，快拿！"纪昀急急说道："灭了本地恶霸就没了乱源，其余的事好办！"一语提醒乾隆，推着索伦说道："死奴才，守在这里干什么？帮着丁继先维持！"索伦急得两眼出火，却仍是跟定乾隆寸步不离，连连点着名字吆喝："主子要申家兄弟，凡在里头作乱鼓噪的一概擒拿，不许乱打！"侍卫们便帮着衙役们擒住了十几个难民和白虎会的打手，有几个被打得浑身是血，躺在地上挣扎。还有想趁机大抢大打的，见势不妙，扔下手中菜刀、棍子之类家什便四处逃窜。

"娘稀匹！"丁继先一直东奔西窜指挥弹压，此时见官衙占了上风，因见银娃被人救出，照脸啐了一口骂道，"不是你这婆娘，哪有今天这事，老子回头料理你！"说话间申虎、申龙已经被擒，乾隆在纷纷逃散的人中张着眼还在寻找易瑛和申豹，哪里还有人影儿？一时，一个热火朝天的庆神社会便如鸟兽散，满地都是遗落的鞋、帽、衣带、破锅、烂盆，还有东一摊西一摊的斑斑血污。这时丁继先才顾得上来见乾隆，揩着污汗道谢道："贝勒爷，幸亏有您帮助！要不是您帮着，今天要闹出大乱子了！"

乾隆看也没看他一眼，摇着扇子踱了两步，庄重地说道："哪里有什么贝勒？又是什么王爷？朕即是当今乾隆皇帝！"仿佛又一声霹雳，震得丁继先浑身一颤，满头油汗立时化作冷汗淋漓。他像傻子一样，目瞪口呆地站在一边。看看那群侍卫，又看看纪昀，再仔细辨认乾隆，突然扑通跪倒在地，连连叩头道："臣是个糊涂蛋！竟对面不认得主子！……早瞧着面熟呢——臣觐见过两次！可惜臣是个近视眼……"说得乾隆一笑："起来吧！看衙役们听见了……"说着便边走边问，"这个白虎会是不是青帮里的？有多少人？"

丁继先侧身跟着，小心回道："白虎会是红帮。归城北洪三香堂管，洪三下头还有青龙、元武、朱雀三个会，人数总计一千二百多，都是本地人，有各行里的掌柜伙计，也有种地的。""这里一方豪强恶霸。"乾隆站住了脚，"为什么不取缔？洪三作恶多端，白昼行凶，人人畏之如虎，为什么不早早剪除？"丁继先从容答道："臣是去年秋天才调任平阴的，下车时这里的恶势力已经尾大不掉。县里人手少，又没有拿到洪某犯罪的实据。调来从前的狱案看过，虽有前科，曾被赦免出狱。如果弄不好，出了大乱子，根本弹压不住。后来难民拥入平阴，就更不敢轻举妄动了……谁知到底还是出了事。"

"这事看来不全怪你，前任官姑息养奸，难辞其咎。"乾隆继续向前走，沉吟着说道，"不过，眼前你打算怎样善后？"丁继先也低头思索，说道："只有戒备谨防，等难民的事处置完再作打算。"乾隆道："现在就要处置，今天捉到的乱民，还有白虎会的恶棍，要立即正法！"

"喳！"

"立刻出安民告示。洪三已死，他们群龙无首，解散红帮香堂。青龙、朱雀的会首要到县衙自首，三日不到，即行剿捕！"

"是是是！——不过难民……"

乾隆蹙眉沉思，许久才道："这么着堵截太费力了，也不见得就能逮住'一枝花'——所有省界边境开禁、撤回边卡，要知道'积水成渊，蛟龙生焉'，纪昀写信给刘统勋，把旨意传给他，县里快马送去！"纪昀忙躬身道："喳！"乾隆见丁继先发呆，说道："你去吧，快办！嗯……把那个银娃带到朕那里，朕要亲询！"他脸一红，敏感地看一眼纪昀，纪昀一脸木然，好像什么也没听见，什么也没想。

第二十八回　说宦情夜宴狱神庙
　　　　　　惜能吏皇帝探死囚

　　卢焯黄绫裹枷被锁拿到京，听候乾隆最后处置，囚在养蜂夹道的狱神庙内。这个地方在康熙年间，曾囚禁犯过的阿哥和宗室亲贵，后来又改为刑部关禁有罪的待勘大臣的处所。虽然修造得结实，几十年风剥雨蚀，也已显得破旧凋零不堪。高大灰暗的墙壁，檐间蛛网密布，雀粪斑斑，高墙上筑有瞭望堡和巡道，看去阴森森的。他是这里被囚的最大的官，住得最为舒适，是"天字号"第一所的头号房——其实就是原来狱神庙的东偏殿。将大殿用木板隔开一分为二，形成内外套间。外间放一张供吃饭的桌子，还有三张椅子，内间木榻上还撑着帐子，确乎是特别优遇。这并不是管狱的心善，一则朝廷有不辱士大夫的成规，二则这里的犯人吉凶不定，有的是杀了，更多的是囚了一段又赦了。几年间起复出来，又是权威赫赫、炙手可热的大僚。当年怡亲王允祥囚在此处，典狱官骂了他一句"装病"，允祥重新得势，把已经调到广东的典狱官又调回北京，压到部曹里边当誊抄吏，到死都没再晋升一步。因此狱卒们待犯人一个个口甜如蜜，一句一个"大人""爷"，绝不敢怠慢，卢焯原是户部员外郎加侍郎衔放出去治水当钦差，又转任封疆大吏的，熟人格外多。一入狱便有一干同年、同僚、乡亲来此慰问、请安、道乏。今日你一席说是"祛凶"，明日他一席又说"压惊"、"洗晦"。连日来热闹个不了。卢焯自觉比在福建享福十倍。惟一担心的是乾隆亲审，咫尺天威，福祸难测，静夜里，常常忐忑不安梦惊不断。

　　眼见五月将尽，这日天下微雨。卢焯正百无聊赖，隔窗见几个人说说笑笑进了"一号"。走近了，才看见是户部主事柳缙模和云南司主事吕成德。身后跟着几个笔帖式，佣人挑着个食盒子进来。狱卒便忙开门，笑着说："今晚又能沾爷的光儿了！"卢焯笑着迎客，让座，说道：

"已经讨扰过了，这样一次又一次的，太叫老兄们费心了。"

"今儿是老吕做东。"柳缙模是个喜天哈地的人，一边叫布菜，一边赏狱吏酒钱，说道，"老吕主管云南司，如今阔起来。阳痿也好了，今儿说去冬纳的小妾肚里有了，我说那你得请客——就拽他来了。"卢焯笑道："这杯喜酒当然要喝，祝你早生贵子。你阳痿是用什么法子治的？我福建任上一个朋友也有这个病儿，凭是参蓍茸桂、驴肾鹿鞭吃了多少，总不管用。脖子上、手背上每日爪痕不断，说是老婆掐的，真是笑死人！"

柳缙模笑嘻嘻地给各人斟酒，共举门杯为吕成德贺喜。柳缙模为卢焯夹菜，说道："穷京官得这个病的多了。卢大人，您想，一年通共三四十两的俸，还要应酬朋友，谁敢接家眷来，又不能嫖窑子，每日凉床睡觉，枯寂无聊，哪有个不得阳痿的？刀子不磨还要生锈呢！……"他话没说完，众人都禁不住"噗"地喷酒在笑。吕成德指着柳缙模笑得直抖，"你呀，你呀……"却说不出下头的话。

"其实岂止是部曹小吏，就是有些朝廷大臣，在这上头也是难乎为情。"旁边一个笔帖式喝得满面红光，把杯说道，"先头李巨来公，当了直隶总督，他吃亏就吃在矫情上头。有个外地门生进京，送他一个小妾，他把人家痛骂一顿，打发人家走。可自己心里又难受，人走了，拿着家里小厮出气。每次有人给他送礼，都是峻词拒绝，子曰诗云一大套训导人家。人走了又沮丧彷徨，长吁短叹。这种人你说苦不苦呢？"柳缙模一脸怪相，说道："难怪呢！巨来公到北京就没再生儿子，原来也阳痿了！"众人又复哈哈大笑。

卢焯是个有心事的人，毕竟笑得不畅，吃几杯问道："钱度在云南铜政司差使办得好。上回老尤来看我，说是要升御史了。有这事吗？听说江苏今年尹继善修了好大一座书院，海关厘金税比去年多了一倍，皇上回来不定有多高兴呢！"他其实是想探听乾隆是不是已经回京，心情如何，众人当然猜不到这里。吕成德道："铜政司如今权大，顶得上户部副衙门。不过那里的铜政、钱政也确实需要钱度这样的铁腕人物去整。他一到那里，先装憨儿，猫在一边几个月，只听只看什么也不说，人们都以为他是个白痴。谁知他一说升衔，跟他的书吏们就抱来老高一叠档案文卷，点着名一个一个揭露左右胥吏贪污受贿的情事，若是不如实招认，便大板子打得噼啪响，打得血肉横飞，有三个和铜商勾结的竟被当庭打死，其余的却一律记过留衙。紧接着又处置铜商，连云南总督都惊动了，调一营兵封山，一夜擒了四十多个铜商。钱度说'本司有先斩后奏权'，不到天明就枭首了，一大串挂在旗杆上示众。他一头给矿工长工钱，一头又捉了几十个包工头，说他们欺压良善，为非作歹日久，擂鼓三通，杀得衙门外一片血水横流。除了青帮，所有原来的帮会一概取缔。有私自夹带矿铜出山的也杀了几个。经过这样的整顿有了规矩，今年精铜多产了四倍还不止，铸的钱又多成色又好。你想，皇上怎么能不爱他？傅六爷说，听皇上的意思，还要给他挂上左都御史的衔呢！"

"真看不出，钱度有这样狠辣的手段！"卢焯吁了一口气，"原来在户部，看去也只干练些，真是人不可貌相。""他是在田文镜跟前做过师爷的。"柳缙模五指敲桌，他已经微醺，乜着眼懒洋洋说道，"说来，这也是际遇，在军机处当一个小小的书办就和咱们主子结识上了。这次去一是报恩，二是要做一番事业。主子给了他杀人权，不怕人头滚！"那陪来人中的一个胖子道："他这是血染红顶子。没有才具胆量是不成的。这次金川之战，张大将军和庆大人要对勒敏行军法。勒敏逃到云南，钱度就硬敢收留！放在我们身上，顶多打发点盘缠放他走路罢了！"胖子对钱度杀人犹自回味，道，"钱度，啧啧……那双牛蛋眼瞪起来，也怪吓人的！"

正说闲话间，直隶河总鄂善从外匆匆进来。吕成德和他极熟稔，起身一把捉住他袖子，说道："老鄂，晋了三品大员，忘了我么？快入座。这么热的天儿，还一身官袍糊着——宽衣，我们豁三百拳！"鄂善歪过头，躲着逼到嘴边的酒杯，一手推着，说道："别闹！快点撤席——皇上和傅六爷来了！"胖子笑道："好大个题目吓我们！皇上刚从山东回来，乏透了的人，勤政之余，不也得和娘娘嫔妃们震卦①一回？到这个地方做什——"他话没说完，舌头突然打了结儿，望着门口发怔，"啪"

---

① 震卦：按《易经》震卦有男女欢爱求子之意。

地狠狠扇了自己一耳光，扑通跪了下去，语不成声地道："臣……臣嚷
黄汤嚷醉了……主子权当听见狗叫罢了……"说罢就咕咚咕咚只是磕
头。众人先是好笑发愣，向门口一看，都吓得立起身来。酒被化为一身
冷汗出了。原来乾隆真的驾到，身后站着傅恒，呆着脸看屋里一片狼
藉。屋里人被惊呆了，好久才回过神来，一齐俯伏在地叩头。

"肖道清，你方才胡呓些什么？"傅恒的脸板得铁青，担心地睨一眼
乾隆，问道，"这是臣子该说的话么？——把这些乱七八糟的东西撤
掉！"几个狱吏齐声答应着，老鼠一样伏身溜了进来，连桌子抬了出去。
那个叫肖道清的胖子只是叩头，结结巴巴说道："回，回六爷……臣那
是醉话……胡说八道……"

乾隆居中坐了下去，接过典狱长吏亲自捧过的茶放在旁边的凳上，
看了众人一眼，突然一笑，说道："你叫肖道清？"

"是……"

"哪个部的？"

"回皇上，户部。"

"你敢诽谤朕躬？！"

"臣臣臣才不敢……臣其实心里最敬皇皇皇上……"

"你方才说什么？再说一遍。"

"……"

"说嘛！"

"是……"肖道清已完全恢复了神智，偷偷瞟了乾隆一眼，咽着唾
沫说道："臣混账！臣说，皇上刚从山东回来，乏透了的人。勤政之余，
不也得和娘娘嫔妃们……那个那个震卦一回？"他"啪"地又打自己一
耳光。众人心里怦怦急跳。傅恒差点笑出米，忙咳嗽几声掩饰。

乾隆怔了一下，缓缓把目光转向吕成德："那——这席酒是你请
的了？"

"不是臣的东，但臣负责。是臣硬拉着别人做东。臣犯过有罪，请
主子惩处！"

"你为什么要请卢焯？是想着他将来起复，给自己留个后路吧！"乾
隆犀利的目光盯住了他，"——朕想起来了，你叫吕成德。在庄亲王的

筵会上，提着怡亲王耳朵灌罚酒的是你吧？"

吕成德打了个酒呃，磕头回话，说道："臣不成器，呃！上回请卢焯，臣有这个心，这回没有。刑部王恭说，卢焯已经定了斩立决的罪。过几天就要行刑了。他昔日在京，和臣过从甚密。不能不来给他送送行……"

"朕不罪你们。"乾隆摆手说道，"有情也有理嘛，朕不以文字言语罪人，但你们也有错。"他看一眼脸色变得异常苍白的卢焯，继续说道，"送卢焯上法场，不该在法司监狱。这么热闹，成什么体统？肖道清所言，也是实情实理，知道朕'乏透了'，而且'勤政'，也算尚有人心，但说'震卦'，男女之事谁能没有？也不算错。然而在此场合说此话，不算恭敬吧。于君于父应栗栗然，惕惕然如对天地，不该如此吧。朕说的你们服不服？"

众人个个心里揣着个兔子，都道今日惹了大祸，不死也得扒层皮。听了乾隆一番"有情有理"的话，人人都如蒙大赦，一齐叩下头去颂圣，什么皇恩浩荡、臣罪当诛；雨露恩重、天高地厚。乾隆轻轻挥手，说道："去吧！各人写个谢罪折子，转到都察院，叫孙嘉淦给你们记过！"

众人仓皇退出了狱神庙，屋里只剩了乾隆、傅恒、鄂善和卢焯。一坐两站一跪，气氛立时变得异常紧张。不知过了多久，乾隆微微叹息一声，问道："卢焯，你都知道了？"

"臣已知罪，臣来京之前，已经料知难逃圣主诛戮。"卢焯说着，已是泪如雨下，"得到先帝、皇上两代圣君栽培，臣都辜负了，臣枉为人子人臣。生，羞见世人父母；死，羞见先帝和祖父祖母。百思悔肠，不知该如何发落自己生魂！"乾隆被他说得伤情，眼圈一红就要落泪，咳嗽一声掩住了，语气沉重得带着颤音："你的案子刑部和大理寺会勘了五次，三上奏折，朕都没有批。这一次六部会奏，确是有理有据案定如铁，朕只能依律允行。刑部拟的，你已知道是斩立决。朕不愿你显戮，已下旨着令你自尽，你可有怨尤？"卢焯脸色惨白，像刮过的骨头一样泛着青色，叩头道："臣犯的是贪贿之罪，没有什么可恕的，显戮可以儆戒百官，也可以使百姓知朝廷爱养元元的圣德至意。杀头、自尽都是一死，臣愿当众向天下谢罪……”说到这里，他已哽得不能成声，只是稽颡叩头。

乾隆的脸色也变得异常苍白，喟然说道："朕有惜你处啊！先帝爷在时对朕说过，江西有个卢焯，在县里修堰治水很见成效。国家水利自靳辅、陈潢之后人才奇缺，要朕留心使用。你治尖山坝成功，是证先帝目力准确。况你从前操守也好，朕疏于教诲，只褒扬未加训诫，终于有今日遗恨，记得鄂善修治砖河、潞河，几次不成，请你指点。也是我们现在这四个人小酌薄酒，剪烛谈政……"两行眼泪已无声滚在乾隆颊上，"那是恍若昨日，谁知你竟……"他没说完，卢焯哪里还撑得住，号啕大哭道："主子，主子……您别说了，臣的心都要碎了……"

"熏英，你真叫人没话说……"傅恒早已黯然落泪，"你是怎么弄的？怎么会犯这个病，为一个女人……"卢焯长长叹了一口气，拭泪说道："六爷，都怪我财迷心窍，这时候有什么辩处？那个女人怀了我的儿子……我们卢家五代单传，我们老爷子说'倾家荡产也要赎她身子'，可我没有产业。老爷子在先帝爷手里罢官，还亏空欠了两万两债务。姓杨的送来银票，正好够用，我就动了心。想不过是分家案子，过后无话，这件事就结了。遭了刘吴龙的弹劾，臣又惧又羞，乱了方寸，赶紧用八百里加紧补了题参杨景震的折子，又犯了欺君之罪……这会子真无话可说，只求速死，只求速死了……"

乾隆泪流满面，再也不忍听这撕心裂肺的哽咽哭声，强撑着站起身来，说道："这是你咎由自取。朕来看你，尽一尽昔日旧交情分。鄂善可以留下，卢焯在江浙治水福建修坝，都有些章法，参照他从前写的《治水疏》，你们再谈谈。"说罢拔脚便走。

傅恒赶忙跟出来，发觉外面的雨还在下着。落在脸上，凉丝丝的十分受用。乾隆似乎还浸沉在方才的气氛中，踽踽散着步，他不要乘舆轿子，众人只好都跟着。一串黄色的西瓜灯在微风细雨中缓缓行进，像一条火龙在街上游动。这一带都是部署衙门，顺天府又封了道儿，没有看热闹的，倒也安适清净。

"傅恒，"乾隆边走边问，"你在外任当过钦差，带过兵，又回来做军机大臣。你有没有贪贿的事？""没有。"傅恒立刻坦然回答，"但带兵要军饷不能没有虚冒多领。这是因为部里不肯如实发给，总打折扣。多少要说点假话才能够用。有多余的也分给当兵的了。这是带兵将领的良心和本钱。其余臣一介不取，不是臣不想，是臣不敢。主子栽培臣不容易，祖宗的脸面要紧，皇上和娘娘的心不能伤。再者，臣和卢焯不同，臣有十来处庄子，都是先帝圣祖和皇上累年赐的，进项足够一家开销的，犯不着为银子触犯刑典。"乾隆听着只是微微摇了摇头，说道："这不够。要是平常人，算是上上人；要为一代贤臣，又是下人。你这个'不敢'二字就是明证。还是要在诚意正心上克己复礼。"傅恒忙道："是！臣记住了，臣学张廷玉！"

乾隆仰天，用脸接着带凉意的雨点，说道："张廷玉自有他过人之处。近年老了，太看重了名——身后的'名'。今天见朕，他又说起入贤良祠，说朕答应赐诗的事。朕说'你这是第几遍了？答应了你的，准定给你，放心！'但朕心里不取他。他这几十年办差，实在是勤谨。可是误了他读书，根性上的毛病，到老了就掩不住了。"他说着又转了话题，陡然问道："你看卢焯这个人，到底有没有可恕之处？"

"……有的。"傅恒语气中带着迟疑，"一是银子毕竟没敢悍然私吞，还留着观风色；二是事发之后有畏罪之心，三是此人素日政绩好，没有民愤。如今的官，贪贿的手法也愈来愈高明，有几个直接拿钱的？送地的，送古玩名画的，送宅院的，还有送产业的，比如苏杭一带织造绸缎主们、江西景德镇大瓷窑主们行贿，送的是'份子钱'。不张不扬、没凭没据，那些分店、分号就成了'父母官'的产业了。杨景震不聪明，卢焯更笨，就落入网中……"他叹息一声，言下不胜感慨。

乾隆也是叹息，说道："朕是很惜这个卢焯。如今选上来的进士，叫他写八股文，一个个花团锦簇，叫他说治民之道，有的也能说一套。给他一个铜矿，他就不及钱度；给他一条河，让他治，他就望洋兴叹。懂得经济之道的太少了，朕有点舍不得。"傅恒笑道："主上想饶他还不容易？驳了部议就是了。"乾隆道："六部没有错误，驳不动。朕想，吏治还要整顿，愈是天下富裕，这一条愈是要紧，不杀他，别人引例叫饶，朕饶是不饶？"

这一来傅恒也语塞，良久才道："皇上这话奴才心领神受，也实在感动。像这样忧天下之忧的圣君，奴才能够青蝇附骥，不知哪一代修来的福。"他顺水推舟地灌了米汤，"有句话请皇上斟酌，如若委实舍不得卢焯，皇上可以代他担点责任，这样不伤大局，卢焯的命也就保住了。"

"噢!"乾隆一下子站住了脚，他脸背着灯影，看不清是个什么神气，许久才道，"可以代他担点干系。朕有训诫不严之责也是实情。对了，还可叫六部郎官以上官员上条陈，议一议朕即位以来的政务阙失，不但卢焯可以保下来，也借此告诫天下朕肃贪倡廉的至意——你这个主意出得好!"

这个主意当然不坏。但傅恒却知，这其实是一道罪己诏。有朝一日对景儿，乾隆想起来，把责任放在自己身上，是件万难承当的事。遂笑着娓娓说道："奴才这会子又觉得自己是否太荒唐了! 其实死一个卢焯，于国家并没有什么伤损，还可借此整饬吏治。也不见得是什么好主意，只求主上圣心默察而已。"

"不荒唐。"乾隆顺着自己思路说道，"讷亲已经动身两天了，朕也下诏命钱度带勒敏来京。核实了金川败绩，庆复、张广泗断不可留! 那是两个官居极品的大员，于天下震动比卢焯要大得多。只要百姓知道朕不吝于诛杀有罪官员，只要朝臣知道朕执法如山不庇护于心膂亲臣，也就够了!"傅恒忙躬身称是，但不知怎的，他心中却掠过一丝寒意。

他们边走边说，不觉已到西华门外，此时刚刚起更，八盏明黄宫灯煌煌耀眼。粉末一样的细雨在微风中丝丝飘荡，高大的西华门翘翅飞檐，矗在夜空之中，似乎要凌空拔起的模样。和西华门遥遥相对的，是张廷玉的府邸，门前只挂了两盏米黄西瓜灯，灯下人影幢幢，隐约看去都是等待接见的外地官员。傅恒想起乾隆议论张廷玉的话，想说一句"张廷玉也不容易"，又咽了回去，见乾隆若有所思地站住了脚，便问："主子，这会子在想什么——也许奴才不该问。"

"朕在想山东平阴的事。"乾隆像是在咀嚼着什么，缓缓地说道，"朕已经告诉过你的，朕很疑那个女扮男装的冲虚道士，就是'一枝花'，朕拿她本来是很容易的，怎么就没有下这个旨意呢?"

这个话傅恒不敢答，乾隆拈花惹草的风流性子他太了解了。但和皇帝说话又不能沉默，憋了一阵子，竟憋出一句："因为她是'一枝花'!"

乾隆摇头道："花有毒也还要除掉的。'一枝花'雍正初年已经出名，朕十二岁时就听过她的案由。所以不能肯定，她没这么年轻，难道世上真有驻颜易容术？"傅恒笑道："是个狐狸精也未可知。"他觉得这句话太轻薄，忙又敛容问道，"主子后来又见着她了么？"

"见了。"乾隆无声地透了一口气，"第二天开禁边境，朕离开平阴，在西城门口又和她打了个照面……都没有说话，离有一丈来远近吧，我们对面站了一会儿，她向朕打了个稽首就骑驴走了……朕一直看到她背影没了才上马。"

见乾隆一副若有所失的样子，傅恒不禁一笑，说道："如若有缘，将来还会见的，主子想见她还不容易？"

"朕不愿与她有这个缘分。"乾隆眼神里多少有点迷惘，徐徐说道，"你跪安吧！"

傅恒回到自家府邸，掏出怀表看时，刚指八点半，还不到亥时。见小王一溜小跑迎了出来，他一边往里走，一边问："哪位大人来过？少爷睡了没有？"小王紧跟着往里走，回答道："今晚在这等着候见的人不少，太太吩咐了，说老爷今早天不明就进去了，晚上要见驾，请大人们明儿再来，便又都走了。还来了两个洋人，是荷兰国的洋和尚，叽里咕噜说了一大串，那通译官也是个活宝，结结巴巴地翻译过来，说久慕老爷是个中国英雄，想巴结巴结，奴才请示太太，也照前头的话打发了。他们还想见太太，太太笑得前仰后合，说下辈子她托生个男的再见……听里头人说，少爷刚刚睡着，怕惊着了，奴才不许打更的敲梆子……"傅恒站了一会，说道："该打更还得打更，甭那么娇贵，惯得纸糊的人儿一样，将来出兵放马，大炮声他听不听？现在就办！"说罢进了二门。

"呀，老爷今儿回来得早！"棠儿正和彩卉在灯底下伸交子①，一根绳圈儿翻得花样百出。见傅恒回来，忙将交子套在彩卉指上，站起身道，"我还以为又要等到半夜了呢！——快，给老爷端参汤，把冠服除了——轻点，别惊醒了康儿！"傅恒这才看了看熟睡的儿子，说道："别

---

① 交子：即用绳做开交的游戏，也用来占卜。

太娇了，娇子如杀子！这屋里还有蚊子？还要盖上纱罩！"棠儿笑道："成者王侯败者贼！你如今紫袍玉带，说得嘴响。你说我娇他，我还说你不像个阿玛呢！自康儿下地，你抱过几回，亲过几次？"

傅恒看看儿子福康安，粉嘟嘟的脸，戴着用碎布拼成的兜肚儿，嫩藕似的小胳膊小腿半伸半蜷，灯光下隐隐约约地笼在纱罩里，年画儿上的小哪吒似的，也实是可爱，一边揭开纱罩，笑道："这是我的种，我不亲谁亲？我怎么瞧都很像我……"说着便俯身用嘴去亲。小家伙大约被他的八字髭须刺痒了，一翻身"啪"地打了傅恒一个耳光，一骨碌坐了起来，小黑豆眼迷迷怔怔看了看傅恒，咧嘴儿要哭，一闪眼又伸着小手指指桌子，说："要，那个！"棠儿忙转身向桌旁走去，又见彩卉还伸着交绳侍立在旁，说道："你去吧——记住这个交样儿，明儿查查交谱。"

傅恒见桌上亮晶晶一片，待棠儿拿过来一看，竟是一块镀金怀表！不禁吃了一惊，说道："这么贵重的东西给他玩——谁送来的！""是个叫吉利的洋和尚送的。我叫老王去退，吉利说这东西在他们国里不是什么金贵东西，还说你是大英雄，还说什么尾大。我说我代大英雄收着，可不一定给你办事儿。我还说黄鼠狼才'尾大'呢，这个词儿免了吧！"说得傅恒也笑了，一边逗儿子一边说道："他是想传教啊，这我可做不了主。我已经见过他，叫他见主子，他又不肯跪拜。这怎么行？别说是他，就是他们国王来了，见到主子也得三跪九叩！这是臣子应尽之礼嘛，我就想不通他们的心思！——内当家的，说正经的，儿子不能太娇，家里文教头武教头都有，该认的字认不下，该学的架势学不来，要罚跪，不能任性！"他指着表，"我知道，这物件在他们国也不便宜，我们不能受。明儿缴官，这不是小孩子坑的。"小福康安已能听懂大人的话，嘴一撇举起手中的怀表便掼了出去，嘟着小嘴说道："阿玛不亲我，我不要了！"那表跌在地上，玻璃面儿立时摔得稀碎！

"你混账！"傅恒忙不迭捡起来，脸上已勃然变色，"没调教的，老子揍你！"心疼地看表，见仍在咔咔走字儿，才略转过颜色。福康安哇的一声放嗓儿大哭起来，外头丫头老婆子立时嗡地拥进一群。棠儿白了丈夫一眼，抱起儿子拍哄着："噢……噢……好儿子不哭，不哭……是阿玛不好……赶明个我再给你个更好的……"哄得福康安乜了眼，才交给一个老妈子，又叮咛"后半夜凉，当心着肚子！醒了渴，别一味喂奶，拿冰糖银耳汤喂喂，天热，败败火……"老婆子答应了，蹑着脚抱着福康安出去了。傅恒又好气又好笑，用剪子裁开几封信就灯底下看起来。棠儿装作生气，躺在床上侧身向里，许久不听丈夫动静，一翻身起来噗地吹熄了灯，说道："不是要官做就是想肥缺，这信有什么看头？要看，到外头书房看去！要有给你说房中秘术巴结你的，可拉住彩卉她们去出出火！"

"你看你这人，这话叫外头人听见了多不好！"傅恒无可奈何地起身脱衣，因嫌热，将靠纱屉子案上放的一盆冰放在炕头案上，这才偎着棠儿躺下，小声笑道，"你这人糊涂，孩子有出息，像咱们这人家，将来不又是个福中堂？这个福算什么，老来福才是福，不是你的话？再说表，皇上赐了两三块还没用哩，家里有，干吗还要贪？要真看中了，明儿你去见姐姐，当面把这些表送上去，再说想要一块，她能不赏你？名声儿要紧，公出公入的，又是赏你，那不是体面光鲜……"见棠儿不理，傅恒从后搂紧了她，一边抚摸，一边说道："你怎么没听过'伟大'这个词儿，咱们中国人讲人身材高大魁梧，那叫躯干伟大，外国人说到政治上去了。你看看……我这人身材伟大不伟大……嗯……"棠儿翻转身，用指头顶了一下傅恒的头，狠狠说道："你这人，死蛤蟆也捏出尿来！我又有了，你再把胎给我弄掉！慢着些儿有味儿……"

一时二人事毕，心满意足地并肩躺着。棠儿见傅恒头枕手臂闭目沉思，抚着他结实光滑的前胸，问道："还不如意？这会子又在想什么，是皇上想着'一枝花'，又勾得你想娟娟那个贼妮子了？"

"没想娟娟，你一说，倒想起来了。"傅恒抽出一只手爱抚着她的秀发，"讷亲走了，那么好的差使，我没捞到手，心里不是味儿。"棠儿也拉着他辫梢儿把玩，她知道这是他耿耿于心的一件难受事儿，撒娇儿似的说："什么稀罕！平安才是福，我才不想你再出兵放马呢！当个太平宰相比什么都强！"见傅恒不吱声，又道，"还说不想，上回悄悄在西园子楸树底下那个坟跟前奠酒，祭谁的呢，嗯，还有——峭峭雾漫峰，纷纷桃花英。唯余旧溪水，记汝当时影——总不会是我吧？"她忽然从心里泛上一股苦水，咚地打了傅恒一拳，翻转身独自啜泣起来。男人只要爱，女人这一招永远是灵丹妙药。傅恒只好打起精神抚慰她，遍体摩挲着，温语说道："……今天一整日都跟着皇上，看折子、见人，又去祈年殿进香，又折到狱神庙去见卢焯……皇上一有空就说'一枝花'，说一定要生擒，他要亲审……又说平阴一见，他感慨很多……"

棠儿心里刚暖和过来，听说乾隆眷恋"一枝花"，更不是滋味，暗地里撇着小嘴直想坠泪，却只好忍着，哼了一声道："男人们没一个不是这样的，怪不得——"她几乎脱口说出乾隆曾跟她讲"一个女人打倒一庙和尚"的话，忙改口道，"——姐姐窝屈得一身病呢！"傅恒只顺着自己思路，继续说道："皇上不是那个意思。他说，他要拿那个洪三为的是除霸，'一枝花'杀了他不也是除霸，这里头的本性区分不大；他要开仓赈济，放灾民出境不惜连贼匪都放了，冲虚在灾民里头舍药治病；他惩治贪官，捉住便杀，明正典刑，'一枝花'他们也杀贪官，心术手段也相去不远。"棠儿听是这个，"哧"地一笑说道："那才不一样呢！皇上是朝廷，朝廷是社稷，管着千千万万蚁民！皇上杀掉了山西巡抚，还有学政，她呢？本事再大，连个府台也没听说能杀掉！"

"皇上是训诲我，并没说'一样'。"傅恒倦上来，打了个呵欠，说道，"强盗行仁政，就会夺得天下。夏桀商纣是'皇上'，行暴政就要发生革命。得人心者得天下，失人心者失天下，何况咱们是满洲人，一二百万人管着几亿汉人，好比小孩子端着一大锅热汤，一不留神也是不成的！"

傅恒说得激动，却不听棠儿再吱声，她已是呼吸均匀、酣睡入梦了，不由得好笑。但他自己又双目如电，知道走了困，便索性轻轻挪身下炕，来到外间。外间当值的丫头是彩卉，见他抱着一叠子信出来，忙迎过来给他倒漱口水，收拾桌子，小声道："爷又要批阅公事信了，还不劳乏？"傅恒顺手在她胸前摸了一把，隔着薄衣捏捏乳房，小声笑道："不乏。我先把信看完，回几封短信，一会儿再照顾你——去弄碗银耳汤来！"彩卉红了脸，轻轻扳下傅恒那只不很规矩的手，悄悄退了出去。

这一夜傅恒直到四更天才再睡，先拆看了几处府县的报灾信，在信上加了批语发回省里；又见几个讦告贪污行贿的，还有一份禀报人命官司错审，舆论纷纷请求重审的，都归拢在一处写了节略预备明日上奏。因见还有两封信说钱度在铜矿滥杀无辜的，批到刑部"派员核查，诬告反坐，情实再奏"。见有兵部请求发下铸炮铜材的部文，却又直批钱度，叫他速运铜材来京。末了，傅恒又写了任命岳钟麒为川陕总督的票拟，这才搁笔，揉着发酸的腕子，笑着对侍立在旁的彩卉道："来吧……"

第二十九回　　缴贡物棠儿入宫阙
　　　　　　　探雪芹敦氏逢故人

　　隔了一日，棠儿便带着表进宫上缴皇后，她是三天两头进去给太后和皇后请安的人。傅恒如今已是炙手可热的天子第一信臣，她自然水涨船高，几乎没言声，左掖门的侍卫、太监便含笑躬身放行。一路进来，遇见所有的人莫不避道行礼，棠儿自是得意。待到隆宗门外，晋见朝谒的官员渐多，门外还站着几个王爷，三三五五窃窃私议着什么。棠儿低下了头从人群中穿过时，她感觉到四周的目光在注视她，心里怦怦直跳，直到进入养心殿西内巷，才舒了一口气，鼻尖上已冒出细汗来。

　　"是棠儿来了！"皇后见棠儿进来行礼，瞟了一眼自鸣钟，诧异地问道，"这才辰时，你从不这时候进来的，有什么要紧事么？"说着便命赐座。睐妮子现今已是皇后跟前得用的侍选宫人，穿得一身光鲜，见是恩人主妇来了，便忙不迭地搬来瓷墩，用衣袖拂了又拂，待棠儿坐了，又插烛般拜了下去。棠儿心里喜滋滋地说道："你如今身份不同，千万不要给我行这大礼……和你一样，我也是娘娘的奴才……你进来不容易，也是你的造化，好生服侍娘娘，你的大造化还在后头呢！零零碎碎的缺什么，只管去见我。娘娘事多身弱，不要烦她。"皇后想起她从前凄惶，见此情景也觉酸心，遂道："她已经改名睐娘，你看她换了装束，连说话声气都变了！"

　　睐娘忙拭泪转笑，嘤嘤说道："六奶奶放心，奴婢如今真是梦想不到的心满意足。娘娘就是观音菩萨，您荐奴婢来当了捧瓶儿的侍女。这个大恩今世是报不了了，一世接一世的，奴婢总要还这个情！奴婢进宫后，魏家的还说恶话，说麻衣雀没有占梅枝儿占到底的，叫奴婢回去谢罪，奴婢给顶了回去。说娘娘已经大安，你们这话该割舌剜眼！他们意思奴婢早晚还得出宫，奴婢说我出宫也不希罕你那点子'家业'。这么好的主子，奴婢累死累活侍候心甘情愿，主子一百年后归西成佛，奴婢也要学太皇太后跟前的妙香①，随了主子侍奉莲驾！"说得慷慨，她眼中已涌出泪花。棠儿道："魏家的算什么？老鸹！""他们狗眼看人低，"睞娘又笑道，"没想到奴婢能到主子跟前。"棠儿笑着对富察氏道："娘娘气色真的一天比一天强了。原来额鬓上还带点青黯，如今一点也看不出了，体态也胖了点，怎么一场大病过去，连过去的小病也都没了？"

"这个我也不明白。"富察氏掠了一下鬓，果然显得容光焕发，絮絮叨叨说道，"雍正十二年我还在雍和宫当福晋，贾士芳给我推过造命，说再过九年我有一劫，什么荧惑星犯太岁，不克而归，若无贵人相助，即到绝死之地，还说什么涧桥虽短，独木难过。后来让尹继善带了我的八字去见灵隐寺的百岁方丈了空，了空说的和前头说的也差不多，又说唯善事可结善缘，叫我年年放生，月月持斋，日日诵经，果然就冒出个纪昀，就过了这座独木桥！皇上又为我大赦天下，我心里舒展，吃饭就好，可不就好起来了！"

棠儿见娘娘一阵话说得高兴，这才从袖子里取出那包怀表，款款向富察氏奏说了原委，把包儿递给睞娘，又道："康儿这孽障不懂事，碰坏了一块表蒙子，也缴回来，换一块玻璃，还是好好的。"睞娘接过来解开包儿，只见金灿灿、银闪闪的亮得晃眼，忙捧到皇后这边，笑嘻嘻道："听奴婢的妈说见过这物件，奴婢可是头一回见呢！真真精巧，真真是个爱巴物儿！"

"往我这里缴东西，这还是开天辟地头一回。"皇后看了看就推到一边，"老六就是军机大臣，叫他交内务府四值库就是了。"棠儿见姐姐高兴，说道："他心细，要交内务府，嫌太刺眼，怕有人说'六爷一下子收了那么多宝'，传到外头不定走样儿成什么谣言呢！这十三块表，我想要一块他还不肯给呢！想想还是交到姐姐这里，您想赏人，想留用，都算入了大官中了。"富察氏说得嘴渴，刚一转臂，睞娘忙进前两步，将残茶泼了，从银瓶里又倾一杯双手捧过来，说道："这是刚沏的，温凉正好。主子脾胃弱，天又热，放温了的茶不好，多少兑了点枸杞和枣

---

① 妙香：雍正皇帝之母德贵妃的侍女。

汁子，能升胃气……"她自己先喝一口才捧给皇后，又给棠儿换茶。

　　皇后呷一口噙了一刻才咽，说道："难为你经心。这么肯在我跟前用心侍候，往后你就长值在我身边，和彩云、墨翠她们一样的月例。"棠儿忙恭喜道："这就又升了一步，你可防着旁人红眼儿！"皇后道："棠儿既喜欢这东西，自己拣一块，算我赏你。睐娘把那块坏了蒙子的拣出来，四值库里专有修表匠，配块玻璃你使——彩云、墨翠她们也都有，不如这个小巧，也算折平了。"喜得棠儿和睐娘福身跪地谢恩。皇后道："我从不稀罕这些，皇上也不稀罕，其实都是镀金、镀银，里头是铁嘛！称起来能值多少？只是做工精良，万岁爷也是首肯的。他说我们中国地大物博，万物皆备，什么也指望不到洋人。洋货里除了钟表，没一样可取的。我说还有金鸡纳霜呢！万岁爷就大声笑了。"她是极少风趣的人，轻易不苟言笑，今儿精神特好，实在罕见。见她喜欢，棠儿、睐娘也都放胆一笑，纱屉子内外的当值宫女也都微笑。正高兴间，贵妃那拉氏踩着"花盆底"，摆着腰进来，一边向皇后蹲身行礼，起身笑道："娘娘今儿欢喜！身子看去是越瞧越好了！"

　　"给贵主儿请安！"棠儿见她进来，已经站起身，又行礼道，"贵主儿好气色，看去又年轻十岁，插上这朵花，鲜灵灵的，跟仇十洲画的那个什么画儿一样呢！"话没说完，见乾隆轻摇竹扇款步而入，便闭住了口。内外太监宫女、那拉氏见他进来都已跪下。棠儿便也跟着跪了，只有皇后款款站起身来。

　　乾隆不经意地环视众人一眼，和棠儿目光一触即避开了。随随便便坐下去笑道："说得高高兴兴的，见朕来又都不言声了——这是谁送来的?"他指着那包怀表问道。皇后将棠儿的话转述了，又笑道："我赏了棠儿　块，还有睐娘。那拉氏既来了，自然也要赏一块。"那拉氏却不愿和棠儿、睐娘一例，笑道："主子忘了，上回在慈宁宫，老佛爷赏了一大一小两块呢！"乾隆道："老佛爷是老佛爷，娘娘是娘娘。皇后已经说话，还能收回么！"那拉氏脸一红，说道："是臣妾想左了。"便忙接表谢恩。

　　"你们都起来吧。"乾隆显得很轻松，用扇子轻挥一下，说道："皇后身子是越看越见好，朕准备去承德，特地来问问，你想去不想。想去呢，三五天择日就走，得叫秦媚媚他们准备一下行装。"说着便啜茶。皇后说道："不知怎的，今年我想走走。也想请皇上的恩典，能迟几日不能？六月十九是观音圣诞，您知道我许过大愿，要救一条人命，放三千生灵，广济寺已经预备下了，救命的事还没请旨，也不知道该救谁，也请皇上拿主意帮我。这事办完，心无挂碍去承德，因为我还准备了点体己，想在承德避暑山庄里修个喇嘛庙，开光破土，我不去显得不虔诚。"

乾隆听到"不知道该救谁"已是笑不可遏，此时更大笑，说道："你和太后老佛爷一定商量好了的！那拉氏，方才太后那里是不是这一说？明天杀卢焯，你好救他么？"几个女人早就知道这个案子，皇后和棠儿还见过卢焯，听乾隆一说，都从心底打了个颤。皇后默然良久，说道："我没想过救卢焯，那是关乎国家景运的大事，女人不能过问。我想着今年秋决的犯人，必有一等无奈犯罪的可怜没造化的，或者为亲人报仇犯罪的，我来讲情，皇上免勾，就是我救了他。"乾隆听着心里感动得一沉，说道："这两种人其实无可杀之心，但只国法无情。朕从来勾决他们下笔时极为踌躇。你这是仁慈之心嘛，朕当然要成全。不过，朕还是把一个卢焯交给你救。"说话间他已想好，立刻给富察氏一个顺水人情，"卢焯犯了死罪，也有可恕之情，你来救他。明日午初他上法场你上乾清宫，当众说！"

"上乾清宫？"皇后吃了一惊，继而又有些兴奋，目光流动一下又黯淡下来，摇头道："……我不敢……那不和戏本儿里唱的，鼓儿词里说的一样了……您是圣君，他又该杀，我说什么好呢……"乾隆笑道："朕来教你，他们那些大臣，都是你的奴才。你进殿他们都得老实跪下，怕他们什么？圣君也得贤后来配！你就说——卢焯能治水，能造堰，别人做不来，治水能防水患，修堰又可灌田。黄河漕运几年一折腾，自有史以来平均四年天下一旱，救卢焯不单为卢焯，为救受水旱之苦的人家，看他谁驳得了？"皇后心里激动，深情地望丈夫一眼，说道："妾自然遵旨。可这毕竟带着干政味道，尤不愿天下人说皇上听妇人之言轻赦罪人。这么着，索性跟太后说了，她老人家下懿旨刀下留人，我再去乾清宫说情，而且言明下不为例，皇上算是尽了孝道。这么着似乎更好。"

乾隆笑道："就依你！——既然有这心愿，就推到六月二十之后再成行。这次咱们一道儿奉着母后去秋狝。七月、八月，过了九月再回来。"又对棠儿道，"讷亲走了，傅恒要留北京，你就没这便宜了。"棠儿不知怎的，心里泛上一股醋味，说道："奴婢听男人说了，往后年年要去承德秋狝。奴婢是不会想事儿的人，畅春园西边好大好大一片御苑，里边放养的獐、狍、鹿、麋、虎、豹、狼、熊很多，何必到木兰承德那些地方？说避暑吧，园子里也不算热，皇家宫苑还热着了？又何必跑远路，受那马轿劳顿的？"

乾隆敛住了笑容，缓缓起身踱步，说道："你说的也不错，今儿朕就接了一个本子，是都察院监察御史丛洞写的，和你说的一样，还给朕扣了一条'狩猎娱乐'，朕已下旨，说他是妇人之见，目光短浅，已经驳下去了。"棠儿和那拉氏都听得发怔，秋狝狩猎，不为了玩儿为什么？棠儿见乾隆并无不快之色，赔笑道："傅恒也常说'妇人之见'。我本就是妇人，也不算什么大错儿。但天下有这妇人之见的男人也多的是，总得说个道理儿才是呀！这么说那丛洞又触了霉头了。"乾隆笑道："他是言官，朕怎么能因言惩处？驳他，也正为让臣工天下都知道这秋狝的道理。"他掏出怀表看了看，说道："咱们大清自顺治爷开国，已近百年。太平日子久了，八旗旗务都荒了，将怕带兵，兵怕炮响，都成了老爷兵！金川战事失利，和士卒不勇也有干系。满洲人入关不足十三万兵，打得李自成一百万铁骑丢盔卸甲；圣祖父平三藩，十一省反朝廷，黑水逆波流遍天下，几年就平了。到先帝和朕手里，一个改土归流，一个大小金川，损我上将四五人！所以秋狝不过是借田猎讲武，调来各处军队练练把式。不要弄到皇帝手无缚鸡之力，三军战阵不成行伍，出了乱子临上轿现缠脚，那就迟了。三代以下圣君，没一个不讲究田猎的。你们不读史，怎么知道这一层？皇后就从来不说这个话。还有一宗，到关外秋狝，蒙古各王爷自然也来朝觐，借此大家见见面，中央与各藩恩情联络，也就不生疏了，所以年年要秋狩。你们女人也懂得，三年不上门，是亲也不亲嘛！就是你方才讲的，如果玩儿，朕就在宫里，难道玩不出新鲜花样儿么？"棠儿乍然间想起，和乾隆做爱时乾隆也说过"新鲜花样儿"的话，不由腾地红了脸，想啐，没敢。

　　第二日是行刑日，卢焯独自饱吃一餐辞世酒席，便由刑部的牛车绑押到西莱市口。时方天热，盛夏伏天极少杀人的，卢焯又是有名的封疆大吏，立时轰动了北京城，四面八方的人拥来，不到辰时就把法场围了个密不透风。因为恩赦卢焯的机密没有泄露，监斩官刘统勋办得十分认真，亲自安排顺天府衙役维持法场，指定收尸家属位置，又怕进京保卢焯的福建人闹事，对黄天霸一干人又秘密布置监视。因卢焯在官场里的朋友故交不少，又专用芦席搭了棚子，由人随意设酒祭奠……忙得脚不沾地。

　　一时报说"卢焯押到"，气氛立时紧张起来。刘统勋在棚里正和几个部郎寒暄，话没说圆便赶出来，只见几十个衙役手拉手给刑车开道，挤得前仰后合，便命随从戈什哈："给我用鞭子虚抽！"费了九牛二虎之力，好容易才把卢焯带到刑桩跟前，嘈杂不安的人群立时停止了骚动。在场中零零星星的咳嗽声里，刘统勋架着步子走到卢焯跟前，对闭目不语的卢焯一揖，说道："卢公，是我来为你送行的。"

　　"是延清，我明白。"

　　"没有绑疼吧？"

　　"没有。"

　　"这是旨意，我没有办法。"

　　"我明白，明白。"

　　"还有什么话要说？"

　　"没有。"

　　刘统勋又一揖，说道："时辰还早，席棚里还有你不少故交送行，请先过去一叙。待会儿统勋也有一杯水酒相送——给他松绑！——要不要搀扶？"见卢焯摇头，便摆手命人押送卢焯进棚。自己大步登上监斩台，环视一眼又开始骚动的人群，将手中警堂木"啪"地猛敲一声，喝道："现在宣布圣旨和卢焯案由，在法场犯规者，一律由顺天府当场擒拿！"在一片寂静中，刘统勋展旨高声朗诵：

　　　　奉天承运皇帝诏曰：朕治天下以至公，待臣下以至诚，不意大
　　　臣中竟尚有如卢焯者，心地卑污，贪墨舞法，受贿累万，敲剥

　　民财以饱私囊，思之情殊可恨！亦朕之诚不能感恪众人耳，曷
　　胜愧愤。前萨哈谅、喀尔钦之事天下周知，而卢焯不知殷鉴，
　　悍然自触刑律。彼既毫不以朕躬及民生为念，朕亦何惜三尺王
　　纲？旨下之日，即着将卢焯人犯一名绑赴刑场，立决正法，由
　　刘统勋监视行刑。钦此！

　　接着又读案由。此时万头攒动，一片扰攘议论，嗡嗡之声，啧啧惊叹之
声响成一片。刘统勋勉强读完，便下监斩台，却见敦敏、敦诚二人挤得
发辫都湿淋淋的进来，遂笑道："你们几时回京来的？杀卢焯有什么看
头，这么热天儿，还不如去寻那个什么芹的会你们的诗。"

　　"卢焯一向是红极了的官儿，我们也相识的，落到这一步，当得来
瞧瞧。你是个把杀人当作家常饭的人，亏你还笑得出！有朝一日我也轮
上了，你也笑？"敦诚和刘统勋很熟，连说带笑道，"——还叫你说对
了，我和哥子就是要看雪芹去的，我们刚从山海关回来。"刘统勋一边
走一边道："时辰也就到了，给卢焯递杯酒去——"话没说完，便听炮
响，一个戈什哈追来禀道："时辰到了，请大人下令！"刘统勋说了句：
"稍候，到三刻不迟——你们那本子《红楼梦》我看着打瞌睡儿，坊里
买的《济公传》还有点意思。皇上正要纪昀收集图书，你们瞧好了，还
不如先给纪昀送去看看。你们夸说《红楼梦》里的词写得好，我瞧着像
风花雪月的，也不见出奇。"说得敦氏兄弟都咧着嘴儿笑，因见走近棚
边，才都敛住了。

　　三个人还没进棚子，人群突然海潮般涌动起来，守监斩台的黄天霸
小跑追上来，激动得话音颤抖，急急说道："延清老大人！内廷蔡公公
来了——"便见一个太监满脸油汗，高声喊："太后有懿旨，娘娘有懿
旨！命刘统勋刀下留人！"法场周围看热闹的人，这时聚集了将近万人，
自大清开国以来，此地杀人无数，也时有临刑时命令刀下留人的，但出
自太后、娘娘懿旨下令的，还是闻所未闻，连棚里正吃敬酒的当事人卢
焯也惊呆在地，手中的杯"当"地落在地上。

　　人们突然像喝醉了酒，个个兴奋得红光满面，仿佛怕刘统勋没有听
见似的，大叫："刀下留人！刀下留人！"有的喊："皇上万岁，万万

岁!"有的叫:"太后、娘娘千岁、千千岁!"有的说:"阿弥陀佛!"有的暗念"南无观音菩萨"……如鼎沸之水响成一片。人们有的双手合十,有的双膝跪地,扯着嗓门高声颂圣。刘统勋也变得晕晕乎乎的,向太监请了慈安,才清醒过来,说道:"公公请回步,上复太后老佛爷,主子娘娘,统勋谨遵懿旨!统勋就地待命,听候朝廷后命!"又命人通知卢焯,自己便不再进棚,竟自兀立在棚外大槐树下鹄立待命。敦敏、敦诚两个都是极爱热闹不安分的人,里里外外挤着看,一会儿看紫禁城方向,一会儿又看刘统勋,听说卢焯晕倒,又挤进棚里——此时棚里的官员也愈来愈多,挤得桌椅倒地,酒香肉香和臭汗味儿混成一片,见此时东大街已清出个人胡同,连九门提督衙门都出空了,由御林军亲自维持秩序。突然又一阵哗噪,东边一队快马远远飞驰过来,傅恒在养心殿的太监护从下,一直来到监斩台前,傅恒从容下马,南面而立,徐徐说道:"有旨,刘统勋跪听!"

"臣刘统勋!"刘统勋快步晃着微微罗圈的腿过来,急速打马蹄袖跪下,"——恭聆圣谕!"傅恒含笑看他一眼,说道:"皇上说——皇后娘娘今日辰牌四刻奉太后懿旨,临乾清宫面圣请旨:卢焯罪过虽为国法所不容,然其在任时,多为营运水利,治水造堰尚属有用之才。皇后愿亲保卢焯免刑,冀其将来戴罪立功。朕思皇后之言,亦拳拳于黎元众生之至意,朕以孝治天下,尤不欲拂太后圣德仁心,因用特赦,免除卢焯死刑,发回大理寺囚禁,以待后命。惟国法自有常例,常例不可轻破。谨告臣工百姓,着永不为例。其卢焯本人亦当感愧知悔,洗心革面,不辜负朕法外特施之恩!钦此!"刘统勋立即叩头高呼:"万岁,万万岁!——臣当即遵旨照行!"此时,卢家来收尸的家属早已燃起万响鞭炮。爆竹声里又将带来的纸人纸马灵幡挽幔一火焚之,越发显得热闹不堪。刘统勋知道还有训诫卢焯的话,便带人拥了傅恒进棚。棚里的官员早已喜滋滋退出外面垂手侍立,看着他们进去了。

卢焯的一场钦命官司烈焰腾腾地打了一年有余,惊涛骇浪几翻几覆,最后是这么个落局。敦敏、敦诚似乎意外,又不觉得很意外。人散上马,兄弟二人继续出京,马上还在议论说笑。敦诚眼尖,用鞭子指着西直门口说道:"二哥,那个妇人,背影儿怎么瞧像是原先张屠户家的玉儿，勒敏一直寻她呢！"敦诚看了看，果然像。于是二人一齐加鞭，顷刻间便赶到西直门下马，见那女人背上还背着个打瞌睡儿的孩子，敦诚便大着胆子喊了声："玉儿！"

"是敦家二位爷！"玉儿正张望什么，回头见是敦敏、敦诚，躲避着二人目光，不好意思地说道，"你们也来瞧热闹的么？"

敦敏看了看她，蹙起了眉头，吁了一口气，才问："这是你的儿子？他姓什么？"

"也姓张……叫宝儿。"

"你爹呢？"

"去年就殁了……"

"你男人什么营生？"敦诚问道，"日子还过得？"

"种地的……"玉儿不知怎的红了眼圈，脚尖儿踮着地，也不看二人，"他人还是实诚的，守着十几亩地，也还将就过。就是婆子脾气不好……这都是命……"

三个人一时语塞，都不知说什么好了。敦敏又问道："你们迁哪里去了，上回在雪芹那儿还说起你的猪肝，勒敏回来也问，我们都不知道。"玉儿脸色白得没一点血色，低下头去，不情愿地说道："我们搬到了张家湾，轻易不进城的……这是来抓药，孩子外婆也快了……"敦诚说道："不是我怪你爹，他是读书读出毛病了——说这些也没用了，告诉你，勒敏现在遭了官司！"玉儿一下子抬起头来，她额上眼角已有了鱼鳞细纹，一刹间，还依稀能见昔日绰约风采，问道："他——官司要紧么？如今在哪里？"敦敏嗔道："你咋乎吓她么？——不要紧，他在云南钱度那里，过些时就回京了。他的官司准赢，你放心！"

"瞧这光景你也艰难。"敦诚看了看她补得整整齐齐的人潦洌子，叹息一声，"这点银子给孩子买点吃的吧！着实有难处，叫你男人进城到我府里去，好歹我们大家相处一场。我们心里一直把你当大、大——姐看呢！"说着掏出三两一块银子塞到她手里，便见远处一个瘦高汉子肩上搭着褡子，手里提着药包儿走过来，二人不想和这个姓张的周旋，便上马一径出城，一路上两个人都没再说话。

曹雪芹的新居就在白家疃，今日这里很是热闹。不但有畸笏叟，脂砚斋也在，敦敏、敦诚在门口下马，一进四合院便听刘啸林在大声说故事。芳卿在厨下烟熏火燎地炒菜，见小儿子趴在东厢窗户上，便喊道："东篱！你哥哥在里头念书，你到大榆树底下玩去——别磕着脑门子了！"一转眼见了他们，忙拍着围裙出来朝上屋喊道，"芹圃！敦二爷、三爷来了！——你们里头坐，我给你们弄菜。"敦敏笑道："嫂子如今炒的菜越闻越香。"敦诚道："上回看诗，诗也写得好极了，跟着曹雪芹的人嘛！"说着，曹雪芹已迎出来。他经敦敏、敦诚说合，重入宗学当教习。原来一干和他过不去的长吏教习，已纷纷调往外任当官发财了。人事处得好，又有额定月例进项，傅恒府、怡亲王府、庄亲王府也常有小小照应。搬到敦家送的院子里，住房也好了许多，心情自然舒展。敦诚见他剃了的头刮得黢青，穿着月白市布袍子，半旧千层底鞋子，更显得渊亭岳峙神采照人，不禁喝彩："把胡子也刮掉，再瘦点，白点，可以与潘岳比美了！"说着进来，一群人一哄而起，一边说笑着就灌罚酒。敦诚躲着酒，说道："刘老先生接着说你的故事，我们都是空肚子，得垫垫菜——我们毕竟认罚还不成？"

"我在跟他们讲林四娘。你们来迟，只好将前头的再略述一下。"刘啸林盘膝坐在炕上窗户边，一手把杯，一手支着窗台，缓缓说道，"说的是康熙二年，福建人陈绿崖任青州道台的事。当时战乱刚过，衙署荒芜，野藤黄蒿满院。一日独坐独酌至昏夜，忽然来一艳丽宫装女子，蛮髻朱衣，绣臂凤翘，腰佩双剑。陈以为她是剑侠，一揖请坐，那女子自己介绍，她叫林四娘。是青州恒王宫嫔，不幸早死，殡于宫中，这个道台衙门就是原址。不数年国破，王宫夷为瓦砾。夜台寂寞，风凄月凉，慕陈公风雅特来相陪。绿崖细查她并无恶意，且又谈词不俗，就席间说些风话，拽袖拂手的，四娘也不甚抗拒，于是一人一鬼就好上了。忽有一日，四娘黯然有离别之色，说：'妾与君尘缘已尽，这就要去终南山，特来一别，这卷诗是我们唱和之作，留给你作个心念。'说完奄然而灭。"敦诚见他吃酒，以为好听的还在后头，半日不听他接着讲，遂问道："难道没了？"刘啸林笑道："林四娘已经'奄然而灭'，哪里还有故事？"

众人不禁一笑，敦敏老实，也说："这是寻常鬼狐故事。一点也不出奇。我们家一个包衣奴才在杭州贩瓷器发了财，带几百两银子进京营运，住在红果园，也是遇见个女子昏夜来就，晚来早去的。这包衣胆大好色，终日里设酒筵宴请她。有一日女子来说：'咱们缘分已尽了。我是这地块的狐仙，如今举家要迁走了……'两人哭了一场，那狐仙也就在蒿莱中隐没了——那包衣银子也没了，人也没了，来求我们老太爷。老太爷赏了他两个元宝，他去钱号兑制钱，不防进门就和那女人撞了个满怀，她也是来兑钱的！"众人听了不禁哄堂大笑，畸笏叟笑得吭吭地咳，说道："敏爷闷葫芦儿，偏能捣鬼！别是陈绿崖也没钱了吧？"

"亵渎亵渎！"刘啸林在哄笑中连连摆手，"我还没说尽呢！我给你们背一首林四娘的诗你们听听！"众人听他这一说，立刻肃静下来，听他咏道：

> 静锁深宫忆往年，楼台箫鼓遍烽烟。
> 红颜力薄难为厉，黑海心悲只学禅。
> 细读莲花千百偈，闲看贝叶两三篇。
> 梨园高唱升平曲，君试听之亦惘然。

这一来大家谁也笑不出来了，脂砚斋笑道："上回也是你，真是专会败兴，好好儿的，又来一首鬼气幢幢的丧门诗——下回不敢再约你了！"

曹雪芹见芳卿上菜，忙接了在桌上换盘儿，笑道："这首七律很有身份的。砚斋也是的，怎么说败了兴？我还要把这故事儿写到书里去呢！当年繁华今夕索漠，四娘说错了么？"敦诚将今日法场特赦卢焯的事绘形绘色说了，又道："你没见那人们，都和疯了、醉了似的，就地儿在那里高声颂圣。如今我们不但有个好皇上，还有了好太后、好娘娘。我就只有点奇怪，娘娘高居深宫不问政务，怎就忽拉巴儿想起了救卢焯！"

"深宫帷幔之中的事，外人怎么知道？"脂砚斋拈须，邀大家碰杯，说道，"说如今天下鼎盛繁华是不假。我从南京过来，继善公带我看他修的金陵书院，那真叫巍峨壮观，嵩阳、岳麓这些书院不及它一半大！我说'继善公真是功德无量'，继善只笑，又带我去看给乾隆爷修的行宫——那有一顷多地,走了两个时辰还没看完一半。那银子真和泥沙一样了,继善说:'如今真是有钱了,不但官府有钱,民间也有钱。我不从百姓身上刮,又不入己,怎么折腾都不怕!'他说的也真是,北方瞧着还穷,江南是真富,几个大寺院进香的人挤成堆,布施稍慢一点,钱都塞不进功德箱!和尚们也是紫衣缎鞋,大喇喇的不肯理人,我想出个对联挖苦他们两句,竟想不出来!"

"这么说——问和尚因何这么大样,仰脸不睬人?答居士只为钱箱饱撑,坐地能化缘!——可成?"雪芹斟着酒道,"我在北京也能觉到,如今真是到了烈火烹油、鲜花着锦的极盛之世。我们这一代人是赶上了。可下一代呢?盛极难继,由盛而衰,恐怕就未必高兴得起来。文景治后便是王莽之乱,贞观开元之后又是天宝之乱——我倒宁可这极盛之世迟一点,或许将来人少一点悲凄呢!再说,那些帝王雄图,将相功业,都在那里营营奔竞,有几个留心街巷暗陬的嘤嘤泣声,譬如现在正伏暑天,绿阴遮天,芳草铺地,离落叶凋零还有几日?卢焯救下来了,阿桂、勒敏还在和人打擂台,不管谁输赢,总有败落倒运的。正所谓乱哄哄你方唱罢我登场,反认他乡是故乡啊!"

他一番话说得大家心底凛然,都把酒默思。敦诚因将遇见玉儿的事说了,又说:"人事、世事无常,雪芹见识不差。玉儿和勒敏的事就难说清个道理。勒敏哪点配不上玉儿?那个糟老头子偏就不肯!"敦敏笑道:"明个儿天塌下,今儿还吃对虾!雪芹兄还是快快写好《红楼梦》是正经。傅六爷如今是顾不上读书了,也还惦记着这事。前日又说纪昀要修《四库全书》,也要物色人才,问我雪芹可不可以?我说那可不成,雪芹如今日子宽裕一点,正好写书,叫他弄故纸堆儿么?"当下众人又说又笑,直到天色黑下来,才各自辞了。

第三十回　迎钦差黄鹤楼接风
　　　　　慢公务总督署反目

　　讷亲六月十九受命出京，亲赴前线，经略大小金川战事。隔一日，在保定便接到廷谕，已向金川张广泗本部发旨，庆复和张广泗已被削去所有职爵，即着锁拿进京交部议罪。再隔两日，又飞递廷谕，据兵部核实，庆复攻上下瞻对纵班滚入金川，本人已经认承。金川之战失机败绩，彼又倡言议和，为张广泗部将具结指证，本人奏状供实，以贻误军机论斩。因他是勋贵子弟且为世宗信用大臣，"朕不忍显戮，即着勒令自尽"。讷亲一边催道趱行，一边心里不免狐疑：张广泗——张广泗呢？怎么没有他的处分？但他素来寡言罕语，不形于色，只心里犯嘀咕，身边虽然扈从如云、怒马如龙，却无人能知他的心思。

　　因为他攻略大小金川的规划是从小金川入手，想由洛宛入川便当，但乾隆的临行一夕谈，使他改变初衷从湖广取道。乾隆的理由十分充足："打仗靠什么，一靠士气，二靠谋略，三靠粮秣，要和尹继善先见见面。他现在富足，朝廷不想动户部的钱粮，军需由他支应，不见见不好。朕已下旨着尹继善去武昌接你，你们在黄鹤楼谈谈，然后去四川，你心里就有底了。"但这样一来，就要多走五日路程，在信阳府讷亲便下令随从的三百人马全部轻装，快速赶赴武昌，连马都重新换过。以他军机大臣兼着大将军身份，这些都是细事，咨嗟即办。信阳到武昌快马半日路程，前头滚单飞马流星地往返相报，后边又是一溜轻骑，待过长江登舟张篷之时，才刚过午时三刻。

　　讷亲一路鞍马劳顿，一气不歇从北京赶到这里。随着船工悠扬一声号子，官舰离岸，心绪才安定下来。此时碧空澄澈纤埃不染，浩浩荡荡的扬子江在这里与汉水汇合。更见水阔天宽，万顷波涛拍岸东去，一群群的沙鸥翔起翔落，放眼一望，龟蛇二山在水色岚气中蔚蔚隐现。江岸上那座高矗入云的黄鹤楼也仿佛随着座舰仄倾摇旋。面对这寥廓江天，讷亲就有多少心事也洗涤净尽，不由吁了一口气。身边的师爷柯模祖忽然用手指着对岸码头，说道："东翁，您瞧！那是尹制台他们来接您了！"

"唔。"讷亲脸上划过一丝不易察觉的微笑，"我也看见了，正中那个就是，左侧那个是湖广巡抚哈攀龙。……好像还有李侍尧，钱度……"

他一一分辨着，大舰已离岸愈来愈近。只见尹继善吩咐了句什么，鼓乐声便大起，八班吹鼓手齐奏《得胜令》，裂石透云地响起，鞭炮声密得不分个儿。待到艄公扯着嗓子吆喝一声官舰靠岸，下锚，搭板桥，讷亲正冠弹衣徐徐下岸，又猛听三声大炮，撼得堤岸簌簌抖动。尹继善为首，率领几十名官员一齐跪下，乐声、爆竹声才停下来。尹继善和哈攀龙齐声报名迎接："臣，尹继善、哈攀龙等谨率湖广官员恭请圣安！"

"圣躬安！"

讷亲南面而立，仰脸答道。旋又换了笑容，俯下身子一手挽起一个，说道，"元长公、攀龙兄别来无恙！元长远道从南京赶来，不容易！"尹继善和哈攀龙也忙笑着寒暄，执手说话。哈攀龙没有受命支应金川差使，只是尽东道主之谊，见官员们已经请过安，便道："讷相一路风尘辛苦！兄弟在湖北接过几次钦差了，从没见过走得这么快的大使。请——这边备有水酒，请讷相赏光。"讷亲瞥一眼高耸云天的黄鹤楼，笑道："兄弟心里急。绕道湖广，特为和二位商议筹粮筹饷的事。大家彼此都不生疏，闹什么虚文呢？我素来不吃筵席，但今日破例。皇上有旨说在黄鹤楼，我们何妨登楼望江小酌？就在席间说正经差使，也很好。"

哈攀龙原拟讷亲在此至少要耽搁三天，听他话意，下船就上楼，立刻商量军务，似乎想商量完拔脚便走的模样，不禁一怔：黄鹤楼那边游人如蚁，事前一点预备没有，怎么关防？赶走游人，再打扫，再安席，折腾到什么时候？心里埋怨讷亲没成算，但他是刚刚升任的巡抚，升任又颇得讷亲从中帮助，如何敢驳回？见尹继善笑而不言，忙命戈什哈："此刻就移席黄鹤楼，快办！"登时便乱纷纷的，官员们退到远处扇扇子说闲话，戈什哈又搬来几把椅子放在江岸大柳树下，摆桌子、上茶忙个不停。好容易三个人才落座了。讷亲说道："圣上见元长折子，说你在玄武湖边修了好大一座书院，进上去的图我也见了，真是巍峨壮观。南京人文之地，从此更增颜色了。"

"讷相夸奖了!"尹继善永远是一副从容不迫不卑不亢的模样，身子向后微微一仰，说道，"原来也有个书院，太破烂了，明伦堂都坍了半边。这些地方，主子将来南巡时一定要看的，原来那模样也有碍观瞻，所以就翻修了。"讷亲也仰了一下身子，说道："听说莫愁湖那边修了行宫，更是华丽，恐怕要花不少银子吧?"尹继善听他话意，夸自己富，自是想多要军费，不禁破颜一笑，说道："那行宫原是康熙爷南巡时修的，万岁爷有旨意，南巡不住臣工家里，这一次也是翻修。主子是万乘之君，自然有规制，这是礼部来人划定的——至于银子，再多也是宫中的，那边还有个钱度，他知道我的底细。"

讷亲听了点头，正要说话，一个戈什哈飞奔过来，却是哈攀龙衙门的，禀说："有廷谕，是递给讷相爷的，送到了咱们衙门，叫立刻呈给相爷。"说着双手捧上。讷亲接过，觉得沉甸甸的，小心撕开封口，抽出来看时，是张广泗的奏折。又看后边，却有乾隆的朱批，便忙站起身来细看。先浏览张广泗的奏折，是详述与莎罗奔签和约的前后经过。"自悔不该听庆复乱命，有误军国，贻辱朝廷，主忧臣辱，主辱臣死，臣广泗惟当伏法自尽以谢天下。"但他毕竟没自尽，还在布置军事，"归营整训，静待讷亲至营，交割事毕，勉尽余心，必伏剑自刎……"不知出自哪位师爷的手笔，写得字字血、声声泪十分感人。乾隆的朱批附在后面，上面写道：

> 览奏曷胜感慨。如此，则张广泗知过知悔矣! 汝本朕得用大将，庆复胡为，当早奏朕知，今日陈言，夫复何及! 朕今将汝性命身家交与讷亲，彼至军中由彼斟酌汝之生死。看汝尚敢刚愎傲上否? 讷亲亦当体谅朕意，当留当诛，惟在尔一念，总之朕要平定金川为第一宗旨。此役再不能胜，君国之羞，臣子之耻大矣，惟当如庆复，置之军法耳。钦此!

"原来张广泗是这样处置。"讷亲一阵踌躇，心里暗叹一声，默默将奏折送回信封中，又坐了回去。哈攀龙一直在怔怔地看着讷亲，见尹继善剔指甲不言不动，便也学这份沉着，看了看黄鹤楼，说道："那边预备好了。请二位大人移步。"尹继善便起身，看看怀表，笑道："已经未时出头了。我晓得这些官，知道这里有筵，早饭都未必好生吃。他们这会子正饥肠辘辘，比我们还急呢！"说着便笑。

哈攀龙和讷亲也都笑。讷亲便起身，说道："叫钱度也到我们桌上。元长，我不是打擂台来的，你给足了粮饷，我就能打赢这一仗。要怠慢了，我可是要行军法呢！"尹继善笑道："卑职晓得——请！"

于是众人随这几位大员逶迤过来，沿着收拾得纤尘皆无的石阶拾级登楼，那钱度早已奉命随了上来。按官场的规矩，上官贵人在第一桌，大官在首席，讷亲他们自然而然在最顶一层。尹继善紧随讷亲，踩着咯吱咯吱作响的木级一层层上着，笑道："老哈，这楼也该维修一下了，约有一百年没换楼梯板了吧？你那外头几块唐碑，也该建个碑廊，李白、崔颢的诗碑也露天，像个叫花子似的。这是湖北的脸，该花的地方不能省。"哈攀龙是武官出身，毫不费力地跟在后头，说道："已经把钱拨过来了，不知怎么还不动工，回头再催催，我把学政叫去说了，由他来管这事。我还加了两条，一是在上头修个佛龛，把观音供起来，保佑这楼别再遭雷击，二是下头修个赵子龙庙——没有当年赵云保驾，后人哪会想到修这个黄鹤楼？"话未说完，走在头里的尹继善已笑得差点摔倒，钱度在后边也捧腹大笑，连一脸肃容的讷亲也忍俊不禁。尹继善笑道："贤大令果然风雅。"

"风雅不敢当，我是附庸风雅。"哈攀龙道，"有人说附庸不好。我说谁不附庸？总比附庸市侩强吧？"

这话又庶几近道，几个人又觉姓哈的率性天真，又不好意思笑了。此时已经登至极顶。讷亲还是头一次上这楼，只见约五楹空间，一律红松镶板铺地，隔扇、雕柱用的是橡木，雕着虫鱼花鸟云树仙人，还有各色道家人物故事，镂得玲珑剔透。只是年岁久了，丹漆蒙尘、雕花剥落。由于被无数游人抚摸，光滑得像涂过一层琥珀。讷亲站在栏边向外眺望了一会，回身说道："黄鹤楼，我是久仰了，今日一见果然名不虚传。极目远眺,长江一泻东去,撩人思绪,忆古追来之心油然而生!这下头是黄鹤矶吧。不知有没有当初建楼的碑碣?为什么建这座楼,你这个湖广巡抚知不知道——告诉下边,叫他们开席罢,我们也吃!"

"钦差大人命开宴!"

楼梯口守着的戈什哈立刻传令下去。这边不用安席,讷亲上席,尹继善和哈攀龙左右相陪,钱度便取过酒壶一一斟上。哈攀龙笑着敬酒,说道:"方才出乖了。我是武将出身,都能体谅我。附庸风雅既不好,不附庸就是了。"众人才知道他并不真的明白,不禁又是一笑。哈攀龙接着道,"顾名思义,这楼下黄鹤矶,早先必是黄鹤窝儿,仙人们都讲究得道骑鹤升天,见栖息得多了,就在这里建个楼也未可知。'昔人已乘黄鹤去',这个'昔人',敢情就是仙家!""想当然就是了。"尹继善笑着劝酒,又道,"上回南闱,一个秀才在卷上注明自己形貌,说'微须'。后来验身,巡查厅一位学究说:'微者,无也。注的是没有胡子,这人留着小胡子,人状不符。'要赶他出场。秀才不服,扯到至公堂据理相争。'我说这里的"微"是"小"的意思,没有错儿,老先生还哓哓和我争。我说你总读过四书吧,"孔子微服过宋",这"微服"是脱得精光,赤条条的么,那是个好模样儿么?'"几句话说得大家又复哄堂大笑。

酒过三巡,讷亲便推杯不饮,说道:"钱度也在这里,议议筹饷的事吧。皇上临行再三嘱托,一个云南改土归流之战,一个上下瞻对之战,再一个大小金川之役。从雍正季年到现在打了十几年。先前是李卫、范时捷,现在是元长公、范时捷,还要加上个钱度,真都使出了浑身解数,既要江南生业,又要支应军需,银子花得淌海水似的,你们不容易!皇上说,江南已经蠲免一次钱粮,明年还要再蠲免,这就没了赋捐收项,你们手头必定更紧。因此,金川这一仗打完,还要格外施恩,江南出力多,也不可过于鞭打快牛。"先给尹继善吃了这丸定心丸,讷亲又道,"但这次兄弟出兵,实在是非同寻常,皇上说我是朝廷第一宣力大臣,那是当之有愧。然而以辅相身份带兵的,开国也就这么头一回。朝廷在莎罗奔面前丢尽颜面,实在是赢得起,输不起了。这个差使傅老六也是巴望了许久。我向皇上造膝密陈,傅恒才力不弱,资望尚浅，经略七省军马，一时恐怕难以服众。我是以身家性命立军令状来的，所以还望诸位成全。"

哈攀龙无事心宽，一直微笑着旁听，说道："莎罗奔一个小小土司，也真算能干。金川之战说到底是一省一地的事，庆复大学士都拿不下来。据我看，庆复其实一直没有掌到军权，在张广泗跟前像姨太太似的，似是而非地指挥军事。老师，您一定请旨让那个张广泗走得远远的。那群人跟他多年，使惯了的部下，你留着他，就指挥不动。"讷亲咬着下唇笑道："他的性命捏在我手里，当然我是正房，他来当姨娘。"

两个人正经话里来了这些不三不四的言语，看似无所谓，却极大伤害了尹继善的自尊心。尹继善就是姨太太生的，不但自己在家里低人一等，也眼见母亲在父亲和大娘面前站班、端茶、递巾、点烟，低眉顺眼地苦熬。虽然雍正察觉，晋封母亲为诰命，转到南京任上，终因积辱郁结成病，只享了三天"福"，便大笑疯癫而亡。这是他一辈子的隐痛隐恨，火印一般烙在心上。这种话，让他听来句句都像刀子剜心，连吃两杯酒也压不住悲愤，眼中已汪了泪水，忙掩饰着站起身来，踱到栏边眺望江景。移时，尹继善方无声透出一口气，也不看讷亲众人，说道："想我尹继善，身为满洲贵胄，不由祖父功业，年不弱冠身登龙门，二十二岁下两广、手刃贪官、平息暴乱，受知于先帝和皇上，不足而立之年即任封疆大吏——从来没有办砸过差使！"他的声音暗哑，突然变得异常柔和，"大人，自接旨日起，我就是您的属下。办差不力，自然有军法处置。您有什么章程，怎么供应粮秣，敬请吩咐。"在座的钱度却深知底蕴，暗暗嗟叹，也佩服尹继善涵养，不言声打火抽旱烟。

"虽然庆复无能误国，但我军毕竟没有伤元气。"讷亲说道，"除了伤兵，现有两万九千余人，在前线对大小金川呈包围态势。三万兵，两万役夫，加上输粮道上守护人等，约有六万，每天需米面六百石，每石三两计，是一千八百两，一年是五十五万两。这是本银，加上脚银，你拢共给我支出二百万两。要是一年我不能胜，再追加半年，仍不能胜，恐怕也用不到你的银子了。但若支应不出，元长，我话说在前面，胜了是我的功劳，败了你独任其咎！"

"成！——中堂是指南路军，还是全军？"

"南路军和中路军。北路军由四川省供应。"

"这是中堂体贴我尹继善。"尹继善不温不火地说道，"我接陕西、云南朋友来信，北路军过草地，粮衣都供应艰难，'敞衣蓬面，几无人色'，就是信中的话。北路军不同我供应，四川一省之力断难维持，我可以再拨一百万两给四川。"

讷亲是在国公府中长大读书的公子，一直在京任职，早就在上书房军机处身居要职，哪里晓得外任官里的学问？顿时大喜过望，说道："元长公忠心报国，实在叫我感动。这件事我立刻要奏明圣上的！""我是但求平安无过啊！"尹继善一笑说道，"如若不够，我还可以追加到五百万两。总之，江南的银子就是中堂的，要够用才成！"他顿了一顿，又道，"不过，银子、粮食都来之不易。张广泗在金川就霉烂我两库粮食，江南有多少啼饥号寒，家无升米的人？用来叫他们饱暖不好么？中堂如果浪费，继善也要具本参劾，难以顾及情面了。"讷亲眼中熠熠放光，说道："你放心！"

"我这次来武昌，带了一万石粮，船队逆水而行，还要三天才能运到。"尹继善笑道，"这里就交割给哈兄，就请湖北佬运往四川。还有钱度——用银子买粮是不上算的，折耗太多，存制钱又太占仓库，要全部换成制钱，这个要靠铜矿，全赖钱度了。"哈攀龙却知道，这一百万斤粮溯江运到四川的分量，但此时此刻不容他犹豫推脱，因道："好！我承当了，都是皇差嘛！我们湖广米价也不高，你运银子来，就在我省买粮，由四川来人运走——先买十万石，如何？"见尹继善笑，钱度说道："我默算了一下。指望铜政司，断然铸不出这么多钱，那是两千多万斤铜啊！但我铜锭有的是，由南京藩台铸钱司承担一半，如何？"哈攀龙又来说买粮的事，一时说得兴高采烈，尹继善一概都是笑，点头答道："使得。"

讷亲见大家齐心合力赞助，高兴得坐不住，亲自起身一一斟酒，说道："这样就好，这样就好！兄弟这就具折上奏，诸君忠君爱国之心皎皎然犹如日月！他日计功，这是第一件！"竟离席向三位下属一揖到地！归座又徐徐说道，"侍尧、勒敏他们是进京述职的，原说为和庆复、张广泗对质，现在朝廷已经做过处分，他们虽已削职，也不过为的勘问。

我想留下他们，仍旧管输粮供饷，复职的事由我和皇上说话。请哈兄通知他们一下，叫他们准备跟我回四川去。"此时，他才将乾隆的朱批取出，给三人传阅，尹、哈二人不绝口地说："主上圣明，宽严得当。"钱度却知张广泗在军终究不妥，只在旁支吾应付，酒热菜凉，地方风土什么的胡乱地应付一气。

第二日，钱度便随同尹继善乘两江总督的大座舰返程南京。那武昌素有"火炉"之称，盛暑燠热难当，此刻登舟顺流东下，江宽风高眼阔心畅，二人无挂无碍，乘流而行，又都是文人，时而望江吟咏，时而又对月小酌，得意到了极处。钱度心存狐疑，一直想和尹继善谈谈军需供应的事，见尹继善一味的风花雪月，说起来没完没了，绝口不谈军事，也不好贸然询问。尹继善就有这个本事，你看他笑口常开，说话平易随和，但走得太近，便另有一种气度威势。这日，眼见石头城立在江岸，尹继善变得有些沉郁了，吩咐从人打点行装准备上岸。自站在船头，望着缓缓移动的江岸不言语。钱度在身后，许久才问道："制台，要到家了，该高兴才是。您好像有心事？"

"我怕热。南京比武昌还热呢！下了岸，有多少事等着我呐！"

"我听哈中丞说，皇上准备调您去两广当总督，是真的么？"

尹继善转过脸来，若有所思地点点头，说道："圣心还在两可之间。我上过一个折子，说两广之异日繁华，有过于今日之南京。因为有海上口岸，洋人贸易越来越多。我在两江和洋人打交道多嘛——"他其实还有难出口的话，他在这个肥得流油的两江总督任上已经八年，军政、民政、财政、海政、洋务一把抓，权太重招人忌，已经有人给皇上递小话儿，说尹继善在江南说话比圣旨还灵，因此才有那个奏折，也是个自晦避谤的意思，思量着又笑道，"去两广我只有一个遗憾，那里懂学问、能诗词的人太少，而且广东话叽里咕噜，听不懂，这一条大煞风景！"

"那不要紧，久了就好了。人才也在于栽培，知音慢慢就有了，多了。"钱度笑道，"——一个人在一地一处办差太久，'反认他乡是故乡'了，不好，所以才有官吏回避制度。我还以为制台为军饷的事发愁呢！"

他见得透，点得含蓄。尹继善这才知此人心思洞明，遂笑道："久闻你'钱鬼子'大名，果然是个角色！连曹雪芹的《红楼梦》也看过了。饷，我发什么愁？江南的米盈户积库，愁的是不好存放，卖不出去，太贱了又伤农。筹军饷等于平价卖米，我的库腾出来好装钱，一举两得的大好事，你的铜到了钱到了，钱库里串钱的绳儿都霉了，刚好也可换换。姓哈的也是这么想的，十万石米等于收进三十万银子在他省里，转过身子到两广营运洋货，老百姓有钱，他手里还紧了？这几百万银子只不过从官府库里搬到了市面上流通罢了！存在库里有什么益？"钱度笑道："怪不得制台那么慷慨，原来心里盘算得这么精！"尹继善却转过了脸，凭舷而立，望着越来越近的石头城，半晌，自失地一笑，说道："你错了，我根本没打什么算盘，我在黄鹤楼上想的，大约无人能知。只告诉你，我差点儿意气用事，差点儿存坏念头整治人——三百万，哼！三百万能支撑七个月就不错了！二百万连五个月也顶不下来！"

"怎么！"钱度故作惊讶，盯着尹继善，"我不大明白制台的意思。"

"你这样精明的人不懂？"尹继善一笑，"讷中堂是宰相，没有带过兵。他的'账目'是兵部给他汇报上去的数目。将军们那些套套儿比文官一点也不少——不报民夫脚力钱。大小金川是个鬼不生蛋的地方。别说从我江南，从成都重庆这些地方把粮运到军中，一石米要合十八两银子！光是这一项，一年要五百五十万两呢！庆复、张广泗，征金川两年，花银子一千三百万，谁也没我清楚这笔账——皇上心里雪亮，这事又不能告人，还想大修圆明园，又想南巡，更想学圣祖踩平了喀尔喀，杀庆复一则为立威，二则也是心疼他糟蹋了银子。依着我当时心境：你要二百万，我就给二百、三百万，你败你胜不关我的事。后来想开了，我不到而立就总领两江，受恩高厚，不为他，我还为皇上呢！"他低垂了眼睑，喃喃说道，"走了个庆复，又来了个讷亲……都是坐而论政的人，毫无治事历练，皇上不知怎样想的，该叫傅老六来嘛……或者岳钟麒也成。留着张广泗，还是原班人马，这个仗……"他摇摇头，终于没有说不吉利的话。

钱度沉吟着说道："我看大小金川的事，劳师无功，单靠换将军是不中用的。勒敏跟我讲，当兵的听见'莎罗奔'三个字心里就打颤儿，听见'金川'两个字就犯腻味。将是败将，兵是败兵，凭讷中堂一人之力鼓起士气谈何容易！"

　　"打仗的事一半人事，一半天命，谁能说得准呢？"尹继善双手离开船舷，适意地大开大阖伸展了几下，"不说他们了。我看你就住我衙门里，再去看看我的铸钱局。范时捷管这事儿，有话只管冲他说，他办不了的再找我。天衡老兄，不是我拿大，我这么急着赶回来，是因为有密谕——刘统勋侦知，'一枝花'回河南传道，在桐柏山、确山都站不住脚，逃往我金陵藏匿。南京是藏龙卧虎之地，也是藏污纳垢之地，我说不定要离任，不能在这里留个尾巴儿。"钱度笑道："南京这地方要反起来，还不天下皆反了！我不搅你，今晚在总督衙门歇脚，明儿还到驿馆住去。我喜欢秉烛夜游，半夜出进，好叫你那群戈什哈盘查么？"尹继善笑道："随你，这里纸醉金迷，灯红酒绿，是天下第一坑，你虽是财神，钱再多也是皇上的，可不要花迷了心窍，栽进秦淮河里哟！"

　　一时移船靠岸，天色已是黄昏，山色江色都笼罩在灰暗阴沉的广袤天穹之下，浑黄的江水也变得黯黑，哗哗地发着令人心悸的拍岸声，轰鸣着向东流淌。此时巡抚范时捷、布政使道尔吉和按察使张秋明已来迎接，在码头上星星点点燃起几十盏小西瓜灯，十几个艄公忙着落帆、搭桥板、下锚、系缆绳，都一个个累得大汗淋漓，艄公头儿过来禀道："请爷安详下舟——天要下雨，上午我们就瞧出来了，所以紧撑着走，好歹我们总算赶到雨前靠岸了！"

　　"本来想看长江落日的，没得这个缘分。"尹继善看了一眼岸上迎接的人群，又望了望满江起伏的波涛，笑道，"下点雨更好，凉快——大家辛苦，每人加十两赏银。"那艄公头儿谢着赏，尹继善已携钱度徐步下舟。因见范时捷站在最前头，意思还要给自己行庭参礼，尹继善忙抢一步到跟前，捉住范时捷的手，指头点着笑道："你这条老狗真结实，穿这么厚的狗皮来接我！"范时捷大笑，说道："好好好，我扒狗皮就是！钱鬼子，日娘鸟撮的也跟着来了，看中我的钱袋子，又掏弄来了！"钱度知他秉性，笑着回口："老叫驴，你是铁驴，我带着钢钳子来拔毛儿呢！"尹继善知道他们还要接风，笑道："免了你们的接风筵吧，又不是掏你们自己腰包儿，还不是从官银里开销？都到我衙门里去，我带的新鲜武昌鱼，吃粳米饭，喝鱼汤。那些筵只是虚样子，黑心厨子挣钱，也吃不饱。"说着提步上轿，众人也只好笑着各自上轿跟随。

　　赶到总督衙门，已是灯火阑珊。豆大的雨点随着凉风飒然飘落，乍从轿中出来，众人都觉得一下子进入清凉世界，说不出的舒适爽快。钱度看一眼衙门照壁外，一溜不到头的小吃摊子，远处酒楼歌肆灯光闪烁绵延不尽，紧随尹继善进衙，说道："又变样儿了，连总督衙门外都挤满了做生意的。要李卫在，早打得远远的了。"尹继善笑着对大群请安的师爷、书办、衙役点头致意，说道："李卫在，也得这么办。人口多了，外地又拥进来许多，去年一年南京城多了十一万人，这是块宝地——这条总督衙门街，一天收上万两银子呢!"说着，将一众人等让进西花厅。

　　这顿饭吃得众人很舒服，不是筵席，也不聚桌儿吃，每人面前四个碟子、炒胡豆苦瓜、烧茄子、青蒜拌水粉还有一盘木须肉，米饭、武昌鱼汤，四两酒壶各人一壶自斟。吃完了又端上冰湃西瓜，随意用。个个吃得心满意足，藩台道尔吉是个蒙古族人，笑着揩嘴，说道："素了点。不过我从来没这么饱过。"

　　"荤素是我俸禄里的，最干净了，吃了准不闹肚子。"尹继善命人撤席，换了正容讲说这次武昌之行，又细述了刘统勋寄来的廷寄和信，又道，"老范是管民政的，还有道尔吉，和钱度一应联络事宜，银钱账目都要把细，有什么办不下来的，一定要回我知道。"范时捷、道尔吉和钱度忙都在椅中躬身答"嗻"。

　　尹继善又将目光转向张秋明，问道："我临行前交代的事办了没有?布置眼线，清理户口，逐户核查秦淮各楼，登记外来人口，各庙堂观寺闲杂住宿香客，还有，给吴瞎子的信寄了没有?刘统勋有没有回信?"张秋明被问得有点局促不安，躲避着尹继善的目光，旋即又定住了神，笑道："吴瞎子的信没寄。延清的回信到了，说吴瞎了来不了。盐帮和漕帮不和，洪帮和青帮在安徽打群架，误了粮船，要他去调和。所以派黄天霸来。咱们省如今也事多，外地进来的，一是行商，二是打工的饥民，成群结伙各省都有派系，没一天不滋事的，前日行宫门口打群架，捅倒了四五个。司里真有点捉襟——""我问的是我安排的事你办了没有。"尹继善顿时脸上像挂了霜，"治安，是你的本分差使。"

　　"我已经向巡捕厅安排了。"张秋明咽了口唾液，"我去了一趟镇江，刚刚回来……"

"镇江?"尹继善冷冷说道,"镇江有什么要紧公务?"

张秋明暗透了一口气,说道:"傅六爷派人到镇江来购给娘娘上万寿礼物,在镇江叫人拐骗了……"

"你昏聩!"尹继善气得脸色铁青,"哐"地将茶杯蹾在几上,厉声道,"你误了我的大事!你给我站起来!"

霎时间,空气凝固了板结了,西花厅里一丝声音也没有,只听厅外雨打荷叶声一片山响。

第三十一回　隔山拜佛错观风路
　　　　　　求同却异色空相误

　　淙淙大雨中，凉风透帘而入，将窗纸吹得时鼓时凹，像一声声低微深长的叹息。从很远处传来隐隐的雷声，尹继善稳几而坐，刀子一样的目光死盯着张秋明："你抬出傅恒干什么？我告诉过你，我奉的是朱批密谕！什么傅恒不傅恒的？我连范时捷和道尔吉都没说，直接找你，为的就是个'机密'，你竟敢向巡捕头儿交代几句就扬长而去！'一枝花'三次聚众谋反，七省传布邪教，朝廷费了好多人力财力逐年逐省搜捕，刘统勋累花了头发，山西巡抚为她逃逸连降两级，你竟是如此的轻慢！"张秋明起先还撑得住，虽垂手站着，两只脚时而倒换一下角度，至此已是脸色发白，双脚平行，腰也伛偻下来，说道："卑职已经知过了……卑职是想把省里治安整顿一下，……刑部几次部文，都说我们江南械斗凶案天下第一，这也为制台的体面……"

　　"现在知过迟了，巡捕厅有什么机密？你给了'一枝花'半个月的时辰，她在南京有窝底，有银子，有我们说不清的人事，别说落脚，老金陵的户籍档也办齐全了。你——你给朝廷添了多少事？"尹继善越说越气，霍地站起身来，"你给我离开！——明天起不用到衙，闭门听参！"

　　张秋明身子一颤，惊恐的目光迅速看一眼尹继善，又向范、道二人移去，见道尔吉脸向壁间看字画。范时捷跷着二郎腿专心致志地剔指甲，知道指望不上二人去求情。想走，又不甘心，乍着胆猛地抬起头来，说道："尹元长，罢我的官，你有这个权？"

　　"我没说罢你官。你不能胜任，我叫你回去听参！"

　　"我是连着三年报卓异的，吏部考功司有档！"

　　"你是小丑！"尹继善大喝一声，"我给你存着体面——你不走，我叫戈什哈扠你出去！"说着便喊"来人！"

听见外边廊下戈什哈的脚步声，张秋明知道再挺下去更蒙羞辱，恶狠狠盯了尹继善一眼，从齿缝里迸出一句话："我得好好谢谢制台了！"不待戈什哈进来便冲门而出。道尔吉这才说道："制台，他还是有才的，只是人轻浮些，平素我看在您面前十分小心。这……这处分太重了点吧？"

"这真是个溜沟子舔屁股的好角色，老道还替他说情！"范时捷摇着腿说道，"他的心思有什么难猜？无非因为元长要调两广。这很好算计，他是连着报卓异的人，我老了，道尔吉又刚从外地升转来，他至少能跳到巡抚位子上，甚或署理总督衙门也未可知。"道尔吉揉着酒糟鼻子笑道："那也太异想天开了，连跳三级，哪有那么好的事给他？"尹继善道："我是生气他误我的差使。张秋明这人是有点见风使舵，还不至于就那么眼皮子浅！我是调任，又不是黜降，难道他不怕我再调回来？"

范时捷哼了一声，说道："元长，你见得不透。少年高位，对下头官场的龌龊领略不深。前些时有谣言，说你是江南土皇上，还说吏部是尹家吏部，听你颐指气使，敢怕他就想着皇上对你有了疑忌。再说到调任，由繁缺调到简缺，这不明白证明了他的那个想头有道理？你安排的事他不办，也没有什么大恶意，撇撇清而已。"道尔吉这才恍然，笑道："汉人阴柔奸狡，我祖母就跟我讲过，出来打仗还不觉得，做了文官越看越透，这种鬼蜮心肠，有一半操到差使上，不知天下事好到什么地步呢！战场上厮杀我都没有怕过，暗地想想这些汉人，免不了惊心呢！"看一眼范时捷又笑道，"老范别犯味儿，你当然另当别论。"

"怪道的哈攀龙和我讲，谨防身边小人。"尹继善眼中波光闪烁，"他说这边有人给他写信，含沙射影指摘我的阙失。又夸奖讷亲许多好话——原来就是此人！这个王八蛋这么不是玩意儿！你们都亲眼见的，还是我一手提拔起来的人，不到十年从知县做到方面大员，有什么对他不住去处？"范时捷冷冷说道："这不是对得住对不住的事。这是他的秉性。邬先生在南京，和我闲谈官场登龙十二术，这一手是有名堂的，叫作——隔山拜佛！"

尹继善原本也想转一转话题，听这个"登龙十二术"名目，大觉新鲜，不禁笑道："老范肚里憋着狗宝，到现在才掏出来！倒是闻所未闻，请说其详！"范时捷一笑，说道："十二术，有正有副，有平有奇，大要分为两类。一类为舔痔，二类为售不龟手药的。"道尔吉道："这名字就奇！"尹继善道："这'舔痔'类领教了，必定是个巴结逢迎的意思，售不龟手药的却一时寻思不来。"

"有人为楚王献药方，这药叫不龟手药，涂在手上可以防冻疮。楚王的军队在南方，到北方打仗天寒地冻，战士们手也不龟裂。所以叫'售不龟手药'。"钱度笑着道："这舔痔——"他没说完，尹继善已经笑了："我已知道，造不龟手药的，楚王赏车五乘；楚王得了痔疮，有人为他舔痔治疗，以为'爱我'，因此得车一百乘。这是《庄子》里的——事出有典，好！"道尔吉这才明白，笑道："连升官本领都一套一套的，真了不起！楚王英明！献不龟手药的赏五乘车，舔屁股的赏一百乘！"尹继善又道："那是自然，因为不龟手药虽好，对楚王没用处；舔痔，他就十分受用了——时捷，升官登龙十二术你还没说呢！"

范时捷隔帘眺望着外边漆黑的雨夜，用手指有节奏地点着，一字一板说道："升官登龙十二术，又称'官场房中秘'，有——造劫乘势、水漫金山、浪涌堆岸、一笑倾城、危崖弯弓、霸王别姬、饮糇亦醉、隔山拜佛、泪洒临清、打渔杀家、石中挤油、雕弓天狼等种种名目。单说隔山拜佛，即是中常手法之一种，比如你是县令，下一步要升迁同知，决不要走同知的门路，拉住同知的顶头上司打同知，气力才使到了火候；当同知又要升知府，要拉住知府的上司道台打知府；当了知府，绝不巴结道台，要直接与三法司联络过从，把道台一脚蹬掉！这样一步一步升迁上来，永远是隔一层上司套弄好了，把顶头上司弄掉，自己就上来了。所以张秋明从前巴结你，因为那时他还是杭州道，想的是臬司衙门的缺；如今他想的是巡抚、总督，因此必须隔了你这座'山'，去拜傅恒、讷亲这些'佛'。你细想想，我说的有错没有？"尹继善笑得打跌，想想张秋明履历，确是如此做派，不禁叹道："邬先生真是一代杰士，吃透世情人心！只不明白，'石中挤油'，想必是努力办差，卓异出众然后求考绩升官的了？""不——是！您想到哪里了！"范时捷道，"石中挤油是替上官着想，想得比上官自己还要周到。这是专门对付糊涂上司的。上司精明，在上司跟前就要'形同白痴'，精明人容不得精明人，所以要装傻——恰如其分的大傻瓜。你在精明人跟前憨态可掬，他就觉得你胸无城府，靠得住，就升你的官！"

"那——饮糍亦醉呢？"道尔吉问道。

"饮糍亦醉是红粉功夫。"尹继善从旁笑着代答，"当日苏五奴娶妻极有姿色，众人想灌醉了他，调弄他的妻子，却总灌不醉。五奴说：'诸君只要多给银子，喝面糊汤（糍）我也醉倒了，何必要灌酒？'"一句话说得道尔吉哈哈大笑。钱度用扇骨拍膝，笑道："我学生读书多矣！比起邬先生自愧不如！早听二十年训诲，今日官位当不下尹范二公之下！"

众人又说笑一会，尹继善掏出怀表看了看，说道："铜政的事万不可误，都交给老范了。云南的铜要赶紧运过来。钱度先和二位老兄瞧瞧我们的铸钱司，范子不够可以再造些。一时铸不及，把铜锭存到库里——钱度要信得及我，我总不会用来铸铜器的。"众人便都站起来辞行，钱度笑道："你当然不会，你那些管库的捣腾铜器，我也是要弹劾你的。那是铜么？那是矿工的血凝出来的！我杀人杀得已经手软了！"

"放心好了。"尹继善徐步送客至廊下，眼见众人出去，又看了看怀表，叫过戈什哈吩咐道，"叫南京城门领、江宁知府，嗯……还有江南大营玄武湖水师管带，限一个时辰以内赶到这里会议。"

钱度心里惦记着彩凤楼的芸芸，却不敢耽误了正经差使，第二天起，便去见范时捷，交割铜银、签押印信，又到银库查看银子成色，装箱上封，督办一切，都由道尔吉陪着。道尔吉见他一一过目，对账划银一丝不苟，终究也没挑剔出毛病，笑道："真不愧钱'鬼子'！我们江宁银锭使了几百年，还叫你挑出成色不足了？"钱度笑道："这叫先小人后君子。这一回我算知道了你江南藩库的老底儿，后库里那些柞木大箱子里头敢情都是元宝吧？我看两千万两也要不穷你们——哪来那么多的银子？"

"你看看那边就知道了。"道尔吉笑笑，拉着钱度沿梯上了库顶瞭哨岗亭，用手指着玄武湖边，说道，"你看，光是玄武湖边就有三百多家织坊，向北是三千顷桑林，这里织出的宁绸，除了贡进大内一点，都运到海外换了金银，到欧罗巴洲，一两真丝缎子兑一两黄金！——你再往北看，江边雾笼着那一带就是金陵大码头，上万的短工都是搬运苦力。茶叶，还有江西的瓷器，打包好了就上船出口，一船一船吃水都是满满的，一船瓷器能换小半船银子，银子一进口就从那条路运进来化成银锭入库。你说的柞木箱子里都是！元长说，赚中国人的银子叫窝里炮，不叫本事。赚外国金元、银元那才叫真能耐！这三五年，海关厘金比康熙最盛年间十倍也不止呢！元长，那是真有能耐，我们都舍不得他走呢！"钱度不禁喟然叹息，说道，"前头一个李又玠，又来一个尹元长，江南人真是有福。我还以为你们仍旧指着秦淮河收妓楼的夜度税呢！""李卫的聪明得自天性，尹公天分高，又加上了好学，这就不同。"道尔吉道，"可惜了李卫，前日邸报说他病危，已经上了遗折，看来是不中用了。才四十六岁的人，正出力时候呢！"

"不说人家的话了。"钱度想着李卫的病，从前有恩于自己，如今睽隔天涯不能照看，心中不禁一酸，说道，"李侍尧这几天就到了，陆路运粮，至少要先运一千大车，水路缓缓相继，征车、征船也不是小事——还有骡马车夫把式，都要齐备。他办事极细极快，这边怠慢了，他就立即报了傅六爷，申斥下来都没意思。我看老道也是至诚人，给你提个醒儿。咱们从明天起，要逐个厂看你的铸钱炉子，然后我就写折子回奏皇上了。"

道尔吉带钱度沿阶走下岗亭，笑道："你不急么？催得我们阖省台人仰马翻！你这一套也是官场登龙十二术里的吧？"钱度笑道："算是卖不龟手药的一类吧，忙死累死也未必见好儿。有些人生来就有福，比如那个肖路，顶多不过一个听差的材料儿，听说元长已经保奏了摇头大老爷①，办事像个女人，没点主张，说话又嘟嘟囔囔，真不知元长看中了他哪一条！"道尔吉一笑，说道："这个你就不明白了不是？肖路是张中堂荐来的。张衡臣如今虽不管事了，那毕竟是四十年太平宰相，尹元长

---

① 摇头大老爷：即"同知"，因其地位略低于知府，没有实际权力，县官们见他要行礼，但背后却摇头。

不能不买这个账！这次押运粮食，肖路还要去，肖路没大本领，伏低做小忍苦耐劳，不和人闹生分，这个长处也难得。瞧着吧，军功保案里还少不了他一笔！"

钱度边走边笑着摇头："糊涂账，糊涂账……"又道，"前儿过莫愁湖，见那行宫，真是壮丽，隔几日闲了，请老兄带我一游，成么？我见邸报，已经竣工由内务府验收接管。皇上去承德回来，旨意一下，换了御林军关防，再想进去看就难了。""行的。"道尔吉悠悠地走着，叹了一口气，"你一说承德，我就想起科尔沁大草原，想起大片大片的羊群和马群——真像绿色的大海上的白云和乌云在飘动。那那达慕大会上的赛马、摔跤、比箭……人和人不论亲疏，心里有什么就说什么……还有烈酒和名马……不是我当着你这汉人说汉人，在这堆人里头混，真不如和畜生打交道！"钱度哈哈大笑，说道："骂得好！你要真想带兵，自己可以和主子说，我是管账先生，理不到这一层儿。告诉你，傅六爷一个心思要带兵，你不妨在国舅那儿修修路子，点将时有你的名，到时候才能水到渠成。"说着已到大仓库门亭外，二人一揖而别。

此时已是午牌一刻，钱度在南京并无亲友，回督署衙门，又吃腻了大伙房的饭，又不好意思点小菜，想想下午无事，便在玄武湖租了一条亮顶儿船，买了些西瓜葡萄，又叫了几个时样小菜，自坐了船，丢给艄公三钱银角子，在船上随兴荡游。但见湖岸柳色苍暗，袅袅如烟，无数水禽或翱翔盘旋掠水觅食，或浮游在蒹葭野荷间拍翅追逐。天光水色一漫无涯，倒勾起他对往事的回忆，从跟田文镜当师爷，想到德州那夜仓皇逃离，投奔李卫又转投刘统勋门下，中间还夹着与乾隆皇帝的围炉论政，又亲自去奉旨处死喀尔钦，辗转云南炼铜整矿，一时满心凄楚，一时又血脉奔涌，真是百感交集万绪纷来，不知不觉间已见金乌垂湖，三瓶玉壶春竟喝掉了两瓶。钱度本来酒量不大，已是醉醺醺的。艄公扶着他上了岸，趔趄着步儿沿岸走了半里许，凉风扑怀，越发头眩难当，俯在岸边一块大石头上呕吐了一阵，又用湖水冲了冲，才觉得胸膈间烦闷消尽，却仍头晕腿软。清醒过来，才发觉身在玄武湖北岸小街上，四周已经黑定。他晕头晕脑在满是小摊贩的街上寻轿。问了几处，都说这一带尽是穷人，没有杠房。因见满街都是鸵茧子的骡马，便去租马，要赶进城去。

"哎哟！这不是钱爷么？"

背后忽然传来一个女人的声气，钱度回过头来，觑了半日，才看出来，笑道："是曹妈妈啊！你怎么到这里来了，彩凤楼那边生意不做了么？"

曹鸨儿穿着绲边实地纱月白大褂，扭着腰肢满脸谀笑，说道："爷回咱们金陵独个儿在这水泊子上取乐！我还以为把咱们彩凤楼给忘了呢！是这么回事，彩凤楼那边地皮金贵，没法扩大。我想我也老了，终不成开个百年老行院？到老也想吃碗体面安生饭。这边织工出贡绸，是个正经营生，就也开了一处坊子，到老也有个正经归宿。钱爷，看你是醉了酒，瞧这身上、头上都是草节子。到我坊子里歇歇，明个儿再进城去！"钱度此刻一步道儿也不想多走了，遂道："那就随便找个地方歇息。明儿我还有事，你告诉芸芸，明晚间我去看她。"曹鸨儿一听芸芸，便掏出纱巾拭泪，哽着嗓子道："这孩子没福，苦日子好容易盼出个头儿，谁知就去了呢！她十二岁上就卖到我这里……可怜见的，爹娘都没了，哥嫂又养不起她……"

"芸芸殁了！"钱度停住了脚，如遭雷轰电掣一般。他那本来已经苍白的面孔泛着青光，刀子一样盯着鸨儿，"敢怕是有人加害她吧？她有钱，我又不在身边，所以招人眼红，是吗?!"曹鸨儿被他的神气吓得浑身一颤，颤声说道："爷，你疑到哪儿去了！要是我害了芸芸，躲你还躲不及，还敢招呼你么？要说有人害，我说句刻薄话，还是您钱大爷害了她哩！"钱度怔了一下，觉得曹氏说的也不无道理，遂问道："她怎么死的？"

"难产。"

"难产！"钱度惊呼一声，全身剧烈一震，"谁的？"

"这还用问！"

"是儿子，是女儿？"

"是个大胖小子，活活憋死在肚里……"

"我的儿子？我的儿子！"钱度突然心中一阵迷乱，头嗡地一声涨得老大，失态地喊了一声又止住了，仰着头，望着黯紫色的夜空，许久才低下头哀伤地说道，"她去了，还带走了我的……儿子……我们钱家在子嗣上本来就艰难，四代单传……游丝般系着……我妻子生了三个女儿，也是生儿子难产去世……难道天叫我钱家绝后不成？啊……"他干号了一声，已是泪如雨下。

曹鸨儿一声不言语，静静听他诉说完，慢慢说道："这是没办法的事。不过，此地有个道士叫步虚，是紫霞观的观主，能演诸神驱鬼，知人生死造化。附近几个织坊近来夜里常闹鬼，女鬼们半夜里呜呜咽咽，哭得叫人发瘆，我坊里的女工们都吓得聚到一处整夜不敢合眼。也想请他镇一镇。你既到这里，也是缘分，就请他给你瞧瞧八字，可好？"说着已经转进一道黢黑的小巷，见有人打着灯笼迎上来，却是原来彩凤楼的王八头儿史成。掌着灯见是钱度，史成笑得两眼眯成一条缝，说道："我的爷，步虚这个小牛鼻子真有点门道！我寻思着奶奶出来这么久怎么不回来？便出来迎迎。步虚跟我讲，您是道儿上遇到了贵人，一道儿回来了，我还不信，敢情是真的！请，请……"打着灯便在前面带路。

于是钱度跟着往里走，在迷魂阵一样的巷道里穿来穿去。这里似乎是织机的世界，每隔几丈，最多十几丈便见一个个门头上都挂着一盏昏黄的灯，照着门前满是污水的路。灯上千篇一律都写着什么王家织坊、蔡家织坊、何家织坊……轧轧的织机声响成一片。钱度不禁问："这么窄的道儿，茧子怎么运进来，织物又怎么运出来呢？"

"那都从后门走，进蚕茧、运绸缎，都打玄武湖来往，很方便！"曹鸨儿笑道，"这边是工人出入的，那边到处是牲口粪尿烂泥塘似的，不好走人。"

"有的人家门口跪着一些女人，是怎么一回事？"

"那是犯了规矩，从工房里撵出来罚跪的。都是些难民，不会做生活，又没有靠山——这里头的烦难，说不尽啦！新工上头有老工，上头有师傅，拿摩媪，一层层儿的，竟是想怎么摆治就怎么摆治！"

钱度已从芸芸的死悲痛中缓解过来，叹道："轧轧千声不盈尺，织者何人衣者谁？不容易啊！你家织坊也这么狠么？""天下老鸹一般黑，你不狠，别的织坊的价钱比你低，卖给谁？"曹鸨儿笑道，"老爷你只管穿绫戴罗，管他这账干什么！"说话间，已到了一个织坊门口，果见一个米黄色西瓜灯，门洞却比别家宽些，也跪着五六个女的，大的有四十岁上下，小的只有十二三岁，都是浑身污浊不堪。曹鸨儿一边跨门槛儿，一边说道："都起来做活计去吧，告诉头儿就说我叫回来的——去吧，去吧！"

那几个女工千恩万谢磕头去了，钱度跟着进了天井，才见是个宽宽绰绰的四合院，青堂瓦舍，四周围超手游廊上挂着八面宫灯。钱度一边登堂入室，一边说道："太严了不好。你应懂得宽严相济，你的绸缎织得就好就快，不信你试试。她们心里恨你，又拿你无可奈何，使个小绊子，今儿弄坏个机梳，明儿织个次布，逼急了女人也会杀人——苏州有几家绣坊，坊主家生儿子，儿子的小鸡鸡儿都叫人悄悄捻断了，生下来就是太监——就是杀不死你，人要受罪，治病要花钱。有这笔钱让工人吃了，就给你加倍出活儿，岂不更好？"曹鸨儿笑嘻嘻说道："钱爷家准是日进斗金！您这么会算账，老爷我见了千千万，总没您把细的。""我何止日进斗金！"钱度此刻酒意已消大半，因见堂上坐着个道士，料知就是步虚，便道，"不过不是我的就是了——这位道长，想必就是步虚了？"一边说一边打量，只见步虚发髻高挽，披着雷阳巾，穿着玄色道袍，年纪二十岁左右，面如冠玉，气度不俗，一双小瞳仁晶光四射，盯着人像是要把人看到骨头缝里似的。钱度又正容说道："仙长少年高名，不才久仰了！闻说道长善于风鉴，可能为我一观？"

步虚早已站起身来，从容向钱度一揖，展袍落座，那曹鸨儿只偏身坐在一旁矮座儿上，吩咐人送点心上茶。步虚说道："大人贵相天表，何用道士饶舌？今晚道士特地为织坊净房，驱鬼逐魔，要静一静心。居士有意，明日如何？"曹鸨儿在旁笑道："钱老爷明日还有公差呢！香褙铺子说大檀香已经被人请完，连夜赶着做，明早才送来的。既在这里遇上了，就是有缘，你何妨给老爷瞧瞧呢？"钱度笑道："剧谈造命，也是快事。君子问凶不问吉，道长只管放胆说！"

"那就放肆了。"步虚说道。他站起身，将烛台向钱度身边移移，认真看了钱度一眼，掐指念诀，垂目沉思，说道，"居士心根正，土星亮，近日有加官晋爵之喜。白耳黑面，主居士名满天下，但文昌不亮，您成名不由文章。酉戌官鬼逢财，您是从钱财上起家的。七七死绝之地，六八丁旺相逢，子嗣上是艰难得很了。就功名而言，交于五九、六九之间，年近知天命方逢大运，自今而起，还有十年好官可做。但你台阁发暗，命中无卿相之分。官不能至极品，有阶难拾级而上；财不能雄四方，对铜山而枉自嗟叹。知其入而守其出，知其不可即莫为，庶几康宁一生。"说罢便吃茶。

钱度听罢沉吟不语。曹婆子道："就这么一点？我就不大懂。你方才讲'有阶难拾级'，那不是看着是梯子不能上？这又是什么意思？有铜山又不能发财，这不是更奇怪么？""你信不及我么？"步虚目光如电，一闪即逝，对曹鸨儿道，"我说说钱居士的前边的事——您日月角俱都发暗，六岁丧母，十岁丧父。死不同年，但同月同日。生不同年，但死却同岁，命中之奇无比。你是跟着叔父母长大的，十九岁进学，你才知道他们不是生身父母。你后头的官途我不说，你发际压眉，天庭不阔，主有水厄。你至少在水中被淹过三次，不知可是有的？你在叔父家九年，待你如亲子，但婶娘后来生了双胞胎弟弟，就生了逐你出门的心。你离家这么多年没有回去过，也为这点遗憾。但你这一来，九年养育之恩就抛了，这叫忘人大恩，计人小过，所以上天有削禄之罚。十年运消，你当急流勇退，回报这九年之情，此生方得平安呢！"钱度愈听愈是佩服莫名，连这些鲜为人知的心事他都一一点透，他脸红了一下，呷茶掩饰道："先生高明！我说过不计较言辞的。不过，我至今无嗣，还请先生指点迷津，怎样才能破解，怎样才能得个儿子？"

"凡事都有个天理，做有子事无无子之理，做无子事无有子之理。"步虚说道，"你命中原有一子，可惜你杀人太多，门前墓道冤魂充塞，没有谁敢去投胎。我为你书一道符，你寄回家中，或接你妻子出来，为她焚符，用雄黄酒灌服了，再看怎么样。"说罢起身，至桌边提起朱砂笔，略一属思，笔走龙蛇画了一道符，交给钱度。钱度小心双手接过，折起放进袖中，顺手取出五两一个南京锞子放在案上，说道："些须香火之资，不成敬意。愿与道长为俗交道友，异日一定上庙致谢，还有许多请教处。"步虚也不逊辞，欣然接银，对曹鸨儿道："方才进门时钱爷劝你的话都是至理名言，那里头带着'利'字，不是我道门宗法，但其中仁爱慈悲却是天理。我看了你这处宅子，原来也是乱坟岗。要不是别

家织坊天天有逼人致死的，有替代处，你这里早就出大事了。今夜既无
法事，你着两个人送我回上清观，我在观里心净，为你这里消愆，也为
钱爷祛一祛积秽。"说罢起身辞去。钱曹直送到小巷里，看着史成派两
个小厮掌灯送了远去。

　　钱度跟曹鸨儿回来，看表时正指亥正三刻，曹氏又要来果茶，说了
一会子步虚，又说起芸芸。钱度又细问芸芸别后情形，才知道是难产后
血崩。这是医家棘手的病儿，他也只好认命。又听曹氏说芸芸临终念叨
自己，怕被铜山矿工打死在云南，钱度又坠下泪来。曹鸨儿行院里混了
十八年的人，最会使小意儿，一边安慰钱度，一边又取点心，又拧热毛
巾伏侍钱度，说得钱度又欢喜起来。曹鸨儿便乘机入港，颦首眉头娇笑
道："钱爷，你也太痴了！人死如灯灭，生前尽心待她就是有情的了。
何必太伤心？身子骨儿要紧！"说着便挨擦上来，用汗巾子给钱度揩汗，
有意无意间用胸部轻压钱度肩头。钱度是个单身在外的男子，也不禁多
少有点动心。因笑道："我看你有点浪上来了。今儿我没心情呢！回去
睡觉吧！"

　　"回去我是寡女，你就成了孤男。"曹鸨儿抿嘴儿一笑，"那多寂寞
呢？你要嫌我不好看，咱们猜谜儿说笑耍子，瞌睡了就睡，如何？"钱
度一向没在她身上留心，此时灯下看，曹鸨儿不足四十岁的人，削肩细
腰，胸乳高耸，腕臂如牙玉般洁白细腻，眼角有点鱼鳞细纹，灯下根本
看不出来。此时那婆娘上了欲火，双颊泛红，双眸传情。钱度笑道：
"徐娘半老，风韵犹存呐！老板接客，一定别有风味。"曹鸨儿似胶股糖
一样，稀软地粘在钱度身上，"噗"地吹熄了灯："来吧……这是五百年
的缘分……"

　　钱度怪叫一声，猛地将她压在身下……

第三十二回　　道不同斗法上清观
　　　　　　　情无计钱衡挪官银

　　上清观就在街北镇外约半里许，离玄武湖也不过二里。这里早先康熙年间是水师营房圈了的一座庙，后来靖海侯施琅带水师攻台湾调走了军队，营房因年久失修败坏了，庙却留了下来。从这里向南看，是乌沉沉一片镇子，刮风时玄武湖的波涛声都听得清清楚楚，再向南便是六朝金粉之地石头城，向北却是扬子江。

　　这位步虚便是当年在山西驮驮峰被飘高逐出红阳教（白莲教之支流）的小姚秦。他游历过大江南北十七省，走遍了白山黑水、天涯海角，最后选中了这块风水宝地。为什么选这里做他的天理教总堂，他自己也说不清，只是觉得北方离北京太近，两广福建离北京又太远，这里龙盘虎踞，人文荟萃，是个风云鼓荡之地。这里富人多，穷人更多，稍有饥馑，四邻各省的灾民就像潮水一样涌入江苏，涌进金陵，传教极为方便。他天分极高，几年潜心精研《万神圭旨》、《奇门遁甲》、《道藏》、《黄庭》一类书，道术已远过当年龙虎山的贾士芳，却不露锋芒，只以"平常心，平常人"面目济世救人，传布天理，收纳徒众。即使偶尔演法，也只有三五个徒弟得见，且严令不得在民众中炫耀。因此，上至总督尹继善，下到陋巷居民，都只知道他叫"步虚"，懂命相，会风鉴，能医术，是个行善济贫的有道之士，谁也料不到他曾是白莲教的护法尊者，待时而动的"巨寇"。

　　易瑛一干人早先与飘高大道长有过交往，自然知道姚秦出教自立门户。但当时的姚秦，不过是飘高跟前的执拂使者，无论如何也回忆不起他的相貌。这次兵败来投，由曹鸨儿牵线，想"请见当年姚秦道友"。曹鸨儿就是勾通联络这件事，才遇上钱度的。

　　此刻，步虚回到观中，徒弟们还在做晚课，钟磬激扬钹鼓叮咚，徒子徒孙几百人都盘膝坐着诵经。步虚见有几十个信民还在三清座像前跪着，知是求药的，遂向三清像一揖，从神架上取下一叠小纸包儿，亲自一一分发给众人，说道："今日来者都有缘，这是昨天就请神赐的，拿回去服了就好——王小七儿，明晚背你爹来，我亲自再瞧瞧。"众人接药磕头各自散去。步虚又吩咐道士们："各自回房静坐，守庚申，今夜有天露，是三清降临赐琼浆，各人用盘子祈赐吧！"

一时道人俱各散去，偌大的三清宝殿立时显得空落落一片岑寂。步虚自在蒲团上打坐，默会元神周天，以心会意，以意会神，瞑目搜求内丹要道。他明知易瑛等五六个人已经入殿，却浑如不觉。

"步虚道兄。"易瑛许久才道，"贫道易瑛稽首！"旁边站着的胡印中，也是道装打扮，见步虚不言语，便道："步虚道长，这就是我们紫云观住持道长易瑛。昨晚来见，我已经说过，今日又让曹氏介绍，想见一见姚秦大仙师，务请道长接引。"

步虚这才缓缓开目，扫视了一眼易瑛身后的雷剑等四姊妹，叹息一声道："不要误我清修，我亦不误你们的事，我确实不认识你们说的姚秦道长。修道以清净为本，金丹大道不在鼎炉之中。道兄你们是性情中人，不是我道门法缘弟子。易瑛，唉……我已久闻大名，是术能通神之人，一味在红尘中打滚，何如早日归正？"易瑛一直在用元神试图与步虚通会，但意念功力发出，再三袭扰，步虚不拒不应，浑然与普通人无异，难以感应，便以为他是全真道派，笑了笑坐下说道："全真以性命修养为本，只是为了自己长生，究竟于世人有什么益处？"步虚只是摇头，说道："我不是全真道门。无论何种道派，若倚仗术法，终是入了旁门。我是自然门，随遇而安，物外无求，取水到渠成之义，循乎天理顺乎人情，以此善缘济世，永与红尘无涉。"

"什么是自然道？"易瑛问道。

"自然即是天道。"

"什么叫天道？"

"天道即是水德，循河而行不出堤岸。"步虚说道，"天道亦是火德。水循河渠，火存金鼎勿使泛滥，水火既济，然后道成。"遂口内微吟：

契论经歌讲至真，不将火候著于文。

要知口诀通玄处，须共神仙仔细论……

玉炉霭霭腾云气，金鼎蒙蒙长紫芝。

神水时时勤灌溉，留连甲使火龙飞！

　　吟罢又道，"众位道兄，你们虽有法术通微，奈何时运相悖，奔波苦求艰难竭蹶，于今事业毫无所成，别说姚秦，就是三清下世，也无力助你们。不如归我自然门，革面洗心广布慈悲，可以销尽从前戾张之气。听说过没有？——真橐龠，真鼎炉，无中有，有中无。火候足，莫伤丹，天地灵，造化悭！"

　　易瑛听了不吱声，半晌，嫣然一笑道："口强不如手强，手强不如心强。你好一张利口！若不能法术，算得什么真道士？我也舍药救人，从来不用手撮送人，虔心心通九玄，患者自然得药——不就是香灰朱砂么？你看那座香鼎，我手一指它就倒。居士见了，信你还是信我？你看那只飞蛾，我念心一到，就能将烛扑灭，大约也是真实不虚。"步虚只是唯唯，说道："道心无处不慈悲，平常心即是道心。以左道发蒙，汉有张角，唐有黄巢，明有徐鸿儒，虽有一时之效，以此成事者自古无之。你就咒得三清案前海灯灭，咒死小道士，小道士也是不信。"易瑛想想，不露露手段终难叫这个腻味道人信服，遂冷笑道："道兄未免太夸夸其谈。你看那只鼎，无论该不该折足，我叫它折，它就得折！"

　　"无量寿佛，这个谈何容易！"

　　"容易！"易瑛脸上挂了霜似的，轻蔑地一笑，胖指遥点那鼎。只听那鼎"咯嘣"一声，仿佛要炸裂开似的，轻轻晃动一下，却又稳稳站住了。乔松上前查看一下，向易瑛摇了摇头。易瑛苦练五雷正法，别说一只鼎，就是一座石柱也是挥手之间便崩坍碎裂，试验无数次从无失手的，此时无效，不禁脸上变色。倏地转过脸来看步虚，仍是闭目团坐，毫无用功痕迹，只是念念有词，口诵《道德经》："道，可道，非常道；名，可名，非常名……"易瑛细查，殿中并无其他高人相助，断定是这个小道士弄鬼梗阻，遂道："好一个'自然'门！""嗯"地双手向步虚一推，问道："姚秦到底见是不见？"顿时殿中罡风大作，神帐帷幔被吹得飘飘忽忽，所有的灯全部熄灭，那罡风犹自满殿盘旋，劲力愈来愈强，"咔"的一声，不知神案的哪条腿竟被吹折了似的。但步虚仍似无事，诵经声枯燥单调千篇一律："……视之不见，名曰夷；听之不闻，名曰希；搏之不得，名曰微……是谓无状之状，无物之象，是谓恍惚……"也是蹊跷，随着这浑厚的诵经声，罡风愈来愈弱，终于停止，已经吹熄了的烛，居然又一一由暗渐明。

步虚停止了诵经，说道："居士法力甚深，贫道佩服。但此种功力出自于法，已与老子之道相悖。逆理而行，虽强力为之，终究只是自摧自残而已。你已经亵渎了三清，速离此处，不要再扰！"胡印中"噌"地抽出腰刀，大叫一声："座主，这分明是个妖道！什么'自然'，我一刀劈了他，刀'自然'就割死了他！"喊着，扑身便上。

"印中不可鲁莽！"易瑛此时才知这位道士功夫深不可测，断声喝止胡印中，向步虚打一稽首，说道，"既然不肯赐教，即是贫道无缘——我们走！"

"慢。"步虚叫住了众人，却又沉吟片刻，方道，"金陵对你是险地，故乡既不可倚，向东去吧！我还是劝你们隐归自然门，可得善终。岂不闻吉凶悔吝皆生乎动？但要去，也不中留，也是劫数使然。赠你一句话，二八兴，二八亡，谨防二八炎上房——届时自有应验！"说罢又复诵经，易瑛等人出庙，远远还能听见，念的仍是《道德经》："道常无为，而无不为。侯王若能守，万物将自化。化而欲作，吾将镇之以无名之朴。……"

易瑛等几个人在星光闪烁的庙外站定，雷剑等人都在凝望着易瑛，等待她的决策。易瑛深深叹息一声，说道："今日方知天外有天！这步虚说得对，南京确实不是我们的善地。我们在武昌、上海、清江、苏杭二州还有香堂没有散，投奔哪一处好？"唐荷道："他自己那么大法术，却劝别人当平常人，可见这个步虚是个口是心非的！他叫我们向东，我们偏向西，看是怎样？武昌那地方接两广、接陕西、接四川，和这边也通连，我看比东边好办。东边太富了……"易瑛笑着摇头，说道："正为交通太便利。我们不能去，光是四川，就有几万绿营兵，我们无法招架。这个步虚虽然不和我们一道，但似乎也不以我为敌，他指点的还是对的。现在查得这样紧，如果拔脚一走，或许从此就完了，所以我心里还有点不情愿。"

"昨儿应天府衙老三传信儿，刘得洋也来了，夜里和燕入云、黄天霸那一干人吃酒吃到四更天。"韩梅说道，"燕入云吃醉了，又哭又笑，喊着教主的名儿满院乱跑，还说他宁肯自己死也不肯害你。黄天霸叫徒弟们把他捆住，灌了些马尿给他'醒酒'，……老三还说吴瞎子去了扬州，传令黑道人物和青帮、盐漕二帮都来对付我们，看来想在东边寻个立足之地也不容易。依着我说，乘着刘统勋一心在江南搜寻，我们还回中原，出其不意，占山为王，再大造声势。"

易瑛半晌才道："我们折腾不起了。向南有多少关碍，向北也有。还是向东，我们招收难民，开织坊绣坊隐蔽下来。现在的事根本不是造'声势'，是自存。平安顶下这一劫，待机而动才是上策！"她顿了一下，语调又由舒缓变得强硬起来，"步虚的棋走得比我们稳，他能做到的，我为什么做不到？天一亮我们就乘舟东下，但南京的地盘不能丢。我看雷剑和乔松留下吧，我到东边自然派人来联络。"雷剑瞟一眼胡印中模糊不清的身影，嗫嚅了一下说道："教主，这边有几个香堂，一色都是男的，原来归着燕入云掌管，现在要收紧盘子，又谨防燕入云毁我们摊子……我恐怕力不胜任。不如请胡大哥留下，比我更方便些。"

"好吧。"易瑛半晌才说道，"那就请胡兄弟在这里主持，雷剑襄助好了。"自在山东救起胡印中，她隐隐觉得胡印中和雷剑之间有点什么，但实在是"什么"又模糊不清。她原在燕入云的纠缠之中，胡印中似乎也隐隐约约搅进来，现在燕入云倒戈，对男女之事她更觉了无意趣……从心底无声地透了一口气，易瑛又谆谆嘱咐："我每到一处留有暗记。你们这里好，我自然知道。要待不下去，千万不要硬撑，要去找我。小心与人交往，不要轻易接纳新人，就是旧人好友，也要重新查考，弄清了确实暗地通敌，就杀掉——但也不要弄得本教兄弟互相猜疑、人人自危。稳过这一阵，刘统勋见无从下手，自然也就懈了。他下海捕文书向上交代，我们的日子就好过了。"

第二日天刚明，易瑛等三十余人便各自从燕子矶买舟东下。雷剑一身男装，和胡印中站在码头上，看着一叶扁舟顺江漂流而下，变到只有芝麻大，变到一片混沌……二人才离开码头。

"起风了。"胡印中望着岸上的柳树，认真地说道，"你这顶瓜皮帽还要往下压一压，你不肯剃头，穿男装不能和人接近，走近了，任哪个人都能看出你是女的。"雷剑小心地将鬓发向后掩了掩，把辫子盘到脖项上，又压压帽子，嫣然一笑，也说道："起风了……这又是一番局面——你知道这叫什么风？这叫'石尤风'……"胡印中笑道："这你可哄不了我。顶头风才叫石尤风，这顺风顺水的船，你怎么想起这个名儿来？"

雷剑纤手轻轻抚着随风拂荡的柳条，和胡印中沿堤而行。忽然转脸妩媚地一笑，却没有回答胡印中的问话，却反问道："胡大哥，你觉得我师傅和步虚，谁有道理？"

"天下道理说不清，哪一种道理听着都是头头是道。我是个混人，从来不想这些事。"

"真的？"

"嗯。"

"可是道理不对，有时要招杀身之祸，事情也办不成。"

"我不管那个，只讲义气两个字。"

"你不觉得，教主对你除了义气，还有点别的？"

胡印中仰着脸想了想，说道："那是燕入云自造自吃醋，弄得大家心里怪别扭。教主对我堂堂正正，我拿教主当姐姐敬。我娘自小教我，不能想女人的事太多，这一条正经，百邪不侵．我转过三个山头，都败了，我还好好的。那些贪色采花的兄弟，没一个有好下场。"雷剑脸上掠过一丝失望的神色，顺脚将一块堤土踢得滚入江中，叹息一声道："你是对的——你娘难道不打算给你说媳妇儿？哦……我明白了，你自己有相好的，后来分手了，伤心了不是？"

"我们家不穷不富，自种自吃。后来遭瘟疫，才败落下来。我有个姑表妹，小时相处得很好的，家败了，也就什么都说不起了。后来我走了黑道，更是什么也说不起了。"

"后来你没再见她？"

"见过。"胡印中脸上似悲似喜，"我们村赵守义强占我们的地，点火烧了我家房子，我杀了他上抱犊崮落草，抱犊崮被岳浚攻破，我独身逃出来到她家，她送我煎饼、玉米糁窝头，还有些咸芥菜疙瘩，还有衣服。那时她丈夫已经死了，下头还有三个孩子，已经老相得不成模样。她吓得筛糠，还是帮了我，我当然不能拖累她，给她作了揖就走了……我欠着她的，可是没法还账了！"

雷剑低头叹一声，恢复了常态："说咱们的事吧。落脚怎么落，外头支个什么门面，和谁联络？这身道装太扎眼了——你是掌总儿的，你拿个主张。""我是什么掌总的，下头一个也不认识我，还是你来。"胡印中道，"我也看着道士装不成，我们没有道观，整日转悠，一定要出事的。"

"好！你肯听我的，我说你参酌，咱们商量着办。"雷剑神凝气敛，显出与她年龄不相符的沉着干练，"我们有钱，可以开个生药铺子。曹鸨儿那一头要联络好，还要拉上这个步虚，和他们一损俱损、一荣俱荣。为了自己，他们得保全我们，这就站住了脚。我想，我们得弄清楚，这一次我们在江北是败了，不能闭着眼骗自己。这里香堂、那里神庙，比外人还靠不住呢！我们从头收拾，有一是一、有二是二，绝不能依赖那些个堂主、香客——连燕入云都降了，何况别人呢！"

"这么着，不是违了教主的旨令？"

"现在你是教主！将在外君命有所不受。"

胡印中仿佛不认识似的盯着这位刚决果断的"侍神使者"，问道："将来教主计较起来怎么办？""她么？"雷剑苦笑了一下，说道，"她现在自顾不暇呢！我们若有局面，她将来奖励还来不及，我们站不住脚，将来说得再好也无益。"胡印中人虽憨直，心智却平常，再三思索，拿不出更好的主见，遂道："听你的，我当这个生药铺的伙计，你来当老板娘！"雷剑突然"噗嗤"一声竟自遏制不住，背脸弯腰格格地笑个不停。胡印中被笑得莫名其妙，说道："我又错了？你就笑得这样！"

"我笑你是个傻——"她用手指顶了胡印中额头一下，"傻瓜！当伙计要懂药性，进药要看成色，懂价钱，出药要能记账，会看戥子，你成么？你就会白刀子进来，红刀子出去！"

"那——你说我干什么？"

"你当然是老板了！"

"这……"

"这，这什么？"雷剑娇嗔道，"道士能假戏真唱，夫妻就不能？"

原来是假的。胡印中木讷地一笑，又款步向前走，说道："我看你在教主跟前背后不一样。离了教主，你好像还很高兴？"雷剑垂下长长的眼睫。她是易瑛的头号心腹弟子，易瑛待人不吝啬，不藏奸，传授法门要旨也不似别的师傅那样刻意留两手儿，但她对四姊妹犹如严母教女，极少温馨爱抚，这就少了点亲情。雷剑觉得易瑛刚愎自用，遇事从不与别人商量，事成虽有褒奖，事败却极少认错儿，心中有隔阂，连乔松、韩梅和唐荷等人也不敢私下议论，不敢当面提说——但这些话她不能对直心快口的胡印中说，沉思有顷，雷剑才道："我跟教主是个敬畏心；跟你一处，是个高兴心。你看教中那么多男子，我和谁说笑过？"胡印中听了品不出滋味，答不出话来。

钱度原来只打算在南京待三四天，沾惹上曹鸨儿便生了乐不思蜀的念头。看铸钱局、查库房，检查铸钱模子都是虚应公事一点即过，又说要等李侍尧运铜的船到了再走，还要协助铸钱司验铜。他说住总督衙门给尹继善"添麻烦"，索性搬出住了驿馆，每日到库里蜻蜓点水般点一下，便去彩凤楼鬼混。那曹鸨儿是个偷汉子的领袖，风流淫戏了多年，绝不要钱度的钱，使出浑身解数侍奉这个风月窑里的雏儿，和一些窑姐儿与他昼夜宣淫，弄得钱度干筋瘪瘦、神思恍惚，一脑门子的心思全放在秘戏图、房中术上，竟比风月场上的老手高恒还要着迷。这日在彩凤楼和曹鸨儿睡到日上三竿，犹自赤条条相抱不起，直到外头丫头隔窗叫："钱老爷，吃早茶罢。"方才懒懒地伸欠一下。曹鸨儿扭股糖似的搂着他，娇滴滴小声道："方才还在夸英雄，这会子又像软稀泥似的了。你还能战不能……嗯？谁是败将？"

"不行了，败了兴了。"钱度坐起身披衣，说道，"我招架不住。你浪得好，人说女人三十如狼、四十如虎，过了五十坐地吸土，真是半点不假！"

二人又浪了一会儿方起床穿衣整妆，吃着早茶有一搭没一搭逗骚儿说话。曹鸨儿说："有了身子，又发愁将来孩子没爹。"钱度又转过来安慰她，说要"接出去从良，弄座宅子叫你们母子享清福"。正絮叨个没完，一个丫头上来，说道："钱老爷，总督衙门来了个师爷，说有一封要紧书信给你，你下楼见见吧。"钱度嗯了一声，迈着四方步下楼去了，曹鸨儿命人收拾了桌子，叫史成进来，一边理鬓，一边问道："买的阿胶到了没有？叫他们熬熬，我要用。"

"是，妈妈！"史成一躬身，嘻嘻问道，"前几回都是堕胎，怎么这回保胎？"

"这次我要保胎。"曹鸨儿面色有些忧郁，目光中多少带着迷惘，"不但我，赛金莲也有了他的，也要保……这是教令——再说，我当鸨儿也当烦了，到老想吃碗体面饭。"史成叹息一声，说道："咱们的'教令'是太多了，除了上清观，还有'一枝花'，又都不照面——还有青红帮——谁都能欺侮我们一下，这活计真不是人干的。"曹鸨儿冷笑道："不听人说笑贫不笑娼？老娘也不是好欺负的，好便好，不好我遣散了这座楼，这种钱我也挣足了够用了，找个僻静的地方躲起来，谁能找到我？记住，不管是易瑛的人还是别门别派的来找，你只管应酬，叫苦，就说没钱办不成事。要能再掏他们三两万银子，我分给咱们众人，都远走高飞！"说着便听钱度上楼的脚步声，曹鸨儿叫史成退下，笑着起身相迎，问道："钱爷，他们有什么要紧信？"

"皇上叫傅相给我写信，叫我即刻到热河见驾述职。"钱度颓然落座，眼神中带着慌张和怅惘，用粗重的声气说道，"看来是再也不能往后拖了，这违旨的罪承当不起啊！"

曹鸨儿听了低头不语，半晌，抽抽搭搭向隅而泣，掏出撒花绢子只是拭泪。钱度勉强笑道："你这是何必，几个月我就又回来了。你要愿意呢就跟我去云南，把这里的摊子散了它。你不想去，我这次进京见着张中堂、傅六爷说说，他们一句话，我就能调到金陵来当南京道。我也舍不得你呀！"说着便抚摸曹氏肩头，曹氏脸一偏又转过身去，如诉如泣说道："我不是生你的气，是自叹命苦……我打六岁就进了这火坑，你不知道这里是什么地方儿？老鸨儿养活我，也打我骂我叫我接客；我当了老鸨儿，也打骂下头。不接客，在这行院行里能站得住脚么？十六岁上我就留心，想找个好人家早早从良……可来这院子里的有几个是好的？有良心的，没有钱赎我，有钱的又没良心，谁敢靠他？好容易自己也熬成个鸨儿，能自主了，人却老了，更不敢想从良嫁人。说句至诚话，我二十四岁当上这里的'妈妈'，就再也没叫男人沾我的身子。左审右看，就是你钱爷……是个靠得住的人，你人模样平常，却聪明能干，待人良善……可偏又是个做官的！如今委身给你，我真是什么都舍得，可又怕你将来扔了我。如今，我已有了你的骨血，小四十的人了，你可叫我怎么着？钱爷……"她的泪水走珠般滚落下来，扑身入怀说道，"你得给我做主！还有那个金莲……也有了……你亲眼见我们这些日子不接客，还不为了你得个儿子？你是个男人，给我们撂句话，现在堕胎也来得及……"话未说完，那个叫赛金莲的女子已闯了进来，一语不发，坐下就陪泪。

"这么着，你们别哭，一哭我心就乱了。"钱度本就心烦意乱，被这一声声娇啼更弄得六神不宁，思量了一阵，下了决心，"我这会子去见见道尔吉，先从藩库拆兑一万银子。我虽管着铜山，其实不是邓通，钱都是皇上的。这些年倒是当师爷时攒有不到两万银子，腾挪一下，先照顾你们这头。你们两个跟着我从良，其余的人一概不留，全部遣散回去，把这楼卖了，在南京买处宅子住下。我进京回来，带你们回家乡去拜拜祠堂，就正儿八经是我钱家的人了。这么着可成？"说着便取出一张两千两的庄票递给曹鸨儿，笑道："前头去了的芸芸给了一千五百两，这两千留着你们置些行头。我每年五千两的俸，又是干净官儿，只有这些了。要是从良，就得有个过日子的心。还像原来那样花销，我就养活不住你们了。"曹鸨儿二人推让了半日，只接了五百两，那钱度自然感慨，匆匆离了彩风楼。

钱度赶到总督衙门，立刻和尹继善的钱粮师爷接洽，又到藩司衙门向道尔吉交割差使，顺便又提及借款的事。钱度满以为这点区区小事，一提便成的，不料道尔吉竟皱起了眉头，叹着气道："我俩的交情，别说一万，再多一点我也敢。但元长给我有手令，无论在宁过往官员，挪动库银一两都要经范时捷手批，连他自己也在内。我写了条子库里也要驳回，这里通省没人敢和元长打这个马虎眼儿，不好办呢！"钱度笑道：

"老范那里还不好说？我这就去见他。"

"你还不晓得老范啊。"道尔吉笑道，"那是尹继善的一把锁。你看他不修边幅嘻嘻哈哈，办起正经事半点也不含糊。他先头当顺天府尹，连先帝爷都顶过，又得老怡亲王赏识，地道一个铁头猢狲。别去惹他没趣，上回高国舅想借三千，说北京已经兑出，半个月就能还钱。你猜范时捷怎么说？——'兑来你再用吧！这钱都是从老百姓骨头里熬出来的油，给你还风流债？'碰得高恒大红脸。你做什么要一万银子，这个数目他一听就恼了，还借给你？"钱度的脸红得像红布一样，支吾道："有个亲戚要捐官，过去又有恩情，我不好推辞。"他顿了一下，突然灵机一动，说道，"这么着吧，不借公款了，我借德胜钱庄一万，请老道做个保人。如何？"道尔吉道："这个使得。不过，我也是快离任的人了，有信儿从内廷传来，傅六爷要调我去跟岳东美老军门当副将，我只能保钱庄能寻着你，不然钱庄也不答应。"

"他们怕我跑了啊！跑了和尚跑不了庙。"钱度笑着起身，端了茶一饮而尽，"人都说蒙古人憨直，不藏心术，我看你精明得很呐！"道尔吉也笑着起身相送。钱度刚走出藩司衙门仪门，正在踌躇要不要去见尹继善，突然一乘四人抬官轿在石狮子旁停下。一个官员哈腰出来，只见他头戴蓝色明玻璃顶子，身着孔雀补服，雪白的马蹄袖里子向外翻着，一张白净面皮上嵌着黑豆似两只小眼睛，留着两绺蝌蚪胡子，走起路来脚如飘风又轻又快。钱度眼睛一亮，失口叫道："这不是侍尧么？！"

李侍尧一怔，见是钱度，也是眼睛一亮，说道："老衡！怎么你还留在南京？邸报都出了，叫你进京述职，另行委任呢！"钱度道："哪有另行委任的话？我见见皇上，还回云南去。"李侍尧笑道："'另行委任'是我说的。我消息比你灵，你要去刑部当侍郎，和刘统勋一个锅里搅勺子了。""刑部！"钱度顿时目瞪口呆，"从前放出的信儿，不是去户部嘛！"李侍尧嘻嘻笑道："刑部是法司衙门，要论身份，比'财神'部还略强些。"

钱度无声透了一口气。李侍尧说得对，刑部国家政治机枢，要论名声身份，尊贵清严，确比户部好。但他一向是理财的，管钱用钱还是户部来得。守着个铜矿，位分自然不及侍郎，但经常调铜运钱，像曹锟儿这点子事，只要含含糊糊透个口风，下司不言声就弥补了。思量一阵子，钱度蹙眉叹道："怎么叫我去刑部？真不可思议……"

"这就叫天心不测！"李侍尧道，"我陛辞时皇上和我说了多半个时辰的话，他说，他跟圣祖听过政，又跟世宗理政，见过无计其数的臣子，有些看着极好的，却不中用；有些老迈无力的，偏没人能替，只得顶着做事。有些皇帝千方百计想提拔的，或出罣误，或犯错当黜，或丁忧，或病，总不能如愿。所以下头看着皇帝处置事情似乎随心所欲，其实也一样的呕心沥血，一样的不得已儿。你大约也是不得已用到刑部了。"钱度一脑门子心思不在这上头。想想李侍尧是个有胆子敢担待的人，遂笑道："我也正有不得已的事儿，见了你，正好！"遂将对道尔吉说的，又对李侍尧说了，"——看来我走，你就是铜政司使。从运来的钱里腾挪一万五千贯，回头我再补给司里。你看成不成？这样，我就不用看南京这些官儿的脸了。"说罢便看李侍尧，不想李侍尧连想也没想就说，"这是芝麻大的事，值得看他们脸子！他们那边船没卸，你写个条子撂这里，我写个条子你去提钱！"一把扯住了钱度进了总督衙门那门房，要了纸笔各写字据。

钱度连午饭也没吃，忙着到码头提钱，又用车运到钱庄兑了银子，按官价两千文兑一两，但其时市价银贱钱贵，一千二百文就兑一两，除了一万银子，钱度竟还凭空落手三千贯，一切立时都显得富富余余。钱度一头高兴，一头又隐隐后悔：怪不得铜政司里人都抢着跑外运差使，原来这么肥，早知如此早打主意，何至于今日捉襟见肘？——一切安排停当，方到尹继善那里辞行。尹继善仍十分殷勤，说了一车恭喜荣升的话，留饭留酒，一直送出仪门，再三嘱咐珍重，并说："明儿不亲送，叫老范他们代为致意。"钱度又回驿馆吩咐打点行装装船，直到半夜才到彩凤楼。

第三十三回　　千乘万骑临幸承德
　　　　　　　苦谏巧纳缓修园林

　　当江南还是千里一碧、万木葱茏时，塞北已是萧疏森肃，金风寒气迫人了。乾隆过了六月十九观音诞辰，即发大驾幸临奉天，到承德已是八月金秋。钱度在北京滞留了三日，因傅恒随驾去了奉天，只见了见张廷玉，到户部向史贻直汇报了铜政司理政情形，别的人一概不往来，第四天头便带了随从赶往避暑山庄行在。恰他到这日，乾隆法驾也到。奉天将军已先期赶来，和古北口大营将军、热河提督、喀喇沁左旗绿营都统，还有东蒙古诸王、京师各衙门委派的堂官，会同礼部，由尤明堂带领迎驾。知会辰时正牌，御驾进城。按清制皇帝卤簿，有大驾、法驾、銮驾与骑驾四种，郊祀祭祖用法驾，朝会用法驾，銮驾用于节日出入，骑驾只是寻常日用。大驾为尊天敬祖，所以最为隆重周备，法驾只稍稍逊些，文物声明足昭"圣德"。所以前往奉天用大驾，到承德会蒙古诸王，算"朝会"，用法驾。钱度从前在京听尤明堂吹嘘过，却没有实地看见，这次随班立在德华门内，紧靠御街，要看个清爽。
　　辰牌二刻，德华门外石破天惊般炮声九响，顿时鼓乐大作，六十四部鼓乐由畅音阁专职供奉献奏，传来他们悠扬沉浑的歌声：

　　　　大清朝，景运隆。肇兴俄朵，奄有大东。鹊衔果，神灵首出；壹戎衣，龙起云从。雷动奏肤功，举松山，拔杏山，如卷秋蓬。天开长白云，地廛凌河冻。混车书，山河一统。声灵四讫万国来修贡……人寿年丰，时拥风动，荷天之宠。庆宸游，六龙早驾，一朵红云奉。扈宸游，六师从幸，万里歌声共……

歌声中钟磬清扬，真个发聋振聩，洗心清神。随着乐起，德华门内八对大象驮着香鼎宝瓶依次跪下，便见六十四名先导太监由王礼带领，手捧拂尘徐徐而入。德华门内文武百官和大街上黑鸦鸦的人群，立时安静下来。钱度跪在地上睨着眼瞧，以翠华紫芝为先导，一共是五十四盖，有九龙曲柄盖，直柄盖，青红皂白黄五色花卉盖，杂错相间。接着是七十二宝扇，四对寿字扇，八对双龙扇，后边也有单龙的，孔雀雉尾的，还有绘鸾绘凤的。宝扇过去是八面华幢，分长寿、紫云、霓霞、羽葆四种。宝色流苏，缨络飘荡，令人目不暇接。恍惚之间太监卜礼又带着信幡绛引拥入城门，却以龙头竿作导，两对豹尾枪紧随，一面面明黄牌上写着教孝表节、明刑弼教、行庆施惠、褒功怀远、振武、敷文、纳言、进善……接着又有旌节过来，却是六对，由十二个太监执着金节、仪锽……忽然人们一片低声惊叹，钱度看时，是八旗大纛车进城，那纛旗杆有巨碗粗细，柱立在纛车上，各由八名剽悍的力士推着。前锋大纛十六杆，接着四十杆销金龙纛，在呼呼的西风中纛旗猎猎作响。尾随着八十面纛旗，绣着仪凤、翔鸾、仙鹤、孔雀、黄鹄、白雉、赤乌、华虫、振鹭、鸣鸢，还有游鳞、彩狮、白泽、角瑞、赤熊、黄熊、辟邪、犀牛、天马、天鹿等等祥禽瑞兽，一色的销金流苏随风荡舞，说不尽的华贵尊荣。这诸多花样过去，还只是仪仗导引，畅音阁供奉们此时加入行列，乐车上的排律、姑洗、编钟、大吕、太簇、杖钟、无射，清扬激越，杂着和声箫管笙篁，真个是干雷聒耳肉竹喧天。钱度此刻已经听蒙了耳朵、看花了眼。后头还有什么四神、四渎、五岳旗、五星二十八宿旗，甘雨、八风、五云、五龙、金鼓日月旗熙熙攘攘而过。忽然人声一阵轰动，抬眼偷看时，这才是正经的御仗，八面门旗在前，两面翠华旗销金五色小旗跟着，四个人抬着两面出警入跸旗，接着六人持杖，一百二十人手执金吾由侍卫索伦督率，紧接着又一百二十人，执金钺、卧瓜、立瓜、红镫、铜角、金钲、金炉、香盒、沐盆、唾盂……手擎执事的太监们一个个面带喜色，肃容徐步而过。这才看见皇帝的法驾乘舆，由三十六名太监抬着，乘舆前后一百八十名侍卫，一律着五品武官服色，头上戴着翠森森的孔雀翎子，紧紧簇拥着金龙乘舆和皇后的凤车，后边一串小轿，都是轿门密封，纱窗垂帷。不用问，是嫔妃们的轿子了。钱度浑身跪得发木，直着眼看那九龙乘舆，只见似乎像个带栏的四方月台，四根盘龙柱上架着明黄云龙顶篷，四角站四个太监紧护明黄帷子。却不知乾隆在里边是什么模样。忽然他眼一亮，看见了傅恒，骑着黄骠马，身穿黄马褂，手执黄节钺，这才知道，傅恒是这个法驾队伍的总管带。只见傅恒在马上小声说了句什么，太监又向帷子一躬说了句什么，便由两个太监小心翼翼卷起黄幔。中间盘龙错金的须弥座上端坐一人，目似点漆，面如冠玉，口角带着微笑，头上戴明黄天鹅绒东珠冠，九龙披肩轻轻覆在金龙褂上，马蹄袖雪白的里子翻着，双手轻轻扶膝正襟危坐，这正是垂拱九重俯治天下的乾隆皇帝了。

这一霎间，群臣、万民不约而同，山呼海啸一般呼喊："乾隆皇帝万岁，万万岁！"那烟火爆竹，震天雷、地老鼠、二踢脚，燃得遍地腾紫雾，响得像一锅滚粥，一城的人都像疯了，醉了。钱度望着时而抬手向臣民致意的乾隆，忽然想起那年和乾隆一道儿在军机处吃酒。那通红的火炉旁只有他和乾隆两个人，谁也不认识谁。一壶烧酒、一碟子花生米，一边谈宦海人情，一边互相斟酒助兴……这位坐在乘舆里的至尊，要是知道自己就五体俯伏在御辇之下，不知作何感想？

但乾隆此刻想不到钱度，他全身心都陶醉在烟光紫雾笼罩着的沸腾人群中。两次蠲免天下钱粮，赈济各地灾区灾民，朝廷花了一千多万银子，又少收了两千多万。他有理由相信自己在百姓中的声望已经超过先帝，接连几年天下大熟，民殷物丰也是可信的，但亲身感受这样狂热的拥戴称颂，还是多少有点意外惊喜。他坐在镂刻得玲珑剔透的错金九龙须弥座上，神色慈祥地俯视着他们，忽然想到自己的使命与责任，想到自己还能赐予这些生灵以很多东西，能把繁荣和富裕留存在人间，他又觉得自己无比尊贵。这至高无上的权力与财富都是上天和祖宗赋予他的，再由他向子孙传递……他在"大清国万万年"的喧啸之中，内心一阵阵激动，脸色变得潮红，他一次又一次起身，双手平伸向人们答礼。直到避暑山庄正门外，他才从无尽的遐思中清醒过来，因见东蒙古诸王都跪在大倒厦门外石狮子旁，便吩咐："内外蒙古王爷都来了，降舆，朕走几步疏散疏散。"傅恒便忙传旨，十几个军机处章京和礼部尚书尤明堂都是累得满头大汗。纪昀是承旨专门负责乾隆草诏文秘事宜，早已守在山庄门口，见乘舆已经落下，忙匆匆过来施礼相陪。

"各位王爷都是远道而来，辛苦了。"乾隆只向纪昀摆了摆手，满面春风地笑道，"起来吧。明儿在烟波致爽斋，朕还要设筵款待——今儿还有政务，且请各位道乏吧!"眼珠一轮，又问，"怎么好像人多了几个似的，礼部递到奉天的单子，只有十一个王爷来承德呀!"傅恒一直随驾扈从，听这一问，便目视纪昀。纪昀忙起步上前跪奏："主子，多了四位台吉王爷，都是打准噶尔过来的。有台吉车凌、车凌乌巴什、车凌孟克和阿穆尔撒纳——"他放低了声音，像是耳语一般，悄悄地奏道："准噶尔部内讧，这几个部是投奔过来的……"他没说完，乾隆已摆手制止了他，问道："请新来的几位台吉过来，朕见见!"尤明堂便大声传旨，通译官叽里咕噜一阵蒙语，便见几位王爷从后边躬身趋出跪下，一个个自报名姓道："臣台吉车凌、车凌乌巴什、车凌孟克、阿穆尔撒纳恭见天朝大博格达汗乾隆爷!"

通译官听他们说的蒙语，正要翻译，乾隆摆手示意不用。他用目光亲切地审量着这四位西蒙古台吉。车凌年在五十岁上下，车凌乌巴什和车凌孟克都还是二十几岁的青年，阿穆尔撒纳在四十岁上下。他们都是五短身材，浑身显出铁铮铮精悍之气，裹着团龙蟒袍，白狐尾垂在胸前。乾隆眉棱骨一挑，眼中放出又惊又喜的光，用极纯熟的蒙古语说道："万里来朝，你们不容易! 既然家里有些不和家务，就留在承德多住些日子。朕在这里给你们各人盖一座王宫，家务事慢慢再商量，成么?"

"皇上!"为首的台吉车凌向乾隆叩首，说道，"我们不得已放弃了家园和草场，但是不能放弃自己的家族臣民。我们是带着族人一起逃亡出来的。"

"哦!"乾隆身子一震，转过脸目视傅恒。傅恒见他面带愠色，忙道："这件事奴才也不知道，奴才一直跟着主子，这样的大事敢不奏闻!"乾隆便问："你们部落都出来了? 你们是贤王! 一共有多少人，现在什么地方?"

"一共是三千一百七十七户，一万六千七百二十一人……"车凌说着，嗓子已哽咽难受，"在沙漠瀚海走了一年零四天，途中又渴又饿，死了两千多人，去年十一月二十五日到达乌里雅苏台，刚刚安置下来。

我们在进京途中听说皇上巡幸奉天热河，就没有再去北京，赶到这里的……这一路的艰辛苦楚，真是一言难尽……"他伏在地上，胸部剧烈地起伏着，旁跪的车凌孟克头一个支撑不住，以嘶哑的沉闷的嗓音长号恸哭，车凌乌巴什也就跟着放了声儿。

乾隆的脸色沉了下来，这样大的事，驻节乌里雅苏台的边将居然敢不奏报？但他立即否定了这一想法。平郡王福彭是个谨慎人，虽说因患寒腿在张家口，驻西域各大营的将军提督不会不禀知他，他也不敢隐瞒，这样的好事也不必隐瞒，还是军机处没有当成大事，或者张廷玉、鄂尔泰自行处置了，没有来得及奏闻。他涨红了脸，暗思："这个张廷玉和鄂尔泰竟如此专断？"但此时此地都不是仔细想事情的场合，他又慢慢恢复了平静，问傅恒道："乌里雅苏台的将军是谁？"

"是岳钟麒的大儿子岳泪，已经病故出缺。"傅恒朝夕跟着乾隆，虽猜不透他想了些什么，辨貌聆声，已知乾隆心中震怒，遂更加了小心，低眉顺眼地笑道，"——主子曾加爵赐他儿子进士出身——现在乌里雅苏台掌军务的是定边左副将军成衮扎布。"

"是成衮扎布帮你们安置。"乾隆用蒙语说道，"他都给了些什么，够用么？"

"成衮军门很照应，从军中拨给我们五百头牛，两万一千只羊，还拨了四千三百石粮食。"

乾隆咬着下唇思量，这个数目他还满意。他笑着点点头，说道："这点东西只够维持眼下营生，得有个图远之计。蒙古人没有草场，就像白云没有天空，这不成。嗯……这样，纪昀这就退下去草诏：三部车凌部落编设旗盟，叫'杜尔伯特赛音济雅哈图盟'吧！车凌为盟长，车凌乌巴什和车凌孟克为副盟长，划乌里雅苏台周围八百里草原为他们的牧地！草诏完后，朕御览后发给张廷玉和鄂尔泰，叫他们回奏处置事宜。"顿了顿又道，"你们在承德没有王宫，暂时由四夷馆接待。在行宫里拨出房屋，一切供应，不得低于东蒙古诸王。还有，各王爷帽上都有东珠，你们也要有。傅恒传旨内务府，四位台吉，每人都是十颗东珠！"四个西蒙古王爷原都跟着策凌阿拉布坦侵占过喀尔喀蒙古部落，怀着个畏惧的心来投乾隆。穷蹙之人，但愿皇帝能免罪容纳已属望外，想不到乾隆一句不提他们昔日罪愆，恩礼相待，替他们想得如此周到，原先一片悲凄之心，顿时化作满腔感激之情，捣蒜似的叩头谢恩，一边颂圣一边流泪。乾隆见科尔沁亲王博尔济吉特·佳诚躬身站在内蒙古王爷班首，便抬手叫了过来，嘱咐道："他们空手到乌里雅苏台，那里草场、水塘比不了你们，天气也太冷，且风沙极大，安了家暂时也不能乐业。血浓于水，你的家底子厚，饲料由朝廷配他们一些，你要拨出点家当帮帮自己人，你有什么打算？"

"回皇上话，昨晚我们已经见过。"佳诚恭恭敬敬地说道，"东西蒙古，漠南漠北蒙古都是一家人。我赠送他们二百匹种马，五百头种羊，还有一千五百顶牛皮帐篷。如果不够，还可以再拨些过去。我已下令属下各旗，不分主奴平民，不许到乌里雅苏台和史弟争牧场。皇上既有这旨意，我一定更加留心。"乾隆又絮絮嘱咐了许多，方才命驾进了行宫。

纪昀回到驿馆，因不熟悉西蒙古疆域及其中政事纷扰，怕诏书写得不合体例，特传叫四夷馆的堂官和礼部的尤明堂同来参酌。写好了，又送到行宫外专为军机大臣设的签押房让傅恒过目。这才递牌子请见，即时便有旨意，着纪昀至延熏山馆觐见。纪昀还是第一次进这座横亘百里的大行宫，随太监进来，绕过仪门，但见满院都是乌沉沉、碧幽幽的松树，高可参天，粗可环抱，遮得地下一丝阳光不见，甬道的正中有一座三楹正殿，正门上悬着一块硕大的泥金黑匾，上面书着四个颜体大字：

万壑松风

一望可知是圣祖康熙的手迹，两边的楹联却空着。纪昀心思极灵，立刻便上了心。一路走一路看，果然园中所有的旧联已全部撤掉。海子旁边有一座八角亭，亭栏边可以垂钓。向东眺望，但见云山朦胧，秋岚浅淡。向西一带，是几排瓦舍，并不十分高大，纪昀问时，才知道是专门为皇子盖的书房——再向西里许，是一片开阔地，约莫四五十亩大的一片海子，旁边另树一座坊门，是用一整块青石镂刻而成，也是新造的，门前鹄立着十几个小侍卫，纪昀便知已经到了驻跸之地。正门倒厦前，设着一张御榻，一望可知是乾隆接见臣子的地方，因地面轩敞开阔，坐在榻上可以远眺，近则见湖光山色，远则览千岩万壑，夏天坐在这里，无论见人办事，穿堂风徐徐吹过，半点暑意也不会有。纪昀不禁掂掇：这主子可真会享福……进门稍向西，就是延熏山馆，也是丹垩一新，纪昀张着嘴，挪动着脚步晃着脑袋左右顾盼向北细看，仿佛是个佛堂，山馆前几十步，是一座戏台和正殿相对，中间种植了不少说不上名目的奇花异卉。正看得兴致益然，听殿中的乾隆说道："纪昀，你这狗才，傻乎乎地东张西望，像个大臣模样吗？"

"臣看花了眼了！"纪昀忙一边答应，一边一溜小跑进殿，到东暖阁窗下，见傅恒也站在一边，向乾隆请安道，"这里真是秀色动人啊，看也看不够。禁苑不奉旨不能游览，不趁主子召见时看看，哪得个机会呢？"起身又对傅恒点头致意。

乾隆案上摆着长长一幅卷轴，两头拖在炕上，上面画有点点线线，却没有泼墨着色，又不像画儿。他一手扶着那图，微笑着看看纪昀，说道："这园子刚新修过，朕也还没有看。你既来了，就是缘分，我们一路出去走走，边走边看边说事情如何？"傅恒和纪昀见他如此好兴致，忙都承欢。傅恒笑道："这园子我看了几次，以为都走熟了，今儿进来，还觉得新颖，多少处都不认得。东湖边那个假山石怕有十万斤吧，怎么一下子就移到了西边？"乾隆点点案上的图笑道："修园子说到底也是不急之务，如今朝廷富了，才敢想修这个圆明园，才敢翻新这座避暑山庄。这是圣祖和世宗爷想了多少年的事，到朕手里才算真的要圆梦了。"言下神色既得意，又带着感慨。

傅恒心里是不赞同京师热河两头大兴土木修造园林的，抱定了"守拙"的宗旨，不表明态度，只跟着往外走。纪昀却是兴高采烈，跟着亦步亦趋出来，口中道："皇上垂拱九重，致天下于极盛，九夷万方冕旒朝拜，自然得有应有的体尊，这才能显示我大清泱泱天朝的风范！"乾隆站在仪门旁，用扇子指指东边，道："那边'万壑松风'你已经看过，少着一副楹联，你替朕想一想，出个句儿朕听。"纪昀心里暗道一声"惭愧"应口吟道：

　　　　云卷千峰色　　泉和万籁吟

乾隆含笑点头，又指那座石峰，问道："这座山没有名字，叫个什么好?"纪昀端详了又端详，说道："这山像华盖，又像灵芝。依臣拙眼，应该起名'彩华'或者叫'翠芝'，不知哪个合乎圣意。""什么华盖，皇家味太重了，就叫'翠芝'的好。"乾隆又遥指佛堂，"你看那座佛堂，也没有联。皇后很喜爱那里，你起一联看。"

"喳!"纪昀忙道。仔细看那处景致，都隐在极茂密的老树间，只好从虚而拟，咏道：

> 自有山川开北极 天然风景赛西湖

声音刚落，乾隆又指着佛堂边一座楼："那楼呢?"纪昀道：

> 疑乘画棹来天上 欲挂轻帆入镜中

"拟个匾额!"乾隆命道。纪昀答道："喳。"

> 云帆月舫

"好!"傅恒原觉得纪昀有点诡谀味儿，见他对应如此敏捷，也不禁大声喝彩，"说得切，不落俗套，不失佛堂本色——这是要功力的!"乾隆笑道："匾额、楹联连用两个'帆'字，还要仔细推敲。"目光搜求景物，还要再问，却见尤明堂快步从东边过来，不等他行礼，乾隆便笑道："老货来了，不必行礼，你也不要扰了朕的清兴。"尤明堂答应一声："喳!"然后向乾隆一揖，便站到 旁。

此时正是未末时牌，日影西斜照得秋树山湖一片苍翠明媚。秋风一起，湖摇树动，起伏不定，极目西望山色水景，万树攒绿，丹楼如点，有田畴、有林木、有小桥流水、有苍藤古藓……真个清芬杂错，极为旖旎。纪昀不禁喟然长叹，说道："臣虽薄有小才，面对此景，恐怕要智穷词竭呢!"乾隆一笑不语，徐步下阶，到仪门外才问："尤明堂，你似乎有要紧事?"

　　"原来是有的，"尤明堂面对美景，脸上毫无表情，"主子不叫臣扰兴，臣今日不敢说了。"乾隆用扇子点着他笑谓傅、纪二人："你们看看这人，当年顶得世宗爷和十三爷直噎气，如今又要扫朕的兴了。你，还有孙嘉淦、史贻直，递上来的本子朕都看了。这园子都是圣祖爷那时就起意要修要造的，不趁着有钱，什么时候才办？"尤明堂道："当年圣祖爷要修避暑山庄，世宗爷谏劝，说'避暑山庄真清凉，百姓仍在热河中'——举的是民间口语儿，说的也是实情，圣祖爷也就停拨了银两。照着臣的见识，这仍是不急之务。有钱，还是用到大小金川，用到赈济灾民，使天下陷入水火中的人得拯救于衽席之上，然后有君父悠游之乐，才算得尧舜之君。"他直倔倔地说出来，乾隆脸上没了笑容："你是说朕不算尧舜之君，不肯后天下之乐而乐？"尤明堂躬下身子，语气却毫不容让，说道："皇上乃是明君。唐宗、宋祖与我朝圣祖皆是英才明君，亦不曾以尧舜自居，何况皇上！"

　　至此话赶话的已成僵局，一君一臣，乾隆横眉居高临下，死盯着尤明堂不语，尤明堂躬身向地，也不抬头看乾隆的脸色。傅恒早就听说过尤明堂是个"橡皮棒槌"，折不断、打不烂。连权威赫赫雍朝第一王爷允祥都让他三分，平日见他随和雍容，今日一见之下才晓得名下无虚。傅恒想说几句调侃话和缓一下气氛，却又咽了下去，他还要听听乾隆的。乾隆呼呼喘了一阵粗气，似乎平息了一点怒火，不愠不火地说道："你是六十多岁的人了，可谓三朝元老，朕不打算怎么样你。只你说的'避暑山庄真清凉，百姓却在热河中'，那是圣祖年间的事，你今日说出来，就有谤君之嫌。这承德城现有五万余百姓，你实指出来，哪一家百姓在'热河'之中？"

　　"没有。"尤明堂道，"但臣也没有说假话。"

　　"嗯?！"

　　"御驾来此狩狝，旨意一下，承德即开始清理。所有无业游民、无户籍身份的流民、乞丐、化缘道人、挂单和尚半年前都被赶了出去。"尤明堂道，"城里留下的非商贾即财主，当然'清凉'！"

　　他一句接一句顶得乾隆无话可答，竟似和乾隆拌嘴一样。乾隆涵养再好，也不禁恼羞成怒，眉棱骨急跳两下，脸黑沉下来，本来就略长一点的脸更拉得老长，断声喝道："别以为你资历深，你比上张廷玉了么？你是什么进士？哪一本书教你和君父这样讲话？你也承认今日天下大治，又说朕不是尧舜之君，这是什么意思？"

尤明堂像个烧焦了的老树桩子似的弯腰站着，无论乾隆脸色多么难看，他全然不看，佯装不知，说道："尧舜以天下为公。皇上春秋鼎盛、年富力强，正是继承先帝余绪、宵旰勤政之时。大修园林，恐不副皇上孜孜求治之至意！圆明园已用去一千万银子，至今还不成规模，避暑山庄也用去七百万，听说还要再拨。年复一年的这样下去，朝廷有多少家底抖落不尽的？"这是连军机处都扫了进去，傅恒不禁脸一红，却只装什么都没听见。纪昀是力主修园子的，银子都是经他手划拨的，不能再沉默下去，在旁说道："你说话太不思量，其学术也不纯。皇上修这两处园子，并不为自己享乐。避暑山庄为秋狝行宫，天子大汗起居之地，又要接待内外蒙古诸王，能不能连这里蒙古王爷行宫都比不上？还有，圆明园，那是在北京，四夷万国朝见天子之地，内设各国房舍建筑，也为的柔远抚夷的大政。如今远洋外夷来贡来朝的愈来愈多，毓德清华玉贵天尊，难道不要宫室行馆相配？国家财力充盈之时，民间多有无业之民，与其在地方滋事生非，出些工钱养活他们，朝廷又有了接见外夷的地方，难道不是两全其美么？再说，将来园子修好，太后自然要移居其中，褒忠表孝，天子为天下先，这也是天理人情！"尤明堂立即将他顶了回来："你原来学术如此之纯！我和你一道去各省看看，哪一省饥民少过五万，就治我妄言之罪！告诉你，除了苏杭宁略显富庶，北方老百姓家无隔宿之粮的多得很！坐在军机处，看看下头递来的折子，就以为天下熙然，男有所耕，女有所织，老有所养，少有所抚，这就是你纪昀的学术？——皇上，纪昀逢君面谀，乃是一个佞臣！"

"就你懂得学术？什么叫佞臣？不识大体，沽名钓誉才叫佞臣！"乾隆苍白着脸，厉声道，"朕有比你要紧得多的事情，你退下去！——等着处分旨意！"

尤明堂行礼起来，转身退了出去。傅恒看着他踽踽而去的背影，显得蹒跚踉跄，仿佛老了十年。瞄乾隆时，也在目视他的背影，脸色已和缓了许多。只听乾隆长长出了一口粗气，脸上已经回过颜色，说道：

"一个孙嘉淦，一个史贻直，从先帝爷时就聒噪。这人越老火性越大，原来是小聒噪，现在是大聒噪，索性梆梆地和朕对口儿。真扫兴，不看园子了！"纪昀说道："他不该说我是佞臣，但我佩服他这份胆识，自古历朝，庙堂上如果没有聒噪臣子，那个江山就要出毛病。"

傅恒不知乾隆要给尤明堂什么处分，听他这份口气，略觉放心，见乾隆懒懒地转身回殿，一边随侍在侧，一边说道："纪昀这话说得有大臣之风。奴才以为，孙嘉淦、史贻直是一类，有话就说，尤明堂和范时捷又是一类，是办事的臣子，到憋不住时才说话。朝廷有几个肯说话的，无论对与错，总归是好事，处分就免了吧？"

"你怎么那么害怕处分？"乾隆笑道，"朕不取其言，还要取其人。尤明堂当户部堂官近二十年，家里穷得只有三个使唤人，这样的官如今是越来越少，岂能不给予'处分'？纪昀遭了他的碰，就由纪昀去传旨，加给他一级，赏双俸！"

　　乾隆一脑门子游园心思，给尤明堂搅得干干净净，虽然不怪罪，也觉意兴索然，回到延熏山馆犹自对窗发怔。傅恒和纪昀没奉旨意不敢走，又不敢问，只好木偶似的并排站在纱屉子旁，不时用目光睨着乾隆。

　　"要是皇帝真能像戏里的皇帝那样，该有多好！"许久，乾隆才感叹一声，说道，"——有事出班启奏，无事卷帘退朝，想怎么行赏就怎么行赏，想怎么花钱就怎么花钱。"他若有所失地一笑，"可惜，那都是些昏君，亡国之君——这是圣祖爷跟我说过多少次的话，也是他老人家的感慨。如今想来，真像梦一样。"他呆呆地看着外边，抿了抿干涩的嘴唇，没再说什么，两手轻轻卷着那张圆明园规划图，卷起，递给傅恒，这才说道，"交给户部，传旨给他们，按原数每年减半拨出银两。这个尤明堂！唉……朕原打算在有生之年看着修好这园子的……"他摇头苦笑一下，下边的话便未出口。傅恒思量着，笑道："奴才以为不必重起新园子，现在已有圆明园、畅春园、西苑、西海子，将它们连接起来，规模也就蔚为大观，就地势扩修开去，重新点缀西洋景物，可以省一大笔银子，已经修好了的立刻可以启用——逐年修、逐年用，总名儿仍叫圆明园，这么做实惠，声势也小点。不然，就尤明堂不说话，花钱花得受不了时，御史们一窝蜂地叫起来，反倒有失朝廷体面。"

　　他这样一说，乾隆又高兴起来，说道："就照傅老六的意思，修园子的事朕独断一下。因为你们这些当家大臣，准定是不同意的。果然张廷玉、鄂尔泰天聋，你和讷亲地哑。你现在这一说，既体念到朕的心，又顾及到下头办事人，倒真的是两全其美。你今年是而立之年，比讷亲还小着七岁，到底年富力强，心思灵动。"纪昀便忙凑趣儿说笑，道：

"主子说起'而立',臣倒想起一个笑话儿,尹继善主持南闱,出题'三十而立',有个冬烘秀才起讲,说'今日乃知古人体气之羸弱,年至三十才能起立治声'。尹继善叫了他来,他还晓晓置辩,说'圣人原话还有错?'尹继善说,'照你这么说,五十知天命,就是会算命了,六十耳顺,六十岁之前必定都是聋子了……'"他没说完,乾隆已是哈哈大笑:"好,好!本朝人物,本朝故事,可以入'笑林'了!还有人来说,纪昀给棠儿汤饼筵上的那诗,朕也笑得肚子疼!"傅恒忙也逗趣儿讨乾隆开心,笑道:"后来奴才问棠儿,棠儿也笑得前仰后合。棠儿是个懂事女人,要遇上肖路婆娘那种糊涂瓢子,不定闹得什么样儿呢!"乾隆便问:"肖路?肖路是谁?"

"原来军机处的杂役,纳捐选出去当了县令。主子还记得刘康那个案子,他是干证。"傅恒笑道,"后来转郑州州判,肖路要和同僚上下联络,又不便出面,就叫他老婆小四儿摆桌子请客,请的是知州夫人、典史夫人和长吏夫人。四个女人坐齐,小四儿便请教各人贵姓。恰那长吏老婆姓伍,知州夫人姓戚,典史老婆姓陆。还没举筷子小四儿已经大怒,把酒瓶子往桌上一蹾说:'我在娘家排小四儿,你姓"五"(伍),她姓"六"(陆),她姓"七"(戚),好哇,都比我大!要再有一个,莫不成姓"八"?'一顿生气,竟撂下客人回了后房生闷气!"

话音刚落,乾隆笑得"噗"地将一口茶全喷了出来,纪昀躬下身子笑得浑身发抖,问"后来呢?""后来就落了个'糊涂四儿'的名儿。"傅恒笑道,"肖路正是庸人有厚福,后来又升选为南京同知,为庆贺升官请客,因为老婆糊涂,肖路这次亲自作陪,请的都是宪眷,有江南臬司太太,南京道太太,还有南京城门领太太。他在军机处做过事,面子大,下头还有一群奶奶太太,摆了两大桌。请了老城隍庙最好的厨子,办得十分丰盛热闹。一时陪客到齐,专等主客。先来的一位是道台夫人,坐了第二位,接着城门领太太来,稳稳重重坐了第三位。这和官场一样,谁男人大,谁坐首席。官越大到的越迟,这也是自然之理,一二十双眼睛巴巴地望着花厅门,都等着张秋明婆娘大驾光临。

"一时人来报说'臬宪太太来了!'众女人不约而同站起身来笑脸相迎。肖路和糊涂四儿赶忙迎上去寒暄,众星捧月似的把张秋明家的围在中间，夹七夹八的奉承话说了几车。张夫人穿着三品诰命服色，似笑不笑地和众人说话，忽然一抬头，看见端坐在第三位的城门领太太，脸上就变了颜色。似乎想回头走，又犹豫了一下，狠狠瞪了糊涂四儿一眼。

"糊涂四儿以为她嗔着城门领老婆怠慢，忙说'宪太太来了，你怎么还大咧咧坐着，连个规矩也不懂？'那女人只一笑，什么话也没说。"

说到这里，乾隆已是明白，笑道："这女人必定是旗下的，张秋明家夫人敢情是她的奴才？"

"主子一猜就是！"傅恒笑道，"这女人是棠儿的族妹呢！张秋明女人正是她家包衣奴才，是上宪夫人又是奴才，当下就尴尬万分。张秋明夫人忙着除去诰命服，众人以为她要落座，谁知她怯生生走到城门领夫人跟前，红着个脸，插烛似的拜下去，说，'主子吉祥，奴才给您请安了！'这一下，弄得众人都目瞪口呆。

"大约这张秋明夫人平素人缘儿不好，棠儿妹子有意当众刻薄，也不叫起，说，'我也难得你来请安。今儿是肖老爷家的盛情，赏你吃饭，瞧他两口子面子，你坐着就是。'

"这一来众人顿时乱了阵，先一个座次就没法排，论官位，三人之中城门领最小，偏偏最大官的太太是她的奴才。肖路和众人慌乱了一阵子，竟不知该如何斡旋。棠儿妹子说，'既然他男人官大，她坐上头好了，我回避就是！'说着就要起身。那臬司夫人膝行几步，向众人求告，'我的主子在，我怎么敢坐？你们坐，我在旁侍候就是……'说着，委屈得双泪齐流。

"于是公推棠儿妹子坐了首座，张秋明家的穿着青衣侍立在侧，如同奴隶，给她送箸斟酒，捧盂递巾伏侍，一时又叫她给众人敬酒。她到底是省台方面大员夫人，通省官员见她男人谁不畏惧礼敬。这般模样'敬酒'都觉担待不起，连肖路两口子也如坐针毡，瞎张忙，乱应酬。棠儿妹子是个粗疏人，只旁若无人据案大嚼。一席筵下来，大冬天的，人人一身大汗。棠儿妹子欣欣然，糊涂四儿两口惶惶然，张夫人悻悻然，众人则稀里糊涂……为这个过节儿，肖路三次到臬司衙门赔罪，到底得罪了张秋明，实缺也没补上。"

傅恒讲完这故事，乾隆只一笑，说道："这是个闹剧，棠儿妹子也是过分，但这是规矩，谁也没法子。如今开国已久，功臣贵戚家道中落的有的是，有的成了赶车把式，有的当丧车杠夫，还有在码头上搬运杂物的。奴才们官位大，高车驷马招摇过市，他们心里难受，遇上了，哪有不生气的？上回工部尚书高克已来哭诉，他坐轿过正阳门，碰见先前主子家二公子背麦子，当着上千的人把他呵斥下轿，说：'二爷背麦子累疲了，给我捏巴捏巴按摩按摩，替二爷把麦子背回府去！'他只好当众给他主子捶背捏腿儿，又觅人背麦子到家……说起来这是祖宗家法，礼应如此。其实朕深恨旗人大爷们不争气，打圣祖起，就留心他们的生计。分地给他们种，他们卖了；扣他们皇粮，他们捣鼓着在朝的爷们到皇帝跟前叫撞天屈，竟成了一大群吃白食的无赖！"说罢又叹。傅恒深知，这其中乾隆有更深的难言之隐：自康熙四十六年开始，朝廷整顿旗务，屡次失败，就为旗务之间介入了政争。各"党"纷纷讨好旗人，拉拢力量，非但没有把旗务弄好，反而画虎类犬，愈来愈糟，愈来愈没法弄，竟成了谁也不敢沾惹的痼疾。傅恒边想，边笑道："主子别为这事太焦心，这是一锅夹生饭，一时也无良策。旗人靠打仗生发起来的，太平这么久，都成了功臣子弟，聪明点转业了的，仍旧荣华富贵。人穷了，什么下作事做不出来？这种事历朝代都有，刘秀是帝室，以至于卖米；刘备也是帝裔，以至于卖草鞋，将前比后，有什么分别？"

"朕有时静夜深思，也甚恨满人不争气，玩鸟笼子、串茶馆、喂肥狗、栽石榴树——还生怕生的崽儿少了！转思自己也是个满人，有什么法？"乾隆一脸的无可奈何，拍手一摊说道，"上回十六叔老庄亲王爷和十四叔进去给老佛爷请安，朕后去一步，前头已经下了话——太后说有几十家皇族没差使，家里揭不开锅——还不是允禄背后说话？——太后她老人家你们知道，只要有人叫苦，她就急得不得了，见朕就说，朝廷若钱紧，她宁肯节俭些，别叫旗人、皇族受委屈，硬叫下旨给旗人每月添五钱银子！"

这实际上已经进入政务议论，纪昀见傅恒蹙额沉吟，说道："这是太后仁慈，皇族里有穷了的，该照应自然照应，应该视为家政，不可与国政混到一处。旗务奴才不熟悉，但奴才知道，旗人并不是因为缺钱，而是被惯坏了，越是加俸越吊起胃口来，还是要从生业上想办法，能够自食其力才是。"

　　纪昀说着，傅恒已经在思量，忽然灵机一动，说道："想给他们都安排差事是不成的。既然不会读书做官，不能渔樵耕读，又耻于做生意，现在大小金川有军务，可以从旗人中招募，那里要多少差使有多少。""这恐怕……"乾隆吮嗫着嘴唇，似乎有些犯难，"谁来训练他们呢？这些旗人，不能做事，骄纵傲上的能耐还是不小，谁肯做这样的恶人，来管理这群铁头猢狲？"傅恒笑道："奴才自然知道。最下三滥穷极潦倒的旗人，攀三拉五也能和个亲王说上话。但说到根子上，是皇上的定心，您有了定心，奴才就有办法！"

　　"朕下这个定心，有何难哉？"乾隆眉头一舒，心头大为快意，一挥扇说道，"当年三藩之乱，圣祖用儒将周培公平定察哈尔、尼布尔王子之叛，就用的是在京散秩旗人。但如今更不比当年，旗人更为腐败，谁是今日的周培公呢？！"他忽然大为兴奋，"仗，有得打的！大小金川只是起个头儿，朕这一朝要打出个稳稳的万里疆域！打起仗来能治百病，旗人这疲堕懒散的病也就好了！"

　　"旗人有气无气，关乎国家运数，这事，皇上有了定心，奴才还要进一言：不能变心！您若中途变了心，以后便再难整顿！"

　　"朕不变心！朕知道难弄，但定心大，难也不难。岂不闻人定胜天，天定亦胜人！"乾隆双眸晶莹闪烁，脸上泛着潮红，掷扇起身徘徊，"若能以战养士，再作振兴，上对列祖列宗，下对子子孙孙，朕庶几可以无愧！傅恒，朕看你有志于当朕的周培公，但朕更有重任给你，不愿你再出兵放马。这件事你来掌总，你再给朕举荐个人物出来。"傅恒几乎不假思索，立即回说："奴才以为李侍尧可以办这个差使，黑查山一役，已经可见他能办军务，这次金川之役虽然受挫，但大军元气未损，李侍尧和肖路的功劳不可泯。"乾隆笑着反问："肖路，不是你们方才说笑话的那位么？"纪昀笑道："那是起居闲话，无伤肖路大节。这人办起差来很仔细，不怕麻烦，不计琐细，也不大听糊涂四儿撞木钟，还是一员好官。"乾隆却摇头，说道："李侍尧不行，他是汉员，根本压不住阵脚。"

　　傅恒低头想了想，说道："那就阿桂的好。先头陕州犯人狱暴，他带二十三人混入匪中救取人质，足见其勇。庆复大金川之败，各军次第都有伤损，惟独他带的三千老弱疲兵全军而归，又见其智，是个才堪大用的人。"

"朕也看好这个阿桂，就是他吧！"乾隆悠悠踱着，脸上泛出微笑，"李侍尧这人也好，是朕亲取的进士嘛！但性子似乎躁了点。换他到甘肃去当布政使，那是个繁巨琐细差使，各方都要应酬，磨他一磨再说。这和钱度一样，钱度将来还是要管财务，现放到刑部法司，习法谳狱，叫他懂得谨慎。他在云南整顿铜政，差使办得虽好，朕看他似乎内里太刚了些儿。"他这一说，傅、纪二人都佩服莫名，纪昀叹道："因才施用，因人施教，大哉帝言！"乾隆只一笑，说道："这事就这样吧，不算最后定。发信告诉在京诸王大臣，军机大臣一起议过，再奏明拟旨。现在要办好两件事，一件是照拂好蒙古诸王，对东蒙古的不能冷落，西蒙古四个王爷更要当上宾相待，每日一筵，朕都亲自到席。第二件事要安排好秋狝。科尔沁王爷举办那达慕大会，各蒙古王爷都派人，赛马、摔跤有许多名堂，留心选几个蒙古勇士来做侍卫。傅恒你是军机大臣，又是领侍卫大臣，这边的事你要多操心。"

乾隆说一句，傅恒便躬身答应一声"嗻"，末了又道："钱度已经到了热河行在，要不要叫他递牌子觐见？"乾隆道："明天两场筵会，没有空儿了，后日要带皇后看看这里园子，晓岚进来侍候笔墨加写起居注，也见不了人。大后日吧，你先见见，叫他时刻听旨意就是。纪昀，你现在是军机大章京，官位却不过是个部郎。皇后上次还说，纪昀该往上拔拔，不日就有恩旨，晋升你为礼部侍郎，仍在军机处行走。前头有个高士奇，一天连进七级，但晚福受了损，几乎没有下场。所以，要小心办差，下头官儿面前要有身份。诙谐原是好的，朕也喜欢，什么事滥了，人就要轻慢。你今日对答尤明堂，才见到真正大臣之风，要好自为之。《四库全书》的事，现在公余就要留心，留心图书不用朕说话，留心人才更要紧，你似乎还没有上了心。上回说，朕也要开博学鸿儒科，这个差使也是你来操办。明白朕的意思？"

"臣……明白！"听了乾隆这席话，纪昀已是心中一阵阵发热，感动得五内俱沸，落下泪来，声音也微微发颤，"臣少年自负，狂傲不羁，以为布衣可以傲天子、慢公卿。入事圣君，已知圣学渊深万象包罗，臣之学识尽在圣主包容之中。今日尤明堂责臣学术不纯，实在也是一矢中的之语。承主上如此成全训诫，臣更当栗栗小心，以诚敬庄重事君事国，做一个圣君麾下明白事体的臣子，敢不警惕小心！"

乾隆哈哈大笑，说道："说出诚敬庄重四个字，你就不愧良臣！朕不要你改了脾性，成个谨小慎微之人，也不是朕的本意。语云，与上大夫言，款款如，与下大夫言，侃侃如，这不过是个分寸，比如主子有忧愁烦闷，你周周正正给朕说《论语》，岂不闷上加闷？这只讲究一个心田，以敬以畏以庄以谐，无论怎样做都不会越了礼分。你从前并无过分，朕不过格外爱惜，白嘱咐几句，就变成了奏对格局！"说罢挥手道，"你们跪安吧，傅恒把各王爷和内地诸臣进的贡单留下。明儿你们再递牌子进来。"

"嗻。"两个人毕恭毕敬向乾隆施礼，傅恒从袖中抽出一张纸捧给乾隆，和纪昀打马蹄袖跪了磕头，起身又打一千，这才躬身却步退出延熏山馆。

待二人退出，乾隆看自鸣钟已是申末时分，伸欠着略活动活动筋骨，从延熏山馆正殿后照壁绕出来，却是和佛堂隔壁的又一处院落。中间池水假山，横穿一条小溪，活水绕廊穿房而去。四周房舍环廊，朱栏内俱是大玻璃窗，里边挂着蝉翼纱。乾隆随驾的后妃都住在这一个院子里，东厢住着淳妃汪氏，北边正殿挂着"静云幽深"的匾额，是皇后起居的正殿。西厢一溜也有十几间，住着贵妃那拉氏和高佳氏。这两个人平素爱热闹，在北京大内她们宫中养着无数的鸟，还有猫和狗，但皇后爱静，既住一个院，少不得将就着。那拉氏、高佳氏和汪氏都正在高佳氏房里抹纸牌，汪氏眼尖，一眼瞧见乾隆带着王礼进来，忙道："主子进来了！"偏身便下了炕。那拉氏和高佳氏也忙丢牌下炕，整鬓振衣趋出，一溜快步趋到静幽堂丹墀下跪了，莺声燕语请安："主子吉祥！"

"起来吧！"乾隆含笑点头，用扇子虚点一下，问道，"你们又在开纸牌算命了——你们主子娘娘呢？汪氏，你是掌厨的，皇后今晚特进了多少膳？"汪氏随众起身，蹲了双福儿回道："主子娘娘今儿特高兴，进了两块春卷儿，一碗粳米粥，进得香，说臣妾的小菜拌得好呢！进过膳，又说闷，要查考阿哥们功课，将阿哥们叫了进来——您听，这是在教他们说国语呢!"乾隆仔细听,果然东暖阁里有人说话,却听不清爽,便往里边走,笑道:"皇后只中意郑二的菜,朕觉得也平常,倒爱进你制的膳。怎么,到郑二那里学手艺了?"

汪氏抿嘴儿笑了笑,小声说:"主子竟是神仙,一猜就中!郑二跟臣妾说,别的不传,只传拌小菜,每样都要用点腐乳,腐乳里还要兑点别的人想不到的作料,娘娘才爱用……"说到这里便打住。乾隆止住步,笑着侧耳道:"法不传六耳啊?悄悄说给朕听听!"汪氏用手卷成喇叭形细声说道:"花椒糖水一匙。"高佳氏和那拉氏都觉她僭越轻狂,对视一眼,都撇了撇嘴唇儿。随着乾隆进来,皇后富察氏已经得报,亲自迎出暖阁来。乾隆果见大阿哥永璜、三阿哥永璋、四阿哥都跪在炕前,一个牛高马大的乳娘抱着皇后的次子永琮,得意洋洋站在炕边。她是奉了旨的,抱着皇后的娇生子儿永琮,见谁都不必下跪,因而有这份自豪。睐妮子见乾隆坐下,忙从纱屉子后拧了一把热毛巾捧来,又倒了一杯茶小心放在青玉案上。乾隆这才仔细看了看这位棠儿介绍来的宫女,因笑道:"怪不得叫睐娘,这双眼睛真叫精神——放了足了?还走得惯么?"

"回主子话,"睐娘深深蹲了个福儿,乾隆夸得她有点脸红,抿口儿一笑,说道,"只放脚头天有点不惯,走路太轻飘。第二天就浑身舒展,主子娘娘的话,还是天足好!"说着回纱屉子后,又取了几枚红得像玛瑙似的酸枣丢进杯子里,道,"这个最能滋养安神,听主子娘娘说,主子看折子过了困,常失眠,您试试这个……"乾隆见她一脸稚气,还在孩提之间,因笑道:"这么丁点大,懂得心疼主子,好!这里的人听着了,她还小,要熬不得夜,不许难为她!"富察氏笑道:"没人敢难为!昨儿晚她给我捏腰,瞌睡了就蜷在我怀里睡着了,像个小猫儿,一碰又醒了,灵性得很呢!"

说笑一阵子,乾隆才问阿哥们:"这阵子朕忙,查考功课都没来得及。张照老了,你们移到宗学读书,听说永璋还学会了唱青衣,永瑊学铜锤?你们可真出息了!朕在你们这岁数,一天要练两个时辰功夫,平常侍卫都不是朕的对手,还要读书写字四个时辰,哪有玩的辰光?仔细着,明儿朕叫侍卫们和你们过招儿,当众出丑!"皇后忙替他们圆场,说道："永璋、永珹还是好的，跟着太监管着，每日应时上学，如今四书都能背了。唱青衣的是十六叔家小三儿，唱铜锤的是他五叔家老四。下人也有'老三老四'叫的，就混了。宗学那边龙生九种，什么乌龟鳖鼋的也就有了。回京我自然请旨料理，三服以内的宗亲哥儿们，还是扎扎实实寻个好师傅，进毓庆宫读书。不是正经书没读上，倒沾惹一身花花公子味儿，那可怎么好？"乾隆呆着脸嗯了一声，说道："朕也想听听你们的国语，永璋你先说：布达，布达是什么？"

"回皇上，布达是饭。"

"宫室呢？"

"鄂尔多。"

"狡猾人。"

"沙克珊。"

"疼爱怎么念？"

"戈什。"

"大麦呢？"

"……"

"黍呢？"

"……"

"布，布是怎样念？"乾隆脸色变得有些难看，一回身取茶，永璟推推哥哥小声咕哝一句，转过身永璋便道，"回阿玛，布是'漆'！"乾隆冷笑道："这里还有难兄难弟串通舞弊，上的好学！你比他能耐，呼噜是什么？"永珹忙道："儿子知道错了，呼噜是手背。"

"珍珠呢？"

"厄楚赫。"

"乌珠？"

"头。"

"察喇？"

"酒壶。"

"阿勒锦？"

"阿勒锦……阿勒锦，啊，阿勒锦……"永珹挠着头，攒起眉竭力回忆，突然眼一亮，说道，"是——马哈鱼!"乾隆嗤鼻一笑问道:"额森、额森怎么读?"永璟有些迟疑地说道:"肉槽盆儿!"

"你们在这里胡说八道!"

乾隆原本无气，给两个儿子一激，心头火气蹿了上来，"砰"地一掌拍在案上，将一只翡翠戒指拍得稀碎:"格拉玛鲁、吉利泄音喝蒙!(意即混蛋)，声色酒肉的东西记得倒不少!索洛极什是什么?都给朕说!"

"是……是……"两个儿子吓得面白如纸，碰着头一个字也说不出来。

"索洛极什是难耕地，额森是'平安'!"乾隆怒视两个儿子，想来他们的"满语"都是在"肉槽盆儿"跟前吃酒，胡乱习学一点，越发恨他们不争气，咬着牙道，"大麦是'穆济'，阿勒锦是'名声'，黍是'伊喇'!就知道肉槽盆儿马哈鱼!——滚!"他这一声吓得奶妈子怀里的小永琮小腿一个紧蹬，"哇"地一声放嗓子大哭，永瑆和永璟早磕头蹑脚儿去了。

待奶妈把永琮哄得睡着，皇后见乾隆兀自气得挥扇不止，温声说道:"皇上您这又何必，孩子们已经知错，也给他们个改过的时辰才是。本来也是，如今满人还有几个会说国语的?鄂尔泰是讲得最好的，他的三个小子连'按班'(部院大臣)是什么，一问就懵懂了，他也气得发昏。其实要问四书五经，还是知道的不少。比起外头那些落魄旗人，谁还学国语呢?再说了，两个贵主儿都在跟前，也要给儿子们存些体面……"好容易才劝得乾隆消了气，叹道:"唉……朕还不是为他们好?他们这个阿哥当得太舒服了，当年朕跟圣祖爷，才六岁，每天四更就起来，不但学国语、蒙语、朝鲜语、日本语，还学闽南话、暹罗语、缅语，学不会不能进早点!现在这是怎么了，斗鸡走狗、串胡同、会朋友，真和民间说的，一里不如一里了……你们也甭为这个躁的慌。孩子大了要管教，防微杜渐最要紧。"他指指正拱着头吃奶的永琮，"他略长大一些，也是一样管，这是咱们大清的祖训。不的日后弄出一堆烂羊头王爷，和前明一样，只会吃喝玩乐生孩子，那是不得了的。璋儿和珹儿资质都好，要琢玉成器不是?将来当个贤王，好辅佐这个小孩子啊!告诉他们，一年之内学会满语，能用国语写策论，不然，朕连贝勒也不封他们!"贵妃们被乾隆当场排揎儿子，满心的不自在，听乾隆这样说，自觉恩情不减，也都回过了颜色，忙蹲身说道："臣妾明白，皇上是教他们成人，并没有难为的意思，臣妾一定把这些话说到他们心里，将来当一个保太子的太平定国王！"皇后见乾隆脸色霁和，遂笑道："从北京到承德，皇上还没接见过儿子们，今儿一见就劈雷火闪一顿发作！这会子您已经平气，我还要劝您一句，您见臣子们比先帝耐性得多。虽说是严父，自家身子骨儿不是更当紧？——把个小孩子都吓哭了。"

"这也是祖宗家法。"乾隆笑道，"圣祖爷抱过我，没有抱过先帝，先帝从来不抱我，抱过永琏他们，朕也一样，将来有了孙子，朕也抱。膝上弄孙，膝下抱子，晓得了？——对了，还有件好东西，原说拿给你们看看的，一发脾气也就忘了。"说着从袖中取出一叠纸，道，"这是西洋、东洋各国的，还有蒙古王爷们的贡单汇总儿。你瞧瞧，有可意的或者赏人要用的留下些，余下的除了赏人的都要入库。入库了再往外调，就麻烦了，又要记档，招人眼目。"说罢将纸递给皇后。富察氏看时，只见上面写着：

> 大珊瑚珠七百三十九串　照身大镜二百面　奇秀琥珀二百四十块　大哆罗绒一百五十匹　中哆罗绒一千匹　织金大绒毯四十领　鸟羽缎四十匹　绿倭缎一百匹　新机哗叽缎八十匹　中哗叽缎一百二十匹　织金花缎五十匹　白色杂样软布两千九百匹　文采细织布一百五十匹　大细布三百匹　白毛里布三百匹　大自鸣钟十五座　大琉璃灯十盏　聚耀烛台十悬　琉璃盏异式一千八十一块　丁香三十担　冰片三百二十斤　甜肉豆蔻四十瓮　镶金小箱十只　蔷薇花油、檀香油、桂花油各十罐　葡萄洒二十桶　大象牙十丈　镶金马铳二十把　精细马铳十把　彩色皮带二百佩　精细马铳中用　精细小马铳二十七把　短小马铳一百把　精细鸟铳十把　镶金佩刀二十把　起花佩刀四十把　镶金双利剑二十把　双利阔剑二十把　照星月水镜两执　照江河水镜两执……

富察氏只看了一页，用手翻翻后边，却都是日用杂品，什么金海棠花福寿大茶盘、金福寿盖碗、盆景、周云雷鼎、周父癸鼎、雕花箱子、紫檀大柜等等，密密麻麻数千种，都缀有进贡国国王名姓、数目、字太小不易细视。见那拉氏、高佳氏都巴巴地看着，皇后一笑，将贡单递过去，对乾隆说道："都不怎么合我的意，皇上晚间常在这里看书批折子，我要一盏聚耀灯台吧。跟着我的这些丫头也都大了，每人再赏她们一件织金花缎，有五六匹也就足够用的了。我不爱花花绿绿的，汪氏她们年轻，可以多挑点。"

三个妃子看贡单比皇后仔细十倍。老实说，上头的东西除了武器，她们都想要，但有皇后的例子比着，要东西得有分寸，不能显着太贪，又要合自己的心，也是颇费一番心思，都看着单子，心里暗暗掂量。乾隆见小永琮在奶妈子怀里，瞪着乌黑的瞳仁好奇地盯视自己，由不得生了亲亲之心，叫了奶妈子来到身边，却仍是不抱，只在椅中探身逗着玩，问："会说话了么？叫皇阿玛！"小永琮瞪着眼，似乎想了一下，竟进出一句："皇阿玛万岁！"

"好啊，连君臣都懂得了！"乾隆大喜过望，笑得两眼都眯缝起来，说道，"赏你一柄小倭刀！赏你奶妈子哔叽缎一匹，金花软缎十匹！你这大个子女人，穿上这缎子衣裳，必定是格外出眼。"

一时汪氏已经挑好，她要一只紫檀雕凤盆架，一架玻璃大插屏镜妆台。忖度着没敢再要东西，高佳氏因也中意那妆台，也挑了一架，又要了一只兽面汉玉方炉，一只脂玉雕西番莲瑞草方彝，已是价值万金以上，也就足意了。但那拉氏却想替儿子们多要几件，她要了一对金胰子盒、汉玉双环喜字兽面炉一对，又一对金如意茶盘，又一对脂玉夔龙雕花插瓶儿。又看中了汪氏要的妆台，却只有一对，因见乾隆不留意，小声笑着对汪氏道："妹妹，我见你原来的那副嵌翡翠檀香木妆台满好的，我的那副八仙庆寿的漆有点老。你这次挑了新的，把你原来的让我好不好？"汪氏是乾隆头一个点名儿叫挑东西的，又颇自顾身份检点，这话听得心里老大不自在，又觉没法得罪这位位子仅次于皇后的贵妃，忍着气勉强笑道："我的就是贵主儿的，有什么说的，您瞧这架好，等我到手了您着人来抬就是。"高佳氏心里雪亮，她也觉得那拉氏贪心，微一哂在旁说道："两架妆台三个女人，这里也弄出二桃杀三士了。汪氏的只要了那么点点，你还要掏？我库里还有两架翡翠的，妹妹着人到我那里抬就是。"

"我哪敢要姐姐的呢？"那拉氏已是红了脸，冷笑道，"瞧着我贪，下头两个儿子，也得分沾君恩不是，三人一均，我还最少呢！"这一来汪氏也有了发泄口儿，小声咕哝道："阿哥爷们自有份子的……"高佳氏已有了个女儿，如今腆着个肚子，已两月没来癸水，她位分本在那拉氏之前，只为没有儿子不能扬眉，遂撇了撇嘴儿道："皇上还年轻，我们又不是不会生。汪氏，就让一让儿，这种事将来还会有呢。"那拉氏脸上愈挂不住，问道："姐姐说什么？我竟没听见！"

三个人说话声音渐高，皇后早已听见，觉得她们太不成体统，在旁和颜悦色说道："主子在跟前呢，有什么话下头说吧，仔细失仪！"乾隆逗着永琮，听富察氏说话，转脸问："你说什么？"富察氏笑道："没什么，她们挑东西花了眼，我帮她们出主意。"乾隆一笑，又转身，摸着永琮的小鸡鸡问道："这是什么？"

"钥匙！"

"什么钥匙？"

"铜钥匙！"

"要钥匙干吗？"乾隆忍着笑，看了一眼挺着高高胸脯的奶妈子问道。

"钥匙开门。"

"开——门？"

"开门要人！"

乾隆和众人再忍不住，连太监宫女一齐大笑。那小鸡鸡却挺起来，"刺"地就撒尿，尿了乾隆一脸尿汁子。

第三十五回　三车凌感恩饭朝廷
　　　　　　小奴隶行孝感天恩

　　钱度觐见乾隆的事情一再展期，直到第七天的下午，傅恒的管家小王才跑到驿馆来，气喘吁吁知会道："我们老爷在里头传出话来，请大人立刻递牌子，在烟波致爽斋候见。"钱度还要让茶，小王头掏出表看看，说道："那可不敢。限我酉时回报的，我府里其实是军队，军法'失期当斩'，虽说不杀，发落我到黑龙江当三年庄头，也很没意思。"说罢一拱手，匆匆上马，泼风价去了。钱度暗自嗟讶，也就不敢磨蹭，忙着换朝服、挂朝珠、理辫、整衣出门上轿赶往山庄，递牌子进来，径由太监导引至烟波致爽斋。离着正殿还有半里之遥，里边又有一重门，却是由乾清门侍卫守护。太监交代了差使给侍卫，指着里边甬道说道："往里我不能进去了，直往前走，一排五楹大殿就是。那门前的几个大人，都是等着召见的。"钱度循阶进了大院，到正殿前，果然见还有六七个官员都在大乌柏树下等候，因见鄂善和庄有恭都在，便上前打拱寒暄，笑道："二位先到一步啰？主子下来了没有？"

　　庄有恭和鄂善都是深沉内向的性格儿，但庄有恭没发迹前就和钱度相熟，比鄂善就少了点矜持。鄂善一笑算是作答。庄有恭笑道："还没呢，喏，主子在那边偏殿宴请车凌几个王爷，还有个黄衣大喇嘛、红衣大喇嘛。若傅六爷一出来，就是宴毕了。"钱度看看左右，人都面熟却不相知，没法说话，便和庄有恭攀谈，说道："主子待这四位台吉恩厚，真是异数，七天八次大宴，自古臣王谁得过这样的殊荣？"庄有恭道："是。诸王也真万分感恩。昨日他们花了三百两黄金，请纪晓岚写了一篇花团锦簇的奏折，写得真是神完气足——嗯'外藩之丸泥尺土，乃是中国飞埃，远域之勺水蹄涔，原属天家滴露！圣明垂统，继天立报，无为而治，德教孚施万国，不动而化，风雅泽及诸彝，巍巍莫测，荡荡难名。帝寿遐昌，伏冀俯垂鉴纳，庶存怀远之义。微臣瞻天仰圣，不胜屏营之至……'嗯，写得好，庄有恭不能办！"他摇着头，不胜感慨，钱度知道他噎起酸来没完，趁缝儿笑道："你要得人三百，也得呕心沥血——"一眼瞧见偏殿侍卫太监匆忙走下丹墀站班列队，知道已经宴毕，忙道："皇上下来了！"庄有恭忙转过脸瞧，果见傅恒已经出殿，接着是尤明堂、刘统勋、纪昀鱼贯而出，站在傅恒下首。接着便见四个戴着东珠王冠的王爷，躬着腰倒退出来。钱度笑道："刚刚吃过酒，这么着往台阶下退，一不小心摔个仰八叉可怎么好？"

"你以为这宴会也能吃饱喝足？"鄂善抿了抿嘴唇，算是"笑"，说道，"这是吃恩典，吃体面尊荣的。回去重新再吃——"话未说完，便停住了。原来科尔沁王陪着乾隆出来，四个王爷忙又跪下辞谢，拱手过顶恳请乾隆回步。乾隆笑容可掬，说道："这几日你们也劳乏了，但你们既有心去北京朝拜老佛爷，朕不能阻止你们。老佛爷爱热闹，你们带来的歌手给她老人家拉马头琴，跳舞，她老人家准欢喜得不得了，礼物倒不必太破费。老尤陪你们回去，你们想送子弟到京读书，也允了，一并由尤明堂替你们安排。可惜这里的那达慕盛会，你们这次不能观赏，以待来年吧！"诸王听通译官译了，又复叩头，说了一堆蒙古语。这才小心翼翼退下。科尔沁王爷也辞了出去。乾隆目送他们出去，也不回偏殿，折转身便向烟波致爽斋走来。候在殿门口的十几个臣子立刻伏身跪了下来。只听乾隆脚步橐橐过去，一时又听纪昀出来传令："热河都统，喀喇沁左旗、右旗都统，张家口大营将军、副将进殿。其余鄂善、庄有恭、钱度三人随我来。"钱度这才知道方才那一群人都是武将，暗道：怪不得我都不认识。他移动脚步随着纪昀到了专门候见的正殿西配间。

纪昀让他们坐在杌子上，自己却坐了下首，笑道："这里不比外头，没有茶点招待，只好委屈老兄们了。各位可以在这里谈谈差使，等会皇上见了，只说部里不能办的事。如果时辰不够，横竖还要写谢恩折子，附一张片子就成。"

三个人对望一眼，他们中间官最大的是鄂善。鄂善是鄂尔泰的从侄，和勒敏差不多，有了恩荫，已经做了知府，又是考出来的进士，现在署理总河，比着巡抚还略高一点。如今他要给这个新进军机的章京汇报差使，有点于心不甘，因问道："六爷和延清呢？他们不听听么？"

"他们有别的要紧事。"纪昀何等聪明的人，顿时已经明白，只满不在乎地一笑，说道，"六爷要布置秋狝一干细务。统勋大人给皇上说今年秋决的事，皇上就叫兄弟听听。"鄂善点点头，沉吟着说道："砖河这边是我的专差，说是署理河督衙门，河督衙门不在北京，今天我去了一次，安徽到山东的接口处运河，淤泥已经泛上来。有一百多里，船吃水不能过万斤。过了万斤就得雇纤夫拉，一个纤夫每天按两钱工银，枯水季节要加十几万银子工钱，北京米价上涨就为这个原故。清江口黄河、运河交汇处泥沙也在逐年加增，年年要用人力去排。原来靳辅、陈潢村夹堤里头有几十万顷涸田，逐年卖一些还能补贴，现在只剩下一百多万亩。按每亩官价五两银子发卖，只能卖七百多万银子。后年之后便无地可卖，还要加增二百四十万岁银才能支撑，早点提说这事，免得朝廷到时没有准备。"他胸有成竹，详述各处漕运堵塞情形，说了足有半顿饭时辰，又道，"现在有翁、钱、潘三堂青帮保护粮船，道儿上不愁匪贼饥民劫夺，但押运钱不由军费开销。各地青帮还养活着一批闲汉、码头工头，费用也是不小数目。各项一加，每年没有五百万银子是断乎不能维持。现在是四百五十万，还短着五十万，没有旨意，户部是不会给了河工上的。"

纪昀默不作声听完，转脸看庄有恭，问："砖河工程第五伦和你都参与了的。去年八月，你又到淮安、扬州赈灾，查看河工，江苏、山东交界处淤塞，到底是怎么回事？军机处已经两次行文，怎么竟不见动静？"庄有恭一笑，说道："不但漕运，就是驿道，各省交界处路段也是最差。因为这些处段都是中央管，并没有修河银子拨到省里，又在交界处，难以分段，又能推诿，所以不能统筹。"顿了一下又说自己的事，"已经收到军机处的谕旨，我解去翰林院掌院学士的差，原在翰林院，还存着一批图书，有些宋版的秘籍，极为珍贵，有的还是北宋的孤本。我怕我到江南去主持南闱，这干子翰林们盗书，都封存了起来。但封起也不是事儿，一启封就又没人管。缴出去，又不知该交给谁，我的差使没有多少要说，不收学生钱，公正取士，自然就是好考官。还要请皇上面训。"他说完，钱度探探身子，清了清嗓说道："铜政司——"纪昀笑着摆手止住了他，说道："你们不是一回事。他两个谈完先去，你、我再谈——鄂公方才说的，兄弟要关照一声。户部每年实拨四百五十万不假，但海关上有直拨过去的，还有卖涧田的银子，实在到底是多少，到皇上跟前要把好分寸。据兄弟所知，河工每年耗银不止七百五十万，银子去向要报清。您再要五十万，也不掏兄弟腰包，但现有银子皇上已经觉得冒滥了，再多要，得有依据。还有涧田的事，我这几日从驾，太忙，没来得及知会。五两，其实是白送了人，胥吏一倒手就是二十倍的利。再倒几次手，最后要卖到一百七十两，好田要卖到七百两。五两是靳辅、陈潢时的定价。这不是你任上的弊，你要出来为这弊政说话，肯定惹皇上动怒。这实在犯不着。兄弟不能不说到。还有黄、漕淤塞的事，都要权衡好。下头赚了银子骗你，你不知情，说给皇上，岂不代人受过？"

"多承纪公关照了。"鄂善听纪昀这席话是一片好意，他再傲岸，也不能不感动了，遂起身一揖，说道，"我在砖河上治理京畿的几条河，虽说繁杂无比，究竟是个小局面。不知道黄、淮、漕上这么多的利弊，实在是愚昧。""谁敢说鄂公愚昧！"纪昀笑道，"京师京郊这几条河最难治，从前明起，弄了二百多年了，因为上流情势变幻太大，雨季洪水大得吓人，冲房破堤，到了旱季又变得小溪似的。还有北京城积水，泄洪，排污都要统筹。你和第五伦兄能几年内治好，皇上是十分赏识的！"说着，出门看了看，见那群将军们已经出殿，垂手下阶，又见傅恒招手，便回身道，"请鄂、庄二公这会子就过去。"因天色已经暗下来，纪昀又命小太监掌上灯来，和钱度接着谈。

钱度和纪昀是老相识，没有进北闱时，常在一道会文吃酒。当了官一个出外任，一个留京，睽隔日久，今日又会在一处。钱度在灯下打量纪昀，只见他气度恢宏举止安详，钱度不禁笑道："前阵在筵席上对诗，后又给主子娘娘治病，占尽了风流，起先以为只是小意思，今日窥见大道，竟有满腹的治国经纶。看你的城府，也是愈来愈深，我辈已经攀附不及，不是一个台面上人了。"纪昀听了一笑，他已经接到尹继善的信，知道钱度在南京泡妓院的事。很想规劝几句，但钱度在云南铜矿整顿有方，乾隆铜钱流通量骤增几倍，由此东南各省商产大盛，是朝野皆知的治事能吏了，就不再口謷，遂笑道："我哪有什么风流？你才占尽风流哩！铜政上的事，你不必说，前头都有折子。这就要调你户部任侍郎。方才治河的事让你听，也有让你知闻的意思。听听有益。"钱度不禁一怔，说道："是户部？我怎么听成刑部了？"

"原也有去刑部的话，票拟好，皇上想了几天，又变了主意，说户部差使繁琐，还是要钱度这样的干练人。"纪昀说道，"户部一满一汉两个尚书。丁建勋病了半年，已经殁了，那个图思德是图里琛的族弟，武将出身，操不来心。你虽是侍郎，其实一多半部务压在你身上。这也是得到皇上格外垂青的恩典，老衡你可要心里明白。"

钱度双掌一合，一个"好"字已到口边，忽然觉得轻浮，就势一拱，说道："钱度原是微末之员，仰邀圣恩，不次超迁到方面司官，已经是过望。原说去刑部，心里是有些忐忑，恐怕不能胜任，负了皇上一片谆谆寄托之望。想不到皇上反复权衡，仍叫到户部当差。钱度何幸，受主子如此知遇之恩！不敢以熟手自许，唯勤慎恭肃、栗栗战兢、努力从事。这层心境如果皇上召见时不及表达，务请晓岚公代为转奏。"纪昀初见他兴奋得目光一闪，听是这番话，反觉比鄂善、庄有恭来得贴切，笑道："这个何消吩咐？"又出门看看，道，"大约也差不多了，我们丹墀上候着去。"

于是二人一同走出偏殿，沿滴水檐径直向东直趋大殿门口，在隔扇大玻璃门前鹄立等候。果听里边乾隆在说话，似乎接见已到尾声："回去各自办好差使。庄有恭朕没有多的吩咐，南闱之后就留任南京学政，随后还有恩旨。朕倒不虑你操行不纯，怕的是你专门挑选潦倒书生，心有偏向就不能公正取士。鄂善，本来有很多话要嘱你，但你自己都说了，朕心里很欢喜。从来官清似水，吏滑如油，不小心是不成的。你去看看《梦溪笔谈》，包公那么聪察严肃的人，吏员们照样蒙蔽他。可不警惕么？此辈小人，无官之职，有官之权。从来站衙之利，过于坐衙，这是要格外小心的。真正要整顿河务，要学着点钱度——你们不是朋友吗？学着点。读一读王渔洋写的《况钟传》，你也会有心得，朕敢说钱度他就读过。朕也给你杀人权，但杀人还是要小心。朕和刘统勋裁夺秋决，一个一个犯人都是反复甄别。杀一个人，或为人父、人母、人夫、人妇、人子、人女，看似无关，其实一牵连就是一家、一族甚或几族，岂可不慎么？河务积弊太多。康熙年间每年花二百五十万两能办的事，现在花近八百万，怎么就办不下来？所以你初去，还是手狠些，待到见好，转为安抚，明白么？"接着便听到他二人哽咽声、谢恩声、叩头声。纪昀报名带钱度进殿，叩拜。乾隆没叫起，良久才听乾隆说道："朕突然心动，这三卷里恐怕是有冤枉的。统勋，这几卷留下，朕再仔细看看，都免勾了，到明年再说。其余的，发文到刑部秋决照允执行。"二人这才知道刘统勋也留在殿里。便听刘统勋粗重浑浊的声音说道："这三卷，臣这会子也把不定了。但这样一来，今年才勾决二百十一名人犯，比之往年，似乎降得太多了点，臣有点疑思不定。"

只听乾隆爽朗一笑，说道："杀人少了还是好事。贞观年间，最盛时天下勾决只有二十九人。朕可没听说魏徵、房玄龄他们'疑思'。不要疑惑，这是治世之祥兆。你着实累了，回去吧！傅恒，叫两个太监搀着他出去！"这才转脸对纪、钱二人道，"你们起来。"二人忙行礼起来。钱度在灯下看了看乾隆脸色，说道："法驾进城时臣曾瞻仰过御容，比那天似乎又略清减了些，眼角有点发暗，敢怕是劳乏过度了……臣远离主子在云南铜矿，虽时有恩诏奏议往返，终归不能如在京时，随时即能觐见，又事事无处请示，常恐自己鲁莽浮躁误了主子的事。每当月夜，常在孤岭下独对白烛，思主、恋主黯然泪下。今日回到主子跟前，心里这份欢喜真难以名状。"说罢便拭泪。

"怎么都这样儿女情长？"乾隆笑道，"你们在外办差，朕也时时挂念着。这次本不预备调你来京的，因为你资历尚浅，骤登卿二地位，恐怕有招物议。恰好刑部侍郎出缺，接着户部也出缺，于你是个升迁机会。再说，铜政是整理好了，但你雷厉风行杀人太多，在那里积怨也甚多，不是久处之地。所以还是调回来，别人报仇就更不容易了，是吧？"

钱度没有想到，乾隆调动自己这么个微末小员也是左右审虑、前后瞻顾，设身处地心疼爱护，胸中一阵热烘烘的，眼泡里已汪满了泪。强忍着，泪水在眼眶中滴溜溜转，最后还是忍不住破闸似的涌淌出来。乾隆不禁失笑，说道："今儿是什么日子？怎么见一个哭一个？""臣是感激惭愧。"钱度拭泪说，"主子如此高存之恩，不知该如何报答！但臣实有愧对主子的地方，行为不检有辱官缄，所以愈思愈是惭恨不已，无地自容。"因将自己在南京秦淮河及玄武湖畔的艳情拣着能出口的说了出来。

"这件事已经有密折奏上来了。"乾隆听了不禁动容，叹息一声说道，"你能这样坦诚，很出朕的意外。你以此心事君，朕断无不包容之理。贪色，性也，圣人不能免。所以读《子见南子》章，朕亦以为孔子有色近芳泽的心。自古坐怀不乱的就一个柳下惠，凡人哪能做到？你既说了，朕就不再追究这种事了。大约你还欠了人家的风流债？不然为什么去找人打饥荒？你的这个债朕不能替你还。去和傅老六说，让朋友们帮你为好。"说着，傅恒从殿外进来，听见这话，笑道："有主子这话，我帮你，不过下不为例。皇上昨日说起，我还笑得不得了，钱度长得这么丑，还犯这个病儿？不过，从铜政司下来，没钱嫖女人，可见钱度在任上不爱钱。这是正反两说的事儿。户部是个管钱柜子的，去了精心办差。不然，头一个弹劾你的必定是我，把你交给刘延清，再教你尝尝过堂滋味！"说得众人都笑，饶刘统勋铁面冷心，也不禁莞尔。当下乾隆又谆谆嘱咐许多，钱度又害臊又感愧，随着三人跪辞出来，已是风摇树影、白月映墙的夜分时候了。乾隆整整坐了一天，尽自身子骨儿强壮，也觉四肢酸软。他不叫乘舆，徐步出殿，沿着去延熏山馆的花间小路款款而行，众侍卫忙遥遥尾随，只头等侍卫索伦紧跟着寸步不离。

此时正是八月半，塞外天高气寒，萧瑟金风扑怀。一轮淡青色的月亮，将满草树涂了一层水银。药圃里种的沙参、桔梗、山丹、百合等等，还有柏林边一层层黄灿灿的野菊，放着清冽的香气，在凉得浸人脾骨的夜风中飘荡。从热河吹过来的霭雾，袅袅如缕，湿气在草上凝成露水，将乾隆的鹿皮靴都润得软如凉绵。这样的夜晚独自步月，最容易惹人遐思。乾隆想着讷亲，现在成都调动整训行伍，今秋、今冬恐怕难以进兵了。阿坝草地秋天的蚊虫和疟疾太猖狂了，不知南京解的军饷，现在是不是已经到了军前？"尹继善能办事，不会有失漏！"乾隆几乎脱口而出，看了看月亮，又自失地一笑。但他很快就敛了笑容，又想起吏治，陕西布政使上官清离任调湖广，上万百姓到驿道上铲他的马蹄印迹，已成了轰动天下的新闻。拿问到部，连刘统勋也查不出他的贪污实迹——这个鬼是怎么捣法？乾隆搜罗着自己知道的官场魑魅惯伎，仍是百思不得其解。没有证据不能杀人，只好叫他夺职回乡永不叙用。但天下不到一百名方面大员，已经杀掉两个，又冒出个上官清，到底有多少像他这样的人？乾隆越来越吃不准了。官不清民必乱，官逼则民反，这是任何一个皇帝都懂的道理，但一不留神，还是要出大事。他苦笑一下，又想起在山东亲眼目睹饥民骚动的情形，当时在场还不怕，后来竟是愈想愈觉恐怖，几次被噩梦惊醒。想着、想着，又想到了易瑛。那么年轻标致的女郎，为什么自己会疑她是"一枝花"？既疑到是她，又为什么放她逃出山东？他又想到在城门外驿道口，和易瑛默默对望的那一刹那："真是无声胜有声，朕和她有什么情愫呢？当时一声令下，就可擒她到北京……想她此时，也必记得朕……"接着，脑海里又冒出个棠儿，又想到被皇后逐出畅春园的嫣红姐妹，现在不知怎样……忽而又念到王汀芷，随丈夫到了瓜洲渡，这也是自己于心有愧的事……

"皇上仔细，前头是水洼！"索伦突然一把扳住乾隆膀臂叫道。

乾隆一惊，才从遐想中惊醒过来，果见前面是一带弯弯的水洼。看样子是从热河温泉那边引过来造的池子，蔚蔚蕴蕴、热腾腾地冒着热气，弥漫在池面上，几丛芦苇在清冷的月色下来回晃动。乾隆不禁一笑，说道："朕想事情走神儿了。从这里跌下去，索伦，明儿你就不得了。这是个池子了，倒满有点诗意的"，遂吟哦道：

> 风移蒹葭影，水涌清波涟。
> 月华映紫雾，疑是瑶池烟。

索伦忙笑道："主子这诗念得真好听！真好听！奴才听了真高兴！"他是老侍卫索伦拉希的儿子，一向在乌里雅苏台当差。打仗从来不避矢石，奉承人却是门外汉。乾隆听了，心里暗笑，说道："既是好，明儿你背给纪昀听，别说是朕吟的，听他怎么说。"还要往下说，忽然听见远处一片人声嘈嚷，像是太监们在乱叫，炸了夜似的，还伴着幢幢人影，仿佛在追赶什么。

"有刺客！"

索伦全身一震，也不及细思，一把拽住乾隆绕到水洼东侧草坪上开阔处。后边的侍卫们忽地拥上来，将乾隆团团护住。索伦指着一片黝黑的灌木林，喝道："就在那里边，拿！"几个侍卫答应一声，饿虎般扑了进去！

乾隆起先也是一惊，见周围没甚异样，不禁笑道："失惊打怪的，这叫做什么？这里头还会有了刺——"没说完，他便打住了，因为侍卫喀巴儿在灌林中大叫一声，"在这里！擒住了——呸！这小兔崽子还敢咬人？"说着又惊叫一声，"你他妈的，咬老子的蛋！踢死你！"竟似他一个人还料理不开，又拥上去三四个，在灌木丛中厮打了一阵，才把那贼降住了。四马攒蹄地拖出来掼到乾隆面前。喀巴儿揩着汗道："主子，这小龟孙滑溜得紧。我们四个，还差点叫他钻草丛儿逃了！"乾隆在月光下仔细审量，这才看清是个小蒙古，年纪只在十五六间，穿一身翻毛皮袍，破烂流丢的脏污不堪，脸上被打得青一块紫一块，头发粘得像毡套，乱蓬蓬的沾满了泥污、草节儿。乾隆见他瞪着眼看自己，便用蒙语问道："你是蒙古人？哪个旗的？"

"……"

"叫什么名字，能说说吗？"

"……"

"你怀里鼓鼓囊囊，抱的是什么？"

"……"

乾隆脸一沉，命道："搜他！"

"喳！"

喀巴儿一声答应，上前"哧"地撕开他的蒙古袍，从他怀里拽出了一个明黄包袱，就地摊开。乾隆张眼一看，一色都是吃的，牛肉干、胙肉、羊脯子、鹿筋……还有一堆揉得稀碎的点心渣。乾隆不禁失笑："你偷这些东西干什么？饿了么？到街上讨饭也不丢人，干这一行，多吃亏呀？"那小蒙古仍是一声不吭。喀巴儿不禁失望，说道："嚯，是他妈的哑巴！"小蒙古却不懂，只躺在地下看着月亮发呆。

"我来猜猜看。"乾隆用蒙语轻声说道，"你是个奴隶，因为偷了主人的东西被赶出来，亲戚朋友都看不起你，说你是贼——蒙古人是从不做贼的——""我不是贼!"小蒙古不等乾隆说完突然大叫一声,翻身要起,却被侍卫们死死按定,听他叽里哇啦,似乎反驳乾隆。喀巴儿怒道:"你个没调教的野娃子,好好看看,这是比你们王爷还尊贵的博格达汗! 不懂得好生回话? 老子揍死你!"小蒙古只听懂了"博格达汗"四个字,仰着脸呜地一声号啕大哭,噎得胸脯一起一伏地发哽。

"把他放开。"乾隆命道。说着,竟亲自俯身拉起发怔的小蒙古。他是个满脸稚气的孩子,身材中等,壮得像一头小熊,一身峥气,光着脚丫子和乾隆对看。乾隆见喀巴儿拿着一柄小刀,料是小蒙古的,要过来,递给小蒙古,又命一个小侍卫:"把你的靴子脱下来给他!"那小蒙古也不吭声,接刀子就佩,接靴子就穿。乾隆一叹,对侍卫们道:"他确是个蒙古奴隶,叫巴特尔,在喀喇沁左旗给旗主放羊,他的祖父也是个骑营将军,比武时摔死了老科尔沁王的外甥,被贬为平民,又不幸弄翻了旗主贡王爷的祭酒,便沦为奴隶。这是几十年前的事了。他祖母现在病重,躺在蒙古包里。临终想吃一顿饱饭,小巴特儿是不得已铤而走险……朕以孝治天下,举大节不计小过。"说完命道,"放了他。带他到王仁那里去,要些点心果子,各色肉食,尽着他带! ——给他换身衣服!"又用蒙语对巴特尔说了一遍,"好好照料你的祖母,我跟你们王爷说情,革掉你的奴籍。有这么强壮的体魄,将来出来给朕卖命——朕身边有许多蒙古好汉呢!"

小巴特尔眨巴着眼听他的话,忽然扑身俯伏在地,一阵颤栗似的啜泣,喑哑着嗓子不知说了几句什么话,起身跟着一个侍卫去了。索伦道:"这小鬼头好不懂礼,连头也不晓得磕!"乾隆道:"他还小,不习礼仪。礼,有貌有心,朕更重他的心——他说,往后不论在千里万里,走到哪里放牧,只要用他,一个招呼他就来!"几个侍卫听是这话,也都沉默不再作声。

那达慕是草原上最盛大的集会,往年都在红城(乌兰浩特)举办。乾隆今年有雅兴与会,是科尔沁大草原从来未有的事,科尔沁王特地下令将会场从喀喇沁的王爷府向西移八十里,设在木兰(围场县)相邻的猴头沟近侧。这里向西是千里围场,北望是平坦无垠的大草原,南顾则是一亘燕山余脉，驿道绕山蜿蜒，舍路嘎河、利嘎河横流其间，景致既美，交通亦复便利，历年是王府行猎的禁苑。草原上王爷的命令就是圣旨，快马传报，各旗各营各道各部牧民便从四面八方云集而来。因承德到木兰再折向猴头沟有四百里地。乾隆和所有扈从、大臣、侍卫都骑的快马，一天赶到木兰，歇息一夜。半日赶到猴头沟时，才是辰时正牌时分。科尔沁王早已先期到达，和东蒙古的察哈尔王、漠北蒙古的温都尔汗、札赉特王、土默特王、巴林王、喀喇沁王一直迎了三十里。一切请筵，献酒都在大拜台的牛皮帐幕中举办，种种盛情繁仪也不及细述。

第二天便是那达慕大会的日子，乾隆一夜好睡，醒来时天已大亮，一骨碌翻身起来，对值夜太监王礼皱眉说道："你们办差越来越不经心了！天这早晚了还不叫起？"王礼忙道："这地方天明得早，奴才还疑惑是表出了毛病儿，对了对大家都一样。还有一刻才到寅初呢？"便替乾隆更衣，替乾隆穿上一件酱色江绸夹袍，外头套了件石青缂丝棉金龙褂，小心翼翼套了瑞罩披肩，束上一条金带，又挂一串松石朝珠，然后又将一顶天鹅绒台冠轻轻替他戴上。乾隆因见他脸上有几块肿包，笑道："你自己照镜子瞧瞧，是个什么德性样儿？"王礼嬉笑道："这地方儿什么都好，蚊子、小咬儿真厉害！昨晚太监没一个睡的，都在捉蚊子——纪大人左腮上也叮起个红包儿呢！"正说着傅恒和纪昀已经从外头进来，乾隆吩咐免礼，笑道："看来蚊子也识相啊，纪昀不是相，所以叮他一口！"纪昀笑道："只要它尊君，也算守礼。"傅恒道："奴才带的有熏香，还是岳钟麒送的。来时还嫌累赘，不想还派上了用场。"顿了一下，又道，"几个王爷天不明就来候驾了，请皇上用早点，也就该去看大会了。"乾隆点头无话。一时用完早点，又喝一杯山葡萄酒，乾隆对镜照了照，满意地将了将寸许长的胡子，说道："走吧！"傅恒忙抢一步跨出帐外，高声道："万岁爷起驾了！"

立时，帐外鼓乐大作，鼓乐声中响着悠长的号声，一声接一声愈来愈远地传呼："乾隆万岁圣驾已到，草原上的雄鹰们，迎接我们的博格达汗！"

乐声中乾隆徐步出来，见帐外一箭之外已站满了一排蒙古武士，足有上千的人肃穆森立，他似乎多少有点意外，怔了一下，又见几位王爷都跪在列队的武士前面，向着这边遥叩，便摆了摆手。索伦将一匹玉鞍金镫的青骢马牵过来，王礼便忙跪下。乾隆踩着王礼的背款款上骑，吩咐纪昀，"去传旨，准备得好，朕很高兴。"

"喳！"纪昀忙应一声，一溜快步夹小跑过去传旨。便听三声大炮崩天裂地响过，八十面龙头纛旗由三百二十名赤膊的蒙古武士肘起来，插上纛车。每辆纛车各由八匹骏马拉着，真个风鼓旗展，猎猎壮威——徐徐向西会场而行。科尔沁王随侍左侧、傅恒和纪昀在右后侧，六位内外蒙古王紧紧尾随，旌旗蔽日、怒马如龙，逶迤而行。那达慕会场也只里许远近，须臾即到，上万名远近赶来的牧民绕场围成一个阔大无比的空场，早已是等得望眼欲穿，遥遥望见龙旗，都齐伏在地，嵩声高呼："乾隆皇帝万岁万万岁！"

也许是那杯葡萄酒的作用，乾隆兴奋得满面通红，双手张开向下轻轻按着节拍，口中道："你们是草原上的英雄！朕向你们致意！"那欢呼声越发山呼海啸一般。大太监王仁见傅恒给自己递眼色，精神一抖，"啪啪啪"连甩三声静鞭，那牧民们事先早已得过关照，立时便静得鸦雀无声。乾隆见月台已到，又款款踩着王礼的背下来，看了看月台上依次排着的各色遮阳华盖，对科尔沁王笑道："难为你想得周到，有什么玩艺儿，都使出来朕看。"

"有赛马、套马、射箭、摔跤、斗兽、跳舞、唱歌……"科尔沁王不无自豪地如数家珍，"不过先请皇上安坐。我们要先祭一祭纛旗。"

"哦，祭旗。宰牛，还是杀羊？"

"宰杀牛羊是草原家常事。那达慕开会祭纛，要杀一个有罪奴隶来祭。"

他说得很轻松，乾隆心里却打了一个震颤。他还从没有临过法场，看着一个犯人顺顺从从被牵出来，由刽子手跟着。但既是草原古制，又是"有罪"的奴隶，也不好说什么。只随着科尔沁王引导，居月台中，在明黄华盖下坐了。果然见场西北角缓缓驶进一辆牛车，上面五花大绑着一个人，旁边几个剽悍勇猛的蒙古武士提着寒光闪闪的劈刀，威风凛凛进场，走近居中的大纛。喀巴儿却是十分眼尖，悄悄趋向乾隆御座，小声道："主子，杀的是巴特尔！"

第三十六回　　报主恩巴特尔刺熊
　　　　　　　全圣颜纪晓岚落马

乾隆眼皮陡地一颤：小巴特尔又犯了罪，太出意外了。随着牛车越驶越近，他也看清了，确是巴特尔，穿的还是一身太监穿的蓝袍子，仰着脸看天，一副听天由命的样子。乾隆沉吟片刻，已是稳住了神，微笑着侧身用蒙语问科尔沁王："这是你的奴隶？"

"这个不会错。是从喀左解来的，不清楚是哪个道的。"

"每年那达慕会上都要这样祭旗？"

"皇上，那是当然！"

科尔沁王回乾隆的话似乎不十分经意，因为此刻场上进来各旗选出的一百匹骏马，驭手们披着红，一个个骄傲得像雄鸡似的挺着胸脯，兜马撒欢儿，无论男女老幼都在痴狂地欢呼，和本旗赛手呼应。科尔沁王看来也是马上豪杰，不时睨着那群马，竟不自禁兴奋地脱口而出："——主子呀！你瞧那匹铁青驹子，我肯定它还不到两岁——"他突然意识到失态，忙起身惶恐地一躬，"皇上，我失态了……"

"没什么，你是蒙古英雄嘛！"乾隆一笑，又问道，"这个犯人顶多不过十四五岁吧？"科尔沁王笑道："我不晓得，大约是的吧。皇上想知道，叫我的管家来回话。"

乾隆将身子向后靠了靠，似乎有点嫌阳光刺眼，垂下眼睑想了想，说道："这场合三堂会审问案子太煞风景，这也是你的家务。不过朕有个不情之请：你卖朕一个面子，好么？"科尔沁王身子又向下低伏一下，说道："您是万物之主，像天上的太阳一样光明神圣！博格达汗，我永远都不会违拗您的意旨！"乾隆拍拍他肩头，温语说道："请坐下，听朕说。皇后娘娘多年来一直疾病缠身，今年遇到良医，已经痊好。她有心愿救一个人，朕已经替她还了愿。朕也发愿要救一个人，所以今天不愿见到你美丽的草原上溅了人血。朕送你一块奇秀琥珀，换取他的性命，可成？"

"这是博格达汗的仁慈，您的胸怀比这无边的草原还要宽广！"科尔沁王因离北京最近，历代朝见拜谒天子走得勤，汉人的把戏也就略知一二，因顺口灌一碗米汤给乾隆，笑道，"小王这就叫他们放人！"叫过自己的王府管家，低声吩咐了几句。

管家毕恭毕敬向乾隆一躬到地，怀里抱了一面大令箭，用一种标准的蒙古贵仆特有的尊重步伐径直走到会场当中，大声宣布："奉至尊无上的乾隆大皇帝旨意，特赦犯罪奴隶巴特尔！"会场上立时万民欢腾，许多人就地起舞，有的把帽子、马鞭子扔得老高，高兴得跳着，旋转着，口中喃喃念诵圣主的英明。欢呼中一队歌女身着彩袍翩翩起舞，伴着鼓乐纵情歌唱：

> 天上的云雀为什么歌唱？
> 地上的鲜花为什么开放？
> 雄鹰为什么高高地翱翔？
> 秋风为什么吹拂起草浪？
> 噢……都为了有我们的博格达汗，
> 你是草原上光辉的太阳……

乾隆两眼笑得眯缝起来，静静地听着这令人沉醉的赞歌。歌声中，巴特尔被人带到自己身边也没有留心。许久他才从如醉如迷中回过神，转顾间见巴特尔站在月台近边，因笑道："又是一次。"

"对，又是一次！"巴特尔道，"他们冤枉——"乾隆一摆手止住了他，说道："现在不问案子，赦免了你，你就自由了，你可以走了。"巴特尔道："我现在是您的奴隶，您就是我的主人，走到哪里我也跟着您了！"

乾隆用黑漆漆的瞳仁盯视巴特尔良久，叹息一声："那你的祖母呢？"

"没有了，永远没有了。她吃了您送的东西，笑着去了天国……"巴特尔垂下了满是泪水的眼睛。乾隆的眼睛也有点发潮，对傅恒道："暂时你来照料，他还小，不要拘他。"

此刻场上已经开始套马，一声"开圈"，左近的马栏门一齐打开，一千多匹马驹子狂奔猛冲，但见或黑、或红、或黄、或白、或栗、或青，各色没笼头的马如云似波，像流动着的马河，咆哮而来，直冲到月台前的空场上，围观的人早已闪避开，给这群怒龙腾出宽阔的豁口来。赛马手此时便分散各自为战。看台上的王爷们一个个呼吸急促，两眼直盯着驭手和马群，双拳紧攥着看这惊险无比的场面。只见那些驭手一个个手持套杆套绳，像驾着木筏飘摇在急川上的船夫，矫捷地挥杆抛绳，寻找自己中意的马仔下手。科尔沁王满脸涨红，鼻翼翕动着，直勾勾看着骑铁青马的驭手，待到第二圈转过来，他竟忽地站起身来大声叫道："托巴格！我要那匹纯黑的——给我套！"托巴格答应一声："是，王爷——"转眼就飞骑出去二百多步，此时草场上千马回腾万蹄翻飞，草叶与黄尘齐舞，马嘶同人呼共鸣，一派威武猛烈阳刚雄壮的气势。乾隆举起千里眼专看那匹铁青马，一会儿皱眉，一会儿微笑，一会儿无声透息，忽然一笑，把望远镜递给科尔沁王，说道："你的勇士不负厚望，已经套住了那匹黑马——你看看！"

"谢恩谢恩！"科尔沁王连连说道，急不可待地举镜望去，调着旋钮，咧开嘴笑了，"皇上，铁青马上的骑士是我的头号英雄托巴格——真有他的，给我在皇上跟前争了面子！"说着，托巴格已用马杆子紧套着那匹黑马，歪趔着步子渐渐近来。托巴格似乎想在乾隆和王爷跟前逞能，几次试着想跃上黑马背，那黑马每次机警地闪转了身子。拖拖拽拽地来到月台前，托巴格一个翻飞上骑，但未能如愿，口中不知骂了句什么，又勒紧了马套子收在前胸，劈手抓住黑马鬃，"噌"地一跃而上。所有的王爷几乎同声喝彩道："好！！！"

但喝彩声未落，便听那畜生"咴儿"一声长嘶，却不似常马那样尥蹶子考查骑手，而是急奔儿步一个打顿，撅着屁股猛地一退，又向前一送——托巴格几乎像个弹丸，被它一送老高，在空中打个磨旋儿直落下来，"砰"地一声砸在地上，摔了个仰面朝天。那黑马却打着响喷，停了下来得意地向乾隆咴儿一声，呼呼透着气儿看着托巴格爬起来。托巴格狂吼一声"嗯"地又一翻身上去，紧防着它前头那一手。那马却聪明之极，绝不重复前头动作，只是横着身儿拼命左右晃动，然后一个后蹶又向前一纵，托巴格被它扭得发昏，一个不留神，身子已离开马背，在空中兜圈儿一个半转，被斜掼出去！托巴格万分危急间双腿在空中一剪，一只单臂夜叉探海般平绞一周，已是翻转了身，但死罪免了活罪难受，只听他闷哼一声，双手握着左脚踝骨蹲下了。但这蒙古汉子极其要强，"嗯"地站起身来，扭着脚又要上马。

"你是好汉，套住它已经很不容易了！"乾隆在月台上说道，"现在你已经受伤，不要再驯了。"又对科尔沁王道，"他听你的，告诉他，草原上的马多得很，不要为此懊丧。"科尔沁王笑着抚慰几句，几个王府护卫过来搀着他去了。乾隆叹道："这马四蹄雪白，在中原是有名儿的。叫千里雪地炭，等闲人驯不了它。马通人性，这也是缘分！"

科尔沁王听乾隆夸奖马，顿时会意，指着马道："谁来为博格达汗驯服这匹烈马？"话音刚落，巴特尔挺身大叫："我来！"说着一蹿而出。众人不及闪眼，小巴特尔已手捉套杆，挠住马鬃飞身上马。

连马也没料到他这么敏捷，它似乎怔了一下，立即狂怒地在原地扭圈子，又撅屁股，又撂腿，一下子把巴特尔掀起老高，巴特尔还在空中，它在下面已经磨旋儿般转了起来。竟把巴特尔头朝下脚朝上直摆下来。这孩子身手也真快，双手托地一弹，又来了一个马蹄，那马眼见他又要上跃，要跑，却被小巴特尔死死勒住，它掉转屁股就是一阵的猛跳乱踢。巴特尔被这畜生拽得兜地儿转，几次趔趄趔趄才又绕到马项前，伸手一提鬃，又是燕子般轻捷上马。这次他也学乖了，一上去便勒紧套绳，竟来个双手合十抱定了马脖子。任凭马百般折腾，被它四肢连缠带来，竟似一帖揭不去的膏药般"贴"在马背上。那马又挣扎一阵，长嘶一声放蹄就跑。从乾隆到王爷们和侍从们都知道小巴特尔难关已过，大家松了一口气，向后仰了一下身子，乾隆这才觉得两只手心里捏的都是汗。

小巴特尔骑在光屁股马上，起初被它颠得东倒西歪，两腿股间硌得生疼。但那黑驹子似解人意，越跑越稳，巴特尔真有点"秋风"得意的样子，轻轻用套绳拂着马臀，但见草原上牛、羊、马群一掠而过，发黄的秋草中各色不知名的野花，不断头地往后退，此时马儿已知背上主人手段，叫东向东，挥西向西，似游龙在云。兜了好大一个圈子才返回月台，巴特尔翻身下骑。几千双眼睛凝眸注视着这情景，突然爆发出一阵暴风雨般的喧闹欢腾声。巴特尔牵马向乾隆深躬到地，说道："博格达汗，这匹马一天能跑一千里，它是您的了！"

"你可叫博格达汗出了一身'大汗'呢！"乾隆笑道，"你既精马术，就做朕的马僮好了！"见科尔沁王把玩那望远镜爱不释手，乾隆又道："这个就赏你了！"喜得科尔沁王离席连连叩头谢恩。

第二天上午，乾隆带着从人回到木兰御营，此时两万余名绿营大军已遵傅恒号令，各按岗位布成一百里方圆的围场，里边围困着无数从远处赶过来的虎豹熊豺狼鹿兔麋麝野猪……为防野兽突袭御营，傅恒真煞费了苦心，除了在御营正殿周围三步一哨、五步一岗外，还调了古北口的火枪队，用五十支火枪暂充近卫。料着乾隆一定满意的，谁知乾隆自进围场，愈走愈是不高兴，待到进入正殿，已是沉下了脸。傅恒和纪昀都不知道哪里出了差错，紧跟着进来。见乾隆只寻折子看，又不敢多口，只好垂手默侍。过了小半个时辰，乾隆才放下手中奏折，援笔蘸了朱砂要写，却停住了，问道："傅恒，你说，我们到这里来做什么的？"

"狩狝。"傅恒小心陪话，揣摩着乾隆的心思道，"外头绿营布置，昨晚给主子回过了，主子一路实地看，不知还有什么疏漏，奴才这会子赶紧——""朕昨晚已经说过，布置得很好。"乾隆放下了笔，"不过你在这御营正殿外放这么大兵力，还有什么野兽敢来试刀？"

原来为了这档子事，两个人都松了一口气，傅恒笑道："奴才随驾来之前，张、鄂两个军机大臣再三嘱咐，主子爱动不喜静，无论别的差使办好办砸，头一条是安全。这正殿周匝连宫墙都没设，不放一点兵力，若有猛兽闯进来，或者林子里的猴子们拥进来抢东西吃，一个防护不周，奴才们粉身碎骨是小事，一干大臣怎么向天下人交代？"乾隆道："我们是来会猎，不是为了安全。要安全，你回北京去！"纪昀赔笑道："臣这可要回驳万岁爷了。来为会猎不为安全，不安全不能会猎。主子明诏宣告天下，秋狝为了练兵，不是为了玩。既如此郑重其事，御营即是练兵中军御营，不要防敌人来袭？"

"把那些兵全部撤走！"乾隆不耐烦地打断了纪昀的话，"这世上'道理'太多了，道理不及情理值钱——御营周围一里地之内就由侍卫当值，可以留十支火枪。猛兽来了，侍卫们是做什么的？"

他明说不讲理了，傅恒无可奈何一笑，只好答应着施礼下去安排，又叫过索伦细细吩咐，见巴特尔站着发呆，傅恒说着半生不熟的蒙古话，命道："也要派你差使了，跟紧你的——主人，寸步不要离他，牵两匹马。见势不妙，嗯……你就护着他逃。"他比画了一下手势。

"逃……"巴特尔听懂了意思，却又不明白"意思"里的意思，他瞪大眼睛，脸也愈来愈红，说道，"听索伦大叔说，你是个英雄，怎么会想出这个法子？我们蒙古人阿妈生下来就不教这个'逃'字……"傅恒又好气又好笑，知道一时譬讲不清，一招手叫过索伦，说道："你是他'大叔'，开导开导他怎么护驾。"急忙回到殿中，只听乾隆正在说话："修史是为了什么？是为今日的殷鉴。有些书籍，该删的要删，该补正的要补正，该存的存，该毁的还要毁呢！朕就怕你犯了学究气，滥杂而入，那不叫史，也不叫书，是杂烩菜。古人修史修书都懂得为尊者讳，为亲者讳。凡入四库全书的，一定要小心厘剔，整出来的才是精品，才能警世俗、正人心。不然，各类书收上来，你按经、史、子集一分，再排个什么子丑寅卯的次序，便算编纂出来一部《四库全书》，这不行。胡乱找一个三家村先生就办了，还要你纪晓岚辛苦？"

傅恒听他们又讲说修《四库全书》的事，虽不是自己的差使，却也关心，行礼退在一旁静听，纪昀道："皇上说的臣谨记在心。说是董狐史笔如铁不更一字，其实历朝历代写史修书，也还是遵本朝教化人心为用，曲笔的历不胜数。""这话很是。"乾隆捏弄着汉玉扇坠，说道，"已经有旨意收集图书了，我们回北京，你就要着手，所以你要心里明白，你自己昏昏然当一个总裁，怎么能叫下面人'昭昭'然？还有一条，满族就是女真后代，也叫'肃慎'，爱新觉罗，'觉罗'二字译成汉意，就是个'金'字。前代史书多有诽谤我朝祖宗的，这次修书要全部改过来。再向前追溯，凡有糟踏诬蔑本朝先胤的，有在族氏上加'犭'字偏旁的，都要改过来。实在回避不了，可以删改。"

"这个……"纪昀顿时犯了踌躇，历代史书"糟踏"夷狄乃是数千年陈俗，真可谓盈庭积屋、汗牛充栋，全部"改过来"那是何等浩大的工程？再说，这样信笔涂鸦篡改史籍，后世学者会如何看他这个《四库全书》的总裁？但乾隆尽自打着"警世俗、正人心"的旗号胡说八道，却根本不能和他顶牛儿。嗫嚅良久，纪昀憋出个缓兵之计，笑道，"皇上，这个活计是大得叫人咋舌的，臣一辈子也做不过来呢！"乾隆笑道："愚公能移山，有志事竟成，朕就爱这个'大'字。你不要犯愁，回京就筹办博学鸿儒科，召集一大批学术纯粹的鸿儒，由你总领，傅恒他们参与，当你的钱串子，朕自然要御制序文。大家编好这部千古第一书！"他说着显得意气风发，神采奕奕，脸上放着红光，纪昀只好暗自吞口水。傅恒却是兴奋踊跃，说道："这真是件千古风光事，奴才也跟着捞点后世便宜！"

乾隆笑着摘掉台冠，抚着梳得油光水滑的发辫站起身来，屈着指头道："一个武功：拿下大小金川，还有青藏，开拓西域新疆！更要紧的是文治，开博鸿科，修四库书，释孔道祭孝陵，图书满天下，这一样是彪炳千古可上凌云阁的大事业。朕都要做下来。将来在地下面见圣祖、世宗，庶几可以无愧！"他晃着步子，腰间掐金卧龙袋上的流苏一摆一摆的，只顾自说，"朕在帝王之中还是有学术的一个吧？小时听高士奇讲过朱元璋，这个叫花子皇帝听老师念'攻乎异端，其害也已'，听不懂就瞪着眼胡说。说这是'将异端邪说消灭了，它就无害于世了'①弄得老师还要捏着鼻子颂他'圣学渊博，独见其奥'。你们说，朕可曾以势压人，乱论经史？"

"没有。"傅恒和纪昀一齐躬身答道。一个是真的心悦诚服；一个却是含了一口苦水。乾隆长篇大论，谬说修订经史，讲得高兴，突然外头一阵嘈杂吵叫，索伦扯着嗓门儿叫："那边守门的干什么吃的？那轿里是刘大人！——喀巴儿，带几个人上！"

"好嘞！这么大个家伙！"

几个人都发愣，便见王礼跌跌撞撞连滚带爬跑进来，脸吓得雪白，

---

① 原话的本意是：处心积虑经营异端的人危害于世甚烈。

浑身筛糠向乾隆比画："我的爷！这么高，这么大——足有三百斤重——跟人似的会走路……"乾隆急问："是什么?！"王礼这才醒过神道："——是熊瞎子闯到酒窖里了……"

几个人一齐刷地站起身来，傅恒见乾隆向壁上寻佩刀，急道："主子，这是奴才的事！——晓岚，你只管拦着主子，别怕他恼——我出去看看——"说着夺门而出，就近儿从守门小侍卫手里夺过腰刀，几步跨出月台看时，果见殿西南侧木栏跟前站着一头高大壮实的老公熊，像一块上小下大的黑石头，一爪扒栏，一爪还提着个酒坛子，晕头晕脑东张西望。喀巴儿和两个小侍卫扑身上去，未及近身，被那熊一爪子随意一扫，三个人竟都被打得四脚朝天。殿角索伦大叫："——你五个人护住刘大人轿——你五个过来，那十个上，就石栏这边砍死它！这畜生吃醉了，小心它进殿！"众人吆喝着，刘统勋已经下轿。恰傅恒提着刀过来，笑道："延清，这里可用不着你——把他架进去！"刘统勋铁青着脸，对傅恒道："你不用和我嬉皮笑脸！你怎么调度的，居然出这种事——我要弹劾你！"侍卫们不由他再说，往上架着就走，只听殿门"咣"的一声，乾隆已经出来，身后跟着神色尴尬的纪昀。便见巴特尔披着衣服赤着脚从后殿跑出来，原来他在后边睡觉准备值夜，被人声惊醒赶了来。

此时侍卫们都已聚齐，乾隆的安全绝无问题了，有的向火枪里装药，只环视着那头黑炭般大狗熊——又不知乾隆是否要囫囵熊皮，都不敢动。那狗熊起先满不在乎，嘴里嚼着什么，似乎还龇牙儿笑。此时才知大事不妙，见三面环人，一面是木栏，摇了摇头，笨拙地举起酒坛子，一下子就将碗来粗的栏木桩砸得齐根儿折断，撒丫子就跑了。

"追！"乾隆大喝道，"朕要熊胆，也要熊皮！"

"喳！"

侍卫们齐应一声，除了当值守护乾隆的，拔脚便飞奔追了出去。刘统勋还要鞠躬谏劝，见乾隆提着剑直向前跑，又好气又好笑，只好在后边尾随——他已上了年纪，委实是跟不上这些年轻人了。纪昀从后赶来，扶着他一道走。众人穷追那只狗熊，一直追到一个峪口，傅恒命众人停下，说道："这叫瓮口峪，狗熊已经跑不掉了，这得商量一下。主子要熊胆，射杀它就是，箭穿得满身窟窿，熊皮就不成了，所以只有活捉，或者用拳脚打死，我有点犯难呢!"

"要熊胆也不是容易事。"喀巴儿揩着头上的汗，气喘吁吁道，"要先把熊激怒，将胆囊憋大了，及时杀死剖腹取出。早了迟了都不成。"他一句话说得大家发怔：众人一齐上，只能把熊吓跑，不能"激怒"，单个人才能把熊激怒，徒手斗熊又要保熊皮，不是件难煞人的事？傅恒道："皇上要熊胆是为了给娘娘退无名热。这比熊皮要紧——现在不能把细说话，那不是主子来了，留几个人守在峪口，其余的人冲进去，能活捉最好，打死也算了事，只不能跑了这熊——快，就这样，上!"

众侍卫答应一声便扑向峪口，有两个小侍卫年不及二十，争功心切，跑在最前头。刚刚趱过一个小弯，突见那狗熊大张着嘴，眼睛睁得血红，舌头伸着，露着白森森的牙，竟不顾一切，直扑人怀。吓得他们丢了刀打几个踉跄，抱着头跑出来，大叫："傅中堂，熊厉害——"

"站住!"乾隆突然暴怒地大喝一声，"你们竟敢退避! 拔掉花翎退下!"两个小侍卫惊恐之余又受呵斥，顿时木偶般僵立在地。但这只是一瞬间的事，那头狗熊不知在谷中受了什么惊吓，已是疯了似的冲着乾隆咬牙切齿猛扑过来!

说时迟那时快，只听巴特尔在乾隆身后闷吼一声，一个横身从斜刺里冲出来，竟是平平常常一个"冲天炮"打在狗熊肋间，他自己也被狗熊狠夯的身躯抗得翻倒在一边，那狗熊被他激得人立一般站起，举着两个粗壮的前掌向巴特尔猛扑，那巴特尔虽然年纪尚小，却是极为灵巧，不知使了个什么身法，竟从熊肚皮底下一掠而过，转瞬间，便见那狗熊打了一个踉跄，抬起尖尖的嘴巴向天哀鸣几声，像一座土山一样扑通倒地，伸着四爪在地上挣扎。这一切使乾隆看得目眩头晕，直到此时才看见，巴特尔手中握着傅恒送的小倭刀，得意地咧着大嘴在笑。乾隆见被摘掉花翎的两个小侍卫沮丧地站在人后，哭丧着脸低垂个头，羞得不敢见人，便叫他们过来，问道："你们叫什么名字?"

"陈绍祖，格隆……"

"进谷看见什么了，吓得这副模样儿?"

"这畜生发了疯，"陈绍祖带着哭音说道，"蹿出来时我们一点防备也没有……"格隆也垂头丧气，说道："奴才不是人! 奴才敢是看花了眼，似乎还有一条碗口粗的大蛇在追那熊……当时太突然，奴才自己也说不清……这就是罪，请主子重重责罚。"

乾隆一笑，问道："格隆是巴海的孙子。陈绍祖，嗯，你是陈世倌的孙子补进的侍卫？"两个人忙跪下碰头称是。格隆道："奴才们真是对不起皇上，辱没祖宗。"乾隆道："起来吧，圣祖爷北巡时也曾出过这种事。现今的黑龙江将军张玉祥就犯过这毛病。后来艰苦磨练，又挣回了双眼花翎，你们要学他。大丈夫要讲究泰山崩于前而色不变，这么点小事就吓花了眼，这个塞北地方还会有碗口粗的蛇？"

"有的，"傅恒在旁说道，"这地方温泉不少，山峪里头避风湿热，您看这雾气，这里的草树和别处都不一样。奴才见过茶杯粗的，这里的守军有见过水桶粗的大蟒呢！"乾隆不禁大笑，说道："你叫那丘八给哄了！他敢情是巡逻时打瞌睡，让你查住了吧？你看这地方——"话没说完陡然止住了，他脸上的笑容也突然凝固。众人循着他目光看去，只见谷口里边约一箭之地，一棵大榆树上两只乌鸦突起突落，惊恐地呱呱乱叫，不时飞起，又俯冲下去，用翅膀拍击着什么，再向下看，树上果真盘着一条巨蟒，约合人腿粗细，伸缩着头颈在和那两个乌鸦斗！

乾隆再仔细看，只见树杈高处枝叶间隐着一个栲栳大的鸟巢，这才明白老乌鸦是在护窠中的乌仔。眼见每一扑下都是羽毛乱飞，在空中略一盘旋又即冲下，虽声调凄哀，绝无反顾犹豫，乾隆不禁悚然动容，用扇子指着大蛇，说道："把它射死！"

"喳！"

侍卫们答应一声，顿时乱箭齐发，眼见着那蛇身上中了十几箭，它似乎被这突如其来的箭雨弄得懵懂了，伸着血红的信子向人群看看，扭滑着红绿斑驳、锦缎一样的身子向下溜去，钻进草丛，半截身子仍在外边蜿蜒扭动。只听喀巴尔大叫一声，握着匕首便冲进去，其余侍卫似乎有些怕这恶物，都怔住了。只听草丛中扑通扑通乱响，不知喀巴尔在里边是怎样折腾的。傅恒自己也怕蛇，单手紧握刀柄，却命道："都死站着干什么？一条蛇就把你们吓成这样！进去几个帮手！"侍卫们虚答应着，咋咋呼呼向草丛走，只见喀巴尔浑身泥污，一手提匕首，一手拖着那条死蛇从草丛里钻出来，笑着说："这家伙一百多斤呢！蛇肉最好了，叫厨子治治，准保主子进得香！"说着噗的一声将蛇掼在地上，乾隆也怕蛇，见那死蛇翻着白花花的肚皮，不由一阵恶心。纪昀却道："蛇胆也是良药，剖出来给主子泡酒！"那喀巴尔也不嫌腌臜，口衔着匕首将蛇身捋直，从脖子口一直划下去，从七寸处血淋淋掏出心肝，一手便撕下蛇胆，道："腥得很，纪大人您是良医，'良药'给你拿着，你给主子配药酒！"纪昀笑着接了，手指拈着道："好东西，有一碗胆汁子呢！"小心地用纸包了，塞进巴特尔的马褡子里。

"今日朕的御营算是旗开得胜，得一猛熊，杀一巨蛇，所获不小！"乾隆带着余惊，笑谓傅恒，"要不撤走那些护卫，哪得这个缘分？朕和纪昀骑马，罚你步行！"说着伸手向巴特尔要马缰。巴特尔却不肯给，说道："皇上，这马还要再驯些日子才敢给您骑，您还骑从前的青骢儿安全！"他虽然跟从乾隆日子不多，语言也不通，耳濡目染间已知乾隆身份贵重，比草原上王爷高出千倍，遂将青骢马缰和鞭子递给乾隆，却把那匹千里雪中炭马缰给了侍卫。伏身趴下让乾隆踩背上马，乾隆却踏镫上去，笑道："朕只踩太监。你很勇敢，朕要选你为三等侍卫！"

巴特尔还在发愣，喀巴儿在他后脑勺上轻轻一拍，说道："傻小子，一步登天啦！你们喀喇沁左旗的旗营管带，想得这个三等侍卫也不是容易的！"巴特尔这才学着众人样子跪下磕头。乾隆高兴地将马鞭一扬，说道："走！"马便飞奔起来。

纪昀从后跟上。他没有骑过这样的快马，在马上多少有点拿捏不定。乾隆驾轻就熟，奔驰间闲谈，问道："晓岚，这马如何？"

"太，太快了，臣有点弄不了呢！"

"你放松点，腰随势借力，不要僵直。"

"喳……"

"好多了。终归比不了主子，不如慢骑的好。"

"快骑才是骑马，慢骑不如骑驴。"乾隆道，"神驹飞驰，万物皆空，洗心涤虑，见天地之大，渺尘俗之小。这才算得到驾驭的真诀！"纪昀无暇细思乾隆的话，却渐渐习惯了这风驰电掣般的狂奔，他第一次感觉到，"速度"原来也有如此快人心脾的作用。正骑着，乾隆用马鞭指着左前，说道："好一群黄羊，你看，往林子那边跑了！"因马褡子里插有弓套箭壶，一边加鞭，一边取出弓箭。左手如托泰山，右手如抱婴儿，瞄准了"嗖"地一箭出去。一只小黄羊臀上着了一箭，在地下打个滚儿，又爬起来"咩"地一叫，熬着疼追上母羊。纪昀这时才加鞭追上来，喘着气儿道："主子，别，别进林子，防着再有猛兽！"乾隆笑着道："胡说八道，腐儒一个！"兜紧马缰便追了进去。

纪昀忙也跟着进林。这片不大的林子里到处是荒沟杂草，几道弯弯曲曲的小溪穿林而过。纪昀马术不精，眼见乾隆左折右弯地控马疾行，干急也追不上。好容易赶到绝岩壁下，才追上乾隆。前面不远处有两只黄羊，纪昀大叫："主子！那里有两只！"乾隆加了一鞭纵马向前，搭箭拉弓正要放箭，突然弃弓收缰。猛一收缰不住，乾隆被摔下马来，一下子掼进溪水里！纪昀真吓得魂魄出窍，头"嗡"地一声涨得老大，脸白得死人一样，策马赶来，见乾隆已站起身来，这才一颗心放下。急切中他又想：皇上这么狼狈，我好端端地出去，怎么能保全他的面子，我又怎么向众人交代？想着便一横心，大叫一声"哎哟"，身子失控也落马下来，恰好跌在一个土埂上，硌得屁股钻心地疼。但这是里伤外不伤的事。他便又就坡儿打滚，滚进埂下的泥淖里去，手脚乱划、口中尖叫，刹那间就把自己打扮得像泥猴一般。乾隆满心懊恼，见纪昀跌得比自己重，也就息了火，拉起纪昀一起出林。你看我是落汤鸡皇上，我看你是滚塘猪军机，不禁相视哈哈大笑。

当晚纪昀又奉旨进去。乾隆在延熏山馆正和刘统勋、尤明堂二人说话。纪昀踏进殿门便听乾隆道："二位说的都是金石良言，朕当注意。从明天起，还调一营兵进来关防。这不关傅老六的事，朕的旨意他不得不遵……朕礼敬你们这片心思，纳你们的善言就是。今晚叫纪昀来拟几份诏书，你们明天要先期进京，带给张廷玉，叫他用黄匣子速发讷亲、尹继善和岳钟麒……延清还要去南京，不要忙，在京休息些日子再启程。启程前给朕写个奏折，到南京后再报个平安信儿。就这样，你们跪安吧！"说完，竟亲自起身送二人到殿外，返回殿门。乾隆调皮得像个大孩子，一进门就伸舌头扮了个鬼脸儿，笑道："两个老头儿又来聒噪，连你也扫进去了呢！"

"主子，"纪昀一边挽袖磨墨，一边问道，"好端端骑着马，您怎么突然收缰？我吓得到现在还腿软呢！"

乾隆没有立刻回答，望着烛火，许久才幽幽地说道："朕看见那老母黄羊在舐小黄羊身上的血，突然又不忍射杀它们了。"

纪昀没有再说话，手中的墨却越磨越快。

第三十七回　　妄调情高国舅无趣
　　　　　　　闹学塾曹雪芹辞差

　　刘统勋回到北京，当天即打轿赶往鄂尔泰和张廷玉府，拜谒这两位满汉首席军机大臣。鄂尔泰病得已经不能起来，接过乾隆赐的山参，只是流泪，在枕上叩头，说道："我是老不中用的人了。主子这样关怀恩宠，没法报答……延清公，请代奏，我的两个儿子都去金川跟着讷亲给主子出力，请主子恩允……还有一句话要告诉延清，人说我和衡臣几十年共事面和心不合，以致下头门生故吏分门结党。我快死的人了，人之将死，其言也善，我和衡臣性格不投，政见偶尔各异是真的。先帝当面训诫，王大臣之间要各自毓华懋德，私相交通即是小人，因此不来往惯了……下头的学生们多了，有的错会了本意……"刘统勋听他反反复复喋喋不休，整整一个时辰都是解释和张廷玉的关系，纵的横的，大事小事前因后果，听得心里如乱麻一般理不清爽。乘他喝水起身时，抚慰道："我还要到兵部去呢，鄂相多加保重！闲事少想，自然会渐渐心宽体强……"说罢一揖辞去。鄂尔泰也不再相留。刘统勋出门却不去兵部，转轿南趸便到了西华门张廷玉宅邸。他是张廷玉的门生，如今又是乾隆跟前位高权重的红人，门上人不待通报就径直带他进内院西花园的紫芝书舍。
　　"延清回来了？"张廷玉半躺在炕上受了刘统勋一礼，坐起身来喝了炕桌上的参汤，双手接过乾隆赐的参转给管家，听刘统勋说先去了鄂尔泰府，张廷玉便笑道："他就是心地狭窄，你先去看他是该当的。嗯，该当的……"接着便开始摆说和鄂尔泰几十年的纠葛因缘。他却极有条理，其记性、口才也远胜鄂尔泰。从年羹尧说到西疆用兵，从云南改土归流又说到上下瞻对用兵。其间政事、军务、财政、将弁官员调度，哪些相合，哪些不合都说得周到详明。刘统勋只洗耳恭听，一句话也不插，只拣着有用的心得暗暗记下。张廷玉从辰时说到午时，留刘统勋吃饭，吃过饭仍精神不减，接着又谈。好容易才听他叹息一声，说道："长江后浪推前浪，轮到你这一辈儿给皇上出力了。做官只是做时得意，和集市一样，日中则集，日仄则散。几年前你来，我何尝有工夫这样长篇大论地说话？现在是宾客寥落车马稀。我这个'集'到了日仄时分了。"他闭着眼，仿佛在追忆昔日的辉煌，许久才道，"延清忙你的去吧！"

刘统勋心头一松，真有如蒙大赦之感，忙起身辞出，坐在轿里兀自暗笑：没来由到两个老相府里请安，竟用了五个多时辰，一路上催着轿夫快行，到府时已见家人在门斗旁挂灯了。他家只寥寥几个仆人。老管家已是六十多岁的人了，见他回来，迎头就说："来了好几拨人都等不及，又走了。现在只有吴瞎子、黄天霸和他的几个徒弟，说等着老爷不回去，晚饭也是在家下吃的。我怕你在外头吃不好，叫他们给你炖了一锅牛肉汤，你先吃一点，夜里再吃点点心……"他唠唠叨叨说着，刘统勋大步走上正屋台阶，笑道："我都晓得！叫他们给我端一碗过来就是。"吴瞎子、黄天霸和五六个徒弟在堂屋听到他说话的声音，早已一齐起身相迎。刘统勋未及和众人寒暄，门上又带进三个人，灯下看时却是阿桂、敦敏和敦诚，又见高恒摆着方步一晃一晃进来，刘统勋见内外都是客，便先外后内，忙对吴瞎子道，"他们话短，我们话长，实在不恭得很，你们先坐，我和高大人他们说完话就过来。"遂转身带着高恒等四人到东边书房落座。刘统勋手端牛肉汤，笑道："放肆了，我没吃饭呢——高恒兄你们是山海关过来的吧？阿桂到京几天了？"说着就喝汤。

"我去了一趟德州，他两个是从山海关盐道上回来的。"高恒说道，"德州吴桥那块漕河淤起来，粮漕盐漕各不让道儿。我去料理一下，那个吴瞎子也去了。我从山海关去，回来时径直就到了北京。"说罢笑嘻嘻从腰间解下个包儿，"这是德州马家小月饼，馅儿天下一绝，我随身带着消夜，老刘撞上了，就是你的口福。"抖开来放在刘统勋面前。刘统勋见那月饼只有罗汉钱大小，花样做工新奇精致，拈起一块嚼着，笑道："果然不错！随身还带着这个，你是腰里别着牌，逢谁跟谁来啊！"

阿桂这才笑道："我昨天才回来，后来到承德见驾，没什么要紧事，特地来看看你。"

众人说笑一会儿，刘统勋揣度着高恒来意，说道："粮漕、盐漕都是朝廷的漕，北京京畿这么多人，没有盐没有粮都了不得。大布政使，你尽管放心，盐粮两漕出毛病，我只有打吴瞎子板子的理，断不会护短。""我是气老吴无礼，"高恒笑道，"——带着一群青帮兄弟找到德州盐务局闹了一个多时辰，吓得盐务局掌事儿的蹿后门溜了。我好生说合才算没事。你延清大人如今在皇上跟前说一不二，所以来见见，就是我有不是，也请多担待一点。"刘统勋笑道："别忘了你是国舅爷，你当我真是包龙图。连贵妃娘娘都不放在眼里么？"

"你说我姐？"高恒哂道，"她在皇上跟前连个屁也不敢闲放！她没儿子，还不抵人家贵主儿敢说话呢！你说的那欺压良民横行霸道的小国舅，是戏上胡他妈捏造的！"阿桂笑道："你这国舅也够风流的了，我看你用心公务上头有限，偷鸡摸狗的事也不少。"高恒笑道："去你妈的吧，谁在后头嚼这种烂舌头？就有点，也是两厢情愿。我大节不坏，不伸手从库里掏银子，谁敢说我是个坏官？如今说贪官少，鬼都不信，你去各钱庄走走，钱垛得都像小山似的——那是兑过银票的。如今并没有这样的笨驴，直白白地给上司送银子送金子，听我说——天不冷你也要披上件新大氅，把银票塞在里头兜里，去见尹继善说话，走的时候不言声起来就走，大氅就'忘'到继善那里。下次明保暗保，头一个准就是你！——不然你小阿桂怎就升官这么快？"

阿桂忙不迭笑着摆手，身子趔趄着道："你别攀比我，我不是这种人，继善也不是这种人！我说也许你特制这些马家小月饼，里头塞上祖母绿猫眼石什么的，或者送一副金子做的围棋子儿，外头涂上黑白漆，送给傅六爷，升个尚书九卿什么的，也是易如反掌！"高恒学着阿桂的样子摆手道："罢罢，我引狼入室！我不是这种人，傅恒也不是这种人……"

"阿桂，听说你近日起号叫'佳木'？"笑了一回，刘统勋恢复了正容，问道："如今讷公去了成都，调度大小金川，到底前线情形如何？张广泗还像从前那样么？"这是件大家都关心的事，所有的人都安静下来，竖起耳朵听阿桂说话。

前线的情形其实很糟，讷亲在成都，张广泗去了重庆"就医疗病"。南路军、中路军现在是偏师，缩在川南贵州，只管催粮要饷养精蓄锐，纷纷请了好师爷给讷亲写进兵条陈，人人献计，都自说是必胜之道。成都的三次军事会议吵得一塌糊涂不欢而散。讷亲知道是自己威不压众，又不愿借重张广泗，一边写信催张广泗回军"就地疗养"，一边将自己写给乾隆川北进军、川南策应的奏折和乾隆嘉许的手批下发给各副将以上，并给张广泗带去口信，说如不能赴行在共同治军，自己就要请旨辞职。这才逼得张广泗"带医回成都听令"。指挥官人心不齐，下面军纪不严，兵士哗变的，抢砸商号的时有发生。各地观察道，监察御史至四川巡察纷纷向北京都察院告状，都转到傅恒处。但讷亲的军机大臣之职还在兼着，位置还在傅恒之上，傅恒一股脑都转给讷亲。讷亲为安军心，竟不理会。在第四次军务会上竟一火焚之。弄得各军更加骄纵恣横。清军如此，莎罗奔处却愈来愈好，修复了小金川，从云贵马帮处高价购粮备荒，茶叶盐巴也都准备丰足。从清兵败兵手里还买了二十几支火枪，又不知从哪个泥淖里捞出两尊大炮，也修好了。建粮库、造火药闹腾得欢，敌我双方尚未交战，士气、形势已见高低……但这些都是军事机密，除了乾隆和傅恒谁都不能告诉。阿桂沉吟了好一阵才道："现在张广泗军门一切以讷中堂马首是瞻。全军指挥一统。但那个大草地冬天实在不能走，南边夹金山，六月也是满天飞雪，过了十月便封山，粮食根本运不到中路和南路，皇上已经恩准明夏进击。至于胜败，除了人事还要看天意，佳木也不敢妄断。"他顿了一下，说道："张军门老了——我是说他的心老了。论岁数他还比岳军门小两岁呢！——他如今什么都要避讳，败字，只能说是'胜'；'安'不许说安，要说'放'；'马'是'大驴'子；'生'是'硬'。部将们说错了就敲鞭子。上回他有个门生叫马子安来拜，师爷看这人名字都是避讳字，犯愁，问我怎么报？我说你就报个'门眷硬大驴子放胜'就是！——这不是背晦透了么？"说罢又道："延清公那边还有人等着。我们不要泡他，大家散了吧！"

于是众人纷纷笑着起身，刘统勋也不再相留，送到滴水檐前，在堂屋门口拱手道别，便回到屋里。高恒几个人一道儿出门各自上马，在西瓜灯下看看表，笑道："天黑得早了，伏天这辰光还明光大日头呢———我还要办点事，咱们明儿见！"说罢迈腿去了。阿桂笑谓敦氏兄弟："你们要吃我的高升酒，咱们还去前门高升酒家，如何？只可惜钱度、庄有恭和勒敏他们不在京。"敦诚笑道："他们算个屁！在不在的什么相干？雪芹就在西直门外不远，咱们买些卤肉、烧鸡、花生米、烧麦什么的兜着，再带一坛子酒，又不扰他家里，又得高乐，岂不是好？"说得几个人都连声称妙。

高恒离了刘府，打马径往傅恒府，下午出门前，他已叫家人给傅家补了一份中秋节礼，还有一斤老高丽参，是朝鲜驻京使臣金成柱路过山海关送的，他随身带着。还有岳浚写给傅恒的一封信，来见棠儿可说是堂堂正正。但高恒却又有点怕棠儿，因为他对棠儿始终垂涎，存了个不利于孺子之心，傅恒官高权重，皇后位尊宠深，高恒哪一条也比不了，存着一层自卑心。但棠儿这枝花太招人爱了，在他眼里，那身材、那体态、那容貌、那……无一处不似那个什么黄子"洛神"，一颦一笑都勾得他心痒难耐。只要在北京，高恒总要三天两天寻个由头，或拜傅恒，或请安送东西来傅恒府，虽然猫儿不得沾腥儿，见面能一近芳泽，一聆笑语也觉提神儿。

一路想着棠儿已到傅恒府门口，因小王跟着去了承德，还带了一大群男丁，傅恒府二门里头其实已经没有男人。高恒是走得极熟的人，早有人看见报了进去，约莫一袋烟工夫，老王头出来禀说道："太太说国舅是常客，不必拘礼，既有给我们老爷的信，就请进去。"高恒心里暗喜，又有点怕，捏着劲儿独自进了内院。见棠儿的影子映在窗上，隔窗便笑道："嫂了在屋里么？"挑帘便进了屋，果见几个半老不老的媳妇立在炕下，看棠儿在炕桌上描花样子。那群丫头都得过他不少小意儿好处，就忙着替他搬绣凳儿、沏茶、递热毛巾，高恒当胸打一揖，笑嘻嘻道："小生这厢有礼了！"这才坐下。

"如今高爷的京白也操得好了。京里王子公孙们看徽班子京戏，都疯了迷了！"棠儿一笑，看了看高恒放在桌上的信和包儿，吩咐道："彩卉，把高爷带的信收了——那包里是什么物件？"高恒乘机起身，亲自把那个黄布包儿送到棠儿炕前，一边抖着，一边笑道："这是一包上好的高丽参，给六哥和嫂子补补身子。都是今年才刨的参，小的是二十批叶，大的有七十批叶①呢——说到唱戏，连老庄亲王都下海了。他三世子弘晖早就在和亲王手里出了师。今年夏天，有回回府，老亲王在西花园月洞门口掇个小凳子乘凉，听着他三世子在外头念着戏句'嗒嗒嗒啦……得，锵！锵嘟儿锵……'进来，老允禄顿时躁了，拽出屁股底下小凳子骂着：'我揍死你个龟孙儿，好好书不念，只拣着坏的学！'一板凳照头砸过去！那弘晖笑嘻嘻啪地一把接住，就势儿扎个门户，霸王举鼎将木凳儿举起，念着戏白说：'喂呀呀呀……好厉害的王爷也！'庄亲王也爱看戏的，顿时愕然，说：'哎呀好儿！你……你果真学成了也！'"他在炕下又说又比，学得逼肖。一屋子媳妇、丫头都逗得咯儿咯儿笑得前仰后合。

棠儿也被逗得"噗嗤"一笑，啐道："在外头你们男人像个大人物似的，见了下头人，装得人模似样办差，其实肚里都装的戏，什么好成色！"放了怀中的猫，命媳妇们撤了花样子退下，换了正容问道："岳浚媳妇儿还好？我着实惦记着她呢！上回她送我一块蕙绣万字锦儿，我说也送她点什么，后来就忘了。"高恒笑道："嫂子说糊涂话了不是？岳浚和我是官面上来往的人，我怎么见着人家堂客了？"棠儿道："那也不见得见不上。如今做官的走偏门，套交情，遍天下都是。你当你是好人？"

高恒灯下看棠儿，越发显得明眸皓齿。见她散发偏腿儿斜坐着，巧笑可人，撩人心怀，遂笑道："嫂子口齿越来越伶俐，越不肯饶人了！我常跟我们屋里那口子说，你要胜六嫂子一分儿人才，就算我前辈子烧了高香！"棠儿道："我也都老了，还说什么人才！但凡我要是个男人，也丁是丁，卯是卯，出去跟皇上卖命讨功名，那才是个人呢！"高恒越看，越是心痒难耐，兜步儿走着，踱到灯前，摸摸烛台又抚抚炕桌，口中啧啧夸奖："这炕桌儿掐进去的金线真耐看……丁是丁，卯是卯，嫂子说得真好。其实自古到今，男人是丁，女人就是个卯儿呢！过几日我还要去热河，你有带的信没有？六哥这么多日子不回来，不怕他在外头

---

① 指参龄，一批叶即一岁。

拈花惹草儿？嫂子别动，你头发上有个蛾儿，我替你捉！"

"天晚了。"棠儿见他越来越不安分，一伸腿下炕，自己掠掠头发，说道，"我还要去看看康儿，你也该回去了。"——说罢一挑帘子去了。高恒满面无趣，只好讪讪地拖着步儿离了傅府。

这边高恒讨了没趣。那边西宛外南村曹雪芹家却是红烛高烧，清酒盈樽，众人说笑热闹得快活。阿桂如今正得圣宠，回京整日里被一群龌龊官儿围着，看谄笑脸听谀颂闹得心烦，此时大家坐在土炕蒲席上，呼叫欢饮无大无小，真得人生平常雅趣，十分高兴，说了一派西南景物风俗，又叹道："要是雪芹去金川看看，一日四季奇丽之景，不定'梦'出什么新花样呢！唉，金川那地方要不打仗还真的是块宝地呢！"他讲述那里的山水，那里的民俗，还说到莎罗奔和朵云，莎罗奔兄弟间情缘纠葛，大家都听得津津有味。脂砚斋笑道："上次你回来也没看我们来，我们还说官大了，眼眶子也大了。看来你这人毕竟是性情中人！"阿桂笑道："带着兵，处在险地，一脑门子寻思杀人，防着打败仗，文思情趣都淡了。阿桂算什么？你们这才叫适性。身前身后得名！这立地又要出去带老爷兵，又要忙起来了。"说罢一叹，举杯一饮而尽。

"方才听阿桂兄说朵云英勇善战、多情多义。"刘啸林笑道，"雪芹如今在《红楼梦》里也添了个女将军林四娘呢！那贾环、贾兰的诗也还罢了，只贾宝玉一阕长歌赞颂这红粉将军，委婉凄凉悲恸哀绝，真是惊世骇俗！你们听我吟——"遂低声咏道：

……腥风吹折陇头麦，日照旌旗虎帐空。
青山寂寂水潺潺，正是恒王战死时。
雨淋白骨血染草，月冷黄沙鬼守尸。
纷云将士只保身，青州眼见皆灰尘，
不期忠义明闺阁，愤起恒王得意人。
恒王得意数谁行？就死将军林四娘。
号令秦姬驱赵女，艳李秾桃临战场。
绣鞍有泪春愁重，铁甲无声夜气凉。

胜负自然难预定，誓盟生死报前王。

……

何事文武立朝纲，不及闺中林四娘！
我为四娘长太息，歌成余意尚彷徨………

众人听完这凄婉吟唱，一时四座寂然。张宜泉不住摇头叹息："怎么写来？太哀伤，太凄凉了！"雪芹笑道："那是小说！这是你们替古人落泪么！其实这首古风也平常，只合了石兄当时景遇心境，就别有一番滋味了。我还没有给它起名字，这是画龙点睛的事，想了几个都不合适，诸位能帮帮忙，曹霑就不枉吃你们的酒了。"

"叫《红粉将军词》！"阿桂头一个说道。"太俗太俗！"刘啸林连连摇头，低头沉思有顷，"不如叫《凌波神女》。"张宜泉道："这个不沾武气，像是洛神，也不怎样！"脂砚斋道："我觉得不如直写《恒王将军姬歌》！"敦敏说："婆娑将军！"敦诚道："我看叫《婀娜将军》！"

曹雪芹都一一摇头。笑道："都不合适。这是个奇女子，诗名儿也要奇，才配得匀称。"敦诚笑道："本来就是个传奇女子，又不是史籍所载，我们何必替雪芹呕心沥血——咱们吃酒，不管它了！"说着举壶，一愣，冲着里屋叫道："芳卿嫂子，再添些热马尿来！"

芳卿在里屋脆生生答应一声："哎——来啦！"芳卿提着一把锡壶出来，笑着往酒壶里倒酒，说道："小的闹着吃奶，大的缠着讲故事儿，就忘了兑酒了。有你们吃的呢！只别噇醉了，跟上回似的，横一个、竖一个撂在我炕上两三个，吐得一地的酒菜，难道不伤身子？"敦诚笑道："嫂子是越发出落得如花似玉的了，也胖了，容光焕发——要不是敬着雪芹，我们动起你的念头可不得了！"芳卿啐道："死样！满口鬼话连篇，噇你的黄汤是正经！"笑着去了。敦敏追着声音望她背影喊道："我那里有个抄本《聊斋》呢！那里头都是故事儿，下回给你带来哄宝儿玩！"

"鬼话——姽婳！"曹雪芹一直没留神他兄弟俩和芳卿说玩笑话。一拍案说道："何不就起名叫《姽婳将军词》？！"

众人都是一愣：怎么会用"鬼话"作这首诗的名字？只见曹雪芹以

酒蘸指在炕桌上画出"婗婳"二字，解说道："这个词出自宋玉《神女赋》，原是说女子美好贞静，加上'将军'二字，就合着了林四娘身份故事儿。这词近代已不多见用它，读起来也新奇，岂不甚好？"大家听了都是一笑。敦诚道："雪芹这回沾了我的光了。我要不叫嫂子出来，没有那番说笑，你哪能寻得这样的灵机？你要敬我一杯——"端起门杯就自饮了，敦敏道："如今纪晓岚正在为朝廷收集图书，现放着这么好的书，我们何不荐了进去，叫他编进《四库全书》也是一件趣事。"

"别别！"曹雪芹一边为众人一一斟酒，一边正容说道："我正要说这事，我是个小百姓、闲人，写书也只为给小百姓看，给闲人解闷儿。所以这书里绝不涉及军国大事，更不敢妄议朝廷大政。纪大人编《四库全书》令旨早已下到宗学了，只有经史子集、政论文论的书才能入选。纪晓岚这人并不爱《聊斋》、《红楼》这些稗官艳情的书。他有他的一套，什么都来真的，要写得煞有其事，引经据典才能入他的法眼。别看纪公诙谐风趣，他可不是前朝高士奇一流人物，那是个老阅风尘世故、深谙人情天理的经纶大臣。我也不要沾惹这样的贵人。""就是，"敦诚打着酒呃说道，"那其实是个油滑的老夫子，滑稽风趣都为了掩他的世故！如今的人在盛世里头越混越聪明。皇上圣明不让圣祖爷，可臣子呢？越看越他妈都是一群滑头！就傅六爷和讷中堂好像还有点人样子。像熙朝里的名臣如熊赐履、郭琇、周培公、赵良栋、李光地，如今横看去，怎么一群这些个！没一个及得他们的！"阿桂道："你说得太绝了，孙嘉淦、史贻直、范时捷、尤明堂、尹继善也还看得过的。""孙、史二人还算有点熙朝遗风。"敦诚酒涌上来，忙喝一口茶水，"范时捷、尤明堂两个半吊子，尹继善打打太极拳，究竟于朝事何补？当年唐赍成上书北阙、拂袖南山，大笑归去，那种丈夫气概，如今不见这样的，都成了阴柔世界，成了女人——呃！世界……像我们的长官高大舅子，还屡蒙嘉奖！鬼知道他在山东怎么'剿匪'来着。专会弄、弄女人，平白把个土财主弄到德州当盐税司头儿，和他老婆明铺夜盖睡觉，护着短，打青帮的板子。刘统勋——呃！你看他硬直，这会子准在勒逼吴瞎子不要招惹高大舅子呢——那个跑堂的叫肖路的，雪芹还记得吧？先前在高升酒家，他跟六爷当差，上楼扶着，下楼让着说——'走好您哪！'的那个家伙，如今做到五品！不知怎么日鬼弄棒槌地投了张中堂的门子，嗖嗖地升！继善上次写信给衡相，衡相给他写回信我在跟前，信里说——呃呃！肖某人既可造就，可负一方之责，给他一个道试用亦、亦可……这不又要升了！"他的酒意已到十分，敞胸乜眼、口滞舌涩，不管三七二十一，横批乱评，一笔抹倒许多当世要人，曹雪芹生恐他再说下去，连傅恒棠儿也不饶过，忙着打岔，要醒酒汤。敦诚这时已经是玉山倾颓，呜巴着嘴仍在絮叨："这世道是盛是衰谁能说得清？万种豪华原是幻，何是造孽，何是风流？曲终人散有谁留？为甚营求，只爱蝇头！一番遭遇几多愁？点水根由，涌泉难酬……砚斋老儿的诗写得真不错……芳卿嫂子，敦老三又他妈的要撂倒在这里了……"

隔一日，阿桂便北上去承德觐见乾隆，曹雪芹因宗学开教习会议，也没有去送。清早起来匆匆地扒了几口饭，帮着芳卿刷锅洗碗完就要到差应卯。大毛毛已经八岁，小毛毛只有两岁，都还在炕上挺着，听见说爹走，一骨碌翻身爬起，跳下炕就追了出去，一个搂着脖子叫"阿爹，西院罗二伯家大狗子吃重阳糕，我要！"小毛毛扯着辫子叫："昨儿你说给我买蝈蝈笼子，怎么说了不算？我要去！"曹雪芹蹲身一手一个搂着，说了许多"悄悄话"仍不管事。芳卿出来一把一个拽着，说道："就这么光着脊梁跑出来？谁冻伤风了，我不带他去逛玉皇庙会——你快走你的吧，也没见个大男人和孩子粘粘乎乎的！"雪芹方笑着去了。

右翼宗学离曹家并不远。进西直门直往东约里许地，向南踅进一个狭窄的夹道，就是宗学胡同。外边的门面只有多半间房宽，土灰色的老城砖一卧到顶，瓦檐上的黄蒿长有一尺多深，甚是不起眼，但进里边就不一样了，三进院子，中轴最大的正堂"学礼堂"，比六部大堂还要宽敞，两厢厢房也十分高大，朱栏雕板，内廊是一色的青砖地，大玻璃窗里张着蝉翼纱帷，十分阔气，这是嫡派皇子皇孙们读书的地方。从这门向西，又一处院子，房中的陈设就嫌简陋些，这是远支宗亲和前来趁读的大臣子弟读书处，再向西是乌鸦鸦一片大花园。从明礼堂大院向南两进再向东绵延，是这些公子王孙们带的家人、长随、车夫、轿夫的歇息之地，东南角另设一个大门，宽得够两乘轿对出对入——有轿有车的都从这里出入了，其实走正门的倒寥寥无几。曹雪芹进了二门，便听里头云板夹磬已经响起，满院乱追乱跑的学生把鸟笼子、马鞭子丢给家人，没头苍蝇般钻进书塾——厢房里去。丢得一院子鸡毛毽、琉璃蛋儿、石头块、泥巴堆儿，几个内务府听差的拿着扫帚扫得狼烟动地，因见教写字的教习葛效信夹着一大卷子纸站在一边捂鼻子躲灰尘，问道："不是今天教习会议的么？怎么又要课学生了？"葛效信笑道："是庄亲王给咱们刘大鼻子来了封信，说纪章京就要过来巡视宗学，说这里学生整日胡混，竟不是为上学做学问，都是冲着有狐朋狗友玩儿，或者图得那二十两月例来讨饭吃的，皇上有旨叫纪昀纠察，整顿这个宗学，叫刘大鼻子小心吃饭家伙。会议也就这码子事，课完学生才开会，无非说一声，叫我们早来点罢了。这不是刘大鼻子的老伎俩么？"雪芹听了一笑，仰脸看看，说道："天阴了，这时节雨下得容易，今日要踩泥路回去了。"说罢便进了西厢南边第二塾屋。

这里教习不同民间三家村，只讲四书五经，做墨卷，分着经、史、子、集四门主课，琴、棋、书、画四门副课。学生练琴都在西院上课，其余近枝皇亲外戚子弟七门课都在这院里上。曹雪芹专管教画，学生们爱他不拘形迹、学识广博，讲学俯拾即来、信手而拈，都喜欢听他的课。没进塾屋里头已经雅静。只听一张张宣纸展开的窸窸窣窣声。雪芹进来，学生们一齐高喊："请曹先生安！"

"各位爷们安！"曹雪芹微施一躬答道。他看了看墙上挂着的素宣纸，一笑，提起笔，在学生们早已磨好的墨池中一蘸，又在涮笔碗中略一滚动，向纸上横笔涂染，点画勾顿信手抹去，一转眼间便涂出一块爬满藤萝的卧石，藤蔓上点点缀缀或盛开，或含苞，或低垂，或昂扬绘了不少触须和小花穗，问道："这是什么？"

"石头，葛藤！"

"石头，金银花！"

"石头，薜萝！"

雪芹笑道："这是写意画，不必硬去追求藤蔓名目，心之所至，画即所现。如果留心，还可见此石是黄石头、深褐色藤茎、墨绿叶片、淡青色触须、紫赭色花朵。所以仅泼墨乱抹是远不够的，要能墨出五色，只在淡浓相宜、用水用墨、腕上着力都在正锋与偏锋上见功夫。有人画墨菊，画出来却是黑菊，像黑纸剪的窗花，就在于他不是从自然，是在那里'描'菊，就难得见好。这里腕力的刚柔，都要随心应变，才能恰到好处，其间远近、巨细、实虚都要先有成竹在胸……别小看了画石头，世上灵石顽石如恒河沙数，没有两块是一模一样的，同是一灵鹫峰，百人即有百态，谁能写出它的'灵飞'精神，就入了坐照境界。同是一块三生石，谁能绘出世外情缘，见了这个'缘'也就入了神化之境，如果绘点头石不出佛意，绘太湖石不出水意，那画儿看起来就味同嚼蜡了。从形似到坐照，出神入意除了学者自家天资，非老老实实到山野里看石头不可，你偷懒儿，老天就不成全你！"他口说手画，一张张画着泰山石、黄山石、峨嵋石和各色藤蔓爬势，都齐排挂起，教学生自家比较，又教学生画，画出来挂起讲评，学生们被他引入胜境，一个个大睁着眼听得心驰神往。突然末坐一个小学生大声问道："先生，你读过《红楼梦》没有？那上头有块女娲补天石，还有青梗峰也是石头！阿玛说，没人能画好这两块石头，你能不能给我们画个范样？"

学生们顿时一齐鼓掌，纷纷叫道："请先生示范！"

"是永琼七哥儿啊！"曹雪芹微笑道，"你看过《红楼梦》？"永琼是愉恪郡王允禑的孙子，已经袭了车骑将军爵位，愉恪郡王没有在朝办差，除了从幸随驾，不出王府一步，最是循规蹈矩的王爷，居然连孙子都知道了《红楼梦》，曹雪芹一则心慰，一则又颇不安，遂笑道："我也没见过这部书，这就难办了。"小永琼道："如今谁家没有本《石头记》？先生没听说，士大夫家无《红楼梦》，降品一级？"学生们又起哄，吵叫："先生哄我们，请先生画！"

正热闹得不堪，隔墙南塾屋里也是一片吵闹，似乎桌椅板凳都在作响，还夹着稀里哗啦碗破砚砸的声响，几个学生又哭又闹又吵又打，听不清个头绪，满院都惊动了，便听明礼堂那边有人吣吣喝喝出来，却是宗学副总管刘羽清，用手绢抹着红红的大鼻子，迈着方步到南塾屋门口，问："葛效信，你怎么了，爷们这么闹，你也不管管！"此时各塾屋里的"爷"们早听有热闹，老师们哪里约束得住？一窝蜂欢天喜地蹦跳出天井，嗷嗷叫："打架了，打架了！快看三英战吕布啰！"雪芹随着学生们出来看，听葛效信解说半天，才知道隔壁塾屋也为《红楼梦》的事惹出一场大打出手。

事情是从怡亲王世孙永琅引起的。他从家中偷了王府《石头记》抄本，上课时两手插在桌下偷看。恂郡王允䄉的二儿子弘春瞧见，又央求着借过来看，永琅心软就借了。弘春还没看完，贝子弘暕又借，却又被懿亲王的世孙永城硬借了去。永城父祖虽然势力平常，但他本人却是当今天子乾隆的亲生第四子。因懿王无后，过门兼祧的，弘暕、弘春都是在雍正手里犯过被黜的宗亲近枝，如何敢违拗这位天子骨肉？只好借了，待归还时，永琅一翻书，少了两页，追问时三人互相推诿。弘暕、弘春两个"叔叔"惹不起两个侄子，在下头互相埋怨，已经私下打了一仗，弘春吃了亏，乘着葛效信教字儿不备，一砚台飞向弘暕，却砸翻了永城的茶碗，永城料是永琅支使人报撕书之恨，当堂起身指着骂："我日你奶奶，敢暗算我！"永琅也是世宗过祧怡王来的孙子，从小骄纵惯了，回口就说："我看你不是人，撕我的书，还日我奶奶。我奶奶就是你奶奶，你乱伦！打他个乱伦的种！"于是一堂书法课顿时打成一团。

刘大鼻子听明白了，掂量掂量四个学生，自己一个也惹不起。因将火冲向葛效信："还是你这老师不地道。师道尊严，你但体尊自重些，何至于爷们就闹得这样？"骂得葛效信垂首不语。曹雪芹在旁看不过。在旁说道："刘总席说话这么没分晓，这干葛老师什么事？学生们年岁小，闹气是寻常事，不管哪个爷，也都有理管着，该教训还得教训，不然，要这宗学干什么？"

"曹霑你老实着点！"刘羽清因葛效信是允禄王爷门人介绍来的，也不敢过分斥责，雪芹一开口他便拣到了软的，立时瞪起牛蛋眼横声儿说道，"就是你没上没下不讲师道，惯得爷们都不听老师的。你有什么了不起？不就是敦老二、敦老三撑腰子么？"又问葛效信，"葛老师，你说，曹霑上回在你跟前，都说了我什么话？"众人一听又出了新题目，都把眼来看葛效信，听葛效信说道："曹芹圃说，说……你是势利眼，管不好这宗学……"

这下子炸了窝，这些皇家小子有的瞪眼，有的跺脚，兴高采烈地喊叫：

"嗷嗷——势利眼！葛效信也是势利眼、王八蛋、混账、王八蛋！"

曹雪芹被葛效信当场反戈，气得脸色雪白，傲然看着天上一重又一重压上来的秋云，许久才咬牙道："浑浊！"刘羽清被学生们臊得满脸通红，却只冲雪芹吼道：

"浑？嫌浑回你白家疃糊风筝去！"

"糊风筝！"雪芹冷冷微笑道，"无论在哪里，做什么营生，也比这地方干净！"说罢一拂袖出了二门。

森凉的风从照壁后回旋一遭，呼地把曹雪芹袍角撩起老高，暗得黄昏一样的天穹，洒落几点冷得透骨的雨点。

第三十八回　　修巨帙文人皆惊心
　　　　　　　绝奢望痴官染痰疯

　　乾隆要在热河过冬，纪昀十月就奉旨回京筹办《四库全书》。他一回北京，立即召集礼部、翰林院、都察院、国子监全体阁僚大臣和各司堂官，连着十天会议，说明乾隆"稽古右文"的圣意，布置征书筹办事宜，下令各部除常规例行部务外，所有人员全部到文渊阁分检图书，又令奉天故宫、圆明园管事、内务府，速将文溯阁、文源阁和避暑山庄文津阁，所有图书原封原装运往文渊阁，以备辑校。与会除了官员，还有一百余名致休文臣、京师直隶名流硕儒，所有翰林院的庶吉士、编修也都来"恭予盛事"。纪昀也真不畏烦难，白日主持会议，征求与会人意见，晚上就在军机章京房里写节略条陈及各种建议，一份上奏乾隆，一份发邸报，一份交誊本处，誊发十八行省所有督抚、提督、将军。每日只睡一两个时辰，饿了渴了就着点心到侍卫处吃胙肉，喝点茶就又去办事。乾隆虽然远在承德，却每天都有朱批圣谕给他，都是夜间写了，用八百里加紧，限午前送到纪昀手中，凭回执缴旨，除了每日送一枝人参过来，还特旨令太医院派三名御医轮流在纪昀跟前，有病医病，无病防病——自有清开国，皇帝待臣子如此优遇闻所未闻，那纪昀越发勤勉，连去东厕解手也是一溜碎步快走，见了熟人也都招手即了。直忙了一个月，各阁图书汇集，修书馆址、校阅誊录人等的办差规矩，乃至吃喝拉撒睡诸项事宜无不妥帖，又密密麻麻写了一份万言奏折，亲自誊录着人快送承德。此时，编纂《四库全书》的事已经成了轰动朝野的事。

　　"纪昀能办事，能吃能干能熬，十分难得！"乾隆接纪昀折子，当晚宿在高佳氏房里，就着灯细细读了，用手抚着纸道，"累得走路都打瞌睡，还肯自己誊折子，字写得一笔不苟！可见其忠忱之情啊……"高佳氏给他端来一大盘子哈密瓜，还有一盘子紫微微的葡萄，小心地用羹匙柄挑着瓜瓢,笑道:"那是皇上亲自选拔的人才,还错得了!不过臣妾也听说他爱吸烟,喜欢作践人,像个能吃能喝的粗长工。如今主子待见他,听说见人都不大理睬,主子见他,还要提携教训才好……"乾隆正拈了一粒葡萄含在口里笑着听,见是这话,立时敛了笑容:"朕该怎样如何自有朕的道理,这种事你还插口,不怕处分?纪昀这一个月办的事,换了别人一年也未必办下来。他累极了,礼数不周也是自然的。粗长工?那些不会用长工的才嫌长工吃得多呢!山东头号大业主吴老秀才招长工,第一关就是比吃烙饼,吃不进二斤干面烙饼的不收!"

他的话虽不疾言厉色,却说得郑重深沉。高佳氏顿时脸一红,忙福一福,说道:"臣妾说错了,那是女人见识。臣妾是个有口无心的人,主子最知道臣妾的,从不敢说政务。主子您得体恤臣妾这没心眼的——等下回纪公进宫,臣妾隔帘儿给他蹲身赔不是,成么?"乾隆知道她生恐自己恼了拔脚去了,听她说得可怜分分,一笑说道:"你上他下,你满他汉,你女他男,背地说话,赔什么不是?历来后妃太监干政,没个不把政务弄得七颠八倒的,朕要听你方才的话,给纪昀没意思,不就错了?祖宗这个法则,就为防微杜渐——给朕磨墨,朕还要再坐一会儿。"高佳氏顿时一颗心放下,双手捧过一方端砚,半侧着身子磨墨,乾隆见她怯生生的,也觉可笑,又笑道:"也有能吃不能干的,我在山东赈灾,见过吴老秀才开革的一长工,一脚能把石滚踢得竖蜻蜓似的立起来,让他去割麦,还不抵一个十三岁的孩子。"高佳氏笑道:"上回省亲回娘家,他姨姨家也有一个,是个大饭量,人家编了个口诀,说'大肚汉,大肚汉,能吃不能干,一顿吃了两桶饭,挑了二斤半,压得直出汗——'世界大了,什么样人都有呢!"

乾隆听了格地一笑,琢磨着这个口诀儿"能吃不能干……挑了二斤半,压得直出汗……"渐渐笑得浑身发抖,手中的茶杯也倾得半斜,说道:"这个词编得有趣!这样的臣子朕也不要——笑出一身汗来,好轻松!"他站起身,两臂平伸,大大伸展一下,盘膝坐在炕上小卷案前,高佳氏忙又跪着替他加一盏聚耀灯。在橘黄色明亮而柔和的灯光下,乾隆显得格外气定意收,拉过纪昀的奏折本子,在后边敬空处写道:

文人著书立说，各抒所长。或传闻互异，或记载失实，固所不免，果其略有可观，原不妨兼收并蓄。即或字义触碍，如南北史之互相诋毁，此乃前人偏见，与近时无涉，又何必过于畏首畏尾耶？朕办事光明正大，可以共信于天下，岂有下诏访求遗籍，顾于书中寻摘瑕疵，罪及藏书之人乎？若此番明切宣谕后，仍似从前畏疑，不肯将所藏书名开报，听地方官购借，将来或别有破露违碍之处，则是其人有意隐匿收存，其取戾转不小矣！此批誊清转张廷玉、鄂尔泰阅，即行明诏颁布天下周知。钦此！

写完在灯下又浏览一遍，满意地说道："你这墨不但香，还带着宝色，字看去就精神多了。纪晓岚一笔好字，朕不能叫他暗笑了去。"想想，又提笔另拉一张纸，写道：

诸事既备，尔可稍事休息，至少不可少于三日。任事都不必去理他。劳乏过度，最易心血短缺失眠，所以要补些。着人赐些当归与你，鸡汤熬好，每晨服用。朕盼下次见尔，仍旧武人气概，灯下又及——长春居士

从怀中取出一方小玺，钤上了，交给太监，说道："叫傅恒过目，立刻发纪昀！"

次日上午辰时，明诏已到纪昀之手。皇帝关怀，情辞恳切，刚上一点乏意的纪昀立时又全无睡意，督着上书房、军机誊本处的吏员立即发往各省，因思两江浙闽等处民间图书最多，又赶着给尹继善写信，和着诏旨一同发出，自忙到天色断黑，嚼了一盘胙肉，喝了一杯酽茶，然后倒头便睡，顷刻之间军机章京房已是鼾声如雷。

五日后明发诏谕即到南京，尹继善当庭拜了黄匣子，打开诏文读了读就放在一边，叫人去请巡抚范时捷、布政使道尔吉过来议事，自己便拆看那信，信写得不长，前头报圣安，寒暄数语，后边切入正题：

兹事浩大，仆惟竭愚公之志耳，两江江浙人文之地，家有图书插架琳琅者不可胜计，散征民间版籍，正宜借重吾公。公原命赴两广之任，今上已有两番诏谕驳回部议，以资熟手。万不可存暂任之心，怠忽轻易，则必失圣望。惟征书一事，查借私藏，或靳矜惜爱，或畏惧后祸，此亦不易强索，惟以善言导之，规以圣意劝其慨借，善本宜购者以金赎，余皆以印信借据用后璧还。此亦清风俗正人心之大事，弟惟勉命从事，所虑者左右助力者乏人，仰兄留意体察人才，荐之库馆备用，匆匆无任感激。

看罢方折起页子，即见张秋明甩着步子进来，十分利落地向尹继善一躬又一揖，脸色又青又白，一丝笑容也没有，径自站在签押房当央，说道："司里差事弄不下去了，请制台主持公道！"

"哦，弄不下去？"尹继善翻起袖里子，双手捧诏书小心翼翼放进匣子，又把信折起塞进袖子，看也不看张秋明一眼，说道，"——所以你又来找我？如今你成了我的一块臭膏药了，贴上要寻我的事了？"张秋明冷笑道："制台是江南王么！有您撑腰作对，下头人谁还听我的？您就要走的人了，横身儿和我们属下打别扭，这何苦呢？再说，'一枝花'一案，是我臬司衙门主办，如今下面厅里的司员都径直向您汇报，把我这按察使倒撂在一边，今年刑部的案汇叫我怎么写？"

尹继善看着这位整日寻事的下属，半晌突然一笑，说道："你天天来说'一枝花'，其实当初这案子最早是交给你的，你没有理嘛！我忙极了，只想告诉你，你没有一个字说对了！这是总督衙门，所有江浙两省的军政、民政、财政、学政、法司，没有我不能管，没有我管不到的。你是听参的人，还是本分一点，晓得一点上下之礼。从明日起，我的戈什哈就要把你拦在仪门外——真奇怪，我怎么会选了你这么个人来做臬司，想起来就羞死了！"自从上次当众龃龉，这个张秋明突然变得疯了一样，三天两头来缠尹继善，有时连会也议不成，尹继善也只是耐着气儿冷冷打发他回去，今日第一次发作，连一句脏话也没有，却字字如刀似剑，若冰若霜，旁边站的戈什哈都听得心里发毛。张秋明也被他激得打个愣儿，说道："你——？你不见我？就是张衡臣，他敢说这话？"

"他不敢我敢！我立时要见巡抚，藩司们议事，你请驾吧！"

"我不走！你侮辱士大夫！我要辞职！"

"你就是这一套，我看你少来我这里，多去瞧瞧郎中，恐怕你有失心疯病儿。"尹继善冷笑着起身端茶一啜，拔脚就走，头也不回说道，"我到西花厅议事，张大人愿走好生送，愿留好生看茶，不许慢待。他有病！"众戈什哈一个个绷着脸暗笑，纷纷答应领命。张秋明气得癫子一样，口中叫着："你小尹才有病，你才发疯！"一边向外扑，早已被两个戈什哈架着拖回来，往椅子上一搡，道："您大人安分着点，别叫我们做下人的难为！"

此时恰范时捷、道尔吉从仪门进来，后头还跟着刚从北京赶来的刘统勋、黄天霸，道尔吉前头先导，揖让着刘统勋进月洞门，听见这边嚷嚷，都偏过头来看。尹继善已走上花厅台阶，又回步来迎，笑道："那是个官场失意、痰迷心窍、百药不入的人，理他做什么！前脚接傅六爷信，后脚延清你们就来了，好快的腿子！"刘统勋知他说的是张秋明，便随着走进花厅，落座接茶，说道："在承德皇上召见，说起过这人，皇上说，隔山拜佛不敬佛，到他当宰相，无山可隔，就好当曹操了。把他贬到广州九品县丞待选，重新拜起！"说得众人都笑。尹继善见黄天霸垂手站着，指座儿道："天霸已是天下第一名捕，还和我闹客气！"黄天霸才揖手斜签着坐在一边。

"纪晓岚这一次算是造起一个大声势，他大不易！"范时捷是个一喝茶就出汗的人，摘了大帽子揩着前额道，"不过我心里还是犯嘀咕，天下图书都收，都用车送北京，怕紫禁城也盛不下。还要看，要删要改要校要编，那是多大一部《四库全书》？"刘统勋笑道："那是你读圣谕读得不仔细。不是见书就收，是要珍版秘藏，不然，北京城腾空也盛不下。饶是这样，文渊阁里现在书堆得已经没有插脚地方了。"尹继善用扇背轻拍手心，莞尔一笑，说道："这部书大得很了。我粗算过一笔账，修编学者没有三百人，缮录人少了四千，没有二十年工夫此事办不下来！什么《永乐大典》，又是《古今图书集成》，比起来都成了这个——"他伸出小指甲掐了一下，又道，"不过咱们还说咱们的正经事吧。天霸，你见过这里巡捕厅江定一没有？"

黄天霸听他讲说，修一部书要费这么大精神气力，心里正惊讶嗟叹，被这位思绪敏捷的青年总督兜地一转问到了案子，怔了一下才道："标下已经见过江头儿，还有马总头也见了。这个案子江头儿只打外围，真正进'一枝花'风水地里蹚的，全是退休的老衙役。当初离南京我还心里别扭，后来越看刘大人和尹大人的决断，真是人神不测！'一枝花'现在燕子矶、老故宫、虎踞关和玄武湖北机房屯四处香堂，有香众约两千三百人上下，灵谷寺南屯旧五通庙处设有一座总堂，总堂管着全省十三处香堂，南京的四处只是代管，总共有在堂徒众一万四千名，敌情就是这样。"

"'一枝花'呢？"刘统勋边听，目光游移不定，似乎在搜索着什么，问道，"这些香堂里都有我们布的眼线么？"黄天霸道："总堂和南京各香堂都有，下面县里有的有，有的没有布线。有的县香堂只初一、十五聚半个时辰就散了，诡秘得很。燕入云再三打听，他也真费了心，'一枝花'似乎确实不在金陵了。他心绪很坏，找不到'一枝花'想自杀。也要防他访到'一枝花'后通敌逃走，我两个太保跟着他就为防这一手。朱绍祖和梁富云都是精干人，失不了事的。"道尔吉已听过江定一汇报几次，略知案子头绪，便道："像燕入云这样的，干脆补进你的太保里头，有功名系着他，就不会跳槽儿了。"黄天霸笑道："爷不懂江湖里的事，十三太保变了十四太保就不香了。像燕入云，也是无可奈何才跟了我们。与其用功名诱，不如鼓动他报仇，杀胡印中来得实在。但也可用功名虚诱一下，我还想请示延清大人能否接见他一次？"刘统勋道："我们就不用见了吧，待他立功之后再见如何？"

尹继善知道刘统勋是自矜身份，想想也有道理，又怕黄天霸失望，遂道："不妨先委他一个千把总，且在你底下办差。待这案子有了眉目再见他不迟。他现在还是个没有身份的戴罪囚徒，善听善见，于朝廷体面有损。"刘统勋道："元长，照天霸方才说的，江南省匪情已经清楚，我看可以动手剿了。只是点点线线的太多，要一齐动手，一夜之间全部拔除，单靠巡捕厅是不成的。我看可以让天霸主持，驻江南各地绿营兵

来一管带，会议一下，同一日动手，这样可免消息走漏，元长以为
如何？"

"这个不必。"尹继善两个铁胡桃在手中刷刷地转着，沉吟道，"'一
枝花'在各地香堂原都有明摆着的，不过仗些邪道法术，或驱鬼逐狐，
或跳神祛疾，哄着愚夫愚妇入会。这一万多人断不能按逆匪对待。不小
心激出大变，反而更不美。我赞成全省同时行动，但最好不要开会，用
我的令箭。咱们商量好了，某日某时同时发往各县，只叫驻军戒严待
命，还由各县捕快去，只把各香堂为首的缉拿起来，出告示令其余入会
人到官衙自省首告，他们摊子坏了，再窝里炮，没有个能再藏身作乱
的。南京这几处声势可以大些，动一动兵助威，香堂里要紧徒众一体擒
拿，然后取保待勘。不然监狱就挤不下了。"他拉开壁幕，口说手指，
哪一处关防由哪一部行伍负责，何处关隘道路应如何设卡，都一一指示
详明，笑道，"延清来信，我就想这事了。只要一开会就走漏风声，这
种事要迅雷不及掩耳去做，又要持重有节，平平和和地办。太平了多少
年，一下子各地大兵进宅，各城戒严，平空添些戾气出来，于人心不
利。延清兄您看呢？"

刘统勋钦佩地看着这位气度雍容的总督，刚进中年的年纪，却早已
开府建衙，十几年任方面大员，两代皇帝对他荣宠不退，笑道："替你
地方想得不周了，元长请谅解，这个策划我看无可挑剔。天霸，学着
点，过去有个李卫，是缉盗总督，政治上肯采人言，自己却粗疏无学，
元长这是从经书阅历里得的大道大学问，你不容易！"尹继善道："身在
此处，不得不然。江南是朝廷的粮库、钱库，又是人文盛地，要越太平
越好。天霸，出力的事交给你了，延清公和我坐镇总督衙门，专等你的
捷报。这个差使办好，我和延清合扒保你个副将！"

"谢尹大人、刘大人抬爱垂青，刘大人的训诲标下都铭记在心里，
永志不忘！"黄天霸又是感激又是佩服，更是激动，"黄某是一个开镖局
走江湖的，能得二位大人如此知遇之恩，万刀加身不足为报！只是如此
一办，标下深恐易瑛等人畏惧网罗远走高飞，将来缉捕不易，实是终生
之憾！""这个不要紧，"刘统勋目中幽幽闪着绿光，格格一笑，说道，
"在承德我向皇上恳切地奏过。皇上说，'稳住大局，拔掉江南大患，比

什么都要紧，你拆了她的庙，她就得当走方和尚！世上事有的怕打草惊蛇，有的就要打草惊蛇！朕就要看这女人在这一朝能弄出什么名堂。朕要活的"一枝花"，瞧她是个什么三头六臂的妖精！她没有根子，充其量不过是个逃犯，哪个县的衙役都能办了她！'圣上有这旨意，我们可以放胆做去。"

几个人聆听乾隆的话，早已都站起身来，尹继善道："圣虑高远！就照这旨意，咱们尽力而为。"刘统勋笑道："你们还有事，我不再打扰了，和天霸我们回去合计一下，再来请你的令箭。"说罢辞出去，因见张秋明背着手仍在签押房里转悠，刘统勋招手叫过戈什哈，说道："告诉张大人，尹继善留任两江总督，不去两广了。见面日子有着呢！请他回府，不要扰乱公务，实在想不开，到驿馆来见我刘统勋。"说罢向送行的尹继善一揖去了。尹继善也不理会困兽一样红着眼盯自己的张秋明，道尔吉打心底里腻味张秋明，一落座便道："这种人在我们蒙古叫老牛皮筋，什么样的宝刀都切不断的，部落里出这么个痞子，老人们一商议就砍死喂鹰去了。和他客气什么，皇上有旨意叫他去当县丞，我明天就给他放个缺，挂牌子叫他滚蛋！"

"汉人也有叫痞子，或者叫滚刀肉。"尹继善绝不生气，摆手请二人坐，笑道，"器量也是本领，还是等着部里票拟来了再说。"范时捷道："说怕他去寻刘统勋的不是，那太失金陵官场的体面。"尹继善道："刘统勋一辈子专门对付这种人，刀下不知死了多少。他真敢去，未必能像我这么客气——咱们议一下征借典籍的事吧！"

范时捷吁了一口气，总督和巡抚不是上宪下属，总督偏于军政，巡抚则偏于民政，征集图书当然是他的差事。想了想，说道："我自问才力，断然不及元长万一，所以还是唯你马首是瞻。征书已是天下皆知，但各省都还没动，一是借，是书主自己来报，还是官府去登门借，'借'就有还，借据怎么打，谁打？借来书交给谁，又怎么交，将来怎么个'还'法？有的是珍版，借要有押金，购要有购价，这书价怎么评，怎么量，银子从哪项开支？还有，哪些书征借，哪些书不征借，也都要有个细则章程，高低宽严都要得宜。这件事看似容易，办起来棘手烦难呢！""老范说的是。"道尔吉道，"比如我，已经有信儿，票拟离任出缺。没有章程，连银子也不敢批，批了我再一走，就变成了亏空。有些书是很值钱的，卖到万金以上的宋版书我都见过，还有个古董鉴别的事儿，该由谁来办。我说心里话，制台不妨委员直接到藩司，专办这差使，要怎样我都没有说的。要依着我的本心，宁可等，等别的省，有了成例，我们也好办。"范时捷笑道："老道怕亏空啊！现在早已有人闹起亏空来了，你担心个什么？"道尔吉道："我也没那个担待，朝廷征书我来担亏空，也没这个理。"

"不要说笑了。"尹继善看看表，一笑即收，松快地透一口气，"征书其实是件极难的事，因为是'借'就有个两厢情愿的事，不能搜，不能抢，不能硬。可又不能软，不然没法向皇上交代。我同意等，等外头各省成例。但等也有个学问，是呆子等烧饼，傻看，还是搭棚子歇着凉儿等？方才说了许多许多的繁琐事，归根儿是要有人专管。我看，江浙两省各设一个局，就叫征借书局，各县一个支局，专差专办。叫他们慢慢琢磨章程，观看邻省有什么成例，再听朝廷有什么旨意，我们进退就缓松了。"

这个"进退缓松"的办法还没详加说明，范时捷和道尔吉都已透彻领略：这其实已经是个敢为天下先的行动。朝廷催省里，省里催局里，不催，不过养活几个闲人而已。办得好，自然督抚藩台受褒扬，办得不好，自也有地方委罪，两个人悟到这一层，一腔烦恼皆化作乌有，顿时都眉舒意展。这其中有"雷声大雨点小"的用意，更是彼此心照不宣，范时捷笑道："罢罢，我是服了你了！明儿就办！"道尔吉道："就请范中丞委员，我也委个副手。不过'征借'名目嫌着硬些，不如叫个'采访遗书总局'，下边叫支局或分局，听起来礼让温存些。"

"好，就叫采访遗书总局！"尹继善从谏如流，立时一口赞同，"这样办事就方便了。"他起身转悠着，只是手中团团转那铁胡桃，眯着眼仍在深思：采访遗书修《四库全书》，屡次诏书他都细细读过，"稽古右文"是文治第一事，能在里头有所建树，是文人莫大功德。但说"采访"，谈何容易！庄廷鑨文字狱案是久远了，朱方旦邪说一案波及不广，也不去说。戴名世《南山集》一案才过去二十余年，一道旨意下来，三百余家文人祸从天降。雍正朝各派党争中文坛波起，又掀起汪景祺逆书一案，陆生楠诗案，钱名世谀颂年羹尧一案，查嗣庭诗案，更有吕留良、曾静、张熙，逆书逆案，轰动天下、震惊朝野。雍正帝亲自挥毫写十万余言《大义觉迷录》颁布学官，戮骨、斩首、凌迟动辄百数，侥幸活下来的钱名世，人虽免死，被雍正赐匾"名教罪人"悬之族门，每逢初一、十五，地方官来检阅悬挂情形，这些事都是当今文人亲眼目睹，寒胆未温，如今又要征借，谁敢贸然"借书"给乾隆看？尹继善还有更深一层的忧虑：他自己也是著声海内的文人，江南风雅领袖，他的藏书楼里就有不少宋版秘籍。哪些该缴，哪些不该缴，一时也难决断，有些书不检阅一下违碍语，是绝不可交给这个纪昀的。深思良久良久，尹继善抽着冷气说道："局子立起来，先请几位老夫子把我们大员们的存书先看阅一下，把没有忌讳的书先送上去。近人今人的著作尤要留意，有违碍言语的暂时一律不送。伤风败俗的书该查禁的也要这个局来办，文运关乎国家气数，也是盛世之风貌，我不愿江南官场出事情，也不愿文场出事情，要给皇上帮正忙，不要帮倒忙。"

范时捷和道尔吉虽然不知道这一刻间尹继善已动了这么多的念头，但从他沉甸甸的语气中隐隐觉得这件事分量极重，历来朝廷说话不算数，文网一张先诱后杀的例证范时捷见的比尹继善还多。

刘统勋回到驿馆，召集自己带来的随员和黄天霸的十三太保，就把总督衙门议决的事向下安排部署。要黄天霸主持详定破案规划，自己掌灯另坐一桌看当日从北京发来的廷寄内谕和邸报。先浏览邸报，说孙嘉淦和史贻直病重，已向乾隆上遗折，乾隆自热河派身边的御医星夜回京诊视，并带恩诏加意抚慰。又说纪昀回奏各省征借图书，奏请户部拨专项银款发省台资用，还有勒敏新到云南铜政司，各矿今年采矿炼铜比去年增加一成，有旨调十万斤精铜到南京铸造制线，并命江西铁矿局拨精铁三十万斤，亦交南京藩司，为兵部铸二十门红衣大将军炮。又有刘统勋为黄天霸请功奏折，旨意着交部议……接着看傅恒发来的廷寄，恰黄天霸一干人正议破案日期，计算各地文书到达期限，众人七嘴八舌说得热闹，刘统勋不禁抬头看了看。黄天霸忙道："大司寇，扰了您了，我们到耳房去。"

"不用了，不碍，这边还是机密些。"刘统勋无所谓地一摆手，"我插一句——本月二十六、二十七都可，只要机密——谁泄露，无论有意无意，我刘某灭他九族！"说罢又拆看一个火漆通封书简，却是讷亲亲临刷经寺驻节大营，慰问大金川将士，会议来春进军计划，并请调拨过冬军衣、军被、油衣、皮靴、毡幕、砖瓦、柴炭、干菜，连锅碗瓢勺一干细物都开列成单奏上来。因见后边有朱批，刘统勋忙坐直了身子，看时却是：

> 转刘统勋一阅。讷亲差使终于上了手，朕甚喜甚慰，预备得把细些终归是好，金川此役宁可慢些，决不宜复蹈败辙。致朕蒙羞，讷亲尚可治乎？此件亦转尹继善看，采购之事由他办，钱从勒敏处调拨，刘统勋的军机帮办身份督他从速办理。另告，岳钟麒已移松潘，以川陕总督视事，归讷亲节制。钦此！

因见下面还有一行小字，忙戴上花镜细看，是乾隆蝇头小楷写着：

> 皇后亦甚惦记汝，赐貂裘一袭，行将驰送。你小主子要一件民间百衲衣，你可代主子娘娘留心物色。

刘统勋想起那年元宵节前富察娘娘特意赐自己鱼头豆腐汤的往事，心头一热，眼眶一红，忙又收摄心神，闭目思量着写回奏谢恩，又想着孙嘉淦、史贻直同气之情，也要写信带进京去。正打腹稿，驿丞已掌上灯来，众人忙都住口，那驿丞一手提壶，往各灯盏里添油，口中道："张臬台来了一会子了，坐在门房里不走，说刘大人召他来的。大人们都还没吃饭，要不要稍歇一会，见见张大人？我看他有点神不守舍的神色……"刘统勋立时勃然大怒，腾地红了脸拍案而起，却又按捺住了，说道："西耳房见他！"

驿丞答应着出去，刘统勋交代众人："按方才分的差使，拉开摊子各自拟出细则，回头交我看。"一提袍角便出来，径到西耳房来。却也不肯失礼，铁青着脸，阴沉沉吩咐上茶，问道："老兄夤夜枉驾，有什么事体？"说着，灯下细审张秋明脸色，只见他颊上薄晕潮红，目光呆滞如醉，顾盼间头摇身动，仿佛头重脚轻的模样，遂问道，"老兄是刚吃过酒么？""不不不，没有没有！"张秋明一惊一乍说道，"卑职从不吃酒的，从不吃酒的！尹继善才是最爱吃酒，还有范时捷、道尔吉，不但吃酒，而且看戏。南京的名角他们请遍了，有时在石头城那边，有时在莫愁湖——长江岸燕子矶一带也常去！"刘统勋万不料他如此饶舌，听他还要继续说尹继善"吃酒"，辩解自己不吃酒，不耐烦地问道："你来见我，就为说尹元长吃酒？"

"对，啊不！"张秋明闪着眼道，"我听说大人叫我来的，来会议'一枝花'的案子！"

"谁告诉你我要议这案子？"刘统勋陡起惊觉。

"你呀你呀！"张秋明放肆地指着刘统勋的鼻子怪声大笑。笑得刘统勋身上起森儿，下意识地摸一把鼻子。张秋明更是笑得弯了腰，吭吭地咳着，又道："你还是个当世包公！忘了我是臬台，比皇上忘性还大呢——我来告诉你，臬司就是按察使，按察使就是管这一省刑名案子的……"

刘统勋早已起了疑心，见他眼睛又白又亮，兴奋得直喘气，口边说得白沫流出，料知是失心疯，又是恶心，又有些怜悯他，遂道："请你回去，寻个郎中瞧瞧吧。少想差使，少想官场是非，心静下来就好了。""大人这话不对了！"张秋明道，"我吃着俸禄，怎么能不想差使，怎么能怕是非呢？尹继善，哼，别人怕他，我不怕！我早就认得他，盯住他了，江南的银子垛成山，他能干净？我都记在小册子上头！刘大人，我要请你看册子。咱们——"他诡秘地左右看看，"咱们一道儿上折子，弹掉他，你就是第一臣，我是第二臣！咱们共保龙主！"刘统勋本还有点可怜他的心思，听他行为如此卑污不堪，倒觉自己愚得可笑，和个疯子坐地理论谈心。正思考应付办法，如果顶着，越顶他越上劲儿，不如吓唬他，连吓带哄送鬼出门为妙，遂格地一笑，说道："你果真有心计，登龙升官有术！傅六爷有信儿，要调你军机处当军机大臣呢！家里要是有图书，你可要小心拣看一下，防着有违碍忌讳的，叫尹继善抓住把柄，什么军机大臣，也就泡汤儿了！"黄天霸那边的人都支耳朵听着，刘统勋如此严肃的人也能这样捣鬼，都不禁暗笑。

"好！我要当军机大臣啰！"张秋明一跳老高，连蹿带蹦出院往外跑，双手张着叫，"军机大臣就是宰相！我和张廷玉一样了！——违碍不违碍，我都一火烧了！啊……哈哈哈……"

他像跳独脚高跷似的一纵一蹿，消失在黑乎乎的夜幕中。远远还听他在暗中高叫："尹继善！你等着瞧……我这就把你削掉，拔你的花翎，剥你的黄马褂！哈哈……"

"猪……"刘统勋咕哝一句，回到了上房。

第三十九回　机事不密易瑛漏网
　　　　　　　军务疏失庸相误国

　　张秋明突发疯癫，公然在街上吵叫出"两省齐发兵，剿灭'一枝花'"的话，第二天不到中午刘统勋已经从尹继善处得知，顿时大吃一惊，又悔又怒，不合招惹一个疯子，弄得成局又乱。他一边下令由近及远分头行动，立即围剿各处香堂，又命立刻将张秋明锁拿总督衙门拘禁；命黄天霸带上燕入云一道去臬司衙门绘制"一枝花"、胡印中、雷剑、韩梅、唐荷、乔松等一干首领图形，速发各地方官张贴缉捕。尹继善也不免着忙，出牌子，下令箭；命四城关闭，严加盘查过往行人，宁可错抓，不许误放；又令监狱释放轻罪犯人，取保监护，腾出房子预备装人。刘统勋也不回驿馆，和尹继善商定，尹继善写弹劾张秋明奏章，刘统勋写自劾奏章。计划得好好的事，被一个张秋明搅黄了，二人心中不快。

　　黄天霸和燕入云在臬司衙门看着几个丹青好手绘完海捕图像，出来时已是天色麻黑，却不知什么时候已经阴上来，走不远便零星洒下雨珠儿，不一会儿便是膏雨满城。黄天霸见燕入云一副无精打采的样儿，笑道："城已经封了，现在缇骑四出、金吾戒严，只是等消息罢了，不如寻个小酒肆，我们兄弟小酌几杯，再审看他们提来的人。"燕入云懒懒指着前头一家酒店，说道："这个纪家店我常来，店虽然小，买东西实惠，也安静，就这里吧。"

　　于是二人一同进店，果然门面不大，两间前店只摆了四张桌子，都点着豆油灯，因四壁裱糊了素纸，映得屋里十分明亮，稀稀落落只有七八位客人，有的吃饭，有的吃酒闲谈。店伙儿一见燕入云，像夜地里捡了元宝，挥着搭布巾笑得弥勒佛似的颠着迎过来，说道："哎呀燕爷！可是有些日子不来咱这小店了！我们老板老板娘直犯嘀咕：没有得罪您燕爷呀！怎么不再来了呢？……""上两壶酒！"燕入云只呆着脸点点头，坐了角落的一桌，吩咐道，"照老例子多上一份就是。"那伙计一哈腰笑着答应，转眼便端过一个托盘，一盘扬子江鲤鱼、一盘黄焖鸡、一盘爆香菇和一盘红椒炒素菜，又外加一盘五香花生米。说着"爷们请！"

"入云。"三杯热酒下肚，黄天霸见燕入云始终闷闷不乐，一边斟酒，一边微笑道，"我弄不明白，你是怎的了？一天到晚像死了老子娘似的哭丧个脸。我拿你当兄弟哥子，下头太保们敢不敬你？我寻思不来，你刚投诚，就授了千总，刘大人、尹大人也没屈待你呀……要是说还惦记着易瑛——我看准是这个——你就更无必要的了，就算她不是逆犯，她爱你么？人家想的是姓胡的！寻姓胡的算这笔账，那才是真丈夫。她其实已是四十多岁的人了，其容貌不过靠邪术维持着，她能一辈子美如天仙？说老，一晌就老！她的案子别说你我，就是六爷、刘大人、尹大人一齐来保，也逃不了个活命，你又何必作这痴心妄想！没听人说十步之内有芳草，凭你这本领、相貌，什么样的婆娘弄不到手？我劝你死了这份心，死心塌地求个地步儿，这是条实实在在的路！"燕入云一边听他娓娓譬讲，一边默默吃酒，许久才长叹一声，已是落下泪来："我也是个门阀人家，又有一身功夫，跟了她十几年，功名富贵连想都没想，只求她心里有我。看去似乎于我情分上也重，只是个虚的；来了个姓胡的，我就觉得心在他身上了。我只盼再见她一面，问问这个缘分是怎的一回事，姓胡的一个臭庄稼汉土匪，到底有什么好……"黄天霸笑道："你还是放不下她不是？是你见识太小。我也见过姓易的，水蛇腰大屁股，一双大脚片子，样儿好瞧么？明儿我带个人给你看！"

燕入云拭泪雪涕叹道："也不单是这一条，我姓燕的横走五湖四海，天下有名的响当当汉子，一个不留神落网，出帮卖主，带着官兵讨伐旧门。这个筋斗栽死了我！江湖上有风声，无论哪一门，都在悬金要我的人头，我……成了不忠、不义、不仁、卖友求荣之人……我是完了……"他仿佛不胜其寒，连说话的声音都颤抖得厉害，用热气哈着十个苍白得没点血色的手指，目中满是忧郁、恐怖和无望，盯着店门口悬着的那盏灯，那盏灯好像就是他自己，通灵性似的在深秋的凄风苦雨中晃动着，滴溜溜打着转儿，连黄天霸也突然觉得惊悸不安起来。

"你有这份心，为什么不去救易瑛？"邻座一个人突然插口说道。

黄天霸和燕入云同时大吃一惊。那人就座儿转过身子来，灯下看得分明，居然是雷剑。她身着灰府绸夹袍，套着一件古铜色套扣坎肩，用讥讽的目光盯视着这两个男人。她身后几个大汉也都站起身来，几乎与此同时，外边幽暗的灯影底下，内店影壁后，十几个穿蓑衣的汉子也都倏然跳了进来，将他二人围在壁角，怒目相向。惊怔之余，燕入云才看清为首的是雷剑。豆大的冷汗珠子立时渗出额头，强笑道："啊是……是雷妹子啊……你们你们……教主呢？胡大哥，你……你也来了！"

"把刀交出来！"雷剑压着嗓子喝道，看着两个汉子解下了他们的腰刀，冷笑道，"今日我们找你找了一整天，想不到桶还落进井里。黄天霸，把令牌交出来！瞧着有方才那席话的分上，出城我放你们回来！"黄天霸腮上肌肉抽搐一下，挑着剑眉略一思考，冷笑道："哪有带着令牌到这地方的？野丫头不通世事！"

"那就请你带我们出去。"

"没有令牌连我也出不去，你们不是能呼风唤雨，腾云驾雾么？不是会飞檐走壁么？要那个东西干什么？"黄天霸临战经验极富，愈是身处危境愈是镇静如常，一边琢磨着脱身，脸上毫无惧容，说道，"请你们教主出来，我有话要说。"

雷剑没有理会黄天霸，刀子一样的目光盯着燕入云，说道："快说，全城几时行动？出多少官兵？易教主现在哪里？"黄天霸见燕入云闭目不答，料是他也在思量逃脱办法，遂道："你问得奇！你们教主在哪里，该是我问的话——"话未说完，胡印中早一巴掌在他左颊上打了个脆响："闭住狗嘴！你这给狗当奴才的奴才！"黄天霸绝不反抗，呵呵笑道："今日落到你们手里，还有什么话说？你们把天霸碎剁到这里，我也自觉比贼子逆匪高贵些！"雷剑只是追问："易主儿现在还在南京？她在哪座香堂？姓燕的，你不说，姑奶奶叫你死不了活不成！"黄天霸便用脚轻踩一下燕入云脚尖。

"好，我说——"燕入云狞笑一声，双手在桌下托桌子暗暗用力，那桌子竟像活物一样腾地弹起老高。黄天霸绝不迟疑，袖中两包石灰粉和着六支袖箭只在一眨眼间便撒了出去，屋里顿时漆黑一片，弥漫着的浓雾呛得人一片咳嗽声。

胡印中早已知这二人奸狡异常，想不到这么多人贴身威逼着，竟然敢突施奇袭，见黄天霸扬手，便大喊一声："雷剑小心，暗器!"劈刀向黄天霸抹去，却碰在一只瓷碗上，稀里哗啦一阵响。人人蒙头闭目，只见人影幢幢，呼喝之声不绝，却谁也不敢乱用兵器，便听有人呻吟："打着我了!"有人叫："这是什么，粘糊糊的? 啊，血!"雷剑叫道："都不许嚷嚷! 把灯点上——他们上了梁!"她扬手就是一镖。胡印中听燕入云"哎哟"一声，举刀上搠时，听房上屋瓦"哗"地一响，燕入云已破屋而出，鱼跃上了房顶。胡印中用刀猛地抛戳上去，却被黄天霸在梁上"当"地一格，顿时火星四溅。黄天霸身上似乎有打不完的暗器，一手用刀支吾抵挡下面的刀棍飞镖，一手不停地居高临下挥洒。打得下面鬼哭狼嚎，往桌下柜后乱钻。那燕入云在房顶上跳脚大叫"反贼! 纪家店里有'一枝花'党徒! 快来人呐——"顿时便听远处、近处大锣筛得响成一片，巡街的兵卒打着一串串灯，火蚰蜓一般急速向纪家店方向游动。马蹄声、斥令声，风雨中脚步踩在泥地上的叽叽声混成一片，给南京城的深秋雨夜凭空增加了几分恐怖和不安。雷剑眼见徒众们一个个都乘机夺门溜了，见胡印中还傻乎乎的和黄天霸厮拼，一跺脚道："快，石头城上我们有人接应!"拉着就跑。

黄天霸和燕入云一个从房上跳下，一个从屋里跃出，此刻满街都是火把灯烛，到处都是人影，哪里还能见到雷剑的影子。黄天霸见官军缚住五六个人，喝令："全押到总督衙门! ——入云，带上人——你看我的徒弟们都来了，到石头城上去!"燕入云暗地苦笑一下，答应道："走吧!"

雷剑拖着胡印中躲避着搜捕的官兵，在迷魂阵一样的巷道里钻来钻去。她机灵得像燕子，滑得像泥鳅，几次被官军张着，都闪避逃开了。他们不往石头城方向，径直向燕子矶一带逃去。

此刻的雨已经小了，西风还在一个劲地吹。寂寥的高堤上栽满了子孙槐，丛丛灌木黑黝黝地伸向不可测的暗夜深处。长江涨着秋汛潮，黑地里看不清水色，发出不间歇的咆哮声。一浪涌一浪地向坚实的大堤拍去，溅起一人多高的水花，在空中散去，落下，顷刻又重复一次，击得堤石都微微撼动。举目四望，只能绰约看见码头上由泊船里闪烁出明灭不定的幻火。那子孙槐柔韧的枝条，在风雨中时而被刮得压倒扫地，时而又挺起湿淋淋的身子。除了风声、雨声、浪涛声和秋叶颤抖的簌簌声外，几乎什么也没有，整个世界都在它们的喧嚣之中。

"现在怎么办？"胡印中见雷剑娇小的身躯裹在猎猎抖动的袍子里，缩着肩躬着腰，忙脱下袍子给她加上，歉疚地说道，"雷妹，别怪我，我是想救易瑛一次，恩怨扯平，不然我们这辈子心也不会安宁。要听你的话，不至于吃这么大亏。他们捉去的都是小角色，回头我们再设法救吧……"见雷剑不言语，胡印中料是她仍暖和不过来，拉她斜靠在一个避风的树窝子里，让她偎在自己怀里，拢着她一头湿软的秀发，继续说道："我是个笨人，没心思，被世道逼得走黑道，走到这一步儿，并不敢怨命——也总算见着了世面。现在我也想了，咱们避得远远的，找一个有水、有柴的山窝儿，我会种庄稼，你也学会了织布，谁也不来往，咱们自种自吃，将来我们有了崽儿，就过好了……"

雷剑气息微弱地哼了一声，胡印中摸了摸她额头，不禁全身一颤，说道："雷妹，雷妹！你烧得厉害！是凉着了？"雷剑这才从半昏迷中醒转来，见是在胡印中怀里，满意地笑了笑，说道："胡哥，你的话我恍惚中都听见了……我高兴，真的高兴……我肩上着了姓黄的一镖，流血太多……这地方，这地方不能久留，不安全，要走……"胡印中一摸她腋下，果然又粘又湿，这一惊非同小可，"唏"地撕下裌子前襟替她隔着衣裳扎好。说道："先找药铺子，找郎中要紧，走！"就抱起她在怀中。

"不是找药铺子、郎中要紧，是找藏身地方要紧……"雷剑呻吟着说道，"去，去见步虚……"胡印中道："那不是我们自己人，我料着曹鸨儿他们还未必出事，到她那里去！"雷剑道："步虚不是我们一伙，也不是朝廷的人——为着他自己安全，会收留我们的……曹鸨儿太爱钱，靠不住……再说，我不想再跟易主儿，你是知道的……"

胡印中什么也没再说，抱着雷剑，沿着堤顶着风向西，高一脚低一脚踩着泥水直奔玄武湖方向而去。

　　乾隆接到刘统勋和尹继善的折子，已是十月初二。承德正在下头场雪。草原上的白毛风，把轻得像碎绢片子一样的雪吹得满院翩翩起舞。在空中打旋儿不肯落地，因此，雪虽似模似样地在下，地上其实只铺了一层白，连砖缝都看得清清楚楚。此时秋狝已经过去，蒙古各王爷都已离去。每日从北京转来的大都是奏事折子，除了报阴晴、说年成、奉岁入之外，多是请安帖子，乾隆虽忙，却只在延熏山馆。此刻坐在烧得热腾腾的火炕上，喝着酽茶看折子，时而隔玻璃望望外头琼花乱飞的雪景，也颇得情趣。见傅恒陪着皇后踏着薄雪进院，乾隆隔窗便命："王信，给你主子娘娘挑帘子！"因见身后奶妈子还抱着裹得锦团似的永琮，便伸手拍炕，笑道，"把外头大衣裳去掉，就在这炕上玩吧，给他苹果，叫他用小刀子学着削。"

　　"老爷子！"奶妈子放下永琮，却不肯给他刀子，正正经经的端容说道，"上回就划破了手，这可不敢使的，您还没下旨意，可在我心里，早拿他当太子爷呢！"乾隆笑道："他当然是太子，朕要的是拿得笔、也拿得刀的太子嘛！"皇后偏身坐在炕沿，看一眼弟弟，说道："皇上今天好像很高兴？"

　　乾隆还是把裁纸刀递给永琮，笑道："一条粮足，一条兵精，一条武备，一条文修，今年都办了，都好，朕自然欢喜。江南晚稻比去年多收一成呢！尹继善说要多运一百万石粮来京，给朕的京师子民造酒。朕说，还得造个酒池来盛，不成了殷纣王了？但这一百万石还是要收，都补贴给阿桂练兵用。古北口天冷，用粮食换些羊毛毡发到军中，不亦乐乎？"傅恒躬身笑着，说道："春秋之祀醴酒无缺，尹继善还是一番诚意。他送的百衲衣因不知阿哥身材，其实是碎布拼起来的大布，花花绿绿十分有趣。像老莱子在戏台上那种衣服，迟些叫人量量身体，叫棠儿来做。"奶妈子插口道："外头的布进来得当心。我们老舅爷家小表叔，就是因穿百衲衣，惹上痘儿，人不试过我不叫小主子挨身！"乾隆道："你想得细，就是这么着，叫人试过，洗净、蒸煮、暴晒，然后贡进。"又笑道，"你怕他削了手。你看，阿哥已经削好了，不但皮儿薄，也连得长——儿子，这就是能耐，跟你乳妈去吧！"这才转脸问傅恒，"尹继善和刘统勋的折子都看过了吧？"皇后见他要说政事，也敛身一礼退了出去。

"奴才看过了，"傅恒正容答道，"张某人突然疯傻，实在太出人意料。'一枝花'在四处广布耳目，岂能坐而待毙？一定又走了。此事尹继善和刘统勋防隙不周，有失职之罪，应该有所处分。至于张秋明，他是个疯子，革职罢斥也就够了。"乾隆道："张秋明心地偏狭龌龊，疯了朕也不饶！先帝手里有一个姓白的詹事疯了，他是每天四更都去午门外望门行礼，用簸箕盛了白米到先农藉田，说是种粮，等着皇上来种。那也是疯，张秋明怎么不疯出这个样儿？至于尹刘二人……就降级处分吧。"他默谋了一会儿，突然一笑，说道，"庄有恭中状元，是宦场得意而疯，张秋明轧错苗头，是宦场失意而疯。功名，这么厉害？"傅恒笑道："立德、立言、立功，三者有一永垂不朽，立德、立言不容易，也不实惠。立功的道儿上人就多，一登龙门身价十倍，并非他那一百多斤就果真值钱了，是那身袍褂值价多了。尹继善要剥他那身衣服，他自然受不得，因秉气浑浊，就想不开，疯傻就成为自然。因罢官羞愤自杀的，又何尝不是一个道理？"

说到"立言"，乾隆又想起修书，皱眉说道："各省报上来的书单子，纪昀都呈奏过来了。新奇有致的才几百种，这怎么成？不抢、不夺，又不入门搜索，君父向臣子借本书，还给押金，怎么就这么推三阻四？再不然，朕要下诏，令文人互相推荐存书，看他们说是不说？借是不借？"傅恒吓了一跳，这样硬来，不但有藏书人家人人自危，惶惶不宁终日，且极易引起无端的讦告事端，借举荐之名行诬攀之私，畏罪焚书的弊端，也可发生。宦场中人多有文士，常常窖藏家书，若和官场科场勾心斗角混搅一处，更会搅乱了大朝局。他思量着笑道："皇上，如今是盛世，人人家家安居乐业，您是圣明太平天子，天下皆有口碑，还该是无为而治。儿子怕老子，怕借书不还；或怕老爷子看了有忌讳，受处罚，这是个慢慢打消顾虑的事。互相举荐藏书，易开讦告之风，为征借书弄得有些小人兴风作浪，鸡飞狗跳墙地攀比咬啃起来，不是您的本意，也凭空添了戾气，小人们作恶会累及圣德的。"乾隆听着已经释然，笑道："朕是随口说气话，并不真的要这样办。"傅恒松了一口气，笑道："君无戏言呢！"说着，卜义进来禀道："阿桂在外头递牌子呢！主子见不见?”

"叫他进来。" 乾隆吩咐道,因见傅恒起身要辞,虚按一下手道,"你不要忙着料理你那一摊子,讷亲那份折子我转给阿桂一份,他从古北口赶来,一定有不同意处要建议,你也一处听听。" 说着阿桂已经进来,打袖下跪行三跪九叩大礼。乾隆见他一头一身的雪,连脖子上的雪水也不敢擦,说道:"给阿桂拧把热毛巾——你穿得太单了,骑马冒雪喝风而来,也不防着生病!" 因见王礼端着一小砂锅野鸡崽子香菇汤进来,还冒着腾腾热气,顺手指给阿桂,说道:"这是汪氏做的,——赏阿桂用了!"

阿桂忙又谢恩,用羹匙舀一大勺儿咕地吸了,说声:"好鲜!" 顿时烫得攒眉摇头,含在口中不能咽也不能吐,惹得乾隆和傅恒大笑不止。阿桂好容易咽下,说道:"奴才没出息,出了西洋景儿了!" 乾隆道:"你慢慢儿吃,谁和你抢呢?" 便扯过刘统勋奏章来看。翻到后边敬空上,援笔写道:

> 尔及尹继善折已阅。朕原思尔二人素来持重。始未料及亦有此疏漏处,看来"完人"二字古今为难也。既办差有误,不能不儆戒,着即各降二级记档存案。张秋明私欲不得,竟致疯癫,泄露匪情,致使差使败坏,情殊可恨,此人先伪君子而后真小人,面目亦可憎。而前尹继善亦曾屡保,何无知人之明乃尔?朕亦为汝一叹,谅尔亦愧悔莫及,故不另作罚黜耳。设采访遗书局办理大佳。各省督抚征借图书成效甚微,无人、无设施、无措施之故也。即行交部转发,为各省效法之范也。

想了想,在后边又添一句,"百衲布已赏收,皇后甚感尔诚。钦此!" 见阿桂满头大汗过来谢恩,乾隆便放笔,笑道:"朕推食食你,当得你这一谢。你几百里冲寒赶来,想必为了讷亲的奏议有不妥之处了?坐,坐么!"

"皇上圣明烛照!" 阿桂欠身坐下,从怀中取出一张纸,窸窸窣窣展开,蹙眉说道,"奴才大小金川都看过,且深入过腹地孤军作战,情形还略知道些。讷中堂这个总粮库设在下琅口，不知是哪个人的建议？应该杀掉他！"见乾隆招手，阿桂忙起身过来，把那张小纸摊在炕桌上，指点哪里是刷经寺大本营，从哪里进兵小金川，刷经寺周匝清兵驻营和莎罗奔打仗的惯用手段，说道，"从小金川的下寨到下琅口只有不到一天的旱路，从下琅口到刷经寺要足走一日，粮库设得离自己远，离敌人近，这是一大谬误。"

"嗯！"

"粮库西边设兵太少，只有一个棚。您瞧，这是刮耳崖，旱路就在刮耳崖西北，莎罗奔的人易集易散，行动极快，联络极易，一千骑兵从北路走，那一棚兵无论如何不是对手。别说烧我们的粮库，劫走一半也不是难事。这不是以粮资敌么？看来，讷中堂似乎就没有实地去看看！"

"唔！"

"军无粮自乱，奴才要说的就这一句！"

乾隆沉思着看那图，良久用手一捣，站立下炕，一边想一边踱步，说道："这句话值千两黄金！傅恒，你看看，朕没有打仗，都看着不对。那张广泗出兵放马几十年，连他也看不出来？"傅恒早已在留意，他自己心中就有一幅金川图志，自然也百思不解，遂道："那地方太潮湿，霉粮的事难免，也许是怕霉变，才放在下琅口！"乾隆生气地道："粮食霉也霉在自己手里，不能霉到莎罗奔肚里！——昏聩！"

"也不单为怕霉。"阿桂说道，"下琅口到刷经寺大本营有一条路可以通牛车。这里有一条黑叶河，讷中堂他们算计着可以用船运粮，说不定是这两条动了这一相一将的心。殊不知下琅口离成都比刷经寺还远，等于是把粮食多运一个来回。如果把粮食总库设在这里——"他用小指甲掐了一掐尽头寨，说道："尽头寨这地方偏僻，道路也窄，只能用马驮人背，但正为出入不便，敌人来袭也不容易。把下琅口防护粮库的兵力用来运粮防霉，那是绰绰有余——我猜讷中堂想把粮库的兵力投入战列。其实在川西打仗，蜀道淖泥中的军粮一斤可顶四十斤。如果被莎罗奔抢走，彼得四十我失四十，实耗八十斤。粮食就是军心，就是兵力，这个账就更难计算。皇上，请斟酌奴才这一建议，如果不谬，立即下诏讷中堂调整布局。莎罗奔这么长时间不来袭粮，是因为他心智太强，怕中埋伏。一旦知道虚实，明白讷中堂的用心所在，早就没这座粮库了！"

乾隆用惊异的目光盯了阿桂一眼，还是个英俊少年，刚刚留起的髭须茸茸的，还带着微黄色，但额前眉心的皱纹稍一凝思便聚在一处，那是熬夜拧心血人百试不爽的证据。见阿桂的手背都冻得龟裂了，粗糙的手掌上厚厚一层老茧，乾隆又不禁一阵心疼，因问傅恒："阿桂现在是副将衔儿？"傅恒还在凝神想阿桂的话，忙道："是实缺参将，吏部、兵部议了副将衔，碍于资格，还不能升实缺副将。"乾隆道："什么资格？'资格'二字单指年岁宦龄的么？叫考功司的人好好翻翻《说文解字》！用张广泗就是用资格用坏了，尽打败仗！给阿桂补实缺将军。"

"喳！"傅恒忙答应，又对发愣的阿桂道，"怎么还不谢恩？——这是特旨简任，无需再经吏兵二部考议。这样，阿桂将军在古北口训练新营，就更加名正言顺了。"阿桂本一失意旗人，性情原是豪放不羁，兵凶战危、身处死绝之地数年，已是历练得深沉有度，尽自心中兴奋，却压得半点不露，伏身顿首说道："奴才在金川并没有寸功建树，请万岁收回成命，待练兵有成，阵前立功后，再作恩赏，以为进步余地。"

乾隆偏着脑袋思量有顷，大小金川烟瘴之地汇集大军将近六万，饱受风餐露宿之苦，见阿桂身在帝阙之侧骤升高位，确实会有人生怨望之心，遂笑道："朕一言既出，焉有收回之理？放心，朕心里天公地道。讷亲着进伯爵位，以下将士按甘苦劳绩，分别具本议叙。前敌将士各人再加一两月例。这样，就不至于把你放在风口儿上吹了。"又对傅恒道，"古北口练兵，大小金川用兵，诸凡军事，要详明写信知会张廷玉和鄂尔泰，要询问鄂尔泰病况，叫太医院奏复。朕只下恩诏给讷亲，你写信给他谈粮库的事，要他火速转移。还有征书的事，告诉纪昀，只能劝导，不能硬来。给尹继善刘统勋的信要多加劝慰，处分是处分，恩情是恩情，不要叫他们凉了心。就这几封信，又够你忙一夜的了。"说完便摆手叫跪安，自己步出殿来。傅恒和阿桂还跪伏在地，听乾隆在滴水檐下惊喜地叫一声"好雪"，正要起身，乾隆却又踅了回来，要更衣，披鸭绒斗篷、蹬麂皮油靴，对二人笑道："你们都是忙人，朕可要讨一个时辰的闲了。京师直隶报天阴，今天一定也下雪。傅恒还要再写信——不，专拟一份明发廷谕，着直隶总督、巡抚、顺天府尹，所有亲民官员都要下乡去看，一是陈房陋舍，雪压倒了的要安置，二是无力举炊的还有无依无托的乞丐，要赈粮给柴炭。不许有冻殍、饿殍，要各道观察巡视纠劾，就这些。"说罢亲自挑帘出去，独自寻幽探胜去了。

傅恒和阿桂从殿中出来，扑面一阵罡风袭上丹墀，激得二人同时打个寒噤儿，檐下铜马上挂了雪，木钝钝地互相撞击，发出像是核桃落在瓦罐里那样的响声。放眼看去，远山已蒙在雪雾之中，柏墙松林和矮矮的冬青树，白雪翠叶斑驳相间，像一块块巨大带翠的汉白玉屏，矗立在万花狂翔的野旷之中。二人都为之精神一爽，厮跟着出了山庄仪门，正要揖手相别，却见庄有恭披着蓑衣骑一头灰驴过来。傅恒不禁笑道："状元公，今日难得雅趣呀！从哪里弄这头毛驴？我也要弄一条来，几时到热河的？"

"是六爷啊，哦，阿桂也来了，"庄有恭忙下驴寒暄，"我昨晚到的。心里一直懊悔：要是走慢一点，今日骑驴赴帝阙，冲雪而行，是何等雅趣！"又对阿桂笑道，"这些是你的戈什哈了？站得像钉子一样，你练兵有方，准定升个副将呢！"

傅恒不禁失笑，说道："你这可估到圈子里头了，阿桂现在已经是明公正道的将军，品秩和我一样了。"因见阿桂的从人果然像一个个木桩子似的直立在雪地里，傅恒环视众人道："有点精神，像个行伍的样子！——兄弟们，告诉你们个好信儿，阿桂已经荣升将军，旨意随着就发到军中了，好好努力巴结差使！"军士们齐声答道："贺桂军门荣升！"阿桂不便滞留，见人牵过马来，一边接鞭，一边说道："庄兄、六爷，我这就去了，容后再叙！"说罢一跃上马，十几个戈什哈也都牵马翻身上骑，在一片雪尘中远去了。庄有恭热衷功名，有个至死不改的痼疾。当年与阿桂都是一会中人，今日阿桂陡然建衙拜将，自己还是个小小的郎中，相比之下，不啻天渊有别，乘兴赏雪的情趣顿然消失。傅恒见他一脸怅惘之色，生恐他再犯痰气，拍拍他的肩头，抚慰道："阿桂是军功，要走文臣路子，还是比不上你这状元公！你这次从京里来，没见着钱度他们么？听说雪芹又离开了宗学，是怎么回事？"

"我们曾聚过几次，后来都各自忙去了。"庄有恭一阵恍惚，神思已经定住，笑道，"大家都忙，好似食尽鸟投林。我临来时见了敦诚，他说雪芹已经移到张家湾，那里有看守曹家祖茔的老辈子家人。敦诚原来也有庄地在那里，都有点照应，比起在北京是无法提了。他现住在三间草房里，我捎信请他进城，也不肯来，说是京师里正传天花儿，怕孩子沾惹上。后来就再没有信儿——六爷，他还是得有个差使，您得帮他一把儿。"

傅恒站得久了，底下靴子被雪水浸透，觉得冷，微跺两步，说道："开春我就回北京，只能到时候再说了。那个刘大鼻子不是什么正经东西，上回跟刘统勋说起《红楼梦》，他说是淫词小说，疑是雪芹写的。纪昀也问过我，曹霑是不是曹雪芹？我葫芦提儿用别的话掩过了，朝廷现在留心这些事，我们有官身的，更得留神儿，处在我这位子上，行动太扎眼，你可以给雪芹写封信，叫他稳住神，别张扬书的事。我最怕纪晓岚揣摩迎合磨勘书籍，那些'魔（磨）王'们挑剔周纳，鬼晓得会挑出什么刺儿来，不就败坏了？——今儿我太忙，消停一点，咱们吃酒细说，好么？"庄有恭原本是要去拜谒傅恒乘雪兴游的，听见说"忙"，也就就腿儿搓绳，笑道："你忙你的，我还看雪去。"说罢骑驴而去。

傅恒匆匆赶回下处，略暖暖身子便写信，第一封信却是写给棠儿的，只讲"京师既传天花，甚虑府中人和康儿惹及。严戒家人外出，可杜门谢客，勿以等闲视之"。

第四十回　乾隆帝表子慰中宫
　　　　　曹雪芹泪尽归离恨

　　北京的天冷极了，头场雪下过就起了冻，堆积在街两边的雪，中午只化一会儿，过晚就又冻成深褐色的凸凹不平的冰路，上面印满了人的脚印和马驴骡蹄子印迹，雪水将凝未凝时轧过的车轮沟儿，也都在夜风中冻得硬如坚石，走起来难极。

　　钱度接连得到敦敏、敦诚两封信，请他到张家湾去看看曹雪芹，都没有动身，一来是道远难走；二来他现已是部院大臣，内廷有人正考究"曹霑是不是曹雪芹"，还放出风声说"《红楼梦》是淫书邪词"，此刻见曹雪芹自觉有些不便。他心里其实最惦记的还是曹鸨儿带着他的儿子，北京传痘儿，江南传不传？曹氏到底和易瑛一案沾包儿没有？得想个法子弄过孩子，甩掉这个老鸨子。这些糟心的事整日萦绕在心头，连部里差使也都在敷衍了事。到十月初七，他才从刑部谳狱司黄堂官处见到江浙两省清剿"一枝花"会匪名单，各地香堂堂主、执法长老、护教韦驮、金刚徒弟，共是一千零四十人，遵刘统勋、尹继善宪命，只扣留堂主、韦陀和长老二百四十六名拘押在监，其余一概取保省释，细看时，连取保的人犯中也没有曹鸨儿，这才放心舒了一口气。黄司堂是个老京官，和钱度极熟，开玩笑说："老衡别是和易瑛、雷剑她们沾惹过什么？放心，要紧的一个也没捉到，捉到的都是不要紧的。老刘、小尹圣眷那么好，都受了处分呢！不过这回'一枝花'算摊子坍到底儿了，覆巢之下无完卵，刘延清不是无能之辈，你要和她'那个'过，趁早赶紧去举发！"钱度笑道："别扯你爹的老蛋了，我还有事——改日再唠！"说罢便回衙门。却见傅恒府里的小王头进来，钱度怔了一下，说道："你不是跟六爷在承德么？六爷回来了？"

　　"傅相没回来，"小王头本来极随和的人，被傅恒军法治府，练得举手投足庄重利落，一本正经把一封信双手递给钱度，说道，"这是相爷给您的信，请给我写个回执。我是回京给夫人带药的，我家少主子正出忌讳。傅相从蒙古医生那里弄的不知什么宝药——得，您名字签在这里，好，小的告辞！"钱度笑道："真是传军书规矩。连茶钱也不要？康儿既出痘儿，告诉你家主母，明日我过去请安。"小王头道："请爷过些时再去，府里祭着痘神娘娘，连我这在外家人都不许跨进大门槛，我们老爷子亲自把门儿呢！"说罢去了。

钱度这才拆阅傅恒的信，除报圣安的话头，要他拨二十万石饲料粮押运王爷屯，科尔沁过冬存栏牛羊多于往年一成半，防着饿坏了。又嘱他去见见纪昀，把征借图书的银子数目坐实造册上呈御览，不要等纪昀来催。还有各地巡抚总督正在举荐硕儒应博学鸿儒科，车马轿船川资也要早作准备，定出路途远近，按里计价，务要够用，且不能浪支等等，写了三张纸，都是指令口气。末了却问："见雪芹否？甚念。可代我一往，或资助些银两。此等天气，恐其饥寒也。"钱度猛地想起敦氏昆仲的嘱托，倒觉不安起来。立刻出来传呼备轿，一溜风儿抬着径往纪昀西直门内私宅，却又被挡在门外。门子说道："我们少爷也出痘儿，请大人回步。改日老爷亲自谢罪。"钱度不禁目瞪口呆，怔着道："今年传痘儿这么厉害？我有要紧公事要见晓岚公呢！"

"我没说清楚，我们老爷并不在家。"门子左右看看，压低了嗓道，"有密旨，叫老爷去天坛给太子爷祈福，七阿哥（永琮）也出花儿呢！"

"真的！"

"当然是真的！"家人神秘地说道，"万岁已经从昨日起辍朝。待太子爷花儿发齐了才视政呢。慈宁宫太后老佛爷都去了痘神娘娘庙降香，皇上旨意叫江西龙虎山和北京大佛寺同时做道场，名目儿是为天下病人祛瘟，其实还为的是七爷！皇后娘娘已经请旨，懿旨命释放轻罪囚犯，连'一枝花'这样的大案，都已经停审——您一路过来，北京城家家挂红布符，悬猪尾，吊螃蟹。在痘神娘娘庙，往功德箱里塞钱的，头天起更就得去排队挨号儿，香灰堆得连香鼎都看不见了！——这是大劫，真的是铜墙铁壁挡不住，王子、庶民一样！"这位饶舌的门子说完，居然还又合掌向天，念道，"阿弥陀佛，我佛慈悲！南无大慈大悲，救苦救难，广大威灵观世音菩萨！"还要絮叨时，钱度已经去了。

既然连傅恒也来了信，看望曹雪芹的事就不能等闲视之了。钱度便不再回衙，径乘轿回府，取了二十两散碎银子，见箱子里有从南京带回的宁绸，也取出一匹，命家人都塞进马褡子里，也不叫从人，自己换了便衣，只说了句"天黑赶回来"，便骑着走骡出门向北，赶往张家湾来访曹雪芹。路过玉皇庙东痘神娘娘庙，钱度在骡上远远看，只见人山人海的香客挤拥不动，沿街一里多长，全都是卖金银纸箔的，香烛黄裱摊子前都围满了人，多是城里城外远乡近廓赶来的老婆子妇人，有许愿的、有还愿的，有愁眉不展的也有眉开眼笑的，嗡嗡嘤嘤人声传来，都是念佛念观音，祛病祈福之声……手搭凉棚嗟叹一声正要赶路，忽然一眼看见芳卿从痘神庙那边，踉踉跄跄过来，钱度叫声："芳卿嫂子！"忙下了骡子。

"是……是钱老爷啊！"芳卿不防在这里还有人叫她，怔怔一下，抬头见是钱度，问道，"听您家人说，您去了承德，回来了？"说着便蹲了个福儿。钱度这才看清芳卿脸色又青又白，眼泡儿腮下发淤，仿佛几天没睡，又像是哭过，眼睑下带着薄晕，目光也有些呆滞，因说："雪芹在家吧？孩子们还好？我正要去你家呢！"招手叫过一乘轿子，说道，"瞧你身子骨儿这么单弱，走着来了？就穷，何至于到这分儿？请上轿，我骑牲口，一道儿走。"

"我们都不会过日子，当家的又没了差使。"芳卿不好意思地低下了头，忸怩地看了看那轿子——她委实也是走不动了——说道，"新搬来张家湾，曹家老族里上下都得打点，还有左邻右舍……欠人家的也就不少。今非昔比，真的是穷了……"

"你跑老远的进城做什么？借钱么？"

"我昨个儿就来了……大毛、小毛都出痘儿，透不了疱儿，浑身发热。我……我来痘娘娘这儿许愿……"

钱度一怔：又是患这个！但他已经听得多了，已不觉意外，只跺脚叹道："黄鼠狼单咬——曜！这个雪芹也是的，也信这个？叫你一个女人跑这远的路弄这无益的事！"芳卿道："他不叫我来，我说进城借钱抓药才出来……""别说了，"钱度道，"咱们赶紧儿走！"

　　于是一轿一骡紧着往通州张家湾赶来，钱度只想有四五十里，谁知过了通州一问芳卿，还有二十里，钱度算算，怕天黑前坐轿赶不到，便打发轿子回去，另觅一匹马自己骑了，把走骡让芳卿骑，巴巴儿的，总算酉初时牌赶到了张家湾。芳卿用手一指村北道："钱爷，那就是！"拔脚便走。钱度算了马脚钱，紧追着过来，只见冻得镜面一样的通惠河汊上架着一座小石桥，桦树林畔，孤零零地立着三间草房，门紧闭着，矮低的草檐下开着个黑洞洞的窗户，房顶上枯干的苦草在风中瑟瑟发抖。鸡不鸣、狗不叫一片死寂。蓦地，一种不祥预感袭上钱度心头，看芳卿时，也似乎有了恐怖感，一溜小跑地喊着："大毛、小毛！"钱度把缰绳扔了，也赶着往里跑，刚跨进院子，便见芳卿一声不响，沿着门框溜瘫在地上！急赶着进来，钱度也惊呆在当地。

　　这是怎样的惨景！冷冰冰三间小茅屋连界墙也没有，打通着，烟熏了的墙上挂着一幅去年的灶王神像，白眼珠子永久不动地凝视着裂着隙缝灌着冷风的四壁，沿北墙放着两口酸菜缸，缸盖上老瓷碗扣着剩饭，还有一碗当菜的煮黑豆，从缸里散发的酸味里还微带着一股霉臭味。一张破板床上靠墙痴坐着曹雪芹，胡须满腮，发辫蓬乱，木偶样一动不动，床靠"窗"一头，并排睡着一大一小两个毛毛，脸上已经盖了纸。小脚趾僵硬地挺翘着……火盆里的炭早已熄灭，除了床头两盏悠忽闪动的长明灯，半点烟火气也没有，还有一个女人穿着补丁衣服，一言不语在床边小凳子上坐着，叠纸箔元宝，只抬头看了看钱度便又埋头做自己的事。

　　"雪芹，雪芹！"钱度活似身在梦中进了一座吓人的空庙，像是呼喊曹雪芹又像想把自己从梦中喊醒，连喊了几声，说道，"我是钱度，钱度，钱老衡！上天，你……你这是怎么了？"一边喊，一边拖着半瘫的芳卿到床边，对那女人道，"这位好心嫂子，是来帮忙的吧？快……想办法弄点热开水……这屋里太冷，活人也受不——"话未说完便止住了，他认了出来，这个衣着褴褛的女人是张玉儿！家住在前门外，当年钱度不知踏过多少次她家门槛，吃猪头肉，和勒敏、曹雪芹就猪肝下酒。勒敏和玉儿失意分手，钱度还曾有意向她提亲……这才过去几年，各人遭际竟如此悬殊！在此时、此地、此情、此景之下又复见面，造化啊，命啊，数啊……怎么这样安排法！

"曹哥，这位爷说的是，可不敢这么苦坐下去。"玉儿站起身，用手支着腰，不胜倦怠地说道，"这是前世里留下的姻缘，是命，您就吞下认了吧。去了的已经去了，活着的还要活，单是张家湾，这一劫就走了二十多个，天意这样儿，人有什么法子？嫂子也不是什么好身子骨儿，这么苦巴巴的，还不如好好哭一场……唉，我回家给您提壶热水来……"说罢，冷漠地看一眼芳卿和钱度，踏着残雪去了。

玉儿的家离雪芹家只有几十步路，她一进门就从缸里向锅里舀水，默不言声抽柴、引火，丈夫蹲坐在炕桌边吧嗒吧嗒抽着烟，说道："瞧见曹爷门口有骡子，怕是来客了吧？我刚去东家挑水，掌柜的给了几块糕，你送开水时拿去吧——别生嫂子的气了，她也是大家子出来的，跟曹爷一样，有钱了就使，不懂细水长流过日子……这么冷的天儿，跑北京城，她个妇道人家，不心疼男人、孩子？你先去，我在家把猪圈起起，也过去帮着料理。"玉儿仿佛从心底里透出一口长气，阴郁的脸色和缓过来，在噼啪作响的柴爆声中，说道："我也气芳卿嫂子，也气曹家三爷，那干子'爷'，总是一族兄弟，一个祖坟，芹爷到了这一步儿，连一分照应也没有。芹爷来时少给了他们东西了？！他娘的，是些什么东西！"她是个使气任性的女子，气得"咣"地把搅火棍扔在一边。那汉子见水开了，玉儿也不动，忙跳下炕，向壶里舀水，笑道："你这脾气真叫没法。把水送去吧！"

"我不去！要去你去！"

"我不是上不了台面儿嘛……"

玉儿这才起身，无可奈何地叹了一口气，提着开水来雪芹家，远远便听芳卿哀哀恸哭，雪芹也发出时噎时舒的号声。进门见钱度正在安慰，因叹道："这一哭出来，我就放心了，就怕怄着在心里，那要怄出病的……唉……大毛小毛啊……多好两个宝娃娃……一转眼就去了……老天爷怎么这么不开眼呐……"说着她也号哭起来。

"这么着说，芹圃外头还欠着人不少饥荒。"钱度心里有事，急着当天赶回去，雪芹眼下这情形儿也不宜留客，遂说道："这点子钱，先不还账，先把孩子入了土，打点着也就近了年关。我回去，恐怕还要走一趟口外，从阿桂那里要一点。现在我官不小，一个外来钱也不得——总包在我身上就是。不要紧，都是本家曹姓，还能连这点担待也没有？你看你，连泪都干了，你再有个三灾两病，叫芳卿怎么办？我得回去了。刘啸林虽回了南边，脂砚畸笏、他们打谅还在西郊，叫他们也来瞧你。熬过这一阵，再谋个差使，慢慢就又活泛起来了……"见雪芹一家如此凄惶，钱度动了情肠，心里一热，也坠下泪来，忙又安慰几句，出门打着骡子，逃跑似的离开了张家湾。

小王头骑快马送回了棠儿给傅恒的信，傅恒展读，知道"康儿痘已出齐，身子不烧，已能进稀饭，郎中说险症已过"。顿时心里略松了一口气，但七阿哥的痘却发不出来，他仍是煎心不安。姐姐从十六岁就跟乾隆成婚，端庄淑贤，不但乾隆敬爱，六宫里无论嫔妃媵御，没有不宾服钦敬的，只是子息上头磋跌，令人扼腕无奈。先头生二阿哥永琏，九岁上染恙命赴黄泉。好容易七阿哥又长到两岁，眼见又得天花，又是恩赦，又是赈济，许愿设醮，辍朝罢政，延请名医，用尽好药，百般设法救治，总不见些儿效应。他这个舅舅只是干看着没办法。又担心富察氏旧疾复作，还隐隐恐惧着恩宠更替，怎么放得下心？因没情没绪，傅恒怕言语出错，在承德也绝不接见大臣，只是一封又一封写信，给北京六部九卿指示，每封信都请老夫子细看过，然后才发出交办。因见张廷玉发来请安折子，傅恒琢磨了一阵子，便到山庄延熏山馆送牌子请见，刚过烟雨楼，便见太监卜悌一溜小跑过来，颜色不是颜色，喘着白气说道："六爷！主子在山馆后边娘娘那儿，叫过去呢！"

"七哥儿！"傅恒心里轰然一声，没敢问，大步流星跨着步子跟了进去，刚过延熏山馆仪门，便听见佛堂西殿传来隐隐的哭声。傅恒心里猛地一缩，脚踩在一块溜冰上，跟跄几步，几乎摔个仰八叉，跟跄着进了殿中，果然见七阿哥永琮软软地躺在呆若木鸡的奶妈子怀里一动不动，眼睛睁得大大的，像是在凝视殿顶的藻井，瞳仁却是散了。几个御医都吓得脸色惨白，直挺挺跪在殿门口。皇后富察氏脸上半点血色也没有，半躺在大炕引枕上，不说、不动、也不哭，大睁着眼睛，干涸得连一点泪也没有。高佳氏和那拉氏却是放声号啕，手绢子都湿淋淋的。蓦然间，那奶妈子突然醒转过神来，她的声音嘶吼，盖倒了所有人的啜泣哭声：“哎嚆嚆……我的小主子啊……我的小亲亲心肝儿主子爷呐……怎么的会有这种事？怎么的……我连一步殿门都没有敢出，哪个天杀地剐的把病气儿带进来的啊？啊……我是枉担了心事，枉操了心啊……哎——嚆嚆嚆……我跟了你去吧我的娇主子啊……”

乾隆原本还能撑得住，只皱着眉头凝视儿子，听她哭得凄惶，突然心里酸热难耐，泪水也似走珠儿般滚落下来。傅恒眼中滚着泪吩咐：“把哥儿抱下去安床，这里闹着不是事。万岁爷和主子娘娘万金之体，不能过于伤情。御医们也跪安吧……”又对两位贵妃和汪氏道，“贵主儿们也请回房安歇。你们这么哭，主子怎么安慰主子娘娘？”那拉氏和高佳氏，汪氏也就止哀，向乾隆和富察氏各施一礼，垂着头出来。至殿门外，那拉氏偷看高佳氏一眼，恰高佳氏也转脸，四目相视，又都避闪开来。

“娘娘，”傅恒这才回身对富察氏行礼，轻声呼叫。见富察氏只是眼皮眨了一下，身体毫无反应，乍着胆略提高了点嗓音，说道：“姐姐！您不可这样伤心。您是天下之母，母仪风范也是极要紧的，这一层不说，皇上是多么心疼您。阿哥归去，他已经痛到极处，还担心您苦坏了身子骨儿，您不为自己，也得为皇上想开些……还有兄弟我，见您这样，心里也受不了，就给皇上办差使，还要惦记着我的好姐姐……”他说着，已哽咽得语不成声。

两滴大大的泪珠顺着富察氏颊边滚淌到她的耳边。许久，她才呻吟了一声，说道：“好兄弟……为着皇上，我支撑起来就是。”傅恒强忍着钻心悲痛，又好生抚慰一阵，也不敢回说张廷玉请安这些小事，便忍悲告退。乾隆却跟了出来，带着他到延熏山馆小书房，唏嘘感伤了一会儿，问道：“听说你家福康安也出天花，现在情形怎么样？”傅恒此刻知道乾隆心里悲伤，如何敢说实话？因道：“棠儿来信了，也是很凶险的呢！不过去痘神娘娘庙，说抽了个好签，也只看他的运道怎么样了。”

“直隶总督来报，这次传瘟痘，全直隶境有十万人丧生。”乾隆语气沉缓，神情黯淡，说道，“朕的爱子也……唉！朕想，他比别的儿子不一样，其实就是朕的太子。还是要抚慰活人，所以，要加封个爵位。这事你不便出面，朕下旨给纪昀和张廷玉，让他们合议拟个谥号，要封亲王。这事你心里有数就是了。"

"喳……这是皇上格外高厚之恩，七爷九泉有知，一定会沐恩怀德……"

乾隆叹道："不要讲这套话，这还是为了安慰皇后的心。"他顿了一下，欲言又止，其实他心里隐隐觉得，有人在传染天花上做了手脚。先在顺治朝，就有人把天花病人衣物带进宫中，图害康熙。这次宫中防范慎之又慎，仍是逃不了这一劫。汪氏、高佳氏都无子息，疑不到这上。但疑那拉氏，那拉氏的儿子永璂也染上天花，现在还在险境之中，她亦犯不着做这恶事……想着，摇了摇头，又道："朕已十几日没有听政了，从明天起，还要视朝。办起事来，心境就会渐渐好起来。你是朕最信得过的，又是至亲，除了办差，还要多进来和皇后说话，分她的心，慢慢也就将息过来了。"

"奴才省得，主子放心！"

"……跪安吧！"

"喳……"

乾隆待傅恒退出，方慢慢踱回富察氏房中，见睐娘正一匙一匙喂参汤给皇后喝，已是放下心来。皇后喝了半小碗，见乾隆进来，便不再喝，用微弱的声气儿道："不用了，睐娘扶起我来。"乾隆忙赶上来，双手扶住富察氏肩头，说道："别，你我讲这礼数做什么？你只管躺着，我们说话儿。"

"是，我就遵旨了……"

一时夫妇二人沉默相对。

"皇后呀，"乾隆望着窗外冬云密布的天穹，声音像是从很远的地方悠悠传来，"前几天批给刘统勋和尹继善的自劾奏章，朕就说'完人难得'。如今轮到自己，朕也要好生反省一下。不但臣子奴才，就是君王主子，不落点遗憾也是难能的！"皇后微微皱眉，关心地问道："刘统勋和尹继善也出了罣误？什么处分呢？""小小降级处分，没啥大不了。"乾隆答道，顺着自己的思路又道，"如今天下，人口越出圣祖时二倍有余，朝廷的岁入超出十倍不止。虽不能说国富民丰，户户小康，可也敢说是盛唐以来少有的富足。四库全书在修，博学鸿儒科要开，遍天下没有强盗贼匪，这些已经能和圣祖爷比肩。文治上头再过几年，还要更好，这是已定了的大局。"他拍拍皇后的手背，攥得紧紧的，叹了口气，说道，"但朕也有遗憾，一是贫富不均，富的太富，穷的还要靠赈济，民业尚不安定；二是用兵无效，庆复一败再败，庸臣误国，丧师辱君，花了许多冤枉银子，大小金川至今不宁，更不必去说西域；第三条就是……你。"

皇后睁大了眼睛，惊愕地说道："我？……"

"是啊！"乾隆松开她的手，沉重地点点头，"你要有个数，你还年轻，还能生阿哥，但不能立为太子了，只能以嫡子封王——就像琮儿，朕也只追封为亲王——为什么呢？朕今天见你这样，想了很多，我朝自太祖太宗，没有一个是元后的正嫡之子继承大统的。朕是强违了天意，要行先人所没有做到的事，邀先人不能获得的大福——这个话世宗爷也曾说过，但朕没有真的听进去，以至于前边夭折了端慧太子永琏，今日又断送了七阿哥，这不是朕的过错？把你也折腾得七死八活，朕心里也终日不宁，这又何必呢！"

皇后垂下了她的眼睑，沉思了许久，说道："皇上这是实实在在为我着想，我哪有不知恩的。不过，我自觉心血已经干了，再生阿哥是不用想了。皇上说的那些大事我不懂，但这四海天下越来越富，瞎子也能看见。我要能再多活几年，还要看您派哪个大将军出兵喀尔喀，要看你五凤楼阅兵，要看你听到红旗报捷，恩诏遍沛天下！所以我不想死，只想再陪你看看江南。尹继善前头那份折子，把南京说得那么好，我真想去呢！"她的眼睛放着微光，突然一笑一叹，"就怕我没那么大福，见不到石头城上的月亮呢！还是那句话，我要个孝贤的谥号，就死了——"

"不许说这些！"乾隆一手捂住了她的嘴。

刘啸林从江宁赶回北京，已是将近年关。北方人最重过年，自腊月二十三送灶神起始，无论贫富家家忙年儿，贴钟馗、做年糕、熬祭肉、扫房子，蒸盘龙馒头，挂冬青柏枝，闹得不亦乐乎，直到年二十九才忙着赶到张家湾，带了许多年货来，这才知道自大毛、小毛死后，曹雪芹就身子发热，不思饮食，已经卧床不起一个多月。进了腊月，又添了咯血的症状。刘啸林自己也是上了年纪的人，眼见芳卿束手无策，还要应付曹家本家来要账的爷叔兄弟，心里横竖不是滋味，在张家湾驿站乔家店住了一宿，又同着玉儿一道去年市买了些香烛佛像，鲜鱼果品，灯草灶柴，看着玉儿帮芳卿剁肉宰鸡。刘家的人已是等急了，派了他兄弟套车接他回京，这才来和雪芹告别。

"雪芹，"刘啸林叫芳卿把火盆儿靠床挪挪，叫弟弟在外等着，坐在曹雪芹身边，说道，"今天是除夕，店里打烊，你这里又是这样，我得去了。你那么大的学问，用不着我寻便宜话安慰，着实要自己保重些儿。人，一辈子都有个走运背时的时候，我看你现在是走到了锅底儿，随便朝哪边迈步，都是朝上走……昨儿来我看你气色不好，心里还着实有点怕。今儿看，精神好多了，脸上也有了血色，可见这是一时之灾。欠他们那几两银子不算什么，芳卿只管挡着，七八十两现在还不至弄穷了我。过了元宵节，我约上畸笏翁他们一道儿来看你。"

曹雪芹双目深陷，瘦骨嶙峋的胳臂搭在被外，干涸得没有光泽的眼盯着刘啸林，用浑浊的声气说道："这里不要费心了吧，有芳卿照料，那边玉儿两口子还说过来陪我吃年饭。我不寂寞，不难过……这么远道儿，天又时不时下雪，叫……叫朋友们别来。开春我要不死，还回城里，我们的桃花诗社还要办下去……林黛玉是林黛玉，曹雪芹是曹雪芹，您老总爱拉到一起说。"恰玉儿拃着一筐子冻梨进来，把筐子向地上一蹾，说道："嫂子，我拿来的红烛放在门阶外头，还有风干茄子蒂儿，你把它拿进来摆在烛台上，外头又在飘雪，看打湿了——我说曹爷，老探花儿，你们就不能拣着吉利的说，大年三十儿，死呀活呀，赤口白牙的，是什么话？你越活越糊涂了！"刘啸林也和玉儿相熟的，笑道："是是！你说的是，不说这些了！"他俯下身子，说道，"那个褡裢包儿里是《石头记》全本，连我们的批评一字不缺。我抄的那一本留在了南京。永茂书店贾老板很看重这书，叫我连批语都誊了上去，说要精精致致印出来，爷能扬名，他也能挣一笔。不过，现在到处都在收书，几个省的巡抚都出告示，小说稗官一般局子都不敢印，印这么大的书，又要好，得三千串制钱，一时也筹不起来，所以要稍待一下。你一点不用犯急，等你病好，我准叫你看一部齐齐整整的样书！"曹雪芹一边听一边干咽着唾液，微微颔首说道："我明白，我心里清亮着呐……难为你凑了我们几家余钱，走这一趟南京。钱不够……原是料得的，还有许多料不得的，我也心里雪亮。记得宜泉的诗么？'琴裹坏囊声漠漠，剑横破匣影铓铓'，那也只是一时之事，一时之情。我是怕，一时我有什么——"他看一眼正往神案上摆果子的玉儿，"——不测之事，这一腔多情，就只好'翠叠空山晚照凉了'。"刘啸林苦苦一笑，说道："我比你大，还不肯这么胡思乱想呢。好生养着，我不久就来的。"又劝慰几句，出门乘车而去。

"雪芹我们没能耐，不过还是有几个好朋友。"芳卿手里剥着白菜帮儿，看着雪地里越去越远的大车，叹一口气，又道，"但凡我们会过能挣钱，也不至于拖累玉儿你们家了。"玉儿两手沾的都是面，笑道："这都是什么话——把锅里热水舀出来，一会坐在面盆上好发起来——芹爷是个大才子，你也读过不少书是个女才子，这才是为人一场！我们才是草木之人，才命苦哩——那点水不倒，趁热锅打糨糊刷门神——素常价瞧你们读书吟诗的眼气，见本来能过的日子弄得七颠八倒又心疼你们又气你，就这个话儿。"芳卿一边搅面糊儿——把糨糊盛在小炒锅里，刚说了一句"也真亏了你们两口子"，说到这里突然打住，脸上现出惶恐的神色，望着院外，对雪芹道："三叔又来了！"雪芹也噤住了。半晌，深长叹了口气，说道："芳卿去迎一迎，请进来，我和他说话。"

玉儿不待芳卿站起，按了一把芳卿，说道："你别出去，我来！"抓起放在神案上的门神画儿，端了糨糊盆子，腾腾地就出去了。曹雪芹侧耳细听："哟！这不是三叔爷么？你有这份好心情，年三十还给侄子来拜年！——小心点，小心点，你看你看，糨糊甩到袍子上了不是?!"

曹三叔不知嘀咕了几句什么，接着传来玉儿清脆的笑声："你瞧瞧，梵音寺的晚幡都挂起来了，还早？你说我？我和芹爷是邻居的时候，还不知道你叔爷门朝哪呢！叔爷要年下过不得，今晚戌时寺里放焰口舍饭呢……"说罢格格儿笑个不住。又听三叔低声恨恨地说了句什么，玉儿高声道："这门神是姑奶奶贴的！——你什么好德性？给芹爷提鞋子也差着一档呢！这是张家湾，不是曹家湾，找男人窝囊也比你强些儿！你敢动动纸角儿，我一嗓子喊出来！我们老爷子就是族长，你不想过年，要去左家庄化人场么？"接着便听玉儿的啐声和曹三叔跟跄而去的脚步声。芳卿双手合十，闭着眼，松了一口气，软绵绵地说了句，"阿弥陀佛！"

躺在床上的曹雪芹听见外边的这一切，他先是一阵心烦，接着便觉得全身发冷，冷得像被浸在冰河里，像赤身裸体被抛在空旷无人的雪野里。他极力挣扎着，想动，想说话，但那冷气似乎灌注进四肢百骸，缓缓地，但毫不犹豫地浸入他的五脏六腑，把他的心也冻结起来，眼前的一切也愈来愈模糊、缥缈，壁上的灶神像、钟馗像，案上的瓦砚纸笔，窗外亮得刺眼的雪色和雪中的白杨树林都倒转了来，连芳卿和玉儿忙活着的身影也在旋转着飘忽着远去，他只来得及微微叹息一声，喃喃说道："好冷啊……"便从此再无言语、动静。

梵音寺的钟声响了，悠扬而又沉浑，在雪幕中回荡。通济河浑浑噩噩的暮色和雪绒在钟声中悄悄的降落，弥漫着晚炊的张家湾仿佛都融化在这凄凉又充满了欢乐的除夕之夜。随着钟声响起，满街满巷逃脱了天花瘟疫的孩子们追逐戏闹，快乐地大叫着，燃放着各色各样的爆竹，庆贺乾隆癸未年的到来。

1994 年 9 月 18 日晨丑时